宋如珊　主編
現當代華文文學研究叢書

中國當代文學制度研究（一九四九～一九七六）

張　均　著

秀威資訊・台北

序

於可訓

研究文學制度，或者說從制度的視角研究文學，是近些年來的一個熱門課題，其理論根據，還是中國傳統的「知人論世」。從作家的視角研究文學，偏重於「知人」；從制度的視角研究文學，則屬「論世」。這種研究文學的方法，在西方屬於社會歷史研究方法的範疇，也是很傳統的。當然，一些後起的社會學研究方法，在涉及文學問題時，也會談到一些與制度有關的問題，如福柯的知識社會學理論和布迪厄的場域理論等。「知人論世」或社會歷史的研究方法，屬於文學的「外部研究」。即研究文學文本以外的一些環境因素，而不是文本本身。這種研究方法，以前習慣於談論一些諸如自然條件、文化習俗、經濟基礎、社會變遷之類的問題，失之於泛，如今集中到具體的制度問題上，得之於專，所以近些年來，頗為一部分學者所喜好。

從制度的視角研究文學，有廣義和狹義之分。廣義的文學制度研究，是從今天的文學制度中，抽取出一些單項元素，如管理、出版、傳播、接受，乃至教育、社團、期刊、稿酬等，用以研究既往時代的文學，或別一國度的文學，以說明其所受這些制度因素的影響。但這種制度研究所涉及的單項，因為並非僅僅屬於文學制度的構成因素，而是普遍的社會制度或文化制度的組成部分，所以並不能真正深入地說明文學問題。狹義的制度研究，面對的則是文學制度的全體，或者說是一個已經完形的制度。文學這種精神界的花朵，就植根於這個制度的苑囿之中，它的生長和發育，無一不受這個制度所提供的氣候和土壤的影響。而且這種影響是綜合的、有機的、整體的。正因為如此，所以，就能較深入地說明文學問題。對研究中國現當代文學問題，尤為適宜。

中國現當代文學，是一種逐漸制度化的文學。這種制度化，在新中國成立以前，主要表現為文學有賴於一個普遍存在的文化市場生存，這種文化市場不是古典式的，以官、私刊刻為生產手段，依靠趣味共賞、訴諸同好來維持文學的消費和流通，而是附屬於一個整體的、在先被稱作資本主義、如今被稱作商品經濟或市場經濟的社會政治經濟制度。舉凡文學的生產、出版、發表、傳播、流通、接受、消費等等，都有賴於這個文化市場的仲介，通過這個文化市場才得以實現。所以，研究現代文學制度，就不能不關注這個文化市場，以及與這個市場緊密相聯的種種制度性因素。

新中國成立以後，現代文學生存其間的這個文化市場，發生了巨大的變化，這個變化的主要表現，便是它的屬主，由原來被稱作資本主義的商品經濟體制或市場經濟體制，變成了社會主義的計畫經濟體制。這個變化從字面上看，似乎只是一個經濟制度問題，但實質上卻是一個整體的社會政治制度的變化。因為有這樣的一個變化，所以，研究這期間的文學制度，就不能不關注這個整體的社會制度的變化問題，尤其是在其中起著根本性的決定作用的政治因素。這種起決定作用的政治力量，不僅僅造就了一種新型的社會制度，同時也構造了一個附屬其下的文學制度，中國文學由是進入了一個制度化的時代。這種文學制度生成於上個世紀四五十年代之交，在其後的十餘年間，漸趨一統。雖然「文革」當中，被「徹底砸爛」，但「文革」後又恢復重建，延續至今。近六十年來的中國文學，就是生存於這個統一的文學制度之中。變化只在於，「文革」前的十七年，這個制度的一統化程度較高，「文革」後則迭經改革，諸般皆有所鬆動。但這個制度的存在，畢竟是一個事實。所以研究當代文學制度，自有其獨特的意義和價值，也有充足的理由和根據。

但凡一個制度的誕生，總有一個複雜的過程。尤其是由前一種制度，轉換成後一種制度，或由無形的制度，變成有形的制度，抑或從非制度化到制度化，總要伴隨著一種歷史的陣痛。在這個過程中，一定會有許多極為複雜、極其艱難的滌除、開創、蛻變、組合的事件發生，以及因此引起的諸多矛盾和鬥爭。如宇宙之大爆炸，胚胎之初養成，一切生命的原質，和影響後來的生長、發育，乃至異變、絕滅的基因，無一不孕育其中。展示這樣的過程，揭示其中的關鍵和細節，如探究宇宙生成、生命誕生，尋其根而溯其源，總一知而百惑解，當代文學之種種隱曲幽微、詭譎迷奧，豁然顯矣。

與此前學者所做的現當代文學制度研究不同，張均博士的當代文學制度研究，旨在論析當代文學制度的發生，揭示在這個過程中，種種社會政治力量（權力）的作用，以及因這種作用而導致的文學內外各種勢力之間的博弈，正是這些勢力集團（包括其中的個體）之間的博弈，使當代文學制度不至於在人們的印象中，僅僅是一些無生命的機構、規則和政策條文，而是一個個「有意識的、經過思慮或憑激情行動的、追求某種目的」（恩格斯語）的個體或集團活動著的歷史現場。從這個意義上說，張均是人化了文學制度研究，或曰把文學制度研究，還原成了人的研究，即構建制度、操作制度和被制度所構建、所操作的活生生的人的研究。這是張均博士的一大發明，一個創舉，也是本書獨特的價值和魅力之所在。相信它的出版，會為文學制度研究開闢一片新天地。

張均博士與我有師生之緣。上個世紀九十年代初，他曾在我門下攻讀碩士學位，畢業後從事實際工作多年，在中山大學獲得博士學位後，又轉而到我這兒做了兩年博士後研究，這本書就是他在博士後階段的研究成果。在書稿交付出版之際，囑我寫幾句話作為紀念。

是為序。

乙丑年冬至於武漢大學寓所

導言

柄谷行人表示：「福柯說『文學』的成立在西洋不過是十九世紀後期的事情。『文學』的規範化則大概與民族國家的確立相關聯，這種規範性是對十八世紀英國小說所顯示的那種多樣性的一種壓抑。」[1]這段話，可以作為晚清以來中國文學制度發生史及其內部譜系關係的注腳。制度與國家之間新的關係的建立，刺激了近十年來文學制度研究的勃興。迄今為止，當代文學制度研究（一九四九至一九七六）已取得了相當實績，但也呈現出較多可以重新討論的議題。其主要不足，借用柯利弗德的比喻是：「它只發射出一束強烈的光，照亮事物的一部分。」[2]質疑、反思這些研究背後某種建構性的學術機制，是認識文學制度和從制度層面「重新識別被八十年代所否定、簡化的五十至七十年代的歷史／文學」[3]的前提。

1 〔日〕柄谷行人，趙京華譯，《日本現代文學的起源》（北京三聯書店，二〇〇三年），頁一二。

2 〔美〕詹姆斯・柯利弗德、喬治・E・馬庫斯編，高丙中等譯，《寫文化——民族誌的詩學與政治學》（商務印書館，二〇〇六年），頁五一。

3 程光煒，《文學講稿：「八十年代」作為方法》（北京大學出版社，二〇〇九年），頁一二。

一

關於文學制度，通行解釋是把它界定為「在文學與社會、作家與讀者、文學與生產、評價與接受之間」形成的一套體制，「如職業化作家、社團文學、報刊與出版、論爭與批評，以及文學審查與獎勵等等，它們對文學的意義和形式起到了支配、控制和引導的作用」[4]。新世紀以來，相關研究逐漸增多，比較多見的是關於某項單列制度的研究，如邢小群有關文學機構的個案解剖（《丁玲與文學講習所的興衰》），陳明遠有關當代文人經濟收入的考察（《知識分子與人民幣時代》），以及孟繁華、陳改玲、吳俊、郭戰濤等學者關於當代傳媒、出版的討論。其中，洪子誠、王本朝的研究相對集中。洪子誠最先提出系統研究「文學體制」的設想，並以「一體化」概念處理五十至七十年代文學的生產方式和組織方式，認為其時「存在一個高度組織化的文學世界」，「對文學生產的各個環節加以統一地規範、管理，是國家這一時期思想文化治理的自覺制度，並產生了可觀的成效」[5]。這一史觀影響深刻。王本朝《中國當代文學制度研究》一書從文學機構、作家身分、文學期刊、文學出版、群眾讀者、文學批評、文學政策、文學會議等層面，討論了社會主義文學「借助文學制度」實現的「對文學觀念、作家思想、作品創作以及讀者閱讀的全面制約和規範」[6]。就方法、結論而言，王本朝的研究是對洪先生的承續。

4 王本朝，〈文學制度與文學的現代性〉，《湖北大學學報》二〇〇三年第六期。
5 洪子誠，〈當代文學的「一體化」〉，《中國現代文學研究叢刊》二〇〇〇年第三期。
6 王本朝，《中國當代文學制度研究》（新星出版社，二〇〇七年），頁二六八。

這些研究揭示了當代文學制度最重要的面向，但不知怎地，細讀其中部分著述，卻總免不了幾絲不安。這源於一些研究者使用判斷語式時的「歷史的自信」。其實，洪先生在使用「一體化」概念時，並不那麼肯定，只是說它「大概是比較合適的、有效的」，「但它又不是一勞永逸的」，「不能代替具體、深入的分析」[7]。但另外一些「非親歷者」反而沒有類似謹慎。譬如，有學者認為：

（新中國）以國家把文學工作者全部包下來，把文學活動全面管起來為特徵。尤其在毛澤東時代，更具有全能國家的特點，文學全部納入黨和國家意識形態的軌道。[8]

或斷言：「在一切皆靠財政撥款的計畫體制下，文學界只得通過仰承國家意識形態的喜好，在國家政策的指揮下有序地運作。與文學相關的文藝刊物、圖書出版、經銷發行以及稿酬評獎等都借助物資的調配與劃撥而被無形的國家意志所掌握、控制。」[9]更有論者將此時期文學直接定義為「國家文學」：

當文學（在國家範圍內）受到國家權力的全面支配時，這種文學就是國家文學。國家文學是國家權力的一種意識形態（表現方式），或者就是國家意識形態的一種直接產物，它受到國家權力的保護。同時，國家文學是意識形態領域中國家權力的代表或代言者之一，它為國家權力服務。[10]

7 洪子誠，《問題與方法》（北京三聯書店，二〇〇二年），頁一八八。
8 邢小群，《丁玲與文學研究所的興衰》（山東畫報出版社，二〇〇三年），頁一。
9 王本朝，《中國當代文學制度研究》（新星出版社，二〇〇七年），頁一〇五。
10 吳俊、郭戰濤，《國家文學的想像和實踐——以《人民文學》為中心的考察・自序》（上海古籍出版社，二〇〇七）。

這類判斷是否過度放大國家權力？中國社會運作極其複雜，在歷史上，國家權力究竟能在多大程度上「宰制」社會空間與民眾思想，極為可疑。即便對具有「全能主義」[11]追求的「毛澤東時代」的中國，也不能做過於誇張的估計。據筆者閱讀當時《文藝報》、《人民文學》、《文藝學習》、《詩刊》、《新觀察》、《說說唱唱》、《文藝月報》、《收穫》、《天津日報·文藝》週刊、《光明日報·文學評論》雙週刊、《文匯報·筆會》副刊及大量回憶錄、批判材料、「大字報」等所掌握的原始史料看，有關「文學全部納入黨和國家意識形態的軌道」[12]的判斷，其實含有較多想像成分，某些結論甚至不能成立。

據有關材料，新中國成立後，政府制定的一些文學體制受到了明顯抵制。一九五一年五月，中宣部正式規定「普及」是今後地方刊物的辦刊方向，「省市出版的期刊，必須是通俗的；省市的文藝雜誌應成為以供給工人業餘文娛團體和農村劇團的應用材料與工作指導為目的的期刊」[13]。執行此規定後，全國六分之五的文藝刊物都轉而專門刊登通俗說唱材料，餘下的可用於發表精英文類（小說、詩歌、論文等）的刊物僅十種左右，精英文學勢力與通俗文學勢力的關係由此緊張。所以，這一規定遭到了持續抵制。一九五三年，《文藝報》主編馮雪峰策畫系列文章，從作品構思、讀者反應、發行狀況等方面集中「攻擊」通俗化政策。普及政策最終不了了之。毛澤東主席直接推動的讀者接受制度同樣尷尬。一九五一年初，由於毛澤東的兩次有力批示，《人民日報》、《文藝報》等報刊相繼建立了集批評、反饋和監督於一體的接受制度。工人、農民、戰士等讀者「史無前例」地走上批評前臺。但與此同時，遏制、刪除、挪用、偽造「讀者」之類編輯「成規」的形成，又瓦解了毛澤東革命民眾主義的體制構想。

11 「全能主義」（totalism）是鄒讜提出的一個與「極權主義」（totalitarianism）相區別的概念，「它指的是一種指導思想，即政治機構的權力可以隨時地、無限制地侵入和控制每一個階層和每一個領域」，與極權主義不同的是，全能主義政治可能指向「積極後果」。見鄒讜，〈全能主義政治與中國社會〉，載《二十世紀中國政治》（香港牛津大學出版社，一九九四年）。

12 邢小群，《丁玲與文學研究所的興衰》（山東畫報出版社，二〇〇三年），頁一。

13 〈關於加強工農讀物出版工作的決定〉，《中華人民共和國出版史料》第三卷（中國書籍出版社，一九九六年）。

一九五六年，由於高層（劉少奇）干預和群眾怨恨的雙重作用，作協正式出臺「自給」政策（取消工資，要求作家重新以寫作謀生），但作協領導人轉身又與文人合謀，利用主流媒體質疑、討論「自給」政策，致使該政策未及施行便偃旗息鼓。類似使制度偏離「黨和國家意識形態的軌道」的情況，還出現在有關身分規則的挪用上。在當年報刊上，時可見到某文人因「小資」出身或思想遭到聲討，但切不可因此以為是黨有關「身分」的規定在運作：身分不「純潔」者，必然不被信任乃至被拋棄。事情往往複雜得多。胡風、丁玲、周揚等人罹禍前後，都曾被「小資」、「叛徒」、「特務」等身分問題所糾纏，但他們所以罹禍，實有著複雜的人事恩怨或政治鬥爭的原因。身分嫌疑，不過是事後追加的罪名。恰如魯迅所言：「蓋天下的事，往往決計問罪在先，而蒐集罪狀（普通是十條）在後也。」[14]類似挪用還可見於批評與自我批評制度、出版政策和稿酬制度。

羅列上述抵制、挪移、盜用體制的諸種情形，並非要否定文學制度與「無形的國家意志」之間的關係，而是希望在強調這一向度的同時要考慮到「國家」的限度。這在政治學研究中比較公認。譬如，澳大利亞後殖民理論家湯瑪斯（N. Thomas）指出，研究者在處理印度殖民政治制度時，

> 往往誇大了殖民主義的力量，低估了本土的抗爭與因應左右殖民歷史的程度。許多看來是實行殖民霸權的事例——例如基督教的傳播，實際上宜將之理解為被殖民者或其某些集團挪用外來的制度、物質或話語以發揮戰略效應。征服的幻想通常只能部分成事，或盲打誤撞地做到；而殖民政府的儀軌所製造出來的，可能只是一個宰制和秩序的外觀、一種管制的氛圍，既沒有實際的控馭予以配合，本土生活的轉型也不過有限……管治、淨化、改造和革新等手段不過徒具姿態而已。[15]

---

14 魯迅，《三閒集．通信》，《魯迅全集》第四卷（人民文學出版社，一九八一年）。

15 〔澳〕湯瑪斯，〈從現在到過去：殖民研究的政治〉，載許寶強、羅永生編《解殖與民族主義》（中央編譯出版社，二〇〇四年）。

湯瑪斯由此提出了「屈折經驗」的概念。湯瑪斯認為：由於印度人對殖民規劃各種有形、無形的抵抗、挪用、歪曲甚至架空，殖民規劃出現了被動性耗損和「屈服」。這一概念極具啟發性：新中國的政治／文學制度會不會亦面臨類似情況？雖然經由民族／階級解放運動而誕生的新中國本質上不同於英國殖民政府，但文學制度在運作中遭到抵抗、挪用、歪曲乃至架空之現象，並非難以想像。

那麼，研究者「歷史的自信」從何而來？源於一種假設：公開的文學體制是執政集團意願的直接體現，並在國家強力保證下得到徹底落實。這種假設是否成立？應該說，它能包含部分事實，但不能處理制度發生與運作的全部「複雜性」。一般情況下，文學制度並不等同於公開體制，體制可能遭到抵制、顛覆和挪用，甚至政府制定某些政策也僅是為了適應輿論，而並非真的要去落實。一九五〇年出版總署公開規定「統籌兼顧，公私合作」，要把私營出版「團結到新民主主義文化事業裏來」，「要和他們合作」[16]，但私營書局很難獲得白報紙，新華書店動輒拒絕發行其圖書。又如對同人刊物，中宣部從未明文禁止，毛澤東甚至公開贊成，但主管部門實則極為「敏感」，《星星》、《探求者》同人多被劃為「右派」。

所以，研究文學制度，不宜將其假設為國家權力的簡單體現，也不可僅停留於公開體制。所謂「體制」，指的是「一個社會中任何有組織的機制」[17]，作為公開的政策或規定，它並非我們所討論的「文學制度」。體制代表了國家權力的要求，但在實際寫作、出版、評論和接受活動中，文藝官員、評論家、作家、讀者和出版社等，會在遵從體制要求的大前提下，儘量參酌彼此糾結的各種文學觀念和利益，最後才形成事實上的文學制度。這種「文學制度」，接近於佛克馬、蟻布思所說的「成規」。「成規這一概念預設了一群對他行為的期待相同的人」，「一種成規是一個明

16 〈陸部長在出版委員會業務訓練班第一期結業晚會上的講話〉，載《中華人民共和國出版史料》第一卷（中國書籍出版社，一九九五年）。

17 〔英〕雷蒙・威廉斯，劉建基譯，《關鍵字：文化與社會的辭彙》（北京三聯書店，二〇〇五年），頁二四二——二四三。

確的或彼此心照不宣的協議」，「因為每個或幾乎每個人都知道被期待的是什麼」[18]，或類似於韋勒克、沃倫所說的「文學的規範、標準和慣例」[19]。「成規」、「慣例」多數時候比體制複雜，它側重於人們在事實上達成的有關價值與行為規範的「共識」。體制是國家權力單方面的訴求，制度則是「談判」、妥協後的「心照不宣的協議」。

在當前研究中，作為「成規」的文學制度還有大量未被「照亮」的部分：在主要體現國家權力的同時，文學制度在建立過程中，是否經受了異質權力的滲透、介入和博弈？在服從「黨和國家的意識形態」時，文學制度參與重構當代文學「版圖」的過程是否包含著各方面相互的鬥爭、爭奪和妥協，是否發生了不為人知的「脫軌」？此類問題近年研究較少注意。相反，在將制度假設為國家權力附屬物之後，部分研究已經陷入「重複」。無論研究出版制度還是分析稿費制度，無論討論身分認同還是考察文藝機構，結論總不外乎社會主義文化體制對文人從外到內的「一體化」控制。而且，文學制度還被從中國傳統文化中剝離出來，很自然地劃歸為社會主義政治「獨享」的「文化遺產」。

二

無疑，當代文學制度研究面臨著對自身「認識裝置」（柄谷行人）的反思。它的興起，最初實與「民族國家文學」的概念系統相關。這可以追溯到一九九二年劉禾在《今天》雜誌上刊發的一篇論文。劉禾認為：

---

18 〔荷〕佛克馬、蟻布思，俞國強譯，《文學研究與文化參與》（北京大學出版社，一九九六年），頁一一二。

19 〔美〕韋勒克、沃倫，劉象愚等譯，《文學理論》（北京三聯書店，一九八四年），頁三〇六。

以往對現代文學的研究都過於強調作家、文本或思想內容，然而，在民族國家這樣一個論述空間裏，「現代文學」這一概念還必須把自己和文本以外的全部文學實踐納入視野……包括出版機構、文學社團、文學史的寫作、經典的確立、統一評獎活動、大學研究部門有關學科和課程以及教材的規定……這些實踐直接或間接地控制著文本的生產、接受、監督和歷史評價，支配或企圖支配人們的鑑賞活動，使其服從於民族國家的意志。在這個意義上，現代文學一方面不能不是民族國家的產物，另一方面，又不能不是替民族國家生產主導意識形態的重要基地。[20]

劉禾對「外部研究」的強調，不僅為九十年代「內部研究」已「達到了飽和狀態」[21]的現當代文學適時提供了新對象，且亦揭櫫了新的觀察角度——民族國家想像。這種源於安德森「想像的共同體」論述、傑姆遜「第三世界文學」理論的新的文學史觀認為：文學中的個性主義其實從屬於民族國家的思想動員和合法性論證，故在承認個性主義時，也應肯定現代文學著力建構某種「社群的共同想像」和新的國家認同的特徵。「二十世紀中國現代性的『啟蒙』並不僅僅是指『個人』的覺醒，它同時還是作為『想像的共同體』——民族國家的覺醒」，因而左翼傳統與五四傳統都應被「視為『二十世紀中國文學』這一現代性範疇不可或缺的組成部分。」[22]不過，新啟蒙主義者對「民族國家」之說持論謹慎。他們接受了劉禾提出的新對象，論證時卻多徘徊在「民族國家」「論述空間」之外。

20 劉禾，〈文本、批評與民族國家〉，《今天》一九九二年第一期。此文一九九八年收入《語際書寫》一書，由上海三聯書店出版，在大陸學界產生比較廣泛的影響。
21 程光煒，《文人集團與中國現當代文學‧序》（人民文學出版社，二〇〇五年）。
22 李楊、洪子誠，〈當代文學史寫作及相關問題的通信〉，《文學評論》二〇〇二年第三期。

洪子誠表示：「民族國家文學」的概念「並非本質性的、可以整合二十世紀中國文學的範疇」[23]，仍然堅守新啟蒙主義知識範型。王本朝的基本價值立場與洪子誠並無大異，仍信守「人的文學」。在這種與「改革開放」相匹配的「大敘述」中，五十至七十年代文學不可避免地呈現出被建構的特徵，「在『改革開放』這一個『認識裝置』裏」，「『八十年代文學』被看做是對『十七年文學』和『文革文學』的『歷史性超越』」[24]，而且這種「超越」是要「通過對前一個時期（即『十七年』和『文革』）文學經典的質疑、否定」和「重造它的文學記憶」來達成的[25]。「文學制度」作為「前一個時期」文學歷史的一部分，自會因此而被放大、縮減、刪除或移動。

「只有當歷史學家要事實說話的時候，事實才會說話；由哪些事實說話、按照什麼秩序說話或者在什麼樣的背景下說話，這一切都是由歷史學家決定的。」[26]出於對不正常年代的噩夢記憶，研究者有充分理由將自己定位為「人」的權利的捍衛者，而與此同時，被他們自覺或不自覺確認為「對立面」的，就自然是五十至七十年代的政治生活及其文學。進而知識分子就成為「自由」之尋求者，社會主義文化體制則被貼上「一體化」標籤。因此，文學制度作為一種事實上由多重觀點、利益博弈而成的事實規則，就很「自然」地被簡約為與國家權力、主導意識形態完全「一體」的體制。這種簡約必導致對文學制度理解的偏差。譬如，對於新中國文藝機構的設置，研究者認為意在控制作家：

> （黨）要解決知識分子尚獨立於現行體制的問題，根本方法是把他們由體制外變成體制內的人，即逐步取締民間報刊、民間學校和一切具有民間形態的科學文化機構，使作為「自由職業者」的知識分子完全沒有生存空

23 李楊、洪子誠，〈當代文學史寫作及相關問題的通信〉，《文學評論》二〇〇二年第三期。
24 程光煒，《文學講稿：「八十年代」作為方法》（北京大學出版社，二〇〇九年），頁一。
25 程光煒，《文學講稿：「八十年代」作為方法》（北京大學出版社，二〇〇九年），頁一九三。
26 〔英〕E・H・卡爾，陳恆譯，《歷史是什麼？》（商務印書館，二〇〇八年），頁九三。

間，而不得不接受安排，進入到各個規定的「單位」，成為一名國家雇員，成為國家體制的一部分；更重要的是在思想意識上成為國家體制的一部分。[27]

其實，究之史料並非如此。文藝機構的設立，與新中國計畫經濟模式的選擇有關，與高層供養、尊重「有貢獻」的老作家有關。它後來產生控制性的功能，毋寧是運作結果而非發生動因（詳見第一章第一節）。又如毛澤東出於對下層利益的關心而督促建立的讀者接受制度，亦被研究者理解為控制知識分子的手段，「是為使文學取消多種思想傾向、多種藝術風格，而走向『一體化』的保證」[28]。其實，此事與知識分子挪用、顛覆接受制度也有著密切關係（詳見第四章第二節）。這些誤讀存在邏輯置換。即支撐著文學制度事實的「歷史敘述」的，不是制度自身形成與運作的「內部邏輯」，而是制度與知識分子的關係。建國後，文學制度是社會主義國家建設的一部分，其「內部邏輯」存在於當時政治經濟語境之中：政府出於什麼目的、以怎樣方法落實某些體制。這方面，研究者著墨不多，他們主要根據知識分子受到的影響去建構文學制度的「事實」。兩者其實不能等同。而且，所謂「知識分子」也僅指知識分子群體中的受害者。「文革」後，他們「理所當然」地擁有了歷史代理權。這樣，研究者用新啟蒙主義標準重新「敘述」社會主義文學制度的創構及其問題，文學制度自身的問題語境和邏輯就被剝離。新中國設立文藝機構的初衷、毛澤東推動「讀者」制度的原初目的，都被拋棄。

這套「認識裝置」還啟動了福柯一再討論過的「排斥機制」。「知識分子」受到抑制的事實得到放大，而分肥獲利之事則被極大地壓縮。譬如在單位制度下，郭沫若、茅盾、葉聖陶等名作家都住進了從前的王侯府院，榮耀非昔。周揚、劉白羽、林默涵等領導則獲得了實權和巨大的個人成就感（對權勢的追求構成了很多文人的主要生活目標）。

---

27 王本朝，《中國當代文學制度研究》（新星出版社，二〇〇七年），頁四五。

28 洪子誠，《中國當代文學史》（北京大學出版社，一九九九年），頁二六。

溫濟澤對周揚的盛氣凌人印象特別深刻。一九五七年，周揚的一次講話被中央認為有「錯誤」，中央廣播事業局副局長溫濟澤在小範圍傳達了中央意見，但此事不久被傳成溫濟澤說「周揚有錯誤」，局長梅益要溫濟澤當面向周揚做一「說明」——

> 我沒有即時去找周揚同志，大約過了個把星期之後，是在一次去中宣部聽周揚同志做報告，趁中間休息的時候找他的。我說：「周揚同志！我想向您解釋一件事，我沒說您有錯誤……」他在打火抽菸，並沒有看我，就打斷我的話說：「你說我有錯誤，我就有錯誤了嗎？你倒應當想想，這樣說會對你發生什麼後果！」他轉身就向休息室去了。[29]

周揚的傲慢與威脅，源自他的權力。事實上，與周揚為「敵」的許多作家和幹部都被劃為「右派」，如黎辛、李之璉、李清泉、王康、陳湧、唐達成、秦兆陽、崔毅等。但在新啟蒙主義「認識裝置」下，文藝機構既然被指認為意識形態工具，那麼它給予既得利益者的巨大幸福感以及它被挪用為權力鬥爭工具等事實都「自然」地被「抹除」了。同樣，出版制度的確對部分作家構成了壓制，但對另外一部分作家則提供了良好空間；批評制度也使部分作家噤若寒蟬，但同時又為持有權力者剪除異己提供了最佳的合法工具。無疑，在「落難文人」與未落難者之間，在「落難」前和「落難」後，作家對體制的感受是很不一樣的。英國歷史學家卡爾指出：「並不是所有關於過去的事實都是歷史事實，或者過去的事實也並沒有全部被歷史學家當做歷史事實來處理。」[30]那麼，哪些感受可以進入「歷史」、哪些感受需要被拋棄和被遺忘、哪些感受需要改寫，都是複雜問題。當代文學制度充滿差異和矛盾，但在特定「認識裝置」

[29] 溫濟澤，〈歷史新時期的周揚〉，載袁鷹、王蒙編《憶周揚》（內蒙古人民出版社，一九九八年）。

[30] 〔英〕E・H・卡爾，陳恆譯，《歷史是什麼》（商務印書館，二〇〇八年），頁九一。

的強勢力量下，它們被整合成「整體性」的文學史事實。這就在事實上造成了一種「制度史」對另一種「制度史」的侵犯和壓制。借用程光煒的話說：這是「歷史的多重面孔」被「單面化」。儘管體制性「控制」是文學制度的主要面向，但若將它處理為「唯一」的真實，就會出現問題——「以歷史的『壓迫』為背景，以重新肯定知識分子的『價值觀』為主軸，在『重敘』歷史的過程中，也影響、干擾了歷史本身豐富性的呈現和展開。」[31]

當前文學制度研究是否存在把「倖存者的視角特權化，使之成為公認的、正確的回憶」[32]的問題，不便貿然斷定。但顯然，由於研究者堅定不移的啟蒙身分認同，制度研究中的邏輯置換和記憶遮蔽很難引起必要的警醒。程光煒指出：「（新啟蒙）在一些文學史家的頭腦裏成為解釋當代的唯一依據。作為當代中國人（主要是知識分子和幹部，而我們的文學史家就是這一社會群體中的一員）在『文革』中經歷的是最為慘痛的個人經驗，他們當然願意以此為基本視野，認定這就是當代文學歷史起源和所有問題之所在。」[33]這是有見地的看法。洪子誠即表示：「對於啟蒙主義的『信仰』和對它在現實中的意義，我並不願輕易放棄；即使在啟蒙理性從為問題提供解答，到轉化為問題本身的九十年代，也是如此。」[34]不過，洪子誠有著「讓人久違的『冷靜』」[35]，對源於「改革開放」裝置的一系列概念，他其實是有清醒的檢省的：

31 程光煒，《文學講稿：「八十年代」作為方法》（北京大學出版社，二〇〇九年），頁一八七至一八八。
32 〔德〕阿萊達・阿斯曼，〈回憶有多真實〉，載哈拉爾德・韋爾策編《社會記憶：歷史、回憶、傳承》（北京大學出版社，二〇〇七年），頁六六。
33 程光煒，《文學講稿：「八十年代」作為方法》（北京大學出版社，二〇〇九年），頁二四。
34 李楊、洪子誠，〈當代文學史寫作及相關問題的通信〉，《文學評論》二〇〇二年第三期。
35 李楊、洪子誠，〈當代文學史寫作及相關問題的通信〉，《文學評論》二〇〇二年第三期。

（研究者）在處理這個時期的文學與政治現象時，十分容易構造一種「二元對立」的歷史圖景。比如把作家簡單區分為「依附」、「奴性」的，與堅持「獨立精神」、「反抗」的兩類，又比如出現「官方」與「民間」、「主流意識形態」與「非主流意識形態」、「國家權力話語」與「個人話語」等「對立項」的概念。……這樣的觀察和描述方法，對於我們深入地把握這一時期的文學，會帶來很大的妨礙。[36]

於可訓先生也批評「話語權力的角逐」使「『十七年文學』在人們的心目中已經變成了一個聲名狼藉的戰場，它的真實面目反而變得模糊起來」[37]。無疑，新啟蒙主義「認識裝置」是文學制度研究需要翻越的「坎」。此外，近年出現的「重複性研究」問題，還與共時性研究方法有關。不少研究者雖然也蒐集了較多史料，但並未用這些史料還原出一個制度發生及展開的「歷史過程」，而是將它們從各自的語境中割裂出來，然後共時性地安置在通向預定結論的道路上。

那麼，如何翻越這道「坎」呢？關鍵在於突破「一體化」史觀的另一重假設：文學制度是獨立的行為主體，它一旦形成，便會自動作用於作家，按照預設指令實現相應的功能。這類「制度至上」的判斷不免昧於書齋。因為，在「人治」中國，任何公開規則，說到底不過是由人制定、為人所用。制定者、使用者不是黨的預設意圖的機械執行者，他們生活在不同的觀念、利益與情境之中。作為制定、運用制度的人，他們才是真正的主體。制度達成怎樣狀態、發生怎樣功能，與有權力控制它的人希望它成為何等狀態、發揮何等功能實在是大有干係。而觀念、利益與情境的混雜性，決定了制度狀態與功能的歧異性與不確定性。同一執政意願，在不同制定者的掌握下可能形成不同的規則。同一條文，因運作者的不同目的、不同解釋，也會生成差異性的功能。如「中國作協」這一機構，在周揚掌握

36 趙園、錢理群等，〈二十世紀四十至七十年代文學研究：問題與方法〉，《中國現代文學研究叢刊》二〇〇四年第二期。
37 於可訓，〈「十七年文學」的歷史敘述〉，載《當代文學：建構與闡釋》（武漢大學出版社，二〇〇五年）。

下，既為周揚追隨者提供了稀缺機遇，又充當了懲戒「不服從者」的工具。稿費制度在延安文人操作下，既可將「中心作家」培養成優裕一族，又可將鴛蝴文人驅入窮迫無計之中。

所以，文學制度研究的對象，不僅是通知、規定或條文，同時也應該是制定、運用制度的人。研究了「人」，才能真正揭示制度的「事實」。當然，這並非說近年制度研究未觸及到「人」；只是，多數著述都是把歷史整體性地理解為「權力擁有者與文藝界之間的根本性衝突」[38]。這毋寧又是假設。在此，卡爾的提醒又很值得注意：「當我們以抽象的術語談論自由與公平之間的張力時，或者談論個人自由與社會正義之間的張力時，我們易於忘記的是：鬥爭並不發生在抽象的術語之間。個人本身和社會本身之間並不存在鬥爭，但是社會中的個人群體之間卻存在鬥爭，每一個群體都竭力促成對自身群體有利的社會政策，都竭力挫敗對自身群體不利的社會政策。」[39]其實在現實的活動中，很難找到抽象的專制「權力擁有者」，也難以找到利益、觀念高度整合的尋求自由的「文藝界」。現實生活中的「人」，不是專制／自由這類概念所能概括的。

三

在中國，「人」相對於制度的優先性，王安娜早有機智觀察。三十年代，她發現：「在政治的體制和形式方面，以歐洲式的觀念來看中國是看不出什麼名堂來的。只有弄清楚各個集團相互間的各種複雜關係——其中有友好關係、敵對關係、血緣關係、所屬派系等等——才可能瞭解在政治力學關係上的那些決定性的因素。中國的古典文學作品曾

38 程光煒，《文學講稿：「八十年代」作為方法》（北京大學出版社，二〇〇九年），頁一五五。
39 〔英〕E・H・卡爾，陳恆譯，《歷史是什麼？》（商務印書館，二〇〇八年），頁一二二。

出色地描寫過的這種權謀術策，在現代中國的政治中依然是政治家很喜歡用的手段。」[40]王安娜關注的「人」，非指個人，而是處於「政治力學關係上的」「集團」。這一觀察切中了中國政治運作的祕密：體制、形式、規定未必是「決定性的因素」，而「各個集團相互間的各種複雜關係」方是牽動政治運轉的鍵鈕。這類「集團」乃指各種政治勢力，可以「派系」（faction）名之：「派系是由具有思想上共同基礎的成員所組成的非正式團體，其間存在著某種特定關係網絡藉以聯繫領導者與成員彼此，而以權力的取得、維持和擴大為其主要目的。」[41]它指一種具有共同利益和現實功能的非正式組織，此類組織在古代曰「朋黨」，現代則謂為「宗派」。它是中國傳統精英政治的一種方式，以「成員對領袖的效忠」以及全體成員為組織利益工作為原則[42]。

新中國成立後，採取威權政治，集權因素強烈存在。尤其施行單位制度，使各類資源高度集中於少數權勢人物之手，導致一般個人唯有傍依權勢，才能在激烈競爭中避免傷害和取得實際利益。故派系之盛，一如其舊。美國歷史學家羅斯・特里爾表示：「派別鬥爭在中國就像美國的蘋果餡餅那麼普遍，因為在中國每個人都十分有必要參加一派。」[43]此說雖不免誇張，但至少在國家制度的層面上，派系是普遍而真實的介入力量（文藝界派系規模較小，可以「勢力」一詞名之）。

在五十至七十年代，文學勢力的存在是人所皆知的祕密。雖然建國後，無論左翼、右翼、通俗文人都已對〈講話〉極表擁戴，但由於看法差異、理解不同，仍存在分歧性的文學主張。同時，又因業緣、地緣及歷史關係之異，圍繞文學權力和利益的爭奪，也形成了大大小小的文學勢力。當時，除在解放區作家、國統區作家和通俗文人間有較大分野外，在前者內部，又分化出不同勢力。計其大者，則有「胡風派」、「丁玲派」、「周揚文人集團」、「江青文

40 〔西德〕王安娜，李良健、李布賢校譯，《中國——我的第二故鄉》（北京三聯書店，一九八〇年），頁三一四。
41 蘇嘉宏，《派系模式與中共政治研究》（臺北永然文化公司，一九九二年），頁二一。
42 〔英〕Flemming Christiansen、Shirin M. Rai，《中國政治與社會》（臺北韋伯文化國際出版有限公司，二〇〇五年），頁七。
43 〔美〕羅斯・特里爾，劉路新譯，《江青正傳》（世界知識出版社，一九八八年），頁一七六。

人集團」等；計其小者，則每省每市文藝界無不有其大大小小的「圈子」。

勢力間的合作、分歧與摩擦，是文學制度發生與運作的重要介入力量，甚至是支配性力量。這表現在兩方面：其一，以發生而論，除國家權力外，部分勢力的觀念與利益實亦與於其中。因為黨的高層較少參與公開文學體制的制定，而是委託可信任的作家代理。「代理人」一方面儘量將黨的意圖付諸實踐，另一方面亦不可避免尋求代理人利益，將本勢力的觀念與利益融入其中。甚至違逆、抵制高層本意，有意使體制朝有利於己的方向形成。譬如，建國初稿費標準奇高，明顯脫離國民經濟水準。其幕後操作，即出於延安文人和資深新文學作家的「合謀」。其二，以制度運作論，勢力介入更深。譬如對組織權力的使用，黨賦予「作協」等機構以提拔與懲罰的雙重權力，以期「培養」符合「人民文學」規範的作家，而排斥異端，確保新政權的話語秩序與利益秩序。但在周揚、劉白羽等主持下，大量被逐出「文藝隊伍」的人，都並非因為在思想上挑戰「人民文學」，而僅因在私人關係上「背叛」周揚。同時，為保護「自己人」，他們又可將公開規定操於股掌之上。一九五七年，韋君宜按規定非劃「右派」不可。但她僅略去農村數月，旋即升任人民文學出版社副社長。何以如此呢？四十年後，黃秋耘道出了其中「奧妙」：

> 劉白羽對很多事情要看你的背景、後臺怎麼樣。……韋君宜兩夫婦都是胡喬木的老部下。後來反右派，韋君宜處境比較危險的時候，有很多人攻擊她，加給她很多罪名啦，要把她劃右派。當時她丈夫楊述去找胡喬木，問他：『韋君宜有沒有危險？』胡喬木對他說：「你放心好了。韋君宜是不會劃成右派的。」什麼理由呢？胡喬木不講。楊述回來就到處宣傳。這個很起作用。胡喬木已經說了韋君宜不會劃右派，那就劃不成，不管有什麼事。[44]

[44] 黃偉經，〈文學路上六十年：老作家黃秋耘訪談錄〉（下），《新文學史料》一九九八年第二期。

可見，劉白羽「辦事」的依據，不僅有中央的規定，更有勢力、關係的權衡。當然，在形式上，劉白羽的確是「嚴格」執行中央規定的——既然韋君宜不能劃為「右派」，他就在《文藝學習》編輯部另外找了兩個無權無勢的編輯頂「缺」，這樣處理，仍然符合組織原則。這無疑是「是非顛倒」，其實已架空黨的組織原則。又如批評與自我批評制度，本是黨整飭話語秩序的方法，但它也同時也被各方勢力頻繁挪用為清除異己的合法工具。大量文藝批評，如圍繞路翎小說的爭議，《海瑞罷官》批判、「評《水滸》運動」，實皆不同勢力之間「清除」與「反清除」鬥爭的遮飾。甚至，勢力內部「清理門戶」也挪用批評與自我批評。一九五九年，詩人郭小川不願繼續追隨周揚，結果招致張光年等對〈一個和八個〉的公開批評。郭小川在「文革」期間「交代」此事說：「周揚、張光年、劉白羽、林默涵、邵荃麟的手法不正派。〈一個和八個〉詩稿在周揚手裏壓了一年零四個月，當我做他們的『馴服工具』時，他們一聲不吭，當我反抗他們時就忽然拿出來示眾。」[45]這類私人勢力利用體制力量排斥異己、挾持「不服從者」的現象，可謂「司空見慣」，如：偽造「讀者意見」打擊異己、爭奪刊物主編權以擴張勢力範圍、以單位之名脅迫「對立面」等。遺憾的是，近年研究者對此類現象視而不見，不能不讓人感歎啟蒙「認識裝置」形塑個人視野的驚人力量。

故而，公開的文學體制不過是生硬規定，對體制的補充、解釋和使用卻千變萬化、因地制宜、為我所需。如果說公開體制代表著國家權力的要求，那麼，權勢力量對體制予以因地制宜的「修正」、「調整」後所形成的事實文學制度，則突顯著特殊勢力的觀念和利益。所以，孤立地討論「文學制度」怎麼發生、具備什麼功能，意義是不大的，必須考量到現實的人（勢力）的因素，必須考察不同政治／文學勢力出於何種目的制定某種公開體制，又在怎樣的「力學關係」中形成事實上的文學制度，或者公開體制在運作過程中又遭受到怎樣具體的解釋與調整，最後又被施加到怎樣的對象之上，又達成了怎樣的功能。近年研究囿於新啟蒙主義，得出「文學體現了政治的意圖並實現著政治功

---

45 郭小川，〈在兩條路線鬥爭中——關於我解放後十七年來的基本情況〉，《郭小川全集》第十二卷（廣西師範大學出版社，二〇〇〇年）。

能」[46]一類的結論，其實只是掀開文學制度「多重面孔」中的一面。由此，新啟蒙主義的國家／文藝界的二元對立的講述模式，就應當被調整為國家／制度／文學勢力之間的三維關係。在文學制度的發生與運作中，不但存在著「權力擁有者與文藝界之間的根本性衝突」[47]，同樣存在著不同文人群體、文學觀念和文學利益之間的摩擦、爭奪、鬥爭或者妥協。在如此視野下，制度研究才可以重新面對洪子誠先生提出的問題：

> 我要回答的是，「當代」的文學體制、文學生產方式和作家的存在方式，發生了哪些重要的變化，這種變化如何影響、決定了「當代」的文學寫作。[48]

這包括兩層問題：（一）當代文學制度怎樣建立？（二）文學制度的運作如何影響當代文學生產？對於後者，洪先生較多關注作家個人心態，其實它還可以延伸為：文學制度的運作是如何影響著「當代文學」的生成及展開的？換言之，在制度轉換背景下，文學如何從「現代」完成向「當代」的話語轉換，「當代文學」又如何建構自己的力量版圖、重塑自身的「歷史」？

「回答」這兩層問題，須對圍繞文學制度的多重力量有基本的理解。其中，最要者是國家權力。但如何理解「新中國」，新啟蒙主義只著眼於它與知識分子的不正常關係，而對其自身的「內部邏輯」缺乏必要的認識和瞭解。在這方面，酒井直樹的表述頗可參考，他說：「為了反對西方的侵犯，非西方必須團結組成國民。西方以外的異質性可以被組織成一種對西方的頑強抵抗。一個國民可以採用異質性來反對西方，但是在該國民中，同質性必須占優勢地位。

46 王本朝，〈人民需要與中國當代文學對讀者的想像〉，《西南大學學報》二〇〇七年第一期。
47 程光煒，《文學講稿：「八十年代」作為方法》（北京大學出版社，二〇〇九年），頁一五五。
48 李楊、洪子誠，〈當代文學史寫作及相關問題的通信〉，《文學評論》二〇〇二年第三期。

如果不建立黑格爾所稱的『普遍同質領域』（universal homogenous sphere），就成不了國民。所以，無論我們喜歡還是不喜歡，現代國民的現代化過程應該排除該國民內部的異質性。西方與非西方之間的關係要在國民整體與其中的異質成分（heterogenous elements）之間如出一轍地複製出來。」[49]

儘管酒井直樹並不認同此種非西方道路的有效性，但現代中國確實是如此發展過來的。新中國是新的「國民整體」的政權形式，它同時亦包含著對內部「異質成分」的壓制與排斥，譬如：政治上對國民黨的清除，經濟上對私營經濟的限制，文化上對非馬克思主義思想的清理，文學上對自由主義、鴛鴦蝴蝶派等「異質」敘事的改造。新啟蒙主義站在「異質性」的立場，僅觀察到新中國對知識分子的改造手段，而未從整體上考察其現代化目標。故李楊的論斷頗有價值：

> 作為跨文化、跨地域的政治共同體，無論在東西方，民族國家的確立和維繫都意味著對各種地方的、民間的、私人的生活形式的壓制或強迫性改造。民族國家通過一系列社會運動、政治變革、觀念更新、文化創造，乃至不惜千萬人的流血犧牲而倡導和推行一個功利理性的規劃——擺脫傳統社會種種限制勞動力、資本、資訊流動的等級界限和地區間的相互隔絕狀態，拓展和保護統一的國內市場，培養適應新的社會生產方式和交流方式的標準化的「國民」大眾。可以說，「一體化」、「同質化」是所有民族國家的共同目標。民族國家的文學當然是為這一目標服務的。[50]

49 〔美〕酒井直樹，〈現代性與其批判：普遍主義和特殊主義的問題〉，載張京媛編《後殖民理論與文化批評》（北京大學出版社，一九九九年），頁四〇八—四〇九。

50 李楊、洪子誠，〈當代文學史寫作及相關問題的通信〉，《文學評論》二〇〇二年第三期。

在文藝界，「這一目標」表現為對「人民文學」的渴求與建構。「人民文學」是建國前後使用頻率極高的概念，關於它的譜系性考察，可參考曠新年的有關工作[51]。對「人民文學」的內涵，研究者解釋說：「從『五四』學人的『平民』話語到延安革命者的『人民』話語正是一個蘊含著民主、民族觀念的現代性話語的生成過程，在以階級論對『人民』釋義後，『人民文學』則成了中華民族文化同一化的象徵符號。『人民』作為一個具有內在深度的政治民族主義文化概念得到各民族文學傳統的有力支援，導致在現代中國『人民文學』作為多民族國家的文化建構力量，最終成為政治—文化民族主義的意識形態的權力話語。」[52]

建國後，「人民文學」的建構，是希望通過掌握「文化領導權」來達成。按照葛蘭西的理論，文化領導權的確立並非外在強制過程，而是通過各種方式（尤其是文化體制）在社會中造成共同的價值觀或「共識」，進而潛移默化地轉化為被統治階級積極主動的認可和默許[53]。無疑，當代文學在組織、出版、評論、接受等方面的體制的建立，有著明確的「文化領導權」的訴求。在此過程中，「人民文學」由於「對自己的文學合法化的渴求」，必借助體制力量，重新處理建國初年文學內部的多樣性，其中，「對前一時期文學合法性的顛覆、瓦解將是一個非常堅決的姿態」[54]，這決定了當代文學內部話語關係的格局：以解放區文學為基礎的「人民文學」，將對外於自身的自由主義文學、鴛鴦蝴蝶派文學，及內於自身的左翼文學、革命通俗文藝，展開漫長的收編與塑造。國家力量之外，挾帶著不同觀念與利益的各類文學勢力，皆承認「人民文學」的合法性，但由於各自文學觀念與「人民文學」的親疏程度不同，文學利益有異，它們也會以制度為工具，展開資源競爭，抑制或對抗異己的文學生產，以維護自身文學觀念與審美形式的合法性。它們與國家力量共同作用，使文學制度變得駁雜。無論組織制度，還是出版制度，無論評論制度，還是接受制

51 曠新年，〈人民文學：未完成的歷史建構〉，《文藝理論與批評》二〇〇五年第六期。
52 朱德發，〈勘探「人民文學」的「現代人學內涵」〉，《齊魯學刊》二〇〇二年第一期。
53 A. Gramsci. Prison Writings, London ; Lawrence & Wishart,1971, pp.71-84。
54 程光煒，《文學講稿：「八十年代」作為方法》（北京大學出版社，二〇〇九年），頁一九六。

度，說到底都只是工具，它們可能為國家力量所用，亦可能為尋求獨立性的知識分子所用，更可能為觀念分歧之外的勢力衝突、私人恩怨所用。

因此，國家力量和各種文學勢力，在怎樣的交互關係中決定著文學制度的建立與運作，與此同時，文學制度的運作，又在怎樣的歷史過程中決定著「當代文學」的生成與展開、重構其內部多樣性之間的關係，是當代文學制度研究所面臨的新問題。這需要研究者「努力將問題『放回』到『歷史情境』中去考察」[55]，將某些「共識」重新「歷史化」，也需要研究者經由勢力（派系）政治而重新認識當代文學與傳統文化之間深刻的「血緣關係」。

[55] 洪子誠，《中國當代文學史》（北京大學出版社，一九九九年），頁五。

目次

序／於可訓……3
導言……6

上編　新的文學制度的建立

第一章　文學組織制度的建立……32
第一節　文藝機構的設置……32
第二節　稿酬制度演變小考……50
第三節　「道」、「勢」與身分：單位制度下的文人生存……67
第二章　文學出版制度的建立……83
第一節　出版社的國有體制……83
第二節　文藝刊物的編輯制度……99

第三章　文學批評制度的建立……117
第一節　批評與自我批評……117
第二節　文學批評與流氓主義……130
第四章　文學接受制度的建立……148
第一節　左翼文學「讀者」概念的演變……149
第二節　接受制度的創建、運作及異變：一項基於《文藝報》的考察……166

下編　制度介入與當代文學發生及展開之關係

第五章　組織制度與文人群體的新陳代謝……186
第一節　流亡者、合作者和「盛世遺民」：新制度下國統區文人的分化……187
第二節　通俗文人（一）：鴛鴦蝴蝶派……205
第三節　通俗文人（二）：中國共產黨的傳奇作家……225
第四節　延安文人及其體制性再生產……236

第六章　出版制度與出版格局的重構（上）……261
第一節　私營書局及其文學出版……261
第二節　「舊知識分子」的（文藝）報刊資源……277
第三節　鴛鴦蝴蝶派的文學出版……295
第七章　出版制度與出版格局的重構（下）……310
第一節　延安文人的出版優勢……310
第二節　「普及」與「提高」之辨：圍繞地方刊物的精英勢力與通俗勢力之爭……318
第三節　體制邊緣：同人刊物及其問題……333
第八章　評論制度與文類合法性的控制……351
第一節　自由主義文學批評的終結……351
第二節　通俗批評（一）：鴛蝴文學批評發微……365
第三節　通俗批評（二）：革命、傳奇與意識形態的調適……385
第四節　社論、編者按、工農兵評論和寫作組……398

第九章　接受制度與閱讀秩序的再置……408
第一節　從「精英」到「小衆」：知識分子閱讀在五十年代的失敗……408
第二節　黨對鴛蝴讀者的辨識與區分……422
第三節　所謂「工農兵」：大衆閱讀的勝利……435
第四節　重構革命的閱讀秩序……446
參考文獻……462
北大版後記……472
秀威版後記……475

上編

新的文學制度的建立

第一章　文學組織制度的建立

在「人民文學」力圖整合文學內部多樣性的過程中，組織制度影響最著。它影響著文人的身分認同和寫作立場，也深深介入了出版者、評論者、讀者的文學認知。建國後，執政黨採取的行政組織制度，以單位制度為核心，涉及社會資源的重新配置、階層流動及個體身分認同等方面。其中，文學組織制度既包括專業組織機構的設置、稿酬等報酬規則的制定，也包括在身分認同等方面形成的「約定俗成」的「規範、標準和慣例」。文學組織制度的建立，既是黨及其文藝領導機構按照「人民文學」的訴求予以「形塑」的結果，亦時刻處於不同文人勢力、文學觀念和文學利益的矛盾、鬥爭和妥協之中。

第一節　文藝機構的設置

新中國成立後，文學生產、傳播與接受過程中出現的諸多變動，譬如話語秩序的整合、讀者閱讀權力的攀升與蛻變、文學出版中的話語宰制、批評實踐中流氓主義的蔓延，都可追溯到文人生活方式與倫理認知的改變。其中，根據單位制度設立的文藝機構（文聯、作協及各類專業協會等）影響深巨。洪子誠等學者討論過作協等部門作為「國家、執政黨管理、控制文藝界的」[1]的功能，但出於新啟蒙主義「認識裝置」的影響，有關文藝機構設立的「歷史情境」、文藝機構功能的複雜性及其組織權力被挪用的情況，還可以進一步討論。

一

一九四九年，知識分子和作家大規模地進入文聯、作協等機構，其生存境遇與身分追求發生劇變。執政黨何以要設立自上而下、遍布全國的文藝機構呢？公認意見是，此舉是為適應黨「解決」知識分子問題的需要：

> （黨）要解決知識分子尚獨立於現行體制的問題，根本方法是把他們由體制外變成體制內的人，即逐步取締民間報刊、民間學校和一切具有民間形態的科學文化機構，使作為「自由職業者」的知識分子完全沒有生存空間，而不得不接受安排，進入到各個規定的「單位」，成為一名國家雇員，成為國家體制的一部分；更重要的是在思想意識上成為國家體制的一部分。[2]

這種判斷，切合當今知識界關於社會主義中國「全能主義」政治的認知，但它並不符合當初事實，是研究者在將「八十年代文學」「理解是『人的文學』的恢復和高揚」的同時「將『十七年文學』和『文革文學』等等『非歷史化』」[3]的結果。從「歷史情境」看，迫使知識分子「成為國家體制的一部分」毋寧說是設置文藝機構的運作結果，

1 洪子誠，《問題與方法》（北京三聯書店，二〇〇二年），頁一九六。
2 王本朝，《中國當代文學體制研究》（武漢大學博士論文，二〇〇五年），頁四五。
3 程光煒，《文學講稿：「八十年代」作為方法》（北京大學出版社，二〇〇九年），頁七九。

而非設立的動因。

一九四九年九月，毛澤東在中國人民政治協商會議上表示：「我們應當將全中國絕大多數人組織在政治、軍事、經濟、文化及其他各種組織裏，克服舊中國散漫無組織的狀態，用偉大的人民群眾的集體力量，擁護人民政府和人民解放軍，建設獨立民主和平統一富強的新中國。」[4]這一組織化設想代表著中共中央的普遍共識，它並非為針對或控制知識分子而生，而是後發展國家集約資源、發展現代化的現實需要。在其背後，是對「犧牲直接的消費需求和農業以支持工業的迅速增長」[5]的史達林模式的選擇。它被高層認為適合基礎薄弱的中國。由於這種模式「勢必導致國家所有生產資料的國有化，而且與經濟計畫、生產、分配的嚴格控制相結合」[6]，新政府又積極推行單位制度。截止到一九五二年，「共產黨已經將其組織網絡延伸到多數城市居民和部分農村人口之中」，它「通過建立基於街道基礎上的居民委員會來加強其對城市基層群眾的控制」，由此「『單位』成為了強有力的政治控制力量，因為它既為官方機構中的大多數雇員提供工作、住房和社會交往的條件和機會，同時也通過它建立了日常的政治活動形式」[7]。

新中國對單位制度的選擇，在鄧小平時代受到了新自由主義者的詬病，被指控扼制了個性、創造力與社會流動。這一看法不無歷史根據，但比較客觀的社會學、經濟學研究則承認其歷史合理性。溫鐵軍指出：「中國的問題基本上是一個資源稟賦極差的發展中的人口大國，在險惡的周邊地緣政治環境壓迫下，主要通過政府對民族進行剝奪的內向型積累方式，追求工業化及現代化的經驗過程。」[8]而單位制度是這種內向型國家戰略得以完成的社會組織形式。劉建軍也表示：

4 毛澤東，《建國以來毛澤東文稿》第一冊（中央文獻出版社，一九九二年），頁一一——一二。

5 〔美〕石約翰，王國良譯，《中國革命的歷史透視》（東方出版中心，一九九八年），頁二一六。

6 〔美〕石約翰，王國良譯，《中國革命的歷史透視》（東方出版中心，一九九八年），頁二一六。

7 〔美〕費正清等編，《劍橋中華人民共和國史（一九四九至一九六五）》（上海人民出版社，一九九〇年），頁九九。

8 溫鐵軍，《我們到底要什麼》（華夏出版社，二〇〇四年），頁四。

當社會資源總量處於明顯貧弱的境況下，必須通過權威對資源的強性提取和再分配來滿足現代化的要求，單位的形成自然是這一戰略設計的一個重要產物。單位作為國家政權的延伸或者本身就是國家政權的一部分，直接承擔著匯聚和供給公共產品的功能，國家權力就是通過單位作為仲介實現對資源的再分配，達到對社會有效調控的目標。[9]

而且，單位對中國社會的重組只能以政治方式強制推行，「先奪取政權，然後用政權的力量建立全新的生產關係的社會主義革命邏輯，決定了革命後重新組織社會的首要力量，不是經濟的力量，而是政治的力量，即通過政權對社會結構和組織進行變革和改組來重新組織社會」[10]。這是新中國社會變革的「內在邏輯」。

故文藝界採取單位制度勢所必然。但高層對文藝界是否需要進入「單位」，起初並無定見。一九四八年，丁玲到莫斯科參加世界婦女大會，受中央委託，專門拜訪了蘇聯作協總書記法捷耶夫，瞭解蘇聯文藝的組織形式。胡風一九四九年一月二十日日記載其事說：「丁玲在蘇聯問法捷耶夫中國文運應如何做法。法說：『全國性中央組織，文學報、批評出版前應有檢查，應保障作家權益。』」[11]中共中央決定部分參照蘇聯模式，將作家組織起來。於是，「黨效仿蘇聯的模式，向知識分子支付工資，並為他們的生活和工作條件承擔責任。各類專業人員、各種學科，都被組織到各個由黨控制的協會裏。例如從事創作的藝術家都被編入中國文學藝術界聯合會。在這個聯合會內，各個學科又有自己的組織。如中國作家協會、中國戲劇家協會等。中國作家協會在各省和在城市都有分會；分會的主席和文學

9　劉建軍，《單位中國》（天津人民出版社，二〇〇〇年），頁六三—六四。
10　林尚立，〈集權與分權：黨、國家與社會權力關係及其變化〉，載陳明明編《革命後社會的政治與現代化》（上海辭書出版社，二〇〇二年）。
11　曉風整理，〈胡風日記〉（上），《新文學史料》一九九八年第四期。

刊物的編委班子，由設在北京的總會任命」[12]。

設立文藝機構還另有一層考慮，從毛澤東的一次批評可見一二。一九五三年，毛澤東指定中宣部副部長胡喬木籌備第二次文代會。胡對「文聯」很不滿，認為蘇聯並無這種重疊性機構，且無實際組織作用，徒然增加政府經濟負擔，故「主張取消文聯，按蘇聯的文藝制度改，將當時的文學工作者協會、戲劇工作者協會……改成各行各業的專門家協會」，而且「主張作家協會會員要重新登記，長期不寫東西的掛名者不予登記」。「快開會時，喬木向毛主席彙報，毛主席對其他沒說什麼，但對取消文聯發火了。他狠狠批評了喬木一頓，說：『有一個文聯，一年一度讓那些年紀大有貢獻的文藝家們坐在主席臺上，享受一點榮譽，礙你什麼事了？文聯虛就虛嘛！』就因為這件事觸怒了，大會報告也氣得不看了。」[13]那麼，毛澤東為何要維護「文聯」這類機構呢？對此，張光年認為：

> 他認為取消文聯，不利於團結老輩文藝家。……從這件事可以看出毛主席那時很注重文藝界的團結，注重團結老輩文藝家。按照我當時理解，他主張保留文聯，並不是要在各藝術家協會上面再設一層總的實際的領導機關，而是寧可虛一點，也要保留它。[14]

可見，「團結」、供養「老輩文藝家」是毛澤東最初設立文藝機構的考慮。當時，不少「老輩文藝家」已主動、被動停止寫作。毛澤東覺得通過文聯讓這些老作家「享受一點榮譽」是應該的。出於類似考慮，胡喬木則認為供養這批「掛名」作家是國家不必要的財政負擔。胡喬木的態度，在當時文藝領導層中其實很普遍。事實上，建國初年財政

12 〔美〕費正清等編，《劍橋中華人民共和國史（一九四九至一九六五）》（上海人民出版社，一九九〇年），頁二三五。
13 張光年、李輝，〈談周揚〉，《新文學史料》一九九六年第二期。
14 張光年、李輝，〈談周揚〉，《新文學史料》一九九六年第二期。

困難，中宣部、出版總署對很多文藝機構都無意接納。當時大量經營不善的私人書局希望「公私合營」或者國營，即遭到有關部門拒絕。一九五〇年，出版總署署長胡愈之表示：「目前私營出版、印刷、發行業一般都希望和國家資本合作，以解決其在業務上所遭遇的困難。這是一種好現象，但由於目前國家財政經濟狀況還沒有基本好轉，私營企業中也還存在著散漫的、不合理的情形，國家不應當也不可能根據單純的救濟觀點，對私營企業加以普遍地資助。」[15]為此，胡喬木等留意精簡文藝機構、削減財政負擔，應該說是符合時情的。故從毛、胡分歧可見，雙方對文藝機構的存廢，都注重在供給與榮譽。王本朝所言「解決知識分子尚獨立於現行體制的問題」並不是最初的考慮。而且，因為這種經濟保障的設立初衷，黨內始終有人對作協等機構強烈不滿，認為它造就了作家富有、驕奢等脫離群眾的現象。所以，一九五六年中國作協曾奉命恢復作家解放前自由撰稿人（自給）生存方式，取消單位供給（此舉遭到作家普遍反對未能推行）。當然，文藝機構後來對作家產生體制性的控制作用，的確是事實，但不可倒果為因，斷定其初衷即在於控制。

建國初年，新中國大量設立了各類文藝機構。除出版社、雜誌社、報社、大學、研究所等事業單位外，還包括專業文藝機構。「中華全國文學藝術界聯合會」成立於一九四九年七月，下屬分支機構有作家協會（始名「中華全國文學工作者協會」，一九五三年更現名）、戲劇家協會、音樂協會、美術協會、電影協會、曲藝協會等。其中，「中國作協」被定為正部級單位。首屆主席為茅盾，副主席為周揚、丁玲、巴金、柯仲平、老舍、馮雪峰、邵荃麟。作協下屬機構包括：創作委員會、外國文學委員會、普及工作部、古典文學部、文學基金委員會、文學講習所。在全國各大區、省、市、自治區，文聯和作協又設立了分支機構。

15 胡愈之，〈論人民出版事業及其發展方向〉，《人民日報》一九五〇年九月二十八日。

二

文藝機構對作家生活發生了雙重影響。研究者指出：「從功能上講，城市單位履行著極其重要的保障功能與供給功能。個人生存與發展的資源基本上都是從單位索取，而不是依靠自身的努力和社會的賜予。一旦進入一個單位，則意味著獲得了充足的、持久的保障機制。」[16]對此，策略性地強調政治與文學的「對立」的研究者注意不多。實則文聯、作協等機構根據級別，給作家們提供了穩定薪金收入與住房、醫療、教育、差旅、「體驗生活」等良好的福利保障，以及順暢的升遷渠道。作家按照資歷、成就與能力差異，被確定為不同等級。定為文藝一級的作家有張天翼、周立波、冰心等，定為二級的有舒群、羅烽、白朗、陳企霞、草明等，定為三級的有康濯、馬烽、西戎等。作家還可在文藝等級和行政等級之間選擇。文藝一級在行政待遇上套行政八級，工資則高於行政七級。

機構保障使作家普遍獲得了穩定的生活來源與寫作環境。較之解放前不安定的賣文生涯，無疑獲得質的改善。當年雖有個別作家生活優渥，但多數文人都有很大生存壓力。胡絜青回憶：抗戰前老舍雖已知名，但「沒有固定的收入，生活就靠著那不規律的稿費」，經常「一貧如洗，兩袖清風」，且貧血頭暈，「但頭再暈，每天也得寫，不寫，全家喝西北風」[17]。不知名作者更糟。劉雪葦剛到上海時，「要參加文學工作，不得其門」，「窮得沒有飯吃」，聶紺弩介紹他「校對《熱風》，跑印刷所」，但雪葦的「生活問題還是無法解決」，一次竟「一天多未吃飯」。[18]沈從文也承認，當年和他同時在文壇打拚的「有些極有希望的青年作家，不是被迫改業，就是因工作得不到應得報酬，終

16 劉建軍，《單位中國》（天津人民出版社，二〇〇〇年），頁二〇。
17 胡絜青，〈讀書添新知 生活更燦爛〉，載《三聯書店成立五十週年紀念集》（香港，一九七八年）。
18 聶紺弩，〈歷史交代再補充〉，載《聶紺弩全集》第十卷（武漢出版社，二〇〇四年）。

於窮困死去了」[19]。而他自己呢？「有一個時期，差不多幾個主要大刊物都有我的小說陸續刊載。七八個新書店都印過我的新書，到處門市部都有我的集子陳列。可是日子卻依舊過得十分緊張，許多勞動都全被出版商人剝削了。許多書店都營業日上，我們作者卻還是難於維持一個中學教員的收入水平。」[20]姚雪垠回憶四十年代說：

那時候除國民黨的政治壓迫和數不清的苛捐雜稅之外，還有通貨膨脹，物價天天飛漲，給一般人的日常生活帶來極大的困難和憂慮。在抗戰後期，我已經出版了幾本小說，後來又在一個大學裏教課，然而我的收入不足以養家糊口。我們進行任何深大的工作計畫，除需要精神條件外，還必須有相應的物質條件做保證。在那些年頭，我不得不為生活掙扎，正如龔定庵詩中所說的：「著書多為稻粱謀。」[21]

新中國的單位保障則使許多作家解除了後顧之憂，「中國作協的專業化、體制化的管理」，「培養了一批作家尤其是專業作家」，「他們的工資收入、福利待遇被政府『包下來』，使其可以專心致志地從事創作，這有利於穩定文學隊伍，提升整體文學水平」[22]。實則這種「提升」在經濟上最為明顯。由於工資、稿酬雙重待遇，作家一直穩居當時的高收入階層。甚至到了「文革」時期，這種經濟優勢依然得以保持。賈植芳回憶：

---

19 沈從文，《總結・傳記部分》，載《沈從文文集》第二十七卷（北嶽文藝出版社，二〇〇二年）。

20 沈從文，〈我到上海後的工作和生活〉，載《沈從文全集》第二十七卷（北嶽文藝出版社，二〇〇二年）。

21 姚雪垠，〈《李自成》創作餘墨〉（節錄），見《作家談創作》編輯組編《作家談創作》（上冊）（花城出版社，一九八一年），頁六一五。

22 吳遐，〈中蘇二國建國初期文學組織制度的比較分析〉，《河南師範大學學報》二〇〇五年第一期。

說起來也真無奈，那時，我常與工人連夜趕印《紅衛戰報》，其中負責監督我的一個工人，在白天罵我「反革命」，到了晚上吃夜點心時，卻像個可憐蟲悄悄地向我哀求：「你這塊肉給我吧，我家裏有小孩，他們吃不到肉。」我就把自己碗裏唯一的一塊肉送給了他，他把肉放在飯盒裏帶回家。[23]

而且，文藝機構還為作家體驗生活、蒐集材料創造了有利條件。對出身下層的青年作者，更提供優良的成長環境。陳登科、劉紹棠、浩然、李準、茹志娟、峻青等，都是在這種環境下成長起來的青年作家。

但另一方面，文藝機構也限制、約束了作家在黨認可範圍之外的利益和權利。研究者指出：「在公有化、體制化改造的過程中，作家身分的獲得，需要經過各級作家協會的認可，他們的工資收入、福利待遇和社會政治地位，形成了對外部世界的某種依附性。文學實踐活動必須在國家意識形態的框架內進行，作家的身分才能得到確認。」[24]對文人階層而言，限制功能就更為明顯：「中國共產黨在城市地區的政治體系，最重要的組織機制之一，就是將個人緊緊地綁在某『單位』之上。」[25]一個「綁」字，流露出研究者對單位約束功能的腹誹。而且，文人畢竟不是衣食不繼的低下階級，對單位保障功能的體驗有限。作為精英階層，他們切身體驗到的更多是約束與限制。文藝機構給他們提供的物質保障未必高於解放前的收入水準，而對其生存空間、精神方式的制度性干預，卻實實在在令人不安。雷蒙・阿隆認為：「所有的解放都會有產生新型奴役的危險。」[26]恰切描繪了建國後作家的處境。阿隆將此類單位制度稱為「技術官僚等級制度」，認為它消除了傳統社會的複雜關係與地方共同體：

---

23 賈植芳，《世紀老人的話・賈植芳卷》（遼寧教育出版社，二〇〇三年），頁一二七至一二八。
24 陳偉軍，〈著書不為稻粱謀——「十七年」稿酬制度的流變與作家的生存方式〉，《社會科學戰線》二〇〇六年第一期。
25 〔英〕Flemming Christiansen、Shirin M. Rai，《中國政治與社會》（臺北韋伯國際文化出版有限公司，二〇〇五年），頁一六七。
26 〔法〕雷蒙・阿隆，呂一民、顧杭譯，《知識分子的鴉片》（譯林出版社，二〇〇五年），頁二〇。

> 任何個人都不再服從於另一個獨特的個體，而是所有的人均要服從於國家。左派力圖把個人從直接的束縛中解放出來，但它很可能最終使人屈從於公共管理機構的束縛，這種束縛雖然在法律上不那麼直接，但事實上卻無所不在。[27]

這種看法卓有見識。在組織制度下，國家只承認單位，僅通過單位對社會注入資源，亦僅通過單位選拔人才。單位是社會資源的唯一擁有者，亦是社會成員獲得資源和權力再分配的唯一途徑。單位管制「摧毀了一切的民間社會，把所有的人都納入了他們的統治之中」，「各行各業的所有物質基礎」都被「取消掉、壟斷掉了」[28]。單位是社會成員維繫、發展自己的唯一載體，個體不可能設想離開單位。一個人如未進入單位，就會失去穩定的經濟來源，失去保障自身合法權益的組織，喪失安全感和歸屬感，恰如劉建軍言：「單位是個人生存、發展的依託，脫離單位的個人在計畫體制下很難尋求更大的發展機遇和充足的資源保障。」「從個人價值實現的角度來說，單位是個人社會化的唯一通道，是人生價值在社會中擴展的原點，沒有單位的塑造與扶持，個人要想在社會中立足，幾乎是不可能的。」[29]延安時代單位制度不嚴格，其他社會空間與之並存，對作家影響不大。但建國後，民間共同體萎縮，作協設立的初衷雖不在控制，但其控制性很快突顯。單位對資源的壟斷，迫使作家必須在文藝機構謀生，並進入其升遷體制。

文人言論空間也必然受限。建國後，作協不再是同業社團。茅盾表示：「如果拿解放前的作家協會來說，過去作家受國民黨的壓迫，或資本家偷印作家的書，盜竊版權，作家協會可以出來講講話，現在作家協會不同了，它是在共產黨的領導下，幫助政府貫徹黨的文藝政策的。」「（在）大部分作家看來，作協是政府貫徹文藝方針的衙門，而不

---

27 〔法〕雷蒙・阿隆，呂一民、顧杭譯，《知識分子的鴉片》（譯林出版社，二〇〇五年），頁二〇。

28 〈「文藝理論與通俗化：四〇——六〇年代研討會紀錄」〉，《中國文哲研究通訊》（臺灣）一九九六年第三期。

29 劉建軍，《單位中國》（天津人民出版社，二〇〇〇年），頁二〇。

是他們自己的協會。」[30]茅盾道出了其時作家的真切感受。作協表面上是群眾組織，卻以肯定形式否定了知識分子的自我表達空間。這是社會主義制度下群眾組織的基本特點：

> 一九四九年以後，共產黨按其設想，在可能的範圍內，重新建設了整個社會。它在大多數重要的職能領域和疆土上建立了表面上代表人民，但是，實際上是控制人民的群眾組織……黨的國家通過各種手段占領了大部分社會領域，社會不再擁有能夠自由地、真正地為其講話的機構和組織。[31]

新文學時代的獨立空間不復存在。黃克武也認為：「物質基礎的取消」，「例如稿費制度的取消，以及把作家納入作家協會的組織方式，徹底把所謂『民間社會』的基地消除掉」[32]。取消稿費的說法不甚準確，但取消「反動話語」空間則是事實。缺乏獨立的可容納異端的公共空間，文學生產必然極受限制。這種制度建構，無形中重建了古代科舉式的上升渠道，但更為窄狹。科舉時代，知識分子不為官尚可為紳，但在新中國，作家不進入單位則無處可去。他不可能找到自由職業，也難以自由出國。據說，一九五七年整風期間，《北京文學》編輯孫毓椿說：「共產黨哪一點比國民黨強？解放後我傷心透了。」「過去，不在這個機關幹，可以到那個機關去工作。現在就不行，到哪裏都是共產黨！」[33]這種言論或許是別人嫁禍於孫，但確實折射出部分知識分子的切膚之痛。其實日後周揚也感歎：在舊社會，郭沫若在國內待不住就跑到日本去，現在不行了，右派分子就不可能移居國外。

---

30 〈作協在整風中廣開言路〉，《文藝報》一九五七年第十一期。

31 〔美〕鄒讜，《二十世紀中國政治》（香港牛津大學出版社，一九九四年），頁一四二。

32 〈「文藝理論與通俗化：四〇——六〇年代研討會紀錄」，《中國文哲研究通訊》（臺灣）一九九六年第三期。

33 田莊，〈北京市文聯積極展開反對右派分子的爭鬥〉，《文藝報》一九五七年第十七期。

建國後，幾乎所有作家都進入單位。未進入單位或被單位開除，幾是滅頂之災。「（作家）如果沒有分別加入這些團體，不僅在政治上失去了依據，而且他們的作品也找不到出路。」[34]早年「未名社」作家韋叢蕪一九五五年捲入「胡風案」，一九六〇年被判有期徒刑，喪失公職，潦倒不堪，只得以打掃馬路、擺攤度日。他堅持譯完《陀思妥也夫斯基全集》，但根本無人理睬。「胡風分子」尹庚被開除公職後，流落內蒙古巴盟林河縣，竟成乞丐。無名氏一九四六年借寓杭州慧心庵，潛心撰述長篇巨構《無名書稿》，未登記就業，結果成為無業人員，不但作品無處發表，生活來源也斷絕。最後僅靠給人代寫材料與親戚接濟勉強為生，慘不忍睹。故創造社元老、《中國新文學大系》編者之一鄭伯奇語含苦澀地說：「在我們的社會裏，沒有黨的支持與關懷，僅憑個人的孤軍奮戰，終將一事無成。」[35]愈到後來，文人愈發失去對單位的獨立能力。林斤瀾陳述的端木蕻良在「文革」中的一幕，足使人心酸、歎息：

> 有一天，軍宣隊對作家們宣布：「以後你們這些人，每個月，發二十塊生活費！」鴉默雀靜。這種情況下總是鴉默雀靜。可是，端木喉嚨咔咔響了半天，說：「我家……還有一個……小女兒。」聲如游絲，真切由衷。「他的聲音、他的語調，顯得非常的淒涼。」林斤瀾說。[36]

---

34 陳敬之，《三十年代文壇與左翼作家聯盟》（臺北成文出版社有限公司，一九八〇年），頁一〇三。
35 鄭伯奇，〈反映和意見〉，《文藝報》一九五七年第十四期。
36 程紹國，《林斤瀾說》（人民文學出版社，二〇〇六年），頁二二三。

三

單位制度對於思想「正確」或「跟人」正確的文人而言，自可充分感受「社會主義的溫暖」，是控制他人的能力與既得利益的獲得。胡喬木、周揚、劉白羽、丁玲、姚文元等文人，無疑高度喜愛這種能給人權力、榮耀和地位的制度，否則，他們也不會為爭奪權力而纏鬥不止。但對於思想異端或不願趨奉權勢的文人來說，卻是致命的、惡劣不堪的。這是因為，單位制度改變了作家與領導之間的關係。在新文學時代，作家與大學、書局、媒體雜誌等機構間是市場契約型關係，相互獨立。在單位制度下，「作協少數領導成為作家的統治者，而會員成為『作家老百姓』了」[37]。領導可單方面決定作家命運，具有極強加害能力，作家則失去必要的抗害能力，不能不對領導產生「組織性的依賴」（organized dependence）。斐魯恂認為：這是帝制時代中國政治行為模式的「借屍還魂」。因為在帝制時代：

一切事物都講究團體的重要性。個人只有擺在家庭或社會秩序當中才有他的價值。更特別的是，個人在團體中所有的地位取決於他和各種權威之間的關係。因此，不管是個人還是團體，都必須取悅權威的持有人。[38]

建國後，帝制中國「一元領導，層級節制的結構」全面復活，甚至加強。單位領導與個人間的不對稱關係也得到全面重建。這直接導致了領導對作家人格依附的要求。從理論上講，人格依附是不可能存在的，領導也好，被領導者也好，都獻身於黨的文藝事業，但下級既然缺乏反制能力，領導就往往以黨的名義要求作家事實上屈從。領導與作家

[37] 茅盾，〈毛主席《在延安文藝座談會上的講話》發表十五週年紀念〉，《人民日報》一九五七年五月二十三日。
[38] 〔美〕斐魯恂，胡祖慶譯，《中國人的政治文化》（臺北風雲論壇出版社，一九九二年），頁七四、七五。

間的關係，就淪為管理者與被管理者關係。這種關係是失衡的。對此，劉賓雁當時一針見血地說：「今天所以不能有一個二十多年前膽敢與周揚抗衡的魯迅，乃是由於一個作家與黨委宣傳部長的關係不同。」[39]在此勢力懸絕的情況下，要求所有作家堅守寫作尊嚴、對抗領導不太可能，「孟子所謂『無恆產而有恆心』，事實上只能期之於極少數突出之『士』，因此但有『典型』的意義，而無普遍的意義。這不僅中國知識分子為然，古今中外莫不皆然」[40]。

組織性失衡使文藝領導與作家間的關係出現變異。這在革命領導與國統區「舊知識分子」之間最為明顯。一九五七年，整風材料反映：「有些黨員領導同志，時常露出解放者的面孔，如說：『要是他們再囉嗦，我就叫他們沒有飯吃。』等等，那完全是功臣自居、居功自傲的態度。」有些黨員「道貌岸然，心中懷著『民的主』（不是『民主』，眼睛生在天靈蓋上，不單單生在額角上而已），一副『你吃我的飯』的神情，有些共產黨員頗像閻羅殿上戴著『一見生財』的活寶；人民見了，焉有不『敬而遠之』呢」[41]？在黨的知識分子內部，權力關係同樣存在。白刃反映：陳沂、陳亞丁等軍隊文藝領導「踞功驕傲」、「盛氣凌人」，他們「不僅對作品有生殺予奪之權，而且對作家有升降遷調之權」[42]。領導還直接干預寫作。延安時期，毛澤東與作家常有往還，態度大致平等、友好。建國後，長官意志則成為主要介入表現。姚雪垠創作小說《白楊樹》，領導認為沒有寫到黨的領導而大加批評，姚雪垠怒而燒稿[43]。解放軍總政文化部長陳沂甚至產生「奇想」，要求作家和領導「結合」起來創作，認為：「只有在這個意義上，並且在尊重這個的意義上才能談得到作家的創作自由。」[44]領導還肆意剝奪作家的（不）發表權力。發表受到控

39 劉賓雁、陳伯鴻，〈上海在沉思中〉，《中國青年報》一九五七年五月十三日。
40 余英時，《士與中國文化》（上海人民出版社，一九八七年），頁一〇九。
41 〈文藝界右派的反動言行〉，《文藝報》一九五七年第十六期。
42 白刃，〈文藝界的主要矛盾在哪裏〉，《文藝報》一九五七年第八期。
43 《當代著名文學家自述：文壇檔案》（中國文史出版社，二〇〇一年），頁三一四。
44 張光年，〈文藝雜談讀後〉，《文藝報》一九五七年第二期。

制自不待言，不發表的自由同樣被藐視。劉真寫完《英雄的樂章》後尚未準備發表，不料時值「反右傾」，領導遂強行安排發表作為批判靶子。《文藝報‧再批判專輯》重刊艾青、丁玲、李又然等的文章，更不曾考慮他們的不發表權力。

如果說這種權力關係或許屬於「思想領導」、有利於新的文化秩序的建構，那麼，另外一些變異就只能說是某些個人或勢力對組織權力的私人盜用。據說，浙江一位作者質疑省委副書記林乎加對文學的「知識」，希望他「對文藝有個起碼的認識，再來給作品下結論」，結果連遭撤職、降級，同事更對他頻繁鬥爭以求邀寵，弄到這位作者最後「一言不發，整夜失眠」[45]。一九四八年，蕭軍由於「《文化報》事件」與東北局宣傳部長劉芝明「翻臉」。建國後，劉升任文化部副部長，不但暗中組織人攻擊蕭軍新作，還拒絕給蕭軍開具人事證明，致使蕭軍失業。更嚴重者，某些領導擅弄職權，懷「諸侯」之心，熱衷於植黨自肥、排斥異己。一九五七年，散文家秦似被揭發有這樣的劣跡：

> 秦似同志的宗派主義和官僚主義，主要表現在拉攏一些奉承他的人，打擊了不少和他意見不同而又是比較有文藝修養的人。如老藝人、名演員，桂劇、京劇、話劇的一些導演等，弄到不止一人曾屢次想自殺。這大大地傷害了廣西藝術的繁榮和發展。有人寫了文章批評桂劇的停滯，秦似同志就把桂劇藝術團的兩位黨員幹部叫去，授意他們寫反駁文章。一位姓周的寫了，一位姓李的不寫，他就罵姓李的「黨性」不強。他對幹部也很粗暴，甚至罵幹部說：「我可以不給你飯吃！」[46]

與周揚有宿怨的胡風，對文藝領導挾組織之力報私人之怨的現象，感受最為深切、苦澀。在《三十萬言書》中，他直接將單位制度與勢力鬥爭聯繫起來：「現行的供給制或薪金制，是游擊戰軍事時期的非常措施，進城後即已失去

[45] 〈悶在蓋子裏的聲音〉，《文藝報》一九五七年第十期。
[46] 林煥平、胡明樹，〈聞者不戒、言者有罪〉，《文藝報》一九五七年第十一期。

必要，幾年來造成了參雜著雇傭思想和特權思想的，對勞動採取僥倖態度的普遍的精神狀態，成為造成並鞏固宗派主義統治的因素之一。」[47]

無論思想壓制，還是以勢凌人，作家都無力改變。默爾•戈德曼注意到：「與先輩不同的是，當領導層強迫他們放棄自己的原則時，他們無法縮進自己的書齋或躲到山裏隱居起來，追求學者和藝術家清高的生活。在中華人民共和國，他們不能置身於這個制度之外。」[48]因此，他們只能在煎熬中任之惡性發展。於是，領導驕縱成「靈魂的劊子手」[49]。一九五七年，甚至有人將領導與作家間的關係比作「強暴」與「昏迷」的關係[50]：作家既無力抵擋權勢者以黨的名義進行的「強暴」，只好偽裝「昏迷」、偽造快感，以求自保。這種極端描述，反映了建國後一批受過「五四」獨立思想浸潤或不肯折腰事人的作家的處境。一九五七年，《星星》詩刊第二期刊出長風諷刺詩〈我對著金絲雀觀看了好久〉。此詩對單位制度下知識分子的處境及其寫作的諷刺，讀起來不免使人辛酸。不妨全詩照錄如下：

我為了到野外呼吸新鮮的空氣，
觀看天空的老鷹和壯麗的山河，
離開了見不到日出日落的院子，
從一條萬紫千紅的大街上經過。
忽然看見路旁的樹下掛著竹籠，
竹籠裏面有一個華麗的金絲雀。

---

47 胡風，《胡風三十萬言書》（湖北人民出版社，二〇〇三年），頁三七一。
48 〔美〕費正清等編，《劍橋中華人民共和國史（一九四九至一九六五）》（上海人民出版社，一九九〇年），頁二三二。
49 田莊，〈北京文聯積極展開反對右派分子的鬥爭〉，《文藝報》一九五七年第十七期。
50 〈反對文藝隊伍中的右傾思想〉，《文藝報》一九五七年第十三期。

牠在籠子裏蹦呀，跳呀；跳呀，蹦呀，
不住地唱著，唱著，唱著單調的歌，
過一陣，就吃幾粒小米，喝幾滴水，
歇一會，又開始歌頌自己的生活。
像我偶然在路旁看見了牠，
牠也偶然在籠子裏看見了我，
於是，更興奮地蹦跳起來，
好像說：「你看我，你看我多麼活潑！」
同時，更得意地歌唱起來，
連聲說：「你看我，你看我多麼快樂！」
可惜我心裏都是疑問，
不知道究竟應該回答牠些什麼。

「金絲雀」式的可憐生活，是部分文人處境的刻薄寫照。無論內心怎樣「思想」，至少在表面上他們得做出快樂表情。情況或如研究者所言：建國後「國家對社會生活施行全面控制，包括經濟上的國有制和計畫經濟，政治上共產黨的一元化領導以及文化上的意識形態一元化等。這就重新建構了一個高度一體化的生活世界，知識分子在這個生活世界裏完全被同化了」[51]。「完全被同化」一說不免誇張，實則來自國統區的「舊知識分子」在苦悶之中時發出異議。胡風在《三十萬言書》中最先提出「廢除不合理的作家等級制度」，「在三年內逐漸廢除供給制和薪金制」，甚

51 楊春時，〈現代性與中國知識分子的身分認同〉，《社會科學戰線》二〇〇六年第五期。

至「別有用心」地建議將作家協會「逐漸改變為社會活動方式的作家組織」，「全力加強思想性的工作，例如研究創作批評情況和介紹研究國際革命文藝理論批評情況等」[52]。一九五七年，葉聖陶提出作協職在「聯絡感情，共同研究」，不宜「領導」[53]；吳祖光也呼籲取消組織分配：「組織和個人是對立的，組織力量龐大，個人力量就減少」，「在文藝工作上，強調組織分配就對不上頭了」[54]。葉君健則希望將作協恢復為同人協會：「主要的工作應該是推動創作，其次是管管作家的福利，如出版、稿費等問題。」[55]當然，這些意見不可能發生效果。

單位制度及其運作，在有效地將中國帶向現代化的同時，亦使文藝機構倒退回與古代官方學術機構相類似的處境，「自漢代經學與利祿結合以後，學術思想的領域便很難維持它的獨立性，而成為通向政治的走廊。從博士制到後來的翰林制，傳統的學術機構是附屬於政府的」，「沒有自主的力量」[56]。新中國的文藝機構復活了這種「走廊」現象。作家不得不附屬於執政黨。當時文藝界流傳一句話：「我們什麼都不是，我們都是十二月工資獲得者。」[57]漫畫家李濱聲索性將作家畫成沒有腦袋的人。因此，研究者的某些「成見」不為無理——新中國「通過作家協會的組織對作家進行統戰工作，同時通過它以達到對作家的控制」，作家協會「是整個統治結構的一個衙門」[58]。不過，被「控制」者是依附於黨義，還是依附於以黨義為偽飾的私人勢力，依然是敏感問題。

52 胡風，《胡風三十萬言書》（湖北人民出版社，二〇〇三年），頁三七一。
53 葉聖陶，〈「領導」這個詞兒・個人自己的哲學〉，《文藝報》一九五七年第九期。
54 吳祖光，〈黨「趁早別領導藝術工作」〉，《文藝報》一九五七年第十九期。
55 〈作協在整風中廣開言路〉，《文藝報》一九五七年第十一期。
56 余英時，《中國知識分子論》（河南人民出版社，一九九七年），頁一〇七。
57 傅光明，《老舍之死採訪實錄》（中國廣播電視出版社，一九九九年），頁一二〇。
58 林蔓叔等，《中國當代文學史稿》（巴黎第七大學東亞出版中心，一九七八年），頁二四—二六。

第二節　稿酬制度演變小考

文藝機構提供的工資、福利等體制性收入是文人們獲得經濟來源和社會地位的主要途徑，與此同時，稿酬收入也構成了他們的生存體制的一部分。有關稿酬的起源及其對現代知識分子形成的影響，陳平原等學者有過討論。但對於新中國的稿酬制度的演變史實及其對作者與批評、出版、閱讀市場間的關係的影響，學界討論尚不充分。實則建國初年，稿酬制度參酌蘇聯經驗有所變動，稿酬標準獲得大幅提高。但在新的組織制度下，稿酬調節力量受到削弱。高稿酬不能增加作家行動能力，亦無力紓緩作家與權力持有者、政府之間的結構性不對稱。

一

新文學有成熟的稿酬制度，而根據地實施戰時供給制度，不付稿酬，但「邊區政府尊重作家勞動，發『邊區票』，延安的作家，可以拿上『票票』進館子，請朋友高高興興吃上幾碗羊雜碎」[59]。建國後，執政黨未沿用延安經驗，也未直接照搬新文學制度，而是參酌蘇聯經驗，訂立了新制度。一九五〇年四月，新華書店總管理處制定十一條規定，奠定了新制度基礎。一九五三年，出版總署徹底取消版稅制，引入蘇聯「印數定額制」。但在執行過程中，京、滬有別，各單位具體實施也略有異。人民文學出版社的〈關於稿酬暫行辦法的幾點說明〉，大致能反映建國初期的稿酬制度。這份〈說明〉要在三點：（一）稿費標準按照書籍種類分類定級。文學著作稿費標準分為十元、十二

59 閻綱，〈作家與稿費〉，《文史博覽》二〇〇四年第十期。

元、十五元、十八元四級。（二）每本書都確定額定印數。實際印數不足該定額時，按定額付一次稿費，超過定額則按照超過的定額數目加付。文學創作類定額分為一萬、二萬、三萬、五萬冊四種。其他理論、翻譯、古典作品的定額也各有標準。（三）執行遞減率付酬方法。著作作品若超過六個定額，翻譯作品若超過兩個定額，就要打折。定額印數愈多折扣愈大，最低七折起，到二折為止。創作到二十個定額，翻譯到十五個定額，以後永遠只有相當於第一個定額的二成稿費。這個〈說明〉對稿酬看似有所限制，但其實「標準定得很高」[60]。同時，由於「對作家並不徵稅」[61]，作家稿酬所得是淨收入。

新的稿酬制度充分體現了作家意願。與新文學稿酬制度在市場關係中逐漸形成不同，新稿酬制度是作為政策制定出來的。建國初，戰事未平，兼之對知識分子推行優撫政策，黨的高層未介入稿費之類瑣細工作，而由高層文化官員主持其事。由周揚、胡愈之、葉聖陶等負責的文化部與出版總署制定的新稿酬制度，高得有點不合國情，但對作家收益無疑相當有利。閻綱回憶：

> 那時，書的品種少，每本書的印量卻較大，往往一本書就可以拿到五六萬元的稿酬……當時北京一個小四合院，房價不過幾千元，至多上萬元，所以，許多作家都買了屬於自己的房子。周立波在北京香山買了一座大院落。趙樹理用《三里灣》的稿費買下煤炭胡同的房子。田間用他詩集的稿費買了一座緊挨著後海的小四合院。[62]

---

60 閻綱，〈作家與稿費〉，《文史博覽》二〇〇四年第十期。
61 閻綱，〈作家與稿費〉，《文史博覽》二〇〇四年第十期。
62 閻綱，〈作家和稿費〉，《文史博覽》二〇〇四年第十期。

汪靜之的一段回憶亦頗能表明稿費的優渥。建國初，汪靜之在人民文學出版社遭到排擠：「主任堅持要免我的職，到馮雪峰那裏威脅說要壓留他，要壓留我，有他沒我，有我沒他，並說馮『照顧老同學，違反黨紀』之類的話。這樣雪峰也沒了辦法，只好讓他免了我的職。當時馮雪峰對我說，免了職也不要緊，可以自己在家編編詩選，又自由，稿費又高，比坐班還要好些。那個時候的稿費制度是照搬蘇聯的，編一部書稿費很多。為此，我回家後寫了一個計畫，準備編『中國歷代詩選』、『唐詩選』、『李白詩選』等。」[63]新稿酬制度使作家頻頻創造經濟神話。《紅旗譜》、《播火記》由中國青年出版社和百花文藝出版社同時印行，作者梁斌在圈內被稱為「十萬富翁」。《紅岩》在「文革」前印數高達四百多萬冊，按五萬定額、千字十五元及遞減率計算，作者當獲稿酬二十萬元左右。「神童」劉紹棠二十歲（一九五六年）前已出版作品四部，獲酬一萬七八千元。一九五七年，他計畫創作長篇《金色的運河》。《人民日報》刊登了十萬冊出版廣告，預計可得到稿費三點五萬元。不但解放區作家如此，國統區來的「舊知識分子」作家，也是高稿酬制度的受益者。

稿酬的「高」，是相對於建國初普通城市居民收入與消費水平而言的。由於漫長貧困、戰亂與新政權高積累、低消費的自我剝削戰略，居民收入與消費水平普遍偏低。當時條件較好的家庭，人均月收入僅為二十至三十元，中等家庭為十至二十元，最低家庭十元以下，「職工的平均月薪只有四十元左右」[64]。故名作家與居民收入差距之大，令人咋舌——梁斌十萬元稿酬相當於一名普通職工不吃不喝二百年的全部收入。即使非暢銷書作者也能取得驚人收入——翻譯家張友松三年從出版社共獲稿酬一萬五千二百二十四元[65]，可抵上一名職工不吃不喝三十一年的全部收入。若和農民對比，稿費之「高」可用「怵目驚心」來形容。

63 高曄採訪整理，〈汪靜之口述小傳〉，《新文學史料》二〇〇六年第一期。
64 陳明遠，《知識分子與人民幣時代》（文匯出版社，二〇〇六年），頁一〇一。
65 〈關於張友松同志和我社業務往來的經過〉，《文藝報》一九五七年第十三期。

中共中央祕書長譚震林主持的調查報告〈關於我國農民收入情況和生活水平的初步研究〉顯示：一九五五年河南安陽地區農民的人年均收入為四十九點五三元[66]。據此折算，梁斌十萬元稿費相當於一個農民不吃不喝二千零一十八年的全部收入；張友松稿酬所得，相當於一個農民三百零七年的全部收入。這種收入懸殊自然會反映到消費上。當時人民幣購買力強勁，一個家庭每月六十元就可以生活舒適。翻譯家沙博理（Sidney Shapiro）如實記載了他與鳳子夫婦的經濟開銷狀況：

> 我每月工資四百四十元，我最多拿三百元，但這仍然太多。鳳子拿二百左右，我們總共有五百元。我們的房租每月只是十七元五角，伙食還不到一百元。住我們家的石廚子兼管家每月工錢三十元。甚至在寄一百來元給鳳子的親戚，常常請客，大手大腳地花費在像水果、酒、糖和煙這些額外的東西以後，我們仍舊生活得很舒適。在一個中國人的家裏，每月還有兩三百元的剩餘。[67]

這種「舒適」在作家中是比較普遍的。劉紹棠計畫將一萬七八千元存入銀行，每月可得利息一百六十元，相當於一位十二級幹部的月工資；他還計畫將《金色的運河》稿費抽出五千元，在家鄉建一座蕭洛霍夫式的別墅（被劃「右派」未實現）。稿酬之「高」若折算為當前幣值（二〇〇九年）更為直觀。陳明遠先生按一比十的比例折算，認為劉紹棠所得的一萬七八千元稿酬相當於今天的十八萬元[68]，顯然過於偏離事實。以北京地區的工資與物價變化做保守估計：建國初，居民月工資約四十至六十元，現約三千至五千元，上漲七十倍左右；物價漲幅不一，農副產品上漲十倍

66 譚震林等，〈關於我國農民收入情況和生活水平的初步研究〉，《人民日報》一九五七年五月五日。
67 沙博理，《我的中國》（北京十月文藝出版社，一九九八年），頁二一七。
68 陳明遠，《知識分子與人民幣時代》（文匯出版社，二〇〇六年），頁一〇八。

有餘，房產上漲則遠非此數。劉紹棠花二千五百元買的一座宅院（住房五間、廚房一間、堆房一間，帶一小院兼五棵棗樹、五棵槐樹），此宅現售價不下於二百萬元，上漲八百倍。綜合考慮，今昔幣值比應不下於一比四十。所以，劉紹棠所得的一萬七八千元稿酬約相當今天六十萬元，梁斌所得的十萬約相當今天四百萬。

任何既得利益階層都力求擴大既得利益。作為新政權的食利群體，作家們普遍歡迎並希望維持這種不合理現狀。高稿酬制度養成了不少作家富足與奢侈的生活習慣。黎之回憶：一九五六年，徐景賢向到上海調查的林默涵彙報說，個別從解放區來的作家，稿費多，名氣大，生活鋪張、奢侈，已經引起群眾不滿，市委領導不得不找他們談話，希望他們至少表面上節約一些，以免過度刺激群眾[69]。即使「文革」期間，稿酬被取消，可觀的稿酬積蓄與工資仍使多數作家保持著高消費的習慣（身陷囹圄者除外）。「文革」初期，陳白塵、張天翼、張光年等一起蹲「牛棚」，每到週末便結伴去五芳齋、東來順等名店打牙祭。後為人所知，就改成晚上在「牛棚」（原辦公室）繼續「饕餮」，盡情享受普通居民不敢問津的啤酒、大麯、大排骨、烤子魚[70]。張光年下放咸寧幹校，常託人從北京郵購可哥奶精、蜂皇精片等昂貴食品，引起了當地農場職工的憤懣，領導不得不出面限制張購買昂貴零食的金額[71]。這在下放作家中不是個別。舒蕪回憶：向陽湖農民為他們編了一段順口溜，稱：「向陽湖，北京佬，穿得破，吃得好，一人一個大手錶。星期天，城裏跑，想回北京回不了。」而幹校領導為防止刺激資訊封閉的貧窮農民，竟給下放知識分子們定下一條不成文的「紀律」，即「不許跟老鄉談工資多少」[72]，以免生變。「文革」後期，丁玲被安置在山西長治嶂頭村，臨別時買了一臺拖拉機送給該村[73]。這種經濟實力，顯非普通幹部能夠企及，更不消說下層「工農兵」。

69 黎之，《文壇風雲錄》（河南人民出版社，一九九八年），頁一二八。
70 陳虹，《自有歲寒心：陳白塵紀傳》（山西人民出版社，二〇〇〇年），頁二六七。
71 張光年，《向陽日記》（遠東出版社，一九九七年），頁三九。
72 舒蕪，《舒蕪口述自傳》（中國社會科學出版社，二〇〇二年），頁三三六。
73 林賢治編，《左右說丁玲》（中國工人出版社，二〇〇一年），頁五一。

高稿酬制度顯然促進了文學生產，恰如論者所言：「和平安寧的社會環境、相對穩定的物質生活、極其深厚的人生體驗，是從事多卷本長篇小說創作所必需的條件。除了《李自成》外，柳青的《創業史》、梁斌的《紅旗譜》、周而復的《上海的早晨》、歐陽山的《一代風流》、李六如的《六十年的變遷》等多卷本巨著均在『十七年』醞釀創作、出版，不是偶然的。」[74]

然而，高稿酬制度又給建國初的文學帶來三點始料未及的變化：

其一，寫作這一「富誘惑性的職業」[75]在五十年代中後期引發了全國性的寫作狂潮。驚人的稿酬收入，吸引了生財乏術的各層群眾積極投身寫作。當時文藝刊物每天都能收三四十件來稿，每月能收一兩千件來稿，刊物編輯苦不堪言。中學生劉紹棠一夜成名、一夜暴富的故事，強烈刺激著群眾（尤其大中學生）的神經，「好多中學生，寄來許多從自己的日記本上、作文簿上撕下來的作業，還有的是在課堂上潦草寫成的詩」[76]。文學「作者」因此急劇膨脹。其中不乏一二「新人」，但大量投機分子也由此聚結，構成了當代文學隱約的威脅。

其二，群眾怨恨的出現。有研究者認為五十至六十年代「國家不斷地調整稿酬制度，在一定程度上體現了對作家勞動的尊重」[77]，其實不甚確切，主要因於研究者對當時有關作家稿酬的輿論環境不甚瞭解，實則在「寫作潮」出現的同時，普遍性的群眾怨恨也隨之浮現。本來，共產黨革命以社會公正為主要承諾，孰料建國後執政黨親自締造了新的權貴階層，知名作家、高級知識分子亦與於其中。他們必然成為居民怨恨的對象。陳明遠坦承：「他們當時都是『高薪階層』而遭人眼紅。」[78]楊絳也回憶說：

---

74 陳偉軍，〈著書不為稻粱謀——「十七年」稿酬制度的流變與作家的生存方式〉，《社會科學戰線》二〇〇六年第一期。

75 洪子誠，《中國當代文學史》（北京大學出版社，一九九九年），頁三二。

76 閻志吾，〈編輯的功績、錯誤和苦惱〉，《文藝報》一九五六年第四期。

77 陳偉軍，〈著書不為稻粱謀——「十七年」稿酬制度的流變與作家的生存方式〉，《社會科學戰線》二〇〇六年第一期。

78 陳明遠，《知識分子與人民幣時代》（文匯出版社，二〇〇六年），頁一〇一至一〇二。

「三年困難」時期，鍾書因為和洋人一同為英譯毛選定稿，常和洋人同吃高級飯。他和我又各有一份特殊供應。我們還經常吃館子。我們生活很優裕。而阿瑗輩的「年輕人」呢，住處遠比我們原先小；他們的工資和我們的工資差距很大。我們幾百，他們只有幾十。「年輕人」是新中國的知識分子。「舊社會過來老先生」和「年輕人」生活懸殊，「老先生」未免令人側目。[79]

「文革」時期，「三名三高」（名作家、名演員、名教授與高工資、高稿酬、高獎金）遭到批判，作家首當其衝。一九六六年，老舍先生遭紅衛兵鞭打，直接導火索就是出身職工家庭的紅衛兵本能反感他的美元稿費與高工資：「就打你這個一千多塊。」[80]一位下層婦女在批判蕭乾時稱：「憑什麼我七個小孩，一家九口人，住一間房，他們才兩個孩子，住這麼一大片瓦房？這難道不是修正主義？」[81]孫犁洞明世事，所以「文革」爆發以後主動上交稿費，以求免禍。「文革」後他回顧說：「建國以後，有了稿費，這種措施，突然而又突出，很引起社會上的一些注目……我可以斷定：在十年動亂時，有些作家和他們的家屬，遭遇那樣悲慘，是和他們得到的稿費多，有直接關係。」[82]

其三，孫犁看法實牽涉另一問題：過於突出的食利特徵，導致作家道義資源流失。這恐怕為追隨革命的作家們始料不及。其實，評論家蘇雋一九五七年就已撰文呼籲作家注意這種危險。他說：解放後「作家的報酬比較優厚，和人民群眾的生活水平差得比較遠」，「作家和群眾之間的隔閡正在漸漸加深，感情上的距離也疏遠了」，「群眾對作家『敬而遠之』的現象已經不止一次地發現了，這正是值得作家們警惕的」。因此蘇雋呼籲：「作家要和人民同甘共

79 楊絳，《我們仨》（北京三聯書店，二〇〇四年），頁一四一。
80 傅光明，《老舍之死採訪實錄》（中國廣播電視大學出版社，一九九九年），頁七一。
81 蕭乾，《未帶地圖的旅人》（中國文聯出版公司，一九九一年），頁三一八。
82 孫犁，〈芸齋瑣談〉，載《遠道集》（百花文藝出版社，一九八四年）。

苦。」[83]可惜，與低下階級「同甘共苦」很難成為知識分子的追求。故作家在「食利」道路上繼續前進、流失道義資源是必然的。不必然的是他們因此成為低下階級怨恨的發洩對象。因為歷史「常例」是，最高統治者總是設法保護上層知識階層的利益，以換取生前身後的合法性，但毛澤東顯然不太理睬這種「常例」。

二

一九五五年，稿酬成為惹人注目的議題。最初動議來自作家內部。不少未寫出暢銷書的作家，覺得現行稿酬制度妨礙了自己收入的提高，而文藝界領導也把好作品稀少歸咎於稿費刺激有限，有意「用提高稿費的方法，刺激作家繁榮創作」[84]。一九五六年，為加強《人民日報》的雜文欄目，胡喬木把稿費提高到每千字二十至五十元的驚人標準（折算為二〇〇九年幣值為六百至一千五百元）。這讓作家們頗為歡欣[85]。但來自黨的領袖的聲音卻又異樣。一九五六年三月五日，劉少奇主席在中國作協第二次理事會擴大會議期間同周揚、劉白羽的談話中指出：「稿酬不合理，不但作家有這個反映，非作家也有這個反映。稿費定得太高或太低，都是不妥當的……稿費條例應在作家中間做

83 蘇雋，〈「作家要和人民同甘共苦」〉，《文藝月報》一九五七年第四期。

84 戈揚，〈向明天飛奔〉，《人民文學》一九五六年第一期。

85 袁鷹回憶：「有一次散會時，艾青突然宣布中午他做東到奇珍閣吃飯，於是大家高高興興地三三兩兩穿過西總布胡同走到王府井東安市場，在奇珍閣樓湘菜館上雅座坐了一大桌。艾青點了一大串菜名，向大家說其實不是他請客，是《人民日報》給的稿費。袁水拍立刻說明：《人民日報》一九五六年七月改版恢復副刊後，經上級領導同意，突破當時出版部門稿費的標準（好像是每千字五至七元），實行每千字五十元的高稿酬制。艾青的一篇短文得了五六十元稿酬，請一桌飯當然綽綽有餘。大家笑著說是《人民日報》的『德政』。」見〈東總布胡同之憶〉，收入閻晶明編選《六十年溫暖長留心意》（作家出版社，二〇一〇年），頁三一。

充分討論。」[86]劉少奇提到的「非作家」的「反映」，應該就是群眾怨恨的出現，而「作家有這個反映」則與個別深感民生多艱、不安於既得利益的作家有關。譬如長期在晉東南農村活動的趙樹理，就一直對高稿酬感到不滿。早在一九五三年，趙樹理即在作協內部首倡調整工資、稿酬同時享受的雙重待遇，重新評定稿費制度。另外，像老舍、巴金、傅雷等作家，也堅持不領工資，完全以稿費自給。但個別作家的倡議未能引起廣泛的回應。

群眾怨恨的推動力量則不同。對作家稿酬的不滿，主要出現在文化部門的基層黨政幹部中間。這些基層文化幹部工資相對較低（多則百元少則三四十元），他們對作家稿酬收入又比較瞭解。所以，巨大收入差距導致的不滿，最容易在此類「群眾」中積聚。他們是抵制提高稿酬的重要力量。現缺乏足夠材料直接證明這一點，但部分「鳴放」材料可為旁證。在一九五七年「通俗文藝座談會」上，舒蕪指責文化部出版局的稿費草擬小組「有個指導思想：作家少拿些錢總是好的，拿多了就會腐化墮落。也許他們是見慣了中國文人一向是過窮困潦倒的生活，今天還應該這樣」[87]！陳白塵則刊發公開信稱：

> 作家收入本不應太多，但作為一種制度，其主要精神如果只表現（或看起來是）在消極防止作家收入而不是積極鼓勵，這就很難堪了！彷彿作家都是一群唯利是圖的人！[88]

可見，出版局內確有一股勢力在抵制高稿酬制度，試圖修改它。這兩股不同勢力的衝突，導致此後稿酬制度的起伏變化。

86 劉少奇，〈關於作家的修養等問題〉，載中共中央書記處研究室文化組編《黨和國家領導人論文藝》（文化藝術出版社，一九八二年），頁八三。

87 木呆，〈通俗文藝作家的呼聲〉，《文藝報》一九五七年第十期。

88 陳白塵，〈稿酬・出版・發行〉，《文匯報》一九五七年五月四日。

一九五六年初，迫於「群眾」壓力，作協正式提出作家自給、調整稿酬標準的意見。三月，作協召開座談會討論該問題。據公開報導稱：大多數作家積極支持黨的提議，主張年內除民族地區外一律自給，若不足可以申請貸款。但報導也承認：個別作家提出延緩三年自給，稿費標準不能提高，但也不宜降低，遞減制度則須重新考慮。熟悉中國新聞敘述技巧的讀者，不難推斷出，反對者不在少數。辛生稍後撰文也承認：「並不是所有人對於這一改變都有足夠的理解的。」[89]但一九五六年十二月，作協還是正式下達了〈關於作家自給和創作貨款、津貼的試行辦法〉文件，要求從次年元旦起，全國所有作家都實行自給。

這一文件給作家帶來了較大壓力。畢竟，享受單位保障已達六七年之久的作家們，已不太習慣再度「賣文為生」。且解放後「賣文」的市場環境已經消失。所以，多數專業作家不能不在憂慮中開始「自給」。陳白塵女兒回憶：「我爸他提出了辭職，而且自動停了薪，他去試著做那個『專業作家』了。這樣一來，全家的生活可能要受到影響。那天，他小心翼翼地同我媽商量」，「足足商量了一夜」[90]。自給試行未幾，便迎來一九五七年的「鳴放」整風。陳白塵挺身發難，言詞激烈地表示：現行稿酬制度很難維持生活，稿費標準、印數定額、遞減率「是三根套索，總有一根套上你」，作家很難有很多收入，而且重版困難，稿酬收入又極度不平衡，結果是脹的脹昏，餓的餓癟——

假如你能寫出一本暢銷書或所謂「重點書」，你的收入將會遠遠超過你生活所需要的數字。但另方面，包括全國最知名的作家在內，你寫的書如果不是「重點」，則你每年非寫一篇十萬字的長篇不能生活。寫劇本則每年寫一個多幕劇也還不能生活！（你知道這樣的寫作量還是個假定，事實上不可能！）如果他的書再依現在的發行制度，長期不能重版，您說一個自給的作家如何生活下去？因此目前社會上有種輿論說作家有錢，真是冤

[89] 辛生，〈談作家的職業化與社會責任〉，《新港》一九五七年第四期。
[90] 陳虹，《自有歲寒心——陳白塵紀傳》（山西人民出版社，二〇〇〇年），頁二一七。

枉。據我所知，有錢的作家有全國也不過三五戶，而全國作家都披上有錢之名，你說這公平嗎？……三五戶作家在不盡妥善的出版、發行制度下被「培養」成為有錢戶，回過頭來要求全國作家來賠償「損失」。這可不是「損不足以奉有餘」麼？[91]

陳白塵所言壓力肯定存在。既要削減既得利益，又要撤銷單位保障，不可能不使人憂心。姚雪垠認為：自給讓作家「在物質上和精神上都感到沉重壓力」[92]。鄭伯奇也反映：自給方法有些「硬性」，在西安「引起不小的波動」，「使一些作家過分緊張」。鄭伯奇希望作協能「統籌兼顧、全面安排」，對較年老、生活負擔較重的作家，對詩歌、戲劇、理論批評作品應有所考慮，對稿費、版稅、上演稅及出版制度、上演制度都應「制定一套合理而有效的辦法」[93]。嚴文井表示：「老作家很多都沒有錢，有些青年作家反而有很多存款，但也是少數。一般認為現在稿費還不算高。不能再降低了。」[94]更離譜的是嚴究，他竟反其道而行之，宣稱現有「每千字的稿費訂得過低」，並建議取消遞減率，提高稿酬標準[95]。

出人意料的是，這些反對意見在「反右」運動中並未受到清理，卻獲得了積極反響。整風期間，人民文學出版社就開始大量重印新文學著作，加大預付稿費的進度與幅度。「反右」期間，作協借中共中央名義發布指示：停止自給。並於一九五八年七月十四日頒布〈關於文學和社會科學書籍稿酬的暫行規定草案〉，指示：稿酬仍然按照原來標準執行。短暫的「自給風波」表明，周揚等高層文藝官員在稿酬問題上，與出版局內的某種「群眾」勢力並不一致。

91 陳白塵，〈稿酬・出版・發行〉，《文匯報》一九五七年五月四日。
92 姚雪垠，〈打開窗戶說亮話〉，《文藝報》一九五七年第七期。
93 鄭伯奇，〈反映和意見〉，《文藝報》一九五七年第十四期。
94 〈作家對出版部門意見多〉，《人民日報》一九五七年五月十九日。
95 嚴究，〈書的稿酬與印數〉，《文藝報》一九五七年第十四期。

他們願意維護作家的切身利益。「群眾」怨恨不足以撼動文化官員的決定。終止自給後，作家普遍歡迎；只有趙樹理此後下鄉則不願再報銷車旅、醫療等費用，都用稿酬自己支付。

但〈草案〉實行不到三月，突然又發生降酬事件。此事發生原因，陳明遠認為是：「大躍進」開始，「曹禺等幾位作家聯名發表文章，主動提出降低稿酬」[96]。此說是錯誤的。根據有二：其一，作協做出降酬決定是在一九五八年九月底，而曹禺等文章發表於一九五八年十一月《劇本》月刊，晚出一個多月，屬事後表態，其題目〈我們熱烈擁護降低稿酬〉已說清楚。而且，田漢、夏衍、陽翰笙、陳白塵等周揚下屬與朋友共同署名，極可能出於周揚「安排」。周揚如此「安排」，可能是為了彌補七月份頒布〈草案〉維持高稿酬的「過錯」。若如此，周揚必是感到了來自高層的壓力。其二，一九五六年「自給風波」已清楚表明，趙樹理那種有關自給、降酬等損害作家既得利益的倡議，在作家群體內部是不得人心的。所以，一九五八年降酬事件不可能因於類似倡議。真正原因，應在於領袖權威的意外介入。

一九五八年，毛澤東在成都會議、八大二次會議、北戴河會議等高級會議上，多次非議八級工資製造成的等級差別，批評幹部「做了大官」，「老子天下第一」，「不願意以普通勞動者姿態出現」是「很惡劣的現象」[97]，並對戰時延安供給制度充滿留戀。毛澤東的講話，源出於他個人對建國後快速膨脹的新權勢階層的不滿，並無特別針對知識分子之意。但上海市委宣傳部長張春橋刻意揣摩，撰寫〈破除資產階級法權思想〉一文，巧加迎合。張春橋稱：「軍民平等、官兵平等、上下平等」的供給制，解放後被資產階級法權思想攻擊為「農村作風」，結果使黨的幹部「脫離群眾」，「迅速地學會了紳士派頭、高等華人派頭、趙老太爺派頭」，「爭名於朝、爭利於市」，所以，黨應該「恢

---

96 陳明遠，《知識分子與人民幣時代》（文匯出版社，二〇〇六年），頁一一一。

97 毛澤東，〈幹部要以普通勞動者姿態出現〉，載《毛澤東文集》第七卷（人民出版社，一九九九年）。

復和發揚」舊的光榮傳統[98]。所謂「資產階級法權思想」重要表現之一就是高工資、高稿酬。張春橋文章刊於《解放》半月刊一九五八年第六期（九月十五日出刊），毛澤東閱後大為讚賞，責令《人民日報》立即轉載。《人民日報》總編吳冷西不同意張春橋的看法，採取敷衍態度。毛澤東於是親自撰寫「編者按」，強令吳冷西轉載。文章刊出以後，引起了廣泛注意。《人民日報》又增設了「關於資產階級法權問題的討論」專欄，連續發表、轉載各地批判文章，造成了很大震動。黎之回憶：「這文章發表的架勢，不能不使人聯想到當年對《紅樓夢》研究的批判」，「頗有山雨欲來之感」[99]。因此，剛剛明確支持高稿酬制度的周揚等人，可能為此措手不及。剛被壓制的「群眾」怨恨再次泛起。於是降酬勢在必行。

九月二十七日，張春橋文章還未刊上《人民日報》，在文聯主席團擴大會議上，張天翼、周立波等作家就已「主動」倡議降酬。同日，上海出版局發出通知，稱：

> 我局根據上海的情況，經過反覆研究，認為目前稿酬標準仍然高，譯者的勞動收入標準與一般的勞動人民的工資標準相差懸殊過大，脫離群眾的現象非常嚴重。這對今後提倡業餘創作和培養業餘作者不僅不能起鼓勵作用，恰恰相反，卻更容易產生追求稿費，滋長個人名利思想，甚至引起一部分工農作者不滿意體力勞動等不良後果。因而是不利於社會主義出版事業發展和創作繁榮的。為了更合理地調整稿酬辦法，現決定上海各出版社一律按文化部〈關於文學和社會科學書籍稿酬的暫行規定〉的標準降低一半，請即執行。

98 張春橋，〈破除資產階級法權思想〉，《解放》一九五八年第六期。

99 黎之，《文壇風雲錄》（河南人民出版社，一九九八年），頁一四五。

旋即，作協下屬的《文藝報》、《人民文學》、《新觀察》、《詩刊》、《譯文》五刊物聯合聲明，響應上海，「決定從十月份起將我們的稿酬標準降低一半」[100]。十月五日，《人民日報》刊發評論員文章，支持該聲明。文章認為：「現在的稿酬不但過高，而且有許多根本不合理的地方。」「作家和業餘寫作者的收入，同一般工作人員，特別是工人、農民的收入很懸殊，這就造成了一部分作家生活過於優裕，逐漸脫離勞動人民。」「降低稿費標準，將有助於縮短作家和勞動人民在生活上的距離，深入生活，深入群眾，同勞動人民打成一片。」[101]十月十日，文化部正式發出〈關於北京各報刊、出版社降低稿酬標準的通報〉。十一月，前述田漢、夏衍、老舍、陽翰笙、曹禺、陳白塵六作家聯名公開信發表，呼應張春橋，稱稿酬為「資產階級法權觀念的殘餘」，「希望待條件成熟後，完全取消稿酬」[102]。

如此雷厲風行的降酬，是周揚主動避禍的結果。但事後毛澤東本人的態度卻又曖昧不清，他表示：「資產階級法權只能破除一部分。」[103]故此後數年，周揚、張春橋兩派皆藉政治外力，以「文化部」名義交替發布相互衝突的通知，使稿酬問題反覆不已。一九五九年三月，文化部發出〈關於降低稿酬標準的幾個問題的通知〉，稱：稿酬減半後，「對於降低稿酬後有困難或生活水平下降過多的專業作者，稿費應當少降，有的甚至不降，或採取其他適當辦法予以照顧」，印數稿酬仍恢復一九五八年七月辦法。這一辦法受到了周恩來的公開支持。一九五九年五月三日，周恩來在講話中明確提出：「既要政治掛帥，又要講物質福利。在生活上，主導方面是政治掛帥，但要注意物質福利。對於工資、稿酬等問題，應該研究、總結。有些同志提出減薪要減得和行政人員一樣，這是不必要的。當然，過高的高薪也可以考慮。稿酬問題也是如此。對待成名作家，稿酬應與青年作家有所區別，稿酬應分成幾等。因為其中還有個

100 文藝報等編輯部，〈降低稿酬標準啟事〉，《文藝報》一九五八年第十九期。
101 本報評論員，〈怎樣看待稿費〉，《人民日報》一九五八年十月五日。
102 田漢等，〈我們熱烈擁護降低稿酬〉，《劇本》一九五八年第十一期。
103 黎之，《文壇風雲錄》（河南人民出版社，一九九八年），頁一五四。

勞動保護精神。」[104]於是，十月，再發出〈關於在北京、上海兩地有關出版社繼續試行〈關於文學和社會科學書籍稿酬暫行規定〉的通知〉，決定正式恢復一九五八年辦法。

關於此事，有研究者認為周恩來是「力圖對當時『左』的傾向進行糾偏」[105]。所謂「『左』的傾向」其實是不甚準確的，因為高稿酬制度最強烈的反對者是國家主席劉少奇。黎之回憶：一九五九年十二月，「當時劉（少奇）的一篇報告，收到人民出版社每千字三十五元的稿費。劉說稿費怎麼這樣高。從此稿費下調，甚至不發稿費」[106]。三十五元折算為今日（二〇〇九年）幣值，當過千元。於是，一九六〇年十月，一份用意相反的〈關於廢除版稅制、徹底改革稿酬制度的請示報告〉也以文化部名義上報，獲中共中央批准。報告建議廢除按印數付酬，一律一次付酬，重印不再付酬。一九六二年五月，經周恩來、陳毅介入，此報告被推翻，文化部又發出〈關於恢復一九五九年頒布施行的稿酬暫行規定的通知〉，規定自本年五月一日起，恢復基本稿酬和印數稿酬相結合的辦法。一九六四年七月，文化部再發通知，否定前次通知，決定停付印數稿酬，僅付基本稿酬。同年十二月二十一日，又發出〈關於改革稿酬制度的通知〉，決定恢復一九六〇年辦法，廢除印數稿酬，只付基本稿酬。一九六五年後，江青、張春橋等激進派走上前臺，稿酬制度更受到直接衝擊。一九六六年一月三日，文化部再次決定降酬百分之五十。

稿酬問題的反覆與波動，是執政黨領袖層內分歧及周揚等延安派與江青、張春橋等激進派間激烈衝突的一個不引人注意的部分。在一九六四年以前，周揚基本上保持優勢，大體維護了作家的高稿酬利益。一九六五年後，張春橋等激進勢力竄升，稿酬制度受到持續衝擊。「文革」爆發後，周揚入獄，稿酬作為「資產階級法權」的表現基本上被取

104 周恩來，〈關於文化藝術工作兩條腿走路的問題〉，載文化部文學藝術研究院編《周恩來論文藝》（人民文學出版社，一九七九年），頁七一。

105 陳偉軍，〈著書不為稻粱謀——「十七年」稿酬制度的流變與作家的生存方式〉，《社會科學戰線》二〇〇六年第一期。

106 黎之，《文壇風雲錄》（河南人民出版社，一九九八年），頁一九一。

消。但正如研究者所言：「雖然在五六十年代中國的稿酬制度在動盪中變來變去，但著作家還是屬於社會上的高收入者。」[107]

三

建國初期，當代文學已呈傾斜之勢。在作者、讀者、出版、評論四種流通要素中，作者漸行漸弱。譬如，挾著革命「群眾」聲威的讀者隨時可凌駕於作者之上，慣於以意識形態權威自居的粗暴評論大行其道，而出版社在作者與意識形態之間，樂於充當「積極分子」，絕少支持作者與讀者或評論家對抗。由而在讀者、評論、出版與作者之間出現傾斜格局，作者很難以獨立姿態對抗其他三者的擠壓。新文學時代，稿酬收入可為作家對抗類似壓力、維護自我提供體制支援。但建國後，稿酬大幅提高，卻反而喪失這種功能，不能有效紓解作家與各類權力持有人之間的結構性傾斜。為何如此呢，原因有二：

第一，經濟資本失效。建國後作家的經濟資本雖然大獲提升，但私人資金不能在文學場內進行投資，不能用於創辦刊物和出版社，不能起到集聚作家與創作，形成文學勢力與聲譽的作用。一九五六年後，全國所有出版社、刊物都被改造為全民所有制。同人刊物雖未被明文禁止，但實已成為「禁區」，偶有嘗試者（如《探求者》群體與《星星》詩刊同人）無不身敗名裂。在此體制下，稿費豐厚只能帶來優渥生活，卻不能轉化為文學資本。法國文化社會學家布迪厄有關經濟資本為文學場域最重要資本的權威論述，不符合中國國情。

第二，稿酬風險。作家豐厚經濟收入（稿酬、工資及各種福利）又是不安全的。建國後，經過「社會主義改造」，單位成為國家配置社會資源的唯一渠道，個人離開單位意味著一無所有。絕大多數作家皆身在單位之中，並不

107 馬嘶，《百年冷暖：二十世紀中國知識分子生活狀況》（北京圖書館出版社，二〇〇三年），頁三七八。

可避免地對單位形成「組織性的依賴」。這不但體現在工資收入受制於單位，而且看似自由的高稿酬收入，其實也深深受制於單位。作為消極的懲罰手段，單位可以質疑、褫奪作家的革命身分，取消其出版、發表的權利，斷絕其稿酬收入，甚至還可凍結存款、解除公職。這種懲罰還可能間接波及到作家子女。胡風、丁玲、陳企霞皆罹此難。胡風、丁玲被監禁、發配時，子女已成年自立，問題不大。陳企霞被劃為「右派」後，不僅稿酬來源斷絕，而且還被取消行政十級待遇，每月僅發生活費二十六元。陳有年幼子女五人，困窘不堪，不得不依賴學生補濟。後來作協每月給每個孩子發放十元生活費，才得以為生。谷峪是受丁玲扶攜的新人，一九五七年因不肯效仿康濯、瑪拉沁夫等人構陷丁玲，被劃為「右派」。隨即被單位開除，生活無著，竟淪落到「嚴冬在垃圾堆撿煤渣當燃料」的地步，最後神經錯亂[108]。此情此景，使人不免對「握」在手中的幸福，如履薄冰，唯恐失掉，還有幾人想著憑藉它去對抗意識形態與權要呢！相反，為爭取更多的稿酬與利益，更多作家會選擇放棄寫作尊嚴。

風險性的增加，削弱了作家的行動能力，但這種風險性、脆弱性多被高收入、高地位所掩蓋。的確，「文革」前知識分子在稿酬之爭中取得勝利，但並不表明知識分子擁有決定自己的權利，而毋寧說是高層優容的體現。毛澤東等領袖久經磨礪，志存高遠，在物質享受方面較少與知識分子計較，但對知識分子的政治立場卻始終保持嚴重關切：知識分子若與執政黨政策一致，積極以執政黨所鼓勵的方式為國家重建獻力獻策，執政黨自然可使之養尊處優，居王府，食厚祿，甚至默認其「亂搞男女關係」[109]。但若執意與執政黨分庭抗禮，懲罰則極可怕。在此情形下，作家易屈服於政治。當然，若有某一權勢人物以黨自居，他同樣可以通過控制知識分子經濟來源的方式，施展這種懲罰，使之臣服於己。所以，在高稿酬的背後，是文學朝向「政治的走廊」和「權勢的走廊」的下滑，是知識分子對中國古代士大夫榮耀與屈辱的雙重重溫。

108 徐剛，〈文學研究所——文學講習所〉，《新文學史料》二〇〇〇年第四期。

109 會昌，〈精神世界裏的級別〉，《長江文藝》一九五七年第七期。

第三節　「道」、「勢」與身分：單位制度下的文人生存

一九四九年後，文聯、作協等機構為文人提供了穩定豐厚的薪金與醫療、教育、住房、差旅等福利保障，「大幅度的提高」了「作家的政治地位、社會地位」[110]。但單位制度也有力重構了文人主體的身分認同，「形塑」了其自我定位及寫作態度。此亦當代文學「心照不宣的協議」[111]之一。這種身分認同在延安文人建構「人民文學」、重組文壇格局的過程中，起到了至關重要的制度性作用。但學界研究基本上都集中在文人與政治意識形態的糾結。而事實上，由於單位制度與傳統文化的「結盟」，當代文人的身分認同具有纏雜的「兩重面孔」。

一

身分認同（identity）係指個體「在現代社會中塑造成的、以人的自我為軸心展開和運轉的、對自我身分的確認」[112]，它「並非直接地經驗，而是間接地經驗，是從同一社會群體其他個體成員的特定觀點，或從他所屬地整個社會群體的一般觀點來看待他的自我的」[113]。這種自我確認，指一個人希望歸屬何種國家、社會和文化，並在其中承擔特定角色、實現特定人生價值。在五十至七十年代，這種「約定俗成」的確認是個體人生選擇與文學版圖變化的主

110 洪子誠，《問題與方法》（北京三聯書店，二〇〇二年），頁二一七。
111 〔荷〕佛克馬、蟻布思，喻國強譯，《文學研究與文化參與》（北京大學出版社，一九九六年），頁一二二。
112 王成兵，《當代認同危機的人學解讀》（中國社會科學出版社，二〇〇四年），頁九。
113 〔美〕喬治・H・米德，趙月瑟譯，《心靈、自我與社會》（上海譯文出版社，二〇〇五年），頁一〇九。

要條件。對此，當前研究都有涉及，但都集中在文人與政治的關係，尤其是文人在意識形態壓力下從啟蒙者轉向「被改造者」的身分「調整」上。研究者指出：由於「政治身分（黨員、積極分子、工農出生）成為獲得權力和利益的資本」[114]，對於帶有小資「原罪」和其他「歷史問題」的文人而言，政治忠誠便成為身分認同的關鍵——

> 作家被劃為國家幹部，能享受到相當高的政治地位，分配和享有國家一定的經濟資源，工資和稿費都相當高，但思想意識和階級屬性一直受到懷疑、批判和改造，這帶來了他們身分認同的混亂和焦慮。[115]

顯然，怎樣向組織證明自己已完成從「啟蒙者」到「被改造者」的身分轉變，已具備工農兵世界觀，就成為文人獲得單位接納的首要問題。而在單位制度下，文人若因「不順從」而被放逐，結果不堪設想。這是當前研究的代表性看法。這些觀點，不難從余英時「道」、「勢」之辨中找到淵源。當代文人對體制、寫作對政治的歸化，可理解為「道」對「勢」的再度屈服。甚至可推論，當代中國沒有真正的「知識分子」，文人們「只不過是各條『戰線』上的士兵，這些『戰線』全都聽命於中央政權或代表『天道』的政治勢力的政治號令」[116]。

這類有關身分認同的主流見解是正確的，此處不重複討論，僅略做補充。其實，對政治的馴服或忠誠，其癥結不僅在於社會主義體制，同時亦是科舉停廢以後知識分子社會功能改變的結果。在古代，儒家知識分子作為「天命」的闡釋者，可通過學術研究、文學書寫賦給、維持政治強權的「天命」，亦有可能削減、褫奪之。恰如研究者言：「學者—知識分子，他們被排除於政局之外，但還擁有社會威望」，「他可以發表自己的意見，制定其原則，發生實際的

114 劉小楓，《現代性社會理論緒論》（北京三聯書店，一九九八年），頁四三一。
115 王本朝，《中國當代文學體制研究》（武漢大學博士論文，二〇〇五年），頁五六。
116 鄧曉芒，〈當代知識分子的身分意識〉，《書屋》二〇〇四年第八期。

影響。這樣的人並不試圖按照他們自己的利益來控制政治權力，而是提出一系列倫理原則來限制政治的力量。他們所發展的道統體系被紳士接受，並作為其政治活動的規範」[117]，他們是「社會中意義的提供者，體制中權威合法性的辯護者」[118]。但民國以來，儒學式微與科舉這種「中國社會唯一公認的權威分配裝置」[119]的停廢，使知識分子作為政治合法性的闡釋者、賦予者的傳統地位大幅削弱：

執政者認為他們不需要徵詢任何人的意見。他們自認為可以自給自足，不必急於獲得任何社會團體的道德支援或意見提供……除了統治階層之外，沒有任何社會精英有左右政局的力量。[120]

這種地位，到共產主義革命則喪失殆盡。毛澤東作為一代英才，自身即是理論造詣頗深的知識分子。高華指出：毛澤東「自為『以其道易天下者』，『道』者，個人對改造中國社會和世界所持的理想抱負、志向也」。「毛在整風運動中，依據自己的理想全面改造了至那時為止的中共所有有形和無形的方面，不僅完成了黨的全盤毛澤東化的基礎工程，而且還建起一整套烙有毛澤東個人鮮明印記的中共新傳統——其一系列概念和範式在一九四九年後改變並決定了幾億中國人的思想和行為。」[121]毛澤東兼具「君」、「師」角色，已自己解決革命政權的「道統」問題，無須知識分子再來為革命創設「合法性」。在此情形下，毛澤東就不需要文人「思想」，而僅需要他們學習他的思想，然後以其特殊技術（譬如講故事、譜曲、木刻畫等）來傳播其思想，為革命提供補充性論證。顯然，知識分子的傳統功能在

117　費孝通，《中國紳士》（中國社會科學出版社，二〇〇六年），頁一六。
118　〔美〕杜維明，《道‧學‧政：論儒家知識分子》（上海人民出版社，二〇〇〇年），頁一七至一八。
119　〔日〕佐藤慎一，《近代中國的知識分子與文明‧序章》（江蘇人民出版社，二〇〇六年）。
120　〔美〕斐魯恂，《中國人的政治文化》（臺北風雲論壇出版社，一九九二年），頁三四。
121　高華，〈在「道」與「勢」之間：毛澤東為發動延安整風運動所做的準備〉，《二十一世紀》一九九九年第八期。

此十去其九。對此，格里德爾有形象描述：

> 在革命制度下知識分子被當做可信任的，偉大的社會和文化轉換中的必要的合作者。但他們被剝奪了設計的權威。他們變成了和其他人一樣的勞動者，他們是能為建設新秩序大廈提供服務的熟練手藝人，而不再是自以為是的設計師。[122]

那麼，怎樣從「設計師」下移到「熟練手藝人」的角色呢？毛澤東開出的藥方是「思想改造」。從延安「搶救運動」，到《紅樓夢研究》批判、胡風批判、「反右派運動」等歷次運動都循此思路。只有放棄「靈魂深處」的「小資產階級知識分子的王國」的人，才會被承認為革命者。然而，由於判斷標準模糊，黨或其他自居為「純潔」者，隨時都可能質疑或否定某人政治身分，這使身分有如懸在頭頂的達摩克利斯之劍，怎能使出身、思想都頗可疑的文人不感到「混亂和焦慮」呢？

此為補充說明。但上述有關政治忠誠的焦慮其實還只是文人身分認同的「一重面孔」，另一種「心照不宣的協議」更有必要認真討論。這可從某種微妙現象開始——儘管有出身、思想這把「達摩克利斯之劍」，但文藝界高層領導很少為此煩惱。中宣部和作協領導實皆「小資」出身，如陸定一、胡喬木、周揚、姚文元等。陸定一甚至出身無錫大富之家，姚文元父親姚篷子曾經「脫黨」，具有國民黨背景。但他們自從躋身領導崗位後，就不再受到身分困擾，更無人「懷疑」其思想。政界亦如此，「說起來也奇怪，中國共產黨的高級領導幹部出身於剝削階級家庭的大有人在。對於高級幹部的家庭出身，只要他自己不說出來，絕對不會有人追查」[123]。這表明，在很多時候，政治「純潔」

[122] 〔美〕傑羅姆・B・格里德爾，單正平譯，《知識分子與現代中國》（南開大學出版社，二〇〇二年），頁三二九。

[123] 黃秋耘，《風雨年華》（花城出版社，一九九九年），頁二〇二。

並非身分認同的唯一問題，甚至不是問題。

身分問題實存在上下分界。在中低層知識分子（如中小學教師、青年習作者）中，出身和經歷的「純潔」的確比較重要，構成個人升遷與利益獲取的主要資本，但在上層文人中，這一點則無足輕重。據材料看，一九五四年胡風上呈《三十萬言書》意在使毛澤東建立對自己的個人信任，一九五七年丁玲憂心如焚的是毛澤東被周揚「蒙蔽」不再信任自己，一九六六年周揚深感焦慮的是毛澤東的信任既已不可挽回，那麼他自六十年代以後接近的劉少奇、彭真是否有能力保護自己。很明顯，在這些事關個人生死榮辱的焦慮中，政治身分考量甚少，使人煎熬的是有權力者的信任。儘管他們知道，如果自己「倒臺」，出身、經歷的「純潔」勢必被攻擊紛紜（如被指控為「小資」、修正主義者、叛徒、特務之類）。但倒不「倒臺」本身，與身分「純潔」卻無甚關係。仍是魯迅所言：「蓋天下的事，往往決計問罪在先，而蒐集罪狀（普通是十條）在後也。」[124]如果不被信任（意味著勢力不濟），就可能被人「問罪」。身分「在後」，屬於「蒐集罪狀」之列，是事後藉口，而非事前的決定因素。反之，若獲得有權力者的信任，即便身分可疑，亦無問題。典型事例是一九六六年江青舉薦姚文元參加「中央文革小組」，陳伯達以姚篷子「脫黨」為由反對，毛澤東一笑置之，姚文元照樣獲得重用。

這就涉及身分認同中被遮蔽的另一重「面孔」：在權勢力量之前，文人如何自我定位。學界常將權勢力量與意識形態力量混同，如余英時即將「勢」解釋為君王所代表的政治權威。實則兩者可能重疊，但原則大有差異。權勢力量指按照派系原則運作的私人勢力；意識形態力量則指「主義」壓力，它可能有形地體現於具體人物，也可能無形地隱藏於制度。代表意識形態的具體人物如果秉公持正，不任人唯私，那麼他就不是權勢力量。遺憾的是，在中國政治中，派系是基本運作方式，追隨者以追隨有權力者為晉升祕訣；派系領袖則憑藉廣泛私人關係展開政治角逐，為自己和追隨者爭奪權力和資源。新中國的文人們同樣生活在派系文化中。所以，和政治忠誠一樣，私人忠誠是身分認同的

124 魯迅《三閒集・通信》，載《魯迅全集》第四卷（人民文學出版社，一九八一年）。

另一重「面孔」。

余英時式的「道」、「勢」之辨包含著對歷史的簡約處理，不能處理私人忠誠問題。其一，余英時將「道」理解為知識分子整體承擔的理想主義精神。這是部分事實，但「道出多門」才更為常例。同樣尊孔孟、崇程朱，但不同學派、不同地域的士大夫的解釋，可能很不相同，此派可能不承認彼派。故在儒學作為國家學說的前提下，各派還須通過激烈競爭，才能使己「道」占據國家學說位置。而在專制制度下，要贏得競爭，邏輯論證的用處是有限的，關鍵還在於與各種權勢力量建立聯繫。其二，余英時將「勢」理解為統治集團整體性的政治權威，亦失於簡化。歷史上，政治權威較少集中於一個抽象的「統治集團」，而多被不同權勢力量分享，如帝黨、相黨、后黨、宦黨、太子黨、藩鎮或清流等。其中，帝黨時強時弱。士大夫或自成一黨，或與他種勢力結成一黨，也是重要的政治勢力。這些勢力之間犬牙交錯。余英時屢屢談及的士大夫與君王的抗衡，不能不說是簡約的設想。實際上，追求「道」的知識分子，往往需要效忠於某種權勢力量或自組勢力。而「道」的發展，也取決於這些勢力能否在詭譎多變的權力鬥爭中取勝。

二

私人效忠對象的「勢」，未必是君王權威，而是各種權勢力量。有志於「道」的文人，若欲提升「道」的競爭能力，則須援結這些勢力或自組勢力以造「勢」。造「勢」手段包括：向上取得最高權勢（未必是皇帝）的信任，橫向援結同級別勢力，向下招撫實力不如己的勢力。人脈廣泛，勢力強大，「道」才有真正實現的機會。故「道」、「勢」之辨，是知識分子面對君王的困惑，更是知識分子在求「道」與造「勢」之間的痛苦。當然，這是就朝廷政治而言，置之一般機構裏仍然類似。新中國實行單位制度，極有力地改善了作家的寫作條件，但「道」、「勢」之辨仍在某種程度殘留著。在文藝界，文人為確保寫作事業（「道」）的發展，除了順從意識形態外，還須與各種權勢「合縱連橫」，才能更好地獲得資源。而處理與各類勢力的關係，須「應權通變」，「世事練達」，有足夠機智與策略以

「縱橫取巧」[125]。那麼，是做不阿附於人的知識分子，還是做「聰明」的、善於在上司、同僚、下屬之間遊刃有餘的人，即成為文人身分認同的另一關鍵所在。如此問題，文人們時時橫亙於心，卻又不便形諸筆墨。遺憾的是，今天學界已按「慣例」將知識分子設定為政治「受難者」，此問題亦「不便形諸筆墨」了。不難想像，如果我們從日記、書信中發現俞平伯、沈從文等人「應權通變」的材料，恐怕很多人在感情上難以接受。此亦身分認同中私人忠誠問題久久被遮蔽的原因。然而，晚年參透世態的韋君宜，終於把這一點說得清清楚楚：

> 參加革命之後，竟使我時時面臨是否還要做一個正直的人的選擇。這使我對於「革命」的傷心遠過於為個人命運的傷心。[126]

「正直」云云，指的不是效忠於共產主義，而是是否要拉幫結派（效忠於人或要人效忠）、發展私人關係。是做「正直的人」還是做「靈活的人」，是做「正身之士」還是做「仰祿之士」，實是理想主義與世俗主義之矛盾。這是當代文人身分認同的第二重「面孔」。在此問題上，單位制度下的文人有三種選擇：

一為「正身之士」。鄧曉芒批評當代知識分子「與過去時代的在朝或在野的士大夫並沒有實質性的區別」，「中國古代知識分子的出路就是『仕』」，「不論是儒家還是道家的知識分子，他們的眼光總是盯著政治和官場，不是爭寵攬權，就是憤世嫉俗，少有對自然知識和客觀真理的探索和研究」[127]。這自是苛評。如果「人民」可算比較純粹的追求，那麼當代文人中倒不乏真正的「知識分子」。他們生活在寫作事業之中，無意挾權自重或援結權勢，不甚計較

125　沈從文，《總結・傳記部分》，載《沈從文全集》第二十七卷（北嶽文藝出版社，二〇〇二年）。
126　韋君宜，《思痛錄・露沙的路》（文化藝術出版社，二〇〇三年），頁四八。
127　鄧曉芒，〈當代知識分子的身分意識〉，《書屋》二〇〇四年第八期

世俗利害。馮雪峰頗具代表性。丁玲評價他說：「他是最沒有志氣的了，他工作著，他一切為了黨，他受埋怨過，然而他沒有感傷過，他對於名譽和地位是那樣的無睹。那樣不會趨炎附勢、培植黨羽、裝腔作勢、投機取巧。」[128]建國後，馮雪峰無意仕途，「一心想定居上海，在解放後的安定環境中，專心從事自己的理論研究、現代文學和魯迅研究，以及各種文體創作」。他表示：「如果組織把我安排在這樣的崗位上，是可以為後人留下一點東西的，不至於像魯迅所批評的那種白蟻，一路吃過去，只留下一些糞便。」[129]秦兆陽則一心想「把《人民文學》辦成像十九世紀俄羅斯的《祖國紀事》和《現代人》那樣的一流的文學雜誌」[130]，並雄心勃勃地要建立新中國的文學流派。柳青、趙樹理、孫犁的文學追求兼具「革命清教徒」色彩。柳青為親身體驗中國農民命運變化，竟然攜家落戶陝西皇甫村，在「苦行」狀態中撰寫《創業史》。在丁玲的印象中，小說家雷加亦是如此[131]。

這類作家淡泊名利，有問「道」之情，無造「勢」之想，可堪讚美。不過在現實中，恐怕馮雪峰、秦兆陽的迂腐，柳青、孫犁、趙樹理式的苦行，皆非人情之所樂為。即便胡風也對馮雪峰不以為然，他表示：「抗戰後，雪峰就是要搞文藝，要作為一個作家而被承認。他自己說，文藝上的地位不被承認，黨內就不會有地位。實際上呢？如果在黨內沒有地位，文藝上的地位是空的，那是很容易被拿掉的。」[132]顯然，「正身之士」只能是罕有品類。

---

128 丁玲，〈風雨中憶蕭紅〉，載《文人筆下的文人》（嶽麓書社，一九八七年）。

129 陳早春、萬家驥，《馮雪峰評傳》（重慶出版社，一九九三年），頁五一一。

130 王培元，〈猬者秦兆陽〉，《出版廣角》二〇〇六年第十二期。

131 周良沛回憶丁玲曾對他說：「雷加這個人可不簡單，文化人有多少鑽營仕途，想謀個一官半職，他硬是有官不當。本來可以當大官的，還遠離官場，也不上作協任職。除了私下有些朋友，也不往裏頭摻和。掛在輕工部領餉吃飯，人家也不會摞給他什麼具體事務，讓他安心寫作。他老待在下頭，潛心生活，寫出來的東西不論你怎麼評價它，總是有濃濃的生活氣息！」見〈想念雷加〉，收入劉甘栗編《時代歌者：紀念雷加》（作家出版社，二〇一〇年），頁一〇五。

132 曉山，〈片斷的回憶〉，《新文學史料》一九九〇年第四期。

二為「仰祿之士」。中國人極少沉湎於信仰，畢竟，理想不能用來生活。赫伯特・阿休特爾說：「那些在其哲學著作中表達了崇高理想的人，一旦真的按這些原則進行生活的話，他就會陷於孤寂或入不敷出的困境之中。」[133]在中國，較狷介之士更易產生的是另一類人物。魯迅說：「其實中國自南北朝以來，凡有文人學士、道士和尚，大抵以『無特操』為特色的。」[134]誠哉斯言！魯迅未親歷一九四九年政權鼎革時代的人性世相，吳宓卻在在親睹。一九五二年，吳宓在日記中感歎：

彼千萬好名好利、專圖官職之國民黨政府人員，本無宗旨與信仰，走越走胡，事齊事楚，恆無所擇，唯視環境之推移，向新朝而效忠，既乏節操，自樂從順，其痛詈前王，雅崇今哲，只為己利。[135]

其實，「既乏節操」、「只為己利」之現象亦是文藝界常態，如劉白羽、袁水拍、姚文元、于會泳、戚本禹等人物，亦大抵如此。他們不乏才華，但文學於他們更近於應用技術，可藉以升職謀利。他們不會迂腐固守某種「主義」，相反，為利益可隨時拋棄或襲用任何理論。巧於揣摩媚迎是其基本的生存技術。據說，姚文元「每天上班後的第一件事，就是看《人民日報》。他主要是看頭版頭條的新聞和社論」，「仔細揣摩毛澤東講的每一句話，以及每一句話中所包含的深層意思」[136]。姚的發跡與馮雪峰恰成反面。然而在中國，「卑鄙」似乎更是「成功」的「通行證」。

這類人物，馮雪峰曾譏為「市儈主義者」，「（他們）是軟體的，會變形的，善於鑽營，無處不適合於他的生存。他有一個核心，包在軟體裏面，這就是利己主義，也就是無處不於他有利」。「凡有機，他是無不投上的；凡有

133　〔美〕J・赫伯特・阿休特爾，《權力的媒介》（華夏出版社，一九八九年），頁一五。

134　魯迅，《準風月談・吃教》，載《魯迅全集》第五卷（人民文學出版社，一九八一年）。

135　吳宓，《吳宓日記續編》第一冊（北京三聯書店，二〇〇六年），頁三〇九。

136　霞飛，〈姚文元的人生沉浮〉（上），《黨史博採》二〇〇六年第三期。

利，他無不在先。然而，一切都做得很恰當、圓滑、天衣無縫。一切看去都是當然的，沒有話可說。中外古今的道理、文明、物事，對於市儈主義者大抵都有用、有利。凡對於他有利的，都是有理的。但他無所信仰，因為利己主義是他唯一的神。」[137]不過，這類「仰祿之士」因喪失道德底線，在文人中認同度同樣不高。

三是「通權應變」之士。「正身之士」、「仰祿之士」實皆極端現象，文人多取中間狀態：既希望堅守文學之「道」，亦希望審時度勢，處理好與周邊各類勢力的關係，營造有利人脈。此類身分追求要在「道」、「勢」兼修，以「勢」衛「道」。左翼作家郭沫若、茅盾、胡風、臧克家，黨的作家周揚、丁玲、張光年、林默涵、嚴文井等，右翼作家朱光潛、馮至、錢鍾書等，雖在「道」、「勢」之間側重有異，但皆力求兼顧兩端。

胡風自抗戰起就注意廣交人脈，但建國後，他的舊的「權變」經驗逐漸不能適應。為此，他「特地找天藍來幫忙提意見」，「但天藍卻提出了『依靠胡喬木同志就是依靠真理』這樣一個忠告」[138]。天藍所言確為忠告。在中國，「真理」未必就是知識，而可能與權勢相關。這並非指權勢構成真理內涵，而是說權勢是真理成為「真理」的前提。只有獲得權勢人物的支持，胡風的真理才成其為「真理」。遺憾的是，胡風知之而不能為之。他善於將文字之交發展成志同道合的情誼，具有不凡組織能力與個人魅力，但性格耿直、桀驁，難以巧媚事上。而在單位制度下，個人若與上層關係不佳，無「勢」可憑，「道」必無成。但胡風終究缺乏攀附權貴的處世「技巧」。梅志回憶：「一次看演出時，他的座位正好在胡喬木後邊，要想談話是很容易的。胡喬木發現了他，用鼓勵的口氣勸他爭取時間。退場時，胡喬木還在臺階上站了一會兒，似乎是在等他，但他一點也沒有想到這點，只記得前次胡的拒見。也許，這次胡喬木真是想和他談談，給他以幫助。」[139]事上「能力」欠缺，胡風終未能以「勢」衛「道」，慘遭清洗。

---

137 馮雪峰，〈簡論市儈主義〉，載《馮雪峰文集》第三卷（人民文學出版社，一九八五年）。
138 梅志，《胡風傳》（北京十月文藝出版社，一九九八年），頁六〇八。
139 梅志，《胡風傳》（北京十月文藝出版社，一九九八年），頁六〇八。

周揚在「道」、「勢」兼修方面比較成功；十七年期間，他始終居於高位。這固然與毛澤東的器重有關，但更源於其自我定位。在周揚心中，孤立的文學追求是幼稚的，唯有擁有一方勢力，自己對〈講話〉的闡釋，才能在競爭中成為「權威」。故在任何時候，他都致力於提升個人勢力：對上，他使毛澤東對自己保持了漫長的信任；對級別相近的官員，他則與之發展良好關係，如陸定一、夏衍等；對下，他則從故舊、學生中扶持各種「幹才」，如邵荃麟、林默涵、張光年、郭小川、陳荒煤等，將他們安插到各種要害「位置」。種種努力，最終打造成了文藝界的「周郎霸業」（楊憲益語）。

類似文人而兼政客的角色，是當時文人在人事複雜的文壇中的主流身分選擇。對此，淪為「旁觀者」的沈從文深感不滿：

> 一個從事文學的工作者，如自己不能提出些作品來實證問題，倒說作品無所謂，我是無從理解的。到現在為止，文學中的政客，一生從不曾好好在工作上有多少努力，只用一作家名分而向上爬，我還是缺少理解；這邊爬過了又向另一邊爬，我還是缺少理解的。[140]

然而，以文人而兼具政客「手腕」，才真正適應中國文壇的「土壤」。當然，「道」、「勢」雙修亦不能保證永久成功。以周揚非凡的權變能力，夏衍、林默涵的深通世故，終未能倖免於禍。不過，較之迂腐的馮雪峰、造「勢」能力不強的胡風、丁玲，周揚等還是成功地做到了利益最大化。

140　沈從文，《總結・思想部分》，載《沈從文全集》第二十七卷（北嶽文藝出版社，二〇〇二年）。

三

「道」、「勢」兼修有多方面因由，最要者，乃因派系文化傳統與單位制度的「結盟」。一九四九年後，文藝界逐漸被少數有權勢的文人所「掌握」。諸如出版、發表、待遇級別、出國考察、年終表揚、體驗生活、工作調動、職位升降，在每個具體的文藝單位，實際上都演變為少數幾個人說了算的胡風謂為「小領袖主義」[141]的「局面」。這使依靠、投奔、拉攏之現象驟然泛起。而文藝界大的「山頭」之間，為爭奪〈講話〉的「正宗」闡釋權與重要職位，也在各自爭取力量。對此，不通世故的書生就只能徒歎奈何。「細思中西古今政治文學往史，大率守道從真、博學雄文者，其流輩莫不失敗困窮。而詭辯縱橫、功利營謀者，往往成巨功，享大名，為當世所尊崇，極人間之榮貴。」[142]此中隱情，可細言之：

（一）自我保護需要。從消極角度看，「道」、「勢」兼修是必然的。建國後，文藝出版（刊物與出版社）作為稀缺資源，名義上屬黨所有，實被操縱於不同勢力之手，高度「圈子化」了。而且，由於不必考慮市場壓力，不必擔心作品過差，掌管刊物的權勢人物，多視刊物如自家「領地」，刊發作品多以關係遠近為標準。親者多發，疏者少發或不發。職位分配更講究「門戶之別」。故作家要想發表作品、獲得提拔，不想辦法獲致權勢人物的好感，無疑非常困難。無名青年或「無所依傍」者，很難出頭。一九五五年，青年作者楊沫由於缺乏關係，作品遲遲不能發表，深感痛苦。多年後，老鬼這樣描述母親的心境：

141 胡風，《胡風三十萬言書》（湖北人民出版社，二〇〇三年），頁三五五。
142 吳宓，《吳宓日記：一九四三—一九四五》（北京三聯書店，一九九九年），頁五一二。

（母親）心裏很好煩，……看見別人一部作品還沒寫完，報紙上就大登起來了（如秦兆陽的《兩位縣委書記》，在《北京日報》上連載了好幾天）。而自己的書稿寫了四年，經過多少遍的修改，迄今完成八個月了，還沒有人看，就很有一些愁悶。母親曾對父親說：「即使是共產黨領導的國家，文藝界還是朝中有人好做官，怨不得有人形成了小集團，互相扶持，又怨不得胡風他們利用了我們這個弱點。但我是討厭這種行為的，我絕不走任何人的門子。像有的人那樣，為了自己的寫作事業，竟然可以去抱某些名作家的粗腿，甚至不惜出賣自己的肉體。」[143]

「出賣肉體」云云，楊沫未說明具體當事人。但據當年郭沫若、艾青、沙鷗、聶紺弩、孔厥、陳企霞等名作家、名編輯層出不窮的「感情糾紛」看，女作者「出賣肉體」換取發表機會的事情，應不少見。對於難以「出賣肉體」的男作家來說，一旦無權勢可憑，情形就更尷尬；譬如「知名」人物趙樹理「在（北京）市文聯掛副主席的銜兒，竟然出現過他忍無可忍地向一位副祕書長下跪的事，似乎他不懂副主席比副祕書長的官位高，他也不會利用職權處理自己的下級，竟然撲通一聲跪倒在地」[144]。在文藝界，少數人以黨的名義壟斷有限文學資源，必然發生此類事情。唯「詭辯縱橫、功利營謀」、營造勢力，才能擺脫此類尷尬。

造「勢」的更大作用，在於減少政治風險；愈權高位重者愈如此。這是因為，在單位制度下，領導與被領導者之間出現組織性失衡：領導幾可隨心所欲地加害被領導者，被領導者卻無必要的抗害能力。二者之間，無異於「狼」、「羊」關係。「羊」在「狼」身邊，時有被吞食的危險，自然無從談起事業（「道」）。故「羊」必須結交本單位或它單位的「狼」，才可增強抗害能力。只有「樹朋結黨」，才可保護自己。表面看來，當時作家動輒得罪，說錯一句

143 老鬼，《母親楊沫》（長江文藝出版社，二〇〇五年），頁七四。
144 葛翠琳，〈魂繫何處——老舍的悲劇〉，載李復威編《百年文壇憶錄》（北京師範大學出版社，一九九九年）。

話，偶有海外親戚，都會招來厄運。但其實遇害者多「無所依傍」。真正有權勢庇護的人，即便真的犯了政治錯誤，亦往往安然無恙。最典型者，如前述韋君宜的「右派」事件。同一事件中的黃秋耘亦因與邵荃麟的舊誼而免禍。一九五九年，郭小川遭到「周揚派」報復，若是其他作家遭此禍患，恐怕就流放北大荒了。但郭小川仍「屹立」不倒，並如願調至《人民日報》工作。原因並不複雜，僅因郭小川曾任王震將軍的祕書，建國後與王震仍保持了密切交往。相反，作家若完全不事「經營」，不給自己「鋪路」、「搭橋」，幾乎是自取其敗。一九五七年，韋君宜、黃秋耘因有權勢庇護，安然渡過「反右」難關，但《文藝學習》雜誌須另有人「承擔責任」。於是，劉白羽將兩個無辜者劃成「右派」以掩人耳目；其中李興華其實是「八三四一」部隊的退役軍官，但如此「純潔」的政治身分在劉白羽眼中也仍然是一文不值的。「朝中無人」註定了李興華成為替罪羊。

馮雪峰更是無「勢」致敗的典型。作為參加過長征的老作家、毛澤東早年友人，馮雪峰上不能在中共中央內鞏固與毛澤東的友誼，下無興趣利用權力廣置親信、培植「門生」，「他沒有什麼小圈子，雖然說起來也算是一方面的人物，但周圍並沒有什麼陣營。據說，跟他關係比較好的只有少數幾個人」[145]，完全缺乏私人勢力。後來一經周揚、夏衍打擊，竟無以對抗，束手就擒，徹底毀掉自己的文學生涯。

（二）自我發展需要。積極言之，「勢」還可護「道」。對於居高位者，尤須如此。因為權勢總可讓人獲得「法」外特權。一九五七年，評論家會昌諷刺說：

> 在精神世界中具有高的，或較高的級別的人，的確是值得人「豔羨」的。他們有的是「正確」的化身，雖然參加過，並且領導過反對以資產階級立場、觀點、方法研究《紅樓夢》的鬥爭，但在不久以後，又寫出了可以與「群芳開夜宴圖說」比美的考證賈寶玉害過斑疹傷害的名文，而不自覺其為自己所曾經大力批判過的思想的追

145 舒蕪，《舒蕪口述自傳》（中國社會科學出版社，二〇〇二年），頁二五八。

隨者。有的「跳出三界外，不在五行中」，儘管所寫的書出版之後，出版社曾經接過一千七百封批評的信，然而卻沒有一封可以發表出來。如果萬一洩露了天機，可怎麼好呢？沒有關係，還可以將載有這種批評的雜誌全部收回銷毀。有的亂搞男女關係，已經人民法院判處徒刑；但在緩刑之餘，依然逍遙法外，高步詩壇，吹著自己「美妙」的蘆笛。有的是被壓制的新生力量，但一登龍門，身價十倍，就不僅對自己受教過多年的老師擺出一副獨家經理馬克思主義的商店老闆的面孔，向之貫輸馬克思主義ＡＢＣ，而且還以婆婆的身分將另外一些新生力量當做媳婦來加以呵斥了。[146]

會昌遮遮閃閃，對權勢人物有所顧忌，「吹著」蘆笛、「亂搞男女關係」的詩人係指艾青。其實，有權勢者的特權是普遍的。「勢」對於「道」的利好非常明顯。一方面，「勢」大之後，作家才能不斷提拔、安插、提攜「自己的人」，培植效忠於己的私人勢力。黎辛回憶：「周揚與荃麟使用幹部沒有多考慮老解放區來的『出生入死』、『白區來的幹部沒有多少鬥爭經驗』」，「周揚重用的幹部，大約是他喜歡與相信的，特別是在鬥爭中有功績的」[147]。周揚任人唯私，但這符合中國政治的事實規則，它可以維護和擴大既得利益，使私我之「道」獨霸文壇。另一方面，「勢」若坐大，還可提升自己的加害能力，剪除有威脅的對手和不忠誠的下屬。周揚在勢力發展過程中，對外先後剪除胡風、丁玲、馮雪峰等對手，對內也逐漸「清理」了秦兆陽、李清泉、陳湧、黎辛等一批「背叛者」。

故由消極、積極兩方面觀之，「道」、「勢」兼修都是必要的。二者合一，才是「道」之生存祕密。這一點，除少數「迂生」外，多數文人都深諳此理。在他們的身分認同中，「道」、「勢」兼求，「勢」尤不可少。因之，多數作家自始至終都很注意結交有權勢的人物，以謀求最佳前途。郭沫若建國後對毛澤東、江青、鄧小平「牆頭草」式的

146 會昌，〈精神世界裏的級別〉，《長江文藝》一九五七年第七期。
147 黎辛，〈關於中國作家協會的反右派鬥爭及其他〉，《新文學史料》一九九八年第四期。

取媚是生動例子。這類身分選擇，註定了作家不可能「做一個正直的人」。當然，「道」、「勢」兼修必使人陷入世故、圓滑、勢利，甚至墮入人格混亂的痛苦。由於勢力鬥爭激烈，經常在一個行將垮臺的勢力內部出現「反水」者。舒蕪交出與胡風的私人通信，康濯、瑪拉沁夫揭發丁玲，流沙河檢舉《星星》同人，都是出賣師友的典型行為。此外，「道」、「勢」兼修，是以「勢」衛「道」，還是墮入它的反面：以「道」為偽飾，以「勢」為旨歸？恐怕亦難以斷論。

單位制度下的文人，由此大幅復活傳統的生存方式。朱鴻召指出：「延安整風運動後，二十世紀的中國思想文化史由混沌到有序，由繁雜到清一；中國現代知識分子復歸於傳統文人的社會角色。」[148]這種「復歸」，決定了「道」對意識形態和權勢的雙重依賴，日益失去獨立品質。對此，當時文學青年不滿地表示：「愈是水平高的同志，就愈應該給他更多的時間叫他去從事創作。」[149]這種建議，黨不會接受，作家更不會接受。在中國，如果不「擔任行政職務」，又怎能「水平高」呢？這其間包含的制度、價值、心態等多方面因素，恐怕非文學青年所能體味。不過，無論怎樣，文人身分認同的「雙重面孔」，顯示了文學吸引力的削弱。多數文人與其說希望成為「人民」的表達者，不如說更希望成為權勢人物。這構成了當代文學內部話語重組的重要「制度」因素。

148 朱鴻召，《延安文人・自序》（廣東人民出版社，二〇〇一年）。
149 何遲，〈關於繁榮創作的幾句話〉，《新港》一九五七年第六期。

第二章　文學出版制度的建立

文學出版功能古今有異。古代刻印事業非常發達，但文人與出版關係卻比較鬆散。文人刻印文集多在身後，生世刻集雖不少見，但它對文人聲譽積累缺乏決定性作用。其時文學傳播，多依靠文人間的交流、酬唱與相互評價。同時，文人大都亦官亦紳，無須賣文為生，出版是邊緣性、附屬性的。近代出版功能飆升。報紙、雜誌與書局猛烈發展，造就新的輿論空間，亦造就新的職業空間與第一代現代知識分子，直接導致了新的文學場的形成。「五四」以後，出版與作家結成存亡相依的共同體，由此自由分散的出版制度得以自然形成。建國後，在計畫經濟制度下，出版政策根據理想方案被制定出來。新的出版制度改變了出版功能，出版亦成為「人民文學」與其他異質文學之間鬥爭、爭奪、博弈的場所。

第一節　出版社的國有體制

建國前夕，中共中央對出版業達成戰略共識，即新聞出版屬於國家意識形態的組成部分，必須直接隸於黨的領導之下。一九四八年十一月，中央指示：「報紙、刊物與通訊社，是一定的階級，黨派與社會集團進行階級鬥爭的一種工具，不是生產事業。」[1]這一戰略決策，決定了新舊中國出版體制的差異。但是，對如何改造國統區出版機構、創建新的出版體系，執政黨並沒有形成系統明晰的制度性認識。新制度的形成，較多依賴了國統區出版系統中的進步知識分子；它的出現，促進了異質話語與文學勢力的「統一」化。

一

一九四九年二月，中共中央電召三聯書店主持人黃洛峰至北平，同時將一份臨時出版工作委員會的七人名單（黃洛峰居首）發給北平軍管會，令華北局宣傳部長周揚「決定」委員會主任人選，並且指導、「負責」出版工作[2]。周揚於二月二十三日正式成立出版委員會，委任黃洛峰為主任。但不知何故，三月五日，黃洛峰繞開周揚，逕往中央所在地，冀面見周恩來，請示成立中央出版局。黃洛峰滯留半月，未得到周恩來接見，只得留下一份〈出版工作計畫書〉，先行返平。三月十七日，中宣部部長陸定一將〈計畫書〉呈送周恩來。但同日，周揚自北平發來胡愈之關於全國出版的五點規劃意見，並在黃洛峰之外另行舉薦胡愈之「參加或主持出版方面工作」[3]。三月底，黃洛峰的出版計畫因預算過巨被否定。九月，胡愈之被任命為新華書店總編輯。十月，出版工作委員會撤銷，出版總署成立，胡愈之被任命為首任署長，葉聖陶、周建人分任副署長。胡愈之於是取代黃洛峰，全面主持出版工作。胡愈之由此大力推行他的五點出版構想，但這五點構想「在各方人士間看法不一」[4]。為此，胡愈之反覆斡旋，在不同會議上屢加闡發，

1 中央檔案館編〈中共中央關於新解放城市中中外報刊通訊社的處理辦法〉，載《中共中央文件選集》第十四卷（中共中央黨校出版社，一九八七年）。
2 〈中共中央關於北平出版事業致彭葉趙電〉，載《中華人民共和國出版史料》第一卷（中國書籍出版社，一九九五年）。
3 周揚，〈對胡愈之關於出版問題意見致中共中央電〉，載《中華人民共和國出版史料》第一卷（中國書籍出版社，一九九五年）。
4 胡序介，〈回憶伯父在出版總署的工作〉，載《中國當代出版史料》第五卷（大象出版社，一九九九年）。

並邀請蘇聯出版專家講演以為聲援。一九五〇年九月，第一屆全國出版會議召開，獲得高層支持的胡愈之終於將修改過的五點構想轉變為大會決議。這份〈決議〉經過政務院批准施行，奠定了新中國出版制度的基本構架。

建國初期，出版政策雖由國統區資深出版人主持完成，但其最終依據乃是執政黨的戰略判斷。新政策涉及多個方面，其中最要者是全民所有制。因此政策，執政黨有充分權力要求國家投資的出版機構歸屬黨委「負責」。一九五一年，胡喬木對此闡述明確：「出版工作是中央人民政府的重要工作，也是黨的重要工作，黨的各地組織，都必須把這一工作當做最重要的事情去做。」「出版物和紙煙、火柴等等商品不同，那些東西不好，黨委雖然也要負責，但責任還小，而出版物是思想方面的東西，雖也是商品，但是是政治的商品，黨對這方面應當負最大的責任，出版中發生的問題，最後就要找到黨的機關。」胡喬木明確提出黨組織負責制：

> 各地的出版社，不論是中南、華東或東北，出版物應不應該出？質量好不好？出版計畫適當不適當？最後的結論要找到各地黨的宣傳部……對公營出版社，黨要審查它的各種的計畫，大量銷行的書和最重要的書的單獨的出版計畫，要幫它建立各種工作制度。[5]

在黨的領導的前提下，新出版政策另包括四個重要措施：

其一，專業分工。建國前出版業自由分散經營，但列寧「出版物應當成為黨的出版物」的原則在進步出版界也較引人注意，故在《出版工作計畫書》中，黃洛峰建議新中國出版應走專業化道路，「分別建立編輯、出版、印刷、發行系統，以期各別專業化」[6]。在第一次出版委員會會議上，他又發表了「統一出版」、「統一發行」的見解。有些

[5] 胡喬木，〈改進出版工作中的幾個問題〉，載《中華人民共和國出版史料》第三卷（中國書籍出版社，一九九六年）。

[6] 〈陸定一關於出版局工作方針致周恩來的請示信及周恩來的批示〉，載《中華人民共和國出版史料》第一卷（中國書籍出版

學者認為專業化係胡愈之最早提出，其實不確。但專業化的實施，確由胡愈之主持完成。出任署長後，胡愈之多次批評出版現狀是「農村手工業式」的「舊作風」，非統一、分工不可[7]。在被視為「出版界中的政治協商會議」[8]的第一屆全國出版會議上（一九五〇年十月），胡愈之慎重邀請蘇聯國際書店經理德奧米多夫介紹蘇聯出版、印刷和書店三分、私營出版全被取消的「計畫生產」經驗[9]。在署長報告中，胡又指出：「『分工合作，各得其所。』這是克服中國出版事業中所殘存的落後性、消滅盲目性和無政府狀態，改善公私關係和勞資關係的唯一有效的總方針和總辦法。」[10]胡的意見會後被寫入〈決議〉，十月二十八日又載入周恩來簽署的〈中央人民政府政務院關於改進和發展全國出版事業的指示〉中。〈指示〉稱：

> 書籍雜誌的出版、發行、印刷是三種性質不同的工作，原則上應當逐步實現科學的分工。為了便於提高出版物的質量，專營出版工作的出版社，首先是公營出版社，應當按出版物的性質而逐步實行大致的分工，出版總署也應當盡可能協助私營的大出版社確定專業的出版方向，並協助小出版社在自願原則下合作經營，以克服出版工作中的盲目競爭和重複浪費現象。[11]

社，一九九五年）。

7 胡愈之，〈出版發行工作的新方向〉，載《中華人民共和國出版史料》第二卷（中國書籍出版社，一九九六年）。

8 胡序介，〈回憶伯父在出版總署的工作〉，載《中國當代出版史料》第五卷（大象出版社，一九九九年）。

9 新華書店總管理處編印《全國新華書店出版工作會議專輯》（內部材料）（一九五〇年），頁三六七。

10 胡愈之，〈記人民出版事業及其發展方向〉，載《中國當代出版史料》第二卷（大象出版社，一九九九年）。

11 〈中央人民政府政務院關於改進和發展全國出版事業的指示〉，載《中華人民共和國出版史料》第二卷（中國書籍出版社，一九九六年）。

這份〈指示〉將專業分工分為兩個層次：一是出版、發行和印刷的行業分工。建國以前，三者多為一體，大出版社如商務印書館、中華書局、世界書局皆綜合經營，但第一次出版會議後，人民出版社、人民教育出版社、新華書店總店、新華印刷廠總管理處等國家級機構先後成立，出版、發行、印刷開始分工經營。二是在出版社內部按學科門類和讀者對象實行分工，建立專門出版社。建國前也有過專業書局，如文化生活出版社專出文藝書，上海法學書店專出法律書，但是並無嚴格分工。自一九五一年始，全國公營出版社分為兩類：是綜合出版社，各門類書都可以出；一是專業出版社，只能出一類或幾類書（按社會科學、文學、美術、政治、教育、經濟、兒童等劃分）。

一九五六年，出版業「社會主義改造」完成後，專業分工政策徹底確定下來。中央級出版社（集中於北京）與上海出版社僅個別為綜合性質，多為專業出版社。地方出版社則多為綜合出版社。全國專業文藝出版社是人民文學出版社、上海新文藝出版社、通俗文藝出版社。因為數量寥寥，故具有高度權威。舒蕪回憶：「那時的人民文學出版社，是一個非常權威的機構，它是第一個國家文學出版社，而且是唯一的一個。當時私營的出版社還有一些，但都奄奄一息了，看樣子都沒有什麼前途。新的國家出版社也很有限，而且各有分工，有規定的出版任務，不是誰都可以出文學作品。各省出版社更面向地方，文學方面只出點普及性的作品。」[12]

其二，垂直結構。「在行政管理上，國家對出版單位，在中央和地方，實行兩級管理；在中央，實行主辦部和歸口部雙重領導。在地方，中央管方針政策、規章制度、經驗交流、統籌規劃等，人、財、物都由地方領導。」[13]這是所謂「條條領導」和「塊塊領導」的結合。「條條領導」使中央與地方呈上下關係，在業務上也產生垂直分配關係。譬如，規定人民文學出版社出版高級作品，地方綜合出版社文藝部則出版適合群眾需要的說唱類普及作品，且地方上若發現優秀新人新作，應優先推薦給人民文學出版社。據編輯蒯斯曛一九五六年談話反映：上海新文藝出版

12　舒蕪，《舒蕪口述自傳》（中國社會科學出版社，二〇〇二年），頁二四八。
13　王益，〈我國出版事業的管理體制〉，《編創之友》一九八四年第一期。

社的「好書」，如《天方夜譚》、《母親》等等，「經常被人民拉去」，「上海市委宣傳部對此也有意見」，但亦無可奈何[14]。

其三，選題計畫。在一九五一年第一屆出版行政會議上，黃洛峰模仿蘇聯經驗，提出選題計畫，遭到章錫琛、胡愈之反對。其實，此亦解放區出版經驗。一九四八年初，〈晉冀魯豫統一出版條例〉第三條云：「中央局出版局，負責指導與審查所屬出版機關及各區黨委之出版計畫、書籍、地圖、圖像、圖書與刊物等。各區黨委出版委員會，負責指導審查所屬出版機關出版之書籍、地圖、圖像、圖書與刊物等。」第四條云：「各區黨委責成所屬出版委員會每三個月應制定三個月出版之方針與計畫，並先由區黨委審閱後，再送中央局出版局審核、批准。其所版之書籍、刊物、圖畫等，於出版後，仍應送中央局出版局審查。」[15]因此，黃洛峰堅持推行選題計畫，胡愈之最終妥協。選題計畫遂成慣例。

一九五二年，《文藝報》即曾刊文批評不嚴格遵守規定的出版社與個人。讀者吉呂來信稱：有些書籍出版，「事先不經省委批准。事後也不請審查。山西文藝叢書出版的好些書就都是這樣的。還有在太原沒有批准出版，便偷偷地寄到上海私人書店出版，如墨遺萍的《是誰之罪》、陳仁友的《李順達》、李濟遠的連環圖書等」[16]。一九五五年，文化部出版局（一九五四年出版總署撤銷）正式發出〈中央一級出版社編制選題計畫出書計畫暫行辦法〉（草案），要求各出版社編製三種計畫：幾年長期選題計畫、下一年度選題計畫、下一季度選題計畫。年度、季度計畫要求要寫明作者、題目、內容、字數等內容。〈辦法〉還要求社長、主編親與其事：

---

14 郭小川，〈魏金枝、唐弢等的談話〉，載《郭小川全集》第十一卷（廣西師範大學出版社，二〇〇〇年）。

15 〈晉冀魯豫統一出版條例〉，《人民日報》一九四八年一月二十一日。

16 吉呂，〈徹底清除壞思想壞作風〉，《文藝報》一九五二年第六期。

年度選題計畫與出書計畫應於上年十月底前編製完畢，季度出書計畫應於每季前二十天編製完畢。屬於文化部領導的出版社，報送文化部出版事業管理局審核；屬中央各部、會領導的出版社，報送直屬領導機關審核，同時抄送文化部出版工業管理局匯總並調整選題的重複。[17]

一九五二年又發展為審查制度，該年九月八日，出版總署正式發布〈關於公營出版社編輯機構及工作制度的規定〉。在這一規定中，黨首次明確提出出版社對書稿應實行編輯初審、編輯主任複審、總編輯終審的「三審制」。其四，用人體制。出版業經過「社會主義改造」，於一九五六年全部成為國有單位。出版單位的經費、工資與利潤都由國家承擔或享有，因此，其用人體制也一改建國前的市場機制，而與其他行政單位相同，由人事部門調動分配，統一安排。

新的出版政策於第一屆全國出版會議後基本形成，至一九五六年「社會主義改造」完成時全面實施。新政策不是國統區和解放區出版經驗的直接總結，而是源於黨和知識分子共同完成的對於國家出版的計畫與構想。這一制度內在的優越與局限，在促進建國初期文學出版的同時，也導致了文學場的傾斜與危機。

二

建國初期，文學出版實現了胡愈之的設想，生產效率大為提高。據一九五九年統計材料，建國十年，文藝出版的規模與數量都呈幾何級數遞增。文藝書籍種類由一九五〇年的一百五十六種增加到一九五八年的二千六百種，增長約

17 〈中央一級出版社編制選題計畫出書計畫暫行辦法〉（草案），載《中華人民共和國出版史料》第七卷（中國書籍出版社，二〇〇一年）。

十七倍，發行數量由一九五〇年的二百一十四萬七千七百冊增加到一九五八年的三千九百三十六萬四千零九十四冊，增長約十八倍[18]。但在規模掩蓋之下，文學出版面臨的問題也逐漸暴露，這表現在文學出版的自律性被逐步削弱，下降為國家意識形態的一部分。出版政策也在事實執行過程中，因出版社、編輯、作家、讀者等各項因素的參與而發生「微調」，形成事實上的出版制度。

出版、印刷、發行分工，可提高生產效率，出版社、書店、印刷廠「都可以在各自的專業分工的範圍內，集中精力搞好業務，而不致分散精力」，出版社間專業分工，也可使編輯「集中力量編好這一門類的書，可以避免『分工太粗，業務不精』的毛病」[19]。但專業分工也造成了各種協調問題：（一）出版與印刷的關係難以協調。傅雷對此深有感觸，他指出：「出版社要求提高印刷質量，內容正確完美，編排版式美觀悅目，儘量縮短出書時間。印刷廠卻另有一套生產計畫，另有一套每月、每季的生產量指標……印刷業務繁忙，供不應求，出版社不得不仰承鼻息。」[20]（二）出版與發行關係難以協調。出版既是投資行為，又是民族文化薪火承傳工程。但建國後文化屬性受到衝擊。由於政策規定新華書店總攬全國發行，獨立承擔經濟風險，所以，書籍印數也改由新華書店決定。新華書店印數計畫來自各地分店定數匯總，分店定數則取決於基層售書員。這導致了出版與發行之間的制度性矛盾。陳白塵反映：基層售書員欣賞能力不高，「喜歡大本的、流行一時的、花俏一些的書，而不喜歡薄薄的、可以長期銷售的、比較嚴肅的書」[21]。傅雷亦感不滿的是，新華書店還不喜歡重版書，「除非是風行一時的作品。因為新書能夠吸引讀者，銷得快；至於細水長流，十年八年可以銷下去的書，因為數量小，周轉慢，利潤少，就不歡迎；儘管有些重版書是文藝界

18 邵荃麟，〈文學十年歷程〉，《文藝報》一九五九年第十八期。
19 王益，〈我國出版事業的管理體制〉，《編創之友》一九八四年第一期。
20 傅雷，〈為繁榮創作，提高出版物質量提供更好的條件〉，《文匯報》一九五七年五月十四日。
21 陳白塵，〈稿酬・出版・發行〉，《文匯報》一九五七年五月四日。

公認的好書，發行機構也不加以考慮」[22]。不難想像，在此「尤屬可笑」[23]的程序下，許多優秀新文學著作難以獲得重印機會，「作為文化財富累積的作用說，也失去了出版的意義」[24]。

專業分工還造成了新的壟斷。建國後，全國專業文藝出版單位僅只有人民文學出版社與上海新文藝出版社兩家，通俗文藝出版社和其他綜合出版社的文藝部主要出版通俗作品。故出版壟斷勢所難免。一九五七年整風中，作家對出版壟斷的反映尤為激烈。傅雷指出：

> 作家抱怨純文藝的出版機構太少，一共只有人文、新文藝兩家；青年、少年兒童、文化、通俗等等不是單出文藝書的，不計在內。有些作譯者反映，一部稿子退回了，沒有別處可投，等於宣告死刑。[25]

同時，出版系統的垂直管理也加重了壟斷。「條條管理」規定中央出版高級作品、地方出版普及作品，於是「好一點的稿件儘量往中央跑，人民文學出版社稿件積壓，而地方出版社則沒有稿件」，而讀者也隨之形成優劣成見，致使「中央出版社壞的也好，失去上進心；地方出版社好的也壞，失去積極性」[26]。

對文學出版影響直接的還有人才選拔、錄用體制。建國後，大量黨的幹部憑藉政治資歷入主出版系統，「從社長到科長，絕大部分是黨員，有的是社長一級百分之百是黨員」[27]，原有專業人才則被邊緣化。新任社長、總編不乏精

22 傅雷，〈為繁榮創作，提高出版物質量提供更好的條件〉，《文匯報》一九五七年五月十四日。
23 〈傾聽對出版工作的意見〉，《文匯報》一九五七年五月十二日。
24 陳白塵，〈稿酬・出版・發行〉，《文匯報》一九五七年五月四日。
25 傅雷，〈為繁榮創作，提高出版物的質量提供更好的條件〉，《文匯報》一九五七年五月十四日。
26 江曉霧，〈編輯們的話〉，《文藝報》一九五七年第十一期。
27 〈出版局三大主義嚴重〉，《文匯報》一九五七年五月十六日。

通業務者，但「出版社社長不懂文藝業務是普遍的現象」，因此鬧出很多尷尬，「不懂也得『領導』。於是，領導對描寫大革命的作品說：『現在已經是社會主義社會了，為什麼還要寫大革命時代的生活呢？沒有教育意義，不需要！』『某作品寫到一個縫衣店，領導注意的是這個縫衣店在工商局登記了沒有，有沒有執照，執照是多少號，認為這些都應該寫進作品裏去。有一個出版社的領導自己不看出版的書，帶回去給兒子看，兒子說不好，領導同志就對編輯大批條子：『為什麼出質量如此低劣的書？』人們說，領導同志的兒子成了『太上編輯』！詩歌應該分行，這是誰都知道的常識，但是內蒙古人民出版社領導責備編輯說：『為什麼每行留下空白，浪費紙張？為什麼不連著排？』」「領導既不懂文藝，又非要領導不可，下級就只好服從，不然就是無組織無紀律。」[28]此外，國有用人體制還導致機構臃腫、效率低下。建國前一個私營書局十來人，一年出書一百多部。建國後，一個出版社一百多人，一年出書也只有一百多部。

新的選拔、錄用體制削弱了編輯的權力及其文化追求。建國前，編輯是書局核心和文化精神的承傳者，張靜廬、趙家璧、王雲五、巴金等資深出版家是其中佼佼者。但建國後的政治本位，致使知識分子編輯在出版單位的地位大為邊緣化：「編輯的政治地位特別低，許多重要的報告、文件不能聞問」，「編輯的勞動受到社會的輕視，稱編輯為『出版商』，好像編輯是剝削者。文藝編輯更不被重視，領導上說：『編編故事誰不會？只有馬列主義不簡單。』」[29]而且，建國前編輯本身多是著譯家，學養深厚，對於編輯業務有比較明晰的文化理念，建國後編輯則被定位為技術人員。舒蕪先生回憶：

解放後，國家文學出版方強調編輯人員對於採用的外稿要「把關」，把政治關，把思想關，把學術、藝術質量關……逐漸明確了這才是編輯的主業，而編輯人員根據本社的計畫自己動手編書譯書，則成了非主業。特

28 江曉霧，〈編輯們的話〉，《文藝報》一九五七年第十一期。
29 江曉霧，〈編輯們的話〉，《文藝報》一九五七年第十一期。

別是提倡「開門辦社」大批「關門辦社、打夥求財」之後，使得編輯人員自己動手編書譯書，似乎成了很不好的事。[30]

編輯被要求成為文字技工與意識形態督查員，不需要獨立的文化理念。獨立出版家很難出現，這使有抱負者不安於位，希望另謀他職。

建國初年，國營出版機構被置於引領出版的地位。一九五二至一九五六年，經「社會主義改造」，私營書局被關、停、併、轉，全國所有出版單位都「改造」為國營。這使編輯在體制上註定要依賴單位，而單位黨組又是國家意識形態的承載體，這使編輯的出版原則發生變化。編輯選擇作品雖注重文學本身，但他們時刻保持著對政治的趨附姿勢。假如作品與意識形態發生衝突，編輯最可能成為「積極分子」。許傑小說《王老闆》即遭到編輯拒絕，「出版社說，寫的是老闆，不是工人，不出版了」，許傑因此「感到寫文章困難」[31]。編輯並非不懂文學，但抗害能力單薄的他們更願積極踐行意識形態督查作用，以求自保。姚雪垠有部小說寫一落後工人看見別人裝錯齒輪也不管，結果影響機器正常運轉，這一描寫遭到編輯反對。姚雪垠回憶：「編輯同志認為工人不會這樣的，要我把這個工人改成特務，我不同意，這部稿子就壓下來了。」[32]谷斯範的《新桃花扇》也被認為：「反面人物寫得很好，但正面人物太弱，在現實生活中不足以起鼓舞示範作用。」[33]一九五七年，前鴛鴦蝴蝶派作家宮白羽抱怨說：

30　舒蕪，〈悼念樓適夷先生〉，《新文學史料》二〇〇二年第三期。
31　許玄編《綿長清溪水：許傑紀傳》（山西人民出版社，二〇〇〇年），頁一九四。
32　姚雪垠，〈打開窗戶說亮話〉，《文藝報》一九五七年第七期。
33　〈上海作協不務正業像個衙門〉，《文匯報》一九五七年五月八日。

> 一般青年作家流於形式化、一般化，稿子叫你一看，不等看完就知道「下回分解」，好像除了搞運動、做套子活，便沒有玩藝了。然而青年作家之所以如此，各出版社編輯同志，你們是不是有時犯一些毛病呢？非公式化稿件不敢登，要的是四平八穩，人嚼過了的甘蔗我再嚼，就絕不會招災惹禍。[34]

然智者千慮仍有一失。《劉志丹》「反黨」事發後，出版社負責人、編輯均牽連入獄。此外，選題計畫也直接將文學出版納入意識形態監控範圍。選題計畫要求「要有明確的思想性與政治性，要配合國家當前政治要求和建設要求」，「作為出版機構選題計畫的基礎的，首先是與出版物主題直接有關的黨和政府的指示，以及與某一出版社直接有關的特別指示」[35]，其強制性不言而喻。

上述事實上的出版制度與出版政策的原初設想之間關係曖昧。它直接導致「原來的傳統在很大程度上被切斷」[36]，然而與此同時，黨的政策與意識形態也全面有效地主導了出版。這無疑符合黨嚴格控制新聞出版的戰略追求。

三

新的出版制度還終止了新文學時代出版與讀者、作者、評論之間原有的協調互動關係，導致建國後文學生產、傳播與接受過程中的傾斜格局。

---

34 宮白羽，〈百家爭鳴百花齊放時代我個人的衷心話〉，《新港》一九五七年第六期。

35 〔蘇〕馬爾庫斯，〈選題計畫——出版事業的基礎〉，《人民日報》一九五一年三月十一日。

36 洪子誠，《問題與方法》（北京三聯書店，二〇〇二年），頁二〇六。

首先是出版與讀者之關係發生了變化。伏爾泰曾言：「無論怎樣有益的書，其價值的一半由讀者創造。」建國前，出版人很重視讀者的閱讀趣好。巴金先生是聲譽卓著的文化生活出版社的主持者，他表示：自己「依靠兩種人：作者和讀者。得罪了作家我拿不到稿子；讀者不買我編的書，我就無法編下去」。「搞好與作家和讀者的關係也就是我的奮鬥的項目之一，因此我常常開玩笑說：『作家和讀者都是我的衣食父母。』」[37]所以如此，在於新文學出版多係私營，出版人須自負盈虧，所以他們極關注讀者的市場反應，視之為利益攸關的參考變數。但出版國有化以後，讀者與出版都發生新變：

一方面，市場反應對出版社不再「利益攸關」。出版社經濟盈虧改由國家承擔，利潤高低不影響社長、總編和編輯的工資收入。王益先生回憶：「財務上要求很低，有時也有利潤指標，但並不嚴格要求。各出版社實行統一的工資標準，不與利潤掛鈎。」[38]甚至，胡喬木將市場考慮貶為「庸俗」的思想[39]。讀者因此喪失了對出版的市場反饋渠道。同時，出版、發行分工致使「出版社不能直接聯繫讀者不能反映讀者的意見與要求」，「失去了作者與讀者之間的橋樑作用」，淪為「書店與作者之間的組稿人和印刷代理人」[40]。

另一方面，單位制度也挫傷了出版人的文化追求。出版社作為國家單位，政治是職工晉升的主要指標。編輯為個人前程考慮，必然會放棄文化薪傳追求，忽視讀者，而以積極或消極的姿態附從於國家意識形態。

---

37 巴金，〈上海文藝出版社三十年〉，載《巴金全集》第十六卷（人民文學出版社，一九九一年）。

38 王益，〈出版、發行的分與合〉，《中國出版》一九九七年第一期。

39 一九五〇年八月二十九日，胡喬木在講話中談到：「出版的計畫，如果按照市場的需要來制定，那就是庸俗化了。出版物是商品，應該很好的賣掉，這是事實，但我們不能僅僅根據市場的需要來解決這個問題，我們應該而且可以領導市場，應該按照人民生活的需要制定計畫，使市場服從我們。」見〈出版發行工作的重大改革〉，收入《胡喬木傳》編寫組編《胡喬木談新聞出版》（人民出版社，一九九九年），頁四三六至四三七。

40 陳白塵，〈稿酬・出版・發行〉，《文匯報》一九五七年五月四日。

這些變化，共同切斷了出版與讀者之間的紐帶。故建國後出版社雖在理論上、實踐上仍表現出對讀者的重視，甚至有甚於新文學（譬如一封「讀者來信」即可使出版社毀版、廢稿），但這種重視，與其說是重視讀者，不如說是出版社自我保護，防患於未然，主動躲避可能隱蔽於「讀者」背後的打擊。出版社對讀者的重視事實上是大為下降的。出版社不重視讀者，實等於不重視文學。文學失去出版支持，其尋求意識形態之外的獨立可謂緣木求魚。

出版與作家之關係亦受到影響。新文學時代，書局與作家關係相對是融洽的。趙家璧回憶說：辦出版社「最主要是能拉到幾個名家名作」[41]，掛牌、登記、分領紙張及經費倒都在其次。作家與出版之間，不僅是業務關係，還洋溢著因共同信仰而致的情誼。一九五七年，蕭乾表示：「二十年來，巴金同志主持的那個出版社始終是我成長的土壤，是我精神上的『家』，是我的學校，也是我和讀者之間的一道鎖鏈。」「我和那個出版社的關係絕對不是單靠版稅來維繫的，這中間，還有一種可貴的感情。出版社資金不夠周轉的時候（特別是有反動政府白報紙配給和通貨膨脹的雙重災難下），作家自願跟出版社共甘苦；同時，作家有了急需，出版社也永不會漠不關心。我們的友誼就是這樣建立在互相尊重和體貼上。」[42]但建國後二者關係發生了根本逆轉。

蕭乾對前後懸殊感受深切：「我最初接觸的出版機構，是商務印書館。通過鄭振鐸同志的介紹，他們在一九三五至三六年間，先後出了我三本書。那是個純資本主義式的關係，來的信都是『臺端長』、『臺端短』，每季總寄給我一份發行數字的清單，一個買，一個賣，談不上什麼感情，但是也沒有什麼惡感。很顯然，當時商務隔壁就是中華、世界、開明、大東……哪家出版商也沒意思無緣無故把賣稿子的人擠兌到別家去，因為沒有買書的，他們的店就開不成（所以廣告才寫得那麼客氣），可要是沒有賣稿子的，他們也是白搭。這個客觀形勢至少使他們對作者有禮貌（譬如說，去信必覆），也肯於在小事情上替作者服務（譬如說，在抗戰初期，我從雲南寫信託上海商務給買幾本已經絕

[41] 趙家璧，《文壇故舊錄》（北京三聯書店，一九九一年），頁一三七。
[42] 蕭乾，〈「人民」的出版社為什麼會成了衙門〉，《文匯報》一九五七年五月二十日。

版了的《籬下集》，後來他們居然從倉庫裏找出幾本來，給掛號寄到了）。抗戰期間我流亡國外，他們也還不時地寄我本目錄什麼的。直到前天，商務印書館總管理處還給我寄來一份《小樹葉》的『版稅清結單』——書是一九三五年出的，到一九五七年，國家改貌了，出版商本身也改造了，它還很客氣地跟我聯繫著，這個管理處的注意力可真長！錢是小事，它給我『一絲不苟』，非常尊重作者權益的印象。」[43]但是，建國後的國家權威出版單位（人民文學出版社）則完全不同：

> 他們出奇地馬虎、倨傲，重重地背了「中央一級」的包袱，因而時常擺出的是一副「你不來我不在乎，我不給你出路你就別無出路」的神氣。他們與我的關係僅僅限於交稿時「編輯室」打個戳，發稿酬時「財務科」蓋個章而已。交稿以後很久才送來「合同」，上面所有應由雙方協定的條款出版社一概早已批妥，我只有簽字、蓋章、貼花而已，實際上是單方面的決定。稿子交了以後，書出成什麼樣子，那與作者（或譯者）無關。……人民文學出版社約你一部什麼稿子的時候，口氣上它時常讓你感到是種恩賜；稿子一旦送到它手裏，它時常讓你感到的是粗暴；書出了以後，讓你感到它對著譯人的權益的漠不關心。[44]

壟斷之下，編輯的尊重、負責態度不消自消。雖不時有老出版人向新編輯強調作家是編輯的「衣食父母」[45]，但編輯居高臨下的輕慢仍日益普遍。出版與作家關係的失衡是制度性的。一方面，權威出版社「抱怨來稿太多，來不及看」[46]，對作家根本就不存在依賴性。另一方面，作家卻不得不仰求於權威出版社。全國專業文藝出版社就那麼兩三

43 蕭乾，〈「人民」的出版社為什麼會成為衙門〉，《文匯報》一九五七年五月二十日。
44 蕭乾，〈「人民」的出版社為什麼會成為衙門〉，《文匯報》一九五七年五月二十日。
45 江曉霧，〈編輯們的話〉，《文藝報》一九五七年第十一期。
46 傅雷，〈為繁榮創作提高出版物的質量提供更好的條件〉，《文匯報》一九五七年五月十四日。

家，「投稿不接受，作家就沒有生路」[47]，「一個作品經一家出版社否定，就永無見天日之時。」[48]

出版與評論之關係亦隨之變化。新文學出版與評論之間是協調互動的，建國後出版則趨附於評論：一旦作品挨批，出版社就會立刻在第一時間停版、毀版。朱星的《新文體概論》一九五三年由五十年代出版社出版，再版五次，但突遭《文藝報》批評。朱星回憶：「當時曾謙虛地寫了一篇答辯文章寄文藝報，但文藝報給我退回來了，意思是不許我答辯，只許我受教。我為了真理而不服，又轉到《人民日報》去，也是石沉大海，未予發表。尤使我傷心的是五十年代出版社的編輯給嚇壞了，寫快信給我說：『本社不再再版，第六版存書已全予銷毀。』」[49]

編輯「沉默」的原因在於，建國後文學批評多挾意識形態權威凌駕作者之上，編輯作為單位工作人員，必然放棄作者權益以自保。至於挾「群眾」之名出現的「讀者」批評，出版社更以不作為態度去面對。在作者、讀者、出版、評論四者中，作者本來就無法抗衡「讀者」和評論家的意識形態批評，兼之出版對意識形態批評的亦步亦趨，如同「多骨米牌效應」，作者最終也只能趨附意識形態，要麼就只能「潛在寫作」。但後一種選擇極為稀見。結果，文學場呈現傾斜之態：作者向出版屈從，出版向讀者、評論屈從，讀者、評論向單位與意識形態屈從。

不難想像，新的出版制度對文學的制約會引人憂慮。尤其是某些勢力利用出版壟斷，大行黨同伐異之實，令人不平。故在歷次出版會議與整風中，出版界、文學界都據之頗提出數項有價值的建設性意見，譬如，增加出版社數量以打破壟斷局面，要求「內行」領導，部分恢復私營出版，允許同人出版，取消選題計畫，等等。這些建議多與胡愈之、黃洛峰的最初設想相反，實希望部分恢復新文學出版傳統。其中部分建議，在「反右」後得到落實。不少省市成立了新的文藝出版社，如長江文藝出版社、百花文藝出版社、春風文藝出版社、江蘇文藝出版社等，部分解決了壟斷

47 〈上海作協不務正業像個衙門〉，《文匯報》一九五七年五月八日。
48 〈出版機構龐大效率低〉，《文匯報》一九五七年五月三日。
49 朱星，〈有感而言〉，《新港》一九五七年第六期。

問題。但與意識形態領導形成衝突的犯忌建議，如「內行」領導「外行」問題、同人出版問題、選題計畫問題，都被付之高閣，不予採納。

第二節　文藝刊物的編輯制度

新中國成立後，出版業所有制政策發生劇變[50]，兼之單位制度推行，文藝刊物的存在方式與角色功能都「自然」調整。對此，學界多傾向於定位為意識形態控制工具。這類意見，是西方文化研究有關大眾傳媒的普遍見解，亦是研究者「不願輕易放棄」、「對於啟蒙主義的『信仰』」[51]的結果。其實，刊物的運作過程及其性質，較「意識形態」更為複雜。儘管執政黨希望刊物成為「人民文學」的建構場所，並通過主編、領導、編輯間的層級控制予以體制保證，但刊物性質仍然是高度不確定的，充滿變數。如果說黨性要求是刊物編輯的公開規則，那麼由於在貫徹黨性的過程中代理人意圖的滲入，刊物事實上的編輯制度則被「鍥入」了多重聲音與利益。

50 不少學者以為文藝刊物一建國即國有化了，其實不然。期間經歷了近四年「社會主義改造」。一九四八年十一月，〈中央關於新解放區中外報刊通訊社的處理辦法指示〉稱：「報紙、刊物與通訊社，是一定的階級，黨派與社會集團進行階級鬥爭的一種工具，不是生產事業。」明確將刊物列為必須予以監控、改造的意識形態機構。一九四九年，新文學刊物紛紛停刊，私營文藝刊物僅餘《文藝》、《青春電影》、《小說》、《詩與散文》、《文藝生活》、《家》等十餘種。至一九五三年，文藝刊物才徹底實現國有，全部由國家統一撥款、統一管理。

51 李楊、洪子誠，〈當代文學史寫作及相關問題的通信〉，《文學評論》二〇〇二年第三期。

一

與新文學刊物申述特定文學觀念、引領審美潮流及標誌「社會權力多元化結構的形成」[52]的功能不同，黨領導下的刊物「是一定的階級、黨派與社會集團進行階級鬥爭的一種工具」[53]。新中國成立後，塑造「人民文學」，創造社會主義「新文化」，成為刊物的首要宗旨。研究者指出：「文藝刊物在計畫經濟時代，是文學創作、評論和理論研究最重要的載體和傳播媒介，同時也是時代政治風雲變幻的晴雨表。刊物在傳播文藝作品的同時，也擔負著引導方向，宣傳闡釋黨的文藝方針、政策，討論重大理論問題的『陣地』的職能。」[54]文藝刊物未必能在事實上達成這些功能，但作為體制要求毋寧是引導性的。而一種刊物能否有力地服務於社會主義事業，首先取決於主編。所以，黨對「優秀」主編的要求，除專業聲譽與人脈以外，還特別注意考量其政治忠誠。新文學時代不存在「忠誠」問題。當時刊物發起與籌辦，多出於同人倡議。資金或同人自籌，或找書局做出資人。主編與出資人關係比較融洽。自籌自不必說，書局出資也是如此。書局老闆主要關心利潤，而新異不群的辦刊追求本身即利潤保障。故出資人對編輯事務不太介入。即或介入較深，主編也往往能另找出版渠道，故主編具有較強獨立性。這是自由市場制度的必然。市場足以養活刊物，刊物自然不必一定要去效忠某一政黨。

但建國後情況發生了變化：首先，如同蘇聯一樣，通過「改造」，取消私人投資，使政府成為刊物唯一出資人。其次，取消市場價值，不考慮刊物作為「生產事業」性質，「主要目的不是為了商業利潤，而是站在主流意識形態的

52 羅崗、摩羅、梁展，〈幾重山外從頭說：文學期刊與文學創作〉，《文藝爭鳴》一九九六年第一期。

53 中央檔案館編〈中共中央關於新解放城市中中外報刊通訊社的處理辦法〉，載《中共中央文件選集》第十四卷（中共中央黨校出版社，一九八七年）。

54 孟繁華，《眾神狂歡——世紀之交的中國文化現象》（中央編譯出版社，二〇〇三年），頁一二五。

立場上，為讀者大眾服務，擴展讀者群，增加發行量，在一定程度上滿足大眾的審美需求，進而完成教化與引導的任務」[55]。不重視利潤的一個表現是決定刊物印數時並不考慮市場需求。一九五七年，出版局為「節約紙張」，大幅削減刊物印數。《人民文學》由十九萬份驟降到六萬份，《中學生》削減四萬餘份，《旅行家》削減二萬餘份。對此，《旅行家》主編子岡抱怨說：「從前一個刊物銷得多少，是一個刊物編得好壞的指標，如今呢，卻未必……」[56]黨不將利潤納入刊物工作目標。韋爾伯・斯拉姆認為：這種「消除」「出版和廣播的謀利動機」的做法，可以使刊物

> 自由地盡其作為國家和黨的工具的職責，而不是博取大眾歡心的競爭者。所有權的報酬不在廣告和銷行的所得，而在於對公眾思想的影響。……決定其成功或其失敗的也就不是公眾，而是路線和政權的少數掌管者。[57]

但黨對刊物引導公共輿論的職責極度強調：「我們所有的報刊和書籍，都應當是用共產主義精神教育人民的。」[58]黨要求刊物以恰切的故事與論述，向群眾傳諭符合黨的世界觀、人生觀與審美形式，從而有利於國家力量對社會領域的現代性整合。這種追求是「全能主義」的，需要對社會主義高度「忠誠」的主編來完成。因為在單位制度下，主編作為刊物領導，對編輯與刊物具有體制性控制力。且主編都是「按照自己的觀點來選擇稿件，修改稿件，並且按照自己的觀點來編排稿件」，「編輯人員思想的性質是直接決定刊物的性質的」[59]。試想，若主編不夠忠誠，刊物又怎能成為黨的刊物呢？顯然，黨希望主編成為「齒輪和螺絲釘」。

55 陳偉軍，〈從傳播學視角看「十七年」小說的大眾接受〉，《南京社會科學》二〇〇七年第十期。
56 子岡，〈《刊物的霜凍》〉，《人民日報》一九五七年五月三日。
57 〔美〕韋爾伯・斯拉姆等，《報刊的四種理論》（新華出版社，一九八九年），頁一七四。
58 周揚，〈建立中國自己的馬克思主義的文藝理論和批評〉，《河北日報》一九五八年八月二十二日。
59 人民文學編輯部，〈文藝整風學習和我們的編輯工作〉，《人民文學》一九五二年第一期。

為確保主編的忠誠，黨採取了思想整風與制度建構等多重保證措施。一九五一年，文藝界開展整風，力求打破「資產階級小資產階級思想的包圍」[60]。刊物問題被列為重點整頓目標。中宣部文藝處處長丁玲在北京整風會議上講道：「編輯部的負責人和工作人員」，「應該具有高度的明確的思想性，最能判斷是非輕重，敢於負責地表明擁護什麼、鼓吹什麼、宣傳什麼和反對什麼，而且是熱烈地擁護和堅決地反對」，要「做到以黨和人民政府的政策去教育群眾，鼓勵群眾向為人民服務的崇高品質的目標前進」[61]。丁玲講話傳達了黨對主編的「忠誠」要求：希望他（她）將刊物變成黨與讀者間上傳下達的聲音管道。在制度上，黨還將政治忠誠作為指標，列入對主編的選擇與任命中。列寧指出：機關報刊「必須由已經證明是忠於無產階級事業的可靠的共產黨人來主持編輯工作」[62]。黨任命主編時，嚴格考慮了這一問題。當時主編多由黨內資深作家擔任，如丁玲、馮雪峰、張光年先後主持《文藝報》，艾青、丁玲、邵荃麟、嚴文井先後負責《人民文學》，韋君宜領導《文藝學習》。《詩刊》主編由非延安出身的臧克家擔任，但臧性格謹慎，編輯大計實聽命於幕後「主編」劉白羽。然而，革命資歷就能保證徹底忠誠麼？黨對此並不幼稚。黨密切注視著那些偏離黨性的主編，隨時予以黜免、更換。

但這些思想和制度措施，最終還是不能保證刊物的黨性。黨頻繁地黜免刊物（副）主編。《人民文學》（副）主編先後更換過艾青、丁玲、邵荃麟、嚴文井、秦兆陽、張天翼、李季等，《文藝月報》（副）主編先後更換過黃源、唐弢、王若望、魏金枝、以群等。這種走馬燈似的更換從反面表明，刊物主編的「忠誠」非常可疑。事實上，像艾青那種「對工作的責任心」「很不夠」、「表現了放棄領導的自由主義態度」[63]的問題，在黨員主編中是普遍的。這是因為，他們實只是黨在刊物中的代理人，具有謀求代理人利益的本能衝動。他們多是當年「五四」青年，本能上傾向

60 胡喬木，〈文藝工作者為什麼要改造思想？〉，《文藝報》一九五一年五卷四期。
61 丁玲，〈為提高我們刊物的思想性、戰鬥性而鬥爭〉，《文藝報》一九五一年五卷四期。
62 〔蘇〕列寧，〈黨的組織與黨的文學〉，載周揚編《馬克思主義與文學》（解放社，一九五〇年）。
63 人民文學編輯部，〈文藝整風學習和我們的編輯工作〉，《人民文學》一九五二年第一期。

於獨立思考，如艾青、馮雪峰、秦兆陽、王若望等。同時，他們也多是文學界有影響的人物，或與這些「人物」關係密切，處在某一勢力之中，必須考慮「圈子」和「山頭」利益，如丁玲、張光年、嚴文井等。思想或權力驅動，使主編們很難祛除自身代理利益訴求。這決定了刊物性質的不確定性。因主編「忠誠」係數高低差異，刊物出現三種編輯性質：

第一種是黨性刊物。洪子誠認為：當年文藝刊物「都是由國家所控制、管理、實施監督」[64]，是「一體化」文學秩序的生產環節之一。王本朝亦強調，包括刊物在內的整個文壇都「仰承國家意識形態的喜好，在國家政策的指揮下有序的運作」，「被無形的國家意志所掌握、控制」[65]。這類說法過度誇大國家權力，但也確實反映了刊物運作的主要方面。在主編個人對黨的政策異常忠誠時，或在政治環境較緊張、主編唯恐「出事」時，刊物都會緊跟黨的指示，在組稿、發稿方面忠實體現黨的要求。所有刊物都具有這一特點，《文藝報》頗具代表性。黃秋耘認為：《文藝報》「是直接由中宣部控制的。中宣部說要整誰，《文藝報》就在版面上批誰；中宣部決定要吹捧誰，《文藝報》也跟著在版面上體現出來」，這「叫做『一面栽花，一面鋤草』」，「《文藝報》最發揮作用的」，「是作為整人的工具而存在」[66]。此時刊物對黨高度忠誠，具有強烈的意識形態規訓功能。

第二種是同人性刊物。孟繁華認為：「那一時代新創辦人文、學術和文藝刊物，在發刊詞上，都無一例外地要寫上最流行的政治語言，以表達對主流意識形態的認同。」[67]實則在「最流行的政治語言」之下，編輯宗旨可能甚為複雜。如果主編個人受過「五四」思想強烈吸引，或在政治環境較寬鬆時，刊物都有可能「同人化」。刊物或在黨的要求的縫隙處迂迴表述異端訴求，或直接挑戰〈講話〉。這與啟蒙辦刊傳統有關。黨委任的主編多有過同人辦刊經驗。

64　洪子誠，《問題與方法》（北京三聯書店，二〇〇二年），頁二〇六。
65　王本朝，《中國當代文學體制研究》（武漢大學博士論文，二〇〇五年），頁六七。
66　黃偉經，〈文學路上六十年：老作家黃秋耘訪談錄〉（下），《新文學史料》一九九八年第二期。
67　孟繁華，《眾神狂歡——世紀之交的中國文化現象》（中央編譯出版社，二〇〇三年），頁一八六。

儘管建國初年，丁玲宣布「一小夥人掌握了一個刊物（即是所謂同人刊物）」的方法「已經過時了」[68]，但仍有受過「五四」精神滋養的主編不願做放棄思考的「齒輪和螺絲釘」。他們相信自己「忠誠」於社會主義事業，更相信自己的「思想」與這種「忠誠」高度一致。他們最欣賞的，還是獨立思考、同人辦刊傳統。秦兆陽的宣言——「要將《人民文學》辦成俄國十九世紀《祖國紀事》、《現代人》那樣有影響的第一流刊物」[69]——恐怕代表了邵荃麟、馮雪峰、石天河、戈揚、雪葦、王若望等主編的共同祈望。這種不絕如縷的啟蒙理念，在建國初年以迂迴方式存在於各刊物內，一九五七年則挾捲文壇，使全國半數以上的刊物同人化，包括《文藝報》、《新觀察》、《人民文學》、《文藝月報》、《新港》、《長江文藝》等國家級和大區級刊物。

第三種是派系刊物。黨委託主編編輯刊物，意味著賦給主編挾黨自重、利用「領導」權力控制編輯部、扶植「圈子」、排斥異己的職權。新文學時代，主編對刊物有完全控制權，組稿、發稿、編排、稿費等，可一概處置，但並不給人「控制」惡感。這一則因為刊物人人可辦，主編不算什麼稀缺位置；再則刊物在市場中求生存，主編必須以質量贏取市場。但建國後發生了兩點變化：其一，刊物數量、種類都出自國家計畫，其中省市刊物多數被定位為通俗刊物，文學權威與政治權威被體制性地集中到少數幾家刊物（如《人民文學》、《文藝報》、《詩刊》、《收穫》等）。且格局固定，不太可能改變。由是，這些刊物即成為奇缺資源。作家必仰求於它們，否則即不成其為「作家」。同樣，對於必須在鬥爭中「生存」、「發展」的派系勢力而言，能否控制住這些刊物，也是「生死攸關」之事。一種勢力（如「胡風派」）若未「掌握」有影響的刊物，甚至刊物不幸地落入對手之手，前景無疑不堪設想。相反，一種勢力若「掌握」了重要刊物，就可有計畫地擴大「圈子」影響，多方「鋪路」、「搭橋」，廣結人脈，上交各界「要人」，下聚文壇「新人」，快速擴大勢力範圍。至於抑制對立勢力發表作品的機會，削弱其影響與人脈，

68 丁玲，〈為提高我們刊物的思想性、戰鬥性而鬥爭〉，《文藝報》一九五一年五卷四期。

69 李頻，〈磨稿億萬字，多少悲歡淚：緬懷秦兆陽先生〉，《出版廣角》一九九七年第二期。

更不在話下。其二，刊物權威是體制性的、長久性的，兼之辦刊經費與個人收入的充分保障，主編沒有任何市場壓力。[70]在不用擔心刊物水平過低的情況下（這不難做到，由於供求嚴重失衡，全國作家都環繞著這幾家刊物），主編可以「私心」辦刊，留出充裕版面去培植私人勢力、發展私人「人脈」。這兩點決定了建國後刊物迅速陷入「一層又一層的小領袖主義」[71]，進而宗派化、圈子化，黨的刊物因而被勢力利益、私人利益所挪用。

這可謂「五四」時期某種不良傾向的翻版，「極容易形成少數幾個強有力的人的市場獨占，有獨特性格和獨特見解的以及無所依傍的就不易抬頭」[72]。而在「五四」時期，由於市場環境，畢竟可通過多組社團、多辦刊物的方式消除此弊。但建國後，自辦社團、刊物不太可能，避免派性的方法只能訴之於個人自覺。一九五一年，丁玲在整風會議上點名批評《人民戲劇》稱：「文藝事業是集體的事業，除了國家和人民的利益之外，再也不能夠有任何其他的利益」，不能「把它庸俗化或視為個人的或小集團的利益」[73]。但這毋寧是空談。其時各刊物都在迅速成為各「圈子」囊中之物，「有力的作家們進行了對於這些刊物的爭奪戰」[74]。典型者莫如丁玲自己對《文藝報》的控制。《文藝報》固然是中宣部的「整人工具」，但在丁玲主編時期（一九四九至一九五二），《文藝報》集中批評有「方向」之譽的趙樹理，藉《武訓傳》事件反覆影射夏衍、圍攻這位「上海市文藝領導同志」，顯然與中宣部無關。趙樹理是受到周揚高度評價，並被周揚藉以打壓丁玲的實力派作家，夏衍是「四條漢子」之一。丁玲視趙樹理、夏衍為周揚

70 建國後，國家全部承擔刊物編輯的薪金與待遇，編輯收入與市場脫鉤。李汗反映：《廣西文學》國家「一年補貼一萬多元，縱使發行五百份，也不致餓死編輯，誰也不必像關心自己的命運一樣去操心刊物」。見〈文藝刊物需要「個性解放」〉，《文藝報》一九五七年第九期。

71 胡風，《胡風三十萬言書》（湖北人民出版社，二〇〇三年），頁三五五。

72 沈從文，〈我到北京怎麼生活怎麼學習〉，載《沈從文全集》第二十七卷（北嶽文藝出版社，二〇〇二年）。

73 丁玲，〈為提高我們刊物的思想性、戰鬥性而鬥爭〉，《文藝報》一九五一年五卷四期。

74 胡風，《胡風三十萬言書》（湖北人民出版社，二〇〇三年），頁三五五。

羽翼，此兩事顯然是伺機「修理」。然而形勢多變，一九五五年「周揚派」從馮雪峰手中取得《文藝報》主編權後，《文藝報》就集中「整」胡風、丁玲和馮雪峰，以及陳湧、唐達成、李清泉、秦兆陽等為丁、馮說話的作家。這是在執行政策，更是在挪用政策以實現勢力特殊利益。

刊物任何時候都會強調自身忠誠，但它總混雜著多重的聲調與利益。湯森、沃馬克認為：「黨對所有公共傳播的監督在實際上並不能保證傳播媒體總是以一個聲音講話。」[75]道出了這一基本事實。將之理解為單一的意識形態載體，不能不說是特定話語體系下不自覺的「知識」生產。

二

組織還規定，刊物不能作為獨立單位存在，必須附從於某一上級黨委，比如文聯、作協、宣傳部或其他機關。這種行政隸屬關係決定了主編不是刊物唯一或最高領導人。在主編之上，文聯、作協、宣傳部黨委或間接領導（如市、省、國家領導人）都有介入權力。當然，這些領導若不留心刊物，主編自可以全權處理。但此類情況甚為少見，領導對刊物的介入是體制性的。

領導介入涉及方方面面，大至編輯理念，小至某篇稿子、某種版式的選擇。周揚一九五三年從丁玲手中取得《人民文學》主編權，直至一九六六年停刊，該刊主編一直由周揚、劉白羽「安排」。周揚因此對《人民文學》介入較多。塗光群回憶，編輯部遇到較難取捨之事，往往請周揚定奪：

75 〔美〕詹姆斯・R・湯森、布蘭特利・沃馬克，顧速、董方譯，《中國政治》（江蘇人民出版社，二〇〇三年），頁一五一。

大約一九五四年下半年，開始批判胡風時，評論組曾收到徐懋庸一篇來稿，稿中涉及了三十年代文藝界紛爭的一些往事，編委何其芳建議送周揚同志一閱。不久周揚退回原稿，上有一句批言：「此人毫無進步。」[76]

周揚對徐懋庸實有銜怨。一九三六年，徐懋庸冒失致信魯迅，致使魯迅發表〈答徐懋庸並關於抗日統一戰線問題〉一文批評「四條漢子」。這段文壇「公案」，使「四條漢子」的惡名始終伴隨著周揚。周揚對徐懋庸前怨未解，《人民文學》便不敢發表徐的作品。周揚還經常主動「指示」《人民文學》，「一九六二年八月，邵荃麟主持農村題材小說創作座談會，周揚前往講話，散會後我看見久未見面的舒群訪晤周揚，大約是申述自己的處境」，「不久，周揚指示《人民文學》雜誌，可以向舒群約稿」，「很快，舒群自本溪寄來短篇《在廠史以外》」，發表後受到歡迎[77]。舒群與丁玲、陳企霞較接近，此前已受到衝擊，此時大概因為三十年代舊誼，取得周揚支持，所以也獲得在《人民文學》發表作品的機會。此外，敢於向《人民文學》指示或提「建議」的，還有胡喬木等高層人物。

《人民文學》、《文藝報》、《收穫》、《詩刊》等國家級刊物，由於主編社會聲望、行政級別、勢力背景都非同一般，領導介入時比較慎重，且多通過較溫和的私人關係進行。但主編行政級別偏低的地方刊物就不能交此好運。省市領導對文藝刊物的干涉欲是強烈的，方式也很粗暴。一九五七年，《廣西文學》編輯李汗大膽反映領導的惡劣干預：「刊物是省文聯主辦的，省文聯又是省委領導的，因此領導首先要求刊物面向全省群眾和文藝界」，「還規定了各種體裁在每期刊物中所占的百分比，甚至為此降格以求，為了配合政治任務，編輯人員每逢二、五、八、十一月擬定下季選題時，都要先到黨委去瞭解一下下一季度的中心工作」，「這些『中心工作』往往成了選題計畫的主要依據。青年團、行政廳，……開什麼積極分子會議也要刊物派記者去配合『報導』，刊物疲於奔命，成了一般的宣傳工

76　塗光群，《五十年文壇親歷記》（上）（遼寧教育出版社，二〇〇五年），頁一三六。
77　吳俊，〈組稿：文學書寫的無形之手〉，《華東師範大學學報》二〇〇六年第五期。

具，逐漸失去了它的獨特性」[78]。黃秋耘也反映：「某省的文藝刊物在去年下半年刊登反映『農業高級合作化』的作品較少，就被領導指責為『迷失方向』，犯了原則性的錯誤。在這種『自上而下』的壓力下，刊物編輯部馬上登啟事徵求反映『農業高級合作化』的稿子，只要收到反映『農業高級合作化』的稿子，不管是粗製濫造的也好，公式化概念化的也好，將會優先刊登，而將其他題材的作品拋在一邊。」[79]這種情況比較普遍。有時一個刊物同時隸屬幾個機構，還會出現一個「媳婦」夾在幾個「婆婆」之間無所適從的尷尬。李汙提到：

> 由於機關化，編輯部、文藝處、文聯的彼此關係上，也產生了一些問題。記得我剛調到編輯部時，文藝處是什麼都一把抓的，審稿、看大樣，甚至編輯部的工作計畫，也由處裏的一個幹部來布置。文藝處與文聯通氣不夠，人為地造成黨與文藝團體關係上的隔膜。有一次，文藝處一位幹部在電話中問編輯部的一個負責人：「如果宣傳部跟文聯主席的意見有衝突，你聽誰的？」這是個難題，但誰也頂不起「不服從黨領導」的帽子，於是，被問者只好說：「聽宣傳部的吧！」文藝處的某些幹部，缺少有事同編輯部商量的謙虛態度，而且居高臨下，盛氣凌人。[80]

領導對選題、組稿等編輯工作的深度介入，嚴重削弱了刊物的自主性。刊物性質因此又繫之於領導對黨的忠誠係數。與主編一樣，領導對黨的忠誠係數亦有不確定性：其一，如果領導高度忠誠於黨，刊物便會更深地反映黨的政策。其二，若領導秉持啟蒙精神，刊物即可能同人化，容納異端探求。一九五三年，《人民文學》接連發表路翎的

78 李汙，〈文藝刊物需要「個性解放」〉，《文藝報》一九五七年第九期。
79 秋耘，〈刺在哪裏？〉，《文藝學習》一九五七年第六期。
80 李汙，〈文藝刊物需要「個性解放」〉，《文藝報》一九五七年第九期。

《記李家福同志》、《戰士的心》、《初雪》、《窪地上的「戰役」》等小說。塗光群回憶：「要是沒有主管文藝的主要負責人之一胡喬木發話，那是誰也不敢做主，誰也沒有這樣的勇氣的。」主編邵荃麟因此敢於接納路翎，並「不抱任何門戶之見，沒有絲毫褊狹情緒，接納從四面八方走到為人民服務的道路上來的中國作家們的新作佳作」[81]。其三，若領導強調私人關係，扶持「自己人」，刊物就可能滑向宗派性。據《夏衍傳》載：「苗得雨到中國作協文學講習所學習之後，給夏衍寫了一封長信，談學習情況與寫作中一些想法，並提到寫的幾首詩《文藝月報》沒發。夏衍接信後立即回了一封長信，說：『我已同月報的魏金枝同志談了，你的詩水平不夠要幫助，我讓他們要注意發你的詩。』」[82]夏衍的「照顧」作用明顯，苗得雨很快成為該刊的主要作者。但這種照顧恐怕並不正常。周揚對《人民文學》時亦如此。塗光群回憶，有次周揚打電話來說：「立波同志寫出了一部新小說，你們可以要來看看，不能全部發表，也可以選一點發表，以示提倡嘛。編輯部聞風而動，立刻去取來立波小說手稿。」「（大家）認為對工廠生活寫得比較淺，塑造人物不夠豐滿」，「最好是不要在《人民文學》選載」，但嚴文井覺得：

> 周揚既然提出了選載的要求，最好還是選一選……（發稿時）嚴文井等領導反覆琢磨，覺得從作品質量衡量，還是不要在《人民文學》發表為好，於是又命我從發稿的那期抽出來……（周揚）還是堅持要在《人民文學》選登……於是我又慌忙火急地將排出來的校樣再送工廠，抽下那填補的稿子。目錄、頁碼等全都更換，弄得出版者及印刷廠工人們叫苦不迭。[83]

---

81 塗光群，《五十年文壇親歷記》（上）（遼寧教育出版社，二〇〇五年），頁八七至八八。
82 陳堅、陳抗，《夏衍傳》（北京十月文藝出版社，一九九八年），頁五〇五。
83 塗光群，〈嚴文井——一個真正的人〉，《新文學史料》二〇〇六年第三期。

周揚無異把《人民文學》看成可隨意扶持「圈子」中人的「自留地」。若領導陽奉黨性，陰圖異己，穿鑿成獄，情況就更嚴重。六十年代前期，張春橋控制《收穫》和《上海文學》，把它們變成黨同伐異的工具。兩刊主持人以群一生辦刊十數種，「恐怕在他的記憶中，沒有比《上海文學》和《收穫》更難以把握的了」，他「需要時時揣摩某上級的意圖，稍有不測，便可能遭遇沒頂之災」[84]。「文革」期間施燕平編輯的《朝霞》雜誌，完全是幫派陰謀的工具。

領導對刊物的干預，與主編對刊物的層級控制相似。由於領導忠誠係數充滿變數，刊物性質也充滿變數。它可能充分體現黨性，亦可能大幅度偏離黨性。

三

除主編與上級領導外，直接負責組稿、編校工作的編輯作為知識分子和國家幹部，對刊物性質也應有所影響。事實並不如此，編輯對刊物無決定性影響。建國後，單位制度重新塑造了個體生存環境，「沒有單位的塑造與扶持，個人要想在社會中立足，幾乎是不可能的」[85]。而「單位的塑造與扶持」掌握在領導手中。領導可輕易地提拔職工，亦可輕易加害職工，職工抗害能力則嚴重不足。這導致二者之間控制與被控制的相互關係。職工對領導不能不形成單方面的「組織性的依賴」。這註定了編輯只能是主編或領導的附庸。胡風在《三十萬言書》中說：

---

84 林舟，〈他在清晨與困惑分手：作家葉以群在一九四九至一九六六〉（下），《新文學史料》一九九九年第三期。

85 劉建軍，《單位中國》（天津人民出版社，二〇〇〇年），頁二〇。

其中當然有想把工作做好的誠實的工作者，但大多數是沒有經驗而且政治和藝術水平都不高的青年和被「培養」出來的「文藝幹部」，而且還雜有投機分子以至政治上的變節分子。[86]

胡風並非危言聳聽，其實「投機分子」、「變節分子」之說，主要針對編輯不敢對主編或領導持以異議。在單位制度下，職位低微的編輯又能怎樣呢？若主編、領導是黨的忠誠分子，編輯亦必「忠誠」於黨。如李汗所反映，領導要求刊物「配合政治任務」，編輯就只能「疲於奔命」，把自己當成新聞記者。若主編、領導有啟蒙訴求，編輯亦必以異端思想組稿。編輯若不敢在政治上「冒險」，就更不敢冒挑戰主編、領導權勢的「險」。兩害相權取其輕，編輯終會選擇追隨主編、領導的「離經叛道」之為。《文藝月報》創刊時（一九五三年），主管該刊的上海市委宣傳部文藝處處長劉雪葦受胡風思想影響，排斥「普及第一」。在擬定創刊號「編者的話」（代發刊詞）時，不允許將「工農兵」列為讀者對象，僅略提及工人，且堅持把知識分子放到工人前面，「指斥一定要把工人放在學生、教師以前的主張為『形式主義』」[87]。據揭露材料稱：當時即有編輯對這種有意對抗〈講話〉的「過頭」做法感到擔心。但編輯更擔心直接否定雪葦意見的後果，所以，對雪葦仍是「追隨」。因此，《文藝月報》一創刊即有強烈的同人氣息。

若主編、領導是某一「圈子」「人物」，編輯也勢必進入該「圈子」，否則便有「順我者昌，逆我者亡」之虞。本來，這對編輯並不困難，依附領導也是編輯「自然」的處世原則。但麻煩在於，若主編、領導中途易人，新任又有較大矛盾，編輯處境就「複雜」了。《文藝月報》創刊時是雪葦主事。但在隨後的激烈派爭中，雪葦沒「搞得過」夏衍，失掉權力。兩名與雪葦接近的青年編輯艾以、斯寶昶因此被打入「冷宮」（後被劃為「胡風分子」）。但此事尚未落下帷幕，夏衍即被調去北京，其職位由張春橋接任。據夏衍提拔的副主編王若望揭發：張春橋一上任即採

86　胡風，《胡風三十萬言書》（湖北人民出版社，二〇〇三年），頁三五五。
87　本刊編輯部，〈揭露胡風反革命集團對《文藝月報》的進攻〉，《文藝月報》一九五五年第六期。

取「動作」，著手在《文藝月報》內「整夏衍的那幫人」[88]。此種「一朝天子一朝臣」的政治規則，周揚同樣奉行無違。一九五五年，周揚從馮雪峰手中取得《文藝報》領導權後，即任命親信張光年等為主編，而《文藝報》「舊人」如陳湧、楊犁、唐因、唐達成等到一九五七年全部被作為丁玲、馮雪峰餘黨劃成「右派」。在《人民文學》內，周揚同樣「逆我者亡」。編輯部主任李清泉僅因替丁玲說過兩句公道話，即被劃為「右派」。黎辛回憶，他曾對邵荃麟表示：「李清泉只說過一兩句對周揚同志的意見，這兩年做審幹工作做得很好」，「不該劃李清泉」，然而「荃麟說他不瞭解李清泉」，但「李清泉對周揚同志有意見，不劃大概不容易」[89]。副主編秦兆陽亦因類似「過節」被周揚發配柳州。在「劣幣驅逐良幣」的規則下，編輯只有附庸現行當權者，成為胡風諷刺的「雇傭思想」[90]的信奉者。

單位體制下，編輯不依附主編和領導會面臨危險，但依附同樣會面臨風險。依附有勢力的主編和領導可從中獲益，但亦由此綁上該人「戰車」，被其對立面目為「敵人」，捲進「是非」。而這輛「戰車」能否在複雜萬變的政治鬥爭與人事矛盾中立於不敗之地，編輯又是難以預測的。如此情形下，依附異端分子風險最大。艾以、斯寶昶接近雪葦終遭「清洗」，一九五七年追隨主編嘗試同人辦刊的地方刊物——《星星》、《江淮文藝》、《熱風》、《新苗》、《芒種》、《江淮文學》、《長江文藝》、《蜜蜂》、《紅岩》的編輯們，多數被劃「右派」。依附有勢力的主編和領導風險也不小。建國初年，丁玲在胡喬木扶掖下一度勢壓周揚，在她周圍隱約形成一個「圈子」，其中包括陳湧等《文藝報》編輯，但丁玲一經落敗，陳湧等馬上被周揚「清算」。同樣，一九五七年周揚雄踞文壇後，《人民文學》、《文藝報》、《新觀察》等刊物從主編到編輯，清一色成為「周揚的人」。周揚倒臺後，那些編輯隨即淪為江青的清洗對象。

88 〈王若望反黨野心完全暴露〉，《解放日報》一九五七年八月十二日。
89 黎辛，〈關於中國作家協會的反右派鬥爭及其他〉，《新文學史料》一九九八年第四期。
90 胡風，《胡風三十萬言書》（湖北人民出版社，二○○三年），頁三五五。

當然，也有編輯選擇「閒雲野鶴」式的人生態度：不依附人，也不不依附人，謹慎本分，遠離「是非」。但這類編輯由於未被主編或領導納入「保護」範圍，極易被人嫁禍，前述李興華冤案即是。李興華被劉白羽「『平衡』成為右派」，理由是他和陳企霞「過從甚密」[91]。其實李興華曾是北京「八三四一」部隊的司令部祕書，但他平時不投靠權勢人物，無「背景」可以抗害，更無報復能力，自然成為「替罪羊」的最佳人選。要麼是危險，要麼是風險，編輯如履薄冰。《人民文學》編輯崔道怡感覺是「既兢兢業業，又戰戰兢兢」[92]。編輯的職業訴求於是與主編、領導出現差異。他們無抗害能力，出了「事」領導未必全力保護。所以對他們來說，追求文學有害無益，追求利潤沒有意義，為自保計，最好做「積極分子」。因此，多數編輯將政治忠誠作為選稿標準。據高歌今反映：

> 有些編輯把文章的主題、內容、寫法甚至分段的層次都規定好了，然後再請某某同志去寫。這樣寫出來的文章，編輯看後常常覺得心滿意足……假如某某居然不按編輯的指點，即使文章的內容不變，只換了另一種寫法，編輯就會覺得不順眼，一定要把文章大加砍伐，直到合乎他所要求的規格，才把文章發表出去。[93]

《湖南文藝》編輯甚至直接把「刊物所需要的作品題材，列為三條或四條：如，一、抗旱；二、查田定產；三、工農聯盟，等等。於是作者便照著這個中心做起文章來」，「編輯部收到這樣的文章，大抵是喜笑顏開」，「至於『中心』以外的題材，那就會像不宜動土、不宜出門一樣，認為是禁忌。如果寫了，也要被題上『不合本刊需要』而

[91] 李凌，〈一些來不及告訴韋君宜的真實的故事〉，載《韋君宜紀念集》（人民文學出版社，二〇〇三年）。
[92] 崔道怡，〈又怕又悔編輯生涯〉，《北京文學》二〇〇四年第十期。
[93] 高歌今，〈約稿和改稿〉，《文藝學習》一九五六年第九期。

退回來的」[94]。以「忠誠」自保，編輯即「等因奉此，上班下班」、「連腦筋都大可不必開動」[95]。編輯無力也無意改變主編、領導的辦刊方向。

此外，刊物間的垂直結構也不能改變刊物性質的不確定性。建國後，刊物是等級化的，「北京各報刊的文章對下邊影響很大，有的都被當做學習文件」[96]。由此，有學者認為地方文藝刊物「是『中央』一級的回聲」，「重要問題的提出、結論的形成」，由中央承擔，這是思想、文學秩序「得以維護的體制上的保證」[97]。這種說法其實也不太確切，因為它忽略了一點：「體制上的保證」，不單能「保證」黨性有效下傳，同樣也能「保證」宗派性、啟蒙性有效下傳。

四

主編、領導與編輯間的層級隸屬關係，決定了刊物性質的不確定性。雖然黨性被確定為公開規則，但黨並不能有效防止代理人對「黨性」的解釋與盜用。刊物的實際性質因此多數逾出了黨性範圍，甚至使黨性淪為空洞的口號，如「文革」刊物。把建國後刊物視為「文學政策和文學運動的『陣地』和『喉舌』」[98]的流行見解，可說是「新意識形態」之表證。由於主編和領導對黨的「忠誠」係數不太確定，刊物實際性質可能呈現為黨性、啟蒙性或宗派性。

94 於見，〈「徵稿中心」及其他〉，《新苗》一九五六年第八期。
95 李汗，〈文藝刊物需要「個性解放」〉，《文藝報》一九五七年第九期。
96 張葆華，〈「百家爭鳴」中談戲曲評論〉，《文藝報》一九五七年第五期。
97 洪子誠，《問題與方法》（北京三聯書店，二〇〇二年），頁二〇八。
98 王本朝，〈毛澤東文藝思想與中國當代文學的發生〉，《西南師範大學學報》二〇〇四年第三期。

當然，這並非意味存在三類刊物。其實，每種刊物都可能交替或同時存在三種不同聲調[99]。不過，三類性質存在的概率是不同的。其中，派系性最為普遍，如：京、滬兩地的全國級刊物基本上被丁玲、周揚和江青等派系瓜分，地方刊物則落入省市文藝界權勢人物之手。但由於派系是出於「為地位和薪水而進行的卑劣而自私的鬥爭」[100]，不會「坦坦蕩蕩」宣示出來，相反倒會高調強調黨性，搶占話語制高點，藉以掩飾自身「卑劣而自私」的意圖並壓制對手，故派性常被研究者混同於黨性[101]。黨性出現機率略小，啟蒙性出現機率最低。

整體而言，建國後刊物皆有雜音混調的特點：派系性強烈，黨性普遍，同人性間斷呈現。其中，形式接近的宗派性與黨性居於主要位置。這予人三點啟示：

（一）當時刊物極少單一性質，而是多聲雜語，且隨局勢、主持者的變動而隨時流變。對於派性、黨性與啟蒙性在刊物性質中的比重，須返回原始現場，方可做出恰切判斷。先入為主地視之為黨的「喉舌」，無異管中窺豹，雖也能得其所需，但無疑是對歷史「複雜性」的輕率否定。

（二）刊物角色功能由「流派主義」轉向「宗派主義」。洪子誠認為：建國後「以雜誌和報紙副刊為中心的文學流派、文學社團的組織方式結束了。」[102]這是準確判斷，因為刊物處在派性和黨性狀態中，皆以強調意識形態、主張文學政治化為特點，不可能申述獨異的文學理念並聚集成流派，而刊物處於啟蒙性狀態是不連續的，雖能發表異端作品，但瞬起瞬滅，也不可能形成流派。刊物喪失聚集流派的功能，卻轉而成為宗派勢力盤踞的「山頭」。這些刊物，

99　這一時期，確實也存在性質較為單一的刊物，但極少，譬如一九五七至一九五九年間的《收穫》即同人刊物，沒有派系背景，黨性甚弱，《朝霞》則是張春橋、姚文元直接控制的派系刊物。

100　這是伯克對宗派的精彩定義，見G・薩托利，《政黨與政黨體制》（商務印書館，二〇〇六年），頁二五。

101　較典型的是「文革」期間的《朝霞》和《紅旗》等雜誌，都是直接被陳伯達、張春橋等控制的派系刊物。但若不理解其背景，僅就其充滿黨性修辭的形式與文字判斷，很容易將它們混同於黨性刊物。

102　洪子誠，《問題與方法》（北京三聯書店，二〇〇二年），頁二〇六。

無長期穩定的文學理念，卻有相對穩定的宗派利益。刊物宗派化劣化了作家的心性結構，對文學生產影響極為負性。或許是此原因，邵荃麟在一九五四年中國作家協會一次小型會議上說：解放後的刊物，沒有一個超過《七月》、《希望》的[103]。

（三）反思刊物功能畸變，不能局限於政治制度，而要通過宗派現象觸及中國傳統文化。宗派現象不是共產政治下的新生事物，它與儒家「關係主義」有關。目前學界對派性注意較少。這意味著派性已為我們習焉不察，還是意味著我們看不到我們不願看到的？很難做出判斷。

103 李頻，〈胡風的編輯生涯〉，載《大眾期刊運作》（北京中國大百科全書出版社，二〇〇三年），頁四一四。

第三章　文學批評制度的建立

批評制度係指批評家、媒介、作家、讀者及文藝官員等共同遵守、約定俗成的共同批評規範。一九四九年後，它首先包含單位體制、「人民文學」想像對於批評活動的約定。J・阿休特爾認為：馬列模式否定對立雙方的自由論辯，「因為那種模式認為只有一個客觀現實，所以提供與現實相反的錯誤的觀點只能起到反作用」[1]。而在新中國，由於執政黨對自身作為唯一真實和真理化身的確信，故統一輿論、整飭話語秩序被黨認為是對群眾「負責任」的表現。同時，這時期批評制度還包含不同文學勢力在鬥爭和博弈過程中對批評武器的事實需要。這些需要可能強化、增添、刪除或顛覆體制性要求，但這一層多為研究者所忽略。

第一節　批評與自我批評

批評制度的形成，是新中國體制要求與文學勢力話語訴求和利益需要之間不斷調適的結果。「批評與自我批評」是新中國批評制度的重要構成部分。在共產黨政治中，「批評與自我批評」本是黨員加強道德修練、提高思想覺悟的

1　〔美〕J・赫伯特・阿休特爾，《權力的媒介》（華夏出版社，一九八九年），頁一二五。

有效手段。列寧在〈共產主義運動中的「左派」幼稚病〉、〈談談辯證法〉、〈論政治同教育學的混淆〉等著作中對之有系統闡述，毛澤東在〈反對自由主義〉、〈組織起來〉、〈論聯合政府〉中將它作為解決黨內矛盾、「懲前毖後、治病救人」的有效方法。在當代文學中，這一批評方法被高頻率地使用。但實則這一批評制度極少能達成「懲前毖後、治病救人」初衷，它內在雙重規訓功能直接導致批評精神的變異。

一

新中國文學制度在實際效用上多具有規訓功能。宋如珊認為：執政黨自延安時起「便將文藝創作與政治思想相提並論，以文藝作品檢測政治忠誠度，以整風運動懲處不忠分子，這種現象在中共建政後更為明顯，而且牽涉的範圍逐漸擴大」[2]。這一見解是銳利的，但猶有可議之處。其實，建國後黨的歷次文藝整風，既在檢測知識分子政治忠誠度，同時也在培養政治忠誠。而培養之務的重要，尤甚於檢測。且培養過程也不盡在「整風」這種偶發行動，而是遍布於經常性的文學批評。其最常使用方法即為「批評與自我批評」。在公開體制中，這一方法意在「懲前毖後、治病救人」，但由於對排斥性機制的暗中啟動，它事實上產生了全能性的規訓功能。作為一種對作家主體的控制程序，它包含三重壓抑：（一）批評；（二）禁止反批評；（三）強迫被批評者做自我批評。

「批評」二字，在當時語境中不僅指批評者就某一文本現象表述意見。《文藝報》一九五〇年四月十九日刊出的社論〈加強文學工作的批評與自我批評〉稱：

2 宋如珊，《從傷痕文學到尋根文學》（臺北秀威資訊公司，二〇〇二年），頁二七。

新與舊的矛盾和衝突，是用各色各樣的方式，在文學藝術的作品與活動中表現出來的。在文學藝術工作中展開與加強批評與自我批評，就是為了要提示然後克服這些矛盾，幫助文學藝術的進步與發展。[3]

可見，將對立雙方間存在的新舊矛盾「提示」出來，然後通過消滅或改造「舊」的一方，「克服」此矛盾使之達致一致，才是批評的任務。即是說，黨要求的批評，只要一發出，必有剪舊布新使命，必抑制、教育甚至消滅被批評方，以期刈除各種雜質話語，將之「統一」到進步話語之下。這種方法，頗近於研究者所言的對批評「對立面」的確立，即「為了強調自己的『正確性』，先把對方設定在『不正確』的狀態，然後採取批駁、激辯和排斥的方式」，最終「使其喪失話語陣地」[4]。史蒂文生亦認為：社會主義傳播模式決定了其「將排斥其他的或各種有牴牾的觀點當做一種政策問題」[5]，從而引導輿論。故主管部門對文學批評的「戰鬥性」非常強調。所謂「戰鬥性」，即通過文學批評來暴露、打擊、改造各種「不健康的」、「反動的」作品和現象，清除雜質和差異，以確立「人民文學」同質性。

從改造需要講，批評既然發出，必希望「必不容對方有反對之餘地」，然後一舉蕩平、化異為同為快。自由論辯、百家爭鳴，必成為批評禁忌。與此相應，黨不鼓勵反批評。批評者一旦在報刊、公開會議上發出批評，將對方敘述成「舊的」、「小資產階級的」、「不正常的」之後，便會盡一切努力壓制、打擊對方的申辯。一九五〇年三月，周揚安排袁水拍在《人民日報》刊發史篤（蔣天佐）、陳湧文章，嚴厲批評「七月派」理論家阿壠。五月，阿壠撰寫反駁文章寄給周揚，但周揚不予發表，原稿退回。八月，阿壠再將文章寄至《人民日報》，要求與史篤、陳湧「同等待遇」。袁水拍又一次將原稿退回。到十月，阿壠再次寄來文章，袁再次退回。三寄三返，阿壠直到瘐死獄中，都沒

3　〈加強文學藝術工作的批評與自我批評〉（社論），《文藝報》一九五〇年二卷五期。
4　程光煒，《文學講稿：「八十年代」作為方法》（北京大學出版社，二〇〇九年），頁一七一。
5　〔英〕尼克・史蒂文生，王文斌譯，《認識媒介文化——社會理論與大眾傳播》（商務印書館，二〇〇五年），頁二六。

有獲得反批評機會。

這種彈壓反批評的做法，能夠遮蔽住對方觀點可能含有的合理性。這樣，「批評與自我批評」才能有效進入規訓，啟動教育甚至「清除」對方的程序[6]。對此，胡風非常不滿。在《三十萬言書》中他明確呼籲反批評權利：「對於已出版的作品的批評稿，無論來自何方，均要與審稿刊物的主編或代表人協商，在審稿刊物上發表，進行討論；但如審稿刊物不願發表，其他的刊物有權發表，但得接受審稿刊物主編或其他作家的解釋文章或反批評的文章，進行討論。」[7]

為掩飾這種彈壓，同時也為顯示被批評者的非法性，最後，批評者會要求被批評者作自我批評（檢討）。解放前，批評與反批評常是對應的，作家對於批評若不反駁，則大可置之不理，談不上自我批評。一九四九年後，反批評不被允許，自我批評則成為要求。如果說批評暗示了被排斥、清除出文藝界的危險，檢討則是允許返回、改造的「簽證」。但對建國初的被批評者來說，放棄反批評尚可自我安慰為不與計較，但檢討起來則顏面盡失，事關重大。所以，被批評者對「檢討」極為反感。詩人沙鷗新作〈驢大夫〉遭《文藝報》批評後，心中很不服氣，私下以馬耶可夫斯基自勉：「讓他去批評吧，根本不理解我的詩！」[8]但結果還是把檢討老老實實交到了《文藝報》。他的「檢討」產生的過程不得而知，但冀汸的經歷可為參照：

> 一九五三年，《人民文學》發表了批評長篇小說《走夜路的人們》的文章……那時，正當「三反」、「五反」之後，我寫了入黨申請書。支部書記找我談話：對《人民文學》的批評必須做出有份量的「檢討」。我表示不能接受，

---

6 當然，批評者並非絕對不允許反批評，這取決於被批評者的勢力的大小，也取決於批評方的意圖。譬如「七月派」的路翎即曾發表過長篇反批評文章〈為什麼會有這樣的批評〉。但事後表明，這更像是周揚派的欲擒故縱，作為更嚴厲的批評的靶子。這種情況下，最後一篇文章必控制於批評方之手，嘎然而止，無形中達到「結論」的效果。

7 胡風，《胡風三十萬言書》（湖北人民出版社，二〇〇三年），頁三六七。

8 沙鷗，〈關於《驢大夫》的檢討〉，《文藝報》一九五一年三卷九期。

無法「檢討」。經過幾次談話，支部書記提出了另一個新方案：要我先給編輯寫信表個態，說明批評文章讀到了，正在認真思考，云云。總而言之，我首先必須表示出「歡迎批評的態度」。

對此好心建議，冀汸仍然拒絕，於是「朋友們、同行們、新聞界的熟人，紛紛來信或當面勸告，希望我趕快寫檢討」[9]。而對不願「檢討」的作家，批評者會動用輿論、行政力量加以監督。一九五一年，重慶《新民報》晚刊編發劉盛亞小說《再生記》後，遭到批評，劉盛亞做了檢討，但編輯蔣閬仙以為此事與己關係不大，未加理會。結果，重慶文聯在座談會上指出：「發表該文的《新民報》晚刊編輯部至今未公開向讀者做負責的交代」[10]，並在《文藝報》上發表這一消息。蔣閬仙驚慌之下，急忙檢討。

有時積極分子也會參與監督。在天津整風中，小說家方紀就積極揭露「《天津文藝》受到《人民日報》的批評，但編輯部人員竟置之不理，不做任何檢討和改正」[11]。由此，批評、禁止反批評、迫令檢討三道工序，組成使人「馴服」的規訓程序。對此《文藝報》推行最力。一九五七年，評論家吳奔星尖銳抨擊《文藝報》，且點出《文藝報》拒絕反批評的「手腕」：

> 在過去挨了《文藝報》批評的作者，有的也做了檢討。但是那些檢討多半是一封短信的形式，對批評表示一口吞下去的態度。如果一個作者的檢討，有一星半點的反批評，《文藝報》是會製造藉口拒絕發表的。這種拒絕反批評的作風，很明顯地反襯出過去的《文藝報》是專門批評別人，而自己卻毫無自我批評的精神的。《文藝

9 冀汸，《血色流年》（復旦大學出版社，二〇〇四年），頁一一三。
10 〈重慶文聯檢查文藝工作中的問題〉，《文藝報》一九五一年五卷四期。
11 〈各地展開文藝界的思想改造運動〉，《文藝報》一九五一年五卷五期。

報》縱容批評者玩弄粗暴的態度，卻要求反批評者從學術的角度出發，這是不公正的。批評本身既然毫無學術氣息，而要求反批評寫成學術論文，這就等於拒絕反批評，批評便成了定論。[12]

可見，批評與自我批評（檢討）作為一種批評模式，最終效果不是通過不同觀念的交鋒，求同存異，從而辨別出「真理」之所在，而在於從觀念與行動兩方面剪除差異，走向「唯一」真理，同時獲得思想與輿論的「一致」。

執政黨為何一定要追求思想「一致」呢？斐魯恂認為是出於對混亂的恐懼：「就許多方面而言，中國人都可算是相當重視實際的民族。可是唯獨在政治方面，他們卻往往避開政治現實的牽絆，自我陶醉於意識形態的領域。中國人之所以會有這樣的一個傾向，主要是因為他們一向對衝突與混亂，抱著相當強烈的疑慮和恐懼。在西方，人們對社會上各種利益衝突的現象早已習以為常，並且將政治作為社會衝突的最後一道防線。相反地，中國人始終拒絕承認社會衝突有其價值存在，他們希望能夠永遠維持住社會的和諧。」[13]這種說法不太理解中國政治。執政黨並非不知道利益衝突從而不接納異質聲音，恰恰相反，它把取消異質聲音當做取消對方利益的前提。黨自居為下層民眾的代理人，它不願承認舊的精英階級利益，所以，話語清除被認為是必要的。此乃傳統政治文化的遺留，其實多數中國人都難以以民主的、相互妥協的態度面對異己的聲音與利益。尤其在勢力不對稱的情況下，「一旦大家對問題有不同的看法，攜手合作的構想便自動化為泡影」[14]。

顯然，這種規訓程序在市場環境下難以展開，但在與新中國組織制度匹配後，格外令人生畏。曹禺見別人寫作動輒受批，心有餘悸[15]。一九五七年，與丁玲關係較近的《文藝報》編輯唐達成斗膽撰文與周揚「商榷」，未幾就被

12 吳奔星，〈我所希望於《文藝報》的〉，《文藝報》一九五七年第二期。
13 〔美〕斐魯恂，《中國人的政治文化》，（臺北風雲論壇出版社，一九九二年），頁二六。
14 〔美〕斐魯恂，《中國人的政治文化》，（臺北風雲論壇出版社，一九九二年），頁二九。
15 傅光明，《老舍之死採訪實錄》（中國廣播電視大學出版社，一九九九年），頁一四五。

《人民日報》點名批評。唐達成看到批評文章，「一下子感到天旋地轉」，頓覺萬念俱灰[16]。對「批評與自我批評」的恐懼，有如烈性傳染病，在作家中間傳播。不少作家一見到批評就馬上檢討，根本不去探究批評是否在理。這種以虛假謙遜換取批評者疏忽的辦法，在一九五七年被蕭乾批評為新的「革命世故」[17]。

二

規訓程序能發揮如此強烈的現實功用，是以制度性懲罰為保證的。制度性「懲罰」包括兩種：一是組織懲罰。在單位制度下，不接受批評、拒絕檢討甚至與黨「鬧對立」，後果無疑嚴重。降職、處分、解職、逮捕，隨便一種懲罰都令人生畏。在當時，「單位對於個人來說就具有決定性的作用」[18]，甚至可以斷絕個人生路。沒有人能夠承受如此懲罰。當然，組織懲罰不是常例。另一種「制度性」懲罰，則未必是公開規定，但竟也相沿成習。

蕭也牧一九五一年因《我們夫婦之間》受到全國批判，處境非常尷尬，「不管走到哪兒，總有些人在背後嘰嘰喳喳，甚至直戳他的脊樑骨：『看，這就是蕭也牧，高等華人……』甚至還說些更加難聽的侮辱性的話。」[19]一九五六年，楊文斌指出這種現象：「（犯錯誤的幹部）把登報視為畏途，認為是各種處分中最嚴重的一種處分。從好的方面說，是人民報刊威信高，批評的效果大，從另一方面說，是大家對批評的看法還不是很正確，不把它當做人民內部督促推動的工具，而把它看成判決書，人挨了批評就沒有前途，書挨了批評就停止發售。」[20]蔣錫金亦反映：「作家、

16　唐達成，〈四十年來的印象與認識〉，載王蒙、袁鷹編《憶周揚》（內蒙古人民出版社，一九九八年）。
17　蕭乾，〈放心・容忍・人事工作〉，《人民日報》一九五七年六月一日。
18　劉建軍，《單位中國》（天津人民出版，二〇〇〇年），頁二〇。
19　塗光群，《五十年文壇親歷記》（上）（遼寧教育出版社，二〇〇五年），頁五三。
20　楊文斌，〈一個編輯的意見〉，《文藝月報》一九五六年第八期。

編輯怕犯錯誤，還不是怕檢討。檢討沒什麼可怕，誰不願意洗刷自己的錯誤呢？可怕的是在檢討後，你再也不能工作了，甚至連你這個人也完了。」[21]蔣的憂慮有事實根據。建國後，作品一經批評或檢討，便會引發連鎖性「冷懲罰」效應，如「停止出版，追索稿費，勒令檢討」，甚至眾人避之唯恐不及。[22]安旗指出：

> 我們這裏還有這樣一種空氣：一篇批評文章就是定論。批評者以為如此，被批評者以為如此，一般讀者也以為如此。即使一個作品基本上是被肯定、被讚揚了的，被指出的弱點不過是次要的問題，但只要報刊出現了這樣一篇評論文章，這個作品似乎就「臭」了，送到出版社，出版社會說：「已經被批評了，還能出版嗎？」劇團會問：「已經被批評了，還能演出嗎？」讀者會想：「被批評了的文章還看它作什麼？」——而不看被批評的究竟是什麼問題，批評究竟正確與否。[23]

樵漁也表示：「一個作者的作品受到批評，特別是受到『權威』的報刊的『權威』人士的批評之後，常常有兩種結果：其一是作者再也抬不起頭來了；其二是有一種氣氛，不允許他抬起頭來。……所謂有一種氣氛，不允許他抬起頭來：那就是有些報刊從此不再發表他的文章了；有些出版社從此不再刊印他的作品了；如果他是一位教授或教師，學生從此對他失去應有的尊敬了；一部分相熟的人，也從此和他疏遠了。」[24]

此類「冷懲罰」不勝枚舉。杜烽反映：在軍隊「無自由討論的習慣，討論作品時，往往使作者感到像受審一樣。解釋會遭到『不虛心』的批評。稍加堅持就是『驕傲自大』。硬堅持就不能出版、上演，甚至還要在一定的會議上進

---

21 沛德，〈迎接大鳴大放的春天〉，《文藝報》一九五七年第十一期。
22 李絡，〈雜談「棍子」〉，《文藝報》一九五七年第十期。
23 安旗，〈不能沒有自由討論〉，《文藝報》一九五六年第十期。
24 樵漁，〈向前看〉，《文藝學習》一九五六年第八期。

行思想檢查」[25]。陳學昭《土地》「被胡風分子打了一悶棍，人民文學出版社出了一版，二版便不印行了」[26]。《馬騮精》一書更冤屈：「對《馬騮精》的批評，文長不足一千字，新華書店就把這本很受人歡迎的書停售了。」[27]碧野的《我們的力量是無敵的》挨批後，「碰到的是同志們的冷淡和機關領導上的訓斥。他的文章各刊物都不再刊用。一九五三年，他把一篇反映農村青年婚姻問題的作品寄給《人民文學》，《人民文學》把稿子退回來，說『帶有根本性的問題』」；「另一部長篇小說，《人民文學》編輯部只簡單地寄來了僅僅一張紙的退稿信，退稿信的內容是寫著『文字通順』，如此而已」[28]。陸地《葉紅》被東北文代會批評為左琴科式「小資情調」，連參加全國文代會的資格都被取消[29]。王林一九四三年春寫出小說《腹地》，一九四八年夏，在華北文藝座談會上，評論家陳企霞稱：「在共產黨領導的地區，不能出版這部小說！」一九四九年，《腹地》出版，已出任《文藝報》主編的陳企霞很快撰文予以徹底否定。結果書店不再印行，圖書館亦從書目上抽掉。急得王林分別寫信向周揚和丁玲求援，但均遭推託。王林「呼天無靈，入地無門」，後來憤懣地對周揚說：「我們抓住杜聿明這些戰犯們，不是還沒有殺，還進行教育改造的嗎？為什麼文藝領導上對王林連戰犯都不如了？」[30]

《文藝報》在批評方面影響最大：「出版和發行部門見到某一作家或某一部書受了《文藝報》的批評，就奔相走告：某作家挨了批評，趕快把他的作品束之高閣，打入冷宮。從此，受批評的著作就等於宣判了死刑，被批評的作家

25 杜烽，〈清規戒律從何來〉，《文藝報》一九五七年第十三期。
26 容正昌、張煦棠，〈乍暖還寒晴復雨〉，《文匯報》一九五七年五月十八日。
27 張盛裕，〈揭開矛盾，掃除障礙〉，《文藝報》一九五七年第九期。
28 〈作協嚴重脫離群眾〉，《文匯報》一九五七年五月三十一日。
29 陸地，〈七十回首話當年〉，《新文學史料》一九八九年第四期。
30 王林，〈歷史上的一點教訓〉，《文藝報》一九五七年第一期。

的稿子也就沒有出路了。」[31]有的受批評作品還不允許納入創作「實績」[32]。

組織懲罰與「冷懲罰」，與前述批評、禁止反批評、迫令檢討三道程序，共同形成了規訓與懲罰的功能結構。多數作家難以承受這種摧毀性的力量。

三

關於「批評與自我批評」的話題已大致說盡：它是黨「治病救人」良方，實在批評中又承擔了黨對作家的規訓意圖。偷懶的研究，做到這兒大致可以收工了，因為它符合今日知識界對黨與知識分子關係的擬想。但有些問題，或可再置數詞。

「批評與自我批評」淪為黨對知識分子的一種規訓手段，但黨本身並未提倡「冷懲罰」，甚至是反對「冷懲罰」的。對於犯錯誤的同志，黨歷來強調給予關懷和溫暖。「懲前毖後、治病救人」，並沒說一定要把誰「消滅」掉。蕭也牧挨批後，仍做著中國青年出版社的編輯，俞平伯挨批後照樣被評為一級教授。但「群眾」反應卻可怕得多，大有「斬盡殺絕」之概。對「冷懲罰」的不正常蔓延，有人深感不解。一九五七年，李薔雲撰文稱：「批評一個人是出於關切、出於督促、出於愛，等到批評之後，就只剩下不關切、不督促、不愛的『歧視』了。」「一個作者的作品受到了批評，竟會累及他的新作品找不到發表之處。上海的一個出版社出了幾個壞人，甚至使它出版的好書也銷路大減。東北的一位作者，遭到了一首詩的不公正的諷刺，他的某位親友竟也不願再跟他往來。」[33]那麼，是何原因導致此怪

31 吳奔星，〈我所希望於《文藝報》的〉，《文藝報》一九五七年第十二期。
32 〈各地展開文藝界的思想改造運動〉，《文藝報》一九五一年五卷五期。
33 李薔雲，〈不要歧視受批評的人〉，《人民日報》一九五七年四月二十六日。

異狀呢？白榕解釋為讀者（群眾）缺乏獨立思考：

> 「判決書式」的批評不但粗暴地干涉了創作，而且也培養了一部分讀者的不進行獨立思考、不求實際的浮躁的感情。彷彿任何作家的任何作品，都不許有一點瑕疵；有了瑕疵，即經批評家指出，那作家就成了眾矢之的，除了檢討之外，連辯解也是無可辯解的。[34]

白榕不免過於「書生氣」，以君子之心度小人之腹。群眾對被批評者加以「歧視」、熟人避之唯恐不及，恐怕不僅因為缺乏「獨立思考」。其實，部分原因或如魯迅所言：「群眾——尤其是中國的，永遠是戲劇的看客。」[35]部分原因，或在於冷漠算計背後的市儈主義。這些與單純、盲從之類皆不甚相干。相反，中國式的世故、精明與勢利，是此類悲喜劇的主角。這涉及建國後批評的文化背景。

很多學者面對此時期批評，習以「慣例」將之擬想為黨對個人獨立思考的壓制。這種思想箝制自然存在，甚至頻多。然而，多數批評都還帶著影影綽綽的私人恩怨與勢力衝突。如周揚、袁水拍對阿壠的批評，恐怕不僅因於維護意識形態正統的需要，更因於雙方勢力之爭無以調適。而一篇刊登在權威黨報上的批評文章，在嗅覺「靈敏」的人，怎麼看都暗示了兩點：（一）這一派對另一派開始公開挑釁，雙方衝突已達到公開爆發的臨界點。（二）一篇批評文章公諸於眾，等於告訴讀者一個事實：被批評者，或事先不被預知此事，或及時得到消息卻無足夠實力阻擋文章的發表。無論哪種，都不能不讓人猜測被批評者是否勢力下滑，是否已在高層引起不滿、將被採取「動作」。如果被批評者在批評文章公開後，無力做出反批評甚至還寫出了「檢討」，那就等於坐實了群眾猜測。

34　白榕，〈一種不容忽視的工作〉，《人民文學》一九五六年第十期。

35　魯迅，〈娜拉走後怎樣〉，載《魯迅全集》第一卷（人民文學出版社，一九八一年）。

「猜測」的結果是可怕的。無論被批評者理論是否正確，但他將被加害、已淪為權勢者打擊對象的「前景」，已足以使眾人駭而做鳥獸散。在單位制度下，權勢橫行，有誰敢去節外生枝地招惹權勢呢？即使一時不能明瞭攻擊者是何背景，但急走避禍總是「上策」。魯迅言：「中國一向就少有失敗的英雄……見勝兆則紛紛聚集，見敗兆則紛紛逃亡。」[36]所以，在這種畏懼權勢的看客文化下，作家一旦被人判斷為「失勢」，其結果必然不妙。輕則疏遠，重則落井下石、賣友求榮。這一點，其實一九五六年即已有人化名「代言」，講得明明白白：

> 按理說，批評與自我批評是對事不對人的，尤其文藝批評是學術的討論和研究，並不一定要直接牽涉到被批評作品的作者本身。尤其不應該牽扯到批評者與被批評者之間的人事關係。但積習已久了，在有些人包括作者、編者、讀者、批評者、被批評者的朦朧的觀念和下意識裏認為批評某某作品就是「整」某某作者。批評誰的作品就似乎誰本人有問題。批評就是審判，批評了誰就似乎誰犯了罪。[37]

這些說明，「批評與自我批評」的規訓，不但發生在黨與異端知識分子之間，而且，還可能發生在一方文學勢力與另一方勢力之間，與思想、觀念分歧的關係未必很大。而讀者「不揣以最壞的惡意」來推測此事，主要是從後一層面來理解「批評與自我批評」，所以出現「見敗兆則紛紛逃亡」的情景。

那麼，「批評與自我批評」真的包含文壇勢力間的激烈博弈嗎？答案是明白的。一九四九年後，丁玲希望抗衡周揚，周揚欲除丁玲、胡風而後快，江青必然清洗周揚，此乃大的勢力衝突。小的衝突如各省市作協內部，各刊物、出版社內部，不同小「山頭」之間的衝突層出不窮。這些勢力衝突，主動挑起衝突者總希望通過「批判的武器」剪除異

---

[36] 魯迅，〈這個與那個〉，載《魯迅全集》第三卷（人民文學出版社，一九八一年）。

[37] 代言，〈文藝批評是可怕的嗎？〉，《文學月刊》一九五六年第十期。

己、主導權力與資源分配。這一現象，眾所周知但又常為人「遺忘」。原因在於，這些勢力在衝突時不會將見不得人的利益衝突公諸於眾，相反，總打出合法旗號，從政治上將對方指責為異端或者「謀逆」。這種「訟師」手段，魯迅早諷刺過：「中國老例，凡是排斥異己的時候，常給對手起一個諢名——或謂之『綽號』。這也是明清以來訟師的老手段；假如要控告張三李四，倘只說姓名，本很平常，現在卻道『六臂太歲張三』、『白額虎李四』，則先不問事蹟，縣官之見綽號，就覺得他們是惡棍了。」[38]建國後，這種「老手段」就表現在給對手安上「反黨」、「反革命」罪名，將排斥異己的殘酷行為隱蔽在維護黨的思想的合法外衣之下。勢力鬥爭由此成功盜用「批評與自我批評」的規訓程序，「治病救人」方法淪為勢力之間的整治手段。這是「批評與自我批評」中另一層「制度」構成。群眾對被批評者的「見敗兆而紛紛逃亡」，不過出於避禍本能。不過由於勢力鬥爭總隱蔽在黨對知識分子的規訓之下，研究者只注意到第一重規訓，而對第二層視而不見。

如果規訓是在黨與異端知識分子之間展開，發動者多會勝券在握，如丁玲、馮雪峰批評《我們夫婦之間》；但若規訓是在兩種勢力之間展開，其結果則難以逆料。能不能使對方臣服於批評與檢討程序，取決於雙方實力的動態對比、選擇的時機與策略。周揚對「胡風派」發動批評含有較多勝算，但江青找人撰寫批判《海瑞罷官》文章、正式發動對劉少奇的挑戰，則頗謹慎。失敗的規訓批評亦不少見。有時，批評者對被批評者力量判斷失準，出手就顯得貿然。一九五一年，丁玲藉《武訓傳》等事件，接連批評「周揚派」的夏衍和趙樹理，夏衍、趙樹理二人各有檢討，但丁玲意圖並未完全落實：趙樹理退出了北京文藝圈，夏衍在上海卻毫髮無損。數年後，丁玲即遭到「周揚派」全力反撲，一敗塗地，被安上「反革命」罪名發配北大荒。若發動批評者無勢力背景，很可能被勢力強大的被批評者反過來捲入「批評與自我批評」。馮雪峰主持《文藝報》時，曾批評軍隊文藝領導簡單粗暴作風，結果「引起了軒然大波」，「部隊專門召集了一次座談會，對當時《文藝報》主編馮雪峰等同志嚴詞駁斥，給人壓力很大，感到部隊缺乏

38　魯迅，〈補白〉，載《魯迅全集》第三卷（人民文學出版社，一九八一年）。

探討學術問題的精神，只有敬而遠之」[39]。以馮雪峰的過人資歷，自可安然脫身，但地位低微者恐怕會艱難得多。一九五二年，青年編輯姜弘批評中南文聯領導李爾重「城市文藝為生產、為工人服務」的機械觀點，結果「李爾重同志沒有和我們見面，別的領導者把我們訓了一遍，說我們『太狂妄』」，不久便「送來了一批帽子，『反對黨的領導』啊，『小資產階級企圖篡奪黨的領導權』啊」，甚至被安上「對毛主席有刻骨仇恨」[40]的可怕罪名。一九五七年，姜弘成為「右派」。

可見，「批評與自我批評」在「懲前毖後、治病救人」的公開規則下，實包含雙層「隱蔽的秩序」：（一）黨通過它排斥、收編異端知識分子；（二）文壇勢力通過它排斥、清除異己力量。第二層規訓行為盜用第一層名義，但愈往後，黨改造異端成分愈弱，強勢文壇勢力黨同伐異的成分愈強。「文革」期間，「批評與自我批評」完全淪為黨同伐異之具。故它根本上只是「批評的武器」，能不能發揮規訓作用、對誰發生規訓作用，並不取決於「武器」本身，而取決於使用「武器」的人。然而，不論誰使用它，自由論辯精神都被取消，文學批評都淪為一種忠誠度的訓練：忠誠於黨的訓練，或忠誠於以黨自居的私人的訓練。

第二節　文學批評與流氓主義

「流氓主義」一詞取自魯迅先生一九三一年八月的演講。魯迅談起彼時文人的善變，說：「激烈得快的，也平和得快，甚至於也頹廢得快。倘在文人，他總有一番變化的理由，引經據典。譬如說，要人幫忙時用克魯巴金的互助

39 〈首都文藝界人士和部隊作家舉行座談批評部隊文藝工作領導者的缺點〉，《人民日報》一九五七年六月一日。

40 姜弘，〈一個青年批評工作者的遭遇〉，《文藝報》一九五七年第十三期。

論，要和人爭鬧的時候就用達爾文的生存競爭說。無論古今，凡是沒有一定的理論，或主張的變化並無線索可尋，而隨時拿了各種各派的理論來做武器的人，都可以稱之為流氓。」[41]實則此種「流氓」，在五十至七十年代文學批評中尤為普遍。遺憾的是，流氓主義批評一直是學術界的認識盲區。出於新自由主義的支配性影響，學界長期以某種政黨政治為假想敵，致力於對當代批評的意識形態化、本質化和教條主義等傾向的不懈檢討，而對與中國傳統政治行為模式、文化心理關係密切的流氓主義久有疏忽，未認識到它亦是當代文學批評制度中的「潛在的約定」。

一

美國批評史家雷內·韋勒克認為：「批評的目的是理智的認識」，「批評是概念的知識，或者說它以得到這類知識為目的」[42]。韋勒克不瞭解五十至七十年代中國大陸的文學批評。設若他身臨其境，一定會對大陸批評家們的「理智」深感困惑：他們的批評明顯缺乏「科學研究」的性質。這不是指五十至七十年代文學批評缺乏邏輯，而是指他們在面對同一評述對象時，可以同時持以不同的邏輯論證和不同的結論。一九五六年，評論家劉壽就指出了這一現象：「一些『關心』文藝創作的人們，『私下裏』閒談到某個作家或者某部作品的時候，經常會有一些頗為獨到而且尖銳的意見」，「然而，到了所謂『正式的』場合，譬如到了關於某部作品的座談會上，那些獨到而且尖銳的意見（這裏指的是談缺點的意見）卻都銷聲匿跡了。精闢的警句，一變而為吞吞吐吐、含糊不清的貓兒經。」[43]這種批評之「怪現狀」，被李無水描述為「兩個文壇」：「一個文壇，是通過各種文藝出版物，通過各種文藝作品和文藝評論文字表

41　魯迅，〈上海文藝之一瞥〉，載《魯迅全集》第四卷（人民文學出版社，一九八一年）。
42　〔美〕雷內·韋勒克，《批評的概念》（中央美術學院出版社，一九九九年），頁四。
43　劉壽，〈「私下的」和「公開的」〉，《文藝報》一九五六年第十期。

現出來；另外一個文壇，卻存在於日常談話中，存在於作家的會客室裏，存在於文藝界的小型聚會上。兩個文壇同時存在，而口頭上的文壇往往比出版物上的文壇活躍得多。」[44]這種公私異樣的做法，甚至高層文藝官員也不例外。譬如毛澤東祕書、中宣部副部長胡喬木，「未嘗不喜歡沈從文的作品，未嘗不喜歡戴望舒的詩，但公開表現出來的就是另外一個態度」[45]。

較公私兩樣更為突兀的非「理智」的批評「怪現狀」，在於批評者的多變、易變，甚至以變為能事。或從「右」向「左」，或從「左」向「右」，皆往返自如，一變、二變乃至三變、四變。中宣部副部長周揚「對王蒙小說的看法，最初與最後截然不同」，「最初不喜歡這個作品，但對記者的發言卻變了」[46]。「文革」時代頭號評論家姚文元初出茅廬時，「可以在短時間內，隨氣候的變化，而前後判若兩人」[47]。這種「變」術，造就了一類特殊批評群體。一九五七年，徐中玉對此大加譏諷，

有種好像永遠都正確的人。當教條主義還很吃香的時候，他的文章裏不斷充滿了教條，也積極支持過各色各樣的別人的教條主義；當粗暴的批評還被當成「原則性強」來看待時，他不斷寫過許多粗暴之至的文章，並且也曾實際鼓勵了這種敵友不分的風氣……接著情況變了，教條主義終於被揭露為馬列主義的大敵，敵友不分的粗暴批評終於被斥為嚴重的錯誤，人們大概就會這樣想，這種人現在總該檢查一下，坦白那麼幾句了吧，然而不然，他卻又在大寫其痛哭教條主義和粗暴批評的文章了。真所謂搖身一變，彷彿他過去什麼文章、什麼話、什

44 李無水，〈兩個文壇〉，《人民文學》一九五七年第四期。
45 唐達成，〈四十年來的印象與認識〉，王蒙、袁鷹編《憶周揚》（內蒙古人民出版社，一九九八年），頁二七四。
46 〈作協在整風中廣開言路〉，《文藝報》一九五七年第十一期。
47 塗光群，《五十年文壇親歷記》（上）（遼寧教育出版社，二〇〇五年），頁一九二。

麼事都不曾寫過、說過、做過一樣。[48]

「變色龍」式評論家的理論，總是隨著「正確」標準的變化而變化[49]。滑稽的是，某些評論家的善變甚至連「左派」人士都感到辨認棘手。一九六〇年，有人感歎說：「批判沙鷗的作品，是一件容易而又困難的工作。容易的是：他的作品中的粗製濫造、思想貧乏之處，真是俯拾即是；困難的是：他作品和文章中的錯誤常常沒有規律可尋，他忽而『左』，忽而『右』，忽而主張這個，忽而主張那個，忽而反對這個，忽而反對那個。」[50]

而且，「搖身一變」、「忽而反對這個，忽而反對那個」也不需要轉變過程。一九五七年，沈雁質疑說：「由『教條主義』轉變為『反教條主義』，這是可喜的。」「問題在於這種『轉變』，是否經歷過內心痛苦鬥爭的過程，是否真正在思想上深切地認識了教條主義之毒害？」[51]答案當然是否定的。不但同一評論家隨手換用不同的理論，而且同一理論亦經常隨意被人使用於立意完全相反的言論中。小說家馬識途回憶「文革」時的「打語錄帳」，堪稱滑稽：「大家都把《毛主席語錄》作為自己想達到任何目的的最方便的『萬用工具』，作為自己做任何事情的根據和護身符。不要說他們在對我進行大批判時，許多批判勇士隨便斷章取義，胡說八道。甚至出現了一種非常有趣的現象，造反派幾派之間爭權奪利，互相打起來時，都自稱是毛澤東的勇敢衛士，誓死捍衛毛澤東思想，都善於用《毛主席語錄》的話，來批判對方。這就是當時大家所熟知的『打語錄仗』。其實不過是大家斷章取義、為我所用地把毛澤東的

48 徐中玉，〈有種好像永遠都正確的人〉，《文藝報》一九五七年第八期。

49 他們真實的想法是什麼，恐怕潛隱甚深，外人頗難觀測；譬如張春橋，大有「高深莫測」之能力。巴金回憶：「然而說起觀察人，我也有失敗的時候，例如解放後我在上海經常同張春橋打交道（他管著我們），我也常常暗中觀察他，可是我始終猜不透他對我講話時心裏在想什麼。張春橋就是這樣一個人！」巴金，《隨想錄選集》（北京三聯書店，二〇〇三年），頁三三九。

50 周建元，〈沙鷗是怎樣一個詩人？〉，《詩刊》一九六〇年第五期。

51 沈雁，〈豁然開朗的笑容〉，《文藝報》一九五七年第十期。

話當做批判別人、攻擊別人的武器，甚至是殺人的軟刀子。這和毛澤東的原著有什麼相干呢？」[52]在「變色龍」式的批評中，他們所談的和他們所借用的理論本身又「有什麼相干呢」？在此類批評中，馬克思主義概念反覆被人援用，但援用者所欲達到的目的，和馬克思主義往往並不相干。

這類文學批評，不是純粹學問，甚至不是學問。口是而心非、昨是而今非、今非而明又是之種種批評「怪現狀」，是批評權術的惡性表現。這一景象令西方觀察者頗感驚詫。斐魯恂寫道：「（中國人）能夠將心裏面的想法和實際的做法截然分開，一切視實際狀況的需要行事。」[53]這其實是大陸文學批評「潛在的約定」，係當代批評制度的構成元素。大陸觀察者浸淫其間，反不自覺。

對此「潛在的約定」的成因，海內外學界都循例地推諉於高壓政治。譬如，夏志清先生評述一九五六後的大陸文藝說：「作家的士氣整個被粉碎。不只小說家、劇作家和詩人都依靠最安全的公式寫作，甚至連文藝批評家碰到新作品時，也不知所措。他們要先等著瞧瞧共產黨中央委員會宣傳部的意見如何。假如中宣部對一件特殊的作品沒有立即加以褒貶，他們只好做溫和性的評論，隨便介紹一下，稱讚幾句，然後又列舉一些缺點來沖淡它，結果寫成一篇等於什麼話都沒說的評論。」[54]這種思維方式當然不能說是錯誤的，但它明顯地將當代文學的一切問題皆歸咎於政黨政治，實際上窄化了更有價值的觀察與思考。

夏志清不甚欣賞魯迅的雜文，實則魯迅觀察問題的深度非夏氏可及。所謂「永遠都正確的人」，在魯迅眼中，不過「流氓」而已。類似意見，魯迅多次說過。《準風月談・吃教篇》曰：「其實是中國自南北朝以來，凡有文人學士、道士和尚，大抵以『無特操』為特色的。」《華蓋集續編・馬上支日記》曰：「中國的一些人，至少是上等

52 馬識途，《滄桑十年》（四川文藝出版社，二〇〇五年），頁五三。
53 〔美〕斐魯恂，《中國人的政治文化》（臺北風雲論壇出版社，一九九二年），頁九八。
54 〔美〕夏志清，《中國現代小說史》（臺北傳記文學出版社，一九七九年），頁三四四。

人」，「只要看他們的善於變化，毫無特操，是什麼也不信從的，但總要擺出和內心兩樣的架子來」。返觀變來變去的當代文學批評，不能不深感魯迅識見之深。而且，由魯迅的「流氓」之論，可注意到兩點：（一）「永遠都正確的人」，「隨時拿了各種各派的理論來做武器的人」，並非社會主義中國的「特產」，而是一種「文化的幽靈」。（二）「流氓」，非指色情，而是界定在知識分子的無原則、無信仰、唯利益是求之上。在這兩點上，五十至七十年代文學批評堪稱「流氓主義」。近年來，朱大可先生一直著力闡發「流氓主義」（流氓意識形態），其中重點言及的犬儒主義、厚黑主義與魯迅批評的「流氓」庶幾近之。

二

「流氓」之說，自然包含著魯迅的憎厭。然而針對此種客觀、普遍的批評現象，研究者更宜清理的是其社會／文化根源。對此，學術界很容易如夏志清一樣，將所有異常現象都完全歸因於政治意識形態的壓力，認為是「體現政治意圖的」[55]的結果。這中間包含一定誤解。其實，「永遠正確的」批評家趨隨的未必是中國共產黨的文藝觀念，而是有權勢者的文藝觀念。當黨的文藝觀念得勢時，他們就以之做「武器」；如果其他文藝觀念（如胡風「主觀戰鬥精神」）能夠得勢，他們也會以之作為「武器」。「各種各派的理論」中，哪種有權勢，它們就趨隨哪一種。當然，共產黨執政後，所有權勢人物都打著馬克思主義旗號，所以，易使人誤解流氓主義批評趨附的是馬克思主義。其實，這種誤解魯迅早就一語道破天機：「革命成功以後」，「有人恭維革命，有人頌揚革命，這已不是革命文學。他們恭維革命、頌揚革命，就是頌揚有權力者，和革命有什麼關係」[56]？在流氓主義批評中，沒有思想，只有權勢。既無

55　洪子誠，《中國當代文學史》（北京大學出版社，一九九九年），頁二五。
56　魯迅，〈文藝與政治的歧途〉，載《魯迅全集》第七卷（人民文學出版社，一九八一年）。

思想，批評家也就不會有「內心痛苦鬥爭的過程」，僅是隨權勢沉浮而「轉變」。對此，沈雁很是傷感：「如果這種『轉變』，僅僅是迫於領導和群眾的『壓力』，是從『識時務者為俊傑』而出發的，那就是很可悲了。」[57]然而，這樣「善於變化，毫無特操」的「可悲」批評家是普遍的。

他們在一九五七年被人譏諷為「但丁派」，即一心只盯著領導（權勢者）的眼色，領導喜歡就「捧」，領導不喜歡就批[58]。「但丁派」遍布文藝批評界，下自小人物，上至文藝高官，甚至「文壇霸主」周揚也不例外。《人民文學》主編嚴文井回憶：

> 周揚身處全國文藝界黨的領導人的權威地位，他有時也陷於苦惱或惶惑狀態，主要是摸不清楚毛澤東的想法、意圖。這種「沒有把握」，使周揚感覺為難。例如有段時間傳出上邊對長影拍的一部《榮譽屬於誰》的電影有看法，周揚捉摸半天，除了覺得該片較枯燥乏味，實在不知它的問題在哪裏。很快黨內高層批判高崗，他才恍然大悟，原來提出《榮譽屬於誰》的問題，其意在批高崗在東北搞個人崇拜。這，誰人能夠看出呢？周揚曾說過「文藝是時代的晴雨表」，對於一個處在多變年代、風侵雨聲的崗位而又頗為看重自己權力的人，周揚想號準毛澤東的脈，以使自身立於不敗之地的想法是很自然的。[59]

「號脈」是當時眾多批評家必修的生存技術。周揚想「號」毛澤東的「脈」，還算簡單。「文革」期間，由於毛澤東繼承人選的撲朔難測，「號脈」難度更高。郭沫若「號脈」就時常出誤。他的取媚對象或江青，或鄧小平，朝秦

57 沈雁，〈豁然開朗的笑容〉，《文藝報》一九五七年第十期。
58 王城，〈談「但丁派」〉，《文藝報》一九五七年第十五期。
59 塗光群，〈胡喬木和周揚〉，《黄河》二〇〇〇年第三期。

暮楚，門庭常改。「文革」後，這類人物被人譏諷為「大風起兮雲飛揚，風派細腰是彈簧」[60]。至於一般批評家，「號」不了領袖的「脈」，只好「號」權勢人物的「脈」。對此，賈方如是描述：「一個戲上演了，一個什麼事件發生了，最初，人們看見了他的極大的『謙虛』和『謹慎』，他表示自己正在研究，表示應該多學習一下。之後，他到處緊張地打聽權威方面的意見。一旦他獲得一點什麼線索，就如獲至寶地抓在手裏。於是，這位『謙虛』和『謹慎』的人，立刻就成為一位勇敢的『批評家』了。」[61]那些級別較低、資訊不「靈通」或處於偏遠之地的批評家，沒有條件「號脈」，就拚命從報紙社論等公開渠道中尋覓蛛絲馬跡：「人們往往把黨報看做『氣候』的徵象之一。黨報上擁護什麼、批判什麼，也往往被人們看做是黨的立場和態度。這種看法長期的存在著，成了一種風氣。」[62]這類行為，看似捕捉黨的新思想，其實是揣摩黨內最強勢者的看法（黨報往往被最強勢者控制）。揣摩出了權勢者的心理，就可保持「站隊」正確。故與中國傳統官場一樣，依附權勢，是流氓主義批評中永遠不變的事實規則。至於是使用馬克思主義還是使用其他某種「主義」取媚於上，不過是相機而動的技術細節，無關大局。

那麼，流氓主義批評產生根源何在？一九五六年，曾煒解釋為「盲從」：「這些情況，正說明了我們這些人，在學術問題上顯得無知，甚至有時是到了可笑的地步；也說明了這些人是思想上的懶漢，不動腦筋」，「不能獨立思考，自己對某一門學問或是某一個問題還沒有深入研究，因此無法分清是非，只得隨聲附和」[63]。半世紀後，杜導正的解釋仍與曾煒相同。在為一部周揚史料著作撰寫的前言中，杜導正認為周揚和自己這一代人「都是毛澤東同志虔誠的崇拜者，盲目性很大，毛澤東同志號召，對也罷，錯也罷，簡直不加任何思索照信、照辦就是。個別太出格的地

60 《大風起兮雲飛揚，風派細腰是彈簧》（漫畫），《人民日報》一九七八年六月四日。
61 賈方，〈隨感二題〉，《光明日報》一九五四年八月十四日。
62 白雲深，〈迎風戶半開〉，《東海》一九五七年第六期。
63 曾煒，〈「百家爭鳴」有感〉，《作品》一九五六年第八期。

方，偶有懷疑，也是淡淡淺淺的。」[64]曾煒的解釋針對涉世不深的青年學生，略有道理。杜導正說的卻是經歷過權力鬥爭之驚濤駭浪的周揚，則極為牽強。若由此出發，運用福柯（Michel Foucault）的權力生產理論，把周揚及類似的評論家解釋為「被馴服的主體」，就更不倫不類、隔靴搔癢了。

那麼，原因何在呢？其實，魯迅在諷刺「流氓」時已說得清楚：「流氓」文人「隨時拿了各種各派的理論來做武器」，乃是因為「他要人幫忙」或「要和人爭鬧」。目的明確，手段高效，一點也沒有曾煒、杜導正所說的「盲目」。流氓主義批評家的大量產生，自然不是幼稚、「崇拜」所致，而是出於高度的精明與世故。斯賓諾莎認為：「往往，一個人表面上受人控制，但由於這種控制恰恰符合他的真正利益，他在實際上是自由的。」[65]

流氓主義批評家正是如此：他們表面上臣服於權勢或某種主義，是因為該權勢或主義可為之服務，使之獲得現實利益。這是經過利益權衡後的理性選擇，有明確的「理智」目的。譬如，要升官、保官或謀取更高社會地位。郭沫若歌頌和批判江青，與「盲從」並無干係，皆是經過利益權衡後的「理智」選擇。不過，這種理智與韋勒克所界定的批評「理智」相去甚遠。此層原因，張恆在一九五七年就意識到了。他說：「有一種人，並非見聞不廣，也非經驗不足，更非知識貧乏；他長著頭腦，聰敏靈俐，對事物能夠看得清清楚楚，能夠觀察出個所以然來。但是，一旦領導上對某件事物發表意見之後，儘管這種意見與他的看法如何不對頭，而他的看法也許在客觀上是正確的，甚至自己也知道，可是，他卻連忙點頭哈腰，嘴裏不住地稱對道是，需要處理的，就奉而行之。」顯然，此類人物機詐過人，哪裏談得上「盲目」，不過是「為了自己之私利，不惜埋葬人民大眾的真理」[66]。他們貌似積極、乖順，實則精於投機，善於遊刃有如地利用各種人脈與話語資源，全力以赴地尋求個人的最大利益。

[64] 杜導正，〈關於「周揚現象」〉，載徐慶全編《知情者眼中的周揚》（經濟日報出版社，二〇〇三年）。
[65] 參考李強，《自由主義》（中國社會科學出版社，一九九八年），頁五一。
[66] 張恆，〈談盲從〉，《江淮文學》一九五七年第三期。

這類世故與投機，是中國人基本的生存技術（有時還被視為人情練達的表現），批評家亦不例外。對此，予以高調的道德批評無甚意義，倒不如對其背後的傳統政治制度下的生存倫理做進一步的清理。在中國集權制度下，政治以對上負責為特徵。基層人民無力參與政治，上級決定一切。在這種專制政治的情境下，人人關係是不平等、不對稱的，是邊位和中心位置的關係，呈現為偏正結構：

一旦偏正結構形成，就等於一個權威和非權威關係的建立……權威總是（合法性地）同正確性劃等號的，權威即是正確，正確即是權威。所以說肯定權威就要肯定其正確性，肯定了正確性也就是肯定其權威性，而這種肯定就意味著處在偏位上的人無論如何都不能比權威更正確，更不能試圖質疑權威，當然這不是說偏位置結構上的人就不正確，沒有機會或可能正確，而是說偏位置上的正確性要等到被中心位置肯定後才算做正確，總之，在這樣的結構裏，所謂正位的正確性要麼是不容質疑的，要麼其本身就得由權威者來界定，而不是由客觀事實或檢驗來證明；如果偏位要讓正位認錯，那也不再是認錯，而只意味著在丟他的臉或不給他面子。[67]

新中國的威權體制，很大程度上延續了舊的政治經驗。這也導致了舊的生存倫理在文學批評領域的延續。不難設想，批評家如果按照自由論辯的西方式規則批評領導，往往不會被理解為平等的理論論爭，而會被對方視為「丟他的臉或不給他面子」。而在單位制度獲得全面確立的新體制中，對抗權勢，無異於自殺。所以，自由批評很難展開。權力高度集中的政治體制必然導致批評的畸變。這表現在兩個方面。

第一，權勢人物不允許下級「犯上」作難，挑戰自身權威性，而強迫下級與自己「思想統一」。一九五七年整風時，蘇金傘反映領導的跋扈說：「你如果不同意他的意見，他就說你反對黨；你如果說他不懂文藝，他就說你說黨

67　翟學偉，《人情、面子與權力的再生產》（北京大學出版社，二〇〇五年），頁一四五。

不懂文藝。」[68]在這種臣屬關係中，權勢者挾黨自重，最關心的不是理論之是非，而是你是否服從於、忠誠於我。因此，權勢人物自以為永遠正確，「今是昨也是」，「無往而不是」，做錯了事也不願聽取批評，「憑那三寸不爛之舌，團團一轉」，批評者就從「原告變成了被告」[69]。此類專制作風，在解放軍文藝部門中尤為明顯：「部隊中似乎有這麼一種味道，上面說的話都是正確的，連懷疑的餘地都沒有。有時候，領導同志的隻言片句，甚至是以訛傳訛的，也都拿來當做不可更改的原則。」[70]

第二，在下位的批評家不敢輕易發表與權勢者不同的真實意見：「據說，這是一種處世哲學，如果不這樣，就會遭到別人說是鋒芒太露，或者被認為是目無尊長，引來一些麻煩。」[71]這種畸形狀況，讓姚雪垠感覺「好像封建時代，臣不能議其君，子不能議其父」[72]。亦因為此種「潛規則」，在毛澤東面前小心翼翼的周揚，在文藝圈內則有如一個「皇帝」。塗光群回憶：

> 周揚在他領導的文藝工作範圍，則居絕對權威地位，給人以「前呼後擁」的印象。周揚好做報告，也喜做即興講話。與會的作家、文人們在自己發言前總要先說一句「我擁護」或「我完全擁護」或「我贊成周揚同志的講話」，好像這已成為一種程序。當年作為一個聽會的年輕人，我起初是不大習慣這種方式的。文藝工作者在一起談論文藝問題應是民主、平等、自由發表意見，為什麼要講這樣的套話，尊、卑分明呢？[73]

68 蘇金傘，〈肅清文學上的宗派主義〉，《文藝報》一九五七年第十二期。
69 姜弘，〈且說「常有理」〉，《長江文藝》一九五七年第六期。
70 宋群、林劍，〈打開裹腳布〉，《文藝報》一九五七年第九期。
71 逆耳，〈因人不言〉，《新苗》一九五六年第九期。
72 姚雪垠，〈打開窗戶說亮話〉，《文藝報》一九五七年第七期。
73 塗光群，〈胡喬木和周揚〉，《黃河》二〇〇〇年第三期。

對權勢人物及其意見的服從，是中國人政治生存倫理中古老「潛規則」。流氓主義批評沿襲此種經驗，毋寧說是中國畸形文化的延續。在新中國以前，所有政治制度都有專制特徵（民國政治略有鬆動），這決定了文學批評的流氓化。顯然，共產主義政治不是流氓化的緣起。但中國共產黨在創建新政治制度的過程中，無疑重蹈了傳統。尤其為配合計畫經濟而實行的單位制度，加深了人人關係中的不對稱性，為流氓主義氾濫提供了較民國更為合適的政治土壤。領導可支配一切，所以奉領導意見為神明，成為基本的「做人」技術。文藝界亦難例外。善用此術者，多能獲得好的前程。沈從文的憂慮——「精通『世故哲學』聰明出奇的人物，求其從任何學習上得到改造，使之對於『阿諛逢迎』、『諂上驕下』的技巧失去作用、失去市場，實在太難。若這種反覆無常、投機取巧的險側人物，在某種程度上還受鼓舞、得重用，國家的明天，可就實在麻煩」[74]——又有什麼用呢？「世故哲學」本是中國社會不易之軌則，豈止批評也哉？

三

當然，並非所有批評都唯權勢人物是從。一九六五年十一月十日，《文匯報》刊出了姚文元的署名文章〈評新編歷史劇《海瑞罷官》〉，批評對象直指北京市副市長、史學家吳晗。此時，姚文元雖然已與王蒙、李希凡齊名，但實職不過是上海市的一名中層幹部，該文明顯是「偏位」（下級）向「正位」（上級）的挑戰。那麼，這是否表明批評已具備挑戰權勢的非凡勇氣？實則不然，此乃流氓主義批評的另一表現形式。〈評新編歷史劇《海瑞罷官》〉不是姚文元個人對吳晗個人的批評，而是黨的領袖層內毛澤東與劉少奇矛盾公開的信號。此文係經毛澤東同意、由江青安排撰寫，它與其說是文學批評，不如說是勢力鬥爭的銳利武器。姚文元亦談不上挑戰權勢。其中玄機，連當時身處僻遠

[74] 沈從文，〈喜聞新印徐志摩全集〉，載《沈從文全集》第二十七卷（北嶽文藝出版社，二〇〇二年）。

之地的馬識途也嗅出幾分：「不知吳晗撞在什麼人的經脈處，得罪了什麼人，對他展開聲勢如此之大的批判，一定是大有來頭的，不然怎麼會有通知下來，一直到縣上也要搞批判呢？」[75]這表明，勢力紛爭是流氓主義批評的又一動因。

勢力（宗派、派系）是集權制度下政治現象，它指人們以特定關係為紐帶聯結起來的、具有共同利益和現實功能的非正式組織。對此，黎安友以派系主義與主從關係概念分析其出現原因。他認為：「成員對領袖的效忠」以及全體成員為勢力團體利益工作的原則，是中國傳統精英政治的一種方式[76]。陳志讓在有關近代中國軍紳政權的研究中，亦認為：「派系的政治文化在中國的政治和軍事生活中很顯著。」[77]在「單位政治」下，派系文化同樣「顯著」。無論政治領域還是藝術領域，單位領導權都是勢力競爭的目標，國家向單位輸送的權力與資源，都要經過勢力和圈子的再分配。在此情況下，某一知識分子或作家，如果不自組或參與勢力、圈子，廣結人脈，「縱橫取巧」，便很難在激烈競爭中取得實際利益。因此，建國後文藝界形成了大大小小的不同勢力。這些紛立的勢力，以及它們相互之間對權力與資源的爭奪，構成了文學批評的基本生態。在此生態下，文學批評很易援引政治勢力的力量。鄒讜注意到：

> 在任何文化中，文人其實都是相輕的，但是這種相輕，在歐美變成了大家公開的彼此批判，而且不是你贏我就一定輸的批判。它實際上促進了各派學說的並存競爭。在中國的一元文化傳統中，相輕雖然也可以引起辯論，但總是有一個常常占優勢的正統思想存在。並且政治干預的力量，常常被引入知識分子的討論之中。[78]

75 馬識途，《滄桑十年》（四川文藝出版社，二〇〇五年），頁八至九。
76 〔英〕Flemming Christiansen、Shirin M. Rai，《中國政治與社會》（臺北韋伯國際文化出版有限公司，二〇〇五年），頁七。
77 〔加〕陳志讓，《軍紳政權：近代中國的軍閥時期》（北京三聯書店，一九八〇年），頁八九。
78 〔美〕鄒讜，《二十世紀中國政治》（香港牛津大學出版社，一九九四年），頁六五—六六。

鄒讜所說的「政治干預的力量」，係指某派勢力總是動用自身政治權力，對本有自由論辯權利的對方予以壓制、打擊，通過權力方式解決學理問題。鄒讜還說：「中國有些知識分子常常喜歡自以為是，容不得他人的意識，甚至希望通過政治來壓倒對方。這是傳統知識分子受官僚階級影響而形成的壞的積習，也是進行公開討論、尋求『一致的公論』的重要障礙。」[79]在批評中，勢力強大的一方，往往強行將對方扣上某種「不健康」、「不道德」的名目，並儘量扼殺對方反駁、論辯的機會，以勢屈人，使之就範。此亦屬於流氓主義批評技術。

陳白塵的遭遇可見一斑。一九五六年，陳接受江青的安排，撰寫劇本《宋景詩》，並耗鉅資拍成了電影。但電影剛拍完，解放軍文化部突然批評陳鼓吹「叛徒」宋景詩的「變節」行為。陳大驚失色。然而，此時江青尚談不上「勢力」，不敢與跋扈的軍方對峙，扔下陳白塵，面都不露。軍方召開一次次聲勢凌厲的批評會。陳憂心如焚，無力自解。陳白塵女兒陳虹後來記敘說：「一天過去了，兩天過去了，到了第三天下午，周揚終於站起身來發言了：『宋景詩雖然犯過錯誤，但終其一生來看，還是革命的！』『什麼？』與會者面面相覷，一時間竟然反應不及。『我看，把主要的幾場戲再加工加工，這個片子還是可以通過的……』就像是打了一個圓場，三天來的舌戰到此結束。『莫非是……』會場中所有的人們都不約而同地想到了『尚方寶劍』——一定是最高統帥發話了。」[80]陳虹繪聲繪色的描繪，無疑把這場對峙描述成了正義對專制的抵制。但實則雙方遵循的都是流氓主義規則，而非學理本身。軍方以勢壓人，周揚同樣以勢壓人。誰的勢力大，誰就代表「正確」。在周揚可以「通天」的勢力面前，軍方也不敢貿然行動。

如此生態下，各派文壇勢力彼此傾陷時，特別喜歡通過批評下手。權力鬥爭直接通向文學批評，幾乎無須遮飾。吳晗、周揚，包括更早丁玲、胡風的不幸，與其說是文學觀念上正統與異端之間較量的結果，不如說是勢力之間衝突

79 〔美〕鄒讜，《二十世紀中國政治》（香港牛津大學出版社，一九九四年），頁六四。
80 陳虹，《自有歲寒心：陳白塵傳記》（山西人民出版社，二〇〇〇年），頁一九八—一九九。

的結果。賈植芳回憶：「一九五四年，批判胡風文藝思想，上海作協開會，我在門口遇到了施（蟄存）先生，他著皺眉頭說：『這是你們吵架，把我找來幹什麼？』他說得很認真。」[81]可見，勢力傾軋是其時文學批評公開的祕密。

這種內耗毫無意義，卻又不能擺脫。魯迅同樣注意到這種「流氓」現象，他感歎道：「從古到今，文人的送命，往往並非他的『意德沃羅基』的悖謬，倒是為了個人的私仇居多。」[82]這是明白的看法。不過，批評藉學術論爭之名行勢力傾軋之實，在布迪厄看來是普遍的：「內部鬥爭在某種程度上由外部制約來仲裁。實際上，儘管文學場內部進行的鬥爭在原則上（也就是在決定它們的原因和理由上）是極其獨立的，但在起源上，無論是幸福的還是不幸的起源上，總是依靠它們與（總體上發生在權力場或社會場內部的）外部鬥爭保持的聯繫和這類人或那類人能從中找到的支持。」[83]然而，中國尤烈，也尤為歷史悠久。魯迅說：

> 這是中國的老例。對於異己者總給他安排下一點可死之道。就我眼前所見的而論，凡陰謀家攻擊別一派，光緒年間用「康黨」，宣統年間用「革黨」，民二以後用「亂黨」，現在自然用「共產黨」了。[84]

一九四九年後依然是「老例」。不過，共產黨既已取得政權，須把「共產黨」換成「國民黨」或「資產階級」即是。這時期批評往往居心叵測。有的勢力將異己者安上「反黨、反社會主義」面目，看似在維護黨的權威，實則打擊異己，報復私敵，爭奪權力。對此，王希堅曾憤懣地表示：「所謂批評，實際上就是排擠！」[85]當然，勢力紛爭下的

81 賈植芳，《世紀老人的話．賈植芳卷》（遼寧教育出版社，二〇〇三年），頁一六。
82 魯迅，〈題「未定草」〉，載《魯迅全集》第六卷（人民文學出版社，一九八一年）。
83 〔法〕皮埃爾．布迪厄，《藝術的法則》（中央編譯出版社，一九九八年），頁三〇一。
84 魯迅，〈可慘與可笑〉，載《魯迅全集》第三卷（人民文學出版社，一九八一年）。
85 〈文藝界右派的反動言行〉，《文藝報》一九五七年第三七期。

批評並非只是「排擠」。其實，能否「排擠」成功，也很難預測。批評有如一柄「利刃」，它是刺中對方，還是反過來戳傷自己，取決於雙方力量的動態對比。雙方旗鼓相當，或者都找不到太多勢力背景時，他們也有可能回到學理層面上，「相與細論文」。但是，這樣的機會不多。

勢力紛爭的介入，使即便有才華的批評家，最用心力的不是學理辯析，而是揣摩對方勢力背景，是否「朝中有人」，從而通過權力渠道完成學理論辯。一九五四年，南京大學一位學生化名「孫峻青」，寄文到上海《解放日報》，批評唐弢關於《孔雀東南飛》的論文。唐弢時任中國作協上海分會書記、《文藝月報》副主編，且受到華東區宣傳部副部長夏衍的信任。因此，《解放日報》拒絕發表該文。該學生又將文章寄到由自由主義知識分子掌握的《光明日報》刊發出來。唐弢見後，第一反應不是撰文展開論辯，而是馬上向南京大學「摸底」。他一邊通過《解放日報》編輯向南京大學老師暗中打聽，一邊命令《文藝月報》編輯寫信給南大學生王惠麗，要她私下調查。最後，唐弢懷疑「孫峻青」是中文系教授陳瘦竹的化名。於是，唐弢找到夏衍，要求夏衍出面「擺平」陳瘦竹。結果，「夏衍部長說，唐某固然有錯，陳某也是不對，兩人半斤八兩」，陳瘦竹聞知此事，頗起「黯然之感」[86]。唐弢後來成為中國現代文學研究的開山學者，所為如此，足可想見勢力紛爭對批評流氓化的催化作用。

顯然，流氓化權術劣化了批評精神，不少人因此把批評當成邀寵工具。不但勢力中人如此，勢力外人也趨附於此。杜黎均稱：

> 在我們的文化生活中，流行著一種並不高明的戰術：「摸底」、「揣測名人意圖」。有些人總是想從名人的文章或談話裏，探聽出一些風聲，好決定自己去「打」誰和「捧」誰。這難道不是事實嗎？如：有人在論《儒林外史》的文章中說作品表現了民族思想，一位名人不同意，在論文中對這個問題輕描淡寫地提了一下，後來，

---

86 陳瘦竹，〈文藝放談〉，《文藝報》一九五七年第二期。

> 有人在論文的字裏行間「摸」到了「底」，揣測出了「名人意圖」，於是就發表反對民族思想論的長文向原作者發動進攻了！[87]

如此「看風轉舵、毫無特操」，使批評高度流氓化，日益淪為勢力之間遮飾、捕殺的工具。此外，批評流氓化與人情世故亦有關係。中國社會講究合理合情，「對西方人來說，一個觀點只要在邏輯上講通了，往往就能認可。對中國人來講，一個觀點在邏輯上正確還遠遠不夠，它同時必須合乎人情」[88]。故許多批評兼具應酬意味，希望與他人「維持和諧而良好的關係，而不願意得罪任何人」[89]。

這些因素共同導致了批評的流氓化。《荀子・非十二子》所謂「行為險穢而強高言謹愨」的現象日趨普遍。批評者不把學理論爭看成批評最優選擇，而相信權勢比邏輯思辨更具殺傷力，寧願通過增加自己政治資本或削弱對方政治資本的方式，以勢屈人。這種規則使自由論辯公開規則淪為一紙虛文。當然，這並非說當代批評家皆「毫無特操」的「流氓」，而是說，縱使你有獨立不凡的見解，但為了獲得表達與發展的權利，你必須接受流氓主義的規則。這種規則固然鄙屑學理，但真正的學問又必須通過它才能生存。這是當代批評的弔詭，而胡風、馮雪峰、秦兆陽等都是糾纏在其中的批評家。權術肆行，使堅守理論立場的批評家日漸凋落，投機分子紛湧四起，且亦使批評淪落為權勢、利益的跑馬場。然而，這種流氓主義批評，恰是當代批評制度中極重要的「潛在的約定」。它所發揮的不正常的「體制的型構作用」[90]，直接促成了一九四九年後文人群體與文類合法性的異動。但這種「異動」，不僅指與新的「人民文

---

87 杜黎均，〈且說名人和名言〉，《文藝學習》一九五六年第九期。
88 林語堂，《中國人》（學林出版社，一九九四年），頁一〇〇—一〇一。
89 楊國樞，〈中國人的性格與行為〉，《中華心理學刊》（臺灣）一九八一年第二十三期。
90 〔美〕詹姆斯・柯利弗德、喬治・E・馬庫斯編，高丙中等譯，《寫文化——民族志的詩學與政治學》（商務印書館，二〇〇六年），頁二六。

學」構成異質的「新文學」和大眾文藝，亦包含「人民文學」自身。恰如朱大可所言：流氓主義「是一種雙刃劍」，在「殺傷了其他所有價值體系」的同時也「顛覆國家主義」[91]。不過，當所有權力與勢力持有者、趨隨者皆以馬克思主義為標識之時，這種顛覆性不易為人察覺。

[91] 朱大可，〈流氓主義的N種話語〉，《花城》二〇〇五年第一期。

第四章　文學接受制度的建立

賈島〈題詩後〉云：「二句三年得，一吟淚雙流。知音如不賞，歸臥故山秋。」對讀者的重視，在中西古典文論中都不乏其例。但「讀者」成為研究對象，則始自艾布拉姆斯有關文學活動的「四要素」說（作品、藝術家、世界和欣賞者）。至接受美學的興起，則成為獨立學術對象。姚斯、伊瑟爾等學者認為：「一部文學作品，它並不是一個自身獨立，向每一時代的每一讀者均提供同樣的觀點的客體。它並不是一尊紀念碑，形而上學地展示其超越時代的本質，它更多地像是一部管弦樂譜，在其演奏中不斷獲得讀者新的反響。使文本從詞的物質狀態中解放出來，成為一種當代的存在。」[1]接受美學認為文本並非自在的客體，是閱讀賦予了它現實生命，文學史是讀者接受作品和作品在讀者中產生影響的歷史，為此，他們還提出「未定性」、「閱讀視野」、「閱讀期待」等概念以分析讀者的能動性。但有關五十至七十年代文學的接受制度研究，較難從接受美學中提取到足夠的分析工具。因為當代讀者的巨型權力及其運作方式非常「中國化」，超出了接受美學的討論範圍。譬如，接受美學將讀者功能主要理解為閱讀對文本空白的填補與再創造，中國當代接受制度的建構則複雜得多，涉及讀者闡釋之於作者、批評與出版的直接影響，以及多重力量對「讀者」的製造和支配。

[1] 〔德〕姚斯、〔美〕霍拉勃等，《接受美學與接受理論》（遼寧人民出版社，一九八七年），頁二六。

第一節　左翼文學「讀者」概念的演變

在作者、編輯、評論者、讀者等文學主體中，讀者數量最多，社會層次分布最廣。他們可通過輿論評議、市場購買兩種途徑對文學發生影響。但其影響須從兩個不同角度去理解。就歷史的群體的影響力而言，讀者影響十分巨大。千萬讀者的整體力量與漫長閱讀史的累積，最終裁定著「經典」與「傳統」。然而作為具體的個人，讀者除了能在私人閱讀中通過創造性想像獲得審美愉悅外，他對現實中的出版、寫作與評論等活動卻缺乏直接行動能力，「不能對大眾媒介的運作產生什麼影響」[2]，「主要改變或影響文學意義的發生，並不能控制作家的創作」[3]。這種弱權力現象，可謂文學「成規」或「心照不宣的協議」[4]。但在社會主義文化體制中，新的接受制度的建立，史無前例打破了這種「成規」。讀者躍升為當代文學舉足輕重的制度性力量，使作家都「按照讀者的要求和願望來進行自己工作」[5]，甚至蛻變為隱約的加害力量，令許多作家產生「讀者的焦慮」。這種令人始料不及的變化，既源於體制創構，也是左翼文學「讀者」概念演變的自然結果。對於後者，馬以鑫等學者有所關注，但未對左翼文人、政治家在階級／國家的想像空間內有意識建構「讀者」概念的歷史過程加以專門考察。

---

2 馮建三，《大眾文化的神話・譯者導論》（北京三聯書店，二〇〇三年）。
3 王本朝，《中國當代文學制度研究》（新星出版社，二〇〇七年），頁一七五。
4 〔荷〕佛克馬、蟻布思，《文學研究與文化參與》（北京大學出版社，一九九六），頁一二二。
5 雷加，〈四十年間〉，《新文學史料》一九九〇年第二期。

作為閱讀者，古代文學「讀者」包含兩類：一是辨味批評中的「知音」，二是儒家視野中的被教化者。近代以來，迫於國族政治壓力，梁啟超、魯迅等人談論的小說「讀者」，主要指第二類受眾，即作為被啟蒙者的讀者。不過，與古代往往不識文字的聽眾／觀眾不同，新文學「讀者諸君」實集中於青年學生及同等水平的受教育群體。在他們身上，魯迅等寄予了重塑「國民」的期望。按照接受美學分析，這種期望是文學對社會的「造型功能」的自然反映。姚斯認為：在審美方面，文學「通過為首先出現在文學形式中的新經驗內容預先賦予形式而使對於事物的新感受成為可能」，「預見尚未實現的可能性，為新的欲望、要求和目標拓寬有限的社會行為空間」，在倫理方面，文學通過對讀者期待視野中關於生活實踐及其道德問題的期待做出新的回答，從而強迫人們認識新事物，更新原有的道德倫理觀念，把「人從一種生活實踐造成的順應、偏見和困境中解放出來」[6]。這些被寄以希望的青年讀者，實仍「讀書人」。他們往往被想像為節衣縮食、充滿求知欲的熱情青年。讀者與作家因此實被有關國家的共同想像聯繫在一起。顯然，新文學讀者數量不多，屬於「五四」先驅的設定啟蒙對象。這類「讀者」不具備象徵權力，現實影響力也很微弱，對媒介、寫作無直接影響力。這種讀者概念在非左翼文學中一直存在，直到一九四九年被左翼文學「讀者」所遮蔽。

左翼文學中的「讀者」與「五四」大有差異。如果說，「五四」讀者主要是青年學生（小資產階級），那麼左翼文學則將讀者指認為群眾。「群眾」概念在中國革命中主要指處於經濟弱勢與政治邊緣的下層階級。革命的目的是通過下層階級的暴力，顛覆、重建社會資源配置結構，實現國富民強的戰略目標。「群眾」與「大眾」、「人民」兩個

6 〔德〕漢斯・羅伯特・姚斯，〈文學史作為向文論的挑戰〉，載胡經之、張首映編《西方二十世紀文論選》第三卷（中國社會科學出版社，一九八九年），頁一七九。

概念關係密切。「群眾」與「大眾」所指對象類似，但「大眾」是啟蒙主義概念，強調下層階級被教育、被啟蒙的特徵；「群眾」則是馬克思主義概念，它具備三層新的階級內涵：（一）群眾是革命現實基礎。沒有群眾動員，沒有農村提供的巨量兵員與廣袤縱深，革命不可能成功。鄒讜認為：群眾動員是革命成功的要訣，共產黨知識分子「和社會最下層的階級——尤其是農民階級——建立了一種血肉相連的關係，這就等於把幾千年來在政治領域無足輕重的階級拉到政治領域中來，並使之成為一種重要的力量。這是中國社會自秦漢以來最重要的變化，它完全改變了政治運動和政治參與的格式，並且最後導致了國民黨的失敗與共產黨的成功。」[7]（二）作為被剝奪的下層階級的集結，「群眾」蘊含著道德優勢，它賦予了為下層階級爭生存、爭權利的革命無可辯駁的道德正當。（三）在馬克思主義論述中，群眾是社會發展的主體階級，「是創造歷史的動力」[8]，是歷史規律的體現者，革命因此具有超越現實的歷史正義。這三層階級內涵使「群眾」擁有價值輸出和意義配置的巨大象徵權力。在這一點上，「群眾」概念實與「人民」相通。形式上，「人民」係指所有國家公民，但實仍階級群眾。在革命中，任何概念一旦與「群眾」、「人民」概念成功匹配，便會獲得道德優先與歷史正義，獲得巨大話語權。建國後，文學讀者「生殺予奪」權力的獲得，即部分源於左翼文人告別「五四」，用「群眾」符號對「讀者」概念的重新建構。

「讀者」與「群眾」最初接觸是在「革命文學論爭」期間。一九二八年，由於大革命失敗，後期創造社、太陽社作家於憂憤中發起「革命文學論爭」，挑戰「五四」傳統，以馬克思主義重新闡釋「五四」後中國文學的性質、現狀與未來。這些革命作家本來沒有把讀者問題設定為討論對象。但他們對於「革命文學」服務對象的闡釋，使「讀者」概念出現了「大眾」與「群眾」之論辯。在論爭中，革命作家發表系列文章，如〈現代中國文學與社會生活〉（蔣光慈）、〈從文學革命到革命文學〉（成仿吾）、〈怎樣地建設革命文學〉（李初梨）等。成仿吾稱：人類歷史已經歷

7 〔美〕鄒讜，《二十世紀中國政治》（香港牛津大學出版社，一九九四年），頁五八。
8 毛澤東，〈論聯合政府〉，《毛澤東選集》第三卷（人民出版社，一九九一年）。

有產者、小有產者兩個時期，現在進入了以「一般無產大眾」為「主體階級」的時期，故「現在的革命文學必然地是無產階級文學」，所以革命文學的服務對象應是「大眾」，作家應「克服自己的小資產階級的根性」，走「向那齷齪的工農大眾」[9]！

成氏提法有兩點值得注意：（一）「服務對象」說法比較巧妙。成仿吾知道當時文學事實讀者是青年學生，並非「無產階級」，但他要求這樣預設。（二）成仿吾「大眾」概念含有啟蒙色彩（如稱之為「齷齪的」），但他又將之與「無產階級」、「工農」連用，並界定為歷史發展「主體階級」，這實把「大眾」拉向「群眾」。接著，成仿吾化名發表文章，要求將普羅大眾的接受趣味作為評價文學的標準：「我們的文學，如果不能獲得大眾，將要成為什麼樣的東西呢？結局，還是小有產者的手淫吧」，它「必須得到大眾的理解與歡愛」[10]。成仿吾將「小有產者」排除在「大眾」之外，實已將「大眾」提升為階級性「群眾」概念。

錢杏邨與成仿吾相互呼應，同樣希望抹除「五四」文人的大眾觀，而將「大眾」重釋為「群眾」：「現在的中國農民第一是不像阿Q時代的幼稚，他們大都有了很嚴密的組織，而且對於政治也有了相當的認識；第二是中國農民的革命性已經充分表現了出來，他們反抗地主，參加革命，而且表現了原始的Baudon的形式，自己實行革起命來，絕沒有像阿Q那樣屈服於豪紳的精神。」[11]

「革命文學」的倡導為徬徨歧路的文壇帶來了興奮。但革命作家將「大眾」提升為「群眾」並以「群眾」來規約文學的新異做法，也頗使人不安。一九二八年十月，茅盾刊出〈從牯嶺到東京〉，直接對階級性的「群眾」概念提出質疑。茅盾認為：「群眾」不當僅是工農大眾，而應包括「小資產階級群眾」。同時，他又以「今後革命文藝的讀者

9 成仿吾，〈從文學革命到革命文學〉，《創造月刊》一九二八年一卷九期。
10 石厚生，〈革命文學的展望〉，《我們》一九二八年創刊號。
11 錢杏邨，〈死去的阿Q時代〉，《太陽月刊》一九二八年第二期。

對象」為題，討論了讀者與群眾的關係。他認為，革命文學的事實讀者與其應該的服務對象（群眾）並無實質關係：

> 什麼是我們革命文藝的讀者對象？或者有人要說：被壓迫的勞苦群眾。是的，我很願意，我很希望，被壓迫的勞苦群眾「能夠」做革命文藝的讀者對象。但是事實上怎樣？請恕我又要說不中聽的話了。事實上是你對勞苦群眾呼籲說「這是為你們而作」的作品，勞苦群眾並不能讀，不但不能讀，即使你朗誦給他們聽，他們還是不瞭解。……結果你的「為勞苦群眾而作」的新文學只有「不勞苦」的小資產階級知識分子來閱讀了。你的作品對象是甲，而接受你的作品的不得不是乙；這便是最可痛心的矛盾現象！……我們應該承認：六七年來的「新文藝」運動雖然產生了若干作品，然而並未走進群眾裏去，還只是青年學生的讀物；……現在的「革命文藝」則地盤更小，只能成為一部分青年學生的讀物，離群眾更遠。[12]

既然「群眾」根本不讀「新文藝」（遑論「革命文學」），那麼用「群眾」作為標準就不免空蹈。且茅盾談到「群眾」，也未用誇張不實的革命詞彙，而是平平實實考慮他們缺少文化的實情。多年後茅盾回憶此事說：「當時的工農大眾每天十二小時以上的勞動，他們的半饑餓的生活狀況，使他們既無時間、亦無餘錢購買那些登載革命文學的刊物和單行本。」「當時閱讀革命文學、普羅文學的讀者，仍是革命的小資產階級知識分子。」[13]研究者也指出這一「縫隙」，「這就形成了這樣一種難以避免的矛盾：『左聯』一方面希望能為大眾創造出『看得懂、聽得懂』的文學作品；另一方面，『左聯』的文學作品卻是被革命的小資產階級知識青年們閱讀」[14]。不過在當時，茅盾把虛

---

12 茅盾，〈從牯嶺到東京〉，《小說月報》一九二八年十九卷十號。
13 茅盾，《我所走過的道路》（中）（人民文學出版社，一九八四年），頁二三。
14 張大偉，〈三十年代教育狀況與「左聯」文學讀者分析〉，《文藝理論與批評》二〇〇六年第四期。

浮的「群眾」概念拉回「大眾」層面，與革命作家很不「同調」，激起了後者的反駁。克興反對將小資階級列入「群眾」，不同意茅盾革命文學應「先在小資產階級群眾中立足」的建議，認為：小資「在階級社會裏向來沒有獨特的位置」，它要麼附從資產階級，要麼附從無產階級，並非一個有統一意識與利益的群體，無資格做「群眾」。但克興不得不承認：革命文藝尚不能在群眾中立足，只能以將來「應該推廣到工農群眾中去」敷衍過去[15]。

這是新文學第一次對讀者的慎重討論。茅盾對讀者的清醒辨識產生了反響。林伯修撰文反對把「大眾」概念階級化：「（大眾）絕不是單指勞苦的工農大眾，也不是抽象的無差別的一般大眾——所謂by The People, for the People, Of the people的The people，而是指那由各個的工人、農民、兵士、小有產者等等所構成的各種各色的大眾層。」[16]鄭伯奇則指出「群眾」的愚昧：「中國勞苦弟兄的最大多數，不客氣地說，還是連字都識不到幾個。」[17]沈端先則希望「革命文學」須先爭取「小資產階級群眾」，再爭取工農大眾，「最少限度應該將讀者範圍擴大到中等學校學生、店員，及郵務印刷……等等工人」[18]。

看起來，大家對「大眾」、「群眾」兩個概念的使用很混亂。但實際上，他們要麼反對將「大眾」變成階級性的「群眾」概念，要麼不承認「群眾」的階級性、神聖性。

魯迅歷來將讀者認定為渴望真理的青年學生，所以對杜撰出來的「無產大眾」讀者說得更直截：「讀者也應該有相當的程度。首先是識字，其次是有普通的大體的知識，而思想和情感，也須大抵達到相當的水平線。否則，和文藝即不能發生關係。若文藝設法俯就，就容易流為迎合大眾，媚悅大眾。」[19]聯繫到魯迅此前對青年學生以外的讀

15 克興，〈小資產階級文藝理論謬誤——評茅盾君底《從牯嶺到東京》〉，《創造》一九二八年二卷五期。

16 林伯修，〈一九二九年急待解決的幾個關於文藝的問題〉，《海風週報》一九二九第十二號。

17 鄭伯奇，〈關於文學大眾化的問題〉，《大眾文藝》一九三〇年二卷三期。

18 沈端先，〈所謂大眾化的問題〉，《大眾文藝》一九三〇年二卷四期。

19 魯迅，〈文藝的大眾化〉，《大眾文藝》一九三〇年二卷三期。

者（觀眾）的諷刺，這個說法就算是溫和的了。一九二三年四月俄國歌劇團在上海演出，面對藝術家們「美妙而誠實的，而且勇猛」的演出，魯迅記述的觀眾反應是：「兵們拍手了，在接吻的時候。兵們又拍手了，又在接吻的時候。」「非兵們也有幾個拍手了，也在接吻的時候。」[20]他對「群眾」趣味、理解力幾乎不抱信心：「新主義宣傳者是放火人麼，也須別人有精神的燃料，才會著火；是彈琴人麼，別人的心上也須有弦索，才會出聲；是發生器麼，別人也須是發生器，才會共鳴」[21]。所以，他對成仿吾「必須得到大眾的理解與歡愛」[22]的說法格外警惕：「主張什麼都要配合大眾的胃口，甚至於說『迎合大眾』故意多罵幾句，以博大眾的歡心。這當然自有他的苦心孤詣，但這樣下去，可要成為大眾的新幫閒的」，故而「『迎合大眾』的新幫閒，是絕對要不得的」，「不能聽大眾的自然，因為有些見識，他們究竟還在覺悟的讀書人之下，如果不給他們隨時揀選，也許會誤拿了無益的，甚而至於有害的東西」[23]。

魯迅擺明了對待讀者的底線：啟蒙讀者而不是「媚悅」讀者，不必因讀者有了某名目（譬如「群眾」）就放棄必要的立場。可見，要把讀者從青年學生偷換為「無產大眾」，再把「半饑餓」的可能根本不讀書的有待被啟蒙的「大眾」喬裝打扮成可作為標準的「群眾」，很難獲得認同。

然而，政黨政治仍使讀者從「大眾」走向了「群眾」。一九二九年九月，「革命文學論爭」同時引起國、共兩黨注意：「國民黨召開『全國宣傳會議』，提出以『三民主義的文藝政策』來清理統一文壇，扼殺『革命文學』、『無產階級文學』。共產黨則指示創造社、太陽社停止攻擊魯迅，讓他們同魯迅以及其他革命的『同路人』聯合起來，成

20 魯迅，〈熱風・為「俄國歌劇團」〉，《魯迅全集》第一卷（人民文學出版社，一九八一年）。
21 魯迅，《熱風・隨感錄五十九》，《魯迅全集》第一卷（人民文學出版社，一九八一年）。
22 石厚生，〈革命文學的展望〉，《我們》一九二八年創刊號。
23 魯迅，《且介亭雜文・門外文談》，《魯迅全集》第六卷（人民文學出版社，一九八一年）。

立統一的革命文學組織，對抗國民黨的文化圍剿。」[24]一九三〇年初，「左聯」成立。在此局面下，「國、共兩黨都不約而同地把意識形態傳播的對象設定為『大眾』」。「在左聯看來，『大眾化』是完成『當前的反帝、反國民黨的蘇維埃革命的任務』的必要手段之一，其重要性自然是不言自明的。」[25]於是，在「左聯」公開的「統一的」理論表述中，茅盾、魯迅對「群眾」（讀者）的異議消失了，創造社、太陽社主張以更激進姿態呈現出來。一九三一年「左聯」〈決議〉宣稱：

> 必須立即開始組織工農兵貧民通信員運動、壁報運動，組織工農兵大眾的文藝研究會讀書班等等，使廣大工農勞苦群眾成為無產階級革命文學的主要讀者和擁護者，並且從中產生出無產階級革命的作家及指導者……今後的文學必須以「屬於大眾為大眾所理解，所愛好」（列寧）為原則；同時也須達到現在這些非無產階級出身的文學者生活的大眾化與無產階級化。[26]

三年前被茅盾批評過的「虛妄」再次出現。工人、農民根本不讀文學，但「左聯」已在用他們作為標準要求作者。雖然還在繼續使用「大眾」概念，但是讀者的「群眾」性已非常分明。這種事實上已坐到「群眾」神座上的讀者，不再是被啟蒙者。相反，在「左聯」所展望的新世界裏，知識分子已喪失前程，至多是有被改造的「前程」。這些，完全沒有考慮此前茅盾、魯迅的慎重意見。但出於特殊環境下的鬥爭需要，茅盾、魯迅沒有對〈決議〉提出異議。「左聯」正式在理論上將讀者推上了「群眾」神壇，雖然有時仍以「大眾」名之。

24 錢理群、溫儒敏、吳福輝，《中國現代文學三十年》（北京大學出版社，一九九八年），頁一九五。

25 張大偉，〈三〇年代教育狀況與「左聯」文學讀者分析〉，《文藝理論與批評》二〇〇六年第四期。

26 中國左翼作家聯盟執行委員會，〈中國無產階級革命文學的新任務〉，載《文學運動史料選》第二冊（上海教育出版社，一九七九年）。

當然，在一九三〇年前後，讀者由「大眾」向「群眾」的概念轉移也很有限，因為推崇「群眾」的「左聯」作家自身，也經常前言不搭後語，錯謬時出。李初梨雖然高呼「群眾」，但實際對待讀者時仍自居為「導師」，稱群眾為「迷途上的羔羊」[27]。郭沫若也說：要「老實不客氣的是教導大眾，教導它怎樣去履行未來社會的主人公使命」[28]。這在邏輯上頗為不通：既然「群眾」（讀者）已貴為「主人公」，又怎能被「老實不客氣地教導」？出現這種不倫不類的說法，是知識分子書齋裏談論革命的結果。他們把馬克思主義「群眾」概念當成口號，表演衝動大過了認真地思考與實踐。而且，即使在「左聯」〈決議〉通過之後，「左聯」重要領導人仍在抱怨工人閱讀水平低下：「中國的工人，絕不會歡迎張資平的小說。然而，《火燒紅蓮寺》、《江南廿四俠》、《七俠五義》、《施公》、《彭公》，卻得到大眾熱烈的歡迎和擁護。」[29]「一般的工農大眾享受著一些什麼樣的東西呢？文化水平高一點的，他們讀張恨水、徐卓呆之流的半新不舊的東西；低一點的看看連環圖畫，哼哼時事小唱，聽聽大鼓說書，看看文明新劇，這些就是他們日常所享受的大眾文藝。」[30]

對此，瞿秋白深感不滿。一九三二年，他接連撰文批評「革命的文學家和『文學青年』大半還站在大眾之外，企圖站在大眾之上去教訓大眾」[31]，提出「革命的作家要向群眾學習」，「站到群眾的『程度』上去，同著群眾一塊兒提高藝術的水平線」[32]。這種觀點，多少可以看到十年後〈講話〉的先兆，但在當時影響很小。畢竟，在上海喊叫「革命文

27 〈讀者的回聲・普羅列搭利亞特意識的問題〉，《文化批判》一九二八年第三號。
28 郭沫若，〈新興大眾文藝的認識〉，《大眾文藝》一九三〇年二卷三期。
29 何大白，〈文藝的大眾化與大眾文學〉，《北斗》一九三二年第二期。
30 寒生，〈文藝大眾化與大眾文藝〉，《北斗》一九三二年第二期。
31 瞿秋白，〈「我們」是誰？〉，未刊稿，作於一九三二年五月四日，保存於魯迅之手，現收入文振庭編《文藝大眾化問題討論資料》（上海文藝出版社，一九八七年）。
32 史鐵兒，〈普洛大眾文藝的現實問題〉，《文學》一九三二年一卷一期。

學」的，都是些文學青年，其實也不懂得什麼是「革命」，對「左聯」這種體制性機構也認識不深。故在三十年代左翼文學中，讀者概念在理論上已從「大眾」轉移到「群眾」，但又多少像空洞口號，並未提升「讀者」的實際影響。

二

新的實質性改變出現在解放區。「西安事變」和平解決以後，中國共產黨取得了合法地位，大量左翼文人由上海、桂林、重慶等都市前往延安。新的環境，對革命及「革命文學」新的認識，不自覺地使左翼文學「讀者」概念發生調整。這集中於兩點：（一）「群眾」不再是書齋裏的新奇名詞，而變成了耳聞目睹的現實。在上海，文人們生活在租界和文藝圈裏，對工農很少接觸。「群眾」是印在紙上的時髦術語。而在延安，作家突然進入群眾的海洋，直接與群眾面對面，群眾成為現實讀者（觀眾）。一九三七年，雷鐵鳴這樣描繪延安的觀眾：「一聽到說演戲或只要在街上貼一兩張廣告，就會使得全城都騷動了似的，女的、男的，老的、少的，人山人海地堆滿在露天的舞臺前面」，「每個戲都能深入群眾，抓住了群眾的心坎和脈博」，「使群眾的緊張，悲哀，興奮，憤懣和舞臺上所演的融化在一片」[33]。（二）在延安，士兵、農民是活生生的，他們的犧牲、勇敢和智慧給了作家巨大的洗禮，作家能真真切切地感受到群眾是歷史主人，談論「群眾」，描寫「群眾」都能讓人自豪。所以，一個新的跡象出現，即「讀者」與群眾同一化，「讀者」即群眾。作家談論讀者，甚至不再說「讀者」，而直接替換為「群眾」。不和「群眾」匹配而單獨使用「讀者」一詞的文章日漸少見；那種用法往往限於個別落後讀者，譬如只「喜歡『出奇』的故事的」某些讀者[34]。

33 雷鐵鳴，〈戲劇運動在陝北〉，《解放週刊》一九三七年一卷八期。
34 江華，〈創作上的一種傾向〉，《解放日報》一九四二年二月十一日。

不過，刨去對於群眾的印象式熱情，這種調整實只是微調。儘管「讀者」成了「群眾」，作家也沒有大幅改變自身與讀者的實際關係。啟蒙式的居高臨下當然不再合乎時宜，但一九三八年丁玲對「適合群眾」的解釋，頗代表了來自上海的左翼文人們的微妙態度。丁玲說：「『到大眾裏去』、『應群眾化』等等的語句，現在已經成為一種口頭語了」，但「在接近裏面，就有適合和取媚的不同」：

> 適合群眾，是求其一切言語行為，不標新立異，與大眾共喜樂，同艱苦，瞭解群眾苦痛，幫助其解除，使他們逐漸對你的處世做人（就是工作表現）表示敬服……你不僅是他們的同伴，而是他們的朋友、他們的師長、他們所依賴的人。我們現在要群眾化，不是要把我們變得與老百姓一樣，不是要我們跟他們走，是要使群眾在我們的影響和領導之下，組織起來，走向抗戰的路、建國的路。

這段纏繞表述，實是魯迅有關「媚悅大眾」的批評的延續，它要在申述知識分子面對主體階級「群眾」時的「領導」、「組織」之地位。丁玲稱：作家「只求能適合群眾，而絕不取媚於群眾」，而且，所謂「適合群眾」的目的恰恰在於「領導」群眾[35]。丁玲意見暗示了知識分子的價值底線。遺憾的是，這種對待群眾的態度與革命要求大有乖異。對此，丁玲肯定也有所顧忌。這篇文章撰成於一九三八年，但她並沒有公開發表。但丁玲的傾向性仍十分明顯。據韓曉芹統計：在丁玲主持《解放日報》「文藝欄」的一九四一年五月十六日到一九四二年三月三十一日期間，「文藝欄」共發表作品約二百七十四篇，「知識分子題材多於工農兵的題材，暴露延安社會生活中存在的問題，如官僚主義、等級制度、婦女歧視等的題材多於歌頌讚美延安的題材；且農民或者工農幹部又往往『衣服是工農兵的，面目是小資產階級知識分子的』，不僅不是『高、大、全』式的革命英雄，而且還有相當一部分處於待啟蒙、待改造的地

---

[35] 丁玲，〈適合群眾與取媚群眾〉，載《丁玲文集》第七卷（湖南人民出版社，一九八四年）。

位；在體裁上，主要以文學理論與批評、小說、新詩、雜文等純藝術形式為主，最為讀者所歡迎的反映前方的速寫、報告文學，只有十六篇，占全部作品的百分之六，群眾性最強的戲劇作品則一篇也沒有」[36]。顯然，農民、士兵等讀者儘管已有「群眾」之名，但丁玲仍以青年學生或受過一定教育的幹部為預設讀者，對群眾並不重視。李初梨有關「導師」（知識分子）與「羔羊」（無產大眾）關係的論述，仍不公開地為文人們所認同。

一九四二年五月，毛澤東在〈講話〉中對作家與群眾（讀者）關係做了政策性闡述。這可說是一篇有關文學與讀者關係的專門文獻。有研究者甚至認為：「毫不誇張地說，毛澤東正是提出『接受美學』主要思想的第一人。且不說毛澤東如何重視讀者意識，僅『接受』、『接受者』這兩個詞語在〈講話〉中就反覆用了七次之多。」[37]此說不必過於認真，但「為群眾」和「如何為群眾的問題」確是〈講話〉的核心論題。首先，毛澤東認為：與國統區不同，根據地群眾是革命文學事實上的讀者——「（國統區）革命文藝作品的接受者是以一部分學生、職員、店員為主」，根據地則「是工農兵以及革命的幹部」，「各種幹部、部隊的戰士、工廠的工人、農村的農民，他們識了字，就要看書、看報，不識字的，也要看戲、看畫、唱歌、聽音樂，他們就是我們文藝作品的接受者」。其次，毛澤東以革命領袖身分重申了「群眾」（讀者）概念的道德與歷史內涵，

（許多同志）不大能真正區別革命根據地和國民黨統治區，並由此弄出許多錯誤。同志們很多是從上海亭子間來的；從亭子間到革命根據地，不但是經歷了兩種地區，而且是經歷了兩個歷史時代：一個是大地主、大資產階級統治的半封建、半殖民地的社會，一個是無產階級領導的革命的新民主主義的社會。到了革命根據地，就

[36] 韓曉芹，〈讀者的分化與延安文學的轉型——延安《解放日報》副刊的文學生產與傳播〉，《東北師範大學學報》二〇〇八年第四期。

[37] 童慶炳，〈毛澤東與「讀者意識」〉，《華中師範大學學報》二〇〇五年第六期。

是到了中國歷史幾千年來空前未有的人民當權的時代。我們周圍的人物，我們宣傳的對象，完全不同了。過去的時代，已經一去不復返了。[38]

這段表述體現了毛澤東對「群眾」概念的權威訴求。恰如蕭延中言：「『人民』或者『群眾』在毛澤東的政治和哲學著述中，不僅出現頻率相當高，而且是他政治哲學體系中最為核心的理論範疇，雖然毛澤東從未就『人民』或『群眾』的概念下過明確的科學定義，但確實賦予了這一範疇以最為崇高的神聖地位。」[39]類似看法，李卜克內西在《社會發展規律概論》（一九二二）中也曾表述過：人民與藝術活動有著密不可分的聯繫——首先，人民作為主體、作為藝術的創造者而存在；其次，人民作為客體、作為描寫素材而存在；最後，人民作為感受者、作為藝術的消費者而存在。毛澤東沒有直接讀過李卜克內西這部著作，但他對更早的列寧有關「文藝是為千千萬萬勞動人民服務」的思想無疑相當熟悉。但毛澤東還強調：既然「群眾」代表了「空前未有」的新時代，那麼它就具有無可懷疑的權威性；作家就「必須和新的群眾相結合，不能有任何遲疑」；作家要「從工農兵群眾的基礎上」「沿著工農兵自己前進的方向去提高」，還要在思想感情上「與群眾一致」，要「經過長期的甚至是痛苦的磨練」。

毛澤東的要求，與丁玲的願望相去甚遠，其中「思想改造」指令對文藝界產生了巨大衝擊。不難看出，他調換了「群眾」與知識分子的價值。在〈講話〉中，「群眾」獲得了普遍價值，作家卻除了寫作技術，別無所長。甚至，連「有機知識分子」（organic intellectual）都算不上，因為所謂「有機知識分子」按照齊格蒙特·鮑曼的界定，尚是本階級的「立法者」，而延安知識分子根本不被承認是黨的「道統」的創造者。這是對啟蒙主義的徹底逆轉。

38　毛澤東，〈在延安文藝座談會上的講話〉，載《毛澤東選集》第三卷（人民出版社，一九九一年）。
39　蕭延中，〈劃時代悲劇的剖析與理解——對毛澤東晚年政治哲學思考的若干思考〉，載《晚年毛澤東》（春秋出版社，一九八九年）。

〈講話〉第一次從革命的現實需要出發，賦予「群眾」以意識形態權威性，並系統提出一套實踐方法作為保證。於是，「讀者」與「群眾」徹底合一，並分享了後者的意識形態權威，獲得超強的價值優先權力。而知識分子失掉了對讀者啟蒙的權力，左聯諸君念茲在茲的「導師」與「羔羊」的關係，遂成明日黃花。

三

伴隨整風與「搶救」運動，〈講話〉以不可質疑的權威說服、懾服了「亭子間」來的左翼文人，一躍而成為新的文學「聖經」。在隨後「解經」中，左翼文人逐漸完成自身朝向體制內的「延安文人」的轉換，同時，「讀者」與「群眾」的概念整合得到了進一步完善，並從根據地到國統區、從鄉村到城市、從戰時到戰後，得到廣泛傳播，成為文學接受中的新「成規」。

〈講話〉公開後，延安知識分子紛紛撰文表態——艾青承認讀者（群眾）裁決的權威性：「把詩送到街頭，使詩成為新的社會的每個構成員的日常需要。假如大眾不需要詩，詩是沒有前途的。」[40]因「關門提高」受過衝擊的周揚，完整發揮了〈講話〉觀點，還有力地彌補了〈講話〉的薄弱環節。在〈講話〉中，毛澤東將革命文學事實讀者界定為「群眾」時，列舉了幹部、戰士和農民。細究起來，這實屬主觀推定，其實略識文字之人未必愛看小說和詩歌。但周揚以延安春節秧歌為例，活生生地為〈講話〉補充上了群眾作為讀者（觀眾）的現實場景：

> 他們已不只把它當做單單的娛樂來接受，而且當做自己的一種生活和鬥爭的表現，一種自我教育的手段來接受了……他們的欣賞趣味並沒有停留在舊的事物上面。他們的生活是在前進著的；他們渴望著在藝術上看到他們

---

[40] 艾青，〈展開街頭詩運動〉，《解放日報》一九四二年九月二十七日。

新的生活的反映，找到對於他們生活中發生的新的問題的解答……他們的是非愛憎是分明而熱烈的。[41]

周揚還認為：「任何藝術形式，只要它是能夠反映人民大眾的現實生活和鬥爭與歷史的革命內容的，都應當讓其存在，促其發展」，「最後的判斷者是群眾」[42]。劉白羽也就秧歌劇撰文闡述〈講話〉，劉將群眾（讀者）解釋成文學評判者：「一種作品，一定是從群眾中來的，再回到群眾中間去，才會被群眾所歡迎。今年春節在延安，一個秧歌劇演出後，一個農民出身的戰士就說了這樣的話：『你們的秧歌，是老百姓批準了的。』」故革命作家應「最正確地把群眾生活表現出來」，「從群眾的感受來認識問題」[43]。劉白羽還批評「左聯」時代的讀者觀是「漂亮的口號」，「文藝家不先深入到群眾中去『化』了自己，只停留在把大眾看成『落後』或『空想人物』的觀點上，脫離群眾，脫離實際」，「把『靈魂的工程師』這句話理解成踞於人上之『神』似的——實際這就是一種剝削階級思想意識的露骨表現。」[44]延安知識分子的連續性闡述，確立了〈講話〉的權威性。同時，中共中央還抽派何其芳等理論家前往重慶，向國統區左翼作家傳諭〈講話〉精神。到後來，由於〈講話〉本身的理論說服力，與「解經」的累積效應，尤其戰爭的現實需要，〈講話〉逐漸從理論要求上升為公開規定。文學必須將「群眾」作為預設讀者，並以「群眾」作為裁決標準。一九四四年十一月，陝甘寧邊區文教大會通過〈關於發展群眾藝術的決定〉，稱：「藝術的新舊，基本上決定其能否為群眾的利益服務，能否為群眾的戰爭、生產、教育等服務。」[45]此後，「群眾」遂成硬性規則。

---

41 周揚，〈表現了新的時代〉，《解放日報》一九四三年三月二十一日。
42 周揚，〈表現了新的時代〉，《解放日報》一九四三年三月二十一日。
43 劉白羽，〈新的藝術，新的群眾〉，《群眾》一九四四年九卷十八期。
44 劉白羽，〈新的藝術，新的群眾〉，《群眾》一九四四年九卷十八期。
45 〈關於發展群眾藝術的決定〉，《解放日報》一九四五年一月十二日。

抗戰勝利以後，黨有意識地以〈講話〉整肅國內思想狀況。一九四七年後，黨安排馮乃超、邵荃麟等在香港創辦《群眾》和《大眾文藝叢刊》，闡發〈講話〉，批判黨內外的異端思想。「讀者」與「群眾」概念再度整合，也由此在「泛延安化」過程中向全國傳播。〈講話〉欲從地區文藝指導方針轉變為全國文藝指導方針，首先面臨著從鄉村向城市的轉換。為此，林默涵重新釐清了讀者與「群眾」的匹配關係。一九四七年，林在《群眾》上刊發〈關於人民文藝的幾個問題〉，以「人民」概念取代「群眾」，稱：「我們的文藝應該為人民——其中的最大多數是工農——服務。」「人民」概念擴大了「群眾」範圍，在工農兵、小資知識分子之外又納入一個新群體：城市小市民。這顯然是為〈講話〉進入城市預做準備。

但〈講話〉確立的讀者／群眾規則也面臨風險：既然小市民忝列為「人民」，那麼他們對鴛蝴文學的嗜好是否亦須增列為文學的「標準」？林默涵通過對「人民」內部工農與小市民界限的確立，規避了這一風險。林認為：「市民」缺乏利益與意識的一致性，「他們是分散的，相互之間的利害往往不一致的」，「為了一個戈貝，也可以打破腦袋的，而比較優裕的生活，又使他們往往沉迷在自己的小小夢想中，一心一意想向上攀爬。他們對於吸他們的血、敲他們的骨頭的人們懷著憎恨，但一面又未嘗不希望自己也擠到那般人中間去；他們憎恨張百萬，而自己又夢想做張百萬；一面要反抗，一面又時時想妥協」。故色彩曖昧的小市民不能分享群眾或人民的道德與歷史資源，對小市民讀者的態度也不能同於工農：

> 對於這樣的小市民，我們的作家應該採取什麼態度呢？是只看到他們的落後的一面，而加以鄙夷和唾棄呢？還是兩面都看到，看到他們的落後一面之外，還看到他們進步的一面，而幫助他們克服落後性，加強進步性，使他們的覺悟更加提高，更加積極地參加鬥爭呢？不用說，後者是我們作家應該採取的態度。……是站在工農的立場上來表現市民，教育市民，爭取市民，使他們和工農一道鬥爭。而市民的鬥爭，也只有和廣大的工農鬥爭相結合的時候，才有勝利的可能。所以為市民寫作的文藝，在終極的意義上，仍然是為工農的利益服務的。

為市民服務，卻又絲毫不用考慮其閱讀趣好，林默涵的解釋無異於詭詞。所以，「讀者」與「人民」的整合，雖然形式上擴大了讀者範圍，但無改其實質，僅工農讀者可獲得「人民」的巨量意識形態資源。「小市民」則被摒斥在外。一九四八年，林默涵繼續闡述知識分子和文學之於「人民」的從屬性：「（文藝大眾化）是人民群眾自己在革命實踐過程中的一種迫切要求。人民和革命需要文藝作為它的武器，主人翁已經不是知識階級，而是人民大眾。」「今天絕不能像過去那樣，憑知識分子腦海裏的藍圖來設想問題。我們只有實事求是地，根據革命實踐和群眾的實踐需要來認識問題。群眾需要和群眾的接受程度應該作為內容、形式與大眾化運動方式的一個基本前提。」[46]這種論述，徹底將「讀者」等同於「人民」。

新中國成立前夕，「讀者」終於徹底在理論上與「人民」、「群眾」同質同構。至此，讀者作為文本閱讀者（觀賞者）在革命動員的需求下，由左翼文人、革命政治家累積闡述，逐漸實現了與「群眾」、「人民」的概念整合，上升為普遍價值的擁有者，具備躋身重要評論力量的可能。建國後，讀者挾帶著權威意識形態身分，從延安走向北京，繼而走向全國。這種「讀者」既在建構新的「人民文學」的秩序，也在改編舊的聲音，恰如洪子誠言：「『當代文學』就是用『人民』、『工人階級』、『群眾』這些概念，賦予論述的權威性，來壓制所有不同的聲音的。」[47]不過，這類「壓制」是出自政黨還是私人勢力，其性質實在大異其趣。

46 林默涵，〈略論文藝大眾化〉，《大眾文藝叢刊》一九四八年第二輯。
47 洪子誠，《問題與方法》（北京三聯書店，二〇〇二年），頁二九〇。

第二節　接受制度的創建、運作及異變：一項基於《文藝報》的考察

左翼文學「讀者」概念從「大眾」到「群眾」的演變，為建國後讀者權力的空前躍升提供了合法性基礎，但讀者能夠成為「規範中國當代文學的重要力量」[48]，關鍵還在於體制創構，以及在多重力量作用下接受制度的形成。對於一九四九年後文學接受制度的創建、運作及異變，學界尚無人注意。洪子誠、王本朝、徐勇等學者有關讀者現象的討論，未對「接受制度」做專門分析，同時，由於受制於「一體」／「多元」的「認識裝置」及對歷史現場的忽略，他們對當代讀者問題其實也予以了未必自覺的刪減、省略和遺忘。

一

據現有材料，可判斷當代文學接受制度的形成，是在文學版圖重構最為激烈的一九五〇至一九五三年。對此，洪子誠、王本朝等學者未加研究，但對讀者權力的躍升，他們皆有注意。那麼，這種「躍升」是怎樣出現的呢？論者都解釋為因意識形態修辭所致。王本朝稱：一九四九年後黨將讀者命名為意識形態化的「群眾」、「人民」，使「讀者的需求成為人民的要求」，同時又據意識形態的需要「從理論上虛構了一種理想化的讀者」，如此一來，讀者即挾「人民的要求」以號令文壇，黨則藉之對作家實行規訓，使文學生產「不斷地走向了規範和統一」[49]。徐勇也表示：

48　王本朝，《中國當代文學制度研究》（新星出版社，二〇〇七年），頁一六九。
49　王本朝，《中國當代文學制度研究》（新星出版社，二〇〇七年），頁一七六—一八二。

工農群眾讀者則因其階級的絕對先進而擔負了一種說教和規訓的功能，然而其工農群眾身分的包容性，又往往被文藝界的決策層作為一種話語權力的符號所使用，而成為一種現代國家的「政治神話」，它以批評和討論的自由民主為許諾，實行國家意識形態的全面規訓。[50]

自然，「文藝界的決策層」之所以這麼做，就被解釋為政治控制的需要。對此，各位研究者未必點破，但「言者有心，聽者有意」，實則已成為「共識」。但根據《文藝報》等報刊材料，上述兩層判斷實皆不合事實。（一）修辭的功能是有限的。其實，作為手段，王本朝指認的意識形態修辭並不能使讀者權力真正獲得「躍升」。的確，從「革命文學論爭」到〈講話〉，讀者被體制性地命名為具有「創造歷史」之神聖功能的「群眾」、「人民」，並獲得了巨量的權威意識形態資源。但披上了「群眾」的修辭外衣，讀者就真的能突然獲得規訓功能嗎？倘這樣想，就未免太過粗率，未免過於誇大國家意識形態的力量。其實，在建國初期，自由主義作家（如攻許過中國共產黨的朱光潛）或對「群眾」有所「過敏」，但延安文人卻未必真以為然，儘管他們大都發表過歡迎「群眾」的言論。從一九四九至一九五〇年的《文藝報》看，讀者其實橫遭漠視，完全體會不到毛澤東所說的「幾千年來空前未有的人民當權」的感覺。其時，很多熱情讀者致信《文藝報》，褒貶作家，結果，少量讚揚和請教性的「來信」被登出來，批評信件卻石沉大海，寫信者甚至遭到冷嘲熱諷。據後來披露的材料，《文藝報》經常「把讀者意見對作者封鎖起來」，同時作家也「不大重視來自讀者的意見」：

《文藝報》曾接到不少讀者意見，但這些意見沒有得到重視，都被「留作參考」了。一九五〇年時，有個同志寫了一篇文章評論田間的詩，寄給《文藝報》，《文藝報》不肯發表，轉給田間了，田間回了一封信，開頭就

50 徐勇，〈「權威」的出場——試論十七年文學批評中讀者的實際功能和尷尬處境〉，《景德鎮高專學報》二〇〇五年第一期。

責問：「你是擁護我呢，還是反對我呢？」……他的詩歌喪失光芒時，讀者不僅惋惜，而且為他焦急，熱望田間能早日跳出泥坑。讀者對他寄予無限關切，但田間很少體會到讀者這種感情，這是使人痛心的。[51]

當時，《人民文學》、《觀察》、《文藝生活》等刊物，亦很少刊登讀者信件，多以敷衍方法處之。上海《青春電影》的敷衍辦法頗有代表性。若讀者寄去批評信，他們便回覆稱：「批評收到了，以後儘量按照你們的指示去做。」但不過說說而已，《青春電影》既不「把讀者的批評公開刊登出來」[52]，亦未打算實際改變它的小市民辦刊風格。這表明，在一九四九至一九五〇年間，已加冕為「群眾」的讀者，實際地位仍甚卑弱。洪子誠談到的讀者「對作家的寫作，以及作品的流通等進行經常性的監督和評斷」[53]，在一九五一年之前其實無從談起。如果說承認讀者（「群眾」）權威身分，是黨擬定的公開規則，那麼在實際文藝活動中輕視讀者，則是知識分子的事實態度。作家面對讀者（「群眾」），陽尊陰抑，實際上仍是居高臨下的姿態。顯然，單純的意識形態修辭技術，並不能真正強化讀者的接受權力。而從《人民日報》、《文藝報》等報刊資料看，讀者權力的「躍升」，主要得力於接受制度的建立。

（二）設立接受制度的目的。有意識地強化讀者或建立接受制度的目的，最初其實與政治控制是無關的。洪子誠、王本朝沒有考察讀者是如何走上「前臺」的，徐勇則有所提及。他發現的最早提出重視讀者的材料是王淑明一九五〇年刊發於《人民文學》三卷一期的短文〈群眾看法與專家看法〉。其實，讀者「躍升」源於此前一次高層指示。一九五〇年四月二十三日，《人民日報》刊出社論〈加強報紙與人民群眾的聯繫〉，稱：「（報紙）應該是與人民群眾有著廣泛的親密的聯繫，它應該時時刻刻地關心群眾的利益，深切地懂得群眾的要求。」並批評目前報紙「脫

51 記者，〈批評文藝報的錯誤和缺點〉，《文藝報》一九五四年第二十二期。
52 李威岑，〈《青春電影》是一部壞雜誌〉，《文藝報》一九五一年五卷二期。
53 洪子誠，《中國當代文學史》（北京大學出版社，一九九九年），頁二十七。

離群眾」，「對於建立和領導通訊員網、讀報組和處理讀者來信等工作，沒有給予應有的重視」。〈群眾看法與專家看法〉一文實是《人民文學》對這篇社論的響應，並非首倡者。不過，這次社論顯然沒有起到什麼作用，因為時隔八個月後的一九五一年一月三日，《人民日報》以極為醒目的方式，又刊出了更明確有力的中共中央〈關於在全黨建立對人民群眾宣傳網的決定〉。該〈決定〉批評將群眾宣傳工作僅視為「一部分人的和臨時性的工作，而沒有建立必要的制度」，要求全國報刊保持與群眾的密切聯繫。這份〈決定〉不同尋常，它直接來自毛澤東的批示。一九五〇年十一月二十九日，中共中央辦公廳祕書室向毛澤東遞交一份報告，建議各中央局、省委、地委加強對群眾來信的處理，設立處理信件的專人和專門機構，並建立起登記、研究、轉辦、檢查、留案等必要制度。這份報告引起毛澤東高度重視。次日，他即以「中共中央」名義，批示說：

> 我們同意報告中所提意見，請你們對群眾來信認真負責，加以處理，滿足群眾的要求。對此問題採取忽視態度的機關和個人，應改正此種不正確態度。望加檢討，並盼電覆。[54]

毛澤東還指示將這份批示迅速下發中央局、分局及所屬大市委、省委、區黨委，立即落實。「電覆」要求，乃是敦促各級黨委落實。這意味著，毛澤東以黨的領袖的權威，要求全國「機關和個人」重視群眾來信。自由主義者很容易將這種介入解讀為有意圖的政治控制，其實大為不然。曾在《人民日報》「讀者來信組」工作過的林晰回憶：「處理讀者來信、接待來訪、深入基層建立讀報組，以及就讀者來信、來訪進行實地調查，使這個機構成為黨報聯繫群眾最直接的重要環節。這裏充滿了群眾的聲音，是黨報無窮無盡的資訊源泉，是一個大有作為的地

[54] 毛澤東，〈中央轉發關於處理群眾來信問題報告的批語〉，載《建國以來毛澤東文稿》第一冊（中央文獻出版社，一九八七年）。

方。」並自陳自己「從不安心到安心，並開始愛上了這項工作」[55]。顯然，這項工作與控制知識分子風馬牛不相及，相反，卻與毛澤東孜孜以求的「群眾路線」有關。

在中國歷史上，毛澤東是比較另類的統治人物。凡統治者，總是力求與精英集團（各類豪強及上層知識分子）結成聯盟，以求統治穩固。但毛澤東把「群眾」放在比精英集團更重要的戰略位置上。蕭延中指出：「毛澤東政治哲學的理論核心和基本特徵，即關於二十世紀中國人民擺脫受壓迫、被奴役的地位，走向自由與幸福的學說，這一基本的思想傾向和理想追求，是支配他終其一生探索的內在驅動力。」「愛護人民、依賴人民、拯救人民，甚至為人民做主，是他永恆的思想靈魂。」[56]所以，與知識分子對群眾的陽尊陰抑不同，建國後毛澤東指示中共中央辦公廳設立祕書室，專門負責接收、處理群眾來信。一九五〇年，祕書室每月處理來信都接近一萬封。這些來信，主要是各地農民、工人「告御狀」，揭露基層腐敗、謀私等問題。對此，毛澤東頗感警醒。他希望黨的官員高度重視群眾來信，予之公開的表達機會，保證其權益。這種維護底層群眾權益的動因，不關政治控制，在缺乏民主傳統的中國亦不乏積極意義。

毛澤東的批示一月後化為中央〈決定〉，對全國新聞報刊產生了顯著的影響[57]。文壇也不例外，讀者接受制度因之產生。這種體制性推動與蘇聯報刊經驗基本一致。J・阿休特爾寫道：在蘇聯，「黨是代表貧窮困苦、遭受壓迫的人的利益的」，所以報刊「對讀者給編輯來信的價值及其重要性給予了充分的重視，這種來信在蘇聯出版物中占據了

---

55 林晰，〈充滿群眾聲音的讀者來信組〉，收入《〈人民日報〉回憶錄》（人民日報出版社，一九八八年），頁三五二。

56 蕭延中，〈劃時代悲劇的剖析與理解〉，載《晚年毛澤東》（春秋出版社，一九八九年）。

57 一九五一年五月十六日，毛澤東再次批示：「必須重視人民的通信，要給人民來信以恰當的處理，滿足群眾的正當要求，要把這件事看成是共產黨和人民政府加強和人民聯繫的一種方法，不要採取掉以輕心置之不理的態度。」見〈必須重視人民群眾來信〉，收入《毛澤東文集》卷六（人民出版社，一九九九年）。

許多欄目」[58]。因此，有些研究結論看似正確，但不能不說是武斷的、脫離事實的；譬如，認為：「『讀者』的引入」「只是當時的文藝界決策者為達到批判非無產階級文藝思想的手段和工具，以增強其批判的說服力和影響力，並不具備獨立的意義和價值。」[59]

二

毛澤東的批示，在一九四九至一九五三年間促成了文學接受制度的確立。一九五〇年四月二十三日，〈加強報紙與人民群眾的聯繫〉社論刊出後，《人民日報》迅速開闢「讀者來信」欄目，率先示範[60]。文藝界也很快做出回應，《人民文學》二卷三期刊出蘇聯學者郭發列夫長文〈文學與人民〉，介紹蘇聯文壇的「讀者會」經驗。三卷一期，又刊出前述王淑明文章，要求批評家「虛心地考慮到群眾意見的重要性」：「今天我們的作品，主要是反映工農兵生活，而群眾恰恰就是現實生活的主人，我們難道可以對他們的意見，不予以重視嗎？」[61]但由於《人民文學》主要刊

58 〔美〕J·赫伯特·阿休特爾，《權力的媒介》（華夏出版社，一九八九年），頁一二〇。

59 徐勇，〈「權威」的出場——試論十七年文學批評中讀者的實際功能和尷尬處境〉，《景德鎮高專學報》二〇〇五年第一期。

60 《人民日報》刊登的「讀者來信」是明確維護群眾利益的：「五十年代初期的讀者來信組，同志們工作熱情很高，白天幹，黑夜幹，每天到深夜十一、十二點才從王府井辦公室回到萬慶館宿舍去睡覺，星期天也很少想到要休息。對讀者的來信來訪的處理認真負責，真正做到了有信必覆，有問必答。當時很重視讀者來信的處理結果。為防止處理中的官僚主義現象，建立了一系列的檢查和監督制度，特別是對處理批評信件進行檢查和監督。需要有關部門處理的信件，一定要有回答。信件發出之後，每半月要去信催詢一次，檢查被批評與接受意見和改進工作的情況：對拒不答覆或混淆是非的答覆，有時還在報紙上公開指名批評：必要的話，特請高一級黨委協助檢查處理，或者由組裏派出記者去調查，並將調查報告公諸於眾。」見林晰，〈充滿群眾聲音的讀者來信組〉，收入《〈人民日報〉回憶錄》（人民日報出版社，一九八八年），頁三五二—三五三。

61 王淑明，〈群眾看法與專家看法〉，《人民文學》一九五〇年三卷一期。

登文學作品，且實際負責的副主編艾青性格疏狂，較少趨時應勢，所以，在文藝界真正創建讀者接受制度的，是丁玲擔任主編的《文藝報》。

丁玲早年主編過「左聯」刊物《北斗》，對讀者原即比較重視。《文藝報》甫一創刊即開闢了讀者欄目，第一卷（一九四九年九月至一九五〇年三月）開設了「文藝信箱」欄目，內容是作家為讀者解疑；刊登過兩組通信：一是蔡儀回答浙江富陽縣政府讀者丁進關於朱光潛「移情說」、「距離說」的疑問，一是茅盾回答小學教員張忠江關於「革命現實主義」概念的困惑。問答之間，呈現的是啟蒙者與被啟蒙者的教—學關係。其間，讀者作為被啟蒙者，未獲得批評資格。這與「群眾路線」頗有疏隔。所以，一九五〇年四月《人民日報》社論發表後，丁玲很快調整舊的啟蒙作風；在五月出刊的二卷四期上，刊出〈文藝報編輯工作初步檢討〉一文，檢討編輯部輕視讀者的態度，認為「讀者來信」「確是『無盡藏的源泉』，是『報導新現象的可靠來源』」，並表示要充分諒解讀者的低水準：「他們連文字都還不容易運用得通順，怎能突然之間就會用標點呢？」[62]隨即，《文藝報》增設了「讀者中來」欄目；其中刊出的「讀者來信」，不但數量激增，而且一反此前求學問知的姿態，而變成了短論與批評。第三卷共刊出了十一封「讀者來信」：除一封是介紹《東北榮軍》的編輯經驗，其餘十封都是具體、尖銳的有關文學現象的批評，如〈希望改變處理來稿的態度〉、〈我對文藝刊物編輯的一點意見〉、〈對《新民報》副刊《萌芽》的意見〉、《對連環畫及其出版者的意見》，等等。一九五一年一月，中共中央〈決定〉發布後，《文藝報》更徹底放棄了啟蒙主義的「文藝信箱」，擴大並完善了「讀者中來」，逐漸建立一種特殊的讀者接受制度。從一九五一至一九五三年間的《文藝報》刊發「讀者來信」的方式看，這種接受制度包括三道相互呼應的程序：

第一，讀者（「群眾」）批評。批評涉及作家、文學作品和文藝現象，且往往以「人民」名義發出。一九五一至一九五三年，《文藝報》刊出的大量「讀者來信」，涉及各個方面。譬如，郭建新等〈評閱工人作品應該慎重〉批評

62 〈在處理來稿的工作中所得到的教育〉，《文藝報》一九五〇年二卷四期。

刊物編輯對工人「門檻」太高，姚文元〈一個值得嚴重注意的數字〉舉報上海各電影院放映「黃色」電影，李威侖〈《青春電影》是本壞雜誌〉和魏峨〈我們不要宣傳庸俗趣味的刊物〉，批評《青春電影》雜誌的小市民風格。它如王克浪〈戲改工作的「死角」〉、丁正華〈尚小雲劇團應該愛惜自己聲譽〉、姜素明〈我對人民文學的一點意見〉、高為華〈上海文藝界應展開批評和自我批評〉、姚文元〈注意反動的資產階級的文藝理論〉、聞山〈荒謬絕倫的「文學論教程」〉、江華〈一本為不法商人做辯護的作品〉等，都尖銳有力，符合「人民文學」的話語整飭規劃。

第二，作者的自我批評。讀者批評面世之後，《文藝報》往往會要求被批評者做出適當的自我批評（檢討），以保證自上而下的整飭效果。《我們夫婦之間》、《關連長》作者蕭也牧、朱定，及模仿者（吳燕）、改編者（李卉、馮不異）挨批後，都發表了自我檢討。前鴛蝴派作家張季鸞被讀者點名批評後，也撰寫了〈對《神龕記》的初步檢討〉一文，承認「自己的認識不夠」，「寫作態度的極端不嚴肅」。林煥平遭到姚文元、聞山批評後，亦做出〈我決心批判我的反動思想〉的檢討：「痛心於自己站不穩無產階級立場。」這種做法，利用體制力量，將作家捲入批評與自我批評規訓程序。讀者從中獲得了規訓權力。

第三，監督與審查。為保證「讀者來信」發生效力、被批評者進入檢討程序，《文藝報》還經常通過「編者按」等方式，直接敦促作家檢討。五卷三期〈應當重視工人對文藝工作的批評〉（曉陣）一文，敦促《川西日報》就其「對於群眾批評置之不理的態度」進行檢討。對已交上的自我批評，《文藝報》也通過「編者按」給出審查意見。張季鸞、林煥平的檢討，同時刊發於一九五二年第九期。《文藝報》加「編者按」云：「我們認為表示願意檢查自己錯誤的態度，是好的。但是必須聯繫自己的思想根源和過去的作品和作風更深刻的批判和檢查，只有這樣才能真正有助於自己的改造。」同期〈路翎要切實地改正錯誤〉（金名）一文，則是給路翎施加壓力。這類做法，進一步將體制性權威注入了讀者。

《文藝報》通過批評、檢討、監督三道程序，賦予讀者（「群眾」）前所未有的現實權力。本來，讀者「不過是文學生產過程中的一個環節，它能影響文學意義的發生，但不能控制作家的創作。一個作家的寫作，他考慮的讀者可以是目前的，也可以是未來的，可以是明確的，甚至是具體的，也可以是模糊的、不清晰的。讀者對他的約束力是間接的」，但「在政治主宰文學的時代，讀者的需求成為人民的要求，它對作家的潛在控制也是決定性的」[63]。當然，與論者將讀者的權力歸因於「人民」修辭不同，接受制度在這裏發揮了決定性作用。它在一九五二年最終形成。該年，《文藝報》刊發的讀者來信、作家檢討竟然高達四十六篇，如〈反對投機取巧的出版作風〉、〈評獎呢，還是賺錢？〉、〈腐朽的生活必須立即改變〉、〈徹底清除壞思想、壞作風〉，等等。由於《文藝報》的示範作用，到一九五三年，全國文藝刊物都相繼設置讀者欄目。至此，讀者接受制度在文壇全面確立，並得到了延續（一九五八年後還升級出現「讀者討論會」、「讀者論壇」等形式）。

由此，讀者一方面獲得「群眾」、「人民」的意識形態權威，另一方面，又獲得接受制度這一現實的權力渠道。兩相匹配，讀者的弱權力終於上升為強權力，成為文壇重要參與力量，作家再不能如過去一樣，對讀者置之不理了。這種參與，從理論上講，有利於文學生產的多元性。來自下層的讀者有時確實能提出有益的意見。趙樹理《「鍛鍊鍛鍊」》發表後，當時即有人批評小說「歪曲現實」，認為像「小腿疼」、「吃不飽」這樣落後、自私、懶惰的農村婦女是極個別的，但來自湖北浠水一位農民讀者說：「『小腿疼』和『吃不飽』像我們社這兩個人像活了」，「趙樹理同志這篇小說裏的人物，在我們社裏太有代表性了」[64]。這些意見對於作家加強寫作與現實生活的血肉聯繫，對於作品修改，無疑能發生良好效果。《紅旗譜》、《青春之歌》、《創業史》、《豔陽天》等小說的反覆修改，從這種接受制度獲益甚多。

63 王本朝，〈人民需要與中國當代文學對讀者的想像〉，《西南大學學報》二〇〇七年第一期。

64 張慶和，〈讀小說《「鍛鍊鍛鍊」》〉，《文藝報》一九五九年第七期。

三

但在更多時候，接受制度卻產生出控制功能，令作家深感焦慮。當時，作家一旦挨了讀者（「群眾」）批評，若再被迫檢討，就「再也不能工作了，甚至連你這個人也完了」[65]。到五十年代後期，作家面對讀者，普遍有畏懼之心，「都處於一種按照讀者的要求和願望來進行自己工作的某種程序」之中[66]。曾對蔣介石都敢說「不」的曹禺，也苦惱表示：「一考慮到有些讀者提出的『應該是怎樣的』問題，往往就寫不暢了。」[67]甚至評論家也被要求「必須向群眾學習」，「端正自己的評論方向」[68]。出版社出版新作，亦需要舉辦「工農兵座談會」，以「群眾意見」作為「護身符」。此類反應，劉小楓謂為「二十世紀的人民症」[69]。

接受制度畸變的原因，在於「讀者」被盜用。研究者指出：「雖然在理論上，文學的讀者——人民群眾被置於一個有決定權的位置上，但在文學的實際接受過程中，它卻處於被給予和被利用的狀態，成為一種想像性的文學力量。」[70]這是準確的判斷，但讀者為什麼會「被給予和被利用」呢？論者多單純歸咎於政黨壓力，實則誘因甚多，可說是複雜「力量關係」的結果。國家權力是其一，但讀者事實處境也是重要原因：一方面，工人、農民讀者在毛澤東

65 沛德，〈迎接大鳴大放的春天〉，《文藝報》一九五七年第十一期。
66 雷加，〈四十年間〉，《新文學史料》一九九〇年第二期。
67 張葆華，〈曹禺同志談創作〉，《文藝報》一九五七年第二期。
68 本刊編輯部，〈歡迎工農兵文藝評論〉，《收穫》一九六四年第四期。
69 劉小楓認為：「『人民』一詞具有巨大的道義迫害力量，凡不能認同為『人民』，就是應該被消除的個體存在。」劉小楓，〈流亡話語與意識形態〉，載《這一代人的怕和愛》（北京三聯書店，一九九六年）。
70 王本朝，〈人民需要與中國當代文學對讀者的想像〉，《西南大學學報》二〇〇七年第一期。

的強力支持下，通過接受制度獲得了現實的強權力；另一方面，「工農兵」讀者事實上仍處於社會底層，缺乏資源能力，很難染指名義上屬於他們的強權力。這種權力與權力主體的剝離現實，必導致各方勢力對讀者接受權力的覬覦。「覬覦」者包括四種：黨的忠誠分子、知識分子中的異端、知識分子中的派別分子、大眾投機分子。忠誠分子傳輸國家權力，異端者為爭取理論合法性，派別分子為在勢力鬥爭中搶得話語制高點，無名讀者為換得發表機會，都參與了對讀者（「群眾」）使用權的激烈爭奪。情況之複雜，大大超出意識形態控制的範圍。

盜用「讀者」的方式大致有五種：

其一，代「群眾」發言。中國共產黨的「群眾路線」與西方民主概念本有區別。它重視群眾利益，與其說是尊重群眾個人的獨立意志，不如說是愛護群眾、替群眾做主、代群眾發言。因此，當時文學批評大都喜以「群眾」抽象身分發言；但他們表達出的「群眾意見」，與真實的工人、農民、市民趣味往往又相去甚遠，更多是「為我所需」。他們根據政治化的「人民需要」，「從理論上虛構」讀者，這種「人民」、「群眾」讀者，「不同於接受美學意義上的接受者和讀者，儘管其地位和作用遠遠高於一般意義上的文學讀者，但並沒有文學接受的選擇性和主體性，也不能真實表達自己的文學欲望，更不可能在文學閱讀、接受過程中敞開自身的歷史經驗，不被承認文學閱讀的歷史慣性，也不允許歷史語境的進入」[71]。這種「人民」、「群眾」往往還對真實、多樣的讀者趣味與文學訴求構成了排斥，恰如論者所言：「權威批評往往用『群眾』、『讀者』（尤其是『工農兵讀者』），來囊括事實上並不存在的、在思想觀念和藝術趣味上完全一致的讀者群」[72]，「否認了不同讀者群、不同閱讀需求存在的合理性與正當性」[73]。這種「讀者」顯然有利於「人民文學」對文學內部多樣性的收編與改造。

71 王本朝，〈人民需要與中國當代文學對讀者的想像〉，《西南大學學報》二〇〇七年第一期。

72 洪子誠，《中國當代文學史》（北京大學出版社，一九九九年），頁二五。

73 王本朝，《中國當代文學制度研究》（新星出版社，二〇〇七年），頁一七九。

所以，「文藝界的決策層」往往會利用這種「讀者」「以達到其規範文學的目的」，「『讀者』被作為文學一體化體制下權威批評的一種自然延伸而經常被有意地加以使用」[74]。但顯然，這只是「群眾」面目之下的部分事實。作為工具，「群眾」也經常被不同文學勢力借用，他們以「群眾」之名，宣稱對方文藝思想「離經叛道」，或是「小資」、「右派」，或是「修正主義」、「資產階級」，以此彼此攻擊，如周揚組織來的「群眾」對丁玲的聲討，姚文元組織來的「群眾」對周揚的批判，都打著意識形態旗號，但其內在邏輯，主要在於勢力鬥爭，意識形態實在是居於次要位置。甚至，異端思想者明明「離經叛道」，也往往打著「群眾」大旗虛張聲勢。在此種種代「群眾」發言的方式中，下層讀者聲音事實上是缺席的。

其二，選擇「讀者來信」。「一般而言，大眾傳播過程中的傳播者在開始時所占有的材料和訊息要超過他將要傳遞的材料和訊息。在這種情況下，他只能根據某些標準從大量的材料中抽取一部分」[75]，「抽取」、「選擇」讀者實屬必然。一九五一年卞之琳〈天安門四重奏〉發表後，《文藝報》立即以專版形式刊出「讀者來信」，批評該詩「晦澀難懂」。而所刊「來信」無一支持卞之琳者。作為久負盛名的「智性詩」作者，卞之琳真的突然就徹底喪失了讀者嗎？這不太可能。《文藝報》的「讀者來信」，只能表明它的延安主編（丁玲、陳企霞）欲以「群眾」之名確立「人民文學」審美規範，故意將喜歡卞之琳新作的「讀者來信」沉之箱底。也有研究者注意到，《窪地上的「戰役」》發表後，當時普通戰士們對這部作品及其作者路翎深感親切、歡迎，對當時報刊上的批判「從心底裏是不以為然的」，但「讀者的一些真實看法被懸隔、壓抑，而充斥在報刊上的是『假、大、空』的文章」[76]。

---

74 徐勇，〈「權威」的出場——試論十七年文學批評中讀者的實際功能和尷尬處境〉，《景德鎮高專學報》二〇〇五年第一期。

75 〔英〕鄧尼斯・麥奎爾、〔瑞典〕斯文・溫德爾，祝建華、武偉譯，《大眾傳播模式論》（上海譯文出版社，一九九七年），頁五三。

76 陳偉軍，〈從傳播學視角看十七年小說的大眾接受〉，《南京社會科學》二〇〇七年第十期。

不過，這兩例選擇背後的動機大異其趣。如果說丁玲是為了與「人民文學」外的「異質成分」展開文學「領導權」鬥爭的話，那麼，周揚、夏衍支持下的對《窪地上的「戰役」》的群眾批評，多少有打擊異己的因素。與此同時，有編輯權的異端和異己分子也可給自己營造「群眾」支持的假象。一九五一年，艾青因編發「壞作品」被解除《人民文學》副主編一職。在離職前的最後一期（一九五二年第一期），他集中刊發了一組「讀者來信」，對自己「自由主義」的編輯作風大示崇敬。一九五七年，巴人〈論人情〉遭到批評，他在第五期《北京文藝》上，刊出一封崇拜自己的「來信」，再度申張異端人道主義思想。這類有意為之的選擇，與其說突顯的是讀者觀點，不如說是編者觀念的自我演示。

其三，修改「讀者來信」。現有讀者來信未必完全符合需要，修改來信的事件便時有發生。這類事情一般都比較隱祕，不太為外人所知。但一九五四年，《文藝報》刊發了一篇讀者對《旅大文藝》雜誌的檢舉信。該信稱：一九五四年《旅大文藝》第十期摘登的讀者關於湯凡小說《一個女報務員的日記》的來信，擅自竄改了該讀者的信件內容。讀者原信為：「一篇作品的價值首先決定在它的思想內容上。」編輯部改為：「我們認為看一篇文藝作品好壞，應該首先看看是否真實。」這一修改，不難見出《旅大文藝》對「社會主義真實性」的異端訴求。這類為我所用式的修改，恐怕有編輯權的忠誠分子、派別分子，都曾暗箱操作。

其四，偽造「讀者來信」。選擇、修改，畢竟受限於來信的實際情況，無可利用者時亦有之。何況修改來信還有被舉報風險，因而偽造來信就變得普遍。一九五一年，馮雪峰化名「李定中」在《文藝報》四卷五期發表批評蕭也牧的「讀者來信」〈反對玩弄人民的態度，反對新的低級趣味〉，掀起全國性「蕭也牧批判」。此後，隨著勢力之爭公開化，不同勢力更將偽造來信視為「方便法門」。一九五一年，《文藝報》五卷五期刊發的攻擊《人民文學》的「讀者來信」，即是經丁玲、陳企霞安排，由唐因起草、楊犁愛人抄寫，再拿去發表的[77]。稍後發表的兩封署名「王戟」

77 〈匿名信的由來〉，《文藝報》一九五七年第二十三期。

和「苗穗」的批評胡風的來信，同樣出自編輯手筆[78]。而胡風自己，也安排人冒充讀者寄信到《文藝報》，斥責批評胡風的人。一九五七年，編輯蘇鳳以小品文形式暴露了這類「讀者來信」的製作「內幕」：

有一天，編委叫我去，……說：「你寫一封讀者來信，敲一敲某某的意見。」這一下弄得我目瞪口呆。我想我已經是編者了，怎麼還叫我當讀者呢！編委接著解釋說：「你作為一個讀者，給編輯部寫一封信，反駁一下某某的意見，這樣要更有力量些。」說老實話，本來我是不願寫的，因為從這裏，我感到一種地位下降的隱痛，但是寫在稿紙上的字被鉛印出來，又是我最感興趣的；同時我想：作為編者，又作為讀者，大致也是可以的，我每回編過之後，不是還要讀嗎？於是也就答應了下來。這封「讀者來信」寫得異常出色，因為我是以讀者這個面貌出現的，說話十分自由，還顯得特別公正。在寫的時候，我還覺得在我背後嘰嘰嚓嚓的跟著一大群讀者，而我是代表他們一大群人在發言的。……我沒有署名就交給了編委，隨他辦去了。刊物一出來，我就急忙看我的「讀者來信」，發現下面的署名是「××」。我記得在一年前，我寫了一篇批評編委的文章，也有一個叫「××」的「讀者來信」把我敲了一記。這一下我才明瞭那一記是誰敲的了。[79]

文章最後，蘇鳳善意提醒大家：「不要把文章看得太死，是否可以聯繫生活，看一下有沒人藉口群眾意見如何如何，趁機打擊報復的現象。」這類偽造，實將貴為「人民」、「群眾」的下層讀者視同玩偶。而且，偽造動因多數出於派系恩怨。

78 曉風編，《胡風路翎文學書簡》（安徽文藝出版社，一九九四年），頁三四。
79 蘇鳳，〈「讀者來信」與「內部參考」〉，《新觀察》一九五七年第七期。

其五，自我偽造。前述四種盜用「讀者」的方法，全操於知識分子之手，非在現實中缺乏編輯權、話事權的下層讀者能夠做到。作為真實讀者，他們離「讀者」距離最遠，只能眼睜睜地看著「群眾」二字被人使來喚去。但寫作作為當時名利兼收的暴利職業，終究會刺激出人的適應性生存技能。洪子誠指出：

> 這個時期的文學環境，也塑造了讀者的感受方式和反應方式，同時，培養了一些善於捕捉風向、呼應權威批評的「讀者」。他們在文學界每一次重大事件、爭論中，總能適時地寫信、寫文章，來支持主流意見，而構成文學界規範力量的組成部分。[80]

這些讀者實際上是投機的。為了稿費和名聲，他們寧「左」勿「右」，與其說是「規範」文學，不如說以教條主義方式，毀壞著「人民文學」的合法性。

一九五〇至一九五三年，隨著接受制度的逐漸確立，這五種盜用讀者（「群眾」）使用權的方法同時出現。甚至，接受制度能夠確立，與文藝界對其工具價值的重視亦有關係。若文藝界對此制度缺乏興趣，它縱有「群眾路線」的支持，恐怕也會很快流於形式。但顯然，接受制度的威懾性、打擊性，引起了部分知識分子尤其是深陷勢力之爭的作家的喜好。因此，隨著「讀者」日益混亂，接受制度也日益悖離「群眾路線」，遠離讀者，畸變為意識形態和利益鬥爭的雙重工具。

---

80 洪子誠，《中國當代文學史》（北京大學出版社，一九九九年），頁二七。

四

但無疑，意識形態利用「讀者」概率愈來愈高。本來，接受制度的畸變，只是導致讀者（「群眾」）工具化，並不必然導致它進一步畸變為規訓力量。因為，忠誠分子可藉「讀者」宣傳意識形態，而異端分子亦可假借「讀者」宣傳其個人見解。「讀者」雖難以傳達真實的讀者聲音，但也不會妨礙批評界自由論辯的展開。但接受制度的運作是失衡的。忠誠分子、派別分子、投機分子，都會加強政治規訓功能[81]，唯有異端分子能利用「讀者」對意識形態有所抵制。但隨著文藝批判頻繁發生，異端分子日漸稀見，其利用「讀者」作為反抗之具的可能，跡近於消失。因而，讀者功能逐漸單一化，淪為意識形態對一切越軌者、權勢人物對一切異己者的規訓工具，蛻變為一種「道義迫害力量」。這時，「群眾路線」可說是走到了自己的反面。這很符合石約翰的描述：

> 普通百姓通過所謂的群眾路線也被編入黨和政府的等級統治之中，最初在延安時代，群眾路線對於發揮全體人民的政治作用的理想還提供了一些證據。然而在現實中，它一般地說是受操縱的，而不是民主的形式。根本上說，群眾路線意味著吸收人民加入據說是代表他們利益的更大的組織，但在大多數情況下，只是政府權力的傳動形式。[82]

81　忠誠分子規訓性自不必言，派別分子為搶占話語制高點、打倒競爭對手，也偽裝成正統意識形態奉行者，派別鬥爭也總是被塑造成黨對異端的鬥爭，所以也會產生規訓效果。投機分子為換取發表機會，看「氣候」，摸「方向」，也會加深意識形態規訓。但這意識形態同時又是作為工具被黨以外的私人力量操縱。

82　〔美〕石約翰，《中國革命的歷史透視》（東方出版中心，一九九八年），頁二一一二。

不過，讀者（「群眾」）在善意動因下淪為「政府權力的傳動形式」的結果，恐怕也是許多曾對讀者工具價值頗感興趣的知識分子始料不及的。這種規訓功能，無疑損害了當代文學應有的獨立、自由與健康。這一現象，引起了對文學底線有所堅守的知識分子的警覺。因此，自一九五三年起，文藝界出現了對接受制度隱約而持續的抵制。胡風在《三十萬言書》中明確提出：「絕對禁止匿名批評、適合於自己企圖的『讀者中來』，甚至偽造的『讀者來信』；犯了這種敗壞社會道德和損害黨的威信的做法，要受到嚴格的公開批評以至處罰。」[83]主流文藝界的抵制相對隱蔽，但由於通過體制力量進行，又更有力。最初遏制來自《文藝報》新任主編馮雪峰。馮雪峰雖偽造過「讀者來信」，但他對「讀者」的畸變最早產生警惕。一九五三年第一期，《文藝報》刊出編輯部文章，批評讀者「在文藝學習的態度和方法上，還有一些不夠健康的現象」，「僅僅滿足於一事一物的簡單的定義和結論」[84]。隨即，《文藝報》有意削減了「讀者中來」，刊發信件數量由一九五二年的四十六篇驟減至一九五三年的二十一篇，信件內容也從尖銳批評轉為溫和建議。一九五四年，「讀者中來」更見弱化。一九五五年，「周揚派」侯金鏡繼任主編，繼續遏制讀者。到一九五六年，「讀者來信」已寥寥無幾。到一九五七年上半年，侯金鏡藉改版之機，索性取消「讀者中來」。相應地，全國刊物也逐漸清除了讀者欄目。

遺憾的是，到一九五八年，出於對知識分子的極端失望，毛澤東再度重申「群眾路線」，並「史無前例」地鼓勵工農兵「自力更生」，逐步掌握原由知識分子掌握的科學、文藝等領域。文藝界隨即提出了工農兵「占領」創作領域、批評領域的口號。於是，被遏制三年之久的讀者欄目捲土重來，且由「讀者中來」驟然升格為「讀者討論會」。《文藝報》編輯部還為此檢討自己的「保守思想」、「官氣」和「驕氣」，並向讀者約稿，籲請讀者「就本刊發表的

83 胡風，《胡風三十萬言書》（湖北人民出版社，二〇〇三年），頁三六七—三六八。
84 〈請不要採取這樣的批評態度和批評方法〉，《文藝報》一九五三年第一期。

重要論文或重要討論寫出自己的感想和意見」，或「對當前的文藝工作、文藝創作隨時提出自己的意見和要求」[85]。

一九五八至一九五九年，讀者在《文藝報》上對《護士日記》、《辛俊地》等小說進行長期「討論」，儼然專業評論。《人民文學》亦展開了對《除夕》、《改選》等小說的「讀者討論」。大量文化不高的讀者的湧入，對「人民文學」的審美規範造成了破壞。這激起了文藝界對「讀者」的第二次遏制。這次遏制，得到了周揚、何其芳等高層文藝官員的明確支持。一九五九年，批評家胡青坡公開抱怨讀者「過分挑剔和指責」，使作家有「戒懼之心」[86]。《中國青年》則利用《青春之歌》的討論對讀者進行打壓。

據老鬼披露：「反右」後，「全社會存在著一種寧左勿右的傾向」，「喜歡上綱，動輒就扣大帽子」，《中國青年》決定找一個恰當機會予以「教育」，正好記者汪涵在採訪中發現工人郭開對林道靜的「小資情調」不無意見，於是慫恿郭開撰成「讀者評論」，刊發於《中國青年》上。同時，《中國青年》編輯部又向茅盾、何其芳、馬鐵丁等名作家發出邀請，組織了一次頗有規模的「圍剿」。據說郭開在文章發表前得到了批判風聲，急忙趕到編輯部希望取回稿子，但遭到編輯部的拒絕[87]。這次「圍剿」產生了較好的反響，「讀者」信口雌黃的惡劣作風得到遏制。一九五九年底，《文藝報》再度取消「讀者討論會」。到文藝政策調整的一九六〇至一九六一年，《文藝報》徹底抹去所有讀者欄目。「讀者」再度被遏制在文壇之外。

然而，到一九六二年底，國內政治形勢再度變化。由於領袖層內毛澤東與劉少奇之間矛盾公開化，自五十年代後期與劉少奇比較接近的周揚失去了毛澤東的信任，而以江青為核心的獲得毛澤東直接支持的新文人集團快速崛起。在江青、張春橋等激進派的進逼下，「周揚派」不得不退守自保。於是，到一九六三年，《文藝報》又恢復「讀者中

85 編輯部，〈向讀者提出三點意見〉，《文藝報》一九五八年第六期。
86 胡青坡，〈文學作品正確反映人民內部矛盾問題〉，《長江文藝》一九五九年第六期。
87 老鬼，《母親楊沫》（長江文藝出版社，二〇〇五年），頁九五—九六。

來」，一九六四年又新推出「讀者論壇」，一九六五年甚至把「讀者來信」直接冠以「文學評論」之名。讀者（「群眾」）被體制性賦予他們此前不可能具備的專業權威。然而，這種「讀者」與真實讀者的聯繫日益被抽空。「文革」爆發以後，「周揚派」遭到徹底清洗，江青集團開始主宰文壇，關於「讀者」的遏制不復存在。

與周揚等延安知識分子不同，江青集團以投機分子為主，對文學無任何信仰。他們假借意識形態之名，大量組織「工農兵評論」。「讀者」由此徹底畸變為整肅異己的私人工具，在批「三家村」、批「文藝黑線」、「批林批孔」、「評《水滸》」、「反擊右傾翻案風」等政治／文藝批判中起到了虛構「輿論」的作用。當然，在「文革」任何時候，「讀者」都披有意識形態外衣，但它們與革命實在是無甚關係。阿蘭・斯威伍德指出：「在法西斯或共產社會中，市民社會完全被扼殺了，此時大眾之作為裝飾門面的角色，具有無比的重要性。」[88]當代「讀者」庶幾近之。它們多少見證了斯皮瓦克（Spivak）關於「屬下不能說話」的斷言。

88 〔英〕斯威伍德，馮建三譯，《大眾文化的神話》（北京三聯書店，二〇〇三年），頁一七二。

下編

制度介入與當代文學發生及展開之關係

第五章　組織制度與文人群體的新陳代謝

文學由「現代」向「當代」的轉換，與延安文人藉體制之力建構「人民文學」規範及邊界的努力是同步的。其間，文人群體的新陳代謝，折射了文學內部權力關係的變化及文學版圖的重組。現代文學的三個主要文人群體——國統區文人、通俗文人（又分為鴛鴦蝴蝶派和革命通俗作家）、解放區作家（延安文人）——在出版、評論、接受等文學制度的介入下，出現了沉浮勢異的局面。國統區文人整體性邊緣化了，鴛鴦蝴蝶派大致退出了文藝界；二者事實上被劃分在「人民文學」邊界外，失去了再生產能力。解放區作家一枝獨秀，由邊緣而躋身中心，並獲得強勁的體制再生產。不過，他們無法迴避「五四」文學傳統與政治權力對自身傳統的雙重挑戰。革命通俗文人作為一個特殊群體，被「約束」在體制內邊緣。「人民文學」及其作家，因此主要從解放區作家及其「新人」中產生。

第一節　流亡者、合作者和「盛世遺民」：新制度下國統區文人的分化

第一次全國文代會宣布了「新的人民的文藝」的誕生，也傳達了執政黨對文學內部多樣性的「整頓」立場。「新文學」在更「新」的「人民文學」面前，開始淪為酒井直樹所言的「國民整體」內部的「異質成分」[1]。國統區文人勢必成為被排斥、削弱和改造的對象。故在一九四八至一九五二年間，前國統區文人群體即發生分化：流亡或合作。對此，王文勝、張光芒等學者有所研究，但對「人民文學」排除「異質性」的策略未曾注意。實則，對於留居大陸的合作者，有關文藝主管部門採取了「剝離」戰略，成功地將「舊知識分子」（新中國於一九五三年正式對前國統區知識分子啟用這一命名）和「新文學」予以分類、鑑別和分別收編。到五十年代後期，被拆解後的「舊知識分子」不復成為一個具有觀念與利益共通性的文人群體，「新文學」亦喪失了它在「人民文學」內部的自我再生產能力。

一

一九四九年初，中國共產黨奪取大陸已成定局；國共兩黨開始爭奪國統區有影響的知識分子，部分國統區文人選擇流亡——他們大部分追隨國民黨政權撤退到了臺灣，如胡適（後轉美國）、傅斯年、梁實秋、胡秋原、羅家倫、陳

1　〔美〕酒井直樹，〈現代性與其批判：普遍主義和特殊主義的問題〉，載張京媛編《後殖民理論與文化批評》（北京大學出版社，一九九九年），頁四〇九。

紀瀅、黎烈文、蘇雪林、姜貴等[2]。解放後，又有部分作家陸續出走香港，如徐訏、徐速、張愛玲（後轉美國）、曹聚仁、司馬長風、李輝英等。

流亡原因大略出於兩層：

第一，現實利益與政治立場的敵對。國共內戰，不僅是兩個軍事集團的政權爭奪，也是下層民眾與精英集團的生死對決。其廣度、縱深皆超出以往戰爭。內戰後期，解放軍所至之處，下層農民踴躍支援，地主、資本家紛紛逃亡。「成王敗寇」乃中國社會不易之則，國統區文人選擇空間不大。部分文人自身家庭即地主、資本家，或與國民黨政權關係甚深，必選擇逃亡，如胡適、傅斯年、梁實秋、張道藩、陳紀瀅、姜貴等人。胡適、傅斯年是蔣氏「智囊團」成員，張道藩、陳紀瀅是國民黨高級官員，姜貴家族則係膠東望族。作為國民黨時代的既得利益階層，他們與共產革命勢不兩立。王蒙回憶：一九四八年解放軍包圍平、津後，學生中的地富子弟貼出布告組織「自救先鋒隊」，號召學生參加「平津保衛戰」[3]。部分文人實亦「地富子弟」，不過，文人自身（乃至今天研究者）更願意強調他們與中國共產黨在政治理念上的歧異。傅斯年對共產黨的專制作風批評最厲。一九四五年，傅斯年訪問延安，印象頗為不佳。羅家倫回憶：

> 他回來以後，和我談過幾次。他認為當時延安的作風純粹是專制愚民的作風，也就是反自由、反民主的作風。他和毛澤東因為舊曾相識的關係，單獨聊了一夜天。上天下地地談開了，談到中國的小說，他發現毛澤東對於坊間各種小說，連低級興趣的小說在內，都看得非常之熟。毛澤東從這些材料裏去研究民眾心理，去利用民

2 另有臺靜農、謝冰瑩一九四八年即赴臺任教，滯留於臺，與國共內戰沒有直接關係。沈櫻則是因與梁宗岱感情破裂，憤而去臺。他們都不是嚴格意義上的流亡作家。

3 王蒙，《半生多事》（花城出版社，二〇〇六年），頁六七。

眾心理的弱點，所以至多不過宋江一流。毛澤東和他漫步到禮堂裏，看見密密層層的錦旗，各處向毛獻的。孟真諷刺地稱道：「堂哉皇哉！」毛澤東有點感覺到。他痛恨同去的人沒有出息。他說，章伯鈞是由第三黨去歸宗，最無恥的是黃炎培等，把毛澤東送他們的土織毛毯，珍如拱璧，視同皇帝欽賜飾終大典的陀羅經被一樣。[4]

一九四九年二月四日，傅斯年還致信李宗仁，反對李宗仁與共產黨隔江而治的和談計畫，稱共產黨「對多年掌兵符者，必儘量摧毀」，「即我們讀書人，不受共產黨指揮者，彼亦一樣看待也」[5]。他甚至做好了「匪軍攻入」後「服毒自盡」的打算[6]。傅斯年的判斷與行動無疑是誠實的。但同時，作為有著留英經歷、長期活動於上流社會的知識分子，傅斯年的政治立場未必稱得上「恰當」。傅斯年對革命與毛澤東非常隔膜。毛澤東來自農村，對農民之痛苦感同身受，而傅斯年以為毛澤東是通過小說「研究」出來的，不免以己度人。再則，中共革命以土地、尊嚴號召農民，亦談不上「利用民眾心理弱點」。農民支持革命，不是因為其易被「誘惑」，而是出於求生存、求最低尊嚴的理性選擇。對此，巴林頓・摩爾認為：「中國的農民已被裝進威力強大的火藥桶中」，因為中國「進入二十世紀後，餓死滿地，哀鴻遍野，整個國家愈益陷入了水深火熱之中，於是社會轟然解體。農民妻離子散，背井離鄉。以後，他們可能被軍閥網羅去成為士兵。中國社會就是這樣形成了巨大的人類瓦礫堆，極易被暴亂的火星所點燃」[7]。傅斯年不能體會農民貧無立錐之地的痛苦，反而埋怨農民不珍惜「自由」，可謂在情感上、價值上、利益上與下層民眾格格不入，令人遺憾。其實，現實利益與政治立場又哪裏分得開呢？胡適、傅斯年誠然珍愛「自由」，但對國民黨政權的效忠更是原因。即使國民黨毫無「自由」，恐怕他們也會追隨。張光芒認為：「傅斯年、胡適雖拒絕進國民黨政府，但

---

4 傅樂成，《傅孟真先生年譜》（臺北傳記文學出版社，一九七九年，頁五二—五三。

5 傅斯年，〈致李宗仁信〉，載《傅斯年全集》第七卷（臺北聯經出版事業公司，一九八〇年），頁一五一。

6 岳玉璽、李泉、馬亮寬，《大氣磅礴的一代學人：傅斯年》（天津人民出版社，一九九四年），頁二九〇。

7 〔美〕巴林頓・摩爾，《民主和專制的社會起源》（華夏出版社，一九八七年），頁一六九—一七〇。

這不過是他們採取的既『左右開弓』又符合中庸之道的美計良策，即『責備政府不可忘共黨暴行，責備共黨不可忘政府失敗』。不願加入政府絕不是想袖手旁觀，恰恰相反，『在野』正是國家的、政府的一種力量，可以更好地『幫政府的忙』」，他們的政治立場並非「中立」，而是「反共擁蔣」，他們因此將「自由」、「民主」徽章安在國民黨頭上，將「反自由、反民主的集權專制的潮流」配為共產主義運動的標記，「是不可能令人信服的」[8]。這一評述極有見地。胡適、傅斯年的流亡選擇，毋寧是舊式「君臣之義」的重演。

不過，此類「忠於黨國」的文人數量十分有限。畢竟，內戰期間國民政府的腐敗已深令知識階層失望。沙博理時為美軍駐上海軍官，他回憶：「蔣介石的執政黨國民黨，對任何願意為他們的刊物寫稿，或者為他們做公關工作的人，都給予掛名領乾薪的職位和待遇優厚的工作，但是只有很少一部分人回應。中國的文人學士譴責並憎恨國民黨，因為他們在日本人入侵時逃跑了。貪污腐化給外國資本創造新的勢力範圍，而他們只顧中飽私囊，甘心看著國家陷入毀滅的境地。」[9]浦江清也在日記中記載：一九四八年十二月底，國民黨搶運知識分子的「飛機到了南京，若干文化要人到場去接，以為有許多名教授忠於黨國毅然飛回了，竟大失所望，下來了許多不相識的不相干的人。據說飛機上有不少空位，袁同禮的老媽子也上了飛機。成為一大悲喜劇。後來傅斯年急了，通知停派飛機。」[10]

第二，自由主義思想訴求。徐訏、張愛玲、曹聚仁、李輝英等作家，並不敵視中國共產黨。一九四九年他們選擇留在大陸，但不久後相繼出走。徐訏一九五〇年由上海赴港，徐速一九五〇年由成都赴港，張愛玲一九五二年由上海赴港。他們的出走，並非政治上不認同革命，而是思想上不能接受新的秩序。內戰時期，自由主義知識分子對共產黨就有過一些推測，譬如：「在今日中國的政治鬥爭中，中共鼓勵每一個人都起來反對國民黨的『黨主』，但從中共的

8 張光芒，〈沒有硝煙的「大抉擇」——論四十年代後期中國知識分子的道路選擇〉，《江西財經大學學報》二〇〇二年第三期。
9 沙博理，《我的中國》（北京十月文藝出版社，一九九八年），頁五九。
10 浦江清，《清華園日記・西行日記》（北京三聯書店，一九九九年），頁二六五。

真正精神來說，中共倡導的也是『黨主』，肯定不是『民主』……我們現在爭取自由，在國民黨統治之下，這個『自由』還是一個『多』『少』的問題，假如共產黨執政了，這個自由就變成了『有』『無』的問題了」[11]，「共產黨則根本否認自由，其干涉之嚴密更有甚於國民黨」[12]。解放後的現實更令部分文人震動。曹聚仁的經歷比較典型：

> 一九五〇年六月，艾思奇在北大發表的演說，使他猛然一驚。艾說：「一塊磚頭到牆頭裏去，那就推不動了，落在牆邊，不砌進去的話，那就被一腳踢開了。」「這不是對自由主義知識分子的提示嘛！」他想。他自認為是將要被一腳踢開的磚頭，於是他下了決心做新的選擇。[13]

張愛玲也不能適應新的氛圍：「無論她的貴族出身，還是她所接受的英式教育；無論是她的創作主張，還是獨往獨來的秉性，都決定了她無法和共產黨政權和平共處和長期合作。」[14]在徘徊三年之後，張愛玲於一九五二年以申請到香港大學復學的名義，到達香港；一九五五年又轉徙美國。

這批文人的出走，對大陸知識分子勢力略有削弱。然而，流亡者在海外並未有效延續「新文學」。在臺灣，「反共文藝」、「戰鬥文藝」塵囂甚上，「國民黨正式下令，凡附匪以及留在淪陷區的學者、文人的著作一概禁絕」[15]。在香港，純商業文化難以給「新文學」留下空間。這批文人，後來除姜貴、徐訏有所成就外，其他皆表現平平。與此相對，實力派文人幾乎全部留在大陸，如郭沫若、茅盾、葉聖陶、巴金、曹禺、宗白華、朱光潛、沈從文、廢名、俞

---

11 儲安平，〈中國的政局〉，《觀察》一九四七年二卷二期。
12 楊人楩，〈自由主義者往何處去〉，《觀察》一九四七年二卷十一期。
13 李偉，《曹聚仁傳》（南京大學出版社，一九九三年），頁三三四。
14 劉登翰編《香港文學史》（人民文學出版社，一九九九年），頁二二九。
15 呂正惠，〈現代主義在臺灣〉，載《戰後臺灣文學經驗》（臺北新地文學出版社，一九九五年）。

平伯、馮至、戴望舒、卞之琳、林徽因、錢鍾書、李健吾、陳白塵，等等。老舍、冰心、穆旦、蕭乾等作家也陸續自海外歸來。當然，他們留在大陸，未必源於對中國共產黨的好感，實則當時許多知識分子「對共產黨並不瞭解；對共產主義也不見得那麼嚮往」[16]。吳宓一九四八年底日記載：「（陳毓善）謂所見平、津人士，皆艱苦而安定。蓋其對國民政府已極失望，雖畏共黨之來，亦不為逃避之計，實亦無力再遷，安居任命而已！」[17]他們之所以留下來，有的實為無奈之舉，有的則出於對國民黨的極度失望，「將知識階層和其他人吸引進中國共產黨的，是對於中國衰微的憤怒，以及創造一個新（不必然是社會主義的）中國的決心。」[18]有的則夾雜著民族主義情緒。楊絳回憶：「鄭振鐸先生、吳晗同志，都曾勸我們安心等待解放，共產黨是重視知識分子的。但我們也明白，對國家有用的是科學家，我們卻是沒用的知識分子。……我們如要逃跑，不是無路可走。可是一個人在緊要關頭，決定他何去何從的，也許總是他最基本的感情。我們從來不唱愛國調。非但不唱，還不愛聽。但我們不願逃跑，只是不願去父母之邦，撇不開自家人。我國是國恥重重的弱國，跑出去仰人鼻息，做二等公民，我們不願意。我們是文化人，愛祖國的文化，愛祖國的文字，愛祖國的語言。一句話，我們是倔強的中國老百姓，不願做外國人。我們並不敢為自己樂觀，可是我們安靜地留在上海，等待解放。」[19]時在海外的文人如老舍、冰心、穆旦等人的歸國，與民族主義感召就更深了。解放前夕，正在美國講學的老舍興奮地告訴朋友：「我認識他們——共產黨！我相信他們有能力，有辦法。不但是一個上海、南京，還有全中國！」不久他便回國了[20]。周與良回憶：一九五二年穆旦謝絕臺灣、印度方面的邀請回國，「當時良錚經常和同學爭辯，發表一些熱情洋溢的談話，以致有些中國同志悄悄地問我，他是否共產黨

16 季羨林，〈我的心是一面鏡子〉，《東方》一九九四年第五期。
17 吳宓，《吳宓日記》第十卷（北京三聯書店，一九九八年），頁二八七至二八八。
18 〔英〕Flemming Christiansen、Shirin M. Rai，《中國政治與社會》（臺北韋伯國際文化出版有限公司，二〇〇五年），頁七。
19 楊絳，《我們仨》（北京三聯書店，二〇〇三年），頁一二二。
20 曾廣燦、吳懷斌編《老舍研究資料》（北京十月文藝出版社，一九八五年），頁二二三。

員。我說他什麼也不是，只是熱愛祖國，熱愛人民，在抗戰時期他親身經歷過、親眼看到過中國勞苦大眾的艱難生活」[21]。甚至一些對革命存疑的知識分子也選擇了大陸。若能富國強兵，他們甚至願意忍受專制之弊。對此，杜維明表示：

> 在保種救國必不可少的現代富強觀念的驅使下，中國知識分子對一個強大中心的渴望如此普遍強烈，以至於認為衰弱、落後、貧窮甚至比獨裁還要兇惡得多。[22]

但與漂落海外的文人無力再續「新文學」傳統一樣，留在大陸的國統區文人也未能續寫這一傳統。無論「左翼」還是「右翼」，他們一夜之間都成了「舊知識分子」，在被新中國的文藝單位和研究單位吸納以後，他們幾乎集體性地臣服於「人民文學」，並親手為「新文學」劃上了句號。

二

不過，「左翼」和「右翼」獲得的待遇懸殊，在終結「新文學」問題上所起作用也不同。在執政黨以嚴密單位制度控制國家和社會以後，文人命運就不再取決於他們自己，而取決於黨對他們的接受程度。從接管時始，新政權即對前國統區文人予以了政治甄別，「在他們之中劃分左、中、右派」，「判斷左、中、右派的標誌，不僅要看其現實對新政權的忠誠度，也要觀察他們在一九四九年之前是支持、同情中共，抑或是在國共之間取中立立場，或者完全站在

21 李方，〈與周與良一九九二年三月十四日的訪談〉，載《穆旦詩全編》（中國文學出版社，一九九六年）。
22 〔美〕杜維明，《道・學・政：論儒家知識分子》（上海人民出版社，二〇〇〇年），頁一七八。

國民黨一邊」[23]。這意味著鑑別、分類、排斥機制的啟動。新政權對「站在國民黨一邊」的右翼文人予以壓制，對有聲望的「支持、同情」共產黨的左翼文人或「進步」文人則酬以高官厚祿。朱光潛、沈從文等「右翼」文人被排斥在第一次全國文代會之外，而「文藝旗手」（周恩來語）郭沫若被委任為政務院副總理，早期共產黨人茅盾雖因逃避南昌起義留下「舊嫌」，但仍被委任為文化部部長，老舍、冰心被委任為全國文聯副主席，曹禺被委任為北京人民藝術劇院院長，葉聖陶被委任為出版總署副署長。其他如鄭振鐸、鍾敬文、吳組緗、唐弢等人也獲職不等。明顯地，左翼和「進步」文人被授予了代表「新文學」的資格，「右翼」文人則被排斥在外。

這種分類、排斥的機制，以巧妙的組織手段，引導了左翼和「進步」文人對「新文學」「歷史」和現在的生產。在作協、文化部等單位中，郭沫若、茅盾、老舍等很快發現，自己雖然位居高位，但實權不大。一些細節頗能折射這種現實。一九五六年，詩人沙鷗前往拜訪郭沫若，「（沙鷗）懇切地對郭老說：『請郭老對周揚同志說說，辦個詩刊吧。全中國沒有一個詩刊。』郭老笑笑說：『他們聽我的嗎？』沙鷗心想：『如果郭老的話不管用，誰的話管用呢？』」[24]一九五七年，中國作協開展黨內整風，《詩刊》編輯呂劍為茅盾叫屈：「茅盾是個老作家，卻未受到重視。（《人民文學》）最初是茅盾主編，艾青副主編，但具體負責的是艾青」，「我接觸到許多黨員作家，他們對茅盾、郭老都瞧不起，認為這些人只能談談技巧。這兩位作家都未受到重視，可以設想其他作家的精神狀態」[25]。

老舍也「發現他這個（北京文聯）主席實際上沒有多少權。所謂沒權就是他說話不算，小事能算，就是每次開完會總結一下，刊物辦的怎麼樣，這個他說了算。」[26]他的祕書葛翠琳回憶：「他自己花錢定了《文藝報》。有一次，不知什麼原因，《文藝報》少送了一期。老舍先生幾次打電話問：『《文藝報》來了沒有？』因為找不到這期刊物，

23 高華，《身分與差異：一九四九至一九六五年中國社會的政治分層》（香港亞太研究中心，二〇〇四年），頁一七。
24 晏明，〈飄飄何所似，天地一沙歐〉（中）（《新文學史料》，二〇〇一年），第三頁。
25 〈作協在整風中廣開言路〉，《文藝報》一九五七年第十一期。
26 傅光明，《老舍之死採訪實錄》（中國廣播電視大學出版社，一九九九年），頁二六五。

又過了幾個月，外邊買不到，我就鼓起勇氣給《文藝報》編輯部打電話，說明情況，希望能從內部為老舍先生買一本，因為老舍先生還要把全年的《文藝報》合訂成冊，不能少一期。《文藝報》編輯部的同志回答說：『編輯部不賣刊物，都是留作贈閱的。』我問：『能不能送老舍先生一本呢！老舍先生在中國作協也任領導職務呢！』編輯部回答說：『贈閱刊物的名單裏沒有老舍呀，這事要請示。』過了兩週，沒見寄刊物來，也沒有回電話。我只好到處去找，最後從一位老作家那裏找來一本。」[27]

郭沫若、茅盾、老舍因為地位太高，不便公開做什麼表示。但另外一些「進步」文人就不免憤憤然。作協理事鍾敬文說：「有時候，我們走過協會的門口，看見那塊白地紅字的招牌，心情就怪彆扭的。說是咱們的會吧，實際上它跟自己是這樣的隔閡；說不是吧，自己又明明是它的一個成員，不，在名義上還是一個負責的人（理事）。作家照例是敏感的，這種情況，在我們的心上，不只是尷尬的，而且是苦惱的。」[28]吳組緗甚至憤而辭職，因為他身為清華大學中文系主任，但系裏調人來調人去，吳組緗皆不能預與其事，和「聾子的耳朵」無甚差異[29]。

對此現象，斐魯恂認為是國民黨、共產黨兩黨共同的「常例」，「國民黨就從來不曾認識到知識分子的重要性。這使得他們和學生、學者和受過良好教育階層的距離愈來愈遠，終於將他們推到共產黨的懷抱。等到共產黨上臺之後，知識分子以為他們將會受到重視。不過，共產黨領袖很快就令他們瞭解到，共產黨對知識分子的重視程度和國民黨並沒有什麼兩樣」[30]。斐魯恂此說對國民黨是否合適暫且不論，對共產黨肯定不太合適。他要麼忘記了毛澤東對陳伯達、張春橋、姚文元、胡喬木、周揚等人的重用，要麼就是不承認這些人的「知識分子」出身。毫無疑問，毛澤東對他所信任的知識分子都敢於重用，郭沫若、茅盾等沒獲得實際權力，只說明他們沒有受到足夠「信任」。其實，執

27 葛翠琳，〈魂繫何處——老舍的悲劇〉，載《百年文壇憶錄》（北京師範大學出版社，一九九九年）。
28 鍾敬文，〈為了完成高貴的共同事業〉，《文藝報》，一九五七年第十一期。
29 葛兆銑，〈最後一次家鄉行〉，《新文學史料》一九九五年第一期。
30 〔美〕斐魯恂，《中國人的政治文化》（臺北風雲論壇出版社，一九九二年），頁三五。

政黨對待「進步」文人的方法，符合它錄用知識分子的事實規則。畢竟，他們並未與黨一起承擔革命成本。郭沫若、茅盾與革命多少還有關聯，冰心、葉聖陶、曹禺等對革命確無「尺寸之功」[31]。將他們被納入「分肥」集團，實主要是因為他們自身和「新文學」擁有的事實影響力。將這些文人納入政府，有利於增添新政權的合法性。不過，這種優撫政策也暗含著政治風險。因為，新政權對他們的期待又比較特定：

中國共產黨早在掌權之前，就同儒學官僚一樣，把知識分子和創造性的工作視為服務於自己政治目標的僕人。此外，中國共產黨還仿效蘇聯模式，希望知識分子能夠幫助自己改變中國社會。中國共產黨的領導人同史達林一樣，指望作家和藝術家根據黨的命令，改變「人的靈魂」。[32]

「新文學」顯然不符合「黨的命令」。相反，它對任何現政權都包含否定與威脅。所以，新政權可以優待作家，但不太可能容納有著「否定性的破壞力量」[33]的「新文學」。怎樣在容納文人的同時又消除其話語的力量？這對新政府是充滿智慧的挑戰，對郭沫若、茅盾等文人而言亦是需要耐心把握「分寸」的事情。從建國初有關國統區文人的組織、評論、出版等活動看，新政府和文藝主管部門採取了有效的「剝離」策略：為消滅而容納。消滅其話語，而容納

31 因此原因，對國統區文人的安置曾在解放區作家中引起不滿。據傅光明採訪可知，當時文藝界「對老舍做北京文聯主席不服氣」的大有人在（《老舍之死採訪實錄》，頁二一一）。而對國民黨起義將領和知名人士的優待安置，更引起中低層黨政軍幹部的不滿。徐鑄成回憶：第一屆政治協商會議「名單發表以後，中下級幹部見有些國民黨人士及保守人員亦參加，頗有反感」，以至於有「早革命不如遲革命，遲革命不如不革命，不革命不如反革命」的牢騷流傳。見《徐鑄成回憶錄》（北京三聯書店，一九九八年），頁二〇二。

32 〔美〕費正清等編，《劍橋中華人民共和國史（一九四九至一九六五）》（上海人民出版社，一九九〇年），頁二三四。

33 〔日〕柄谷行人，趙京華譯，《日本現代文學的起源》（北京三聯書店，二〇〇三年），頁三。

其身體和名聲。這一策略還得到國統區文人的主動配合。它包括兩個方面：

一是前述位高權輕的組織安置，二是出現在文學批評方面的在「人民文學」和「新文學」之間「廣泛的製造界限的文化活動」[34]。當時一個明顯反差是，郭沫若、茅盾、巴金、曹禺、冰心等人儘管社會地位很高，但獲得的官方文學評價卻並不崇高。如果說第一次文代會上茅盾的主題報告對「新文學」做了自我貶抑的話，那麼，稍後丁玲的講話則多少正式傳達了執政黨對「新文學」的有節制的肯定和明確無誤的否定。在一九四九年十月的一次講演上，丁玲對「新文學」諸作家做了一番「痛快淋漓」的批評，批評對象不包括郭沫若、茅盾，也不包括她的文壇恩師葉聖陶，被她重點「評價」的作家有兩位：冰心和巴金。

對冰心，丁玲評價說：「她的小說的確寫得很好，很美麗，那裏有許多溫柔的、狹小的，有趣味、有感情的家庭瑣事，寫得是那樣的溫暖、幽雅，裏面有可愛的小貓、小兔，園裏有樹有花，有鳥叫，有涼風吹，使你在那裏聯想回憶到母親、姐姐、哥哥、侄兒……幻想到海、湖、溪水、小船……這樣的人和物和感情，在我們小資產階級的童年生活裏是很容易找到和容易理解的」，「（我們）喜歡這樣的小說。當一個人沒有其他事業，沒有什麼生活的目標，沒有一定的正確的人生觀，還處於天真無邪幼稚的時代，喜歡冰心的作品是不稀罕的。」[35]

對巴金，丁玲也沒客氣：「十四五歲時，喜歡看冰心的小說，到了十六七歲就喜歡看巴金的小說了」，「在他的小說中，常常有一個青年，很純潔、很偉大、很革命，但一個人革命孤獨一點，於是在小說中又有一個像朋友、又像愛人的人常常和他在一起；或者是幾個朋友。巴金在這方面是做了一些工作的，他告訴青年幻想革命，不是幻想天堂和仙境。所以有許多人喜歡他的作品，這也不是偶然的。」[36]

34　〔英〕安吉拉·麥克羅比，李慶本譯，《文化研究的用途》（北京大學出版社，二〇〇七年），頁二。
35　丁玲，〈在前進的道路上〉，載《丁玲文集》第六卷（湖南人民出版社，一九八四年）。
36　丁玲，〈在前進的道路上〉，載《丁玲文集》第六卷（湖南人民出版社，一九八四年）。

丁玲不免刻薄，但她在公開場合表達這種觀點，事後也未有中宣部或什麼部門向她暗示「不妥」，足以表明她的講述符合「人民文學」的話語利益。「人民文學」將如何重新規劃新的精神面貌和文學地圖呢？最有效的方法就是通過對前一時期文學經典的質疑和否定來「重造」它的文學記憶。冰心小說是「十四五歲」的「幼稚」的人看的，巴金小說是「十六七歲」的「幻想革命」的人看的，顯然，在新的「人民文學」面前，他們已然落伍。丁玲的講述，標明了「人民文學」／「新文學」之間的等級「界限」。

評價有限，卻又酬以常人不可企及的高位，這使前國統區文人不能不暗自心驚。新政府向他們支付了可觀的政治榮譽、社會地位與物質酬報（郭沫若住宅為前清恭王府一部分，現已闢為遊覽景點），他們又怎能不給予「投桃報李」式的合作，何況他們確實「讚賞共產黨能夠統一國家，能夠在幾十年的戰亂之後提供財政保障」[37]。「合作」表現在，無人對丁玲式的批評表示異議，相反，他們主動接受了丁玲所製造的「界限」，在「人民」面前，重新界定、塑造自我形象。他們不斷地自我批判：「現在，我幾乎不敢再看自己在解放前所發表過的作品，那些作品的內容多半是個人的一些小感觸，不痛不癢，可有可無。它們所反映的生活，乍看確是五花八門，細一看卻無關宏旨。」[38]甚至號稱要燒毀舊作。他們也反覆修改舊作。

五十年代初，人民文學出版社出版《新文學選集》與《新詩選》（「綠皮書」），這是文藝主管部門和國統區文人共同合作的對於「新文學」傳統的重述。這項出版工程公開肯定「新文學」作為「人民文學」的「前世」的價值，但與此同時，它又通過對經典的「現在」性的否定，割斷了它與「人民文學」的「今生」的關係。後一方面，主要由國統區文人自己完成，他們在修改、選文、撰寫「序言」的各個環節上，都重新敘述了自己的「過去」。據楊義考證：郭沫若把一九二八年版《女神》中〈匪徒頌〉混雜地歌頌資產階級學者羅素、哥爾棟和列寧的地方，修改為歌頌

37 〔美〕費正清等編，《劍橋中華人民共和國史（一九四九至一九六五）》（上海人民出版社，一九九〇年），頁二三五。
38 老舍，〈生活，學習，工作〉，《北京日報》一九五四年九月二十日。

馬克思、恩格斯和列寧，甚至還修改了一九二五年十二月出版的《文藝論集》中的句子，力求聯繫上〈講話〉；老舍也刪減了《駱駝祥子》中的性暗示、性描寫，徹底刪除「革命者」阮明的無賴、變節和死亡的情節[39]。這種自我否定的結果，實際上使所謂「新文學經典」「作為風化了的遺跡而被貶降到過去」[40]，淪為「死去的經典」，不再成其為新的「人民文學」的效仿對象。這意味著，國統區文人通過對「新文學」歷史的「重造」，做了釜底抽薪式的自我否定。因為，「新文學」既然喪失了「活著」的典範意義，它就很難在青年學生中獲得再生產。

「新文學」失去了未來，也失去了「現在」。前國統區文人不但激烈否定自己、頻頻修改舊作，而且還易弦改轍，希望匯入「人民文學」浩浩蕩蕩的「潮流」之中，「（他們）清醒地意識到：他們過去擅長用的諷刺手法對新中國建設所需的民族凝聚力有負面作用，他們感到親切的還是那些應被時代大潮淘汰的舊式人物，他們因此深感自己的落伍。建國初期他們中的大多數加入了頌體創作的大軍，以詩歌、小說、戲劇等藝術樣式表達對革命領袖、對共產黨、對工農兵群眾、對社會主義新社會的歌頌之情」[41]。不過，其成功之作實在寥寥。在旁觀者看來，甚至是徒增諷刺。一九五一年，僻居重慶的吳宓在日記中寫道：

> 卅年教授有微名，解放潮來盡倒傾。
> 急捲詩書隨吶喊，初工色笑巧逢迎。[42]

---

39 楊義，〈五十年代作家對舊作的修改〉，《中國現代文學研究叢刊》二〇〇三年第二期。

40 〔美〕阿里夫・德里克，〈中國歷史與東方主義問題〉，載羅鋼、劉象愚編《後殖民主義文化理論》（中國社會科學出版社，一九九九年）。

41 王文勝，〈論建國初原國統區作家的創作轉型〉，《江海學刊》二〇〇一年第六期。

42 吳宓，《吳宓日記續編》第一冊（北京三聯書店，二〇〇六年），頁四二。

不過，即便在這些文人中，也不是每個人都能備極「恩寵」。能任進前王府、坐上主席臺的文人，畢竟屈指可數。多數文人只能揹上「舊知識分子」的心理負擔，被安置在缺乏「前途」的研究機構內。這迫使部分不甘寂寞的「舊知識分子」設法自謀「前途」，自動從「國統區文人」中分化出去，如：陳白塵、臧克家取得周揚、劉白羽的信任；馮至也以德文翻譯能力而為周揚所器重；姚雪垠直接給毛澤東寫信，獲得特殊「恩典」；嚴陣、徐遲等年輕詩人，也以各種辦法獲得延安文人接納。當然，他們對於「新文學」的拋棄，只會比位高權輕的前輩們更徹底。

三

愛德華・薩義德認為革命後「知識分子面對的主要選擇是：要和勝利者與統治者的穩定結合在一起，還是選擇更艱難的途徑——認為那種穩定是一種危急狀態，威脅著較不幸的人使其面臨完全滅絕的危險，並考慮到屈從的經驗（the experience of subordination）以及被遺忘的聲音和人們的記憶」[43]。由於單位制度的施行，當代中國不能為「更艱難的途徑」提供基本條件。相反，新中國憑藉組織制度的威力，以及區別對待的方法，不僅瓦解了「新文學」的話語類型，也有效地分化了前國統區文人群體。這一群體解體後，一部分被延安文人集團所吸納，另一部分則成為文壇邊緣的「盛世遺民」[44]，在落寞中步向人生終點。這部分文人主要是自由主義作家，以及「左翼」、「進步」文人中不善經營私人關係的個別作家。自由主義文人中，除朱光潛等少數人外，多數人雖被冷落，但還是希望打進主流「圈子」，態度積極，但大都未克其功。面對這一「地覆天翻」的「歷史變局」，沈從文深感苦悶，他在一九四九年四月六日的日記中寫道：

43 〔美〕薩義德，《知識分子論》（北京三聯書店，二〇〇二年），頁三五。

44 「盛世遺民」之說，出自徐鑄成。據徐開壘回憶：徐鑄成在全國解放在即時，希望在全國各地都辦民間的《文匯報》，但解放後不能實現，精神很消極。有一個冬天，他和他的一個朋友在北京天壇看太陽，感歎地說：「我倆只能做『盛世遺民』了」。見徐開壘，〈文匯報文藝副刊的傳統〉，《新文學史料》一九九七年第一期。

可惜這麼一個新的國家、新的時代，我竟無從參預。多少比我壞過十分的人，還可從種種情形下得到新生，我卻出於環境上、性格上的客觀的限制，終必犧牲於時代過程中。二十年寫文章得罪人多矣。[45]

他曾寄望通過丁玲「改變」自己。但他與既與國民黨政權有辯白不清的瓜葛，又不慎開罪郭沫若，終不能遂其所願。更多「舊知識分子」無舊交可攀援，無權術可運籌，就只能以最笨拙方法在「思想改造」中掙「表現」了，「他們以為只要熟讀領導人的講話和《人民日報》的社論，就是解決了『立場、觀點、方法』的問題，於是，出現了許多滿口新名詞的……『進步知識分子』，但伴隨著幾個大的政治運動，……知識分子才知道，即使滿口新名詞，也不會被黨組織視為是『自己人』」[46]。也有人自甘邊緣，如師陀、朱光潛、傅雷、錢鍾書、李健吾、梁宗岱等。甚至有人希望於此邊緣位置上繼續保持自由姿態。費孝通相信：「他能夠為共產黨人努力工作，而且當他認為批評得正確時，他將繼續他的批評」，「他希望變成共產黨政府下的一個『忠實的對立面』」[47]。這毋寧是自我想像。在解放區文人有意識的壓制下，他們連寫作都難以維繫，遑論堅守「新文學」。

這涉及到知識分子政策的變形。建國初年，中共中央對「舊知識分子」整體上採取優撫與改造相結合的政策，「黨一方面對知識分子灌輸馬克思主義、列寧主義、毛澤東思想，其廣度和深度與歷代把儒教強加給文人相比，有過之而無不及；另一方面，黨又試圖調動知識分子的積極性，發揮其專長。這種矛盾使政策在壓抑與寬鬆之間變換。在壓抑期，知識分子要參加思想改造運動，而在寬鬆期，黨又讓知識分子承擔一些責任，享受一些特權，以獲得他們的合作，進行現代化建設」[48]。但實際上，解放區文人是政策的具體執行者，他們與中央對「舊知識分子」的認識頗有

45　沈從文，〈四月六日〉，載《沈從文全集》第十九卷（北嶽文藝出版社，二〇〇二年）。
46　高華，《身分與差異：一九四九至一九六五年中國社會的政治分層》（香港亞太研究中心，二〇〇四年），頁一九。
47　〔美〕羅伯特・雷德斐爾德，《中國紳士・序》（中國社會科學出版社，二〇〇六年）。
48　〔美〕費正清等編，《劍橋中華人民共和國史（一九四九至一九六五）》（上海人民出版社，一九九〇年），頁二三一。

差異。中央承認國統區文人既有影響力並願以祿位「贖買」。但擁有艱苦革命經歷的解放區文人對這些蜷伏於「大後方」的同行們的評價卻大大低於高層認定，如丁玲對冰心、艾青對茅盾、草明對老舍，都並不悅服。其情形恰如某些女權主義者，「在每個團體中，過去遭受壓迫或被支配的經歷，扭曲了成員對現在的看法，使她們無法認同政治處境跟自己一樣，卻未能分享她們歷史的人」[49]。然而，對郭沫若、茅盾、葉聖陶等名家的安排，直接出自周恩來或毛澤東，解放區文人並不能介入，更無力改變。這多少導致了後者的怨懟，並使他們執行政策顯得苛嚴，明顯偏於「改造」。

在「人民文學」／「新文學」的等級「界限」下，邊緣國統區文人比較尷尬。據《文藝報》報導：在一九五〇年上海首屆文代會上，黃宗英自稱演資產階級小姐「真作孽不淺」；黎錦暉檢討自己「迷戀」「人道主義、唯美主義、戀愛至上主義等等邪說」，「一天天地沉淪下去」；靳以批評自己「沾染了過多的知識分子的毛病」[50]。這種自我檢討，對其身分認同產生了挫傷感。小說家梅娘因此甚感自卑，友人為此勸她「不要自己貼標籤」[51]。許傑則為此深感慨歎：

> 非黨同志在解放以後，多少有些自卑感……普遍地交代了歷史批判了資產階級思想這一事實，也就引起了知識分子更大的自卑，覺得你們是當權者，我的辮子已經抓在你的手裏，連頭也有些不自覺地抬不起來，還談什麼建立主人翁態度呢？知識分子是有些知識分子的脾氣的……大多數的非黨同志，還保持著他那清高的不近權貴（？）的態度，甚至對於那些由於聽話而取得黨的信任、在群眾中又自以為進步的人們，還是看不起的。這個

49 〔英〕伊瓦─大衛斯，〈婦女、族裔身分和賦權：走向橫向政〉，載陳順馨、戴錦華選編《婦女、民族與女性主義》（中央編譯出版社，二〇〇四年）。
50 李楓，〈記上海首屆文代會〉，《文藝報》一九五〇年二卷十一期。
51 張泉，〈認識梅娘的歷史〉，《新文學史料》二〇〇二年第二期。

時候，黨員領導同志，卻沒有理睬這些，他反而相信那些聽話的人的彙報，用落後呀、不進步呀等等帽子，加到大多數知識分子身上，那麼這個距離，也就愈來愈大了。[52]

與郭沫若、茅盾、老舍等一樣，邊緣國統區文人同樣主動皈依「人民文學」，但單位領導、刊物編輯卻似乎對他們缺乏興趣。一九五二年，全國高校院系調整，廢名被調到吉林大學，無人問津，自感「像破抹布一樣」被拋棄了[53]。他撰成一本《跟青年談魯迅》，卻被吉林大學教務處「放在房子一角的地下，上面布滿了灰塵」[54]。評論家李長之「寫作要經過領導批准；如果不經過領導批准，就是『走私』」，「要先經過討論後才准發表」，「甚至阻撓出版社的約稿」[55]。許欽文起初尚能發表作品，可後來「稿子寄出去，原稿退回來，也有是也不發表也不退回如石沉大海的。當初在退稿的信上附有字條，什麼什麼，好像持之有故，言之成理的。後來不再講什麼理由，只是『不擬刊登』。這樣一而再，再而三，興趣索然，我就不再想寫作」[56]。

歷史不「清白」者尤其困難。塗光群回憶：「反胡風及肅反運動開始後，揭發可疑的人和事。我聽一個人發言揭發某小說編輯曾建議向上海女作家趙清閣組稿。主編突然說：『趙清閣是國民黨作家，你們知道不知道？』他這一說，把大家鎮住了，我自然也很吃驚，啊，原來是這樣！我相信了主編。據我所知，從此以後，在漫長歲月裏，《人民文學》從未向上海老作家趙清閣組稿。」[57]

52 許傑，〈牆是怎樣形成的〉，《文匯報》一九五七年五月九日。
53 沛德，〈迎接大放大鳴的春天〉，《文藝報》一九五七年第十一期。
54 馮思純，〈為人父，止於慈〉，《新文學史料》二〇〇一年第四期。
55 〈教條主義和宗派主義阻礙著文學研究工作的開展〉，《文藝報》一九五七年第九期。
56 欽文，〈投稿經驗點滴〉，《文藝報》一九五七年十一期。
57 塗光群，〈上海老作家們〉，《新文學史料》二〇〇四年第一期。

無形歧視之下，邊緣國統區文人的文學生命迅速走向萎縮。一九五七年，黃延貴指出：「舊的文藝作家一般都表現為不敢寫作，文藝市場幾乎為新的作家所包辦，這種不敢寫作的原因，我認為主觀上自己認為馬列主義水平很低，寫出來有問題，在客觀上會受到挨批評和挨悶棍的攻打。另外還有一種客觀存在，就是：革命的作家寫出的作品在思想性上不會有什麼問題，舊作家的作品一定都有唯心思想的氣味。這種想法……無形間劃分了新的和舊的圈子。」[58] 邊緣者不能不「被疏離感和幻想破滅所包圍」[59]，在「懷才不遇」的落寞中，被迫成為「盛世遺民」。吳宓對這種前朝「遺民」式的被迫而荒謬的處境感受甚深，他在一九五八年日記中寫道：

高等學校中，專用工農出身之黨員青年教師授課，對所謂「知識分子」與「老教師」，即不容許其授課講談，亦不利用其知識學問，但給厚薪優禮，以示尊賢重士使各得安居頤養，不責以工作，不計其成績，只望其在運動中、開會時申明自己之態度立場，歌功頌德，遵令守法，以為群眾表率而已。平時則須恭順含默，不露圭角，欣和愉快，毫無憤鬱，且不偶語，無私訪，不做危言激論，更不宜發為建議，有所陳說，露才揚己。蓋□□□極不歡迎黨外人、異我者之熱心愛國愛校也。按西師教師同人中，其自處自律，凡不同以上所描敘者，皆必罹禍。……宓以遵此而行，故獲苟全，此次倖免於難，然而殘年枯生，何益何樂？[60]

葛蘭西認為：「任何爭取統治地位的集團所具有的最重要特徵之一，就是它為同化和『在意識形態上』征服傳統知識分子在作鬥爭。」[61] 從此角度看，新中國在和「舊知識分子」的鬥爭中無疑取得了勝利。五十年代，國統區文人

58 黃延貴，〈對「百花齊放、百家爭鳴」的一點粗淺體會〉，《新港》一九五七年第六期。
59 〔美〕斐魯恂，《中國人的政治文化》（臺北風雲論壇出版社，一九九二年），頁三六—三七。
60 吳宓，《吳宓日記續編》第三冊（北京三聯書店，二〇〇六年），頁一三九。
61 〔義〕葛蘭西，《獄中劄記》（社會科學文獻出版社，二〇〇〇年），頁四。

不但後繼無人，而且其自身也在凋零雲散。一九六〇年，已成為考古專家的沈從文作為北京市「特邀代表」出席第三次全國文代會。環顧會場，他為文藝界的新陳代謝悲從中來，恍如隔世：「社會也是變化太快，幾千代表中，可能已不會有二十分之一的人知道我是誰，過去寫了些什麼，現在又在做什麼。大部分都是新人，或工農兵詩人、藝術家，有的也許還不過十四五歲。」[62]「新文學」至此徹底成為陳跡。從形式上看，「人民文學」業已「統一」整個文藝界。

第二節　通俗文人（一）：鴛鴦蝴蝶派

對於一九四九年後留在大陸的前鴛鴦蝴蝶派作家，近年學界極少注意。推其原因，大約是受劉揚體的影響。劉先生以為：「隨著舊制度的崩潰，新中國的建立，舊的生活土壤的根本改變，新的文化和文藝政策自上而下的貫徹，不僅『鴛鴦蝴蝶派』，所有以舊式的傳統章法、語言寫作，缺少新思想、新氣象的通俗文學，都一起結束了它們在祖國大陸上的存在。」[63]這種判斷是不太準確的。其實，建國後不但鴛鴦蝴蝶派作品以各種形式「殘存」了相當長的時間，而且前鴛蝴作家也多數仍以筆耕為業，努力模仿「人民文學」，出版、發表不少新作。雖然成績未必可以高評，但作為一曾風雲際會的文人群體，鴛蝴派在「當代」仍然存在。「舊派」都市通俗文學「流風餘韻」（魏紹昌語）的徹底消失，是在六十年代以後。

62　沈從文，《一九六〇年六月中旬・北京・致沈雲麓》，《沈從文全集》第二十卷（北嶽文藝出版社，二〇〇二年）。

63　劉揚體，《流變中的流派——「鴛鴦蝴蝶派」新論》（中國文聯出版公司，一九九七年），頁三九。

建國以前，鴛鴦蝴蝶派受眾最廣，跨越了不同地域與文化層次。從民國初年到四十年代，它聚集了規模龐大的文人群體，前後迭經三代：民初至二十年代滬蘇揚才子群、抗戰時期「北派」作家群、戰後海派小報文人群體。期間才人輩出，有「五虎將」、「十八羅漢」之[64]。此外，鴛鴦蝴蝶派還擁有一批聲名煊赫的刊物。內戰時期，鴛蝴文學正面臨大變動。滬蘇揚才子群已「零落星散」，「通俗文學活動中心，從上海、重慶轉向平、津」[65]。平津新才子群代之而起，史稱「北派」。其重要小說家，包括劉雲若、馮玉奇、王度廬、李熏風、耿小的（言情）、平江不肖生、還珠樓主、宮白羽、鄭證因、朱貞木（武俠）等。同時，上海又崛起了小報文人群體，如捉刀人、馮蘅、周天籟、田舍郎、蘇廣成、桑旦華、金小春、藍白黑等。所以，到一九四九年，鴛蝴派雖迭經戰亂，但南北合力，兼之張恨水坐鎮北平，仍可謂人才濟濟（包天笑、馮玉奇等移居香港）。但建國伊始，文藝主管部門便通過新的組織制度、出版制度發動了對鴛鴦蝴蝶派的打擊。這種做法，是「五四」文人破舊立新思維的延續。本來，自新文學運動肇興以來，鴛蝴文學始終受到五四知識分子的排斥。五四文人屢以現代性進步話語擠壓鴛蝴派，而鴛蝴派則努力抵制這種侵犯企圖，雙方呈割據分治狀態。建國後，延安文人占據文壇要津。憑藉掌控制度的權力，他們迅速逆轉這種相持局面。鴛蝴文

---

64 此乃「圈內人」魏紹昌對鴛蝴作家的評價。「五虎將」指成就最高的五人：徐枕亞、李涵秋、包天笑、周瘦鵑、張恨水。次為「十八羅漢」：孫玉聲、張春帆、吳雙熱、李定夷、王西神、王鈍根、朱瘦菊、畢倚虹、嚴獨鶴、范煙橋、鄭逸梅、程小青、徐卓呆、向愷然、李壽民、王小逸、胡梯維、秦瘦鷗。此外知名者尚有許指嚴、惲鐵樵、陸士諤、陳蝶仙、許廑父、胡寄塵、葉小鳳、江紅蕉、吳綺緣、姚鵷雛、朱鴛雛、程瞻廬、顧明道、許嘯天、姚尼哀、汪仲賢、趙苕狂、張秋蟲、徐哲身、平襟亞、劉雲若、陳慎言、李熏風、王度廬、宮白羽、趙煥亭、朱貞木、鄭證因等。參閱魏紹昌，《我看鴛鴦蝴蝶派・前言》。

65 劉揚體，《流變中的流派——「鴛鴦蝴蝶派」新論》（中國文聯出版公司，一九九七年），頁三九。

學整體性地破碎為革命大敘事的點綴，失去出版陣地與聚集寫作的輿論環境。

然而打擊鴛蝴文藝，並非出自中共中央安排。執政黨高層對鴛蝴作家的處理意見，未形成直接文件或指示，但他們對鴛蝴文學的態度，不難梳理出來。石楠披露的張恨水材料表明，延安曾翻印《水滸新傳》，毛澤東讀過《春明外史》，周恩來在《新民報》座談會（一九四一）上亦親口稱讚過《八十一夢》。趙超構回憶：「一九四四年五月，我隨中外記者代表團訪問延安時，與毛主席一起看京戲，我坐毛主席身邊，毛主席表揚了張恨老。說《水滸新傳》這部小說寫得好，梁山泊英雄抗遼，我們八路軍抗日。像張恨水這樣的通俗小說配合我們的抗日戰爭，真是雪裏送炭。」[66]足見毛澤東、周恩來等領袖對張恨水其人、其文有所瞭解。重慶談判期間，毛澤東還約張恨水長談，並親贈延安土產粗呢、紅棗[67]。這表明，黨的領袖對張恨水懷有好感。但若以此作為黨青睞鴛蝴作家的證據，又不免誤解。毛澤東約見張恨水，並非因為張作為鴛蝴小說家的文學成就，而是考慮到他身為《新民報》主筆的言政影響。當時，毛澤東還約見了王芸生、趙超構等言論界人物。其實，毛澤東、周恩來對作為鴛蝴小說家的張恨水並不看重。最有力證據是建國後張恨水的處境。在鴛蝴文藝界，張恨水的份量與茅盾在新文學界相當，可謂一代「文宗」，但二人境遇懸殊。茅盾被授以文化部部長高位，張恨水則無人過問，僅勉強獲得第一次全國文代會「代表」資格。當然，不看重不等於排斥，排斥是另一種形式的重視。不看重，是忽視，是遺忘。建國後，中共中央未將鴛蝴文人列入招撫對象，更未將他們列為「剿除」對象，而是疏漏、遺忘了他們。

這亦有其理論根據。按照執政黨錄用體制中的事實規則，鴛蝴作家必遭冷落。黨錄用人才，「落後」／「進步」固是公開標準，但實力也極為重要。在複雜的革命鬥爭史上，爭取「反動」實力派的支持，是黨的成熟經驗。鴛蝴作家的「落後」並非其不獲重視的原因，關鍵在於鴛蝴文人群體缺乏實力。有實力，黨才願為換得支持、付出可觀酬報

66 徐迅，〈滬上文壇老人談張恨水〉，《江淮文史》一九九四年第五期。

67 石楠，《張恨水傳》，（江蘇文藝出版社，二〇〇〇年），頁三九七—三九九。

（如為招撫郭、茅、巴、老、曹黨付出重要位置），無實力則會遭到忽略。這種實力，非關讀者與市場，而與其話語類型有關。鴛蝴文學的市場占有優於新文學，但其話語類型則屬於「安全的敘述」。它情節曲折、想像奇異，但思想總是以重複主流觀念為前提。對於當權政府而言，鴛蝴文學毋寧是「安全」的。恰如A. Hauser所言：

> 大眾藝術是「盲目的，沉溺於奇思幻想之中」，任何正常的人都要為此而深覺沮喪，大眾文化所教育者無他，就是讓大眾謙卑順從而已。[68]

鴛蝴文學缺乏異議陳述，不能喚起大眾對現存秩序的牴觸。這一特點使之不能與新文學相提並論。新文學具有高雅藝術特徵：「純真的藝術（高雅文化）並不鼓勵人們安於現狀……（它）不單抗拒異化，它並且抨擊主流的政治與經濟秩序。」[69]新文學以現代性歷史話語為編碼原則，以黑暗／光明、落後／進步、罪惡／幸福等二項對立結構表述生活。它往往將現實政治（如國民黨統治）表述為黑暗、罪惡力量，並通過對理想政治的想像，來激發、引導讀者抗擊黑暗、創造未來。這種講述，對現行政治具有強烈破壞力。尤其新文學已培育出穩定的讀者群體，在精英群體中影響甚大。而鴛蝴文學不具備這類「破壞」質素，不會激起讀者對現實政治的叛逆。這是鴛蝴文人最初選擇的結果。因為新文學的激進表述對於初涉人生的新式學生，可能有潛移默化之功，但對久經世故的成年讀者則高度冒險，可能反遭其道德信條與實用哲學的譏薄。

為市場考慮，鴛蝴文人不做這種「超前」冒險。他們更願意在大眾道德的層次上，提供平面性的閱讀消費。大眾道德如何，他們便如何講述。鴛蝴文學研究專家劉揚體列出的幾類鴛蝴主題——譬如「一定程度的民主意識」、「愛

68 〔英〕斯威伍德，《大眾文化的神話》（北京三聯書店，二〇〇三年），頁二一。
69 〔英〕斯威伍德，《大眾文化的神話》（北京三聯書店，二〇〇三年），頁二〇。

國主義精神」、「同情弱小、扶危濟困、除暴安良、急公好義、成人之美、願有情人終成眷屬，以及善有善報、惡有惡報，明哲保身、清白做人、孝親友弟、尊老愛幼等等傳統觀念」[70]——顯然都沒有超出大眾常識。不挑戰，不犯忌，易獲廣泛認同，占領閱讀市場。鴛蝴文學以此在市場上優勝，亦以此被新政權冷落。它淺顯而不越矩，不在革命主流外另建獨立的「道統」，故也無力以否定、批判成為令人不安的異端和叛逆。鴛蝴文學這種不重新設想正義與倫理的寫作模式，導致它缺乏對現行統治集團質疑和破壞的力量。本來，按照「文化霸權」建立的常規，剛剛取得政權的執政黨會和「對立的社會集團、階級以及他們的價值觀念進行談判（negotiation）……（並）將對立一方的利益接納到自身」[71]。

但是，中共中央顯然不認為鴛蝴文人群體有值得「談判」的份量。如果說郭沫若、巴金、曹禺過去那類憤激的、挑戰體制的敘事令人不安，那麼，鴛蝴文學敘事的高度「安全」性則難以引起敏感與注意。對這類缺乏破壞性質素的寫作，黨的領袖沒感覺到有安撫的必要。危險是安全的資本，鴛蝴文人恰恰缺乏這一「資本」。所以，在一九四九年紛忙的令人興奮的「分肥」過程中，鴛蝴文人淪為被「遺忘」的一群是必然的。不過，這種冷落亦是統治集團的常例。民國以來，鴛蝴作家一直遭到當權者忽略。國民黨屢次查禁新文學刊物，對鴛蝴文學卻極少過問。究其原因，不在於蔣介石對鴛蝴文人「法外推恩」，不過不以為意而已。毛澤東與蔣介石並無二致，同樣忽略鴛蝴作家。何況，鴛蝴文人也歷來無意與統治集團發生糾葛，只是鍾情淺吟低唱，在一個市場化出版環境中覓得娛人自娛的獨立空間。他們不結怨於舊的統治集團（國民黨），也難以建功於新的統治集團（共產黨）。這一點與新文學作家不能相比。無功不受祿，他們被中共忽略、疏漏實屬正常。

70　劉揚體，《流變中的流派——「鴛鴦蝴蝶派」新論》（中國文聯出版公司，一九九七年），頁五二。
71　〔英〕托尼・本尼特，〈英國文化研究導言〉，參見《文化研究讀本・前言》（中國社會科學出版社，二〇〇〇年），頁一七。

中共中央忽略鴛蝴文人，自然不會考慮打壓。從道理上講，單位制度面對所有個體，亦無特別壓制、貶抑鴛蝴文人之意，但掌握著文藝機構領導權的延安文人，對缺乏破壞性質素的鴛蝴文學，卻時時有打擊、「剿滅」之意。這出自兩個原因：其一，「人民文學」的確立，必須以對「當代文學」內部「異質成分」的鑑別、排斥為前提。鴛蝴派正是此「異質性」之一種。其二，在社會關係上，延安文人亦不能認同鴛鴦蝴蝶派。在他們看來，在風雨飄零的黑暗年代，鴛蝴作家一心追求稿費，麻醉讀者，不但無「尺寸之功」，甚至還在敵寇鐵蹄下製造歡樂。現在勝利了，他們理所當然地要承擔代價。這種隱隱的報復心理在解放區作家中間相當普遍。丁玲直率地表達了不能認同的情緒，在一九四九年一次青年文藝講座上，她嚴厲指責鴛蝴作品「使一個人的感情低級、無聊、空洞、庸俗」，並宣布：

> 這一類小說的作者是沒有出路的。現在北京這樣的「文人」不少，他們如果不好好從思想上改造，他們如果還以為可以麻醉些讀者，可以混飯吃，那簡直是幻想。因為小市民也在進步，在新的國家裏，凡是起腐蝕作用的東西，是不能生存下去的。[72]

丁玲還利用她主編的《文藝報》，對鴛蝴文學發起「圍剿」性批評，將鴛蝴文學徹底敘述為「人民文學」的「對立面」。這更激起了文壇對於鴛蝴文學的普遍鄙視。鴛蝴作家不但不能從新的組織制度獲利，反而成為被文藝單位排斥、被文學出版與文學評論遺棄的對象。類似過激排擠行為，在《新青年》時代也出現過，當時新文學作家也曾用「新」／「舊」、「進步」／「落後」等概念在新文學與鴛蝴派之間製造等級「界限」，但自由出版市場與職業空間，使鴛蝴作家成功抵抗了新文學的排斥，自成一隅。然而一九四九年後生產、出版、評論乃至讀者都被納入了單位

[72] 丁玲，〈在前進的道路上〉，載《丁玲文集》第六卷（湖南人民出版社，二〇〇二年）。

管制，自由出版市場被逐漸消滅。所以，當延安文人挾著較他們師輩更激烈的批判態度掩殺而來時，鴛蝴文人不能不說是手足無措，無以應對。發生在文藝界沉默的一角裏的「絞殺」，在五十年代前期未引起有關高層的注意。

二

張恨水、「北派」才子和小報文人一起遭到延安文人針對「少數者」的「制度性遺忘」，被徹底排擠出文學權力體系。張恨水在一九四九年的文壇「分肥」中，未獲得任何職位與實際利益，僅被勉強承認作家身分[73]。「全國文聯」等部門，對張恨水不聞不問，無人請他編輯刊物，甚至無人來登記工作單位。張恨水驟然失業。一九四九年後，單位已成為新政府配置資源、提拔人才的唯一管道，沒有單位是危險的，也是身分低賤的表現。高華研究表明：建國初採取高就業政策，不被「黨政機關、重要的文教單位、大型國有企業」接納者，多是「在歷次運動中受衝擊、被處分、和舊社會有較多聯繫的人員」，他們只能進入一些底層行業，如城市圖書出租行業、騾馬運輸行業、廢品收購行業等[74]。張恨水的處境可謂「潦倒」。他何至如此呢，蔣麗萍、林偉平認為事出有因。據說一九四八年張恨水主持北平《新民報》時，曾發表過批評革命的言論[75]。

此說不無道理。一九四九年三月，中國共產黨接管後的《新民報》刊出了〈北平《新民報》在國特統治下被迫害的一頁〉一文，特別提到張恨水與國民黨勾結、散發反革命言論一事。此事對張恨水情緒影響很大，「加之張恨水的

---

73 甚至這份資格也來得不易。第一次文代會召開前，張恨水被推薦為正式代表。但在代表資格審查時，他與沈從文兩人未獲通過，原因在於他們曾被郭沫若批評為「黃色作家」和「粉紅色作家」。後來為團結起見，慮及他們皆是有影響之人，另立一新名稱：特邀代表。但張恨水因中風臥床，實際上並未參加。

74 高華，《身分與差異：一九四九至一九六五年中國社會的政治分層》（香港亞太研究中心，二〇〇四年），頁三二。

75 蔣麗萍、林偉平，《民間的回聲》（新世界出版社，二〇〇四年），頁三〇〇。

多年積蓄被朋友捲逃，在政治和經濟的雙重打擊下，張恨水突患腦溢血」[76]。但以此作為張恨水被冷落的單一原因，恐怕又缺乏說服力。其實，即使《新民報》曾有非議，新政權亦不會太計較，這從中共中央對王芸生、儲安平、趙超構等人的安置使用上可看得清楚。張恨水雖略有牢騷，但根本不及王芸生、儲安平等人激烈。且張恨水更未像朱光潛那樣對蔣政權投桃報李、「勘亂」延安文學。所以，張恨水的被遺忘，主要不是因於政治，而是因為他在解放時已退出《新民報》，而鴛蝴文壇「宗主」身分又特別招致延安文人的排斥。

延安文人利用體制排斥鴛蝴文人群體。張恨水作為鴛蝴文人群體的旗幟，好歹還列名第一次全國文代會。但陣容龐大的鴛蝴作家，僅他和宮白羽兩人獲此「殊遇」，其他人皆不被承認為「作家」，僅被目為「舊文人」或「封建文人」，像《蜀山劍俠傳》作者還珠樓主（李壽民）、《江湖奇俠傳》作者平江不肖生（向愷然）這樣名動一時的武俠大家，在新中國文聯的名冊裏竟不能找到。甚至，與這類人交往都被人非議。老舍擔任北京文聯主席時，與鴛蝴文人金受申、金寄水多有交誼，「於是有一種輿論，說老舍先生舊意識很濃，欣賞趣味、結交來往的朋友，大都是舊藝人、舊畫家、封建文人等。還說他把濃厚的舊意識帶進市文聯機關來，主席辦公室變成了舊文人的據點兒了」[77]。

這種制度性排斥，是以革命名義進行的。借用布迪厄的說法：延安文人實是從自我立場出發，壟斷「作家」定義，利用政治權力，單獨制定利益分配規則；「內部鬥爭，特別是使得『純藝術』和『資產階級藝術』或『商業藝術』的維護者互相對立並導致前者拒絕給後者名分的內部鬥爭，不可避免地採取了『定義』這個詞固有的衝突形式：每個人都想推行場中最有利於他的利益的局限性……因此，當最『純粹』、最嚴格和最狹隘的定義維護者認定某些藝術家（等）並不真正是藝術家，或不是真正的藝術家，並否認後者作為藝術家的存在，他們就是從自己作為『真正』

---

[76] 孔慶東，〈打通雅俗的張恨水〉，載《通俗文學十五講》，北京大學出版社，二〇〇三年）。

[77] 葛翠琳，〈魂繫何處——老舍的悲劇〉，載李復威編《百年文壇憶錄》（北京師範大學出版社，一九九九年）。

藝術家的角度，想在場中推行作為場的合法視角的場的基本法則、觀念與分類的原則（法則）。」[78]延安文人借助制度權力與〈講話〉作為新文壇「聖經」的名義，壟斷了文學的權威「定義」。這種對「文學合法性的壟斷」[79]，直接將鴛蝴話語排斥在「人民文學」之外。他們拒絕將鴛蝴文人命名為「作家」，更將鴛蝴作家擠出了重新配置文學利益的過程。

這可謂一場「無聲的戰爭」。延安文人通過它，將等級「界限」深深刻進了鴛蝴文人的自我認知。他們被拒絕在「分肥」行列之外——不被作家協會接納，被目為黃色、無聊作家，讀者流失，出版艱難，稿費標準被列入最低等，種種問題接踵而至。恰如卡爾所言：「革命的代價主要由被剝奪權利的人來承擔。」[80]多數鴛蝴文人迅速墮入寂寥、困頓之境。一九五〇年，「天津張恨水」劉雲若、前《禮拜六》主編王鈍根相繼悵然棄世。劉雲若好友中僅有天津的「招司」撰成一篇〈悼劉雲若先生〉，刊在二月二十六日《星報》上，但「就是這樣一篇小小的悼念文章，竟招來一些人的責怪和非議，說不必為劉雲若這樣一位舊文人樹碑立傳」[81]。這期間，還珠樓主、宮白羽等在相關文藝單位覓得一些暫時職業[82]，多數鴛蝴文人則為謀生不得不離開文學。平江不肖生進了湖南文史館，王度廬先進旅大行政公署

78 〔法〕皮埃爾・布迪厄，《藝術的法則》（中央編譯出版社，一九九八年），頁二七一。

79 〔法〕皮埃爾・布迪厄，《藝術的法則》（中央編譯出版社，一九九八年），頁二七一。

80 〔英〕E・H・卡爾，《歷史是什麼》（商務印書館，二〇〇八年），頁一七五。

81 牛立明，〈五百年來無此奇——記民國小說家劉雲若〉，載「天津市河北區政務網」（http://www.tjhbq.gov.cn）。

82 據李壽民年譜記載：一九五二年初，「軍委總政治部文化部成立京劇團，專函邀請先生去北京擔任編導。先生辭去待遇優厚的天蟾京劇團總編導職務，欣然北上。到北京後，身兼四職：總政京劇團編導、尚小雲劇團編導、張君秋領導的北京京劇三團編導、北京市戲曲編導委員會委員」。見周清霖，〈還珠樓主李壽民先生年表〉，《西南大學學報》二〇〇八年第六期。不過，到一九五四年初，總政京劇團即被解散，與兩家劇團的關係也不穩定，李壽民事實上又形同失業人員。宮白羽則被天津通俗出版社聘為「特約編輯」，幫忙校對書稿，但不算正式錄用人員，正式錄用人員或實行供給制，或實行薪金制，但對宮白羽則是每月付「車馬費」八十多元，這份工作維持時間不久。見王慶安，〈武俠小說的宗師——宮白羽〉，《文史精華》二〇〇七年第八期。

教育廳編審科，繼而又到瀋陽東北實驗學校。王小逸（捉刀人）也進入上海市南中學。更多鴛蝴文人，由於不明瞭單位制度的意味，兼之缺乏門路，未能進入有穩定薪金的單位。他們仍然「賣文為生」，結果艱難異常，風雨飄零。作為一個曾有凝聚力的群體，鴛蝴文人迅速解體。據調查，在一九五〇年北京租書攤上，「武俠和言情小說，新作品很少……言情的簡直就沒有什麼新東西，張恨水、馮玉奇不寫了，劉雲若死了，耿小的參加了工作，至於所謂新作家，更沒有出現什麼」[83]。

當然，針對鴛蝴文人群體的排斥性政策，與政策執行者的個人態度有關。平、津兩地鴛蝴作家受損嚴重。比較而言，華東主持文藝界工作的夏衍，長期活動在上海，與鴛蝴文人如唐大郎、龔之方等頗有私交，態度就略寬容。上海在建國後，甚至由市委出面，創辦《大報》和《亦報》兩種小報，網羅了一批小報文人，如陳亮（田舍郎）等。其他鴛蝴文人也多能謀得一份職業。秦瘦鷗在上海文化出版社任編輯。嚴獨鶴作為《新聞報》副總編輯，較受優待，出任新聞圖書館主任。久已擱筆的周瘦鵑，還於一九五一年被邀請出席蘇南區第一屆文代會。蘇南行署主任管文蔚，專門接見他，並致信鼓勵。這類待遇，非平津作家所能有。但是，局部寬解和私人友好，不能改變制度性排斥的本質。即使在上海，夏衍也不時受到來自北京的批評。《大報》、《亦報》僅堅持兩年，即以停刊了事。

鴛蝴作品被拒絕出版，大量舊作被作為淫穢、黃色書刊查禁。到一九五五年，徐訏、無名氏、仇章、張競生、王小逸、藍白黑、笑生、待燕樓主、冷如雁、田舍郎、桑旦華、馮玉奇、劉雲若、周天籟、耿小的、朱貞木、鄭證因、李壽民、王度盧、宮白羽等二十一人，還直接登上文化部查禁黃色作品的「黑名單」[84]。因此，在一九五二至一九五五年，鴛蝴作家沉寂無言，一片凋零。延安文人極端排斥的結果，不免出人意料。所以，在此過程中，兩種

---

83 康濯，〈談說北京租書攤〉，《文藝報》一九五〇年二卷四期。

84 〈文化部關於續發處理反動、淫穢、荒誕圖書參考目錄的通知〉，《中華人民共和國出版史料》第八卷（中國書籍出版社，二〇〇二年）。

針對延安文人的調節性力量也逐漸出現。一是具有一定話事權的「舊知識分子」群體，譬如茅盾、葉聖陶等。他們是延安文人的師輩，建國前也曾批評過鴛蝴文學，建國初也不反對排斥政策，但延安文人的峻厲手段及各地基層官員對「黃色小說」不明底細的敵視，也引起了他們的憂慮。他們倒未見得希望鴛蝴文學真的絕滅於文壇。所以，在五十年代，胡愈之、葉聖陶以出版總署的名義，數度下文，禁止以查禁「黃色書刊」為名，對鴛蝴作品亂封亂禁，規定查禁書刊必須報上級機關批准。如一九五一年十一月二十六日〈規定〉稱：

查禁書刊過去沒有統一的制度。最近書刊審讀工作各地都在逐漸加強，對於政治上反動及有嚴重錯誤的書刊，各地往往自行禁售，既沒有報請總署批准，也沒有通知其他地區採取共同行動。由於各地區在禁售書刊中的標準與行動不能完全一致，致使甲地區已禁售的書刊，乙地區仍在流行。茲特規定：今後禁售書刊必須經本署批准。但對於政治上反動及有嚴重錯誤的書刊，在未經本署批准禁售前各地可先行封存。[85]

這種利用體制反對體制的做法，不失為挽救鴛蝴文學的積極措施。此外，在中共中央內部，周恩來總理作為一種特殊的調節力量，對知識分子一直很為關注。他對張恨水的見危出手[86]，表明著執政黨高層的態度。這些干預雖然無補於鴛蝴文人集體遭受的「體制性遺忘」，但也給他們留下了一息尚存的機會。

85　〈出版總署關於查禁書刊的規定〉，《中華人民共和國出版史料》第三卷（中國書籍出版社，一九九六年）。

86　周恩來總理並未忘卻「舊相識」，對張恨水實比較關照。一九五三年，子岡向中宣部副部長周揚反映張恨水中風，家庭困難的情況，周揚反映到周恩來處，周恩來遂安排聘張恨水為文化部顧問，發給每月一百二十元生活補貼。一九五六年，張恨水恢復寫作，力辭此職。一九五八年，張恨水再度病倒，周恩來再次安排聘他為中央文史館館員。

三

出於生計與志趣，許多鴛蝴文人建國後仍希望延續寫作事業，但處境陡然艱難。雖然公開組織制度與出版制度，並未規定某作家不能寫作、不能出版，但事實上鴛蝴文人的出版陣地已無形消失，而國有出版社針對鴛蝴文人執行的出版規定，明顯有歧視性。同樣是創作，鴛蝴作品的定額比「精英」文學高很多，稿費標準則低上很多。這種「雙重待遇」，加之作協「關門主義」、主流評論界的持續「圍剿」，使鴛蝴文人的群體性自卑加劇發展。在現實壓力與自卑意識的雙重作用下，鴛蝴文人選擇了放棄自我傳統而歸順「人民文學」。在一九四九年九月《文藝報》召開的「舊的章回、連載小說作者座談會」上，他們「對於自己過去的寫作一致地加以批判」，「沉痛地說：『我們過去寫的都是低級趣味的東西，裏面是鬼話連篇。』『我們的作品給青年人很多壞影響，給人民散布了毒素。』」[87]

這種「臣服」很快表現為寫作調整。還珠樓主「覺悟」較早。賈植芳一九五〇年與還珠樓主相識，據他回憶：「我勸他不妨寫些農民起義的小說，這和寫武俠多少有些關聯，可能會手順些。或許這還是一條出路，但要他參看一些用新觀點寫的這一類歷史文章，才不至於在思想上走樣。不久，他就寫了以張獻忠為題材的《獨手丐》。」[88]在《獨手丐》第一集(上海元昌印書館)卷首〈作者前言〉中，還珠樓主從文藝觀、社會意義等角度重述了自己的「過去」，他有意識地略去了自己在通俗意義上的輝煌，而按照「人民文學」的現實權威而對自己做了有「分寸」的否定：「我以前只從舊道德方面著想，打算用多方面的技巧，於引起讀者興趣中，提倡崇善除惡、孝友義俠，以收潛移默化之功，使人學好歸正、敦品勵行，或是獨善其身等等，用意未始不良，但是個人觀念太重」，「沒有領導群眾走

87 楊犁整理，〈爭取小市民層的讀者〉，《文藝報》一九四九年一卷一期。
88 賈植芳，〈記還珠樓主〉，《我的人生檔案》（江蘇文藝出版社，二〇〇九年）。

向光明的膽勇，這是我的極大錯誤」[89]。他還展示了自己的「新生」：

解放後，我接觸到了一些進步的文學理論，以及革命的理論與事實，使我知道了革命的意義、性質和內容，尤其認清了一個寫小說的歷史任務是什麼，於努力學習之中，方始力求從根本上改造自己，把舊觀點加以改革，從新建立新的社會觀點。……一個作家，只要肯虛心學習留意體驗，現實生活是豐富的，群眾鬥爭的歷史事件，如其不受史家欺騙，由正反兩面去仔細觀察，求出反證，全都是那麼活生生的；即便為了速成，顧及生活，想要多產，由多方面發展他的技巧，不為史實所限，並使理論意義更深一層瞭解，以求增加讀者興趣與認識，哪怕出於創造虛構出來的故事，只要抓住中心思想，一樣成功。……數月以前，我已將銷行二十年、在舊小說中銷路最廣、讀者最多、歷時二十年而不衰、能夠顧我全家生活的《蜀山》、《青城》等帶有神怪性的武俠小說，在當局並未禁止的環境之下，毅然停止續作。……今後，我將盡力做到夏衍、盧鳴谷先生所講的話，遵守新的寫作原則，為我所擁有的大量讀者，灌輸新的時代意識。[90]

還珠樓主這篇自我檢討，代表了鴛蝴派在多重壓力下的自我放棄。但他對「人民文學」的主動示好，顯然沒引起延安文人的注意。不過，張友鸞的運氣似乎更壞。一九五一年底，張友鸞利用原《新民報》的工作關係，刊發了一部力圖靠近「人民文學」規範的轉型新作《神龕記》。小說引起了反響，上海電影公司還擬拍成電影。但《文藝報》、《人民文學》接連刊發專文，批評《神龕記》為「不法商人」「辯護」，「腐蝕勞動人民的鬥爭意志，替資產階級的無恥造謠，開闢著另一個合法的市場，是非常危險的」，「建議有關方面，予以嚴格的審查，並立即禁止《神龕記》

[89] 李壽民，〈《獨手丐》卷前序言〉，載「舊雨樓清風閣」（http://www.oldrain.com/bbs/index.asp）。
[90] 李壽民，〈《獨手丐》卷前序言〉，載「舊雨樓清風閣」（http://www.oldrain.com/bbs/index.asp）。

作品的發行」[91]。張友鸞驚慌之下，倉惶檢討。延安文人何以對鴛蝴派如此苛待？除了前述某種集體性的「報復」心理之外，與「人民文學」、鴛鴦蝴蝶派敘事規範之間的巨大「鴻溝」也有直接關係。《說說唱唱》是一份由革命通俗文人掌握的國家級文藝刊物，主編趙樹理對鴛蝴派態度其實比較親近。《人民文學》、《文藝報》等刊物從不向鴛蝴派約稿，但《說說唱唱》倒與他們有所聯繫，張恨水等也積極供稿。然而，《說說唱唱》編輯部對他們的稿件並不滿意。現收藏於北京檔案館的一份一九五三年北京市文聯的「工作彙報」（內部材料）明確表達了這種看法。文聯認為，他們的寫作完全「落後」於時代：

> 舊小說家……的政治思想水平很低，又不熟悉新社會，如張恨水、陳慎言等，寫東西很多很快，但都不能用，如張恨水仍以舊社會戀愛的條件和方式（容貌、偏愛、看電影、逛北海）來寫目前的戀愛問題。[92]

編輯部未必直接對張恨水等表達這種看法，但張恨水多少是意識到了。當時他甚至考慮過按照嚴格的「人民文學」規範，撰寫一部通過一個小雜院人事變遷來反映解放前後北京巨變的小說（書名定為《半年之間》），但終於放棄。最終，他轉向了與鴛蝴派敘事方式較接近的系列民間故事，並在香港《大公報》上開闢發表渠道，宮白羽也在《大公報》上連載武俠小說《綠林豪俠傳》。這成了當時鴛蝴文人的集體性轉向：言情和武俠已驗明「黃色」之身，不便再寫，而現代題材又把握不準（如《神龕記》），唯有傳統戲曲和民間故事不「犯忌」，在書寫邏輯上與鴛蝴小說亦較接近，遂成為首選。於是，一九五三年後鴛蝴文人從都市通俗創作集體性轉入鄉場通俗創作。不過，並非人人都有張恨水的聲名，許多人舊作、新編往往都「不合時宜」，寫了也賣不出去，衣食不繼的狀況因此很快發生。

---

91 王淑明，〈《神龕記》宣傳了什麼〉，《人民文學》一九五二年第三、四期。

92 儲傳亨，〈關於北京市文聯目前存在的主要問題及處理意見的報告〉（北京市檔案館藏），館藏編號001-012-00123。

或有人不解，鴛蝴作家本以稿費為目的，難道沒有可觀積蓄嗎？此乃莫大誤解。其實，當年徹徹底底地「賣文為生」相當艱難。魯迅曾言：「我想，中國最不值錢的是工人的體力了，其次是咱們的所謂文章，只有伶俐最值錢。倘真要直直落落，藉文字謀生，則據我的經驗，賣來賣去，來回至少一個月，多則一年餘，待款子寄到時，作者不但已經餓死，倘在夏天，連筋肉也都爛盡了，哪裏還有吃飯的肚子。」[93]魯迅用語或有誇張，但實情其實相去不遠。所以，鴛蝴文人創作量雖大，但真正能一博萬金、一夜暴富者，也僅張恨水、張秋蟲、王小逸數人而已。大部分文人卻生計艱難。

三十年代，普通稿費每千字約一至三元，鴛蝴文人必須每天寫出二千字（且必賣出）方可糊口。這無疑比較困難。還珠樓主高產，他在天津《天風報》連載《蜀山劍俠傳》，至一九四九年已出版五十五集三百五十萬字，但稿費所得仍難養家。魏紹昌回憶：「李壽民子女多，家庭負擔重，尤其他後來目力不濟，只得請兩個祕書幫助筆錄，支出更大了。他每天非寫兩萬不可。」[94]劉雲若薄利多銷，也不樂觀。宮白羽曾戲說：「雲若近日渴望發財，發財則可閉門著書，勒成名作。昔戴南山自謂胸中有一部書，猶未寫出；方靈皋已深信其胸中果有一部書也。我於雲若，亦復云云。何日不愁柴米，得泰然援筆，寫其所欲寫耶？且同儻望，有此一日。」[95]鴛蝴文人的普遍經濟狀況，由此可見一斑。「北方武俠小說巨擘」王度廬，撰有《臥虎藏龍》（一九四一—一九四四）、《鐵騎銀瓶》（一九四二）等名作，總數達三十三部，但稿酬亦不敷家用，不得不兼做中學代課教師、賽馬場售票員，甚至擺地攤賣春聯。如此賣字生涯，艱難自不必言，被人看不起亦不言而喻。

93　魯迅，《華蓋集・並非閒話（三）》，《魯迅全集》第三卷（人民文學出版社，一九八一年）。

94　魏紹昌，《我看鴛鴦蝴蝶派》（香港中華書局，一九九〇年），頁一六〇。

95　白羽，〈劉雲若《湖海香盟》序〉，《通俗文學資料選刊——關於劉雲若》，《蘇州大學學報》一九八八年第四期。

比較而言，新文學作家的創作量、稿酬標準雖皆不及鴛蝴作家，但他們一旦成名就較少凍餒之憂。原因在於，鴛蝴作家作為「舊文人」，在「五四」後很難打進由「新青年」主持的國家教育、文化系統，如政府機構、大學院校、研究院（所）等。因而，也就無法利用體制資源廣開財路，吸納政府經費、基金、捐贈、講課費、演講酬儀、車馬費等各種資源。而體制外的純粹「賣文為生」，無異於吃「青春飯」，掙血汗錢。且國共內戰時期，通貨膨脹，鴛蝴文人即便有所積蓄，也多蕩然無存。周瘦鵑〈蘇州近事雜詠〉載其事云：「炭薪已盡難為繼，茶灶塵封釜甑涼。饑火中燒正不耐，更無熱火潤枯腸。」[96]張恨水也說：「自由職業者，就非常的痛苦，尤其是按字賣文的人，手足無所措。月初，約好了每千字的稿費，也許可以買兩三斤米，到了下月初接到稿費的時候，半斤米都買不著了。」[97]張恨水本人在一九四九年差點破產，「五月下旬張恨水忽患半身不遂，喪失了說話能力，記憶力也遭到破壞，連妻子都不認識了。他歷年積蓄的『法幣』和『金圓券』，深受通貨膨脹的禍害，貶值得形同廢紙。這位寫了大量暢銷書的文化人，除了住房和書畫，什麼財產都沒有了。妻子賣掉僅有的一些首飾，以醫治他的疾病」[98]。所以，建國後很多鴛蝴文人一旦「賣文」受挫，很快就出現了生存之憂。

延安小說家康濯參與了趙樹理組織的「大眾文藝創作研究會」。「研究會」作為民間組織，不同於「作協」的門戶主義，吸收不少「舊文人」。因此，康濯對一九四九年後無業鴛蝴文人的經濟情況有直接瞭解；一九五〇年，他撰文呼籲對武俠、言情小說作者給予幫助：「（他們）雖也開始認識到寫作那些小說沒有前途，也要求進步，卻由於生活問題沒法解決，不得不仍然硬寫，甚至一天平均寫萬把字，還很難維持生活（書價低、稿費少、書店剝削重）。」[99]但康濯的呼籲如石沉大海。無以為生之下，鴛蝴文人只好「硬寫」。但由於他們有著不良名聲，在革命通

96 王智毅編《周瘦鵑研究資料》（天津人民出版社，一九九三年），頁四四。
97 張恨水，〈我的創作和生活〉，魏紹昌編《鴛鴦蝴蝶派研究資料》（上）（上海文藝出版社，一九六二年）。
98 陳明遠，〈張恨水的經濟生活〉，《北方人》二〇〇八年第二期。
99 康濯，〈談說北京租書攤〉，《文藝報》一九五〇年二卷四期。

俗文人掌握的通俗文藝刊物與出版界中無尺寸權力，發表仍然艱難。故不少人無奈步入歧途。一九五五年，一則文壇「醜聞」讓人看到鴛蝴文人群體謀生的辛酸。編輯陳允豪揭露，「北京通俗文藝的組織者」苗培時把鴛蝴作家當成了雇傭工人，狠加剝削，而鴛蝴文人也似乎滑離了「寫作」之途：

去年冬天，苗培時對通俗文藝出版社說，他要寫一本《李闖王演義》的長篇小說，……當時口頭約定今年八月交稿。但今年四月裏，怪事發生了：出版社偶然發現有一位姓劉的「舊知識分子」正在寫這個《李闖王演義》。一問之下，真相大白，原來是苗培時交給他的「任務」。苗培時對這位姓劉的說：「《李闖王演義》是部革命歷史故事，舊具名不方便，出書用我的名義。這是任務，你寫作期間，我每個月給你些生活費。」並叮囑姓劉的說：「此事不必同外人談。」……更加荒唐的事發生在今年春天：這位利欲薰心的「掮客」，進一步用個人名義「組織」了一批舊社會黃色小報的作者，專門化名替某地報刊寫小說。為了此事，並曾以苗培時為首召開了幾次會議，一下子擬出四十多部小說的選題。但苗培時不准報刊方面把稿費直接拔給作者，一定要全部交給他，經他的手撥出，理由據說是他們這個「組織」另有「制度」，稿子是集體討論的，並有最後審稿人，因此稿酬要「合理」分配，等等。這一下，就從「掮客」的身分，又一躍而為封建把頭了。既然做了「把頭」，當然就得有「把頭」的「規例」。苗培時在「研究選題」的會上就當面對這群人說：「審稿費按稿酬數目而定。稿酬每千字八元的，審稿費每千字一元；每千字十二元的，審稿費一元五角；每千字十六元的，審稿費二元。」其用心之精細、剝削之兇狠，是使人吃驚的！[100]

100 陳允豪，〈文藝「掮客」苗培時〉，《文藝報》一九五五年第二十三期。

這段揭露會不會是有人挾嫌報復？一九五〇年，苗培時與趙樹理組織「大眾文藝創作研究會」時，曾與丁玲發生過激烈衝突，結有宿怨。但此時，丁玲已被周揚「鬥爭」得心力交瘁，自顧不暇，不太可能有閒心安排人來栽贓苗培時。而以苗培時延安「四大鼓」的身分及鴛蝴作家的困頓現實，這類事情完全可能，甚至不為少見。不過，這種潦倒掙扎狀況，一九五七年後得到了較大改觀。

四

其實，由於黨內政策變換與權力更替，這種極端政策並不長久。一則延安文人內部亦有文化視野相對開放的文藝領導。袁鷹回憶：一九五六年《人民日報》擴版時，胡喬木曾向編輯部推薦寂寂已久的張恨水，「喬木還說起張恨水，問我們是否知道他的近況。我們雖然聽說張先生仍住在京城，也知道他是寫副刊文章的老手，但是腦子裏總有『鴛鴦蝴蝶派』那個舊觀念的影子，自然也沒有考慮去約稿。喬木卻一再提到這位老報人、老作家」[101]。同時，「雙百方針」也為鴛蝴人處境的改善提供了機會。據報導，一九五六年中國作協組織「作家參觀團」遊歷西北，張恨水、還珠樓主都獲參加，到玉門油礦、銅川煤礦等地參觀。這種優待，實是歡迎他們體驗生活，重新寫作。

一九五七年，作協又專門組織「通俗文藝作家座談會」。這種座談會一九四九年也曾召開，但當時名為「舊的章回、連載小說作者座談會」。會議名稱從「作者」升格為「作家」，可見作協態度的改變。會上，張恨水、張友鸞等獲得機會「為他們和他們作品的現實處境，為他們的文學史地位進行辯護和爭取」[102]。張表示：「除我以外（中國作協）會員中再沒有章回小說家了。……如張友鸞，他的學問各方面都很好，為什麼不請他入會呢？……我看作家協會

101 袁鷹，〈胡喬木和《人民日報》副刊〉，《讀書文摘》二〇〇七年第二期。
102 洪子誠，《中國當代文學史》（北京大學出版社，一九九九年），頁一二六、一二七。

有保守思想。過去有人說章回小說是下流氓，我不知道這是什麼意思。現在章回小說家在北京的很少，改行的改行了，這是值得注意的問題。」[103]不久，周瘦鵑、嚴獨鶴等人被吸收為中國作協會員。據張恨水子女回憶：一九五七年「全國文聯委託老舍、趙樹理兩位前輩和父親主辦大眾文藝刊物，後來刊物因故未能辦成」[104]。

自上而下的寬鬆環境，為鴛蝴文人的復甦提供了很大可能。一九五六至一九五七年，鴛蝴作家迎來「小陽春」。陳慎言一九五六年為《中國新聞》寫散文數十篇，介紹福建風俗，一九五七年計畫寫一部民間故事《菜頭大橋》與藝人故事《藝海情潮》。還珠樓主此前編寫過劇本《趙氏孤兒》、《文君當爐》，此時計畫「龐大」，擬寫《一個勞模》、《勘探姑娘》、《遊俠列傳》和《刺客列傳》等。《新民晚報》副刊一九五七年刊出張友鸞（署名「草廠」）寫的中篇連載說部：《杏花莊》、《魔合羅》、《賽霸王》、《魯齋郎》、《救風塵》等。《文匯報》「筆會」副刊也發表了大量舊體詩詞，成為鴛蝴文人的聚集地。這些舊式作品還受到毛澤東的稱讚。

一九五七至一九五八年的「反右」事件對鴛蝴作家的影響沒有想像的大。洪子誠認為：「一九五八年以後，對『通俗小說』的這種鬆動，又重新『收緊』。」[105]從全國文藝界看的確如此，但具體到鴛蝴文人則完全是別樣景觀。實則到一九五七年，鴛蝴文人早已是閒散人員，不成其為「反右」對象，因此沒有太大衝擊（僅張友鸞在新聞界會議做了〈是蜜蜂，不是蒼蠅〉的發言而被增為「右派」，但很快摘帽）。反倒是一直排斥鴛蝴文人的延安文人，「倒掉」了對鴛蝴文人攻擊最猛的一半「人馬」（丁玲、陳企霞、馮雪峰「集團」），另一半（周揚、劉白羽「集團」）本來就對鴛蝴文人相對寬容，且很快捲入與激進派（江青）的衝突。這使他們無精力顧及對鴛蝴群體的持續打壓。鴛蝴文人意外地在此內訌中，迎來相對寬鬆的寫作環境。周瘦鵑、嚴獨鶴還先後被增補為全國政協委員。

103 木呆，〈通俗文藝作家的呼聲〉，《文藝報》一九五七年第十期。
104 張曉水、張二水、張伍，〈回憶父親張恨水先生〉，《新文學史料》一九八二年第一期。
105 洪子誠，《中國當代文學史》（北京大學出版社，一九九九年），頁一二六、一二七。

到五六十年代之交，隨著對延安文人的疏遠，喜愛「舊文學」的毛澤東還和這批擅於詩詞唱和的閒散「舊文人」建立了聯繫。一九五九年，毛澤東接見周瘦鵑[106]，一九六二年又接見了鄭逸梅。由於周瘦鵑本人兼以養菊知名，陳毅、葉劍英、廖承志、周恩來、朱德、劉伯承等高層人物都登門訪見。這種眷顧，令鴛蝴文人獲得復甦的機會；周瘦鵑創作竟然進入新的高峰，他接連出版《花花草草》、《花前瑣記》、《園藝雜談》、《盆栽趣味》、《花木叢中》、《拈花集》等多種小品。一九六二年，中央新聞電影製片廠專門攝製張恨水紀錄片《老人的青春》。這不能不說是很高的榮耀。藉此「東風」，嚴獨鶴在《新民晚報》開闢專欄，陳亮連載了犯忌小說《黑弄堂》。摘去「右派」帽子的張友鸞「又可以公開發表文章了」，「他創作的長篇小說《國大現形記》、譯注的《趙充國傳》、譯寫的《不怕鬼的故事》、與別人合作選注的《關漢卿雜劇選》先後面世，他還在香港《大公報》開闢專欄《友鸞雜寫》，在香港《大公報》寫專欄《舊讀新鈔》。他在辛勤的筆耕中收穫著自己的快樂」[107]。

不過，這種復甦畢竟來得太遲，新的鴛蝴創作已只能充作文壇點綴；作為「反動逆流」、「黃色小說」，其文學史等級難以更改。而且英雄遲暮，鴛蝴文人群體後繼無人，北派才子和小報文人也步入了全面凋零期。平江不肖生、陳慎言於一九五七年，還珠樓主於一九六一年，宮白羽於一九六六年，張恨水於一九六七年，嚴獨鶴於一九六八年，張慧劍於一九七〇年，相繼逝去。而獲眷最隆的周瘦鵑，因為與田漢、夏衍過於密切地交往，亦於一九六八年

---

106 周瘦鵑頗以此事自炫：「有位老人對我說過這樣一件事：上個世紀六十年代初，周瘦鵑先生經常在大會上發言。有一次，他笑容可掬地走上講席，從香煙盒裏小心翼翼掏出一支煙，點上，清了清嗓子，大聲說：『這支煙是偉大領袖毛主席給我吸的。』會場上立刻響起了震耳欲聾的掌聲。老人說：『真個發噱格。』」見黃惲，〈周瘦鵑三題〉，《江蘇地方誌》二〇〇八年第四期。另據記載，周瘦鵑還把一支點燃過但未抽又熄滅了的煙頭「裝在一隻錦盒裏，一度供於愛蓮堂顯眼處，以顯榮耀」，且據他自稱「毛澤東在會見中親自為他點過煙」。見韓瑩瑩，〈由《杜鵑枝上杜鵑啼》窺探晚年周瘦鵑的心態及其他〉，《唐山學院》二〇〇九年第一期。

107 張建安，〈「是真名士自風流」——張友鸞的後半生〉，《縱橫》二〇〇六年第一期。

投井自殺。王小逸進上海市南中學後，不再為人所知。餘存作者，已徹底被「人民文學」的「認知暴力」（epistemic violence）所收編，習以黨的術語評價自己，舊的書寫經驗反而缺席。至於「文革」期間，新鴛蝴文學的地下生產與傳播，與這一文人群體已無直接關係。作為一個創作群體，鴛蝴派在「文革」期間，徹底成為明日黃花。

第三節　通俗文人（二）：中國共產黨的傳奇作家

延安文人對鴛蝴派的放逐幾乎沒有遭遇困難，但對另一種通俗作家的「鬥爭」，不能不說十分棘手。這便是中國共產黨的傳奇作家。嚴格講來，他們也屬於延安文人，不過與受過良好教育、對社會主義現實主義敘事有深切領悟的前「亭子間」文人們相比，這些傳奇作家就只能算是所謂「土共」文人了。他們文化水平較低，對「人民文學」的表述祕密缺乏理解，文學想像主要取資於鄉村閱讀記憶。傳奇寫作故而成為話語鬥爭之所：民族國家的敘事要求與本土寫作「路徑依賴」之間的隱蔽齟齬，傳統雅俗疆界的鬆動與重建。這種內部糾結，導致了黨、黨內知識分子與大眾之間的接受分歧。因此，傳奇文本的「經典化」被約束在某種限度之內，而這一特殊文人群體，也在官方體制中被安置在半匿名的零散狀態。

一

革命傳奇是中國共產黨對革命的「文化戰線」追求的直接結果。在〈講話〉以「群眾」為標準，重新界定文類合法性以後，舊的章回說部作為「民族形式」重新獲得肯定。明清傳奇文體，與大鼓、小調、秧歌劇、評書、曲藝等民間土生土長的藝術形式一起，被納入了民族國家的敘事範疇。

革命傳奇作者最初來自八路軍的精英寫作系統。在延安，少量受過精英寫作訓練的年輕作者，嘗試以舊章回說部的傳奇經驗講述革命故事。建國前夕出現的三部英雄傳奇都是如此：《洋鐵桶的故事》作者柯藍，曾就讀湖南省立第一師範與「魯藝」文學系，並主編《邊區群眾報》；《新兒女英雄傳》作者孔厥，十六歲進入「魯藝」學習，以《一個女人翻身的故事》成為知名文學新人；另一作者袁靜（孔厥夫人）則出自北京書香家庭，一九四〇年進入陝北公學，創作小說《減租》。這三位作家都出自精英文學系統。《呂梁英雄傳》的作者馬烽、西戎也出自「魯藝」，不過與柯藍、孔厥的學生出身有別，他們是山西新軍選拔去學習的。

建國後，這批作者逐漸返回精英系統，後來構成傳奇作者主流的，則是前解放軍指戰人員和前地下工作者。他們文化水平較低，基本上未受過西式文學訓練，「土共」一詞非常適合描述他們。此詞本是當年國民黨對各人民根據地沒有文化、跟隨中國共產黨「鬧革命」的農民的蔑稱。但排除其中的道德修辭，倒頗能折射這批特殊的革命通俗文人的特點。曲波、馮志、李曉明、李英儒、慕湘，都是比較典型的「土共」文人，他們的寫作與其革命經歷直接相關。曲波十五歲參加八路軍，二十三歲擔任東北民主聯軍某團副政委，率精銳分隊進入牡丹江地區剿匪；一九四八年參加遼瀋戰役，股動脈被子彈打斷。馮志十六歲入黨，左鎖骨在與日寇的白刃戰中被挑斷，左手食指被扎殘；一九四二年調冀中九分區組建敵後武工隊，任隊長，與日偽流動作戰。李曉明十八歲參加革命，長期從事游擊戰，擔任過區委書記、縣委書記、縣游擊大隊政委、青年營營長等職。劉流曾在南京炮兵學校就讀，十八歲到東北投奔張學騫抗日義勇軍，九死一生；二十三歲參加八路軍，任晉察冀軍區第五支隊偵察科長，後調任軍區司令部參謀。慕湘十六歲入黨，參加膠東「一一・四」暴動，祕密組織農民救國會；二十一歲在太原組織游擊隊，後調至山西新軍任營政委，後歷任綏蒙軍區陶集支隊政委、六十五團政委、綏遠軍區一〇七師代理政委等職；一九五一年率部入朝作戰。李英儒二十四歲任八路軍某團團長，在易縣、淶水一帶與日寇拉鋸作戰，一九四二年奉調到保定從事地下工作。

顯然，這群「土共」文人是一群在烽火中度過青春年代的軍人，他們生活中本無文學；他們對於生與死、愛與恨、恐懼與眷戀、犧牲與希望的見聞體驗，超出了同時代的所有職業作者。後者寫不出他們歷見的一切。有關戰爭的情感記憶驅使他們寫作，這使他們的故事非常符合非西方國家「團結組成國民」以「組織成一種對西方的頑強抵抗」[108]的敘事訴求。馬烽、西戎回憶：

> 我們和呂梁山區的人民群眾一塊戰鬥，共同生活，親歷了革命征程中的「血」與「火」的鍛鍊與考驗，耳聞目睹了許許多多英雄人物的英雄事蹟。所有這一切，就像狂飆一樣在我們的周身翻捲著，就像春潮一樣在我們的胸中鼓蕩著，使我們的內心裏常常有一種按捺不住的衝動……（總覺得應將之）記載下來，譜以青史，亢聲高歌，弘揚後世。[109]

武工隊隊長馮志尤感到責任：「我所以要寫敵後武工隊這部小說，是因為這部小說裏的人物和故事，日日夜夜地沖激著我的心；我的心被沖激得時時翻滾，刻刻沸騰。我總覺得如不寫出來，在戰友面前似乎欠點什麼，在祖國面前彷彿還有什麼責任沒有盡到。」[110]自一九四四年離開武工隊後，這種責任感催促了馮志十年；一九五六年，他最終完成了《敵後武工隊》。曲波表示：「戰友們的事蹟永遠活在我的心裏。當我在醫院養傷的時候，當我和同志們談話的時候，我曾經無數遍地講過他們的故事，也曾經無數遍地講林海雪原的戰鬥故事，尤其是楊子榮同志的英雄事蹟，使聽的同志無不感動驚歎，而且好像從中獲得了力量」，「我有什麼理由不把他們更廣泛地公諸於世呢？是的！應當讓楊子榮同志的事蹟永垂不朽，傳給勞動人民，傳給子孫後代」」[111]。內心情感的湧動與民族國家的敘事要求，在此發

108　〔美〕酒井直樹，〈現代性與其批判：普遍主義和特殊主義的問題〉，載張京媛編《後殖民理論與文化批評》（北京大學出版社，一九九九年），頁四〇八—四〇九。
109　高捷等編《馬烽、西戎研究資料》（山西人民出版社，一九八五年），頁四四。
110　馮志，〈寫在前面〉，《敵後武工隊》（解放軍文藝社，一九七四年）。
111　曲波，〈關於《林海雪原》〉，《林海雪原》（作家出版社，一九五七年）。

生疊合。從自覺性上講，這批革命通俗文人比丁玲、周立波、艾青等精英文人更具有明確的「人民文學」立場。恰如洪子誠先生所言：他們把文學「看做是服務於革命事業的一種獨特的方式。他們對於文學自主、獨立的觀念，會保持高度的警惕」[112]。其實，這批「土共」作家未必瞭解何為「文學自主」。在他們，以文學傳唱英雄事蹟、獻身民族解放，是樸素而自然的責任。

而且，與前「亭子間」文人置身延安、身處中國作協的疏離與痛苦不同，他們毫無懷疑地信奉、追隨黨的「人民文學」規範。黃子平認為：黨對文學的要求是「在既定意識形態的規限內講述既定的歷史題材，以達成既定的意識形態的目的：它們承當了將剛剛過去的『革命歷史』經典化的功能，講述革命的起源神話、革命傳奇和終極承諾，以此維繫當代國人的大希望和大恐懼，證明當代現實的合理性，通過全國範圍內的講述與實踐，建構國人在這革命所建立的新秩序中的主體意識」[113]。黃子平的觀察準確而犀利，儘管出於知識階層不愉快的「文革」記憶，他有意識地忽略了「人民文學」要求的現代化背景。與這種知識分子事後的譏諷性觀察不同，傳奇文人身歷生死戰鬥，把此種意識形態敘事視為戰鬥的延續，視為真理。馮德英表示，他創作《苦菜花》是「想表現出共產黨怎樣領導人民走上了解放的大道；為了革命事業，人民曾付出了多麼大的代價和犧牲；從而使今天的人們重溫所走過的革命道路，學習前輩的革命精神，更加熱愛新生活，保衛社會主義的祖國」[114]。具體到個人描寫，他們亦強調黨的要求。曲波說：楊子榮「大智大勇」乃在於他「堅定的階級立場」與「遠大的奮鬥理想」[115]。這些表述嚴格遵循「人民文學」規範，與革命精英文人的寫作看起來似乎無甚區別。

112 洪子誠，《中國當代文學史》（北京大學出版社，一九九九年），頁三一。
113 黃子平，《「灰闌」中的敘述》（上海文藝出版社，二〇〇一年），頁三〇。
114 牛運清，《長篇小說研究專集》中冊（山東大學出版社，一九九〇年），頁二九三。
115 曲波，〈關於《林海雪原》〉，載《林海雪原》（作家出版社，一九五七年）。

二

但區別事實上是存在的：周立波、丁玲等前「亭子間」文人，按照黨的嚴格要求，以馬克思主義的歷史話語表述中國的本土革命，是「現代」對「地方」的表述；而革命通俗傳奇的書寫邏輯幾乎相反，是「地方」視角下的革命，是用本土經驗講述的「現代」。二者都追求「人民文學」，結果卻大有不同。

革命通俗文人與精英作者不同：後者多數屬於「五四」青年，受過比較系統的理論教育與寫作訓練，能夠理解「人民文學」內在的意識形態邏輯；土生土長的傳奇文人則有不同，這種「不同」常被理解為「學歷不高，在文學寫作上準備普遍不足」[116]——但這只是一種精英本位的評述。的確，他們文化不高，多在部隊中速成，受到的正規寫作訓練非常有限。曲波寫作《林海雪原》時，怕人譏笑自己僅有小學文化，只好祕密地寫。其中，偶有學養較豐厚的，譬如一〇七師政委慕湘有「儒將」之譽，作戰間隙喜讀書，後藏書達三萬六千八百多冊（其中古籍善本一萬六千九百三十六冊）。但即便慕湘，知識結構、審美經驗仍植根於舊學，對新文學系統頗為隔膜。以這種素養，傳奇文人不可能寫出與丁玲、周立波等同層次的作品。但顛倒來看，又未嘗不是一種幸運。因為新文學知識的匱乏，革命通俗文人不能有效理解「人民文學」的表述規則。洪子誠認為：當時「中心作家」「普遍認為」「憑藉著『先進的世界觀』，作家能夠正確地認識、把握客觀生活和人的生命過程的『本質』和『規律』」[117]。這種看法對於傳奇作者就不太適宜，他們不具備掌握「本質」的能力。但這恰恰是他們優勢所在，他們反倒能夠完整地將寫作建立在古老的文學經驗之上，從而提供

116 洪子誠，《中國當代文學史》（北京大學出版社，一九九九年），頁三一。
117 洪子誠，《中國當代文學史》（北京大學出版社，一九九九年），頁三一。

從黃河流域的鄉村，從農民的生活、心理、欲望來觀察中國「現代化」進程中的矛盾的視域。[118]

這種視域的價值，不在於以鄉村為表述對象（背後仍為革命邏輯），而在於以本土視角呈現外來的革命故事，以「地方」觀察「現代」。

精英文人的價值觀與審美感已被西化，但革命通俗文人大都來自閉塞的鄉村腹地，青少年時期甚少接受新式教育，對生活的理解大體上停留在本土經驗。這種經驗，被舊的章回說部建構的成分甚重。章回說部按照儒家倫理主義來敘述，以忠、孝、節、義等核心概念，講述社會和人生。《水滸》、《三國》、《說岳》等「舊小說」在受新文化影響微弱的鄉村地區，充當著「小傳統」載體，塑造了民眾理解生活的空間與方式。李英儒回憶：「（父親）喜歡看舊小說和老戲」，「（母親）能把《二度梅》、《金鐲玉環記》、《彭公案》、《楊家將》、《呼家將》等評書，一套一套地口述出來」，「直到今天我還喜歡唱《轅門斬子》、《走雪山》、《斬黃袍》、《三上轎》、《王寶釧》等唱段」[119]。這批作者，對生活的理解多來自章回說部的倫理概念。這影響了他們對於革命的觀察：對黨重「忠」（忠心耿耿），對同志重「義」（兩肋插刀），對革命信仰重「節」（寧死不屈），對血腥戰爭則理解為機趣橫生的鬥智鬥勇，等等。譬如，曲波對殘酷的剿匪生活（現實戰鬥中楊子榮、高波皆犧牲）的總結是：「突破險中險，歷經難中難，發揮智上智，戰勝魔中魔」，「偵察奔襲，鬥智鬥力」，「跨谷飛澗，跳壁攀岩」[120]。這類描述，毋寧說是鄉村說書人眼中的革命，完全從章回說部脫胎而出，是典型的本土表述。而像丁玲、周立波這樣受過西方訓練的作家，保留不了這類倫理思維與民間想像。

118 洪子誠，《中國當代文學史》（北京大學出版社，一九九九年），頁三一。
119 李英儒，〈悲歡勤奮度童年〉，吳開晉編《李英儒研究專輯》（解放軍文藝出版社，一九八四年）。
120 曲波，〈關於《林海雪原》〉，《林海雪原》（作家出版社，一九五七年）。

這類傳奇經驗，是革命通俗文人的自然本能。在毛澤東的「中國作風」、「中國氣派」的理論支持下，他們也有意識地避開新文學與大眾不能親近的寫作風格。袁靜說：「我從小喜愛經典著作如《紅樓夢》、《水滸傳》等」，它們「適合中國人民大眾的口味，這些書有許多優點和特點，比如說，它刻畫的人物，性格突出，栩栩如生」，「我在寫《新兒女英雄傳》之前，反覆細讀這些優秀的古典小說，得到很多教益」[121]。與出身知識分子家庭的袁靜心中尚存古典／現代之「界限」不同，更多革命通俗文人對此並不瞭解。在他們頭腦中，章回說部、戲曲演義不但是「民族形式」，其實差不多就等同於「文學」全部。曲波說：

> 在寫作的時候，我曾力求在結構上、語言上、故事的組織上、人物的表現手法上、情與景的結構的結合上都能接近於民族風格。我這樣做，從目的性來講，是為了要使更多的工農兵群眾看分隊的事蹟。我讀過《鋼鐵是怎樣煉成的》、《日日夜夜》、《恐懼與無畏》、《遠離莫斯科的地方》，我非常喜歡這些文學名著，深受其高尚的共產主義品質道德及革命英雄主義的教育，它們使我陶醉在偉大的英雄氣魄裏，但叫我講給別人聽，我只能講個大概，講個精神，或是只能意會而不能言傳。可是叫我講《三國》、《水滸》、《說岳全傳》，我可以像說評詞一樣地講出來，甚至最好的章節我可以背誦！在民間一些不識字的群眾也能口傳。看起來工農兵還是習慣於這種民族風格。[122]

在《三國》、《水滸》、《說岳》等「舊小說」的深度介入下，革命在楔入中國大地的同時，也被大地上的話語講述了——對於真理的尋求與獻身，被講述成正邪之爭、鬥智鬥勇。譬如，李英儒對楊曉冬的塑造，即著重講述他

121 袁靜，〈關於讀書問題〉，黃岳洲、穆央、陳振編《怎樣讀書最有效》（語文出版社，一九九〇年）。

122 曲波，〈關於《林海雪原》〉，《林海雪原》（作家出版社，一九五七年）。

「親自散發抗日傳單，面鬥偽省長吳贊東，送首長過路智鬥藍毛，反搶糧夜入偽商會，並身入險境，直接推動了偽團長關敬陶的起義」，對楊老太太則「著重寫了她的母子闊別相逢、年關公園會面、監獄寄深情、樓臺殉大義等幾個章節」[123]。這種完全民間化的敘事規則，幾乎就是《說唐》、《說岳》、《楊家將》的「革命」版。

本土表述為鄉村與革命提供了相互觀照的契機，自鄉村返觀、表述革命，是極特異的視域。它所以可能，恰在於革命通俗文人「文化不高」，不能感知章回說部及其規則在新文學系統中「文學」資格的喪失及相應壓力。他們自然地運用《水滸傳》經驗講述革命。這是對承續新文學而來的「人民文學」規範的越軌，在其中，革命歷史話語淪為標籤，古老的儒家倫理與鄉村智慧上升為革命故事「真正的主人」。這種越軌，與張友鸞《神龕記》異曲同工，都是用儒家倫理取代社會主義現實主義的本質化邏輯。

三

中共中央對於英雄傳奇缺乏明確指示意見，但黨的高層人物，或只接受過較低教育（如彭德懷、賀龍等），或者囿於舊學系統（如毛澤東、周恩來、陳毅等），都是戲曲演義的熱誠觀眾（讀者），他們對於傳奇文本的親近可以想像。更重要的是，英雄傳奇出現本身是〈講話〉的直接產物，作者本身多為革命軍人，所述故事亦是革命者的浴血事蹟，形式上也標舉「中國作風」、「中國氣派」，怎麼看，傳奇文本的合法性都不容質疑。這是被「新」／「舊」權力話語擠壓了三十年的鴛鴦蝴蝶派無法相提並論的。

123 李英儒，〈關於《野火春風鬥古城》：從創作到修改〉，《人民文學》一九六〇年第七期。

在基層幹部和群眾中間，革命傳奇故事深受歡迎：「建國初期，全國縣一級政權的領導幹部基本來自軍隊轉業幹部和調入的老區幹部，以及少數選拔自當地的運動積極分子，這些幹部的文化水平普遍很低」[124]，因此，傳奇故事在價值觀與審美感上與基層幹部頗為契合。他們大都經歷並懷念類似戰鬥的青春生涯。而在大眾（群眾）中，英雄傳奇更以對大眾倫理與審美經驗的直接摹製，尤受追捧。因此傳奇故事印數巨大，少則數十萬，多則百萬以上[125]。這種大規模的印刷與傳播，不弱於《紅岩》、《青春之歌》，較之柳青、孫犁等實力派小說家則優勢明顯。而且，多數傳奇故事都被改編為電影。隨著楊子榮、李向陽、蕭飛、史更新等傳奇英雄家喻戶曉，曲波、馮志、知俠等作家的知名度，事實上也壓倒了周揚、丁玲等重量級延安文人。而且，這一群體還葆有強勁的再生產能力。洪子誠認為：這批作家學養欠缺，「寫作上傳統性的那些『難題』（諸如生活經驗到文學創造的轉化、虛構能力和藝術構型能力等），在許多作家那裏，更不可能尋得克服的途徑」，「『高潮』便是『終結』的『一本書作家』，在當代成為普遍現象。」[126]其實此說不盡確切。由於這種寫作可依賴模式與技術，革命通俗文人多數都保持了較高產量。在《林海雪原》後，曲波又陸續撰有《山呼海嘯》、《戎萼碑》、《橋隆飆》等長篇小說，馮志繼《敵後武工隊》之後又寫了《前線文工隊》、《地下游擊隊》、《成長曲》，而李英儒在《野火春風鬥古城》之前，已經出版過《戰鬥在滹沱河上》，「文革」期間，又完成了《女游擊隊長》、《上一代人》。這些作品，同樣發行可觀，雖然不能超越其成名作，但那與其說是他們寫作能力的衰退，不如是大眾傳播自身規律使然。再者，革命通俗傳奇的再生產還表現在它生成了新的傳統和新的作者。《葉秋紅》、《萬山紅遍》作者黎汝清，就是七十年代大批模仿者中的佼佼者。這同樣是後繼無人的鴛蝴文人不可以比擬的。

---

124 高華，《身分和差異：一九四九—一九六五年中國社會的政治分層》（香港亞太研究所，二〇〇四年），頁二八。

125 據不完全統計，《新兒女英雄傳》五十年代發行二百萬冊以上，《鐵道游擊隊》發行量達四百多萬冊，一九五七年至一九六四年，《林海雪原》累計印數已在一百五十六萬冊以上。

126 洪子誠，《中國當代文學史》（北京大學出版社，一九九九年），頁三二。

然而，較之洋派的鴛鴦蝴蝶派，這種狀況更引起黨內文藝理論家的不安。令人憂慮的不是革命通俗文人知名度的急劇攀升，而是村野文化對「人民文學」話語程序的盜用，是革命的神聖真理及痛苦艱難的信仰之路，被戲劇性地消解。面對這種威脅，主流延安文人必須做出反應。但他們曾用以對付鴛鴦蝴蝶派和國統區文人的身分修辭不再有效。面對曲波、馮志、慕湘這類出生入死的革命軍人，出身上海「亭子間」的文藝理論家，不可能再以「落後」、「墮落」之類的身分命名，輕易把他們打發到「過去」，更不能扼制其傳播。但是，黨的理論家仍對革命通俗文人進行了隱約區分與有力抵制。為此，他們重建了文學的雅／俗疆界。在中國文學中，雅與俗固守著古老的體裁、讀者與作者邊界，也相互存在「殖民」衝動。建國初，「人民文學」從新文學手裏承續了正統的權威資源，調動歷史的知識敘述，全面壓縮了都市通俗文學（鴛蝴派）的生存空間，將「雅」的邊界大力前推。但革命英雄傳奇的新崛起，可謂通俗文學在「人民文學」（雅）的中心內部開花，對其新建的權威性與話語系統構成威脅，大有就地「化雅為俗」之勢。對此，黨的理論家採取了兩種抵制方法：其一，評論抵制。他們承認通俗傳奇的合法性，但只願付給較低文類位置，拒絕它作為本土話語的獨立闡釋標準：

> 在五六十年代，對小說的評價尺度，主要來自「經典」的寫實主義小說；當時，並不認為對不同類型的小說，在尺度上應有所區分。……「通俗」小說在當代這一時期，始終未被作為相對獨立的類型予以注意。[127]

革命通俗傳奇不符於「雅」，又不能得正「俗」名，故它只能依賴於「人民文學」，並被安排為後者的邊緣與補充。其二，體制抵制。革命通俗文人在黨的文藝體制中被放置於邊緣，不能獲得中國作協的真正接納，人微言輕。作為資深軍人，這批作者在黨政軍系統中職位往往不低，譬如，慕湘一九五五年獲授大校軍銜，一九六四年復授少將。

127 洪子誠，《中國當代文學史》（北京大學出版社，一九九九年），頁一二七—一二八。

曲波後來擔任鐵道工業總局副局長（副部級），行政級別與周揚相等。但在文藝界內，這批文人極少進入權力中心，沒有話事權，不能在文學界為革命傳奇「正名」，更不能形成如「丁玲派」、「周揚派」之類的文學勢力。這種邊緣性，亦可從他們所受的懲罰上見出。一九五六年，孔厥因私生活不潔被開除黨籍，但郭沫若、艾青、周揚等人的「男女關係」同樣存在嚴重問題，卻沒受到什麼制裁，甚至被刻意掩飾。劉知俠也被批評藉評獎謀利。顯然，若是同等資歷的精英文人，這類「醜聞」被揭露的機率，無疑會少很多。

革命通俗文人在文類價值與體制權力上，均被主流延安文人暗中拒絕。因此，革命通俗傳奇創作無法以相對獨立的話語類型、資源配置，凝聚成一種獨特的本土寫作類別。就生產、傳播與接受（消費）而言，他們的條件非常充分，通俗文人擁有最大數量的讀者（超出「人民文學」的精英作者，也超出被驅逐的鴛鴦蝴蝶派），一度也擁有最多數量的文藝刊物（一九五一至一九五五年由於普及政策的執行，全國地方文藝刊物都以登載群眾說唱故事為主），但由於文藝官員們的隱蔽排斥，他們始終不能「集團化」。所以，革命通俗文人人數雖然較多，名氣亦大，但始終處於分散、無力的狀態之中。新的作者不斷湧現，舊的作者則逐漸流散。這種「流散」首先表現在部分文人放棄通俗故事重返精英寫作，如柯藍、孔厥、馬烽、徐光耀等。建國後，黨的文藝官員（丁玲、周揚等）對〈講話〉陽奉陰違，重建了精英寫作的權威性。發生在丁玲、趙樹理之間的「麵包與窩窩頭之爭」，給年輕作者留下深刻印象。通俗寫作有名氣，沒地位。一部印刷一兩百萬冊的《新兒女英雄傳》的「份量」，在作協領導眼中，根本不能和一篇短短的《組織部新來的青年人》相提並論。這一點，一些與精英文人有較深接觸的通俗作家深有體會。所以建國後他們很快放棄身分邊緣的通俗講述，重新投身精英行列。如柯藍出任上海《勞動報》副社長兼主編、華東作協祕書長，馬烽、徐光耀進入了丁玲主持的文學研究所，孔厥也恢復短篇小說寫作。

另一種「流散」則是顧忌到了這種隱蔽的排斥，不願進入文壇。曲波成名後並未轉為專業作家，仍擔任齊齊哈爾鐵路機車廠黨委書記，後來又歷任一機部第一設計分局副局長、德陽第二重機廠副廠長等職。李曉明以《平原槍聲》成名，仍留在武漢市委工作。他們多數都在「圈子」之外。不過也有變化。「文革」開始以後，受過「五四」教育的主流延安文人幾乎「全軍覆沒」，通俗文人隨著傳奇文本改編為「樣板戲」而「水漲船高」，也獲得了進入中心的機會。然而，權力與風險是孿生姐妹。部分通俗文人因此捲入黨內激烈衝突。李英儒開始受到江青青睞，成為「中央文革小組」聯絡員，但後來卻被投入秦城監獄。曲波則明智地對江青保持了適宜距離[128]。

由上觀之，革命通俗文人違反「人民文學」的講述規則，「舊瓶」裝「舊酒」，復活了古老話語類型。他們延續了中國舊的戲曲演義經驗，並為之在精英歷史話語外爭取到一定空間。其文學史貢獻，值得大書一筆。較之都市通俗文人（鴛蝴派）的凋零，革命通俗文人畢竟幸運。他們取代了鄉村演義的舊地盤，也攻占了鴛蝴文人潰散後的大片閱讀領地。同時，他們「收編」革命，為聲音單調的現代文學，提供地方視角下的另一種現代性與革命。他們的文學講述，見證了村野文化對城市文化的爭奪。不過，「人民文學」採取了體制性的防範與約束，確保了自身對文學與文類的解釋權與控制權，它仍把通俗傳奇命名為「人民文學」的勝利。傳奇因此只能匿名地存在，在沉默中成為「當代文學」的一角新的風景。

第四節　延安文人及其體制性再生產

如果說，文藝界的新陳代謝令沈從文恍如隔世的話，那麼延安文人就應倍感欣慰。「新陳代謝」本是自然現象，但在一九四九年後它卻是延安文人藉體制力量所造就的一種局面。由於單位管制的形成，延安文人不僅掌握了「人民文學」的解釋權，而且幾乎壟斷了全國各地「文聯」、「作協」等機構的領導權。這導致了「當代文學」的內部重

128 一九六九年九月七日，江青在釣魚臺住處接見曲波，並請他看樣板戲，意欲邀請曲波寫作遼瀋戰役，被曲波藉故推託。後傳言江青說：曲波「這個人很壞，不識抬舉」。見林曉文，〈曲波在「文革」中〉，《龍門陣》二〇〇八年第七期。

組：前國統區文人和鴛鴦蝴蝶派文人「薪盡火滅」，而延安文人不但包攬「文藝界」，而且還有效地維持了規模驚人的再生產——「社會主義文學新人」和「業餘文學創作積極分子」成批湧現。然而，歷史似乎總是「公正」地對待每一群體。由於威權體制的重建，主流延安文人爆發了激烈的內部派爭，並幾乎因之毀滅。同時，它的體制性再生產也未能達到對「五四」傳統和極端功利主義的雙重「免疫」。「人民文學」顧此失彼，未能走到預設的「國民整體」。

一

「延安文人」係廣義指稱，泛指包括延安在內的所有解放區作家。它與左翼文人有淵源關係，但並非「左聯」的自然延伸。它是革命進入「毛澤東時代」、知識分子被確認為「最可靠的同盟者」和「革命的基本動力」[129]以後，黨從上海、北平、桂林等大都市及軍隊招聚、並經延安整風「洗禮」而成的一個文人群體。他們為革命信仰而寫作，走著與「右翼」文人乃至國統區文人迥異的危險而艱苦的道路，「大部分追隨者並不是出於安全、物質或機會主義的原因而隨便加入共產主義運動的。黨員和追隨者都面臨著艱難困苦、危險的處境和被國民黨鎮壓的風險，而且在這一遊戲結束之前，誰都沒有把握說取得最後的勝利。因此，對這一運動的認同乃是出於一種強烈的政治義務」[130]。一九四九年後，他們自然成為文藝界方方面面的負責人。由於計畫經濟和單位制度的實施，舊的文學刊物、文藝社團和書局相繼關閉或被「社會主義改造」，絕大部分文藝資源都被集中到各級文藝機構，實即被劃歸延安文人。「歷史是成功者的紀錄，而不是失敗者的紀錄。」[131]一九四九年後的文學因此驟然轉換為延安文人的「故事」。有一份表格

129 毛澤東，〈論反對日本帝國主義的策略〉，載《毛澤東選集》第一卷（人民出版社，一九九一年）。
130 〔美〕詹姆斯・R・湯森、布蘭特利・沃馬克，《中國政治》（江蘇人民出版社，二〇〇三年），頁一八四。
131 〔英〕E・H・卡爾，《歷史是什麼？》（商務印書館，二〇〇八年），頁二三〇。

可直觀地反映這一情況。表5-4-1是部分延安文人建國後的任職表：

表5-4-1

姓名	出生年份	教育狀況	延安主要經歷	五十年代前期主要任職
陳伯達	1904	莫斯科中山大學	毛澤東祕書	毛澤東祕書、中宣部副部長、中共中央委員
胡喬木	1912	清華大學	毛澤東祕書	毛澤東祕書、中宣部副部長、新聞總署署長、新華社社長
何其芳	1912	北京大學	魯藝文學系主任	中宣部副部長、社科院文學研究所所長
周揚	1908	大夏大學	魯藝院長	文化部副部長、中宣部副部長
陳荒煤	1913	漢口第二中等商業專科學校	魯藝戲劇系主任	中南區文化部部長、文化部電影局局長
陸定一	1906	上海交通大學附中	中宣部部長	中宣部部長、中央人民政府文教委員會副主任、主任
張春橋	1917	濟南正誼中學	《晉察冀日報》副總編輯	《解放日報》社長、上海市委宣傳部副部長
劉芝明	1905	日本早稻田大學	延安平劇研究院院長	東北文化部部長、文化部副部長
郭小川	1919	延安馬列學院	冀察熱遼《群眾日報》副總編輯	中國作協祕書長

丁玲	1904	上海大學	西北戰地服務團團長、《解放日報》文藝副刊主編	《文藝報》主編、《人民文學》副主編、全國文聯副主席
陳其通	1916	無	東北軍區政治部文藝科科長	總政文化部文藝處副處長、總政文工團團長、總政文化部部長
艾青	1910	杭州國立西湖藝術學院	華北聯合大學文藝學院副院長	《人民文學》副主編
秦兆陽	1916	武昌鄉村師範	《前線報》副社長	《人民文學》小說組長、副主編，《文藝報》執行編委
蕭三	1896	長沙湖南第一師範	魯藝翻譯部主任	世界和平理事會理事及書記處書記
嚴文井	1915	延安抗日軍政大學	魯藝文學系教員	中宣部文藝處副處長、中國作協黨組副書記
馮雪峰	1903	浙江第一師範學校	東南局文委會委員	《文藝報》主編、人民文學出版社社長
張光年	1913	武昌中華大學	《民國週刊》北平版負責人	文化部藝術局副局長，《劇本》主編，作協黨組副書記、書記
齊燕銘	1907	中國大學	中共中央城市工作部、統戰部祕書長	中央辦公廳主任、總理辦公室主任、中共中央統戰部副部長
韋君宜	1917	清華大學	《中國青年》編輯	共青團中宣部副部長、《中國青年》總編
劉白羽	1916	民國大學	《新華日報》副刊部主任	中國作協黨組書記
趙樹理	1906	山西省立第四師範學校	華北新華書店編輯	工人出版社社長、《說說唱唱》副主編、《曲藝》主編

何干之	1906	中山大學、早稻田大學	華北聯大政治學院院長	中國人民大學研究部副主任
馮乃超	1901	東京帝國大學	中央華南分局文委書記	中山大學黨委書記
成仿吾	1897	東京帝國大學	華北聯合大學校長	中國人民大學副校長、校長
蕭軍	1907	東北陸軍講武堂	《文藝月報》編輯	無業
舒群	1913	不詳	魯藝文學系主任	全國文聯副祕書長
林默涵	1913	福州高中師範	《解放日報》編輯	中宣部文藝處副處長、副部長，文化部副部長
周立波	1908	上海勞動大學	魯藝編譯處處長	湖南省文聯主席兼黨組書記
草明	1913	不詳	中央研究院文藝研究室特別研究員	東北文協副主席
孫犁	1913	保定育德中學研究生	《晉察冀日報》編輯	《天津日報》編輯
歐陽山	1908	中山大學	《華北文藝》主編	廣東省文聯主席
方紀	1919	不詳	熱河省文聯主席	《天津日報》編委、天津文聯黨組書記
邵子南	1916	四川壽民中學	魯藝教員	新華社西南總分社副社長、西南局宣傳部文藝處處長
丁毅	1921	魯藝文學系	東北民主聯軍縱隊文工團團長	廣州軍區文化部副部長、總政文工團副團長

賀敬之	1924	魯藝文學系	部隊文藝工作人員	中央戲劇學校創作室教員
李季	1922	延安抗日軍政大學	《群衆日報》副刊編輯	中南文聯編輯出版部長，《長江文藝》主編
田間	1916	上海光華大學	《新群衆》雜誌社長	中國作協創作部部長
陳笑雨	1917	陝北公學	新華社編輯、分社社長	中宣部出版處副處長、《文藝報》副主編
梅益	1913	上海中國公學	中共上海文委書記	中央廣播事業局副局長
康濯	1920	魯藝文學系	《工人日報》主編	中央文學講習所副祕書長、中國作協書記處書記
魏巍	1920	抗日軍政大學	部隊文藝工作人員	《解放軍文藝》副主編
沙汀	1904	四川省立第一師範學校	魯藝文學系代主任	西南文聯副主席、主席

由表可見，一九四九年後，延安文人已全面掌握了全國的要害文學部門及文學出版、文藝刊物。這決定了延安文人在「當代文學」中的主導位置甚至「唯一」位置。對此，鴛蝴派自然不敢置一詞，「右翼」文人也只能感歎「成王敗寇」不易之則的重演，但一些也在國統區從事地下工作的文人和「左翼」文人則不免腹誹。黃秋耘回憶：「當時在北京，從老解放區來的人，包括從晉察冀啦、延安啦來的，總比白區來的、地下黨的高一等。分配工作啦等等，都是如此。」[132]綠原也回憶一九四九年他曾向路翎談到與田間相遇的情形：「因為前天由胡風介紹過，我便上前跟他

132 黃偉經，〈文學路上六十年：老作家黃秋耘訪談錄〉（下），《新文學史料》一九九八年第二期。

（按：田間）打招呼，他彷彿不認識我，支吾著說了一句：『今後好好學習吧。』路翎聽了，頗不以為然，向胡風轉述時，一針見血道：『由此可見，這兩撥人今後不可能在一個起跑線上。』胡風笑著說：『不至於吧。』所謂『兩撥人』，就是正在大會上被說成『會師』的解放區作家和『國統區』作家。」[133]遺憾的是，路翎預言極為準確。對權力與資源的壟斷，為延安文人有關文學合法性的鬥爭提供了體制保障，「中國的『左翼文學』（『革命文學』），經由四十年代解放區文學的『改造』，它的文學形態和文學規範……在五十至七十年代，憑藉其影響力，也憑藉政治的力量的『體制化』，成為唯一可以合法存在的形態和規範」[134]。相對於國統區文人、鴛鴦蝴蝶派，延安文人的確不在同一「起跑線」上。其寫作事實上構成了「當代文學」的主體。《三里灣》、《創業史》、《青春之歌》、《風雲初記》、《紅旗譜》、《致青年公民》等作品的湧現，最大限度地擴展了「人民文學」的版圖。

不過，延安文人也面臨內在的危機。從表5-4-1看，延安文人內部存在利益不均的問題。蕭軍無業，孫犁僅擔任《天津日報》副刊組組長（科級）。表上未顯示的是，丁玲、馮雪峰自一九五三年起便逐漸喪失權力和資源。這實是延安文人內部「山頭」之間矛盾的反映。在延安，由於主張、人脈、出身、性格的差異，更由於利益分歧，作家實亦自然不自然地形成了不同「山頭」。以周揚為首的「魯藝」和以丁玲為首的「文協」是最大兩派。另外，太行山搞文藝通俗化的山西作家如王春、趙樹理等，活動在冀中地區的孫犁、康濯、王林、管樺等作家，實亦形成了聲氣相通的「圈子」。這些「山頭」進城後明顯「分肥」不均。周揚派處於絕對優勢，「『魯藝』的教員、學生遍布全國，大都是各文藝部門的骨幹及當頭兒的人」[135]。周揚的三十年代故舊夏衍、田漢、陽翰笙等人雖然未到過延安，但也因受知於周恩來，都獲得了重要職務（夏衍為華東文藝界負責人，田漢為戲劇界負責人）。另外三個「山頭」斬獲則不多。

---

133 綠原，〈我記得的路翎〉，載《綠原文集》第三卷（武漢出版社，二〇〇七年）。

134 洪子誠，《中國當代文學史》（北京大學出版社，一九九九年），頁四。

135 塗光群，〈胡喬木和周揚〉，《黃河》二〇〇〇年第三期。

丁玲任《文藝報》主編，由於人際調節能力、馭人能力不為優長，原本與她關係密切的艾青、舒群、羅烽等逐漸散去，相互交往反而不如延安時期。山西作家所得更少。王春、趙樹理分別擔任工人出版社總編輯和社長，其實比較邊緣。冀中作家的邊緣化就更不消提。

勢力不均並不令人憂慮，但使之嚴重的是單位制度。由於領導決定著評論、出版甚至群眾接受，「當官幾乎是知識分子的唯一前途」[136]，所以爭奪官職，進而引發惡性派系鬥爭，就成為延安文人不能擺脫的宿命。傳統政治運作中「勝者全勝，敗者全敗」的黨爭模式也由此反覆上演。從周揚、劉白羽、張光年與丁玲、馮雪峰、陳企霞之間長達六七年的爭鬥，到周揚、林默涵、夏衍與江青、張春橋之間猛烈駭人的「絞殺戰」，徹底毀掉了延安文人。其中才華橫溢者如艾青、丁玲、張光年等，建國後實皆無大的成就。大批延安文人的萎縮，使「人民文學」在六十年代以後逐漸失去對極端政治功利主義的抵禦能力。

二

「『現代國家』只有通過集中化、同質化才能確立起來」[137]，從五十年代初開始，文藝主管部門就將培養思想「同質」的「文學新人」列入計畫。這是共產主義的普遍特徵，「共產黨革命的終結目標並不只是建立新社會，而且也要塑造『新人』：一個在鬥爭中錘鍊出來的、通過思想改造所昇華的、以『無私』為最根本特徵的集體人格，並通過塑造『新人』去創造歷史」，「（對『新人』）強調的是在和平年代保持戰鬥精神、永不腐蝕和用精神力量創造物

136 〔美〕鄒讜，《二十世紀中國政治》（香港牛津大學出版社，一九九四年），頁六五。
137 〔日〕柄谷行人，《日本現代文學的起源》（北京三聯書店，二〇〇三年），頁八九。

質奇蹟」[138]。革命何以如此強調「新人」的塑造呢？不少學者以為是專制控制之需，但另一層因素亦不可忽略。革命以同情與利他為基礎，在現實中不免違反人性的自私本能。任何執掌權力的革命精英集團，都有可能放棄起初立場，蛻變為既得利益群體。這構成了革命領袖的莫大焦慮，故塑造「新人」至關重要。列寧說：「（黨）把一批又一批新生力量吸引到寫作隊伍中來的，不是私利貪欲，也不是名譽地位，而是社會主義思想和對勞動人民的同情」，「它不是為飽食終日的貴婦人服務，不是為百無聊賴、胖得發愁的『幾萬上等人』服務，而是為千千萬萬勞動人民，為這些國家的精華、國家的力量、國家的未來服務。」[139]文學被認為是極佳的塑造「新人」的途徑。毛澤東建國後對文藝的高度重視亦與此有關，「毛澤東文藝思想，從根本上說就是要利用文藝的教育作用，教育、改造和提高人民的思想覺悟，創造社會主義新人」[140]。故在「當代文學」中，「文學新人」培養具有雙重急迫性：它是「新社會」革命性得以延續的條件，也是「新社會」裏文學繼續發揮「教育」作用的條件。

這兩層考慮，在毛澤東的「紅色知識分子」設想裏得到反映。毛澤東對「新人」的渴望，是對「舊知識分子」不願信任的結果。他接受士紳教育，卻對這一階層始終缺乏好感，對在國民黨政權下接受教育、獲得地位的知識分子尤其如此。但這未必出於時論所言的「小知識分子」對「大知識分子」的嫉妒或者所謂的「反智識主義」。毛澤東以為，在舊制度下接受教育的知識分子，一旦進入社會、成為國家官僚（署長、廳長、局長之類），就很有可能成為利用體制自肥甚至加害下層階級的惡勢力，而非造福民眾的力量。即便學者、教授，也會整體性地附從於既得利益集團，而不會「為人民服務」。他說：「無論哪個城市的大學、中學、小學，那裏的教授以及行政人員，過去都是國民黨的，很少有我們的教授，很少有我們的教員，那些人都是替國民黨服務的，都是親帝國主義的。」[141]在國家重建的

138 程映虹，〈塑造「新人」：蘇聯、中國和古巴共產黨革命的比較研究〉，《當代中國研究》二〇〇五年第三期。
139 〔蘇〕列寧，〈黨的組織與黨的文學〉，載周揚編《馬克思主義與文藝》（解放社，一九五〇年）。
140 曠新年，〈人民文學：未完成的歷史建構〉，《文藝理論與批評》二〇〇五年第六期。
141 戴知賢，《山雨欲來風滿樓》（河南人民出版社，一九九〇年），頁一九二。

現實需要下，可與他們合作，但終究不可以信賴。所以，毛澤東急切希望新中國能培養出不具有加害欲望、與農工同心同德的「紅色知識分子」。一九五七年，中共中央總書記鄧小平明確表達了這一思想：

為了建設社會主義，工人階級必須有自己的技術幹部的隊伍，必須有自己的教授、教員、科學家、新聞記者、文學家、藝術家和馬克思主義理論家的隊伍。這是一個龐大的隊伍，人少了是不成的。全黨必須注意培養革命的專門家。全黨的幹部，凡是有條件的，都必須認真地鑽研理論和業務，頑強地下苦功，把自己造成為「又紅又專」的紅色專家……為了培養工人階級知識分子隊伍，還必須用革命的精神培養新的知識分子，革新和加強學校中的思想政治教育和勞動教育，加強從工人農民中培養知識分子的工作，並且有計畫地吸收優秀的革命知識分子入黨。[142]

不過，與毛澤東不同，鄧小平還是強調「現有的幾百萬知識分子雖然現在多數是中間派，但是他們大多數是願意進步的。工人階級培養自己的知識分子的計畫，必須把他們包括在內」[143]。「紅色知識分子」的設想，顯示出毛澤東對中國社會漫長黑暗的洞察。培養「新人」，被他視為療治革命焦慮的有效手段。而在文藝界，「培養新生力量這一問題的提出」被認為「是適時的」[144]。

最早有計畫培養「文學新人」的，是丁玲主持的中央文學研究所（一九五〇年十月成立）。此外，《長江文藝》、《河南文藝》、《天津日報・文藝》週刊等刊物培養「新人」亦頗用心。不過就主流傾向而言，文藝刊物對

142　鄧小平，〈關於整風運動的報告〉，《人民日報》一九五七年十月十九日。

143　鄧小平，〈關於整風運動的報告〉，《人民日報》一九五七年十月十九日。

144　文菲，〈要關懷文學創作的新生力量〉，《文學月刊》一九五六年第三期。

「新人」還缺乏普遍熱情。為此，主管部門不得不通過輿論監督予以壓制。一九五一年，上海《新民報・萌芽》副刊因退稿之事，遭到了文學青年章瑞投訴，《文藝報》迫使《新民報》「檢討」自己「敷衍塞責」[145]。同年二月二十三日，《光明日報》副刊部也做了關於退稿「不夠認真負責」的檢討。《文藝報》編發這些檢討時，加「編者按」說：「這種及時改進工作的精神是很好的，只有這樣，編輯部才能更好地聯繫群眾，刊物內容才會更充實起來。」

但「新人」問題真正上升為體制性問題是在一九五四年底。當時，《文藝報》在轉載李希凡、藍翎有關《紅樓夢》的研究論文時，加了保留性按語（馮雪峰撰），引起毛澤東震怒。毛批評馮雪峰「壓制新生力量」，並指示全國文聯連續召開大規模會議予以批評。會後，《文藝報》編委會被改組。此事震動文藝界，引起全國文藝機構對「新人」的高度重視，恰如《浙江文藝》言：「《文藝報》的錯誤的揭發，對全國各個文藝報刊的教育意義是極其重大的。」[146]「新生力量」問題遂成為文藝刊物工作重點。儘管某些機構仍被指責為虛應故事[147]，但一般編輯、刊物、領導確實不敢輕易落下「壓制新生力量」的罪名，培養「新人」成為全國各級文藝機構和刊物的有計畫工作。《長江日報》將發表工人作品的數量列入編輯的年度考核指標。一九五六年，中國作協召開了「全國青年文學創作者會議」。上海作協還創辦《萌芽》雜誌（一九五七），專門刊發「新人」稿件。

體制培養獲得了明顯成效。僅上海一地，解放後「經常在上海各種報刊上發表過文學作品的青年作者，一共有二百七十多人，其中工人占百分之四十二，機關工作者占百分之二十一，教育工作者占百分之十三，學生占百分之

---

145 新民報副刊部，〈關於「萌芽」退稿的檢討〉，《文藝報》一九五一年三卷九期。

146 編輯部，〈開展批評，改進工作〉，《浙江文藝》一九五五年第一期。

147 閻志吾批評說：「有些文藝刊物，雖然口頭上也在喊著培養新生力量，實際上對這一工作的重要性並沒有足夠的認識，無計畫，沒有具體的措施」，「偶爾也發表幾篇工農作者的文章，其實也不過是用這一招牌裝飾刊物的門面，他們思想上對這些工農作者是看不起的。」見閻志吾，〈編輯的功績、錯誤與煩惱〉，《文藝報》一九五六年第四期。

九，文藝工作者占百分之十五，前後共發表七百多篇作品」[148]。而據作協初步統計，至一九五六年，全國出現的「有才能的新作者」「大約有一千多名」。一九五九年，作為建國十週年獻禮，《文藝報》列出了一份知名「新人」名單：短篇小說——杜鵬程、李準、瑪拉沁夫、孫峻青、王願堅、胡萬春、費禮文、阿鳳、唐克新、陸俊超、李喬等；長篇小說——梁斌、曲波、楊沫、高玉寶、陳登科、徐懷中、劉知俠、李英儒、雪克、劉流等；詩人——郭小川、聞捷、未央、張永枚、雁翼、李學鼇、石方禹、梁上泉、顧工、傅仇、李瑛、嚴陣、苗得雨、張志明、藍曼等；戲劇——陳其通、胡可、孫芋、金劍、安波等；理論批評——馬鐵丁、李希凡、姚文元等[149]。

「新人」受到了體制性照顧。「青年文學創作者會議」召開時，《文藝報》刊出社論稱：「如同新生力量是一切革命事業明天的希望一樣，培養文學的青年力量和擴大文學隊伍，恰恰是繁榮文學事業的關鍵問題。」[150]當時劉紹棠、叢維熙、王蒙等知名「新人」享受的殊榮甚至超過延安文人。儘管不乏幼稚，但他們被認為代表了「人民文學」的未來。組織、出版、評論都向他們敞開懷抱。會後，十卷本「青年文學創作選集」迅速推出，入選者達一百八十八人，據稱「只是經常出現在報刊上發表作品的青年寫作者的總數的十分之二」，「百分之七十以上是工廠、農村、部隊、學校、機關的業餘寫作者」[151]。工人出版社還出版「收穫文藝叢書」，收入劉藝亭、李納、葛文、陳淼、董偉、路工、王血波、張學新等人的作品。出版個人集子者更多。而且，作為組織培養的手段，很多「新人」稍嶄露頭角即被調離基層單位，前往作協等專業單位工作。沈從文將這類培養「新人」的方法稱為「溫室育苗」，諷刺說：「做新作家不用打乒乓球的淘汰制，稍露苗頭，即抬舉過高，期望過大。而且學習面極窄，四川學沙汀，山西學趙樹理，湖

148　巴金，〈在社會主義文學的旗幟下勝利前進！〉，《文藝月報》一九五六年第六期。
149　本刊編輯部，〈十年來的文學新人〉，《文藝報》一九五九年第十九至二十期。當然，這份長長的名單，還隱去了一批已被放逐的青年作家：劉賓雁、劉紹棠、王蒙、高曉聲、陸文夫、藍翎、流沙河等。
150　〈讓文學的青春力量更快更多地成長起來〉，《文藝報》一九五六年第五至六期。
151　沈雁冰，〈文學藝術工作中的關鍵性問題〉，《文藝報》一九五六年第十二期。

南學周立波，取法乎中，斯得其下，這哪會出人材？」[152]

「新人」培養體現了主管部門對文藝界「新陳代謝」的重新規劃。自然地，「新人」既被要求能與人民同心同德，那麼出身上層的青年就難獲得機會[153]。一個嶄新的文學版圖將出現在規劃中：延安文人和「文學新人」將「人民文學」向前推進，國統區文人和那些接受「舊教育」的文學青年則將逐漸被人「遺忘」。因此，執政黨對出身下層的「新人」寄予很高期望，並給予特殊教育。斐魯恂指出：「中國領袖目前所擔心的是革命慢慢地像吃飯喝水一樣稀鬆平常，年輕的一代也會因此失去他們恨的本能，他們認為這會使得共產黨統治的合法性為之削弱。因此中共捨棄制度化的正路，拚命地往社會中塞入更多的仇恨情緒，即使妨礙官僚系統的正常運作也在所不惜。」[154]這種讀解失之皮相。其實，執政黨教育「新人」，與其說是灌輸仇恨，不如說是通過苦難情境的複製，激發新人對下層民眾的同情、關愛與忠誠。黨相信，「舊知識分子」不能體察民生艱難，也不能在政策上腳踏實地為下層謀利，故希望在於「新人」，在於通過教育保持他們人性中的善與責任。然而，此意願是否達成了呢？事實顯示，「新人」們態度驕傲[155]，

152 沈從文，〈致張之佩〉，載《沈從文全集》第二十二卷（北嶽文藝出版社，二〇〇二年）。

153 這種「不公」待遇，知識分子頗難接受。「鳴放」期間，汪靜之提出：「在上海我聽人說：作家協會是培養黨員作家和工農作家的。據說不是事實，但為什麼有這樣的說法呢？恐怕與作協培養創作幹部少有關。培養黨員作家和工農作家是對的，但文學事業是群眾的事業，也應培養其他的作家才好。搞文學事業總得有『文』才行，培養工人作家，非先來個十年窗下不可，那麼知識分子已經是十年窗下了，就不要拋棄他們。」〈作協在整風中廣開言路〉，《文藝報》一九五七年第十一期。

154 〔美〕斐魯恂，《中國人的政治文化》（臺北風雲論壇出版社，一九九二年），頁七一。

155 據說：「有些青年作者的驕傲情緒竟發展到『自大狂妄』的程度。有一個年輕作者對我們最敬愛的老前輩趙樹理同志，竟以平輩自居，大模大樣的直呼之為『老趙』，以抬高自己的身價。」見潘蕪，〈「尊師愛徒」〉，《文學月刊》一九五六年第六期。而劉紹棠，「自封為『十歲的神童，二十歲的才子』。從藥汀同志是他中學時代的語文老師，又是他的入黨介紹人，他在中學讀書時，總是恭恭敬敬地稱呼：『從先生！』上了大學，便直呼其名：『從藥汀！』稍後小有文名，見面只喊：『老從！』到今年春天，甚至說出這種話來：『老從！你介紹我入黨，算是做了一件好事，一則給黨增加了光榮，二則也叫人們常

更嚴重的是，他們對已被「人民文學」貶為「過時」、「落後」的五四批判精神表現出了莫大興趣。這在「百花文學」中表現極為突出：

> 「百家齊放」運動表明，儘管黨進行了多年的思想灌輸——有些灌輸還可追溯到四十年代，但黨員和黨外知識分子中的相當重要的一部分人，卻沒有拋棄幾十年前所接受的西方自由主義思想。更重要的是，年輕的知識分子和學生儘管是在紅旗下長大的，還是受了西方思想的影響。不管是通過蘇聯的渠道，還是通過自己先輩的著作，這些青年知識分子和學生還是繼承了「五四」時代的傳統。[156]

可見，國統區文人在與延安文人的群體「鬥爭」無奈退出，但其思想卻通過「新人」捲土重來。一九五七年，「文學新人」與久已沉寂的「舊知識分子」們一起成為新中國事業的批評者。劉紹棠不僅發表揭露黨的官員私生活腐化的小說，而且還撰寫長篇理論文章，諷刺〈講話〉及〈講話〉後的文學成就，要求就「社會主義現實主義」、「真實性」等概念展開「討論」。藍翎據說在一篇未能刊出的〈面對著血跡的沉思〉文章裏，將新社會描繪成到處「血跡累累、漆黑一團」[157]。這種「再五四化」的趨勢，使「新人」們付出了沉重代價。劉紹棠、藍翎、劉賓雁等「新人」被批評是「不知天高地厚」、「忘恩負義」的典型，淪為「右派」。

這是延安文人體制性再生產的失敗。公木痛心地表示：「劉紹棠是完全在黨的栽培下成長起來的，而少有成就，便『自我完成』為一個堅決的反黨分子。這事的確應該引起注意。人奶能夠餵出狼子來嗎？為什麼在黨的關照下，受

常提到你。』」見公木，〈墮落的腳印，沉痛的教訓〉，《文藝學習》一九五七年第十一期。

156 〔美〕費正清等編，《劍橋中華人民共和國史（一九四九至一九六五）》（上海人民出版社，一九九〇年），頁二七〇。

157 〈人民日報揭露蔣元椿等人的反黨言行〉，《人民日報》一九五八年一月六日。

著社會主義的教育，竟然會培養出反黨、反社會主義的右派分子呢？而且不只劉紹棠一個。據北京文聯統計，參加去年全國文學創作者會議的代表中，墮落為右派分子的約占百分之十五。」[158]百分之十五的比例顯然誇大，但公木提出了黨盤旋不去的一種焦慮：「為什麼人奶餵出了狼子？」究其原因，一在於國統區文人（尤其是已去世的魯迅）著作的影響，二在於「人民文學」自身的悖論。「人民文學」前身「左翼文學」本是一種反抗敘述，曾成功參與對國民黨政權的顛覆，但中國共產黨自己執政以後，不再歡迎這種「否定性的破壞力量」。這一悖論，使「新人」陷入進退兩難之境。

雷蒙・阿隆對「十月革命」後蘇聯知識分子的描述，很適合中國「新人」的處境：「不管是蘇聯的國內，還是國外，人們在以下兩種態度之間猶豫不決。其一是堅持認為：不管怎麼說，這一新的政體仍忠誠於其最初的理想，並向著自己的目標前進；其二是揭露革命先知在掌權前所宣揚的革命理想與官僚分子所建立的國家之間的差距。」[159]部分「新人」選擇了後者，這使他們多少具備薩義德所謂的「知識分子」特質，「他或她全身投注於批評意識，不願接受簡單的處方、現成的陳腔濫調，或迎合討好、與人方便地肯定權勢者或傳統者的說法或做法」[160]。但按此定義，「新人」無疑又陷入選擇的悖論——「知識分子無疑屬於弱者、無人代表者的一邊」，在五十年代中國，誰代表著「弱者」呢？是「新人」還是自由主義前輩，值得懷疑。真正當得起這一歷史重責的，恐怕還是執政黨。雖然建國後出現了官僚主義，但黨仍保持了早期民粹主義式的弱者關懷與正義訴求。「新人」或許覺得他們的批判包含正義，而黨卻以為他們被人利用。因此，中宣部特別將批判劉紹棠的文章彙編成集，題名《青年作者的鑑戒》出版，以示儆戒。

「新人」背叛的更嚴重後果是：「領導階層試圖把知識分子當做中國現代化建設關鍵力量的希望破滅了。」[161]毛澤東不但喪失對「舊知識分子」的殘餘信任，甚至對「紅色知識分子」的設想也失去興趣：

158 公木，〈墮落的腳印，沉痛的教訓〉，《文藝學習》一九五七年第十一期。
159 〔法〕雷蒙・阿隆，《知識分子的鴉片》（譯林出版社，二〇〇五年），頁一一六。
160 〔美〕愛德華・薩義德，《知識分子論》（三聯書店，二〇〇二年），頁二五。
161 〔美〕費正清等編，《劍橋中華人民共和國史（一九四九至一九六五）》（上海人民出版社，一九九〇年），頁四七二。

參加一九五七年初「大鳴大放」的學者和專家們，以其嚴厲的、對毛澤東的精神的否定的和消極的批評，使人們對毛澤東本人的判斷——首先是在那些受到其他許多老同志反對的政策上、由此而到毛澤東的觀點上——產生了懷疑，這動搖了他的威望和權威。因此，他轉而粗暴地反對他們。此後，毛澤東不再講要培養一批出身好的新型紅色知識分子的話，而是借助於群眾的積極性和創造性。[162]

被動搖的，不僅是毛澤東的「威望和權威」，更有他對革命「後繼有人」的信心。他認為：「新人」已被資產階級「污染」，失去了與下層農民、工人之間血水交融的聯繫，如果他們深入農村和工廠，恐怕就不會那麼幼稚地滿足於批評意氣。這種判斷出於推測。較有力證據是，「反右」後，中宣部要求包括「新人」在內的作家下鄉、下廠、下部隊，「永遠地深入到工農群眾裏扎下根去」[163]。《文藝報》報導：「在北京的作家和青年作家中，張天翼、周立波、田間、康濯、楊朔、蔣牧良、舒群、李季、菡子、秦兆陽、刑野、蕭殷、蔡其矯、駱賓基、華山、聞捷、金近、嚴辰、逮斐等二十多人，即將分赴河北、浙江、江蘇、安徽、廣東、湖南、黑龍江、柴達木、甘肅等地。」[164]

此後，「新人」實被「積極分子」取代。這從兩點可見：（一）不再重點培養，而是普及性批量培養。（二）他們被給予特別訓練，研讀、體會毛澤東思想，以保證「永不變質」。這種訓練技術延安時代即已摸索，不過六十年代以後方達於極致，「從『延安整風』開始，中國式的『新人』除了共產主義『新人』的普遍特徵（如政治忠誠和獻身精神）以外，強調的是『靈魂深處爆發革命』，用掏心挖肺式的自我解剖和苦行僧般的自我拒絕來達到徹底否定『小我』（即個人存在）的目標」，「這和儒家的『內省』和『修身』有一致之處，只不過是把這種傳統推到極端」[165]。

162 〔美〕Stuart R. Schram，《毛澤東的思想》（中國人民大學出版社，二〇〇五年），頁一四三。
163 方炤，〈劇作家到工農中去扎根〉，《文藝報》一九五七年第三十期。
164 沭陽、閻綱，〈到群眾中去，到火勢的鬥爭中去〉，《文藝報》一九五七年第三十期。
165 程映虹，〈塑造「新人」：蘇聯、中國和古巴共產黨革命的比較研究〉，《當代中國研究》二〇〇五年第三期。

以此種組織方式訓練出來的「新人」，不是寫作者，而是「積極分子」。一九六五年，中國作協再次召開青年作家會議，直接命名為「青年業餘文學創作積極分子大會」，「業餘」受到特別強調。據報導：與會的一千一百多名參加者，是「各省、市、自治區，各系統根據政治思想好、工作勞動好、聯繫群眾好、業餘創作好四項條件，層層選拔出來的先進青年」，「他們大都是活學活用毛主席著作的積極分子」，特別是，他們「永遠不脫離勞動，永遠不脫離工農兵」，「一輩子也不『浮上來』」[166]。這最後一點，恰恰是十年前「文學新人」們孜孜以求的目標。文學界「社會主義新人」的制度性培養，至此「壽終正寢」。

從「新人」到「積極分子」的變化，是延安文人尋求到的「安全」的體制再生產。但或出乎他們意料，恰恰是這種政治忠誠的訓練，毀掉了「人民文學」自我更新的能力。對此，阿里夫・德里克在對「反右派運動」的有關評價中已有預見：「以近乎偏執狂的態度懷疑不同的看法。結果理論的爭鳴和政治的辯論受到壓制，萬馬齊瘖，不僅因而無法正視在創建社會主義中的複雜問題，而且消滅了持異見的馬克思主義革命者，使革命力量失去了政治堅定、理論敏銳的知識分子。」[167]「反右」時這一局面尚不明顯，但等到「積極分子」成為文藝界主要力量之時，「人民文學」的問題就再明顯不過了。

三

其實，劉紹棠、王蒙等「新人」無論持有怎樣「異見」，他們無疑還是「馬克思主義革命者」，但「積極分子」就不甚相同了。對於毛澤東而言，從工人、農民中直接培養作家、教授，是浪漫而無奈的選擇，「毛澤東把作家思想

166 本報評論員，〈用毛澤東思想武裝起來，做又會勞動又會創作的文藝戰士〉，《文藝報》一九六五年第十二期。
167 〔美〕阿里夫・德里克，〈「文化轉向」後的文革〉，「學術中國」（www.xschina.org）二〇〇六年十二月。

改造、轉移立足點、長期深入工農兵生活，作為解決文藝新方向的關鍵問題提出。即使如此，毛澤東對他們能否勝任這一任務仍持懷疑態度。因此，他把建立無產階級的『文學隊伍』，特別是從工人、農民中發現、培養作家，作為一項重要的戰略措施。他以『卑賤者最聰明，高貴者最愚蠢』，來鼓舞他們『解放思想，敢想敢幹』」[168]。然而，來自工人、農民中的青年是否會將「為人民服務」視為根本追求，實在不宜做樂觀估計。其實，由於主管部門的制度性扶持，寫作已成為一條萬眾矚目的成才「捷徑」。沈從文曾對此歎息萬分：

> 年輕人生到當前，真是幸運，只要會把工作貼到國家需要上使用，寫作用不到三幾年，或三五篇文章，即可成為全國知名人物。哪裏用得著如我們卅年前死用功，一面和業務作戰，一面還得和生活作戰，通常是在極端困難中完成一件工作，即完成，也並不能得到應有出路和社會重視。現在作家稍微有點成就的，即當成八寶精一般看待，做編輯的追來趕去要文章，許多不成熟的還得編輯為改改，稍好的，一發表不久，並且即有機會演成電影，本人另外一時又即可出國去觀光。真是一舉成名天下揚。[169]

這是文藝政策的「成績」。建國十年，文藝界除湧現出一批青年作家外，也出現諸多知名業餘作者，如李文元、黃聲孝、高玉寶、王安友、韓文州、馮金堂、申躍中、劉勇、徐銀齋、崔八娃、安柯欽夫、札拉嘎胡、米雙耀、溫承訓、韓憶萍、劉勇、劉章等。其中多人文化極低，如解放軍戰士高玉寶，入伍後勉強脫盲，寫小說時遇到不會寫的字，就用同音字或符號、圖畫代替。但就這樣，他竟因一冊《高玉寶》而家喻戶曉。編輯荒草介紹說：「高玉寶寫這本書克服了很多困難，經過一年多的時間才把它寫成。他的文化水平很低，寫十個字就得問人家七八個字，居然完成

---

168 洪子誠，《中國當代文學史》（北京大學出版社，一九九九年），頁一四。

169 沈從文，《一九六〇年六月中旬・北京・致沈雲麓》，《沈從文全集》第二十卷（北嶽文藝出版社，二〇〇二年）。

了這樣一本巨著，僅僅就它的毅力來說，也是很驚人的。」[170]但更「驚人」的是組織培養「點石成金」的威力。陳登科比高玉寶強不了太多，也是很多字不會寫，竟也一登龍門！此外，更令人眼熱心跳的則是稿酬收入。當時稿酬標準很高，脫離國情。城市居民人均月收入不過二三十元，專業作家與居民收入差距之大令人歎為觀止。梁斌《紅旗譜》得稿酬十萬元，相當於一名職工不吃不喝二百年的全部收入，相當於一名農民二千零一十八年的全部收入（詳見第一章二節）。在計畫體制下，哪裏還能找到如此暴利的職業！稍有數學常識者，都會做「逐鹿」文壇之想。如果運氣好，一下子被哪個作協或出版社看中，隨便一小人物都可一夜成名、富貴驕人。若說陳登科、高玉寶有特殊生活經歷的話，那劉紹棠不過是一初中生，就因為在《天津日報・文藝》週刊上接連發表幾個短篇小說，就一躍成為文學「新星」，成功「殺進」北京城，又是買四合院，又要建別墅。

這是五十年代文壇之「怪現狀」。當時投稿屢屢失敗的鄭伯奇、沈從文、穆旦們的鬱悶自不足道。全國大、中學生和無數文學青年的心不服、口不服則成為問題。老老實實讀書、種地或做工有什麼意思，他們為什麼就不能成為新的劉紹棠或高玉寶呢！一九五六年，一封寄給某名作家的來信，將此想法說得清楚直接：

> 我是高中一年級的學生，名叫×××，家庭成分是貧農，受到青年創作者會議的鼓舞，我也決心要做一個人民作家。我最苦惱的是沒人教我寫作的竅門，我願拜在您的門下受教，不達到目的，誓死不休。既然高玉寶、劉紹棠他們能成為作家，我相信我也一定能成為作家的。我現在遇到的困難是：我太缺乏文學常識，由於過去對於文學一直沒有興趣，除了語文課本外，我沒讀過什麼作品。我請您教我的第一課是：怎樣培養對文學的興趣？[171]

[170] 荒草，〈英雄的文藝戰士〉，《解放軍文藝》一九五一年一卷六期。
[171] 周和，〈關於「帶徒弟」〉，《人民文學》一九五六年第十期。

「不可勝數的年輕力量」由此湧現在全國。茅盾在公開信中談及當時文藝刊物的不堪其負：「全國性的大型的雜誌的編輯，每月收到的投稿，在四五百萬字到一千萬字左右，如果十個編輯專門閱讀這樣大量的投稿，並須對每一不用的稿子都提出詳盡的意見，那即使他們每天工作二十四小時還是不能辦到的。」[172]

不過，與中宣部對「新生力量」的公開扶持不同，一九五六至一九五七年間的文藝刊物大量刊登的卻是知名作家對業餘寫作的婉阻和憂慮。誰相信懷著赤裸裸的發財出名之心的青年能成為「人民文學」的未來力量呢？「玄珠」（茅盾化名）談到他接到的另一種「奇怪」來信：「自稱二十不足，貧農成分，唯讀過四年書的人，卻寫得一手相當熟練的漢字；這，如果大膽懷疑起來，便覺得其中有『偽』，為什麼要作偽呢？最普通的原因：貧農而又年輕，最受尊敬，或者至少最能喚起注意，取得同情。這就使我不能不擔憂，這樣一位『青年』首先學會的，卻是揣摩風氣的『本領』。」「這樣一個青年既不勞動生產，又不補習文化，卻把大好光陰用來向政府部門一再寫信，『堅決』要求『培養』，這怕不是健康的現象罷？」[173]戴翼表示：「有一些青年同志和同學，在寫作的動機和目的上還不夠純潔和明確」，「把寫作看成是名利雙收的最簡捷的途徑」，「希望一篇『大作』發表之後能立即『金榜題名』、萬人仰拜」，或「希望自己的『作品』能成為『搖錢樹』，動則把百八十元的稿費搖進自己的腰包。」[174]劉金感歎道：「一些熱愛文學的青年，在寫作上走錯了『門路』」，他們「以為只憑堅強的決心和毅力，就能產生出『紀念碑』式的不朽巨著來，從而使自己『一舉成名天下聞』。」[175]

孔另境則嘗試將一般投稿者與「新生力量」劃清界限：「一般人把新生力量解釋得非常廣泛，非常含混，似乎凡是年輕的投稿者都是新生力量，因而得出的結論是：凡年輕的投稿者都得培養。這個推論的結果嚴重得很，出版社的

172　茅盾，〈答一個業餘寫作者〉，《文藝學習》一九五六第十二期。
173　玄珠，〈關於要求培養〉，《新觀察》一九五六年第十三期。
174　戴翼，〈談學校中的業餘寫作〉，《文學月刊》一九五六年第三期。
175　劉金，〈當編輯的心情〉，《萌芽》一九五六年第三期。

編輯同志可忙壞了，把青年人的投稿一讀再讀，橫看豎看，唯恐失眼，漏掉和埋沒了一個新生力量」，「即使毫無可取之處，也硬要加以『培養』」[176]。趙自對「壓殺天才」的說法提出異議：「我並不否認，現在的確還有一些『貌若青年指導者』的人，以反對好高騖遠為藉口，對青年們的銳氣和積極性橫肆打擊。但我以為好高騖遠、幻想一鳴驚人的青年卻也不是絕無僅有。對這些青年人，雜誌編輯部提出些切實的（當然是要誠懇的）勸告，又何嘗不可？何必定要一律目為『壓殺天才』？」[177]吳雁則直言不諱地批評青年的名利欲，刻薄諷刺他們創作的「新民歌」：「說是一天寫出三百首七個字一句的東西就叫做『詩』，我寧可站在夏日炎炎的窗前，聽一聽樹上知了的叫聲，而不願被人請去做這類『詩篇』的評論家。」[178]趙樹理則認為長沙學生夏可為的四十萬字小說計畫「不切實際」「非常不妥當」[179]，他甚至專門創作小說《互做鑑定》批評這類青年「不務正業」。

嚴格地講，業餘作者與「文學新人」作為黨的培養對象，性質並無大異，故中宣部自始至終持支持態度。所以，無論作家怎樣「苦口婆心」地規勸青年學生，但根本不能阻擋寫作的「狂潮」。有學生直接批評趙樹理「努力給青年習作者潑冷水、放冷槍、射冷炮，努力打擊青年」[180]，甚至一九五七年劉紹棠的「折戟沉沙」也未能遏制這股「狂潮」。然而絕大多數投稿者，只能埋沒於業餘寫作，苦苦筆耕、難得發表隻言片字的文學青年比比皆是。當然，「反右派運動」以後，由於毛澤東對知識分子的明確不滿，業餘作者的境遇大為改善。作為毛澤東的不依靠知識分子而由工人、農民自己「進軍」科技、文藝領域的思路的反映，業餘寫作得到了「爆炸」式發展。一九五八年，河北省連續發動三次「寫作運動」，以「五好」標準培養業餘作者。該年，「中國最主要的文學刊物《人民文學》完全放手發表

176 孔另境，〈培養和發掘〉，《人民日報》一九五七年三月九日。
177 趙自，〈何嘗不可論〉，《文匯報》一九五六年十月十八日。
178 吳雁，〈創作，需要才能〉，《新港》一九五七年第八期。
179 趙樹理，〈不要這樣多的幻想吧？〉，《文藝學習》一九五七年第五期。
180 編輯部，〈趙樹理《青年與創作》發表以後〉，《文藝報》一九五七年第十二期。

工人和農民的作品」，而「『作家』的數量由一九五七年的不足一千人增加到一九五八年的二十多萬」[181]。及至六十年代，業餘作者占據了文學刊物的大比例版面，儼然成了文藝界主要力量。一九六五年，軍隊權威刊物《解放軍文藝》宣稱，自己所刊作品「百分之九十以上出自業餘作者之手」[182]。業餘作者甚至登堂入室，走上大學講臺，向大學生們傳授創作經驗。這恰成一個諷刺：延安文人最合適的繼承者本應該是受過大學教育的青年學生，但現在這一位置被工廠或農村的青年所填充；如果他們也想進入文藝界的話，那麼最好是向業餘作者們那樣寫作、生活。

然而，「積極分子」卻失去了「出人頭地」的機會，再難成為「新人」。主管部門提倡他們永遠「扎根」基層單位。一篇讚頌他們的文章，雖然仍稱他們為「文學新人」，但用意顯然不是鼓勵他們成為姚文元或者浩然：

> 但是，這三位引起人們重視的作者，他們的正常職業是什麼呢？回答是：他們是工人、農民和戰士。是真正的工人、地道的農民、普通的戰士。劉柏生是牡丹江沿江公社立新大隊的支部書記，他時時刻刻在思考著的，是如何搞好生產，而不是如何使自己成為一位小說家。邊防戰士張勤所以提起筆來寫作，完全是出於部隊政治思想工作的需要，他的寫作計畫常常是自然地被列入部隊的政治工作計畫以內的。哈爾濱第一工具廠工人韓統良，是從車間壁報學會了文學創作的，而且他的創作活動幾乎全都是和他所從事的生產鬥事、和他身邊的工人群眾的戰鬥要求密切結合著的。這一切說明了什麼呢？說明了：作為優秀作者的劉柏生、張勤、韓統良，他們首先是一個工人，一個農民，一個戰士，而不是首先是一個文學作者。[183]

181 〔美〕費正清等編，《劍橋中華人民共和國史（一九四九至一九六五）》（上海人民出版社，一九九〇年），頁四七四。
182 《解放軍文藝》編輯部，〈我們是怎樣組織業餘骨幹作者隊伍的〉，《文藝報》一九六五年第七期。
183 馮牧，〈在勞動和鬥爭中成長的文學新人〉，《文學評論》一九六五年第六期。

與此相應，主管部門還發展了新的寫作方式——集體寫作。一九五八年二十二期《文藝報》刊文〈集體創作好處多〉，用意簡潔明瞭。集體寫作五十年代初期即已有之，但「反右」以後得到大力提倡。這與毛澤東設想的「人民民主」有關，但與延安文人的自我恐懼亦有關聯。「反右」使大批文人喪失了寫作勇氣，不敢動筆（《收穫》、《文藝月報》、《新觀察》一九五九年都鬧起「稿荒」），客觀上為業餘作者的湧入提供了契機。而業餘作者文化水平普遍偏低，不與人「結合」，又如何能寫出達到發表水準的作品呢？一九六〇年，湖北省湧現大批「寫作小組」，僅黃岡地區就出現了「岡人」（黃岡縣）、「田文」（羅田縣）、「王白石」（黃梅縣）、「紅學文」（紅安縣）、「于洲人」（新洲縣）等一百九十一個寫作小組。《湖北日報》表示要「為新生事物鳴鑼開道」。《文藝報》稱讚說：希望這種「政治思想戰線的巡邏隊和戰鬥隊，在全國出現得愈多愈好」[184]。

及至「文革」期間，集體創作正式發展成為「三結合」形式，即「黨的領導」、「工農兵群眾」和「專業文藝工作者」的結合[185]。「三結合」在當時生產了不少作品，如《金訓華之歌》（仇學寶、錢家梁、張鴻喜）、《牛田洋》（署名「南哨」）、《桐柏英雄》（集體創作，前涉執筆）、《虹南作戰史》（上海縣《虹南作戰史》寫作組）、《理想之歌》（北大中文系七十二級工農員學員），等等。不過，業餘作者對集體創作並不特別歡迎。集體創作不能滿足業餘作者一夜成名的夢想。儘管新中國教育水平大幅提高，受過中學教育的工人、農民成為業餘作者主要來源，儘管業餘作者爆發式增長，但自浩然之後，再也沒出現一位知名「新人」。「文革」期間流傳一句順口溜云：「創作創作，個體勞作，要想成名，別去合作。」[186]體制可以「點石成金」，體制也可以輕易地化「金」為「石」。五十年代的國統區文人與鴛鴦蝴蝶派文人都已煙消雲散，更遑論一般文學投稿者呢？「積極分子」儘管不甚歡迎集體寫作，

184 宋爽，〈為新生事物鳴鑼開道〉，《文藝報》一九六〇年第五期。
185 周天，〈文藝戰線上的一個新生事物——三結合創作〉，《朝霞》一九七五年第十二期。
186 江毅文，〈衝破資產階級法權思想的「包圍圈」〉，《江蘇文藝》一九五七年第四期。

但能夠發表文章、提高個人政治地位，他們還是趨之若鶩。對於執政黨而言，這也是提拔與約束兼具的組織策略：既可保證下層子弟參與寫作，又不致使他們成名後再度「忘恩負義」。

然而，對於「人民文學」的延續而言，不能不說極不樂觀。與五十年代「新人」相比，「積極分子」不瞭解新文學「傳統」，對社會主義現實主義的內在規則同樣不甚了了。他們的所謂「創作」，往往是意識形態的機械複製。或是他們自己照搬報紙論調，但更多是由文化較高的編輯或作家按照政治意識形態敘述加以「剪輯」、編製。一九五九年《文藝月報》推出「工人創作專號」，其中作品，「有的輔導和修改多達十次以上。編輯們幾乎跑遍了整個上海的工廠，找題材，找作者，幫助作者構思，輔導他們如何把人物寫活，如何通過藝術加工創造典型，還在文字上不厭其煩地反覆推敲幫助修改」[187]。這分明是編輯藉「群眾」身分在製作作品。由於六十年代後，無論「真心」還是「假意」，意識形態修辭成為全社會的流行論調，編輯出於最少風險的考慮，以複製意識形態為最優選擇。這種業餘作者與專業編輯的「合作」，在集體寫作中表現最為突出。人民文學出版社副社長韋君宜回憶：

> 這些作者，大部分是生平從未寫過任何作品的人。往往是組織者接到黨委指令，某某題材重要，於是便把這些人集中起來。這些人中有具備一點寫作能力的，有勉強拼湊完成任務的，有想學時髦寫幾句的，還有很想寫自己的生活但是對於這生活沒有認識的，或者自己的認識與領導上的意圖完全兩樣的……我這時的任務，就是把著他們的手，編出領導所需要的書來……工農兵寫了頭一遍，一般由編輯重寫第二遍，能剩下三五句就算好的了。[188]

187 歐陽翠，〈回憶魏金枝〉，《新文學史料》一九九四年第二期。
188 韋君宜，《思痛錄・露沙的路》（文化藝術出版社，二〇〇三年），頁一五一、一三六。

到「三結合」寫作（幹部、工農兵和作家），意識形態複製更劇。其時文學的組織活動已蔓延到作品內部，不但作家被組織到特定文藝機構之內，作品的構思與想像也被徹底組織化。這類文學，絕非周揚在一九四九年所設想的「新的人民的文藝」，其中缺乏社會主義現實主義所要求的有關「現實」與「真實」的辯證關係。如果說「文革」期間的文學空間也形成了黑格爾所謂的「普遍同質領域」的話，那麼它只能是意識形態的空洞場所。

「人民文學」似乎徹底戰勝了「新文學」和鴛鴦蝴蝶派，「統攝」了所有寫作，但它的邊界和原則也受到嚴重的損壞。魯迅說：「革命的完結，大概只由於投機者的潛入。」[189]為利益所鼓動的「積極分子」，是延安文人再生產的失敗。與「新人」不同，他們缺乏面對中國社會與歷史的反思能力和興趣。他們趨隨意識形態，但更崇奉有權力者。而毛澤東在這種「無產階級文學隊伍」上寄予的希望——為下層階級說話——同樣很難發現。他們只願以奉迎政治或權勢的方式獲得利益，而無人願意思考所謂「人民」的真實聲音。

189 魯迅，《三閑集・鏟共大觀》，載《魯迅全集》第四卷（人民文學出版社），一九八一年。

第六章　出版制度與出版格局的重構（上）

圍繞出版資源的重組與爭奪，是「人民文學」與「新文學」、鴛鴦蝴蝶派等通俗文學之間權力關係的折射。在組織、評論和接受等文學制度的互動影響下，延安文人利用出版制度，有力重構了文學出版的力量版圖。私營書局的「社會主義改造」，文藝刊物的重新登記與審批，使作為「人民文學」的「異質成分」的「新文學」及鴛鴦蝴蝶派文學喪失了必要的生存空間。出版領域的「異質性」的清除，是「當代文學」發生與展開的一部分。不過，這種壓制、刪除和重組，不僅僅是「一體化」形塑的結果，也是不同文學勢力之間「談判」、博弈的結果。

第一節　私營書局及其文學出版

新中國成立後，文學出版制度與出版資源都面臨調整。舊的私營出版機構經軍管會重新登記，大部恢復營業，同時，新的私營機構也紛紛創立。這些私營書局，構成了建國初文學出版的主要資源之一。但在新的出版制度與閱讀趣味下，私營書局最終都納入了「社會主義改造」。一九五六年，私營書局不復存在，「舊知識分子」及「舊文人」一併失去舊有的獨立出版陣地。這成為「新文學」等異質話語被「人民文學」壓抑、清除的一個縮影。對此過程，學界有所關注，認為這是「意識傳導、輿論控制和思想整合」[1]的系統工程的一個環節。這一判斷，大體說明了五十年代文學出版的變局。但私營書局在當時面臨的政策及其文學出版的實際情況都比較複雜，不但文藝主管部門對出版政策與「整合」計畫有過試探與反覆，而且私營書局的行為選擇，也滲有較制度壓力更複雜的價值因素。

一

內戰期間，文學出版機構在戰爭、通貨膨脹與國民黨審查制度的摧壓下，普遍生存艱難。一九四六年元旦，趙景深撰文稱：「別國都已經和平了，我們中國還有內戰，交通不能迅速恢復，報紙還是這樣貴，生活程度還是這樣高。除開明書店、文化生活出版社、時代出版社、萬葉書店等每家稍出了幾本文藝書以外，就很少看見出版文藝書的。」[2]司馬長風也說：「在南北交通阻絕之下，文學書刊不能發布流通，加上八年抗戰以後，民窮財盡，而通貨膨脹惡化到極點，物價飛騰，早晚行市不同，即出的文學書刊，一經賣出，便收不回白報紙成本；在這種情況下，戰後文壇很快就進入掙扎求存的困境，而奄奄一息了。」[3]一九四八年底，內戰接近尾聲，即將取得大陸的中國共產黨必須制定全國統一的出版政策。對此，中國共產黨有比較充分的理論準備。一九四四年，解放日報社曾出版《馬克思主義與文藝》（周揚編）一書，收錄了列寧關於出版的重要文獻〈黨的組織與黨的出版物〉。列寧提出，出版物必須成為黨的出版物，在社會主義國家，只有無產階級的出版自由，絕不允許有資產階級的出版自由。這篇文獻為黨的出版政策提供了戰略構想，即對輿論生產不視同於一般生產企業，必須採取嚴密控制政策。不過，在接管期間解放軍並未

1 王本朝，《中國當代文學制度研究》（新星出版社，二〇〇七年），頁一五二。
2 轉自周錦，《中國新文學史》（臺北長歌出版社，一九七六年），頁五〇五。
3 司馬長風，《中國新文學史》（下卷）（香港昭明出版社，一九七八年），頁三九。

對私營書局一律採取取締、收歸國有的政策。一九四八年十二月，中共中央發布通知云：除沒收反動出版機構外，

民營及非全部官僚資本所經營的書店不接收，仍准繼續營業，如開明、世界、北新等書店屬之。商務印書館及中華書局，也屬此類。其中官僚資本應予沒收者，須經詳細調查確實報告中央，再行處理……凡允許繼續營業的書店，其書藉暫任由其自由發展，不加審查。[4]

相對於對私營報紙與文藝刊物的迅速取締，新中國對於私營出版機構的政策，比較寬鬆。這不免出人意料，因為按照列寧取消「資產階級出版自由」的思想，私營書局亦在禁止之列。那麼，是何原因使私營書局得以「法外開恩」呢？原因在於財政困難。解放之初，多數私營書局已成爛攤子，人員較多，負擔較重。而新中國百廢待興，財力疲弱，缺乏足夠的經濟實力將所有私營書局都承擔過來。尤其抗美援朝戰爭的爆發，令財政緊張局面愈趨嚴重。一九五〇年九月底，出版總署署長胡愈之在第一次全國出版會議上的講話，透露了這一苦衷：「私營出版、印刷、發行業一般都希望和國家資本合作，以解決其在業務上所遭遇的困難。這是一種好現象，但由於目前國家財政經濟狀況還沒有基本好轉，私營企業中也還存在著散漫的、不合理的情形，國家不應當也不可能根據單純的救濟觀點，對私營企業加以普遍的資助。」[5]無力承擔而又強行取締，易滋生不穩定因素。且與報刊相比，圖書出版速度較慢，受眾較窄，掌握起來比較容易（此次會議過後所有圖書發行權都收歸新華書店），故寬鬆政策被認為是可行的。

據此政策，大量國民黨出版機構被軍管，如正中書局、中國文化服務社等。正中書局係國民黨中央宣傳部的直管機構，戰後生產能力居全國之首。其總部一九四九年遷臺，留在南京的不動產被接收。中國文化服務社也屬國民黨中

4 〈中共中央對新區出版事業的暫行規定〉，載《中共中央文件選編》第十四卷（中共中央黨校出版社，一九八七年）。

5 胡愈之，〈論人民出版事業及其發展方向〉，《人民日報》一九五〇年九月二十八日。

宣部管轄，在全國設有支社及分銷處五百六十餘所。世界書局和大東書局中的官僚資本則被沒收。而私營書局，除部分自動停業外，多數經軍管會登記後繼續營業，如開明書店、文化生活出版社、北新書局、商務印書館、三聯書店、中華書局、上海出版公司，等等。同時，新的私營機構也紛紛創立，如上海平明出版社、天津知識書店等。

二

經過接管期的混亂與觀望，私營書局逐漸恢復了生機。據統計，一九五〇年「全國十一個大城市中，私營書店共一千零九家，其中二百四十四家係出版商」，他們印行的書籍「約占全部新出書籍中的一半」，「此外，還有許多從事零售的書鋪、書攤，其發行力量可能幾倍於新華書店」[6]。私營書局重新崛起的趨勢是明顯的：不但新書局時有開業，舊的出版機構也頗有雄心。梅志回憶：一九四九年底，「葛一虹就個人辦起了『天下圖書公司』；俞鴻模的海燕書店也雄心勃勃，不斷到北平去找好的書稿，胡風將孔厥、袁靜的《新兒女英雄傳》介紹給了他；賀尚華也對他說過，現在是出版界出書的最好時機，只要有好稿子不怕銷路」[7]。賈植芳也回憶說：「文化部新成立，全國文協徵求我意見，想派我去北京文化部工作，讓我當個副處長，我喜歡自由自在，不願意去。我想留在上海，有個安定的家；解放初出版業還很興旺，我想繼續寫作、翻譯，當個自由的作家。」[8]知名書局對「復興」更充滿信心。一九五〇年開明書店攜資北上，在天津、北京相繼設立分支機構。

6 〈關於目前出版工作的通知〉，載《中華人民共和國出版史料》第二卷（中國書籍出版社，一九九六年）。
7 梅志，《胡風傳》（北京十月文藝出版社，一九九八年），頁五六五。
8 賈植芳，《世紀老人的話・賈植芳卷》（遼寧教育出版社，二〇〇三年），頁二三三。

這些私營書局，較有效地延續了新文學傳統。開明書店是章錫琛一九二六年創辦，一直致力於新文學生產與傳播，建國前出版過眾多優秀小說、戲劇、散文作品，其作者幾乎囊盡茅盾、巴金、老舍、沈從文、葉聖陶、丁玲、廢名、錢鍾書、夏衍、吳祖光、周作人、沈從文、豐子愷、朱自清、俞平伯、冰心、劉大白、朱光潛等名家，在讀者中享有很高聲譽。建國後，開明書店出版了二十二種「新文學選集」。晨光出版公司係一九四六年良友圖書公司停業後，由老舍、趙家璧合資，趙家璧具體經辦的一家書店。趙家璧發揮「良友文學叢書」傳統，編輯「晨光文學叢書」數十種，並籌備出版《老舍全集》。建國後，晨光出版新書九十種，再版、重印書二百零七種。上海出版公司是一九四六年劉哲民、錢家圭、柯靈、唐弢在《週報》基礎上籌辦的，劉哲民為經理，旗下有《週報》、《文藝復興》、《活時代》等刊物。建國後，公司新聘師陀為總編輯，也希圖大的發展。一九四九年後，公司出版《中國文學研究專號》（上、中、下），重印《魯迅雜感選集》，影印《魯迅日記》和方志敏《可愛的中國》等作品。北新書局以出版魯迅作品知名，一九五三年與大中國地圖公司及廣益書局、春明書店組成四聯出版社，計畫專門出版通俗讀物。巴金弟李采臣創辦的平明出版社，發展最為迅猛。李采臣原係文化生活出版社的經理人員。一九四九年巴金與「文生」社創始人吳朗西發生矛盾，吳朗西將李采臣解聘。李采臣遂自辦出版社，由巴金任總編輯。在巴金支持下，平明業務蒸蒸日上，頻頻推出新作，短短數年，竟出版了三百多種文學作品。

從各種跡象看，私營書局建國後可以拓展更大的生存空間。它們往往有聲譽可以承續，有名作家可為奧援，有精通業務的幹練人才，且有較寬鬆的出版政策作為支持。但「歷史是一個鬥爭的過程，其結果——不管我們把這結果判斷為是好還是壞——是一些群體直接地或間接地，通常是直接多於間接，以犧牲另外一些群體獲得的」[9]，私營書局註定成為「犧牲」對象，其事實情況並不如意。復甦僅持續一年多。

到一九五二年，經營不善乃至停業的書店逐漸增多。原因有多方面：

9 〔英〕E．H．卡爾，《歷史是什麼?》（商務印書館，二〇〇八年），頁一七五。

第一，曖昧的政策。出版總署對私營出版的政策其實是矛盾的。表面上允許，形式上尊重，但實則不甚歡迎，畢竟，數量眾多的私營書局非由執政黨直接創辦或經手，它們的輿論影響力不能不令主管部門心生顧慮。所以，儘管不得不允許私營出版繼續經營，但它們將被取消的風聲在社會上公開流傳。私營出版人多少都能感受到其中的微妙，這影響了他們的判斷。趙家璧參加第一次全國文代會時，醞釀著擴大出版計畫：「會議期間，一邊學習，一邊開始探尋在新的歷史條件下，自己編輯工作的規劃。我記得他從北京回來的時候，帶回了一大堆書。有文藝理論的，也有解放區的文藝作品，小說、戲劇、版畫。」[10]但與老舍的會面，打消了他的這一計畫。趙家璧回憶：

一九五〇年初老舍從美國回來……我和他在北京飯店的客房裏談過幾次。我向他彙報晨光出版公司歷年業務情況和《老舍全集》十數種書出版和銷行情況，他聽到這個出版社在內戰時期經濟如此困難的年頭，居然還能維持至今，沒有虧本關門，表示出乎他的意外。他聽說解放後，私營企業都要改為公私合營，要我按照黨的政策，早日結束。他說，我們合辦出版社，不是為了謀利賺錢，主要是出些好書，造福讀者，同時團結作者，為他們好好服務。現在歷史任務已勝利完成，就應適可而止了。[11]

老舍「適可而止」的說法，很耐尋味。在新中國，難道不更應「造福讀者」、「團結作者」嗎？老舍明顯自相矛盾。趙家璧聽從了老舍的意見。不過，從內心裏，趙家璧是否願意放棄「晨光」，他未說明。據趙修慧回憶：一九四六年老舍與趙家璧約定出資創辦「晨光」時，由於老舍談定的美國版稅一時不能到位，趙家璧變賣了部分祖產作為啟動資金，「父親想起祖父逝世後遺留下來的田產，那是一筆不小的產業，用它作註冊資金也差得不多了。但是

10 趙修義，〈為了書的一生——我的父親趙家璧〉，《編輯學刊》二〇〇九年第一期。
11 趙家璧，〈老舍和我〉，載《文壇故舊錄》（北京三聯書店，一九九一年）。

在有著濃厚封建意識的中國，出售祖業可是大逆不孝呀！父親為他所鍾愛的出版事業，毅然決然地頂著族人的卑識目光，變賣了部分田產，邁開創業的第一步」[12]。

很難想像，趙家璧會真的心甘情願放棄自己變賣祖業且經營得有聲有色的「晨光」。不過，趙家璧也明白時勢：並不僅僅是「晨光」，整個新文學出版在歷史上頗有異端作風，屢屢出版批評、對抗政府的作品，建國後，若以原風格繼續高調出版，不免有對抗之嫌，且還可能塑造出「人民」之外具有叛逆性思維的讀者。何況，人民文學出版社已經成立，它規劃全國文學出版的姿態非常明顯，此時，私營出版業績愈佳，便愈有「唱對臺戲」之嫌。那麼，是選擇舊的出版事業還是選擇新的個人前程，對許多獨立出版人而言，是重要的人生價值問題。作為新中國重點優待的知名人士，老舍不願擔當這種嫌疑。趙家璧也懂得「進」「退」之理：「一九五〇年九月，在第一次全國出版工作會議上，父親首次提出公私合營的要求，但未獲批准。」[13]但由於出版總署尚無準備大規模推行公私合營，「晨光」的結束一直拖到一九五四年五月。

與老舍、趙家璧的主動結束不同，上海出版公司更多被動色彩。一九四九年初，鄭振鐸對上海出版公司的未來發展信心十足。以鄭振鐸與中國共產黨的密切關係（他是獲邀北上參加政治協商會議的知名人士），使出版社重獲發展，自不成問題。鄭振鐸北上後，在一九四九年的四月二十一日、六月一日、七月二十一日、八月五日、八月三十日，反覆致信經理劉哲民，強調上海出版公司「無論如何，必須不使中斷」，並討論公司新的招股、出版計畫（擬出一套「新文藝大系」）、房屋等事宜。但到十月口吻則發生變化，表示要退出公司。事後看來，當是受人點撥、明白了「適可而止」的「大勢」。到一九五二年，鄭振鐸致信劉哲民，表示上海出版公司「必須打算做『結束』，或改為

12 趙修慧，〈老舍趙家璧合辦「晨光」〉，《世紀》二〇〇四年第四期。
13 趙修慧，〈老舍趙家璧合辦「晨光」〉，《世紀》二〇〇四年第四期。

『合營』，或與其他出版社合營，私人出版事業，將來是不應該有的」[14]。不過，不願「適可而止」者仍占多數。畢竟，私營出版人多數並非名流，沒有「前途」需要顧忌。而且，即使你「適可而止」，新政府也未必會把「主席」、「局長」之類位置雙手奉上。尤其是，很多以出版鴛鴦蝴蝶派和唱本、演義小說的通俗私營書店，根本就上不了「臺面」。再說，辦出版社本來就是投資。老舍說「不是為了謀利賺錢」不等於面對可行投資而不為。所以，在一九五○、一九五一年，有書店關閉，也有書店開張。據統計，一九五○年全國有私營書店一百八十四家，一九五一年激增為三百二十一家，一九五二年達到最高峰，三百五十一家。

第二，私營書局卻又面臨著另一重困難：人才流失。建國初年，執政黨面臨人才短缺問題，文化、教育方面尤為突出。延安文化人畢竟數量有限，即便補充上大量從大學裏急招的學生，仍不敷全國之用。所以大量起用「舊知識分子」，不但是名義所需，更是現實所需。大批知名出版人因此受到政府的熱心招納。這對私營出版衝擊甚大。一批批出版界資深人士先後離職另就。這直接導致一批知名書局的危機，甚至倒臺。一九四九年，上海出版公司出版最後一期《文藝復興》。在「編後記」中，編者透露了對公司人才流失現狀的無奈：

> 《文藝復興》的《中國文學研究》下冊今天呈獻在讀者之前，三本東西，時間差不多快一年，其中原因很多，就是這一本下冊也印好了好久了，因為環境而不能發行所以遲到今天，這是要向讀者說明的。謝謝作者們的幫忙，遲遲的印出，是應該致歉的。編者鄭振鐸先生早就到北平去了，最近李健吾先生也到北方去了，就連鄭先生臨行轉託代勞的唐弢先生也編好了這本書後到北平去了。[15]

14 陳福康，《鄭振鐸年譜》（書目文獻出版社，一九八八年），頁四七四。

15 此段編後記不知作者是誰，邵寧寧估計為劉哲民，因為當時《文藝復興》的負責人多已北上，也只剩下劉哲民在上海。見邵寧寧，〈艱難時世的「文藝復興」夢想：《文藝復興》雜誌的創刊、停刊與復刊〉，《新文學史料》二○○五年第二期。

公司臺柱人物「到北方去了」的還有吳組緗，但未去的柯靈也離職了。這些知名作家和出版人都先後就職於新中國的政府部門。一九四九年十月二十一日，鄭振鐸致信劉哲民，謝辭上海出版公司董事長職務：「蓋弟即將在某部任職，怕難兼任此事，只要任一普通董事即可。」「某部任職」指中央已內定鄭出任文化部文物局局長與考古研究所所長。鄭振鐸顯然對新職位充滿更大的熱情。據《鄭振鐸年譜》記載，他在辭卻公司董事一週內，即以最快速度給文物局物色了裴文中、向覺明、王天本等骨幹研究力量，並於十月三十日致信著名學者夏鼐，邀請他北上共事。與鄭振鐸類似，吳組緗、李健吾先後被調往北京大學任教。唐弢被委任為華東文化部文物處副處長，兼任上海作協書記處書記，柯靈則出任《文匯報》副社長、上海電影劇本創作所所長。因此，上海出版公司即使不願「適可而止」，恐怕也會不「止」自「止」。

開明書店情況類似。其臺柱人物葉聖陶，尚未解放即被「搶運」北上，隨即出任出版總署副署長。在新職位面前，他們幾乎全部欣然就任。趙而昌回憶：「由私營轉入國營，用鄭振鐸先生一句風趣話，叫『棄邪歸正』。」[16]這表明，私營出版事業相對於新的政治前途完全沒有競爭力。一九四九年，商務印書館張元濟老先生盛情邀請茅盾出任總編輯，再續當年沈雁冰改版《小說月報》的盛事，但已被內定為文化部部長的茅盾婉辭了他的好意。這更表明，新政府可輕易地從私營出版中抽取人才，私營書局則無力吸引黨的文藝官員。這對私營書局形成了「拆臺」威脅，在職人員率有「心存魏闕」之態，人心浮動。

第三，稿源缺乏。一九四九年後，讀者趣味發生了很大變化，書局原有組稿方向因此面臨挑戰。趙修慧回憶：「一九四九年三月，上海解放的前夕，晨光出版公司推出一部不適時宜的《美國文學叢書》，共有十八種二十冊。它既有老一代的美國作家愛倫坡、馬克•吐溫，也有當時還算年輕一代的德萊塞和海明威等各家的代表作。叢書首次為我國讀者提供了一幅開闊的美國文學全景圖，譯者都是當時中國最優秀的翻譯家。雖然為適應形勢把書名改為《世界

16 趙而昌，〈憶出版家趙家璧先生〉，《世紀》一九九七年第四期。

文學叢書》，而把這二十本書作為第一批，推向市場，但在問世後便默默地被人們遺忘了。」[17]當時市場上走俏的圖書變成了解放區文學和蘇聯文學。而且，新的出版體制還有形地劃分了中央出版社和地方出版社的等級關係，無形劃分了國有出版社和私營出版社的等級關係。作家（尤其走紅的解放區作家）也形成一種認識：有書稿一定要爭取到人民文學出版社出版，如不行，則爭取到其副牌作家出版社出，再若不濟，也要到國營出版社出。再若不濟，不若不出。有「門路」的作家都不找私營出版，甚至以之為恥。一九五〇年，王林小說《腹地》遭到陳企霞「斧劈」，無法重印，非常鬱悶。一九五三年，王林在北戴河遇見丁玲。據王林回憶：

她很關心地問我：「《腹地》為什麼不出版了？」我說：「不是被你們《文藝報》批評得書店不再給出了」。她又說：「國營書店不給出，拿到私營書店裏出！」我說：「我多少還有點黨員的自尊心。」[18]

王林的「自尊心」足見彼時文藝界的新「風氣」。當時，私營書局很難組到「當紅」延安文人的稿子，除非對方實在沒有門路，又不恥「下嫁」。同時，另一問題也突顯出來：「時代發生了變化，以前的作家朋友，有的擱筆了，有的在重新學習」[19]，私營書局舊的稿源渠道也出現了危機。稿荒現象迫使私營書局設法尋找「突破點」。暫時不被允許「公私合營」的晨光公司轉向通俗「人民文學」，「出版了《新中國畫庫》、《蘇聯畫庫》、《人民民主畫庫》六輯，共一百三十九種畫冊；工廠文藝習作叢書二十七種；木刻連環圖畫六種、剪紙集一種。抗美援朝期間，晨光協辦了上海出版界抗美援朝宣傳大會，參加示威大遊行、捐獻飛機大炮，編輯出版許多有關抗美援朝的畫冊，並將《新

17 趙修慧，〈老舍趙家璧合辦《晨光》〉，《世紀》二〇〇四年第四期。
18 王林，〈歷史上的一點教訓〉，《文藝報》一九五七年第十一期。
19 趙修義，〈為了書的一生——我的父親趙家璧〉，《編輯學刊》二〇〇九年第一期。

中國畫庫》八百輯約一點五萬冊送給志願軍戰士」[20]，不過效益並不太理想，如木刻連環畫「印數都不大，局面打不開」[21]。北新書局、大中國地圖公司及廣益書局、春明書店組成的「四聯出版社」也「專出通俗讀物」[22]。多數書局則以「炒現飯」（翻印舊作）維持，甚至上海出版公司、開明書店也時常如此。

第四，輿論環境堪憂。動輒挨批也是令人頭疼的問題。但這必然發生：既然主管部門已轄制有關「人民」的定義，那麼由私營書局為「人民」提供文化產品，必然令人不太「放心」。天津知識書店（黨員作家方紀等創辦）出版「十月文藝叢書」以後，被《文藝報》第一時間刊文批評。《文藝報》指責知識書店「缺乏對人民負責的編輯態度」，「編輯者以少數人的偏愛代替了群眾的需要，向讀者發售了一些劣等的作品和廢品」[23]。上海「家」出版社挨批後，自我審查決定「把三十一種不好的書籍和第一期到第四十二期《家》雜誌停止發售；十二種質量不高或過時的書籍售完發以後不再重版；十三種書籍待本版售完，修正其內容後再重版」[24]。私營出版人遭人歧視，他們不能不感到政治壓力。趙修慧回憶：「五反」「讓父親經歷了從未有過的痛苦的自我鬥爭，承認自己是『由來已久的資產階級剝削者』……他不明白『當年自己不是在魯迅領導下的左翼文藝戰線的一員嗎？難道辦了一個晨光出版公司，自己就單單成了萬惡的資本家、再也不是革命者嗎？我在晨光出版公司管經營管編輯，有時自己審稿、校對忙到深夜。這也全是剝削嗎？』他期望早日改變自己的身分，回到革命陣營裏來。」[25]北新書局在「五反」中被定為「半守法半違法

20 趙修慧，〈老舍趙家璧合辦「晨光」〉，《世紀》二〇〇四年第四期。
21 趙而昌，〈憶出版家趙家璧先生〉，《世紀》一九九七年第四期。
22 何滿子，〈記李小峰〉，《瞭望》一九九三年第二十五期。
23 簡平、李楓，〈評「十月文藝叢書」〉，《文藝報》一九五二第十三期。
24 〈「家」出版社審查全部書刊，為提高出版物質量而鬥爭〉，《人民日報》一九五二年一月七日。
25 趙修慧，〈老舍趙家璧合辦「晨光」〉，《世紀》二〇〇四年第四期。

戶」，補繳稅款三萬八千四百元[26]。輿論空間逼仄尚不致命，但政治危險就使人難以承受了。幫助「胡風派」出版作品的「泥土社」老闆許史華，胡風案發後，他受牽連被捕，竟然遭受十年牢獄之災，以致家破人亡[27]。

此外，第一次全國出版工作會議推行的專業分工政策，還取消了所有出版社的發行權，將之全部歸攏到新華書店。失去了獨立的發行權，對國營出版社影響不大，但對有「異端」嫌疑的私營書局就無異於被人扼住了「喉嚨」。梅志回憶：

阿壠的詩論《詩與現實》由金長佐的五十年代出版社出版了。望著這洋洋三大卷，胡風很高興，他認為這是詩歌理論上的重大成果，會對中國的詩歌產生好的影響。但是，出版還不到一個月，金長佐就來告訴胡風，新華書店不肯批發《詩與現實》，《人民日報》也不讓登廣告。那樣，書無法銷出去，完全給封死了！[28]

而且，讀者閱讀趣味的劇變也削弱了私營圖書市場。《文藝報》刊文稱：「全國解放以來，書的出版業者，不可否認地遭遇了極大的困難。他們所出版的東西，絕大部分不適合人民的需要了，人民所需要的東西，他們又拿不出東西。過去有歷史、有規模、占領導地位的書店如『商務』、『中華』，今天都大大地縮小了業務範圍，其他的更不必說了。」[29]此說並非為了製造「輿論」，實乃事實。胡序介回憶：「解放初人們熱衷於瞭解黨的方針政策，私營書店

26 陳樹萍，〈北新書局：新文化運動的推動者〉，《新文學史料》二〇〇六年第一期。
27 梅志回憶：「（許史華）十年後出獄時，出版社連同老婆都不見了，只留下空空的一間大房子，原來妻早已帶著他的財產改嫁了。他跑去找她，想看看自己的小女兒，但卻被妻的後夫斥出，心灰意冷之際，吊死在那空屋子裏了！」見《胡風傳》（北京十月文藝出版社，一九九八年），頁五八四。
28 梅志，《胡風傳》（北京十月文藝出版社，一九九八年），頁五九四。
29 王克浪，〈出版事業與普及問題〉，《文藝報》一九五〇年一卷十期。

一下子轉不過彎來，沒有書稿，出不了新書，國營書店往往門庭若市，而私營書店往往門可羅雀，私營出版社一度陷於困境，因此紛紛要求貸款或國家投資實行公私合營。」[30]巴金支持的平明出版社蒸蒸日上，愈來愈成為私營書局中的特例。

生產條件、輿論環境與市場占有狀況的惡化，使曾以「進步」自詡的私營出版人日益不安。公司職工更因為私營地位的低下、被人輕視，強烈要求「公私合營」，以提升個人的職業身分。

三

「人民文學」通過制度性地排除「異質成分」確立自己作為「國家文學」的地位。對私營書局的「改造」，是執政黨一開始就明確的出版戰略。不過，由於財政壓力，由於取消發行權給予的暫時「安全」，出版總署對於何時開始，以怎樣方式予以「改造」，在建國初兩三年的緊張中，並未細加考慮。

一九四九年，執政黨對私營出版的設想是以「競爭」市場為基礎的。北平軍管會出版副主任黃洛峰一九四九年三月十七日給中共中央提交的〈出版計畫書〉稱：「從全國範圍說，我們現在和可能有的出版事業，比起商務印書館等大出版企業，畢竟還是弱小的，只有統一集中，方能充分發揮我們的力量，而與大的私營出版工業競爭，以求在業務上超過它們，並在政治、經濟上逐漸能控制它們。」[31]可見，黨的出版家憂慮的是解放區出版的競爭弱勢，沒有考慮到不允許私營書局，亦未料到黨和非黨出版很快就強弱易位。同年七月十日，中宣部部長陸定一在出版業務訓練班結

30　胡序介，〈回憶伯父在出版總署的工作〉，載《中國當代出版史料》第五卷（大象出版社，一九九九年）。

31　〈陸定一關於出版局工作方針致周恩來的請示信及周恩來的批示〉，載《中華人民共和國出版史料》第一卷（中國書籍出版社，一九九五年）。

業晚會上講：「（我們）對私人出版業怎麼辦呢？『把他們拿過來』，假如同志們這樣想的話，這是錯誤的，是違背政策的」，「我們公營出版社應該去領導他們，把他們團結到新民主主義文化事業裏來，給他們有適當的利潤，要和他們合作」[32]。次年七月二十七日，中共中央又明確指出：

有的同志認為出版事業可以迅速國有化，私營的無存在必要，故亦無必要加以扶持。但出版事業的全部國有化，也和其他工商業一樣，是相當長久以後的事，現在私營出社業既尚有相當大的力量，有很多熟練的職工以及與作家和讀者的傳統聯繫，我們就一定要採取積極地領導他們進度的方針。[33]

一九四九年十月，第一屆全國出版會議召開。新成立的出版總署，將公私出版關係正式定位為「統籌兼顧、公私合作」，未言任何形式的「改造」。但自一九五〇年底起，私營書局各方面困難日漸明顯。它們紛紛同新華書店接洽，以幫新華書店代印圖書維持生計。而出於經濟顧慮，出版總署又明確拒絕將「領導」它們改為「公私合營」。一九五一年，私營出版情況更趨嚴重。不少書局為了生存，私下印製賺錢書籍，如黃色小說以及黨的政策、文件等屬於嚴密控制的材料。這種形勢迫使黨的文藝官員不得不「提前」考慮私營書局的出路。一九五一年十月十日，中宣部向中共中央提交報告，表示私營出版難以控制，建議中央適時予以「改造」。報告稱：私營出版除小部分較健全、有貢獻外，

32 〈陸部長在出版委員會業務訓練班第一期結業晚會上的講話〉，載《中華人民共和國出版史料》第一卷（中國書籍出版社，一九九五年）。

33 〈關於目前出版工作的通知〉，載《中華人民共和國出版史料》第二卷（中國書籍出版社，一九九六年）。

其中一大部分則單純以營利為目的，從事投機。這些出版業的出版物很多是錯誤百出的，甚至歪曲馬列主義、毛澤東思想，偷運封建的、買辦的、法西斯主義的私貨。……我們對於私營出版業雖然已開始進行調查、審查和組織工作，但還沒有達到有效的控制的程度……（建議）加強對私營出版業的管理。分別對象，採取積極的措施，對真正願意為人民的出版事業而努力的力量，促使其聯合經營或公私合營，確定其專業方向，務期於五年內將其中大部分改組為公私合營。[34]

這是中宣部第一次正式提出「公私合營」。一九五二年，新中國開始對全國私營書局實行「社會主義改造」。第一個措施，是以政務院名義頒布〈管理書刊出版業印刷業發行業暫行條例〉，要求私營出版重新申請，核准營業。執行通知稱：「凡是真正出了一些有用書籍的出版社和書店，可以按出版社業予以核准。在申請與核准過程中，可能有一批投機出版商要被淘汰。」[35]同年九月二十六日，〈出版總署全國出版建設五年計畫大綱〉又提出一項「五年計畫」，表示要「大力發展國營、公營出版事業，整頓私營出版事業，五年內做到出版業基本上掌握在國家手裏」[36]。這一次明確提出了消滅私營出版。

一九五三年，中央提出「一化三改」過渡時期總路線，出版業相應加快「改造」進度。當時對私營書局分三類處理：公私合營[37]、分批淘汰、勒令停業或轉業。其中一批知名出版社（如商務等）被「公私合營」並保留社名，

34 〈中共中央宣傳部關於出版工作向中共中央的報告及毛澤東的批示〉，載《中華人民共和國出版史料》第三卷（中國書籍出版社，一九九六年）。

35 〈管理書刊出版業印刷業發行業暫行條例〉，載《中華人民共和國出版史料》第四卷（中國書籍出版社，一九九八年）。

36 〈出版總署全國出版建設五年計畫大綱〉，載《中華人民共和國出版史料》第四卷（中國書籍出版社，一九九八年）。

37 所謂「公私合營」實乃以公併私。李濱聲曾做漫畫《一身二任》予以諷刺。畫中，公方幹部一屁股霸住公、私兩個位置，懷抱公章，不可一世，而私方人員被擠在一邊的陰影裏。畫配文曰：「有些合營廠的公方代表喜歡包攬一切，使得私方人員縱有積極性也

個別對革命貢獻特別大的出版社（如三聯書店）甚至獲得擴大的機會，絕大多數書局都被關、停、併、轉。晨光公司併入上海美術出版社，「當時核定資金十一萬餘，父親名下七萬、老舍名下四萬多元」[38]。「改造」一旦啟動便如迅風疾雨。一九五四年底，出版總署已將一九五二年底的三百五十六家私營書局「壓縮」為九十七家。但這些書局的處境仍極為不堪，「生產和營業大部分下降，經營困難，不少賠累，甚至倒閉歇業」，「若干私營印刷廠以變賣機器和鉛字度日」，「資本家無心經營」，「整個情況是緊張的」，鑑此，文化部（出版總署此時併入文化部）提出，私營出版業「必須全部由國家掌握」[39]。這一建議得到了批准。因此到一九五五年底，上海僅餘私營書店十九家，北京二家，天津一家。一九五六年私營書局全部消失（見表6-1），其中，開明、平明、晨光、上海出版公司等知名書店都陸續併入了上海新文藝出版社，社長由延安文人劉雪葦擔任，「舊知識分子」直接掌握的出版資源自此化為歷史舊影。

無從可發。」這幅漫畫被批評：「明顯地失掉工人階級立場的作品。」見畢欽，〈要點在於站穩立場〉，《文藝報》一九五七年第十五期。

38 趙修慧，〈老舍趙家壁合辦「晨光」〉，《世紀》二〇〇四年第四期。

39 〈關於私營出版情況的說明〉，載《中華人民共和國出版史料》第四卷（中國書籍出版社，一九九八年）。

表6-1　出版業「社會主義改造」情況（一九五〇至一九五七）

年份	出版社總數	國營出版機構數量（含公私合營）	私營出版機構數量
1950	211	27	184
1951	385	64	321
1952	426	70	356
1953	352	65	290
1954	167	70	97
1955	96	77	19
1956	101	101	0
1957	103	103	0

資料來源：袁亮編《中華人民共和國出版史料》第八卷（中國書籍出版社，二〇〇一年）。

各方面原因，導致私營出版「社會主義改造」提前進行。但此事不可完全理解為國家力量的威權，它參雜了多重的力量與意願：它既符合新政府將全國所有經濟實體都納入「計畫經濟」的戰略設計（也承擔了暫時不太願意承擔的財政負擔），也符合書店從業人員成為「國家工作人員」的願望，甚至，也符合少數知名出版人自避「異端」嫌疑的需要。但另一方面，相對獨立的話語空間的喪失和一批優秀獨立出版人的「消失」，不能不說是重要的文化損失。不少傑出出版人，如巴金、鄭振鐸、李小峰、趙家璧，或離開出版崗位，或被挪移到非文學出版崗位，用非所長。趙家璧進入上海美術出版社任副社長，葉聖陶兼任人民教育出版社社長，與文學皆不甚相干。這種變動，對於出版人的個人前途，未必是損失，但就文學出版而言則是難以估量的削弱。「舊知識分子」在文學出版中的雄厚勢力，終於在一九五六年曲終人散，了無聲響。此後，前國統區文人乃至鴛鴦蝴蝶派的寫作，都不得不經過國家出版社的關卡。「人民文學」擁有了對它的「異質成分」的支配權力。

第二節　「舊知識分子」的（文藝）報刊資源

時論以為，新中國成立後，前國統區文人完全失去了出版資源和話語權，在「人民文學」收編、改寫「新文學」過程中完全淪入失語境地。這種判斷並不準確。至少在一九五七年前，由於出版政策許可，「舊知識分子」仍掌握著一定數量的出版資源。其中，除部分暫時未被「改造」的私營書局外，還有兩類文學報刊：一是重新登記並獲得營業的「舊」文藝刊物（副刊），二是名義上由政府提供財政支持，實則同人色彩濃厚的文學報刊。兩類報刊資源，為「新文學」在「人民文學」邊緣尋求對話、生存提供了最後體制空間。但由於國家權力，也由於文人勢力之爭的特殊因素，它們到五十年代後期基本消失。而「新文學」作為「人民文學」外部不合時宜的異質話語，也最終消失在「當代文學」新版圖之外。

一

一九四九年報刊業面臨巨大震盪，自動停刊者極多，但寄望解放後「東山再起」者也為數不少。尤其當年因國民黨迫害或資金困難而暫時停刊的報刊，更將「解放」視為新事業的開始。然而，較之對私營書局的寬容，新中國對私營報刊則傾向於強力控制——這是對蘇聯經驗的繼承。列寧認為：報刊必須接受黨的領導，「必須由已經證明是忠於無產階級事業的可靠的共產黨人來主持編輯工作」[40]。「我們一取得政權，就要封閉資產階級報刊。容許這些報紙存在，我們就不成其為社會主義者了。」[41]因此，接管期間，解放軍規定所有報紙、刊物都必須向軍管會重新登記、申請營業。而有關報刊的登記、審查條例非常嚴格。據張景華考訂：北平軍管會當時刊物登記手續是，先由刊物申請，上交軍管會新聞出版處，然後，

新聞處根據所填申請書，進行調查研究後，開出×××雜誌申請登記的處理意見……如果申請機關或主要編輯人員有疑問，新聞出版部將進行各項調查，並開具×××雜誌的申請登記調查報告一份，供領導參考，再提出處理意見。[42]

40 〔蘇〕列寧，〈黨的組織與黨的文學〉，載周揚編《馬克思主義與文學》（解放社，一九五〇年）。
41 〔蘇〕列寧，〈關於出版問題的發言〉，載《列寧全集》第二十六卷（人民出版社，一九五九年）。
42 張景華，〈北平解放初期的期刊管理〉，《北京出版史志》第十三輯（北京出版社，一九九九年）。

新聞處的「調查研究」是相當苛刻的，涉及負責人和編輯現在和過去的職業、政治經歷以及政治主張等。報紙登記手續類似。所以，報刊若欲登記並獲得繼續經營，極為困難。一九四九年全國雖然登記通過了二百餘種報刊，但大都是自然科學與應用技術類刊物，與意識形態有關的新聞報紙和文藝刊物數量寥寥。

由於中宣部沒有公開禁止私營出版和同人刊物，所以仍有一些刊物積極籌畫復刊，如李健吾、鄭振鐸主編的《文藝復興》。該刊一九四八年因經濟周轉困難而停刊。上海解放後，李健吾、鄭振鐸即有復刊之念，而且由於鄭振鐸的特殊身分（地下黨「搶運」對象），更為復刊提供了有利條件，譬如登記問題。據《人民日報》一九四九年九月十八日「文藝簡訊」報導：「鄭振鐸編的《文藝復興》在上海復刊，本期為《中國文學研究》專號之下卷。」可見，鄭振鐸已通過關係解決了登記問題。鄭振鐸雄心勃勃，要把它繼續辦成「當代文學」第一流的大型刊物。一九四九年二月，鄭振鐸匆促離滬「北上」當日和次日，都致信上海出版公司劉哲民，重點商量《文藝復興》復刊問題。鄭振鐸提出：「《文藝復興》此後由健吾、唐弢二兄主持之」，「《中國文學研究》號下冊，請唐弢主持之」。據《鄭振鐸年譜》記載，鄭振鐸到北平後又多次致信《文藝復興》同人，討論復刊具體事宜，編輯委員會擬由唐弢、李健吾、吳組緗和鄭本人五或七人組成，編輯、排印打算放在北平，同時將紙版寄滬印行。此外，還討論了資金、用人、稿酬等出刊事務。但在《中國文學研究》號（下冊）之後，《文藝復興》卻再無下文。當然，可用人才外流加以解釋，譬如一九四九年十月，鄭振鐸被內定為文化部文物局局長，職務繁忙，不可能再兼編《文藝復興》。不過，對此鄭振鐸早已料到：像他這種被「搶運」北上的文人，必會有「適當」職位。所以離滬之際他即主動安排唐弢接替主編位置。

雖然唐弢、李健吾後來都相繼離開《文藝復興》，但也不能完全歸因於政府職位的誘惑力。如果享譽一時的《文藝復興》仍能再續前業、重回文壇中心的話，他們也未必會完全放棄。《文藝復興》的復刊顯然出了問題，但「問題」不在於人力、資金、經驗和手續，恐怕最合理的解釋，還是鄭振鐸聽到了某種暗示：《文藝復興》不宜再辦。一九五九年鄭振鐸因飛機失事辭世，未留下第一手材料，筆者只能推測。但儲安平籌畫《觀察》復刊時得到的善意提醒，可作為參考。四十年代後期，《觀察》以「書生議政」成為自由主義旗幟，給主編儲安平留下美好回憶。所以，在新中國成立的同時，儲安平即通過胡喬木、胡繩等舊友疏通高層關係，籌畫復刊：「周恩來的批覆十分明確：『有那麼多讀者，當然復刊！』父親聞知此訊，特別興奮。」[43]儲安平全然忘記了數年前他關於自由「有」、「無」的驚世之論，也不願多留心友人暗示。張嘯虎先生回憶：

> 我在北京去看了他，談及《觀察》復刊問題，記得我婉言說到，這類刊物已完成自己的歷史任務，恐怕要尋求新的起點，我建議儲先生仍回上海任教。他當時很忙，匆匆未及多談。[44]

「已完成自己的歷史任務」、「尋求新的起點」是何意思？張嘯虎未做細說。由今思之，張先生大約是說舊日刊物以反抗專制、籲求解放為旨，現在全國既已「解放」，這類異議性刊物亦當退出歷史舞臺，而新刊物，宗旨自當重新斟酌。遺憾的是，儲安平或由於不夠敏感，或由於對《觀察》愛之太切，最後還是通過高層關係使《觀察》正式復刊。但很快即告失敗，黯然退出新《觀察》[45]。當然，像儲安平這樣執拗而不能判斷「形勢」的人，畢竟為數不多。在「新的人民的文藝」成為「當代文學」的「唯一方向」以後，私營報刊「不合時宜」已在文藝界內成為「心照不宣的協定」。《文藝春秋》（范泉主編）、《希望》（胡風主編）等大型刊物都「主動」放棄了復刊努力。

所以，在苛刻登記條例與「心照不宣的協議」的雙重約束下，新中國成立之初文藝刊物數量之稀少，與同時私營書局相比實在堪歎。不過由於數量至少，研究者往往誤以為根本不存在。事實上，「少」也是有具體數目的。據筆者

43 儲望華口述、李菁整理，〈秋之泣——懷念父親儲安平〉，《文史博覽》二〇〇八年第十二期。
44 張嘯虎，〈憶儲安平先生和《觀察》週刊〉，《讀書》一九八六年第十一期。
45 儲望華回憶：「復刊後的《觀察》顯然無法繼承其以前的抨擊時弊的風格，變成了以宣傳為主的雜誌，失去了原有鋒芒，出了幾期後改成了《新觀察》，由戈揚任主編，父親也退出了《新觀察》。」見儲望華口述，李菁整理，〈秋之泣——懷念父親儲安平〉，《文史博覽》二〇〇八年第十二期。

統計，一九五〇年，全國私營報紙有三種，私營文藝刊物約十餘種。其中，上海市私營文藝刊物有較詳細資料（見表6-2）。這些私營刊物主持人，部分是中共黨員，部分前國統區文人。

二

這些遺存「舊刊」多為通俗報刊，屬於「新文學」系列的極有限，計有：《小說》月刊（樓適夷主編）、《文藝生活》（司馬文森主編）、《大眾詩歌》（前身《詩號角》，沙鷗主編）、《生活文藝》（天津生活文藝社編）、《大眾影劇》（阿英主編）、《觀察》（儲安平主編），以及《大公報》、《新民報》和《文匯報》的文藝副刊。這些刊物與副刊原皆左翼進步刊物，其主編也多有中共黨員，但由於不是「文聯」或「作協」創辦，屬於同人性質，不被劃入「人民文學」是明顯的。

這些文藝「舊刊」並未被要求「改造」。《大公報》被特許繼續作為私營報刊營業時，周恩來明確對主編王芸生許諾：「我們已請示過毛主席，他說：『《大公報》不必改名。』你隨軍南下，繼續主持上海《大公報》。《大

表6-2　一九五〇年上海私營文藝刊物

刊物名稱	創刊時間	刊期	主編	負責人	出版者
蘇聯文藝	1942.11	月刊	羅果夫	姜椿芳	時代出版社
群衆文藝	1949.10	半月	柯藍	吉少甫	群益出版社
文藝復興	1946.1	月刊	鄭振鐸	康嗣群	上海出版公司
小說	1948.7	月刊	樓適夷	趙邦鑠	國光印書館
影劇新地	1949.8	週刊	露絲	毛羽	影劇新地社
東方紅畫報	1949.10	月刊	田魯	田魯	東方紅畫報社
華東畫報	1949.12	月刊	黎魯	呂蒙	華東畫報社
人民詩歌	1950.1	月刊	吳越、勞辛	勞辛	上海詩歌工作者協會
青春電影	1934.4	週刊	勞次平	勞次平	五洲書報社
滬劇週刊	1946.2	週刊	葉峰	葉峰	滬劇週刊社
越劇報	1946.4	週刊	張桂枝	茹伯勳	越劇報社
書壇專刊	1948.12	週刊	應展鵬	應展鵬	越劇報社

資料來源：上海市政府新聞處上報材料〈解放以後的上海雜誌情形〉（一九五〇年一月十二日），《中華人民共和國出版史料》第二卷（中國書籍出版社，一九九六年）。

公報》還是民間報紙。你們自己經營，我們不來干涉。」[46]這種高姿態，可看做是執政黨對殘留報刊的基本態度。不過，「每一文化的發展和維護都需要一種與其相異質並且與其相互競爭的另一個自我的存在。自我身分的建構……牽涉到與自己相反的『他者』身分的建構，而且總是牽涉到對『我們』不同的特質的不斷解釋和再解釋。每一個時代和社會都重新創造自己的『他者』」[47]，社會主義文化在自我建構中，所選擇的「他者」即國民黨時期的「新文化」。作為明朗、純淨、代表著新「國民整體」的「人民文學」的「他者」，「新文學」原有形象的調整與改寫可以預料。

社會主義「文化領導權」的確定，對文藝「舊刊」影響明顯。一部分刊物積極調整編輯方向，並努力進行自我敘述。國統區小說家、地下黨員司馬文森主編的《文藝生活》比較明顯。廣州解放後，《文藝生活》從香港遷至廣州，於一九五〇年二月一號登記後繼續出版，並改稱「新一號」（實為總第五十四期），顯然準備「新生」。它的〈復刊詞〉完全效仿《人民文學》，稱：「我們的任務，跟隨時代發展也有了改變，那就是：一、積極參加人民解放鬥爭及新民主主義的新中國建設。二、肅清為帝國主義者、封建階級、官僚資產階級服務的反動文學及其在文學上的影響。三、發展工農兵文藝，扶植及培養華南的文藝幹部，建設新華南文藝」。尤明顯的是，身為同人刊物的《文藝生活》努力與同人刊物「劃清界限」：

我們要表明的是，我們這個雜誌並非同人雜誌，而是屬於全體讀者的。由於多年來工作的結果，我們深切瞭解到，要使我們的工作、我們的鬥爭任務徹底實現，只有和大家共同攜手，在毛澤東的旗幟底下，一起奮鬥才有可能。因此，我們歡迎所有讀者給我們精神上的支持，給我們提供意見。[48]

46 王鵬，〈毛澤東為什麼保下了王芸生〉，《書屋》二〇〇二年第五期。
47 〔美〕愛德華・賽義德，王宇根譯，《東方學》（北京三聯書店，一九九九年），頁四二六。
48 〈復刊詞〉，《文藝生活》一九五〇年新一號。

司馬文森有意將《文藝生活》從「新文學」中剝離出來，使之成為「人民文學」的一部分。這種自我敘述在其編輯安排中也得到突顯。「新一號」還刊出了六十一人的「特約撰稿人」名單，幾乎囊括國內所有「左翼」文人和延安文人。司馬文森其實和許多延安文人並不相識，也不太可能迅速徵求到每一個人的同意，他這麼做無非是為「重造」刊物的性質。到第三號，他在「編後」中再次聲明：「我們不是一份專刊作家稿件的刊物，也不是同人性質的刊物，是一份希望大家來辦、大家來寫的刊物。」同樣，與共產黨無甚關係的北大學生刊物《詩號角》（蘇金傘主編）也不希望成為「人民文學」的「他者」，而是要努力進入其中。為此，編輯部採取了三個措施：（一）更換刊名，將《詩號角》改為《大眾詩歌》，對外宣稱創刊（一九五〇年一月一日），僅在一卷三期一則「啟事」附帶點明此事：「前在北京出刊的《詩號角》已合併入《大眾詩歌》，關於《詩號角》的一切函件及投稿，請直接寄《大眾詩歌》即可。」（二）更換主編。蘇金傘主動退出，改由延安文人王亞平和中共地下黨員沙鷗共同擔任主編，並邀請臧克家、艾青、田間、力揚、嚴辰、徐遲、袁水拍等出任編委。其中，艾青、田間的延安詩人身分也對刊物「身分」構成了敘述。（三）刊物作者除了繼續把北大作為重要來源（俞平伯、林庚、馮至等）外，還大量刊發解放區文人的作品乃至革命通俗唱詞。但最強烈的自我敘述訴求則顯露在《大眾詩歌．發刊詞》中。其中，「人民」一詞被高頻率地重複：

一九五〇的春天來了，中國的人民大眾，第一次真正地有了自己的春天……他們底思想、情感也自然跟著起了變化，這變化是歷史上從來沒有的。就在這巨大的改變中，中國的人民第一次感受到了勝利的驕傲，自由、平等、和平、民主的喜悅。他們進一步對民族、國家、世界有了初步的認識，有了較密切的聯繫，有了一個新鮮的希望……詩人不允許再躲在自己的小圈子裏，要面向人民大眾、走進人民大眾中間，和他們一同呼吸、一同感受、一同生活地、一同提高、一同前進，為著把革命進行到底，實現新民主主義的社會而奮鬥。[49]

49　〈大眾詩歌創刊了〉，《大眾詩歌》一九五〇年一卷一期。

這份與全國文聯、北京文聯無任何組織關係的刊物，甚至還以「人民文學」立場，指點、評議當時詩壇。它批評與《大眾詩歌》同時創刊的私營刊物《人民詩歌》（上海）上的作品「有一種濃重的感傷的情感」，「我們的工農大眾不是這種感情，他們是明朗、堅決、樸實，他們當家做主人了，他們有氣魄，有信心，有喜悅，而作者對於『幸福的歲月』的讚美，卻成了無力的莫可奈何的低音了」，「我們必須徹底改造，否則，我們的作品就不可能真正地為人民喜愛，因為你想的與人民大眾想的是兩回事情」[50]。它批評胡風詩作「是寫失敗了的」，「作者自己缺乏他所要歌頌的英雄們的素質」，「間雜著許多作者個人自己的敘述、私人的牢騷，和從過去殘留下來的失敗主義的哀傷」[51]，批評冀汸歌頌毛澤東的「閃著／金屬的光／閃著／智慧的光」的詩句說：「以『金屬的光』來比擬輝煌是不完全的，因為金屬的光不一定都很光亮輝煌，有好多金屬不是『輝煌』的。」[52]這中間若說關於胡風的批評還比較有學理依據的話，那麼關於冀汸的批評就不免刻意挑剔。其實，《大眾詩歌》與《人民詩歌》、「胡風派」文本一樣，都已被延安文人目為「異質成分」，但《大眾詩歌》匆匆在自己與後者之間製造「界限」，其希望進入「人民文學」的同質空間的意圖再明顯不過。

不過，這些刊物終未能擺脫停刊的命運。它們將自己與「新文學」相剝離的努力未獲得延安文人的「寬容」。《文藝生活》被迫就它刊出的六十一人「特約撰稿人」名單公開道歉。半年之後，司馬文森又以「編者個人的才能和負責精神不夠」作為解釋，決定將《文藝生活》「暫時停刊」[53]。但「暫時」後來成為「永久」。有關「永久」停刊的原因，司馬未留下文字，其夫人雷蕾寫道：「由於上述種種原因，『文生』沒能再復刊。在那些日子裏，我看得出

50 黃君穎，〈詩人站在何處——讀詩筆記〉，《大眾詩歌》一九五〇年一卷五期。
51 黃藥眠，〈評《時間開始了》〉，《大眾詩歌》一九五〇年一卷六期。
52 陳堯光，〈不要虛浮的感情——評冀汸的《春天來了》〉，《大眾詩歌》一九五〇年二卷一期。
53 司馬文森，〈「文生」半年〉，《文藝生活》一九五〇年新六號。

司馬心情極不平靜。」[54]不過，從司馬文森隨後又被委任為新出刊的中國作協廣東省分會機關刊物《作品》主編一事可見，新中國對於地下黨員司馬文森是信任的，不可「信任」的顯然是《文藝生活》在讀者中的「新文學」形象——某些回憶必須被刪除，一種有效的歷史敘述才能被建構起來。《大眾詩歌》也於一九五〇年十二月自動停刊。在此之前，它遭到權威刊物《文藝報》接連三次的點名批評。

相對而言，遺存「舊刊」能對「五四」傳統有所承續的，還是「進步」文人主編的幾種雜誌和副刊。與黨員主編不同，他們尚不以複製《人民文學》為榮，也未執著建立自我形象與「人民」之間的關係。《小說》月刊（茅盾、樓適夷、以群、周而復等一九四八年七月創辦於香港）一九四九年移上海出版，改由以群、李金波負責。它承認「人民文學」的權威性，但更似體制內的「異見」者。這份雜誌在觀點、編輯作風等方面與延安文人有微妙的差異。它比較偏重前國統區文人（「老作家」），曾連載老舍《饑荒》，極少刊登工農作者的稿子，不注意「讀者來信」，絕不使用《文藝報》等報刊十分樂用的「社論」、「編者按」。它對作品的評論，偏重藝術分析，如一九五一年五卷一期的〈編後記〉寫道：「〈父親的心〉細膩地寫出了在響應祖國號召軍事幹校這一運動中，一個父親的感奮和喜悅的心情。在這一運動中，我們看過無數母親的心了，而這個父親，有著倔強的性格卻沒有病弱的身體；和他的女兒十多年不相見了，女兒又早就失去了母愛；因之父親的心就更為繁複和感人了。」同時，它還明確提出了健康的批評原則：

> 我們的批評應該是實事求是的，善意的。下判斷應該有充分的根據，說話應該有適當的分寸，我們的批評應該能幫助作者「發揚優點，克服缺點」，提高其創作的思想水平和藝術水平，而不能成為使作者垂頭喪氣失掉創造的信心和勇氣的「棍棒」。[55]

[54] 雷蕾，〈司馬文森和《文藝生活》〉，《新文學史料》一九八五年第二期。
[55] 齊谷，《在文藝思想上的一個原則分歧》，《小說》一九五一年五卷三期。

在流氓主義批評、規訓性批評開始盛行的五十年代初，《小說》的堅持可謂「空谷足音」。在遺存刊物中，《小說》具備自由主義的精神底色。這也註定了它的結局。雖然它的創刊人、負責人多是新政府優待對象，但它的「異色」最終為自己劃上了句號：一九五二年初，奉華東文聯籌委會意旨，《小說》月刊出完最後一期（六卷五、六期合刊），正式停刊。作為「異見」者，私營報紙《大公報》、《新民報》和《文匯報》文藝副刊更能發出「別腔」、「異調」。《文匯報・文學界》副刊時常與《文藝報》持不同意見。一九五〇年五月二十八日，《文匯報》刊文稱：文藝批評「就目前所表現出來的成績來說，大都或多或少的存在著一些不該有的『偏向』」，這些偏向「已經使我們的文藝批評的實踐成為無力和枯萎的東西」，「更暴露出其本質的——空虛和脆弱了」，「真正的文藝批評展開在我們更感到非常的迫切」[56]。

此文引起《文藝報》主編陳企霞的批評。但在一九五一年《文藝報》發起的有關蕭也牧、海默、朱定等作家的批判中，上海《大公報》、《新民報》副刊明確抵制。該年四月七日，《大公報》刊發沙土〈評《關連長》〉一文。沙土認為電影《關連長》「編導者的意圖是可喜的，但所表現的藝術形象並不能很完整地表達出這意圖」，譬如關連長「凡是遇到困難老是搔搔頭皮，用毛巾擦頭上的和脖子上的汗珠！這樣是不夠和很難促使觀眾對這位戰鬥英雄的景仰和學習的」。沙土機械套用了「人民文學」本質化的敘事規範，認為關連長既為「英雄」，就不應再有各類「缺點」，否則會影響他作為「正面人物」的認同效果。這是主流的批評邏輯。不過，《大公報》發表沙土文章，目的卻不同於《大眾詩歌》自我主流化的努力，相反，它是有意表述「異見」。四月十四日，《大公報》接連刊發兩篇文章，一是康捷的〈評《關連長》讀後〉，一是陳允豪、楊兆麟、邵哲等集體署名的〈寫批評要慎重〉，「痛擊」沙土。《大公報》在「編者按語」直言不諱地批評沙土「粗暴魯莽、誇大缺點錯誤」，並宣布，對另外兩篇同樣批評《關連長》的稿子「不預備發表了」。與《大公報》相呼應，《新民報》晚刊也於四月十八日刊出鍾子芝文章，尖銳斥責沙土「沒有欣賞藝術的修

56 羅石（張中曉），〈略談我們的文藝批評〉，《文匯報》一九五〇年五月二十八日。

養」。這類零星的抵制，顯示了《觀察》週刊當年推崇的Independent傳統在遺存「舊刊」中仍然存在。

不過，與自我「人民」化的《文藝生活》、《大眾詩歌》一樣，對Independent傳統「餘情未了」的私營報紙及其文藝副刊也未能擺脫弦斷音絕的終局。實則從一九四九年起，遺存「舊刊」就不得不經受著新政府在觀念、人事上的不斷「滲透」，日漸受到抑制。一九四九年，業已停刊的《西風》主編黃嘉德，在《文史哲》雜誌上檢討自己毒害讀者、宣揚歐美物質文明及其醜惡的生活方式，以及發表林語堂等「反動文人」作品的「錯誤」。黃嘉德的「檢討」對於想在新中國維持「舊」作風的編輯，毋寧是警告。事實上，建國初年，《文藝報》不止一次點名批評《新民報》、《大公報》具體編輯工作的「失誤」。更嚴重的是，新政府名義上不干涉私營報刊，但會派黨員前往「協助」辦報。解放初，北京《新民報》原總經理鄧季惺已只能「負責」經理部（主管發行、廣告、印刷等業務），編輯部策畫、組稿、編輯等關鍵權力，實已由王亞平、沙鷗、張其華等黨員主持[57]。中共黨員、著名女記者楊剛則被派往《大公報》「協助」王芸生工作。但報界「強人」王芸生在楊剛面前顯然失去了對報紙編輯的決定權。王芝琛回憶：

> 我父親臨終前跟我講，那時候，楊剛跟我父親說，堅決要把《大公報》辦成與過去完全不同的布爾什維克的報紙。面對這種情況，父親真是措手不及。[58]

私營報紙的「布爾什維克」化勢不可挽，抵制與異議日益稀見。王芸生在一九五七年後「對《大公報》的編輯工作幾乎是撒手不管了，成了可有可無的人物」[59]。此外，經營困難也使這批遺存報刊難以為繼，「在新中國成立後的

57　晏明，〈飄飄何所似，天地一沙鷗〉，《新文學史料》二〇〇一年第二期。
58　許水濤，〈一位民辦報人五味俱全的生命歷程（一）〉，《文史精華》二〇〇五年第九期。
59　許水濤，〈一位民辦報人五味俱全的生命歷程（二）〉，《文史精華》二〇〇五年第十期。

最初幾年中，讀者主要閱讀《人民日報》等幾份中共機關報刊」，「『民營』報紙，不被讀者重視」[60]。如《大公報》開始「發行量還挺大，日銷十六萬份，以後逐漸減少，到一九五二年降到六萬份，廣告收入也大減，全靠政府借款維持，而且這種局面根本無法扭轉。因為黨報具有極高的權威，能讓百姓知道的新聞都從黨報發出」[61]。對私營報刊也出現了歧視的風氣，甚至夏衍給上海《新民晚報》寫稿也被議論為「替資產階級寫稿」，不得不中止。不難想像，《大公報》、《文匯報》、《新民報》難以再現昔日輝煌，《文匯報》甚至一度易名《教師報》。在刊物中，缺乏體制權威的幾種「舊刊」都銷售困難。《觀察》復刊後，銷量一落千丈，直接訂戶連三千都不到（過去發行量曾高達十萬份，直接訂戶一點二萬），這令睥睨自負的儲安平異常茫然。而與此成鮮明對比，改成《新觀察》後，印數一度達到三十八萬份。而《人民文學》印數一直接近二十萬，一九五四年創刊的《文藝學習》則長期保持著三十萬左右的銷售成績。

這使遺存「舊刊」在邊緣中步入終點，到一九五二年則全部停刊。《大眾詩歌》一九五〇年十二月停刊。《觀察》雜誌一九五〇年五月被改組《新觀察》，主編儲安平為黨員黎澍取代。《文藝生活》於一九五〇年八月再度停刊。《小說》月刊一九五二年二月停刊。幾份副刊因附於報紙上，時斷時續，一直保留到「反右」以後。

三

上述遺存「舊刊」是「舊知識分子」直接掌握的或能以「新文學」傳統刊發作品的文學資源。它們過快凋零，使「新文學」失去與「人民文學」對抗的媒體條件。「舊知識分子」此後只能以「自我改造」方式向各類機關刊物投

60 王鵬，〈建國初《大公報》的一段曲折〉，《炎黃春秋》二〇〇五年第八期。

61 王芝琛，《一代報人王芸生》（長江文藝出版社），頁二〇七。

稿，這對未能成為「門面人物」的邊緣「舊知識分子」而言，無疑是落寞而苦澀的。不過，類似資源也並未徹底絕滅。這是另一類名義上為國家所有（政府撥款）實仍具有同人性質的刊物，譬如《文藝月報》（一九五三年創刊）、《收穫》（一九五七年創刊）和《光明日報・文藝生活》週刊（一九五六年創刊）。這些刊物在體制上屬於「人民文學」版圖，但由於主編多出身上海，其批評立場與編輯作風明顯異於主流。

《文藝月報》是華東文聯機關刊物，一九五三年創刊，由巴金掛名主編，實主持編務的是上海市委宣傳部文藝處處長劉雪葦及副主編唐弢、黃源，編委會則由王西彥、石靈、雪葦、靳以、賴少其、魏金枝等組成。其中，黃源、劉雪葦等雖是黨員，但更以「魯迅弟子」自勉，其他主編與編委也多是當年圍繞在魯迅身邊的青年作家。建國初年上海相對寬鬆的政治環境，尤其是雪葦的強勢性格，使《文藝月報》創刊伊始便未出現研究者預想的「仰承國家意識形態的喜好，在國家政策的指揮下有序的運作」[62]的情況。

《文藝月報》明顯逾出「人民文學」的界限：

其一，中宣部已於一九五一年明文規定全國地方刊物都必須辦成通俗雜誌，《文藝月報》作為大區刊物自可保留精英風格，但露骨地反對「普及」則不免犯忌。創刊號〈編者的話〉稱：「《文藝月報》主要以反映人民的鬥爭生活和推動各地的文藝工作為方針，以第一發表作品、第二刊登理論批評為方案，以文藝工作幹部、大中學生與大中小學教師、機關幹部、有相當文化水平的工人與職員及其他自由職業者為主要的讀者對象。」[63]這就令人吃驚地將只能看、聽說唱材料的工、農、兵排斥在外了。

其二，反對文學政治化。編委石靈化名「玄仲」在創刊號上刊發〈趕任務〉一文，看似贊成「趕任務」，實則「打著紅旗反紅旗」。石靈表示：「把文藝為政治服務簡單看成各種文藝作品只能是當前具體政治任務的宣傳工具，

62　王本朝，《中國當代文學制度研究》新星出版社，二〇〇七年），頁一〇五。
63　〈編者的話〉，《文藝月報》一九五三年第一期。

這是不妥當的。」「首先，並不是一切的文藝形式都適合一切的任務。用快板、小調、漫畫、短戲來推動打老鼠，自然沒什麼不可以，硬要用長篇巨幅來拍蒼蠅，那就要吃力不討好了。」「應該認識到那些反映中國人民怎樣打敗反動派、怎樣積極地與英勇地保衛和建設著祖國、怎樣在他們的生活中進行著前進著的東西和落後的東西的鬥爭的作品，也是一種『趕任務』的作品。」「應該用主要的精力來組織與扶持，使得這一類的作品能夠大量產生。」[64]

其三，挑戰「人民文學」的批評制度，提倡自由論辯精神。馬列主義批評否定自由論辯，「因為那種模式認為只有一個客觀現實，所以提供與現實相反的錯誤的觀點只能起到反作用」[65]，而〈編者的話〉竟表示：

> 除了政策性論文及短文，其他論文所言並不都是結論；我們所以發表對某些具體問題討論和研究的代表個人意見的文字是因為，只有讓不同的意見有充分發表的機會，這才能夠互相商榷，互相探究，達到正確的結論，以提高我們的思想水平和藝術水平。[66]

這幾乎是對《文藝報》以權力代替論辯的批評規則的諷刺。在選稿標準上，《文藝月報》亦明顯承續三十年代作風。巴金回憶：「在一次理事會上，有人還批評編輯只強調藝術水平，而忽視政治水平。我後來就表示過不能同意。政治標準和藝術標準是不能分開來。作品沒有藝術性，就不能起政治作用。《文藝月報》本身的藝術水平本來就不高，現在再強調不讓注重藝術性，那就可以不必辦這本刊物了。」[67]作為「舊知識分子」匯萃之所，《收穫》從籌辦之日起，就有依託「舊」作風的追求。當時文藝界把《收穫》目為中國作協「法外開恩」的特例。一九五七年，《收

64 玄仲，〈趕任務〉，《文藝月報》一九五三年第一期。
65 〔美〕J・赫伯特・阿休特爾，《權力的媒介》（華夏出版社，一九八九年），頁一二五。
66 〈編者的話〉，《文藝月報》一九五三年第一期。
67 徐開壘，《巴金傳》（上海文藝出版社，二〇〇三年），頁四六五。

穫》創刊號尚未面世，《人民文學》編輯杜黎均就已對《收穫》可以「自由刊登作品、發表意見」[68]的特別豁免權表示羨慕。等到《收穫》出版時，「反右」已經發生。為此，主編靳以對杜黎均的「羨慕」特別緊張，專門撰文「闢謠」：

這句話裏暗示著《收穫》竟是那麼「自由自在」、「無拘無束」，什麼作品都可以登，鮮花毒草可以雜陳；尤其甚者，什麼意見都可以發表，不管是否對社會主義有利，可以亂放亂鳴。好像《收穫》不受黨的領導，不在革命文學事業之內……我們應該肯定地說，《收穫》在選稿和編輯工作上，從沒有受到任何干涉，黨的領導和書記處從來也沒有審查過稿件……（但）將來也許有的稿件，在我們拿不定主意的時候，自動地送給黨的負責同志看，請黨的負責同志幫助我們，替我們解決問題，但這不是審查稿件，這是協助我們把編輯工作做得更好。[69]

如此委婉反覆，既怕給黨背上政治黑鍋，又想說明《收穫》確是由黨「領導」的。但這恰表明《收穫》被給予了最大自由。其實，在一九五七年五月十三日中國作協編輯工作整風會議上，周揚公開說：「如果辦成圈子比較小的同人刊物，當然也可以，像現在的《詩刊》和將要在上海出版的《收穫》，就都是同人刊物。」[70]《詩刊》由於主編臧克家明哲保身，無「同人刊物」之實，但靳以的編輯理念與作風確實直接承自「新文學」傳統，「（他們）認真嚴肅，誠懇謙虛，尊重作家的勞動，重視作品的成就，看到一部好作品，如獲至寶，像自己創作的一樣喜愛，高興有了新的收穫，絕不隨便取捨作品，沒有仔細認真讀完作品以前，也不妄下斷語。對作品要求，不論新老作家，不論和編者關係親疏，一視同仁。即使名家作品，如思想內容有毛病不宜發表，靳以或以群都親自寫信給作家，誠懇而又熱

68 〈作協在整風中廣開言路〉，《文藝報》一九五七年第十一期。
69 巴金、靳以，〈寫在《收穫》創刊的時候〉，《收穫》一九五七年第二期。
70 周揚，〈解答關於「百花齊放，百家爭鳴」的幾個問題〉，載《周揚文集》第二卷（人民文學出版社，一九八五年）。

情提出中肯意見，建議暫勿發表，待修改或改寫後發表」[71]。與當時主流刊物完全不同，《收穫》不刊登政治性的文藝論文，也無趨時應勢的「表態」，只有簡單目錄，與厚重、大方的作品。且在創刊號上就刊出了老舍先生的《茶館》，一鳴驚人：「創刊號出版，受到廣大讀者的歡迎，引起文藝界重視，短時間內，銷售一空，立即再版發行。」[72]一創刊就發行六萬多份，堪稱驚人。此後，《收穫》還相繼發表李劼人《大波》、郭沫若《蔡文姬》、鄭君里《林則徐》、柯靈《不夜城》等小說、劇本，以寬容、自由的姿態，成為「反右」以後「老作家」藝術探索的重要陣地。

「舊知識分子」另一文學資源是一九五六至一九五七年間《光明日報・文藝生活》週刊。這份有著民主黨派背景的報紙副刊，以並不張揚的Independent風格，建構著一個獨立的話語空間。它的作者主要是在大學和研究機構工作的「舊知識分子」，如朱光潛、陳夢家、詹安泰、葉恭綽、臧克家、李長之、馮至、游國恩、林庚等人。它從未發表過周揚、丁玲、趙樹理和馮雪峰等延安「大作家」的講話或文章，甚至連這些名字都不曾提及。一個外國讀者若僅讀此刊，會壓根兒不知道「解放區作家」的存在。這種有意識的「界限」意識，更表現在它所討論的問題與作品上。與《文藝報》經常討論的「新英雄人物」塑造、現實主義「真實性」不同，《文藝生活》關心的是魯迅、聞一多與巴金等「新文學」作家的作品版本、創作經驗和文本分析。這毋寧與徐鑄成在《文匯報》提出的「唱對臺戲」、「文人辦報」的「舊知識分子」作風一脈相通。《文藝生活》比較強調批評，但它從未將〈講話〉列為自身合法性來源（基本不提及），相反，它立足「舊知識分子」的藝術經驗與精神訴求，對延安文人時有批評。它刊發「讀者來信」，批評田間的街頭詩「黯淡無光」，「脫離了實際生活、實際鬥爭，政治熱情減弱了」[73]。它還藉「讀者」之口，要求作家「寫出反映學校生活的作品」，並認為學生生活不平庸，「與學生生活休戚相關的教師生活也就不言而喻」[74]。這明

71 周而復，〈《收穫》三十年——兼懷靳以、以群〉，《新文學史料》二〇〇三年第三期。

72 周而復，〈《收穫》三十年——兼懷靳以、以群〉，《新文學史料》二〇〇三年第三期。

73 李山，〈黯淡無光的詩〉，《光明日報》一九五六年六月二十三日。

74 朱石生，〈寫出反映學校生活的作品來吧！〉，《光明日報》一九五六年七月七日。

顯挑戰「人民文學」有關題材的「約定」。《文藝生活》還借用魯迅名言，直接批評「人民文學」中以「人民」、真理和權力自居的文學批評，「辱罵和恐嚇絕不是戰鬥」，它表示：

「百家爭鳴」，無論是怎麼個「爭」法，但歸根結蒂，總離不開一個「理」字。俗話說：「有理走遍天下，無理寸步難行。」只要有「理」，你怎麼堅持都行，可誰要是背「理」上陣，以為只憑「勇敢威嚴」、「冷槍暗箭」便能獲勝，那就是「末將」之流了。[75]

然而，這一類「準同人刊物」終因各種複雜原因，先後喪失「新文學」優異傳統。《文藝月報》創刊不久，就成為上海「胡風派」（劉雪葦、彭柏山等）與「周揚派」（夏衍、唐弢等）爭奪對象。遺憾的是，在持續一年有餘的勢力之爭中，具有獨立思想氣質的「胡風派」失利，雪葦相繼被夏衍解除《文藝月報》編委、新文藝出版社社長職務，《文藝月報》編輯部實權落入唐弢之手。而唐弢為能擊敗「胡風派」，利用《文藝月報》，連續刊登大量居心不測的批判阿壠、冀汸、路翎等「胡風派」的論文和「讀者來信」。夏衍、唐弢對異己勢力的攻擊，以及在攻擊中援用〈講話〉搶占話語制高點的舉動，使《文藝月報》很快成為《人民文學》的「上海版」[76]，不復有體制內「異見」追求。《收穫》第一期推出時，「反右」已經爆發，但主編巴金、靳以仍能維持「同人」作風。不過，一九五九年十月靳以突發心臟病去世，巴金也受到姚文元批評，兼之全國刊物普遍的稿荒現象，《收穫》也面臨艱難局面。一九六〇

75　白榕，〈以理服人〉，《光明日報》一九五六年九月一日。

76　這導致了《文藝月報》的困難。上海是「舊知識分子」聚集之地，《文藝月報》在上海難以組到符合「人民文學」規範的優秀稿源，而作為華東區刊物，它又不能如《人民文學》一樣，廣泛吸引解放區文人和新起青年作家。優秀稿源的欠缺使它每況愈下，而唐弢、王若望（夏衍提拔的唐弢的繼任者）在一九五三、一九五四、一九五五年間對批判「胡風派」的過分興奮與熱衷，也影響了它的聲譽。刊物銷量一直不佳。「反右派運動」以後實在難以為繼，遂於一九五九年九月易名《上海文學》。

年，《收穫》正式停刊。對此，巴金回憶：「《收穫》出滿三年，中國作協派人來商量停刊的事，說是紙張缺乏。我感到意外，但是在『三年自然災害時期』，我也無話可說」，「想想，我有些難過」[77]。所謂「停刊」，實是把《收穫》、《萌芽》合併到《上海文學》。這不能不讓巴金「意外」：若論合併，自然是應將難以為繼的《上海文學》（即《文藝月報》）合併到已經形成「品牌」的《收穫》中去才對，何況《收穫》為中央級別刊物。這其中微妙之處，《收穫》編輯彭新琪曾有談到：「停刊」是「因為三年自然災害，辦不下去了，加上作協本來就對《收穫》有看法。」[78]可見，作協內部也有人對《收穫》的知識分子氣質不滿。

有意與「人民文學」劃開界限的《文藝生活》週刊也於一九五七年四月意外停刊。《光明日報》未對其停刊做任何解釋。但據筆者推測，這與政治壓力無關，恰恰相反，大約是儲安平出任《光明日報》主編以後為騰出言論版面而做的調整。此後《光明日報》頗有當年《觀察》雜誌的氣象，故不難想像，即使《文藝生活》不被取消，它也很難堅持到「反右」以後。

「舊知識分子」所能掌握的兩類雜誌和副刊，在新的出版制度和勢力紛爭等多重因素的交互作用下逐漸喪失。這為「當代文學」帶來兩種「意味深長」的變化：（一）文藝刊物（副刊）的功能徹底改變。「舊知識分子」掌握的文藝報刊多少保留了承載特定文學主張與審美觀念的宗旨，這種「流風餘韻」進入六十年代以後徹底不再。（二）「舊知識分子」（前國統區文人）作為一種文學力量，徹底喪失出版資本，從「當代文學」版圖中消失。他們要麼「老死江湖」，要麼只能歸順「人民文學」，成為延安文人身旁黯淡的影子。

---

77 巴金，〈《收穫》創刊三十年〉，《再思錄》（增訂本）（廣西師範大學出版社，二〇〇四年）。

78 蔡興水整理，〈關於《收穫》的一組談話〉，《新文學史料》二〇〇三年第一期。

第三節　鴛鴦蝴蝶派的文學出版

「當代文學」版圖的重繪，不僅表現在「新文學」出版的萎縮，也表現在鴛蝴出版的凋零。不過，「凋零」並非一夜之間完成，亦非就所有次類型而言。對此，時論不甚準確。劉揚體先生以為：新中國建立後，「所有以舊式的傳統章法、語言寫作，缺少新思想、新氣象的通俗文學，都一起結束了它們在祖國大陸上的存在。」[79]這一判斷不合事實。的確，一九四九年後出版制度巨變，自由市場削弱，尤其是延安文人強勢打壓，嚴重威脅了鴛蝴文學的出版與流通。但即便如此，鴛蝴出版仍持續到了六十年代。其存在事實及存在方式，涉及到黨、大眾與不同類型知識分子對鴛蝴文學的不同態度，以及鴛蝴出版與其話語類型之間的關係。

一

「新文化運動」以後，鴛蝴派憑藉著數量龐大的讀者群體、陣容齊整的才子集團，在「新文學」強勢打壓下，始終獨立一隅、自成系統。這種異常成功，與鴛蝴文人對文藝雜誌、副刊等出版資源的掌控有直接關係。魏紹昌回顧說：

> 新文學根本將鴛鴦蝴蝶派推出文學的大門之外，連挨批還口的資格都不配的。然而為什麼鴛鴦蝴蝶派始終沒有被新文學罵倒吃掉呢？……（因為）鴛鴦蝴蝶派始終是一個自抱主張、自成體系、自立門戶的流派，是一個可

79 劉揚體，〈流變中的流派——「鴛鴦蝴蝶派」新論〉（中國文聯出版公司，一九九七年），頁三九。

以不必依附於新文學的流派，是一個一貫擁有自己的發表園地和自己的讀者群的流派。如果說新文學是河水，那麼鴛鴦蝴蝶派就是井水，兩者分別具有各自的來源、各自的用途，且可滿足各自的需求。[80]

這一觀察很有見地。鴛蝴派的「發表園地」非常廣泛，據鄭逸梅在《民國舊派文藝期刊叢話》一書中的不完全統計，民國鴛蝴文學前後共擁有雜誌一百一十四種，小報四十五種，大報附刊四種。知名報刊包括《遊戲雜誌》、《眉語》、《情雜誌》、《消閒鐘》、《滑稽畫報》、《遊戲新報》、《笑報》、《禮拜六》、《荒唐世界》、《快活林》、《萬象》、《紫羅蘭》等。這種強勢的出版資源，保持了鴛蝴文學的大規模生產，而「到一九四九年止，它所發表出版過的作品總數，要比『新文學』多得多」[81]。

但一九四九年對鴛蝴報刊衝擊很大。由於滬、平、津被圍的動盪，加上通貨膨脹，大部分鴛蝴文學報刊自動停刊，包括一批知名「方形刊物」，譬如，陳蝶衣主編的《春秋》月刊一九四九年三月停刊，顧冷觀、呂白華主編的《茶話》月刊一九四九年四月停刊。此外，《永安月刊》、《宇宙》、《生活》等也都紛紛歇業。解放軍入城後，對各城市文化市場進行整頓，打擊更甚。一九四八年十一月八日，中共中央發布〈對新區出版事業的暫行規定〉稱：軍管會除沒收反動派出版機構外，對於私營報刊「不得沒收，亦不禁止其依靠自己力量繼續出版，在出版時應令其登記」。從行文上看，〈規定〉比較寬和，但實際執行時多見苛刻。以北平為例，一九四九年，軍管會規定報刊登記手續是，先由報紙刊物填寫一份申請表，上交北平軍管會新聞出版處，「新聞處根據所填申請書，進行調查研究後，開出×××雜誌申請登記的處理意見」[82]。軍管會「調查研究」頗嚴格，涉及報刊負責人、編輯的職業、經歷、政治

80 魏紹昌，《我看鴛鴦蝴蝶派》（香港中華書局，一九九〇年），頁四七。
81 魏紹昌，《我看鴛鴦蝴蝶派》（香港中華書局，一九九〇年），頁一。
82 張景華，〈北平解放初期的期刊管理〉，《北京出版史志》第十三輯（北京出版社，一九九九年）。

主張等。試想，長期在日偽及國民黨統治下經營的鴛蝴報刊，廣交「三教九流」，社會關係又怎能不「複雜」呢？所以，若無意外（如特殊照顧），很少有報刊能通過「調查」。軍管時期獲准營業的主要是專業科學報刊。儘管有部分鴛蝴報刊向北平軍管會提出登記與申請，但沒有一份報刊獲得營業資格。北平鴛蝴文藝報刊全軍覆沒。天津情況也類似。《一四七畫報》、《星期六畫報》、《紅藍白週刊》等幾種影響力大的「北派」刊物就此凋零。

這種情況在全國很為普遍，不過上海例外。上海係陳毅主政，夏衍負責文藝接管。夏衍和上海鴛蝴文人多有舊交，故解放後上海雖然鴛蝴報刊絕大多數停刊，但軍管會仍批准登記了兩份不太重要的鴛蝴刊物（《青春電影》、《家》）。逆讀《文藝報》批評文章，亦可看出上海鴛蝴刊物仍有少量「殘餘」：「自從上海解放以後，在這六個月的過程中，情形已完全變了。在解放時，由於客觀條件，黃色書刊都已自動停刊，這些海派作者，如不再自求改造，下去是要永遠『失業』了。現在向軍管會登記的幾家小報，都已採取了嚴肅真實的作風。」[83]且出於對小報傳統的尊重，夏衍還以市委宣傳部名義，組織了一批失業鴛蝴作家，於一九四九年七月後接連創辦《大報》（龔之方、唐大朗主編）和《亦報》（陳蝶衣、陳之華主編）。

所以，與平、津的凋零無聲相比，上海鴛蝴文藝還餘得一片小小「園地」。且當時上海私營報紙《新民報》、《大公報》、《文匯報》，都因特殊照顧而繼續發行，其副刊也可容納鴛蝴文人。《大報》、《亦報》因有夏衍支持，兼豐子愷、張愛玲、周作人等作者寫稿，一時頗見人氣。尤其張愛玲在《亦報》上以「梁京」筆名連載長篇小說《十八春》，還造成轟動。與夏衍相似，負責天津文藝工作的阿英也不失寬容。據周驥良回憶：一九五〇年二月《星報》創刊時，即向「天津張恨水」劉雲若約稿：「他要價很高，每期一段，每段稿費十元。我暗自抽了一口涼氣，未敢答應下來。回來請示阿英同志，他登時就說十塊錢不高，而且不應還價，要知道一位劉雲若，他聯繫多少家家戶戶

[83] 余雷，〈黃色文化的末路〉，《文藝報》一九四九年一卷七期。

的讀者呢？」[84]遺憾的是，小說《雲破月來》連載未半，劉雲若即於二月十八日突發心臟病去世。

更遺憾的是，「人民文學」不能容忍這一「保留地」。程光煒認為：處於歷史轉捩點上的新興文學力量非常渴求自身合法化，「而要達到這一目的，對前一時期文學合法性的顛覆、瓦解將是一個非常堅決的姿態」[85]。同時，此亦延安文人具體運作的結果。「延安文人」內部實存在分歧，主要表現為周揚與丁玲間的勢力紛爭。丁玲與周揚同為行政七級的副部級幹部，但周揚實職、在毛澤東處所受重視都高於丁玲。然而在一九五〇年，丁玲受到毛澤東祕書胡喬木的明確支持，出任中宣部文藝處處長，隱隱有挑戰周揚之意。對於丁玲，挑戰周揚的重要策略，是塑造自己比周揚更「正確」、更「權威」的〈講話〉闡釋者形象。故丁玲在執掌《文藝報》期間，積極地宣揚、推行了不少「左」的主張與措施，其中即包括對鴛鴦蝴蝶派的排斥。丁玲與多數延安文人一樣，在通俗文學觀念上與五四前輩頗多繼承，兼之自認來自革命聖地，對這種在「畸形的黃色都市」生長的文學強烈敵視，深懷「『滅此朝食』的氣概」[86]。同時，但與五四前輩不同，他們有操控制度為我所用的體制能力。故在「重典」之下，興盛一時的平、津「北派」刊物被削除殆盡，而上海殘存的一角陣地也讓丁玲不能接受。兼之丁玲對周揚支持者夏衍頗有成見，故在一九五〇至一九五二年間，針對上海的溫和辦法，《文藝報》展開一系列批評。典型事件是對《青春電影》的定點「圍剿」。

一九五一年十一月，《文藝報》同時刊發兩篇稿子批評該雜誌。李威岑指責《青春電影》：「老是刊登一些無聊的報導，大驚小怪地告訴讀者一些演員瑣碎的日常生活，如『中叔皇穿工人裝』、『沙莉買了一個草提包』、『孫景路戴眼鏡』、『韓濤患傷寒』等等。這到底對讀者有什麼意義呢？既浪費人民的紙墨，又浪費讀者的金錢和時間！」[87]魏峨則批評該刊對香港電影不惜工本渲染、對革命電影如《白毛女》卻敷衍了事，「迎合落後讀者，單純從

84 周驥良，〈回憶阿英同志在天津〉，《天津文學史料》一九八六年第一期。
85 程光煒，《文學講稿：「八十年代」作為方法》（北京大學出版社，二〇〇九年），頁一九六。
86 陳蝶衣，〈前置辭〉，《春秋》一九四三年第四號。
87 李威岑，〈《青春電影》是一部壞雜誌〉，《文藝報》一九五一年五卷二期。

生意眼出發」，「惡劣庸俗」[88]。《文藝報》還配發「編者按」，稱：「《青春電影》解放後出版以來，一貫保持過去的庸俗趣味，雖然短期內還可能受到某些落後讀者的歡迎，但前面的路，將愈走愈窄，最後終不免遭到讀者的唾棄。」這組文章，尤其是《文藝報》「編者按」，使《青春電影》感到巨大壓力，當月即告停刊。《文藝報》還相繼對《新民報》、《大公報》、《家》及早已停刊的《西風》提出批評，使上海與鴛蝴有牽連的刊物都深感不安。一九五二年，《家》宣布停刊。該年十一月，《大報》、《亦報》併入《新民晚報》。鴛蝴文人掌握的文藝報刊至此徹底消失。此後，鴛蝴文人只能依附於黨的報刊或經過「改造」的《新民報》、《大公報》和《文匯報》。依存的可能與方式，取決於文壇時勢的變化。

二

刊物、小報與副刊之外，建國前鴛蝴文學出版資源還包括書局（社）等出版機構。當時出版機構存門戶之見，像開明書店即不出版所謂「烏煙瘴氣的神怪、武俠、偵探小說」，但鴛蝴文人擁有獨立出版機構。鴛蝴刊物，或依託於書店（如《茶話》月刊之於聯華圖書有限公司），或因刊物而辦書店（如《萬象》月刊之於萬象書屋）。這些書局（社）是鴛蝴文學的重要陣地。一九四九年後，鴛蝴刊物幾乎一夜凋零，但出版機構卻由於政府缺乏足夠資金接手，多數得以繼續經營。像春明書店、國風書店、百新書店、真善美書店、山河圖書公司、懷正文化社、廣益書局、銀花出版社、上海文化企業出版公司等鴛蝴機構，都獲得了經營機會。據還珠樓主年譜顯示，一九四九至一九五〇年，還珠樓主先後通過上海的育才書局、元昌印書館、廣藝書局、民生書店、勵力出版社、彙文書店、新流書店等私營書局

88　魏峨，〈我們不要宣傳庸俗趣味的刊物〉，《文藝報》一九五一年五卷二期。

出版過小說[89]。然而這些私營機構，經過內戰與通貨膨脹的衝擊，多數已成爛攤子。在建國初整頓秩序、恢復生產過程中，經營愈加困難。

困難之一，在於鴛蝴文學被「人民文學」定義為黃色、荒誕之作，橫遭查禁。出版新的鴛蝴文學不合時宜。再則，建國初大量讀者興趣轉移，較之國有出版社，私營出版公信力大幅喪失。兼之資金周轉不暢，紙張供應也被苛待，很多鴛蝴出版機構無以為業，陷入困境。解放區作家康濯的呼籲，讓人窺其艱難：

> 出版武俠和言情小說的書店……今天大都也是苦悶，找不到路子的。我們未嘗不可勸說他們少印些無聊的書，供給一些通俗讀物給他們印，甚至讓他們翻印一些通俗作品的廉價的普及本。[90]

康濯的提議，很多鴛蝴出版機構也考慮過。他們翻印中共中央宣傳材料和解放區作品，以解燃眉之急。但此事畢竟有盜版、「犯禁」嫌疑，遭到出版總署批評。百般艱難，非一筆可書。這種出版困境，可從鴛蝴文人的處境看出。還珠樓主在一九四九至一九五〇年間一直在出版小說，但到一九五一年初發生問題。賈植芳回憶：一九五一年春「他一次來上海和出版社算帳，掏空來我家看我。他仍然穿著那件深藍色的藍呢長衫，還帶著一本《聯共黨史》。他對我說，他去找過文協，希望得到幫助，找一條出路。文協同志雖然鼓勵他努力學習，改造思想，為人民服務，但他總感到前途茫茫。他的舊出版家也正在看風色，已經不像過去那樣要搶著印他的小說了。過去他的收入一直很好，還有舞

[89] 周清霖，〈還珠樓主李壽民先生年表〉，《西南大學》二〇〇八年第六期。
[90] 康濯，〈談說北京租書攤〉，《文藝報》一九五〇年二卷四期。

臺上演費好拿。這次他在我家吃了一頓中飯，陪我喝了不少酒。他酒量很好，但或許由於心情激動不安的緣故，有些喝過了量，喝到最後竟然失聲痛哭起來了。」[91]

一九五二年，政府正式推行出版業「社會主義改造」。絕大部分鴛蝴出版機構被「關」、「停」，少數被「併」、「轉」入黨直接控制的通俗文藝出版社。「改造」完成後，專業大眾出版僅餘通俗文藝出版社和各省人民出版社的通俗圖書部。理論上講，這也是鴛蝴文人可以利用的資源，但只能是依附性的，且國有出版社很少願意接受武俠、言情作品。他們所謂「通俗」，毋寧單指鄉村通俗類型，其出版物「大都是評彈、相聲、快書、戲曲劇本等戲曲和曲藝作品」和「根據戲曲、曲藝、傳說改編的故事」[92]，極少都市通俗文學。

獨立出版資源的喪失，使鴛蝴文人出版環境急劇劣化。不但出版艱難，即便已出版的作品，也是動輒得咎。張友鸞《神龕記》被《文藝報》一九五二年第九期點名批評後，作者被勒令檢討。環境劣化，還表現在作者著作權益不受尊重。通俗文藝出版社再版《啼笑姻緣》時，不和張恨水商量，擅自刪除了原〈序〉和書末小詩。上海文藝出版社再版張恨水另一著作《牛馬走》時，則逕自將書名改為《魍魎世界》，並大刀闊斧地刪去了十萬字。作風霸道，令人咋舌。在稿酬方面，鴛蝴文人也大受苛待。一九五七年，苗培時反映：

> 稿費標準極不一致，通俗文藝比一般文藝創作低得多，新詩二十行算一千字，曲藝一千行只有二三十元。他寫了《婚姻自由歌》有八百行，印了七十萬本，他只拿到二百一十萬元（舊幣），外邊還傳說發了財。[93]

---

91 賈植芳，〈記還珠樓主——《獨手丐》等武俠小說總序〉，《劫後文存——賈植芳序跋集》（學林出版社，一九九一年）。

92 洪子誠，《中國當代文學史》（北京大學出版社，一九九九年），頁一二六。

93 木呆，〈通俗文藝作家的呼聲〉，《文藝報》一九五七年第十期。

這一情況是屬實的。當時，「嚴肅」文學稿費千字十二至十五元，定額為二至三萬冊；而章回小說，稿費千字僅五至七元，定額達十萬冊以上。故時有「今日定額夠十萬，幾人樂意寫章回」之歎[94]。出版環境劣化使鴛蝴出版陷入絕境，尤其文體類型受到嚴格約束，武俠、言情兩種小說類型實被禁止。除張恨水舊作（《啼笑因緣》、《八十一夢》）外，其他能獲行世的少量鴛蝴作品，主要是非小說類文本（民間傳說、知識小品等）。五十年代後期，其主打小說類型（武俠、言情）在文學生產、傳播與消費中基本消失。鴛蝴文人也逐步失去自我再現的空間。

三

出版政策與延安文人的左右夾擊，致使鴛蝴出版系統被摧毀，只能依附於「人民文學」出版。一般情況下，某類文學遭此苛待，早告毀滅。但在讀者強烈的閱讀需求下，鴛鴦蝴蝶派卻孽生出另類勃勃景觀——「地下」傳播。此乃指鴛蝴舊作的傳播。較之新作出版受控，武俠、言情舊作更屢遭查禁、銷毀。一九四九年，各地文化主管部門展開查禁、收換「黃色」、「荒誕」書刊的行動，一時風聲甚緊。該年底，余雷在《文藝報》「圍剿戰」中稱：「報攤上從前遺下的不好書籍，經公安局的查禁，和報販自動繳銷，燒毀了許多，還警告了印這些書的商人們，這種書現在在市面上也已絕跡了。」[95]「絕跡」現象，由於基層官員的特別態度，在一九四九、一九五〇年的確有普遍化的趨勢。這些基層官員多由解放軍、地方工作人員和農村積極分子擔任。他們文化較低，道德感甚強，對都市與「黃色文學」天然敵視。在他們積極查禁下，武俠、言情等鴛蝴文學舊作幾遭毀滅性打擊。這種意外情況，引起文藝官員系統中「舊知識分子」勢力的反彈。文化部部長茅盾、出版總署署長胡愈之、副署長葉聖陶，素來與上海鴛蝴力

94 木呆，〈通俗文藝作家的呼聲〉，《文藝報》一九五七年第十期。
95 余雷，〈黃色文化的末路〉，《文藝報》一九四九年一卷七期。

量糾葛甚深（葉早年是鴛蝴才子）。他們對鴛蝴文學歷來持貶抑態度，但對延安文人「斬盡殺絕」做法，則未必以為妥當。面對這種因為群體差異與不同歷史經歷導致的根本性權力失衡，這批「舊知識分子」向黨的出版體制發起了「抗爭性交涉」（confrontational bargaining）。作為彌補，一九五一年十二月和一九五二年七月，他們以出版總署的名義，接連發出〈關於查禁書刊的規定〉和〈關於查禁書刊的批示〉。〈批示〉措詞嚴厲，稱：過去各地查禁《李鳳金》、《秦香蓮》、《血濺姊妹花》、《愛的歸締》等書刊「都是錯誤的」，「應該撤銷」。並特別指出：

> 審讀書刊，處理書刊，是一件執行國家文化教育政策的大事，必須以認真、嚴肅的態度來進行。而查禁書刊是出版行政機關處理書刊的最後手段，將決定一本書刊的存廢，更必須出之以極端鄭重的負責態度，絕不能漫不經心地任意採用。過去我們的查禁書刊工作，固然有許多是做得對的，符合於政府的政策的；但也有不少是做得不對的，違反政府的政策的；有應該查禁而未予查禁的，也有不應該查禁而予以查禁的。而近一年來主要的和普遍的毛病則是濫用查禁手段……這是一種以橫蠻態度對待文化事業的暴虐行為。我們絕不允許這種錯誤繼續存在和發展下去。……為了防止和克服漫無限制地任意查禁書刊，我們特規定：今後各地出版行政機關查禁書刊，必須於事前得到本署批准，絕對不允許先斬後奏。[96]

〈批示〉產生了作用。八月二日，出版總署黨組書記陳克寒因此事向劉少奇遞交了〈檢討報告〉，承認：「違反黨的文化教育政策，大量地胡亂查禁書籍，犯了嚴重的政治錯誤。」[97]兩次下文，由此為鴛蝴文學略留下了緩衝空

96　〈出版總署關於查禁書刊問題的指示〉，《中華人民共和國出版史料》第四卷（中國書籍出版社，一九九八年）。

97　〈出版總署黨組書記陳克寒關於查禁書籍向劉少奇並黨中央的檢討報告〉，《中華人民共和國出版史料》第四卷（中國書籍出版社，一九九八年）。

間。查禁仍在進行，批評也時在發生，但就全國城市範圍而言，鴛蝴文學環境逐漸寬鬆。

武俠、言情等類型鴛蝴文學傳播、接受系統隨後逐步恢復，讀者成為其中關鍵的力量。建國初，原鴛蝴讀者中的一部分，可能受共產主義影響，轉而鍾情中國和蘇聯革命文學，但保持「舊興趣」的讀者仍數量巨大。這些讀者一直被《文藝報》譏為「墮落的小市民」，實則他們職業、年齡、文化分布極為廣泛，並不限於初識文字的家庭婦女和小店員。且一九四九年後，「小市民」多數進入單位，成為新中國的工人或幹部。此外，另一類批評者不願提及的鴛蝴讀者力量更大。他們包括：新中國培養的大中小學生、部分黨的官員、解放軍或志願軍的復員戰士。這些讀者並非文學中人，黨的單位雖然有力，但亦不至於深入控制職工的私人閱讀。所以，大量鴛蝴讀者對《文藝報》批評未必留意，更談不上憚懼。他們一如既往地追捧還珠樓主、馮玉奇和劉雲若。作品漸少，他們就通過多種渠道予以搜求。他們無形中抗衡著延安文人。故一九五一年底以後，武俠、言情等鴛蝴舊作，在市面上漸次回流。當時舊作絕版，但這類書建國前印數很大，流布甚廣。此時便通過三種渠道在「地下」傳播：一、私人藏書，以相互轉借方式流通。二、城市租書店（攤）的大量存貨——查禁風頭中他們交出的存書是有限的。三、風聲稍過，部分生存艱難的鴛蝴私營書店，偷偷翻印舊作，也成為重要的「地下」來源。

一九五三至一九五四年，查禁逐漸成為形式。同時，隨著丁玲退出《文藝報》和中宣部，疾言厲色的批評也少見了。鴛蝴文人雖不敢有所作為，舊版武俠、言情小說卻捲土重來並再度氾濫，成為公開「地下」傳播，一切如舊。一九五五年，官方承認：「全國解放以後，各地文化行政機關和公安機關曾對這類圖書進行過取締和收換」，但收效有限，「至今這類有毒圖書仍在公開地或暗中地流行」[98]。中共中央批轉的〈文化部黨組關於處理反動的、淫穢的、荒誕的書刊圖書問題的請示報告〉，稱：省會以上城市租書店（攤）約一萬以上，其中百分之十左右是舊的說部演義，而

---

[98] 〈中共中央關於處理反動的、淫穢的、荒誕的書刊圖書問題和關於加強文化事業和企業的管理和改造的指示〉，《中華人民共和國出版史料》第七卷（中國書籍出版社，二〇〇一年）。

百分之八十是帶有色情淫穢成分的「言情小說」和荒誕的武俠小說，以及描寫特務間諜活動和盜匪流氓行為、鼓吹戰爭和殺人的反動小說。有的還祕密地或公開地出租淫書淫畫。這些圖書，散播了大量的地主、資產階級的反動腐朽思想和墮落無恥的生活方式，對廣大人民群眾，尤其是青少年、少年、兒童的毒害很大。許多人讀了這些書籍以後，身體敗壞，精神頹喪，胡思亂想，神志昏迷，有的企圖上山學劍，有的整日出入下流娛樂場所……甚至組織流氓集團，拜把子、稱兄弟、行兇毆鬥、稱霸街道、戲弄異性、姦淫幼女、盜竊公產，並且不以為恥，反以為榮。這就嚴重影響了社會公共秩序的鞏固，並妨礙社會主義建設和社會主義改造的順利進行。

同年，鍾沛璋的調查也證實了這一點。他發現，全國各大城市鴛蝴舊作仍大量流通，「僅僅根據廣州一個城市的估計，全市每天各種反動、怪誕、淫亂書刊的流通量即達十萬冊以上」，而且舊書攤（鋪）多開設於學校、工廠門口：「廣州中區第一工農子弟學校的門口，便有三個舊書攤，出租著《金剛》、《小俠奪江山》、《天下第一俠》、《兇手就是他》、《科學封神榜》等神怪打鬥的圖書。孩子們一出校門就沉迷於這些書籍，幻想飛天遁地，動輒聚眾鬥毆，哪裏還記得在學校裏受到的社會主義教育呢？」「武漢市國棉一廠門口不遠，就有四家舊書攤，出租著《春宵一刻》、《孔太太》、《新聊齋志異》、《性史》、《性典》、《風流太太》。去借書的就有國棉一廠的工程師、科室人員、男女工人，甚至其中還有青年團員。」[99]

對於「地下」傳播的根源，鍾沛璋以為在於文藝界「奇怪的沉默」[100]，以及租書攤老闆的利益追求，「（老闆）多是文藝愛好者，又有廣泛的社會聯繫，租書的租什麼書，大都聽他們宣傳」，「他們不注意解放區的作品，其傳統

99　鍾沛璋，〈作家們不要再沉默〉，《文藝報》一九五五年第三期。
100　鍾沛璋，〈作家們不要再沉默〉，《文藝報》一九五五年第三期。

的對新文藝的看法和這類書籍太貴」[101]亦可說是重要原因。而政府監管鬆懈，更難推卸責任：

> 政府對舊書攤也缺乏應有的管理，只做了一些審查工作，沒有從根本上杜絕這類黃色小說的來源。如南昌市文教局在一九五一年，曾一度嚴格檢查過舊書攤，當時因送審書太多，再加上老闆們玩花樣，真正有問題的書不送審，因而收穫不大。直到現在，南昌市七十二家舊書攤（包括三家舊書店），名義上是受商業局的管理，實際上商業局也並沒有管；文化局也只是收到讀者反映時，才去「檢查」一下。它們的營業情況、書籍內容、對讀者的惡劣影響等，誰也不詳細知道。這樣便使舊書攤老闆有機可趁，大量地搜羅低級、下流甚至反動的書籍，誘惑和腐蝕無知青年以營利。[102]

一九五五年，針對鴛蝴舊作「地下」傳播的嚴重現狀，文化部決定吸取此前「手軟」教訓，予以徹底整頓。該年，《文藝報》、《文藝月報》、《文藝學習》相繼組織對「黃色小說」的口誅筆伐。同時，根據此前的管理漏洞，文化部決定雙管齊下：一方面繼續查封——文化部將有問題書刊的處理辦法細分為三類：查禁、收換、保留；列入「查禁」類是政治反動圖書；鴛蝴小說一部分，如《蜀山劍俠傳》等，被作為「淫穢的色情小說和荒誕的武俠小說」列入「收換」類；一部分被列入「保留」類，「鴛鴦蝴蝶派作家所寫，一般談情說愛的『言情小說』，如張恨水《啼笑因緣》」，以及偵探小說，皆列入「保留」類[103]。另一方面，文化部又撥出專款一百萬元，引導租書業以舊書換新書，並改造、分流、安置租書店（攤）從業人員。為此項工作，國務院接連下發〈管理書刊租賃業暫行辦法〉（七月

101 康濯，〈談說北京的租書攤〉，《文藝報》一九五〇年二卷四期。
102 范風、于良旭，〈有關部門應當重視黃色書籍氾濫的嚴重情況〉，《文藝學習》一九五五年第一期。
103 〈文化部黨組關於處理反動的、淫穢的、荒誕的書刊圖書問題的請示報告〉，《中華人民共和國出版史料》第七卷（中國書籍出版社，二〇〇一年）。

二十日）和〈關於處理反動、淫穢、荒誕書刊圖畫的指示〉（七月二十二日），文化部、公安部在全國範圍內聯手行動，收效甚大。一九五一年，北京市有租書店二百一十九家，租書攤三百七十三家，共五百九十二家。到一九五五年底，租賃店減至一百一十三家，租書攤一百一十七家，併入書店五十九家，共計二百八十九家，規模減半[104]。天津七百四十個圖書出租戶，共清查出各類舊書五點三萬冊，列入淘汰的達四萬冊[105]。

不過，對鴛蝴「地下」傳播的清查也出現了問題。主要是國務院通知對鴛蝴作品處理標準比較含混，操作彈性過大。次年一月十三日，文化部續發〈通知〉，將清查對象明確列出。結果，有影響的鴛蝴作家幾被一網打盡。〈通知〉稱：

> 有一些人專門編寫反動、淫穢、荒誕的圖書，如徐訏、無名氏、仇章專門編寫政治上反動的描寫特務間諜活動的小說，張競生、王小逸（捉刀人）、藍白黑、笑生、待燕樓主、冷如雁、田舍郎、桑旦華專門編寫淫書和渲染色情的書，馮玉奇、劉雲若、周天籟、耿小的專門編寫含有反動政治內容的淫穢色情成分的「言情小說」，朱貞木、鄭證因、李壽民（還珠樓主）、王度廬、宮白羽、徐春羽專門編寫含有反動政治內容或淫穢色情成分的神怪荒誕的「武俠小說」，……為了肅清反動、淫穢、荒誕的圖書，請各省市文化局在審讀圖書時，對於徐訏、無名氏、仇章、張競生、王小逸（捉刀人）、藍白黑、笑生、待燕樓主、冷如雁、田舍郎、桑旦華、馮玉奇、劉雲若、周天籟、耿小的、朱貞木、鄭證因、李壽民（還珠樓主）、王度廬、宮白羽、徐春羽等二十一人編寫的圖書特別加以注意。但決定是否處理和如何處理，仍應按書籍內容而定。[106]

104 孫忠銓，〈北京的租書業〉，《北京出版史志》第十三輯（北京出版社，一九九九年）。
105 新華通訊社，《內部參考》一九五五年第二〇五期。
106 〈文化部關於續發處理反動、淫穢、荒誕圖書參考目錄的通知〉，《中華人民共和國出版史料》第八卷（中國書籍出版社，二〇〇二年）。

這些措施峻厲。五十年代後期，文化部又多次發出類似通知，要求各地繼續貫徹執行國務院一九五五年〈關於處理反動的、淫穢的、荒誕的書刊圖畫的指示〉。與此同時，文化部也加大了對蘇聯偵探小說的翻譯力度，以及對國內對偵探小說的有意識扶持。這一措施近乎「釜底抽薪」，新偵探和驚險小說大規模地分流了鴛蝴讀者。而且，一九五七年後私營出版機構徹底消失，舊版鴛蝴圖書缺乏補充，破損嚴重。到六十年代，舊版武俠、言情小說基本上退出了閱讀市場。此時，洪子誠先生的論斷——「晚清以來的以言情俠義等為主要類型的那種『通俗小說』，其命脈在大陸實際已經中斷，而在臺灣，特別是香港等地，則獲得承接和發展」[107]——才算是確切的。不過，此時距一九四九年已經是十數餘年。

鴛蝴文學出版及其話語類型的最後消亡，由黨的政策導致，亦是延安文人集團、大眾讀者、「舊知識分子」等勢力博弈的結果。不過，有兩處史實值得指出：（一）五十年代中後期，延安文人先後泥陷於「內憂」（周、丁之爭）「外患」（激進派的威脅），漸無心力持續打壓鴛蝴文人。尤其是「反右」後，高層人物對鴛蝴文人明確表現的親近姿態，使鴛蝴出版反而獲得了更多機會。但出版復甦與處境改善，並未換來武俠、言情小說作為話語類型的復活，它們仍被「中斷」。這表明，出版中的文類控制，作為民族國家書寫「抹擦」異質話語的一種技術，是黨、黨內外知識分子觀念分歧中的共識，不受人事糾葛的影響。（二）鴛蝴話語的中斷，從某種角度看又未中斷。五十年代後期被公開鼓勵用以替代武俠、言情的偵探小說、驚險小說，「文革」中「地下」傳播的手抄本反特文學、新公案故事，新言情故事[108]，怎麼看，都是「新瓶」裝「舊酒」，是鴛蝴文學的「新版」。不過，其作者不再是職業文人，而是原鴛蝴

107 洪子誠，《中國當代文學史》（北京大學出版社，一九九九年），頁一二六。

108 傳抄較廣的反特、偵探小說有《一隻繡花鞋》、《梅花黨》、《于飛三下南京》、《教堂之謎》、《第十三張美人皮》、《一張發黃的報紙》、《神祕的教堂》、《夜半歌聲》等，言情小說有《少女之心》、《第二次握手》等。

讀者。鴛蝴文人凋零以後，寫作中斷，讀者不得不自己升格為作者，並在政府的出版制度之外，以鮮活激情，另建了完整「地下」生產、傳播與接受渠道，並構成了「當代文學」一個無名的區域。

第七章　出版制度與出版格局的重構（下）

新中國成立後，執政黨通過出版制度，力圖將所有不同類型寫作，都納入民族國家書寫範疇。延安文人對「當代文學」版圖的重繪，一方面集中在對作為「異質成分」的「新文學」及鴛蝴派的壓制、改造之上，另一方面，則通過國有單位體制確立「人民文學」在出版中的「文化領導權」。後一方面，是出版格局重構的主要內容，即所謂「一體化」體制形塑。不過，若我們不對國家權力做過度誇張，就會在「一體化」形塑的縫隙中，看到「新文學」影響力的持續挑戰，感受到中共中央、文藝官員、一般文人與「群眾」之間的差異、分歧與矛盾。

第一節　延安文人的出版優勢

「誰控制了新聞媒介，誰就控制了意識形態，進而也就控制了社會。」[1] J・阿休特爾的觀點，恐怕是統治人物的共識。現代中國政黨非常重視傳媒，以確保本黨意識形態的傳播。四十年代，各政治黨派都擁有自己的出版資源，相互獨立又互有競爭。這種自由分散的出版制度，從內部動搖了國民黨政權的合法性。新中國成立後，放棄市場型出

[1] 〔美〕J・赫伯特・阿休特爾，《權力的媒介》（華夏出版社，一九八九年），頁一一六。

版制度，而採取了列寧的出版戰略。列寧認為：「出版物應該成為黨的出版物」，「應當成為『有組織的、有計畫的、統一的黨的工作的一個組成部分』」[2]。新中國採取嚴格組織化手段，通過所有制改造與專業分工等措施，將出版納入了全能主義政治體系，又在出版資源上保持了對不同文學勢力的比例配置，「人民文學」和延安文人在其中居於壟斷性的優勢地位。

一

在「人民」的時代，誰擁了「人民」的文化和經濟資源，誰就可以去建構新的「事實」。故對文學出版資源的有效領導，在執政黨而言不言而喻。民國時期，個人、團體皆可自由投資出版，這促成了「新文學」流派、文類與立場的多元雜陳。但對此國民黨政權並不歡迎：分散無序的文化秩序顯然難以掌控。國民黨建立了嚴格的審查制度，但仍無法控制「謬種流傳」。具有反政府色彩的左翼文學則從這種制度受惠匪淺。一九四九年後，新政權經濟能力疲弱，除沒收國民黨出版機構外，仍保留了大部分私營書局，公私並存。但到一九五二年，中宣部不願繼續容忍這種「無組織」狀況，遂提前進行「改造」。到一九五六年，私營書局全部被關、停、併、轉，出版業徹底國有化[3]。在國有體制下，專業文學出版社僅四家，即人民文學出版社（一九五一）、上海新文藝出版社（一九五二）、解放軍文藝社（一九五一）和通俗文藝出版社。此外，尚有部分出版社設有文藝室，如中國青年出版社、工人出版社及各級人民出

2 〔蘇〕列寧，〈黨的組織和黨的文學〉，載周揚編《馬克思主義與文藝》（解放社，一九五〇年）。

3 一九五七年周恩來說：「出版方面主要是國家辦的出版社，但在一定情況下，也可以考慮由幾個人搞個出版社。但這只能是輔助性質，並且絕不能因此不接受國家的領導。」見〈在中共中央宣傳部、文化部、全國文聯召集的文藝界人士座談會上的講話（一九五七年七月十四日）〉，載《周恩來論文藝》（人民文學出版社，一九七九年），頁五九。不過這是展示開放政策姿態，缺乏實際意義。「反右」後，無人敢去籌畫私營的同人書局。

版社。但通俗文藝出版社和各省人民出版社文藝室，主要出版通俗說唱材料。故而「人民文學」出版，實集中到「人文社」、「新文藝」、「解放社」三家。由於解放社僅出版部隊作家作品，「人文社」和「新文藝」幾乎壟斷了所有的精英文學出版，這必然導致作家與出版社之間關係的失衡。「反右」後，文化部吸取作家意見，將原綜合出版社內的文藝室單列，又成立了一批專業文學出版社，對文學出版社的壟斷地位略有調整。其間，延安文人通過對社長、總編職位的壟斷，使「人民文學」在多重力量交錯的文學版圖中獲得支配地位。

當然，作為執政黨代理人，延安文人亦不乏異端思想。譬如「新文藝」社首任社長劉雪葦，與胡風私交默契，「新文藝」不但大量出版「胡風派」作品，而且還吸收王元化、耿庸、張中曉等胡風追隨者任副社長和編輯。「人文社」首任社長馮雪峰對馬克思主義文藝觀念的闡釋與〈講話〉也頗有差異。為防止代理人利益對黨的權威的侵蝕，文化部不斷黜免社長和總編，如人民文學出版社的負責人，變動就比較頻繁：一九五七年馮雪峰社長一職被巴人接替；一九五九年，主張「人情論」的巴人也被黜免，中宣部啟用了以批判巴人而大顯身手的「積極分子」許覺民，同時又調入謹慎膽小的韋君宜和嚴文井，由嚴文井任社長。嚴文井、韋君宜、許覺民在資歷與思想方面都明顯低於馮雪峰，尤其他們易於「馴服」的性格，更保證了文學出版的黨性。這種錄用社長、總編的「積極分子」趨向，註定專業文學出版社難以建立深厚傳統。人民文學出版社，倒是能夠招致各類著譯優秀之作。但這與其說是人文精神所致，毋寧說是它壟斷政治權威與文學權威的結果。而各省文藝出版社，缺乏這雙重體制權威，成績便乏善可陳。

五十年代中期，「人民文學」出版盛極一時，作品種類眾多，數量巨大：單行本中，知名作品包括《保衛延安》、《風雲初記》、《青春之歌》、《誰是最可愛的人》、《紅旗譜》、《創業史》、《青春之歌》、《紅岩》等；「叢書」則包括「中國人民文藝叢書」（新華書店）、「文藝建設叢書」（人文社）、「建國十年優秀創作叢書」（人文社）、「解放軍文藝叢書」（解放社）、「播種文藝叢書」（解放社）、「電影劇本叢書」（藝術出版社）、「青年文學創作選集」（人文社）、「收穫文藝叢書」（工人出版社），等等。其中，影響最大的「中國人民文藝叢書」，包括戲劇二十四種、小說十六種、詩歌五種、通訊報告七種、說書詞二種。

湯森和沃馬克指出，大眾傳播總以主流意識形態語言進行，深刻地左右著作家、讀者、評論家的思維方式與價值判斷，「具有特殊意識形態意義的概念和用語成了大眾傳播的一個獨立的語言系統；它為『講』這些話的人提供了一種統一的聯繫和機制，而同時把不講這些話的人或在其中沒有地位的概念排除在外」[4]。屬於「人民文學」領域的大量作品的出版與流通，創造了清新、純淨的美學風格，保證了「人民文學」再生產，並參與到新政權的合法性論證與國家重建動員。同時，在閱讀市場上，「人民文學」也逐步占據了最大份額。及至「文化大革命」，「人民文學」出版在數量上仍保持可觀狀態。僅一九七二至一九七六年間，即「出版小說四百八十四部次，故事集三百三十三部次，散文雜文集九十七部次，報告文學集一百九十八部次，詩集四百二十三部次」[5]。不過，由於思想流失，這些以「工農兵」名義出版的粗糙之作，是否還可列入「人民文學」，實在大可爭議。

二

民國時期，文藝刊物自由紛爭，各種黨辦刊物、民辦同人刊物各陳異說，查而不絕，直至國民黨政權被顛覆。一九四九年後，新政權採取重新登記政策，非執政黨系刊物基本消失。到一九五三年，除個別報紙副刊外，文藝刊物徹底國有化，它們「幾乎獨一無二地是官方的（國家或黨的）事業，其內容和管理都受中央政治權威的控制」[6]。這些刊物組成「大金字塔」，最頂端是全國性刊物，例如《人民文學》、《文藝報》、《新觀察》和《詩刊》，其次是大區級刊物，如《北京文藝》、《長江文藝》、《文藝月報》、《西南文藝》等，又次是各省市刊物。至於各大

4　〔美〕詹姆斯．R．湯森、布蘭特利．沃馬克，顧速、董方譯，《中國政治》（江蘇人民出版社，二〇〇四年），頁一五一—一五二。

5　孫蘭，〈從錯位到惡化：評「文革」文學的流變〉，《文藝評論》一九九九年第一期。

6　〔美〕詹姆斯．R．湯森、布蘭特利．沃馬克，顧速、董方譯，《中國政治》（江蘇人民出版社，二〇〇四年），頁一五一。

學、文藝單位、工廠、部隊自行油印的小型文藝報刊，難以計數。這些刊物，與新文學刊物朝起夕滅不同，相對「穩定」，即使主編、編輯被「大換血」，也較少易名。

在五十至七十年代，各級文聯、作協及其他單位創辦的文藝刊物計有一百六十多種[7]。這些刊物發行數量往往驚

[7] 據筆者統計，這些刊物包括：《人民文學》（中國作協）、《文藝報》（中國作協）、《詩刊》（中國作協）、《新觀察》（中國作協）、《譯文》（中國作協）、《中國文學》（中國作協）、《文藝學習》（中國作協）、《解放軍文藝》（解放軍總政治部）、《文學研究》（中國社會科學院）、《說說唱唱》（大眾文藝創作研究會）、《北京文藝》（北京市文聯）、《北京新文藝》（北京市文聯）、《山東文藝》（山東省文聯）、《山東文學》（山東文聯）、《山西文藝》（山西文聯）、《延河》（西安作協）、《文藝月報》（上海文聯）、《新港》（天津作協）、《收穫》（中國作協）、《萌芽》（上海作協）、《貴州文藝》（貴州文聯）、《青海湖》（青海文聯）、《湖南文藝》（湖南文聯）、《曲藝》（中國曲藝家協會）、《奔流》（河南文聯）、《長江文藝》（中南區文聯）、《華南文藝》（華南文聯）、《湖北文藝》（湖北文聯）、《翻身文藝》（河南文聯）、《大眾文藝》（重慶文聯）、《星星》（四川作協）、《雨花》（江蘇作協）、《淮海文藝》（徐州文聯）、《文藝》（南京文聯）、《蘇北文藝》（蘇北文聯）、《鴻雁》（內蒙古文聯）、《南國戲劇》（廣州戲劇家協會）、《北方》（哈爾濱文聯）、《西南文藝》（西南區文聯）、《內蒙古文藝》（內蒙古文聯）、《河北文藝》（河北文聯）、《四川文學》（四川文聯）、《四川文藝》（四川文聯）、《遼寧文藝》（瀋陽文聯）、《長春》（吉林作協）、《園地》（福建文聯）、《浙江文藝》（浙江文聯）、《芒種》（瀋陽文聯）、《陝西文藝》（陝西文聯）、《青海文藝》（青海文聯）、《作品》（廣州作協）、《江淮文學》（安徽省文聯）、《安徽文學》（安徽省文聯）、《北方文學》（黑龍江作協）、《黑龍江文藝》（黑龍江作協）、《太原文藝》（太原市文聯）、《邊疆文藝》（雲南省文聯）、《電影文學》（長春電影製片廠）、《東北文藝》（東北文聯）、《東北文學》（東北作家協會）、《兒童文學》（共青團中央）、《福建文藝》（福建省革委會）、《甘肅文藝》（甘肅省文聯）、《隴花》（甘肅省文聯）、《廣西文學》（廣西文聯）、《紅水河》（廣西文聯）、《廣西文藝》（廣西文聯）、《河北文學》（河北文聯）、《河北文藝》（河北文聯）、《江淮文學》（安徽文聯）、《安徽文藝》（安徽文聯）、《安徽文學》（安徽文聯）、《涼山文藝》（涼山彝族自治州文聯）、《民間文學》（中國民間文藝研究會）、《廣東文藝》（廣東作協）、《安徽文藝》（安徽省文化局）、《文學月刊》（中國作協瀋陽分會）、《文學青年》（中國作協瀋陽分會）、《文學新兵》（撫順市文聯）、《文學新地》（華東文聯）、《文學知識》（中國青年出版社）、《天山》（新疆文聯）、《江西文藝》（江西省文聯）、《鴨綠江》（瀋陽作協）、《鋼城火花》（包頭文聯）、

人，《人民文學》最高達十九萬份，《詩刊》最高達五十四萬份，《新觀察》長期保持三十八萬份左右，《文藝學習》僅是一份普及刊物，訂數也高達三十多萬份。這種發行規模，舊刊物望塵莫及。影響一時的《七月》、《希望》一般也就銷售兩三千份。一九四七年《詩創造》雜誌創刊時，也「立即受到文藝界的好評，詩歌愛好者爭相購買訂閱，每期能銷一兩千冊，屬於當時的暢銷雜誌」[8]。較之刊物，報紙副刊數量更多。全國近千種報紙，多數都開闢有一到數種文藝副刊。文藝副刊總量極大。在形式上，副刊包括日刊、半週刊、週刊、雙週刊。不過，由於報紙副刊的宣傳性定位，編輯素質下降，這些副刊建國後多數退出了文學場域，成為業餘作者的休閒「園地」。但少數副刊，如《天津日報・文藝》週刊、《人民日報・人民文藝》副刊，《文匯報・筆會》副刊、《羊城晚報・花地》副刊，無疑仍屬於「人民文學」版圖。

《安慶文藝》（安慶文聯）、《海鷗》（青島文聯）、《旅大文藝》（旅大文聯）、《百花園》（鄭州文聯）、《本溪文藝》（本溪文聯）、《江城》（吉林文聯）、《紅旗手》（蘭州文聯）、《人民詩歌》（上海詩歌工作者聯誼會）、《蕪湖文藝》（蕪湖文聯）、《工人文藝》（武漢文聯）、《工人文藝》（西安文聯）、《群眾文藝》（鹽城地區革命委員會）、《寧夏文藝》（寧夏文聯）、《合肥文藝》（合肥文聯）、《小劇本》（《劇本》月刊編委會）、《西北文藝》（群眾文藝社）、《山西文化》（山西省文化局）、《河南文藝》（河南文聯）、《牡丹》（洛陽文聯）、《奔騰》（重慶）、《熱河文藝》（熱河省文聯）、《北方文學》（黑龍江文聯）、《哈爾濱文藝》（哈爾濱文聯）、《工農兵》（潮汕文聯）、《工農兵評論》（南京文聯）、《工農兵演唱》（安徽省群眾藝術館）、《安徽群眾文化》（安徽省群眾藝術館）、《灘江》（廣西文聯）、《劇本》（中國戲劇家協會）、《劇本（農村版）》（中國戲劇家協會）、《戲劇學習》（中央戲劇學院）、《戲劇》（中央戲劇學院）、《人民戲劇》（中央戲劇學院）、《戲劇報》（中國戲劇家協會）、《戲曲報》（戲曲報編輯部）、《長江戲劇》（武漢戲協）、《福建戲劇》（福建省藝術研究所）、《戲劇戰線》（河北省文化局）、《安徽戲劇》（安徽省文化局）、《江蘇戲曲》（江蘇戲協）、《上海戲劇》（上海戲劇家協會）、《電影藝術》（中國電影家協會）、《中國電影》（中國電影家協會）、《上海電影》（上海電影發行放映公司）、《大眾電影》（中國電影家協會）、《電影劇作》（中國電影家協會）、《電影文學》（長春電影製片廠）、《電影創作》（北京電影製片廠），等。

8 林宏、郝天航，〈關於星群出版社與《詩創刊》的始末〉，《新文學史料》一九九一年第三期。

新中國對這些文學刊物與副刊實行有效領導。列寧說：「報紙應當成為各個黨組織的機關報」，「出版社和發行所、書報和閱覽室、圖書館和各種書報營業所，都應成為黨的機構，向黨報告工作」[9]。為此，中宣部通過出版體制向下施力。這包括三層辦法：

其一，所有制控制。一九五六年後，刊物全部由國家財政統一撥款，其性質因此不能不向黨報黨刊靠攏。黨對黨報黨刊的要求是「必須無條件地宣傳中央的路線和政策」，「務使報刊宣傳服從於黨的政策」，並特別強調「克服鬧獨立性的錯誤傾向」[10]。毛澤東對此極為重視，據薄一波回憶，他「曾向黨內高級幹部提起過這件事，要求黨的負責同志親自抓報紙」[11]。

其二是控制主編，防止代理人利益。絕大部分主編位置都由黨員掌控。個別刊物名義上由黨外人士出任主編，但主編權仍掌握在黨員手中。茅盾任《人民文學》主編時，艾青、丁玲先後出任「副主編」，但實際編務由艾青、丁玲說了算，茅盾只是經常幫助看稿。

其三，報刊間的垂直結構與報紙內部的等級體制。在體制上，全國報刊被分為中央級、大區級、省級、地市級與縣級，層層下遞。因此科層體制，地方報刊實成中央刊物「地方版」，很少敢在中央觀點外發出不同聲音。在報紙內部，文藝副刊編輯又從屬於新聞編輯，不允許副刊觀點、立場與報紙本身相違背。這一系列體制，從形式上保證了執政黨對刊物（副刊）的掌握，保證了「人民文學」的壟斷地位，而「壟斷」意味著對逾軌者的排斥。這種國有文學出版制度，恰如科勒克所言：

9 〔蘇〕列寧，〈黨的組織與黨的文學〉，載周揚編《馬克思主義與文學》（解放社，一九五〇年）。
10 毛澤東，《毛澤東新聞工作文選》（新華出版社，一九八三年），頁一五六、九六、九七。
11 薄一波，《若干重大決策與事件的回顧》（中共中央黨校出版社，一九九一年），頁三。

無一社會制度允許充分的藝術自由。每個社會制度都要求作家嚴守一定的界限……社會制度限制自由更主要的是通過以下途徑：期待、希望和歡迎一類創作，排斥、鄙視另一類創作。這樣，每個社會制度——經常無意識、無計畫地——運用書報檢查手段，決定性干預作家的工作。[12]

不過，新中國文藝刊物管理是有「計畫」的。不過，「計畫」也好，強制也好，到底只是公開規則，事實上代理人利益仍普遍存在。區別在於，有的代理人（主編）明裏、暗裏挑戰黨性，有的代理人則高調鼓吹「黨性」用以打擊異己。後者更普遍，實則成了文藝刊物間「心照不宣的協議」。

在《三十萬言書》中，胡風明確反對這種科層化制度，呼籲「取消現在的所謂『國家刊物』或『領導刊物』或『機關刊物』的《文藝報》、《人民文學》、《文藝學習》、《劇本》；《譯文》保留；《新觀察》研究後加以調整」。「創刊七八個作家協會支持並給以物質供給的會員刊物（不是『國家刊物』、『領導刊物』或『機關刊物』，而是作家協會支持的群眾刊物）。北京五六個，上海一兩個。」[13]這種建議當然不可能被採納。

12 〔德〕菲舍爾•科勒克，〈文學社會學〉，載《現當代西方文藝社會學探索》（海峽文藝出版社，一九八七年），頁三八。
13 胡風，《胡風三十萬言書》（湖北人民出版社，二〇〇三年），頁三五四、三五七。

第二節　「普及」與「提高」之辨：圍繞地方刊物的精英勢力與通俗勢力之爭

一九四九年後，全國出版資源被重新配置。對此，時論多以為，執政黨通過「行政與半行政的手段」，禁止通俗文學出版，「使以趣味為載體的通俗作品，再無立錐之地」[14]。這類判斷不甚準確。其實通俗文學出版受到區別對待：市民通俗文藝（如鴛蝴派）受到大幅遏制，被視為「人民文學」組成部分的民間說唱文學（包括革命通俗文藝）卻得到了大力扶持，繁盛異常——「繁盛」既表現在圖書出版的傾斜上，也表現在對地方文藝刊物的控制上。後者在建國初期釀成兩次關於地方刊物辦刊方針的「普及」與「提高」之辯，使「人民文學」內部通俗文學勢力與精英文學勢力之間觀念與利益的矛盾浮出水面。第一次論辯具有民粹主義傾向，導致「新文學」通俗化的異變，並激起精英文學勢力的反彈與挑戰。第二次論辯以精英勢力對雅俗疆界、知識分子與大眾之間話語關係與利益格局的有計畫重建為特點，最終導致黨的通俗化政策名存實亡與地方刊物的「再精英化」。

一

雅俗對峙是現代文學的基本格局。「新文學」作為雅文學，被視作「小資知識分子」寫作的歐化文學，受到通俗文學以「民族國家」名義發動的挑戰，並在「革命文學論爭」、「大眾化討論」與「民族形式論爭」中對大眾逐步讓

[14] 范伯群，〈中國現代文學之雅俗互動〉，《江蘇大學學報》二〇〇四年第三期。

渡。但新文學通俗化實踐始終恪守某種「成規」：雅、俗文學各守己界，在不同讀者群體中發揮著不同功能。新文學主要在知識分子、學生中間傳播，同時承擔著民族國家動員訴求與個體存在境遇探索的任務，而作為通俗文學的鴛蝴文藝（洋）和民間說唱（土），在適當承擔國族動員任務（反帝愛國等）的同時，主要是給大眾提供娛樂。在傳播方式上，「新文學」主要依靠出版，通俗文學主要依靠說唱表演。一九四九年後，鴛蝴文藝雖漸行漸弱，但包括革命通俗文藝在內的民間說唱，仍與「人民文學」——「新文學」精英地位與價值的承繼者——維持著分疆而治的「成規」。然而，一九五一年情況驟然變化。該年一月，權威刊物《文藝報》突然刊出「全國文聯」署名文章，稱：

〔全國文藝刊物〕存在著無領導、無計畫的自流現象。全國性與地方性刊物之間，缺少適當的分工。許多刊物，沒有明確的對象與切合實際的方針與任務。……追求形式的「堂皇」、「大派頭」，錯誤地向著「大型」文藝刊物方向發展。它們所發表的文章，既不能適應全國，又不能切合當地，對什麼人都發生不了多大影響。……全國和地方的文學刊物，應有明確的分工。地方文藝刊物，由大行政區辦的，最好辦成綜合性的文藝刊物，除發表較優秀的作品外，應著重指導本地區的文藝普及工作，省、市一級最好辦成通俗文藝刊物，以主要篇幅發表供給群眾的文藝作品材料，向著通俗化、大眾化的方向發展……在內容上，首要配合當時、當地的政治任務和中心工作，隨時照顧群眾的需要，並注意群眾可能的接受程度……在形式上，要注意做到能說能唱、生動活潑、短小多樣。並要儘量採用當地流行的、富有地方特色的，為廣大群眾喜聞樂見的民間形式。[15]

此文一出，文藝界大為震動。因為在一九四九至一九五〇年，絕大部分文藝刊物，無論國家刊物還是地方刊物，皆按知識分子趣味編輯出版。不過全國文聯口吻是商榷的。文章最後稱：「希望各地方文藝刊物的工作同志和廣大讀

15　全國文聯研究室，〈關於地方文藝刊物改進的一些問題〉，《文藝報》一九五一年三卷六期。

者能進行研究和討論。」第一次「普及」與「提高」之辯由此展開，《文藝報》隨後刊發系列文章：〈辦好群眾文藝刊物〉、〈辦好文藝刊物〉、〈地方文藝刊物的地方性與群眾性〉、〈長江文藝的通訊員工作〉，對「普及」提出討論。但「討論」毋寧是「結論」，幾篇文章，都「支持」、解釋全國文聯的倡議。敏澤認為：全國性刊物可「以文藝幹部為對象」，地方刊物「最主要的還是加強刊物的群眾性、地方性、通俗性，和群眾取得密切的聯繫，經常供給群眾以新的精神食糧；並有計畫、有步驟地從群眾中培養出一批新的文藝積極活動分子」[16]。同時，《文藝報》還積極推介《河北文藝》、《湖北文藝》的形式通俗化與通訊員工作經驗，作為「普及」示範。

這次「普及」與「提高」之辯，不是《文藝報》主編丁玲的私人行為，而是出於上級黨委安排，以預做正式結論前的宣傳。這源於三點證據：（一）第一篇「討論」文章由「全國文聯」署名，表明是文聯黨委集體研究結果。（二）丁玲本人不欣賞「普及」文藝（見後述）。（三）一九五一年四月二十七日（「討論」後期），中宣部部長陸定一在全國通俗報刊圖書出版會議上發表相關講話，稱：

> 現在的情況是上面的刊物很多，看都看不完……下面沒有東西看，成萬萬群眾沒有人管，甚至連共產黨都不管，好像他們是另一國。這是不能容忍的重大的原則問題。我們究竟依靠誰來建設我們的國家呢？是依靠知識分子呢？還是依靠廣大的工農群眾呢？這是立場問題。不管這個問題就叫喪失立場，共產黨一定要管，一定要有一部分共產黨員獻身於這樣的事業。

陸定一講話中樸素的革命民眾主義，符合毛澤東的基本思想。毛澤東嗜好文學，但他對自己時代能否產生偉大作品並無興趣。他僅希望，文學能夠凝聚群眾，促進政府更好地為群眾服務。陸定一一定要「管」（負責）「成萬萬群

16 敏澤，〈辦好文藝刊物〉，《文藝報》一九五〇年三卷八期。

眾」之說即源於此。因此，陸定一對刊物現狀很不滿意。這些刊物多屬「提高」型，遵從知識分子辦刊的「慣例」：不將文盲或文化水平低的群眾預設為讀者，所刊作品都是下層群眾不習慣閱讀的論文、評論及小說、散文等歐式體裁作品，而極少他們習於觀賞的民間說唱，如快板、鼓詞、評彈、小調等。故陸定一要求：「中央和大行政區的出版社必須有一個通俗書刊的部門，出版通俗的書刊，或竟另成立一個通俗出版社，或者選擇一個有成績的私營出版社直接掌握，加以指導，讓它負起這個責任來」，而刊物，「中央的和大行政區的就這樣辦下去，省市出的應該是通俗文藝雜誌，對象主要是工人業餘劇團和農村劇團。」[17]

《文藝報》的討論，顯然與中宣部這種通俗化計畫有關。與《文藝報》討論相呼應，通俗報刊圖書出版會議還按照陸定一指示，「討論」通過了〈關於加強工農讀物出版工作的決定〉（草案），正式規定，「普及」是今後地方刊物的辦刊方向：「省市出版的期刊，必須是通俗的；省市的文藝雜誌應成為以供給工人業餘文娛團體和農村劇團的應用材料與工作指導為目的的期刊。」[18]這份草案，於一九五一年五月上交全國宣傳工作會議討論通過，成為正式出版政策。

這種政策受到省市黨政官員傾力支持。當時地方官員多數文化很低，對下層階級懷有血肉感情，他們強力執行通俗化政策。浙江省委書記林乎加規定《浙江文藝》「必須多登工農作品」，面對編輯關於工農作品不夠優秀的憂慮，林乎加表示：「如果把一百個農村劇團創作的一百個劇作的優點抽出來，拼成一個劇本，不是就會成為一個好戲麼？」於是，浙江文聯據林的指示，規定：「編輯部要成為『培養工農作家的初級學校』」，「作品形式最好是『小演唱』或越劇，內容必須配合當前各項政治任務。」[19]這種民粹主義作風，致使一九五一年全國九十餘種文藝刊物，僅十餘種全國性刊物保持精英風格，其他刊物都通俗化了。黨由此為通俗文學提供了優勢出版資源，使其勢

17 〈陸定一在中宣部通俗報刊圖書出版會議上的總結報告〉，《中華人民共和國出版史料》第三卷（中國書籍出版社，一九九六年）。

18 〈關於加強工農讀物出版工作的決定〉，《中華人民共和國出版史料》第三卷（中國書籍出版社，一九九六年）。

19 蘇東，〈不能這樣領導〉，《東海》一九五七年第六期。

力驟然壯大。不過，全國四分之三以上刊物突然由雅變俗，必然打破原有雅俗疆界，將通俗文學邊界推進到精英文學的腹地。

二

這是「人民文學」內部新的矛盾，「普及」政策必遭到牴觸。雖有人心儀〈講話〉、接受「普及」，但對多數主編而言，讓他們拋棄對托爾斯泰和魯迅的愛好，轉而以全部身心組編過去不屑一顧的唱本與小曲，理智上或能理解，審美上卻難以接受。因而一九五一年地方刊物不同程度地出現對通俗化政策的自發抵制，黨不得不通過組織手段對之「矯正」。中南區文聯下屬刊物《江西文藝》較為典型。

一九五一年五月，中南區根據中宣部決定，要求下屬省級刊物（《湖北文藝》、《江西文藝》、《翻身文藝》、《湖南文藝》、《廣西文藝》、《華南文藝》）「無條件是普及性的通俗文藝刊物」，「所發表的作品要文、圖並重，應該使粗通文字的工農兵群眾能看得懂，不識字的文盲聽得懂」[20]。但《江西文藝》主編王克浪牴觸情緒強烈。為此，中南區文聯勒令王克浪公開檢討。《長江文藝》五卷十二期刊出王克浪的檢討。王克浪表示，自己「雖然也知道文藝要為工農兵服務，卻不知道如何為法，以為工農兵的文化水平低，必須通過幹部和知識分子起所謂『橋樑』作用，才能對廣大群眾發揮宣傳教育的效果，甚至錯誤地把作為『橋樑』的知識分子，在實際上變成刊物的主要對象了」，故群眾路線「非常模糊」，「雖然也吸收一些通訊員，大部分仍然停滯在一般幹部和青年知識分子圈內，沒有廣泛深入地向廣大的工農兵群眾開門」。那麼，何以不願「普及」呢，王克浪說：

20 宋嘉，〈評《江西文藝》的通俗性、群眾性與地方性〉，《長江文藝》一九五一年四卷四期。

> 由於自己是小資產階級出身，資產階級教育給我的長期影響，以及從來就不是和工農勞動人民生活在一起，所以對於文藝的欣賞、愛好和理解，總是從小資產階級的立場出發，卻看不起勞動人民喜聞樂見的一切民間文藝，錯誤地認為民間文藝是比較低級的，「藝術」價值不大的。因此，看各種地方形式的戲，就不及看京劇有興趣；看快板、小調就不及看長篇小說名著有興趣……（辦刊）一方面是為了普及而普及，發表一些通俗作品是為了點綴門面；另一方面對稿件的取捨，常常是主觀地憑個人的興趣、願望，而不是首先考慮群眾的水平、群眾的願望、群眾的喜愛。

這份檢討是誠實的，排除其中的道德修辭，不難看出，知識分子與通俗文藝之間，在審美上有本能隔閡。但知識分子不得不屈服於政策壓力。一九五一年底，中南區六種省級刊物徹底改成通俗刊物，連區刊《長江文藝》也大量刊載連環畫、歌劇、故事、歌曲，甚至附發連環畫頁。一九五一年底，全國大部分刊物都由雅歸俗。「五四」以來的雅俗疆界，第一次被體制強行改變。

這是五四以來「新文學」通俗化實踐的異變。這導致兩個意外後果：（一）「人民文學」內部精英文學的傳統「領地」被大幅侵犯，知識分子作品「沒有發表的園地」[21]。除少數名家，大量按照精英傳統寫作的青年作者，發表異常困難。（二）刊物通俗文藝用稿量激增，通俗文學勢力快速膨大。但大量民間藝人缺乏寫作經驗，所熟悉的也僅限於各種「封建」戲，不能勝任編寫「新」作品的任務。所以，地方刊物刊登的通俗作品，除少數係從藝人表演整理而來，多是臨時新編而成。而新編作者，主要是各縣市文化館和宣傳部門工作人員。這些作者，對民間文藝並不精通，往往「多幹快上」，將政府宣傳材料改頭換臉，貼上說唱形式即算了事。因此，除趙樹理主編的《說說唱唱》（其作者多係通俗化作家和京津「舊文人」）外，多數刊物都質量粗劣。這種尷尬使地方刊物很快陷入進退兩難之境。

21 〈悶在蓋子裏的聲音〉，《文藝報》一九五七年第十期。

兩年後，對通俗化政策的抵制再次出現。不過與一九五一年的自發行為不同，這次抵制出自高層知識分子的有計畫組織。一九五三年第二期，《文藝報》同時刊出三封「讀者來信」，發起了第二次「普及」與「提高」之辯。讀者嘉季來信「披露」《翻身文藝》的困境。《翻身文藝》一九五一年曾被列為通俗化典型，但現在，據嘉季稱，已「陷入僵化狀態」，不但「來稿公式化、概念化」，發行量也從五萬跌至六千。對「僵化」原因，嘉季的解釋直逼「普及」辦刊政策，顯得「別有用心」：

> 為什麼會陷入這樣糟糕的境地呢？我覺得片面地理解「地方刊物以供應劇本等演唱材料」的指示是很有關係的。刊物以大量的篇幅刊用了劇本與唱詞之類，這就鼓勵了讀者大量寫作劇本與唱詞……這種單純從文藝形式著眼忽略內容的做法，便鼓勵讀者追求形式；按照固定形式模仿出來的劇本和押了韻的唱詞……千篇一律，大同小異。這種風氣便扼殺了其他便於反映生活的創作形式，也閉塞了生活。我們的唱詞快板老是「小喜鵲叫喳喳」，老是「喜洋洋」、「道短長」、「訴衷腸」、「話端詳」，老是事實的敘述、現象的羅列，很少有深刻動人的描寫。這些陳詞濫調老一套，不說讀者討厭，我們編刊物的人也編膩了。

嘉季明確表示對劇詞、唱本的「討厭」，「文藝刊物上不能再充滿政策加快板和化裝演講這一類東西了」，他提出調整「普及」方針——「我認為：『地方文藝刊物以供應演唱材料為主』應該和強調反映生活，以多種多樣的形式生動地反映生活結合起來。」[22]嘉季所謂「多種多樣的形式」，係指小說、詩歌、散文等形式。顯然，嘉季的倡議，就是要把「普及」予以「提高」。啟焯來信則以「群眾」權威否定「普及」的現實意義。通俗化政策的制定，源於黨對「成萬萬群眾」的責任。啟焯卻以事實證明「成萬萬群眾」並不喜歡通俗作品。他說：《湖南文藝》「有花鼓戲劇

22 嘉季等，〈對地方文藝刊物的意見〉，《文藝報》一九五三年第七期。

本和唱詞。編輯部說，這些劇本和唱詞是群眾喜聞樂見的，但依廣大工農兵讀者來看，由於整個刊物都只適合於演唱，所以讀起來不僅不方便，而且乏味」，結果，發行量從二萬跌至一萬，「真是減少得可憐」。啟焯還以為「群眾」爭取閱讀權利的名目，替知識分子文學形式（小說）重返地方刊物製造輿論。他說：「全省工農兵的文化水平正在步步提高」，「他們喜歡看小說、戰鬥故事和民間故事，而《湖南文藝》卻在稿約中拒絕這些作品。拒絕的理由是：這些小說和民間故事，不是湖南人民喜聞樂見的」，「這些話是不是符合事實呢？很值得《湖南文藝》編輯部檢查一下自己的編輯工作」[23]。白得易來信甚至要求刊登理論文章。他批評：「把刊物辦成單純的文娛活動材料的小冊子，其中既很少或沒有對當地的文藝工作的指導性的文章，也缺少演唱材料以外如通俗小說、故事、小通訊之類的文藝形式。」他建議《安徽文藝》等刊物「登載一些指導當地群眾文藝工作（包括活動、創作、批評等）的文章」[24]。

三封「讀者來信」都批評地方刊物的現狀，要求刊登小說、論文，實即要求刊物從「普及」向「提高」轉型，應該說很有說服力。其實，地方刊物「普及」，既是對精英寫作的犯界，也是對本土通俗文學傳播方式的誤解。說唱文學傳播並不怎麼需要刊物，依靠的是說書與表演；它也不倚重當下創作，而講求對代代相傳的話本、唱本的「翻新」。但通俗化政策，將地方刊物硬性介入通俗文藝傳播，不免多餘。地方刊物事實上很難有效加入原有通俗文藝的流通與傳播，甚至由於編寫水平過低，農村、工廠劇團也很少採用它們作為表演腳本。但三封「來信」又不免蹊蹺。它們同時刊發，觀點驚人一致，顯然出於暗中策畫：首先，三位「讀者」皆非讀者。一個普通讀者，不可能對刊物組稿、發行、讀者反饋、編輯部內部分歧等情況瞭若指掌。三封信肯定是熟悉編輯業務的人，接受《文藝報》「安排」，偽造「讀者」身分，以申張知識分子的訴求。嘉季信中已自稱「我們編刊物的人」。而據信件內容判斷，嘉季、啟焯應分別是《翻身文藝》和《湖南文藝》的編輯。

23　嘉季等，〈對地方文藝刊物的意見〉，《文藝報》一九五三年第七期。
24　嘉季等，〈對地方文藝刊物的意見〉，《文藝報》一九五三年第七期。

那麼，是誰通過《文藝報》策畫此事呢？一九五三年初，《文藝報》主編實有三人：現任主編馮雪峰、現任副主編陳企霞、前任主編丁玲。丁玲雖已離開《文藝報》，但仍介入較深。那麼，是誰主持了這次「挑戰」呢？三人皆未留下相關材料。以性格言，馮雪峰不太喜歡捲入文壇爭伐，陳企霞若無人支持也不會貿然行事，丁玲則兼有馮的識見與陳的膽氣。此次「挑戰」應是丁玲主持，陳具體行事。這種估計未必準確，但其實影響不大。因為三人關係密切，關於「普及」的觀點尤其接近。丁玲見解有代表性，在一九五〇年北京市文代會上，她曾經說：

> 普及工作不是與提高工作對立起來……把普及和提高分開了來看，對立了來看，普及就會永遠停留在原來的地位，提高就會脫離了群眾。永遠停留在原來的地位，不只是與被普及者半斤八兩，而且會一定落在群眾之後。因為群眾一天天進步了，群眾的要求已提高。老是《兄妹開荒》、《夫妻識字》，老是《婦女自由歌》，《陝北道情》，人們是聽厭了的……（故）做普及工作的人必須時時注意群眾的要求而逐年逐月的提高。[25]

丁玲的闡說，看似在發揮〈講話〉的權威見解，實甚異趣，且不無詭詞成分：中國大眾的口味具有高度穩定性，哪裏會「一天天進步」呢？但又有誰敢否定這種高高在上的革命語式？丁玲這麼講，無非是想變相否定「普及」。丁玲對「普及」的腹誹由來已久。而且，這種文藝觀念歧異性還因作家之間的意氣之爭而加重了。這是指丁玲、陳企霞與通俗文學勢力代表人物趙樹理之間的罅隙。

一九四九年前後，由於周揚數次在重要會議上公開表揚趙樹理，藉以壓制自視為解放區第一作家的丁玲，丁玲不自覺地對趙樹理心懷隔閡。兼之不欣賞「山藥蛋」文風，以及在申報史達林文學獎過程中與趙樹理發生的競爭，她在多種場合有意無意流露出對趙樹理的排斥。一九五〇年十月，趙樹理邀請丁玲出席「大眾文藝創作研究會」成立週年

---

[25] 丁玲，〈談談普及工作〉，《文藝報》一九五〇年二卷六期。

紀念會議。該會是國內通俗文學勢力唯一有影響的組織。丁玲在發言中肯定趙樹理組織「研究會」的成績，但隨即批評通俗文藝「給人民群眾帶來一些不好的東西」，並不無刻薄地說：「我們不能以量勝質，我們不能再給人民吃窩窩頭了，要給他們麵包吃。」「窩窩頭與麵包」的比方，當場激怒了趙樹理的副職、有延安「四大鼓」之稱的苗培時：「苗培時等丁玲講完話後，即拍桌子講話，認為丁玲同志的講話是荒謬的。」[26]苗培時因此被勒令檢討，但丁、趙隔閡也由此公開化。一九五一至一九五三年，丁玲、陳企霞利用《文藝報》不斷找趙樹理及《說說唱唱》（一度全國銷量最佳）雜誌的「麻煩」。

意氣之爭，無疑使丁玲的精英立場更加敏感，不能容忍通俗化政策對精英寫作的「不正常」擠壓。敢於任事的她，由而成為精英文學勢力的代言人，主動挑戰「普及」政策。一九五三年第七期《文藝報》又刊出一封通訊員來信，披露「通俗讀物積壓的現象很嚴重」，稱：「棉紡三廠一共買了九百多冊通俗讀物：有三聯書店出版的『工農兵文藝叢書』、廣益出版社出版的『工農兵故事叢書』、南方通俗出版社出版的『大眾故事小叢書』、新湖南報編的『大眾必讀』等五十二種。因放在圖書館沒人借，只好送到車間去，但借的人仍很少」，「只好原書退還圖書館」[27]。

《文藝報》如此集中地敘述通俗文藝的「狼狽」景象，意在壓縮地方刊物（包括通俗出版），收復「失地」，將地方刊物重新納入精英寫作的「領地」。第八期《文藝報》刊出的劉金鋒文章，完整表達了這一意圖。劉金鋒從「對宣傳任務的認識」的「偏差」、「題材狹隘性」、「打破形式的保守」三方面，對地方刊物的「普及」進行系統批評。前兩點其實是全國刊物「通病」，力度不強。劉金鋒攻擊的重心在「形式」：「不少地方文藝刊物，對群眾喜聞樂見的形式的理解，也是有偏差的」，「『以演唱材料為主』這個原則，不應理解為除『演唱材料』以外就什麼都不要了」，「（它）絕不意味著排除其他創作形式，或單純辦成『演唱材料的小冊子』。有些地方文藝刊物過分地強調

[26] 蘇春生，〈從通俗化研究會到大眾文藝創作研究會——兼及東西總布胡同之爭〉，《中國現代文學研究叢刊》二〇〇三年第二期。
[27] 王鉞，〈關於通俗文藝讀物〉，《文藝報》一九五三年第六期。

了所謂演唱形式，甚至在選擇稿件時，非演唱形式的作品就不要，或不顧作品是否真實地反映了生活，只要是演唱形式就設法發表出去」，這樣「就使刊物中作品的形式固定化了」。最後，劉金鋒挑明了說：

> 有些地方文藝刊物，把群眾喜聞樂見的形式，固定為演唱形式，固定為快板、鼓詞、地方戲、民歌小調。其他的形式，如小說、散文等就認為不是群眾喜聞樂見的，這顯然是不正確的。群眾喜聞樂見的形式，絕不僅僅限於演唱形式，而演唱形式，也絕不止上面的那幾種……我們必須打破形式的保守……只有「百花齊放」的多種多樣的形式，我們豐富多彩的現實生活，才可能蓬蓬勃勃地被反映出來。不僅演唱形式要加以廣泛地採集和批判地利用，注意對它的改革和提高，其他形式也要適當地加以利用。

劉金鋒還引述毛澤東「人民要求普及，跟著也就要求提高」的論斷，作為推翻「普及」的理由[28]。到第十五期，《文藝報》再次刊出記者文章，作為此次「普及」與「提高」之辯的總結。文章再次渲染「改版」後地方刊物不受歡迎的窘狀：「有些刊物的銷路急遽下降，較好的刊物，也只能維持現有幾千冊的發行數字」；尤其是，工農兵亦不欣賞此類通俗作品，「看看像樣，唱唱難唱，唱得滿天星斗，不知唱的啥」；「戲太短，故事少，看了上半截，就知道下半截是啥」；「舊戲沒辦法時，會出神仙，新戲沒辦法時，會出幹部」。故記者最後表示：「絕大多數地方文藝刊物的編輯、通訊員同志們認為：『供應演唱材料為主』的原則是正確的，但不應因此就排除其他的文藝形式。」[29]

與一九五一年「討論」一樣，一九五三年的「再討論」仍是《文藝報》「一言堂」，只不過前後觀點正好相反。但這種打著〈講話〉與「群眾」旗號的挑戰，在其他刊物得到了迴響。華東文聯新創刊的《文藝月報》稱：「各省的

28 劉金鋒，〈地方文藝刊物的幾個問題〉，《文藝報》一九五三年第九期。

29 記者，〈辨好地方文藝刊物的一些問題〉，《文藝報》一九五三年第十五期。

通俗文藝刊物，銷路不佳，有的從整萬份的跌到二三千份光景」，通俗作者「看不見工作前途」[30]。相反，沒有刊物對這種暗懷不軌的批評表示異議。

三

「再討論」的傾向非常明確。同時，頻遭打擊的趙樹理自動淡出北京文藝界，通俗文藝勢力由此喪失有影響的代言人。兩方面原因，致使「普及」方針的合理性出現動搖。於精英勢力而言，更有利的是黨的高層未能注意到這種顛覆企圖，這為他們壓倒通俗文學勢力、「收復」地方刊物提供了機會。

不過，事有不濟的是，一九五三年春丁玲在中宣部仕途受挫，「主動」辭去《人民文學》副主編等職務。一九五四年，《文藝報》因「壓制小人物」（李希凡、藍翎事）又招致飛來橫禍，馮雪峰、陳企霞一併受到嚴厲批評。在此意外情況下，地方刊物在擅自改削「普及」政策方面，不免緊張、猶疑。直到一九五五年，才開始小心翼翼地試探。該年初，《文學月刊》（瀋陽）開始逐漸削減說唱材料。《浙江文藝》則悄悄刊出「讀者來信」，要求該刊「多發表一些指導性的理論文字」，「組織有經驗的作者，寫些創作經驗介紹」[31]，並試探性地發表宋雲彬、陳學昭、夏衍等名家文章。但真正大膽的「變政」卻未出現。直到一九五六年「雙百方針」公布，地方刊物「讀者不愛看，作者也不愛看」[32]、大量積壓現象，才再度攤上桌面。中宣部不得不承認「普及」失敗。一九五六年底全國期刊會議召開，「改版」受到正式鼓勵，並迅速播及全國。於是省級刊物全部再精英化，出現了三種「改版」方法：

30 天明，〈為什麼停滯不前〉，《文藝月報》一九五三年第七期。
31 本刊編輯部，〈覆讀者、作者〉，《浙江文藝》一九五五年第三期。
32 谷秀雲，〈究竟為誰服務〉，《長江文藝》一九五七年第七期。

（一）舊名新刊。《北京文藝》一九五五年初由《說說唱唱》更名而來，初時保持「普及」與「提高」雜糅狀態，同時刊登小說、相聲、民歌、民間傳說等。一九五七年則大幅變革。該年第二期，推出新欄目「小說、散文」、「漫畫」。到第三期，說唱材料徹底淪為附庸，整個刊物目錄分為三欄：「評論」、「小說」、「詩歌」，完全恢復了精英文學文類標準。「評論」欄中，刊出蕭殷〈動機與效果為什麼發生矛盾〉、長之〈社會主義現實主義可以懷疑嗎？〉、端木蕻良〈略談公式化概念化〉。「小說」欄中，刊出汪曾祺《國子監》。「詩歌」欄則刊出顧工、藍曼新作。各欄作品煥然一新，名作者雲集，儼然「北京版」《人民文學》。不過，主編尚未對說唱文學趕盡殺絕，略有保留。對此，文學「新星」劉紹棠表示不滿，「在《北京日報》發表文章『善意地』勸告《北京文藝》，說為了提高刊物質量，要他們把說唱文學部分讓給同時同地出版的《群眾說唱》」[33]。

（二）新名新刊。更多刊物「痛別」昨天，辦刊風格、刊名一同更換，號為「創刊」。所謂「創」者，要在調整讀者對象。《西南文藝》一九五六年七月更名《紅岩》，它刊於《作品》一九五六年七期封底的廣告稱：將「以廣大革命幹部、文藝愛好者、青年寫作者、青年學生及文藝工作者為主要對象」。《四川文藝》一九五六年呈雜糅狀態，同時刊登說唱材料和小說、散文，一九五七年四月更名《草地》，徹底精英化。《山東文藝》「以前是強調往農村發行，給鄉村幹部閱讀，要比較通俗、短小，可是後來多流入公式化，文章的內容結構，甚至語言都差不多，大家閉門作通俗作品。在城市既不流行，農村讀者也感到乾燥無味，因此辦不下去」[34]，一九五七年改為精英版的《前哨》。《黑龍江文學》一九五六年十月改為《北方》。《文學月刊》一九五七年一月更名《處女地》，新增「論文」、「新自由談」、「文藝隨筆」等欄目，取消「讀者來信」、「讀者論壇」。《山西文藝》一九五六年十一月更名《火花》。第八期封底廣告稱：「《火花》的主要對象：具有一定閱讀能力的廣大讀者。」

33 木杲，〈通俗文藝作家的呼聲〉，《文藝報》一九五七年第十期。
34 王統照，〈一得之見〉，《前哨》一九五七年第七期。

（三）新創刊物。這種毫不掩飾的「精英風」從舊刊吹拂到新刊。《園地》（福建）一九五六年六月創刊，「是以發表文學作品為主的綜合性文藝月刊，主要刊登小說、散文、詩歌、劇本和較多的說唱（為了照顧工廠、農村俱樂部的需要）」[35]。《延河》（陝西）一九五六年三月創刊，「稿約」標明詩歌、小說、散文、特寫、政論、雜文、論文與隨筆等新體裁要求，摒棄說唱材料，並於《火花》一九五六年十二期刊登封底廣告，稱：「以初中以上文化程度的讀者為主要對象。」《長春》一九五六年十月創刊，「給中層以上的知識分子看」[36]，創刊號設「小說」、「詩歌」、「文藝雜談」、「小刺蝟」等欄目，僅保留「民間文學」作為點綴。《新港》一九五七年一月創刊，設「無花的薔薇」、「自由談」等專欄，宣稱要「發表一些社會諷刺文章」，而對說唱文學，「今後一般地不刊用了，但文學性很強又具有代表性的例外」[37]。《萌芽》一九五六年七月創刊，刊發青年作者作品，但限於小說、詩歌、散文等文類。

一九五六至一九五七年驟然捲起的「改版潮」，折射出久遭壓抑的新文學「知識」對於〈講話〉的徹底勝利。表面上看，建國初作家已臣服於文壇新「《聖經》」〈講話〉，但環境稍有寬鬆，他們對〈講話〉的陽奉陰違就暴露無遺。譬如，《山西文藝》更名《火花》前，一九五六年九期刊發〈告別讀者〉，稱：

> 《火花》是一個綜合性文學刊物，主要刊登各種文學藝術作品，和一部分文化生活的報導、評論……不再刊登和處理演唱稿件了。

35　本刊編輯部，〈致讀者、作者〉，《園地》一九五七年第一期。
36　〈長春如何大「放」大「鳴」〉，《長春》一九五七年第六期。
37　編者，〈感謝、決心和希望〉，《新港》一九五七年第一期。

編輯部此番說明，無形中透露，在精英系統的文學「知識」中，「演唱稿件」並不屬於「文學藝術作品」。顯然，〈講話〉對「工農兵文藝」的強調與正名，並未令知識分子普遍信服。「改版」的發生，是知識分子疏離〈講話〉的一次見證。「百花」期間，對〈講話〉與社會主義現實主義的直接挑戰更是明顯。黨剪滅了後者，但對於前者卻只能無奈地承認現實，地方刊物因此大規模回歸「提高」。精英勢力因此在「人民文學」內部重建了雅俗之間中心／邊緣的利益格局，再度確認了通俗文學的附從地位。「反右」後，情況雖有反覆，但精英風格絕對控制的局面，直到「文革」期間，並無改變。

湯森和沃馬克認為：「黨對所有公共傳播的監督在實際上並不能保證傳播媒體總是以一個聲音講話。」[38]關於地方刊物的「普及」與「提高」之辯，是刊物充滿話語糾葛的見證。刊物「普及」，是黨的高層直接推動的通俗文學對精英文學的一次「犯界」。但它最終被黨自己的精英文學勢力所抵制、修復。黨在出版資源上樸素的革命民眾主義意願，最終被精英文學勢力悄然埋葬。這項隱蔽的鬥爭，折射了五十年代黨及「人民文學」內部雅俗文學勢力之間複雜的權力、話語和利益關係。從中可見：（1）即便執政黨的政治強力，也很難挑戰業已成為「成規」的雅俗疆界。文藝界存在一定「自治」力量，並非絕對附從於政黨政治。甚至毛澤東這樣具有強烈民粹傾向的政治強人，亦不能在知識分子的「無物之陣」裏所向披靡。（2）在精英文學勢力與通俗文學勢力的出版博弈中，「群眾」是缺席的。精英勢力面臨的通俗文學勢力，主要不是「群眾」及其作者，而是他們不確定的代理人（執政黨）。然而，由於黨的文藝政策必須通過精英知識分子來落實，兼之黨自身朝向官僚集團的必然蛻化，通俗文學勢力註定了要被「遣返」到落寞與邊緣之中。這是「人民」被他人「代理」、「代表」的宿命與無奈。

[38] 〔美〕詹姆斯‧R‧湯森、布蘭特利‧沃馬克，顧速、董方譯，《中國政治》（江蘇人民出版社，二〇〇三年），頁一五一。

第三節　體制邊緣：同人刊物及其問題

學界普遍以為，一九四九年後新中國的出版政策禁止同人辦刊，同人刊物因此不復存在。如陳平原先生認為：「五十年代以後的中國大陸，同人刊物沒有存在的可能，知識分子也沒有集資辦文化事業的經濟能力。」[39]這種判斷大致不錯，但細較事實，仍有不少出入。的確，從執政黨立場講，既已將刊物視為「一定的階級，黨派與社會集團進行階級鬥爭的一種工具」[40]，自然希望對之予以控制，而不希望在「人民文學」之外另有不和諧「聲音」。尤其黨自視為下層群眾權益代表者，與黨「不和諧」無異於違反歷史正義。故在黨看來，同人刊物已無存在必要。但同人辦刊業已成為「傳統」，斷然禁絕不免有扼殺言論之嫌。所以，在新的出版制度中，同人辦刊實成為敏感而含混的問題；黨不便禁止，更難以接納。而知識分子既有異端思考的衝動，亦有現實利益的複雜計量，對同人辦刊態度比較複雜。兩相作用之下，使同人刊物問題成為五十年代文學中「人民文學」遭受「新文學」挑戰、不同文壇勢力之間彼此「拉鋸」的混雜場所，兼具話語與權力的複雜性。

39 陳平原，《當代中國人文觀察》（人民文學出版社，二〇〇四年），頁一二。

40 〈中共中央對新區出版事業的暫行規定〉，載《中共中央文件選編》第十四卷（中共中央黨校出版社，一九八七年）。

私人募資、獨立編輯的同人辦刊方式，在新文學時代是正常的。《大公報》的「不黨」、「不私」、「不盲」、「不賣」八字方針，頗能代表同人刊物的普遍理念。建國後，情況發生明顯變化，但主要不表現在經濟能力的削弱上。五十年代，由於採取蘇式稿酬制度，作家所得稿酬要高於解放前。郭沫若、茅盾、巴金、楊沫、曲波等都是高稿酬大戶。茅盾先生去世時曾捐獻二十五萬元稿費設立「茅盾文學獎」。此筆款項，如折算為上世紀九十年代幣值，當在五百萬元以上。若用作刊物啟動資金，綽綽有餘。陳平原只注意到當時作家工資僅一兩百元，沒有注意到部分作家的巨額稿酬，更未注意當時物價。五十年代，《詩刊》有兩種零售價格，道林紙本為零點四元，報紙本為零點三元。六十年代皆採取報紙本，價格降為零點二五元。《人民文學》五十年代售價零點四五元，六十年代降為零點三五元。《文藝報》自始至終維持在零點二元。按這種低成本，茅盾的二十五萬元足以同時啟動二十份文藝刊物。「沒有」經濟能力的說法是不確切的。此外，陳先生說「同人刊物沒有存在的可能」，也不符合事實。建國初期，同人刊物無論明暗，事實上都存在。但關於同人辦刊的政策，倒確實不太說得清楚。羅傑・西爾弗斯通說：「媒介有能力調動起神聖的力量，有能力創造出人類學家稱為『共同體』的東西。」[41]對媒介的這一功能，長期重視「文化戰線」的中國共產黨極為敏感。出於新中國話語同質性建構的需要，黨不太可能歡迎可能「唱對臺戲」的同人刊物。不過，沒有哪一個政黨願意承擔扼殺言論的名聲，所以新中國在政策上從未明文禁止同人辦刊（學者對此多有誤會）。不歡迎，不禁止，這一問題在一九四九年後被有意識地迴避了。

41 〔英〕羅傑・西爾弗斯通，《電視與日常生活》（江蘇人民出版社，二〇〇四年），頁三〇。

但黨的實際態度，從一九四九年接管措施不難見出端倪。一九四九年二月十八日中共中央批覆的〈北平市報紙、雜誌、通訊社登記暫行辦法〉稱：所有報刊皆必須申請登記，申請書填寫內容包括：

甲、報紙、雜誌或通訊社的名稱；乙、負責人的姓名、住所、過去和現在的職業、過去和現在的政治主張、政治經歷及其與各黨派和團體的關係；丙、社會組織；丁、主要編輯與經理人員的姓名、住所、過去和現在的職業、過去和現在的政治主張、政治經歷及其與各黨派和團體的關係；戊、刊期（日刊或週刊月刊等）、每期字數、發行的數量與範圍；己、經濟來源與經濟狀況、重要股東的情況；庚、兼營事業；辛、印刷所及發行所的名稱和所在地。

〈辦法〉還要求呈繳過去一年全部出版物，獲批准方可營業，「未經本會允許登記的報紙、雜誌和通訊社不得在本市出版或營業」[42]。其中，審查苛刻，不難想像。對事關意識形態的文藝刊物尤其如此。一九四九至一九五〇年，全國向軍管會登記並獲批准營業的刊物達二百多種，但大都是科技刊物，與文學有關者僅十餘種。較之一九四九年前的數量，可謂十去其九。

顯然，對同人文藝刊物，黨傾向於嚴厲限制。對此雖無條文規定，但圈內人十分明白。劉煉回憶：一九五一年胡風拒絕出任《人民文學》副主編，何干之前去做「思想工作」，「胡風先談了對工作安排的意見，情緒很激動，表示不能去《人民文學》，他說：『當副主編根本不能表達自己的文藝主張，怎麼工作？絕不能幹。』接著他又說：三十年代在上海時還有編刊物的自由，現在很想找幾個朋友辦個同人雜誌。干之語氣和緩地勸他說：對工作安排不太滿意

---

[42] 北平市軍管會，〈北平市報紙、雜誌、通訊社登記暫行辦法〉，載《中華人民共和國出版史料》第一卷（中國書籍出版社，一九九五年）。

沒有關係，是否可以先做起來，以後再設法調動，長期懸著總不是辦法。干之還勸他不要和上面頂，說周揚等同志是黨的文藝工作的領導人，對他們的批評不同意可以慢慢討論，辦同人雜誌恐怕行不通。現在不是三十年代的上海，在黨的領導下是不允許辦這類刊物的，這一點一定要看清楚」[43]。該年年底，在北京文藝界整風會議上，丁玲將黨的態度表達得非常明確：「這種辦刊物的辦法（按：即同人刊物），已經過時了。」[44]作為中宣部文藝處處長，丁玲宣布了同人刊物的「死刑」。同年，一篇「全國文聯」署名指導辦刊方向的文章，也尖酸嘲諷說：「有的為出刊物而出刊物，沒有群眾的支持，結果形成不倫不類的『同人刊物』的樣子。」[45]這些信息，都明白無誤暗示了同人辦刊「不合時宜」，儘管它並不違反政策。

在這種曖昧政策下，一九四九至一九五二年間，尚有十餘種「舊知識分子」或黨員編輯的同人刊物（副刊）通過軍管會審查得以留存。譬如，茅盾主編的《小說》月刊、司馬文森主編的《文藝生活》、沙鷗主編的《大眾詩歌》、柯藍主編的《群眾文藝》，以及《大公報》、《新民報》、《文匯報》三家私營報紙的文藝副刊。解放後，這些刊物都頗有新計畫。《文藝生活》自香港遷回廣州後（該刊內戰期間轉移到香港），司馬文森雄心勃勃宣稱要「建設新華南文藝」[46]。商務印書館也計畫重新延聘茅盾，不但希望通過茅盾主編《小說》月刊重現二十年代《小說月報》的輝煌，而且希望茅盾出任商務總編輯一職。遺憾的是，這些新計畫都無從展開。原因不在於這些刊物與黨的刊物「唱反調」，挑戰新中國的「人民文學」生產規劃。事實上，《文藝生活》、《大眾詩歌》都積極以《人民文學》為模仿對象，大幅調整其編輯風格。《文藝生活》甚至刊出一份以解放區作家為主的特約撰稿人名單，對「人民文學」的文學秩序與話語規範顯示了足夠殷勤。

43 劉煉，〈胡風事件中何干之倖免被捕〉，《百年潮》一九九七年第五期。
44 丁玲，〈為提高我們刊物的思想性、戰鬥性而鬥爭〉，《文藝報》一九五一年五卷四期。
45 全國文聯研究室整理，〈關於地方文藝刊物改進的一些問題〉，《文藝報》一九五一年四卷六期。
46 〈復刊詞〉，《文藝生活》一九五〇年新一號。

但這些改進不足以消除它們「血統不純」的嫌疑。作為非黨政機構創辦的刊物，它們難以獲得中宣部的親近。所以，儘管公開政策曖昧不明，但黨的官員對待這些刊物卻不含糊。事實表明，司馬文森「建設新華南文藝」的計畫很快碰壁。「同人」出身成為司馬文森難以化解的心結。為此，《文藝生活》數次辯白，稱：「我們這個雜誌並非同人雜誌，而是屬於全體讀者的」[47]，「我們不是一份專刊作家稿件的刊物，也不是同人性質的刊物，是一份希望大家來辦，大家來寫的刊物。」[48]但半年後，《文藝生活》還是以停刊告終。《大眾詩歌》前身是一九四八年創刊的《詩號角》，編輯者署名為「北京大學三院詩號角社」；一九四九年十二月為適應形勢，更名《大眾詩歌》，並改由黨員詩人沙鷗主編，但這仍不能消除其出身嫌疑。一九五〇年，《文藝報》接連三次藉故點名批評《大眾詩歌》，對沙鷗施加壓力，《大眾詩歌》於當年自動停刊。《小說》月刊因有茅盾、周而復等先後編輯，堅持到一九五二年才告終刊。其他數種刊物，在一九五二年後，或告停刊或改國營。三家報紙文藝副刊，倒是大致存在（《文匯報》一度停刊），但在一九五二年後，也非常收斂。

執政黨無法容忍異端分子在黨的刊物之外另建輿論陣地，而對於某些黨的文藝官員來說，也不能容許有人在自己「地盤」上另立「門戶」。這導致建國初年另一類「準同人刊物」的「倒掉」。這是指《光明日報・文學評論》雙週刊和《文藝月報》。兩份刊物並非私營，主編皆係中共黨員，但由於主編個人啟蒙情懷，刊物實為同人性質。《文學評論》週刊創辦於一九五〇年二月，主編王淑明出身延安，在中宣部文藝處工作。據他後來檢討，創辦此刊乃因「進城」後不得志，亦不滿於其時「文藝批評的空氣太沉寂」，所以，週刊一開始「就具有同人的性質」[49]。週刊創刊後，鋒芒畢露，以頻頻批評兩位解放區重量級作家趙樹理、丁玲而令人側目。尤其是逆全國批判潮流而動，刊文諷刺

47 〈復刊詞〉，《文藝生活》一九五〇年新一號。
48 〈編後〉，《文藝生活》一九五〇年第三期。
49 王淑明，〈從《文學評論》編輯工作中檢討我的文藝批評思想〉，《文藝報》一九五二年第一期。

「李定中」（馮雪峰）批評蕭也牧《我們夫婦之間》的「讀者來信」作風武斷。這一系列批評，不但構成「人民文學」內部的異議，亦公開挑戰了丁玲勢力在文壇的權威。這埋下了該週刊不能「善終」的種子。自一九五一年起，陳企霞（與丁玲並為《文藝報》主編）便與該刊屢起衝突。王、陳雙方在各自刊物上唇槍舌劍，互不相讓。但一九五一年十一月，該刊出到第四十四期，未做任何解釋，突然停刊。停刊具體緣由，至今尚未見任何相關材料明，唯可見的是當年十二月北京市文藝整風會議的發言紀錄。在公開發表的紀錄中，丁玲直接點名批評《文學評論》該刊「編輯態度不嚴肅」。不難推測，時任中宣部文藝處處長的丁玲，對她的下屬——中宣部文藝處普通幹部王淑明——構成了壓力。這種壓力最終取消了王淑明同人辦刊的努力。《文藝月報》係華東文聯機關刊物，一九五三年一月創刊，但由於主持人劉雪葦的獨立訴求，《文藝月刊》創刊伊始便具有同人色彩。遺憾的是，由於劉雪葦與胡風、彭柏山關係密切，引起時任華東宣傳部副部長的夏衍的排擠。不到一年，雪葦即被夏衍清理出《文藝月報》編委會，它的同人性也迅速夭折。

一九四九至一九五三年，雖然中宣部並未明文禁止同人刊物，但新政權尋求統一話語的文化規劃、文學勢力爭奪話語資源的利益衝動，都不能給同人刊物提供合適環境。無論異端於黨，還是異己於黨的權勢人物，只要是野花棘草，必然要被早早刈除掉。隨著一九五三年的結束，正式出版、公開銷行的同人刊物不復存在[50]。

50 但據筆者掌握的材料，內部發行的同人刊物仍存在。《光明日報》一九五六年十一月十七日刊出的一則消息稱：「《樂天詩訊》是上海樂天詩社的刊物。樂天詩社是由許多詩人自由組織的社團，參加的成員大都是中央和各地文史館的老先生，以及文教界和藝術界人士。這個詩社從一九五〇處一月一日成立到現在，每月出版一本《樂天詩訊》。各地詩人在詩訊上發表舊作，相互傳觀……樂天詩社的組成，志在抒寫社會生活，反對那種超然獨特的、為少數人玩賞的詩詞歌賦，以新、雅、醇為詩壇之詩品。同時，發揚民族遺產，做到『百花齊放』。」（《「樂天詩訊」》）不過，這似乎也只是孤例。

二

同人刊物「不合時宜」，是理智之認識。但從事業激情來講，仍有不少知識分子對私人辦刊躍躍欲試。前自由主義者尚在惶恐之中，大都不敢懷此「激情」（儲安平例外），但黨的作家或與黨關係密切的作家就不太相同。胡風「想辦個刊物」，「不僅是為了獨立自主地開展他的評論工作，更想藉此培養一批文學『闖將』出來，這是當年《文藝報》怎麼也辦不到的」[51]，「（胡風）給中央寫了三十萬字，就是為了有一個自己的刊物，但一直沒實現，後來倒因此而受批判了。他反對機關刊物，他想實行主編制，按自己的意願編刊物，而不願受作協、文聯的領導。」[52]事實上，隨著《文藝生活》、《大眾詩歌》、《光明日報・文學評論》雙週刊、《小說》等紛紛停刊，類似「躍躍欲試」的辦刊之念，多半胎死腹中。在一九五三至一九五五年，同人刊物徹底地退出公開文壇，公共話語空間呈高度同質狀態。

但強力壓制，尤其是同質化話語空間對文化差異的排斥，也在知識分子中積累了不滿情緒。一九五五年後，在資歷較深的作家中，開始產生回歸同人傳統的想法，甚至出現募資辦刊的企圖。這包括兩種情況：（一）是有獨立思想訴求的知識分子，在整齊劃一的話語秩序中深感壓抑，渴望獲得相對獨立的言論空間。「反右」期間，《詩刊》主編臧克家對馮雪峰的一段踴躍揭發，可從反面看出馮雪峰的苦悶，以及他對刊物同人化抱有的殷切希望：

51　綠原，〈試叩命運之門〉，《新文學史料》二〇〇二年第四期。

52　〔韓〕魯貞銀，〈關於「胡風編輯活動和編輯思想」訪談錄——訪談牛漢、綠原、耿庸、羅洛、舒蕪〉，《新文學史料》一九九九年第四期。

> 他（按：指臧克家）和徐遲同志曾到馮雪峰家裏向這位理論家請教。雪峰一本正經地說：「我勸你們辦十九世紀的詩刊或二十一世紀的詩刊。」聽的人一直莫名其妙。臧克家同志說：「今天我明白了。這就是說，詩不要太挨近政治，詩不要緊密結合現實。如果太接近、太結合了，就不會有好詩了。同志們，請想，活在二十世紀，卻要辦十九世紀或二十一世紀的詩刊；在一種什麼思想下說出這樣的話？」[53]

臧克家偽裝「單純」無須多論，但馮雪峰那種十九世紀俄國知識分子式的決絕姿態，確給人深刻印象。馮雪峰的「思想」在青年知識分子中較普遍。

（二）是隨著延安文人內勢力鬥爭日益激烈，處於劣勢的勢力逐漸被排擠出現有出版陣地，言論機會與空間大受壓縮，形勢被動，這些勢力也迫切需要擁有「自己的」刊物，以申述自身觀念與利益，挽回被動局面。事實上，在當時文壇，一種勢力要想生存、發展，必須有直接掌控的刊物，否則即有坐以待斃之虞。這種「常識」，導致各派勢力在黨的名義下對於文學刊物的激烈爭奪（尤其《人民文學》、《文藝報》等權威刊物）。但有鬥爭就有失敗。「亡羊補牢，猶未為晚」，失敗者無奈之下，不得已也會想起「不合時宜」的同人刊物。不過，令人詫異的是，最先籌畫同人刊物的，竟是宣布過同人辦刊「死刑」的丁玲。一九五一年，丁玲發表前番講話時自居為〈講話〉闡釋者，且直接掌控著《文藝報》（兩個月後又入主《人民文學》），但此身分到一九五五年已至恰成諷刺。該年，胡風前腳入獄，周揚、劉白羽後腳就開始整理「丁玲、陳企霞反黨集團」材料，準備藉「反胡風」餘威，將丁玲勢力一併清理。此時丁玲、陳企霞、馮雪峰等可謂形勢尷尬。他們不但失去「老陣地」《人民文學》和《文藝報》，而且在周揚掌控下，兩份刊物反而成為打擊丁、陳的輿論陣地。丁玲深感憤懣，遂有意冒險創辦同人刊物。

---

53 青草，〈十九世紀的遺老〉，《文藝報》一九五七年第二十一期。

此事「反右」期間有幾種傳說「版本」：一言丁玲主使，一言馮雪峰主使，一言是《文藝報》編輯部陳涌、唐因、唐達成、楊犁等親丁青年編輯所為。最後一說較詳盡。一九五七年揭露材料稱：「（他們）背著黨圖謀出版一個以文學評論為主要內容的『同人刊物』。這個組織『同人刊物』的祕密計畫也得到了馮雪峰的支援。陳湧也是這個刊物的密謀者之一。他準備辭去《文藝報》編委的職務，他認為『大變動』的前夜到了。他們還準備要丁玲、劉賓雁等參加。他們把這個祕密計畫告訴了《文匯報》的梅朵，卻相約向黨隱瞞。唐因、唐達成等人還準備同人刊物辦不成，就退出《文藝報》」。據說，陳湧等還開出了包括丁玲、王若望、劉賓雁、李蕤在內的特約撰稿人名單，以及三個月擬題計畫，「要從左聯開始一直清算到今天的『教條主義』統治」[54]。這類揭露，不乏捕風捉影成分，但基本事實應該存在。

馮雪峰、丁玲等黨內資深作家的不滿與挑戰，未能改變黨的「政策」與同人刊物荒蕪的局面。真正轉機出現在一九五六年。該年十一月，在「雙百」氣氛中，全國文學期刊編輯會議召開。同人辦刊問題亦被正式擺到桌面上討論。陳椿年時在中央文學研究所學習，他回憶：

> 中宣部召開第一屆全國文學期刊工作會議，中心議題是如何在辦刊中貫徹執行那年初夏提出的「雙百」方針，我們這批學員都去列席旁聽。現在我已記憶不清，馮雪峰和周揚在會上究竟為了什麼問題而爭論起來，總之在他倆爭論以後，由周揚做的總結發言中，明確提出了「同人刊物也可以辦」，並說這是為了有利於提倡不同風格、不同流派的自由競爭。[55]

54 〈文藝界反右派鬥爭深入開展，丁玲、陳企霞反黨集團陰謀敗露〉，《文藝報》一九五七年第十九期。

55 陳椿年，〈關於《探求者》、林希翎及其他——兼評梅汝凱《憶方之》〉，《書屋》二〇〇二年第十一期。

可見，馮雪峰關於同人辦刊的「思想」通過周揚得到體現。周揚儘管對「雙百」方針不無猶疑，但仍對同人辦刊做出明確肯定。黎之也回憶：「會上周揚講話中講不要怕片面性，他說：『你一個片面，我一個片面，加起來不就全面了麼？』」「周揚提出可以考慮允許辦同人刊物，他這個講話影響很大。後來文藝界不少人準備辦同人刊物。與會代表們也都很活躍，大都擁護會議精神」，「但也有不同意見。《萌芽》主編哈華同我談過他的意見（一九四八年南下時我同他在一個班），他說，這樣搞下去，沒人堅持黨的文藝路線了。我們辦個《萌芽》，就是想堅持毛主席的文藝路線。」[56]

但顯然，多數黨的作家對「堅持毛主席的文藝路線」興趣索然。會後，以群興致勃勃撰文傳講周揚觀點，稱：「周揚同志曾經在全國文學期刊編輯工作會議上講過一句話：『不要害怕片面。』並且說：編輯的本領就在既來了這個片面，再去找另一個片面來對抗，兩個片面可以合成一個全面」，「刊物編輯確實應該有『不怕片面』的勇氣，並且敢於不要求篇篇文章都有全面觀點」[57]。

「雙百」期間，中共中央確有開放言路的考慮。一九五七年三月八日，毛澤東在接見參加全國宣傳工作會議的文藝界代表時說：「要求所有的作家接受馬克思主義是不可能的」，「在還沒有接受馬克思主義世界觀的時間內，只要不搞祕密小團體，可以你寫你的，各有各的真實」。毛澤東還明確肯定蘇聯的同人刊物：

> 蘇聯十月革命後，教條主義也厲害得很，那時的文學團體「拉普」曾經對作家採取命令主義，強迫別人必須怎樣寫作。但聽說那個時期還有一些言論自由，還有「同路人」，「同路人」還有刊物。我們可不可以讓人家辦

56 黎之，《文壇風雲錄》（河南人民出版社，一九九八年），頁五二——五三。
57 以群，〈從「不怕片面」說起〉，《文藝月報》一九五七年第二期。

個唱反調的刊物？不妨公開唱反調。[58]

當然，毛澤東並不喜歡周揚關於「片面性」的提法。在此形勢下，關於同人刊物的批評意見與建設性見解紛紛出現。一九五七年五月二十三日，中國人民大學法律系女學生林希翎在北大發表長篇演講。她說：「我過去寫過文章批判胡風，現在想起來真是幼稚，很可恥」，「胡風的意見書基本上是正確的，胡風提出要辦同人雜誌，現在看來很正確。他批評庸俗社會學，要動搖機械論的統治是對的，因為現在的文藝創作中公式化、概念化很嚴重」，「黨現在提出的百花齊放、百家爭鳴，同胡風所提的基本一致。」[59]廢名也撰文批評說：「現在所出的刊物，好像是一副面目，好像是穿了制服似的」，「過去的《語絲》每週出一次，都給人一種新鮮的生氣」，「現在也應該有這樣一個刊物，生動、活潑、有力量」，「可以由幾個風格相同的人來辦」[60]。

丁力則認為審查制度「不是辦法，應該讓編輯部獨立思考」[61]。李汗希望改變「只此一家，別無分店的狀況，支持創辦同人刊物，以增加競爭的刺激素」[62]。舒蕪認為：刊物「百花齊放」，不應該是每個刊物都辦成「百花園」，而應是每個刊物專門培養一種花，全國刊物合成一個「百花園」，即每個刊物「有意識地只放某一種花，有意識地提倡某一文學流派，不合於刊物宗旨的作品，就是不登」，「這樣才能期望『一個刊物辦得好，形成一個文學流派』」[63]。黃藥眠認為可以「試辦一二種同人性質的文藝綜合刊物，讓大家比較自由的發言。這種刊物，水準可能低

58　毛澤東，〈同文藝界代表的談話〉，載《毛澤東文集》第七卷（人民出版社，一九九九年）。
59　鄭伯亞、丁寶芳，〈毒草識別記——中國人民大學學生駁倒了林希翎的謬論和謊言〉，《人民日報》一九五七年六月三十日。
60　沛德，〈迎接大鳴大放的春天〉，《文藝報》一九五七年第十一期。
61　〈作協在整風中廣開言路〉，《文藝報》一九五七年第十一期。
62　李汗，〈文藝刊物需要個性解放〉，《文藝報》一九五七年第九期。
63　〈作協在整風中廣開言路〉，《文藝報》一九五七年第十一期。

些，批評的權威也沒有這樣大，但正因為它的影響不像機關雜誌一樣，因此寫作的人膽子可以大一些，而被批評的人，也不會因此就抬不起頭來」[64]。王若望另提出辦「同人劇團」與「同人出版社」。這些倡議，反映出知識分子與黨在刊物問題上的潛在矛盾的公開與和解，也為同人刊物的重現提供了契機。

三

在一九五七年初的寬鬆環境中，同人刊物大規模回潮，出現兩種形式：

（一）「改造」黨刊。其情形，恰如「反右」期間樊宇的指責：

（他們）用最大的努力，並且不惜任何代價來奪取這個陣地。他們聲稱這是一個「有決定意義爭奪戰」，有些黨內的右派分子在這鬥爭中甚至「壓上自己的黨籍」。他們從販運毒草開始，直到竄改文學期刊的政治方向，奪取刊物的領導權。這一鬥爭到了今年五、六月間已經激化到白刃戰、進行肉搏了。右派分子們也確實攻破了一些陣地，占領了一些陣地。但是為時不久，他們立腳未穩、喘息未定，我們就發動了全面反擊，又將陣地奪回了。[65]

若不計其中的道德表述，樊宇的敘述較準確地描述了知識分子對黨的刊物的挑戰、改造與挪用。一九五七年，《人民文學》、《文藝報》、《新觀察》、《文藝學習》、《熱風》、《新苗》、《芒種》、《江淮文學》、《長江

64 黃藥眠，〈解除文藝批評的百般顧慮〉，《文藝報》一九五七年第九期。
65 樊宇，〈他們「探求」些什麼？〉，《文藝報》一九五七年第二十七期。

文藝》、《東海》、《蜜蜂》、《紅岩》、《草地》等刊物，都出現「同人化」。這些刊物由是成為「人民文學」與「新文學」之間的「鬥爭場所」（sites of struggle）。這表現在四方面：（1）調整刊物的預設對象。建國初期，刊物多被要求以工農兵及其幹部為設定對象。但費孝通建議《新觀察》雜誌「辦成一個給高級知識分子看的刊物」，「高級知識分子最缺東西看，哪怕只發行萬二八千份也就行了」[66]。（2）爭奪主編權。挑戰者反對由上級黨委派定的編委會，堅持認為「編輯部的最高權力機關是全體幹部大會」，這個「機關」可「罷免編委」，可「修改刊物的編輯方針」，「編輯應由編輯部自由招聘」，「編輯人員自由結合」；《熱風》主編陳中，擬將刊物遷至廈門，避開省委宣傳部；《新苗》主編魏猛克拒絕副主編黨員傅紫荻、編委黃起衰等參與審稿，「將黨員和進步的編委拒之門外」；《芒種》主編郭墟和副主編吳山，認為領導「對文藝的特性缺乏研究，對文藝創作的特殊規律缺乏知識」，「不能領導內行」[67]。（3）大幅改版，明確精英化。建國初年，全國除少數國家級刊物外，其他刊物皆以刊登說唱材料為主；但到一九五七年則紛紛改版，恢復知識分子風格。其中尤引人注目者，是魯迅式雜文欄目爆發式出現，各刊物都把雜文作為主打欄目。《東海》自一九五七年四月號闢出「海上風雲錄」專欄，刊登各種「文藝雜談」。五月號此欄目刊登文高達二十篇，占刊物全部作品的三分之二。《江淮文學》開闢「自由談」、「玫瑰園」雜文專欄。（4）大量違禁視角出現。各刊物都發表大量犯禁作品。《草地》希望「辦得像解放前的《民主》、《展望》那樣」「言人之不敢言，做人之不敢做」[68]。《新觀察》則刊出〈「六親不認」與「牆」〉、〈給「羅立正」的信〉、〈八股文領導〉、〈蓓蕾滿園乍開時〉、〈為什麼放得不夠〉、〈重訪江村〉、〈風雨小集〉等文章，《江淮文學》發表《在乾旱的日子裏》、《不敢見太陽的人》等小說。

66　穆林鎮，〈讓刊物為社會主義而戰鬥〉，《文藝報》一九五七年第十八期。
67　朱樹鑫，〈絕不容許右派分子篡奪文藝刊物〉，《文藝報》一九五七年第十四期。
68　本刊編輯部，〈徹底清除右派分子對刊物造成的毒害〉，《草地》一九五七年第十期。

最令高層意外的是《文藝報》和《人民文學》。《文藝報》由張光年等周揚親信掌握，但由於摸不清毛澤東「整風」最終「底牌」，張光年自遠避禍。《文藝報》遂在蕭乾及唐因等主持下，刊發大量尖銳文章。「反右」後，蕭乾等被指責為：「利用職權，想把《文藝報》變成資產階級的『自由論壇』，走《文匯報》的道路。」[69]《人民文學》副主編秦兆陽「革新」更烈，「他在編輯室內宣布，要將《人民文學》辦成俄國十九世紀《祖國紀事》、《現代人》那樣有影響的第一流刊物，要有自己的理論主張」[70]。《人民文學》刊發大量「干預小說」，直接引導「百花」潮流。秦兆陽還打破了稿件必須送交黨委審查的慣例，直接由自己做最後決定。

（二）另創新刊。《詩刊》、《收穫》皆在一九五七年創刊，中國作協將兩刊明確作為同人刊物來辦。兩刊主編臧克家、靳以及主要編輯皆非中共黨員，《收穫》編輯部甚至是由靳以本人組織，黨組織未做介入。不過兩刊性質有別：《詩刊》由於臧克家的保守，並無同人品質；《收穫》則無論編輯方式還是作品風格，皆有同人之風。

此外，還有一批自發醞釀的同人刊物，但他們要麼不能實現，要麼中途夭折。樊宇在批評文章中還說：「他們在不得逞或是預感到困難很多的時候，就改變戰術或雙管齊下，同時另外籌組同人刊物，企圖在文藝陣地上割據，與黨領導的刊物分庭抗禮，以積聚實力，擴大影響。」[71]這一說法有事實根據。《文藝報》青年編輯一九五五年即有辦刊之念。一九五七年，周揚做了提倡同人刊物的講話之後，這種想法即轉變為具體籌備。敏澤時任《文藝報》理論組組長，他回憶說：

69 〈文藝界反右派鬥爭深入開展，丁玲、陳企霞反黨集團陰謀敗露〉，《文藝報》一九五七年第十九期。
70 李頻，〈磨稿億萬字，多少悲歡淚〉，《出版廣角》一九九七年第二期。
71 樊宇，〈他們「探求」些什麼？〉，《文藝報》一九五七年第二十七期。

當時，唐因、唐達成建議我們可以一起辦一個文學上堅持現實主義精神的同人刊物，希望我能跟陳湧講一下。陳湧表示，如果雪峰參加他可以參加。當時，為了避免被人抓把柄，決定群眾一個都不吸收，唐因是黨員，唐達成和我是共青團員，這樣做是免得別人說搞非黨的活動。我們只是口頭上簡單地商量過，雪峰和我都問過（郭）小川，周揚的話算不算數，如果算數，時機成熟就辦。[72]

郭小川自己也與楊犁、李興華、楊志等意趣相投，「衝動之下想辦個雜文刊物」[73]。韓秋夫「改造」《青海湖》失敗後，擬創辦《夜鶯之友》。貴州楊守達、錢革則計畫創辦《文學青年》。擬議中的《文學青年》以《小春秋》為範，「馬列主義為指導思想這些詞句乾脆不要」，「不反映社會主義建設和少數民族生活」，用批評者譏諷的話說，擬「東放一炮，西放一炮，今天攻這個，明天攻那個，把他們打下去，才能樹立威信」[74]。甚至來自國統區的劇作家吳祖光與「二流堂」諸人，亦鼓起了籌辦同人報刊的勇氣。遺憾的是，這些想法尚未見諸實踐，「反右」風暴即突然開始。而付諸事實的《探求者》月刊社和《星星》詩刊，橫遭摧折。

計畫中的南京《探求者》雜誌，係由陳椿年、方之、葉至誠、高曉聲等青年作家倡議。一九五七年初，陳椿年自中央文學研究所結業歸寧，與葉至誠等議起周揚講話思想，遂有意私人集資創辦《探求者》。《探求者》雜誌準備比較充分，還在《雨花》刊出該雜誌「章程」。這份由陸文夫執筆的「章程」，明確表達了其時青年知識分子對單位體制的牴觸與對差異性話語空間的重建意願：

72　敏澤、李世濤，〈國家不幸詩家幸，賦到滄桑句便工：敏澤先生訪談錄〉，《文藝研究》二〇〇三年第二期。
73　郭小川，〈第二次補充檢查〉，載《郭小川全集》第十二卷（廣西師範大學出版社，二〇〇〇年）。
74　上面引述的材料，均參見朱樹鑫〈絕不允許右派分子篡奪文藝刊物〉，《文藝報》一九五七年第二十四期。

> 現在的文藝刊物是中央有幾個，各省有一個，各自為政。各省雜誌的任務大都是「貫徹『百花齊放、百家爭鳴』的方針，團結與培養本省作者，繁榮創作」；中央則擴而大之。因此都不得不面面照顧，雜誌的內容就也不得不拼盤雜湊。另外，這些雜誌編輯部的組成人員是用行政命令從各方面調來的，編輯之間的觀點往往各不相同。即使有藝術觀點一致的編輯部，卻又因為面面照顧，必須登載那些和本身觀點相抵觸的作品。所以雜誌就談不上獨特的見解和藝術傾向，樹立不起自己的風格來。本月刊係同人合辦之文學刊物，用以宣揚我們的政治見解與藝術主張。本刊係一花獨放、一家獨鳴之刊物，不合本刊宗旨之作品概不發表。

遺憾的是，「章程」剛剛發表，「反右」風暴便開始了。《探求者》遂成為反面典型。康生公開批評《探求者》「有組織、有綱領、大搖大擺公開活動」[75]。《新華日報》發表社論（《人民日報》轉載）稱：「不滿意馬克思主義的思想領導的現狀，不滿意社會主義革命的現狀，不滿意共產黨領導的現狀，這就是《探求者》要去『探求』另外什麼東西的原因」，「他們所謂『打破教條束縛』，就是要打破馬克思主義和共產黨的領導；所謂『大膽干預生活』，就是反對社會主義的制度；所謂『嚴肅探討人生』，就是否認辯證唯物主義的世界觀和人生觀」[76]。姚文元則在批判「修正主義」時大肆譏諷同人辦刊思想：「（他們）總想辦一個專門發表自己作品的『同人刊物』，來滿足個人的發表欲；追求錢，追求物質上的享受，以『×萬元』為奮鬥目標，有了錢下一步就離開工作崗位，當『專業作家』（《探求者》中已有一批人已經走上了『專業作家』的道路了）；專門寫『揭露陰暗面』的作品和各種稀奇古怪的題材，想抄近路，忽視作品的政治內容。」[77]

---

75 陳椿年，〈關於《探求者》、林希翎及其他——兼評梅汝愷《憶方之》〉，《書屋》二〇〇二年第十一期。

76 〈《探求者》探求什麼？〉（社論），《新華日報》一九五七年十月九日。

77 姚文元，〈論《探求者》集團的綱領〉，見姚文元，《文藝思想論爭集》（作家出版社，一九六四年），頁一八四——一八五。

《星星》詩刊係石天河、儲一天、流沙河等以「文聯」名義創辦。石天河對四川文聯仰求北京鼻息的做法久有不滿。《星星》稿約同樣表達了作家對於多元空間的籲求：「我們的名字是『星星』。天上的星星，絕對沒有兩顆完全相同的，人們喜愛啟明星、北斗星、牛郎織女星，可是，也喜愛銀河的小星、天邊的孤星。我們希望發射著各種不同光彩的星星，都聚到這裏來，交映成燦爛的奇景。所以，我們對於詩歌來稿，沒有任何呆板的尺寸。我們歡迎不同流派的詩歌。現實主義的，歡迎！浪漫主義的，也歡迎！我們歡迎各種不同風格的詩歌。『大江東去』的豪放，歡迎！『曉風殘月』的清婉，也歡迎！」[78]這是「新文學」傳統的挑戰。《星星》創刊後，刊出了〈吻〉、〈草木篇〉、〈我對著金絲雀觀看了好久〉等詩作。

「反右」颶風，摧折了這些「人民文學」內部的同人化努力。大部分同人編輯部被「清洗」。《文藝報》、《星星》、《江淮文學》、「探求者文學社」成員多數被劃為「右派」。《人民文學》重新改組，《文藝學習》停刊。嚴厲鎮壓徹底打消作家同人辦刊的勇氣。此後，有矛盾的文壇勢力，放棄了「五四」以來的以另辦刊物紓解衝突的傳統方式，而是更集中力量加入「內鬥」，以爭奪體制內現有出版資源。這種鬥爭壓縮了知識分子精神空間，大幅劣化了文學生態。

一九五八年以後，同人辦刊作為一項冒險，甚至作為一個話題，都退出了文藝界。但直至此時，黨仍未宣布禁止同人刊物。「反右」期間，批評者甚至假作超然地說：「辦同人刊物並不一定就是壞事情，多幾個有特色的同人刊物是沒有害處的。」[79]但鐵的事實警告了知識分子，同人刊物從此不禁而止。甚至六十年代初期的調整，也不能喚起知識分子的勇氣。

78 編輯部，〈稿約〉，《星星》一九五七年第一期。
79 樊宇，〈他們「探求」些什麼？——駁《探求者》啟事〉，《文藝報》一九五七年第二十七期。

由今觀之，同人刊物問題的發生和結束，包含兩點意味：（1）建國後，被制度所壓制的「新文學」傳統，經過五十年代中期最有力的一次反彈後，再也無力對「人民文學」發起挑戰，而轉向徹底屈從和仿效。後者獲得了對文學秩序與話語空間的全面整飭。（2）「人民文學」雖通過出版整合了紛亂的話語秩序，但未必能有效整合各種矛盾的、對立的文學利益。圍繞著利益再分配的鬥爭仍不斷地發生。不過，較之同人刊物的文化異議，新對抗發生在同質性話語內部。在形式「統一」背後，包裹著激烈勢力紛爭。同人刊物的消失，取消了不同意見與利益的釋放空間，加劇了「人民文學」的內部鬥爭及其瓦解命運。

第八章　評論制度與文類合法性的控制

據韋勒克考證：「在希臘文中，『Krites』意為『判斷者』，『Krinein』意為『判斷』。」[1]這是「批評」（Criticism）一詞的詞源學意義，其中「判斷」包括兩層涵義：一是判斷真假，一是評價好壞。無論「真」／「假」，還是「好」／「壞」，都意味著一種文化「界限」的建構。在「人民文學」與其「異質成分」的相互鬥爭中，「批評」對某些文化「界限」的製造，起到了至關重要的作用。無論「人民文學」、「新文學」，還是鴛蝴派和革命通俗文藝，都需要「恰當的」文學批評為自身爭取合法性。故在「當代文學」版圖重繪中，批評領域也是一個不同文學勢力鬥爭、爭奪和博弈的場所。

第一節　自由主義文學批評的終結

五十年代，「人民文學」與其「異質成分」的鬥爭也在批評領域裏展開。作為「人民文學」外部的異質勢力，自由主義文學批評受到重點「整頓」。與「左翼」批評內部的異端（如胡風、馮雪峰）一樣，對自由主義的清理始於

1 〔美〕韋勒克，《批評的諸種概念》（四川文藝出版社，一九八八年），頁三〇。

一九四八年《大眾文藝叢刊》。一九四九年，與中國共產黨在觀念、情感與利益上都不甚協調的自由主義批評群體出現分化。恰如研究者言：「中國自由主義文學潮流在一九四九年中斷了。隨著從組織上、思想上、陣地上、經濟上對文藝的全面管理的開始，新文學的功利色彩愈來愈嚴重，自由主義文學完全失去了生存的空間。自由主義文人或黯然離開，或沉默不語，或投奔『新中國文學』」[2]，自由主義批評群體也面臨著重組命運。而「在文學史上，文學批評是一個流派、群體、主義賴以生存的歷史土壤，是體現他們文學權益的時代晴雨表」[3]，自由主義評論群體的解體，加劇了「新文學」被「人民文學」重新定義、解釋和收編的不利局面。

一

自由主義批評主要代表人物是京派文人群體，包括周作人、李健吾、朱光潛、沈從文、梁實秋、蘇雪林等，以及四十年代西南聯大優秀青年評論家袁可嘉、唐湜等後繼者。在三四十年代，自由主義批評與「左翼」批評在一系列根本原則上出現分歧：其一，與「左翼」批評階級論立場不同，自由主義強調「人性」——「一切偉大的文學都是趨向於一個共同的至善至美的中心，距中心較遠，便是第二流、第三流的文學，最下乘的是和中心背道而馳的。文學批評史的本身也是以至善至美的中心為中心，故其任務不在敘述文學批評的全部的進步歷程，而在敘說各個時代、各國土的文學品位之距離中心的程度。」[4]「一個批評者，穿過他所鑑別的材料，追尋其中人性的昭示。因為他是人，他最大的關心是人。」[5]其二，與「左翼」批評排他性的「唯一」信仰不同，自由主義批評強調寬容——「倘若拿了批評

2 畢蘭，〈自由的文學與文學的自由——中國自由主義文學發展的悲劇歷程〉，《內蒙古社會科學》二〇〇四年第一期。
3 程光煒，《文學史的興起》（河南大學出版社，二〇〇九年），頁一五四。
4 梁實秋，《梁實秋文集》第一卷（鷺江出版社，二〇〇二年），頁一二五。
5 李健吾，《咀華集．咀華二集》（復旦大學出版社，二〇〇五年），頁一二二。

的大道理要去強迫統一，即使這不可能的事情居然實現了，這樣的文藝作品已經失去了它唯一的條件，其實不能成為文藝了。因為文藝的生命是自由不是平等，是分離不是合併，所以寬容是文藝發達的必要的條件。」[6]「我厭憎既往（甚至於現在）不中肯而充滿學究氣息的評論和攻訐，批評變成一種武器，或者等而下之，一種工具。句句落空，卻又恨不把人凌遲處死。誰也不想瞭解誰，可是誰都抓住對方的隱匿，把揭發私人的生活看做批評的根據。」[7]其三，與「左翼」批評追求文藝政治功用不同，自由主義強調文學的審美自足，認為文學批評是「靈魂在傑作中的冒險」——「有一本書在他面前打開了，他重新經驗作者的經驗，和作者的經驗相合無間，他便快樂；和作者的經驗有所參差，他便痛苦。快樂，他分析自己的感受，更因自己的感受，體會到書的成就，於是他不由自己地讚美起來。痛苦，他分析自己的感受，更因自己的感受體會到書的窳敗，於是他不得不加以褒貶。」[8]

這些根源性的對立，導致自由主義批評與「左翼」批評之間長期的論戰。論戰最高潮是一九四八年中國共產黨對自由主義批評的有計畫「清理」。該年一月，郭沫若在中山大學做題為「一年來中國文藝運動及其趨向」的演講，點名批評沈從文、蕭乾，號召將這些「反人民的文藝」予以消滅[9]。三月，郭沫若再次批評蕭乾是「政學系的宣傳機構派出」的「開路先鋒」，「中國社會經濟研究會」的段錫朋、邵力子、朱光潛等是「接受美蔣俸祿的政治扒手」[10]。最具聲勢的「清理」，則是《大眾文藝叢刊》。其第一輯《文藝的新方向》於一九四八年三月推出，刊出了邵荃麟〈對於當前文藝運動的意見〉、馮乃超〈略評沈從文的《熊公館》〉、郭沫若〈斥反動文藝〉三篇文章。邵荃麟稱：沈從文等「躲在統治者的袍角底下，企圖抓住一二弱點，對新文藝做無恥的誣衊。甚至幻想藉這種誣衊，把文藝拉回

6 周作人，〈文藝上的寬容〉，《周作人散文》第二集（中國廣播電視出版社，一九九二年）。
7 李健吾，《李健吾批評文集》（珠海出版社，一九九八年），頁三一一。
8 李健吾，《咀華集．咀華二集》（復旦大學出版社，二〇〇五年），頁一五。
9 錢理群，〈一九四八：天地玄黃〉，《東方文化週刊》一九九七年第二期。
10 郭沫若，〈提防政治扒手〉，《華商報》一九四八年三月十五日。

到為藝術而藝術的境域中去。這是不可能的。二十年來革命大眾文藝傳統，事實上不僅是在堅強地發展著，而且已經大大地跨進一步，和真正工農大眾密切結合起來。」郭沫若疾言厲色，將「反動文藝」分為紅、黃、藍、白、黑五色，將沈從文、蕭乾、朱光潛與鴛蝴文藝並列其中，聲稱「反人民的文藝終會有消失的一天。」

一九四八年底，解放軍兵圍北平。次年初，淮海戰役、平津戰役相繼結束。這完全出乎自由主義者在內戰開始時的預料。在此「地覆天翻」的「歷史變局」中，自由主義批評群體面臨著「歷史最離奇而深刻的一章」[11]，出現分化並快速解體。梁實秋最早棄職（北大教授）南下，「對未來的恐懼感使梁實秋經常憂鬱不安。就是消遣娛樂的時候，他也總感受到一種揮之不去的陰影盤繞在心頭。有一次，他們全家陪女作家趙清閣遊景山，在亭子裏閒坐品茗，過後，梁實秋寫了一首五律送她，隱隱流露出內心的隱憂」[12]。最終，梁實秋選擇南走：

> 他深知，國民黨以黨立國，搞的其實是獨裁專制統治。這是為一個熱切追求民主自由的知識分子所斷然不能接受的。但是，不管怎樣，在一個關涉到個人存亡的危急關頭，梁實秋還是做出了那樣的抉擇。這是由於他看到了這麼一點：國民黨雖不喜歡他的思想信仰，但尚能容忍他的肉體存在。只要他不是有意識地從事危及「黨國」統治的行為，盡可以安心地宣揚他的思想學說，翻譯他的莎士比亞，寫他的雅舍小品。[13]

魯西奇亦記述其事說：「北平城內人心浮動，權貴豪門紛紛南逃。梁實秋忖度自己一貫反共，不能不另謀出路。正在這時，梁實秋的朋友、廣州中山大學校長陳可忠邀請他去教書（外文系教授），實秋於絕望中見到了一線希望，

11 沈從文，〈致沈雲麓〉，載《沈從文全集》第十八卷（北嶽文藝出版社，二〇〇二年）。
12 宋益喬，《梁實秋傳》（百花文藝出版社，二〇〇五年），頁二九〇。
13 宋益喬，《梁實秋傳》（百花文藝出版社，二〇〇五年），頁二九一—二九二。

立即答允。」[14]梁實秋於該年年底南下廣州，任職中山大學。但一九四九年六月，解放軍再度兵逼兩粵，梁實秋又轉赴臺灣。蘇雪林在解放軍解放武漢前夕，亦急走香港，其出走原因與梁實秋接近：「蘇雪林與左翼長期結怨，不能不考慮到歸宿問題。姐姐蘇淑孟非常理解妹妹的苦衷，力勸她離開。」[15]

但除此二人外，自由主義評論重鎮周作人、李健吾、朱光潛、李長之、沈從文等悉數留在大陸。周作人作為特許釋放的「漢奸」，無路可去。李健吾、李長之在政治上皆屬「中間人士」，與國、共兩黨皆無甚瓜葛。出於「父母之邦」不可去的理由，留居大陸亦無須太多考慮。但朱光潛、沈從文等的情況不免複雜。朱光潛在一九四七至一九四八年間接連撰文諷刺「左派」文藝：「『左翼作家同盟』起來以後，不『入彀』底作者們於是盡被編入『右派』的隊伍。左翼作家所號召的是無產階級的文學或普羅文學，要文學反映無產階級的政治意識，使文學成為政治宣傳的工具。因為無產階級的政治意識在中國尚未成為事實，他們也只有理論而無作品。不過他們的伎倆倒被政治色彩不同的人們竊取，近二三十年文學界許多宣傳口號都是這種伎倆的應聲。我們看見許多沒有作品的『作家』和許多不沾文學氣息的文學集會。」[16]他批評共產黨「只藉怨恨做聯結線，大家沉醉在怨恨裏發洩怨恨而且禮讚怨恨。這怨恨終於要燒毀社會，也終於要燒毀怨恨者自身」，甚至警告中共「回頭是岸」：「讓我們禱祝捲在潮流中底人們趁早醒覺！」[17]這類頻繁批評，使朱光潛在內戰的特殊語境下被人目為「藍色」作家、國民黨「男作家」；他也的確受到國民黨高度重視——一九四八年十二月，他列名國民黨「搶救」名單第三名，「他當時若願意隨蔣介石到臺灣，是很簡便易行的」[18]。但出於政治、學術、家庭等多方面考慮，朱光潛最終選擇留在北平。對此，朱光潛回憶：「記得北平

14 魯西奇，《梁實秋傳》（中央民族大學出版社，一九九六年），頁一七四。
15 方維保，《荊棘花冠：蘇雪林》（廣西師範大學出版社，二〇〇六年），頁二〇二。
16 朱光潛，〈現代中國文學〉，《文學雜誌》一九四八年二卷八期。
17 郭沫若，〈斥反動文藝〉，《大眾文藝叢刊》一九四八年第一輯。
18 錢念孫，《朱光潛：出世的精神與入世的事業》（安徽教育出版社，一九九五年），頁一六二。

解放前夕，北大同事陳雪屏臨走時來我家力勸我走。我問他：『走到哪裏？』他說：『先到南京。』我又問：『看形勢，南京也保不住了，下一步怎麼辦？』他說：『最後到臺灣。』我又問：『大陸這一大片江山都保不住，區區臺灣孤島能保得住嗎？』他說：『臺灣是美國的戰略要地，美國是絕不會放棄的。』我對這一點沒有他那麼大的信心，也覺得寄人籬下仰人鼻息的生活不是個滋味。」[19]

沈從文也曾將國、共兩黨等量齊觀，批評它們「都說是為人民，事實上在朝、在野卻都毫無對人民的愛和同情」，「坐使國力做廣泛消耗，造成民族自殺的悲劇」[20]，但他也選擇留在北平。對此，沈龍朱表示：「父親決定了不走，雖然他已經預感到自己獨立思考型的用筆方式已經難以繼續，但是他相信新的社會會比過去好，尤其是會對下一代人（也就是我和弟弟虎雛）的成長有好處。所以他決定留下來迎接北平的解放。」[21]曾撰文諷刺共產黨「集團主義」和「黨派政治」[22]的蕭乾也在知交楊剛的規勸下，謝絕劍橋大學邀請，留在新中國。至於自由主義評論群體的青年評論家袁可嘉、唐湜、唐祈等人，則是懷著對新中國的民族主義嚮往，自然留在了大陸。

二

留在大陸的自由主義評論群體迅速解體。蕭乾最先宣布放棄自由主義立場，轉向馬克思主義。一九四九年五月四日，他在香港《華商報》上發表一系列「轉向」文章，稱新中國是「五四」結出的「人民奮鬥的成果」[23]，而「東拉

19 參考錢念孫，《朱光潛：出世的精神與入世的事業》（安徽教育出版社，一九九五年），頁一六二。
20 沈從文，〈從現實學習〉，《大公報》一九四六年十一月十日。
21 沈龍珠口述，劉宜慶文，〈我的父親沈從文〉，《名人傳記》二〇〇九年第四期。
22 蕭乾，〈中國文藝往哪裏去〉（社論），《大公報》一九四七年五月五日。
23 蕭乾，〈五四的成果〉，《華商報》一九四九年五月四日。

西扯的『文人論政『傳統也必壽終正寢。今後的趨勢是太清楚了：順人民者存，逆人民者亡」[24]。以「人民」為詞，蕭乾塑造了自己的新形象，也獲得了黨的接納。他的優長英語才華受到賞識，很快被委任為新創刊的英文刊物《人民中國》副主編。此後，蕭乾努力皈依「人民文學」，「以浪子回頭的心情力圖補上革命這一課」，「熱切地捧著〈在延安文藝座談會上的講話〉，向喝過延河水的老同志打聽一九四二年整風的盛況」[25]，這使他比較順利。一九五二年，他更以一篇土改體會文章引起毛澤東注意，很快出任《文藝報》編委。一九五六年，又獲提拔為《文藝報》副主編。後一職位炙手可熱，一向由延安文人壟斷。蕭乾獲此位置，可說是徹底洗刷了自由主義陰影，大體上將自己重組進了延安文人行列[26]。不過，他似是唯一「成功」者。

周作人退出了文藝界，朱光潛、沈從文完全遭到拒絕。在第一次全國文代會上，朱光潛、沈從文皆因與國民黨的關係，未獲得與會資格，會後亦未獲得任何職位。或是受新中國政治清明景象的感召，恰如沈從文言：「舊時代一輩，易負氣輕生，難循俗媚世。和東方朔、譙周、馮道性格不大相同。難為勢力所屈，但極易受一些優美原則和片言隻語所寄託的善意感動。」[27]他們終於向新政權表示「臣服」。

一九四九年十一月二十七日，朱光潛在《人民日報》刊出長篇〈自我檢討〉，系統檢討了自由主義思想，以及自己與國民黨的關係：「我對於國民黨政治是極端不滿意的；不過它是一個我所接觸到的政府，我幻想要中國好，必須要這個政府好；它不好，我們總還要希望它好。我所發表的言論大半是採取這個態度，就當時的毛病加以指責。」

24　蕭乾，〈新方向，新生命〉，香港《華商報》一九四九年九月一日。

25　蕭乾，《蕭乾文學回憶錄》（華藝出版社，一九九二年），頁二〇一。

26　然而，他始終未能與延安文人建立真正友誼。一九五七年五、六月間，已獲知「反右」信息的《文藝報》主編張光年以休病假為由，安排蕭乾負責《文藝報》的編輯工作，任由蕭乾簽發大量「鳴」、「放」文章。「反右」開始後，蕭乾自然成為「替罪羊」，深感被人陷害，幾欲自殺。

27　沈從文，〈我的分析兼檢討〉，載《沈從文全集》第二十七卷（北嶽文藝出版社，二〇〇二年）。

「可是事與願違，一則國民黨政府愈弄愈糟，逼得像我這樣無心於政治的人也不得不焦慮憂懼；二則我向來胡亂寫些文章，報章雜誌的朋友們常來拉稿，逼得我寫了一些於今看來是見解錯誤的文章，甚至簽名附和旁人寫的反動文章。」文章最後表示：「我願意繼續努力學習，努力糾正我的毛病，努力趕上時代與群眾，使我在新社會中不致成為一個完全無用的人。」甚至表示自己「開始讀到一些共產黨的書籍」[28]。他還翻譯了一部馬克思主義文藝理論《藝術的社會根源》（哈拉普著）。一九五一年初，他又刊發一篇土改體會文章〈從參觀西北土地改革認識新中國的偉大〉，被毛澤東指示《人民日報》轉載。毛澤東還在三月十八日致饒漱石、鄧小平、習仲勳函中說：「民主人士及大學教授願意去看土改的，應放手讓他們去看，不要事先布置，讓他們隨意去看，不要讓他們只看好的，也要讓他們看些壞的，這樣來教育他們。吳景超、朱光潛等去西安附近看土改，影響很好。要將這樣的事例教育我們的幹部，打破關門主義的思想。」[29]這些積極「輸誠」的文字改善了他的處境。從一九四九年到一九五一年八月，他一直未受到衝擊。

不知是否是受到啟發，一九五〇年，沈從文也發表〈我的學習〉一文，按照「人民文學」對自己的界定，檢討自己：「自己過去習作中一部分，見出與社會現實的脫節。由情感幻異的以佛經故事改造的故事，發展成『七色魘』式的病態格局。」「雖活在二十世紀波瀾壯闊的中國社會中，思想意識不免停頓在十九世紀末的文學作家寫作意識領域中。」[30]

朱、沈的積極「檢討」未從根本上改變他們遭受體制壓制的不利處境，尤其一九五一年八月「清除胡適思想流毒運動」的發生，使自由主義文人橫遭「聲討」。此後，朱、沈徹底退出批評領域。其間情形，朱光潛在「鳴放」期間曾經談起：

28 朱光潛，〈自我檢討〉，《人民日報》一九四九年十一月二十七日。
29 中共中央文獻研究室編，《毛澤東書信選集》（人民出版社，一九八三年），頁四〇五。
30 沈從文，〈我的學習〉，《光明日報》一九五〇年十一月十一日。

在「百家爭鳴」的號召出來之前，有五六年的時間我沒有寫一篇學術性的文章，沒有讀一部像樣的美學書籍，或者就美學裏某個問題認真地做一番思考。其所以如此，並非由於我不願，而是由於我不敢。我聽到說馬克思列寧主義是共產黨的指導思想，為著要建立馬克思列寧主義的思想，就要先肅清唯心主義思想。而我過去的美學思想正是主觀唯心主義，正是應徹底肅清的思想之列。在「群起而攻之」的形勢下，我心裏日漸形成很深的罪孽感覺，抬不起頭來，當然也就張不開口來。不敢說話，當然也就用不著思想，也用不著讀書或進行研究。[31]

不過，五十年代中後期，朱光潛仍活躍在美學界。沈從文則落寞得多，他以「鄉下人」的倔強，於輾轉反側中終於棄離文學，恰如他日後言：「我對文學方面，是個早已過時了的人。解放以前就經常被有權威的教現代文學的批評家，貶得一文不值。解放後，因為避免誤人誤己，即離開了學校，改了業，轉入歷史博物館工作，名義上做研究員，事實上不折不扣做了整十年說明員。」[32]

重組進延安文人序列和受到體制排斥，是自由主義評論群體建國後兩種迥異的處境。但多數自由主義評論家則成為體制邊緣沉默的一群，他們被安排在大學或其他研究機構，能夠發表文章，但不能擺脫無形限制。李長之建國後任北京師範大學教授。一九五〇年，在「魯迅逝世十四週年」紀念活動中，李長之撰文〈魯迅批判的自我批判〉，遭到李蒙生聲討，認為《魯迅批判》僅代表一部分人看法。李長之撰文反擊，並提出「是就是，錯就錯，不怕指出，不怕

31 朱光潛，〈從切身的經驗談百家爭鳴〉，《文藝報》一九五七年第一期。
32 劉祖春，〈憂傷的遐思：懷念沈從文〉，《新文學史料》一九九一年第一期。

討論」原則[33]。但此後李長之的寫作就「受到了學校領導的行政干涉，諷刺和打擊」；「北京師範大學領導的清規戒律是很多的：寫作要經過領導批准；如果不經過領導批准，就是『走私』」；「也有的領導同志主張要先經過討論後才准發表，還有的領導同志採取神經戰，說什麼『你寫的文章，外面批評很壞很壞呀』等等，無非要沮喪你寫作的勇氣和興致」[34]。因此，這些評論家往往自遠於當前文學批評，而轉移到其他與政治關聯較少的研究領域，如：李長之離開魯迅研究轉向司馬遷、李白研究，李健吾從小說、戲劇研究轉向民間戲曲研究，唐湜也從新詩批評轉向民間戲曲研究。對此，唐湜回憶：「建國前後那一陣子，我先是興奮，因為覺得自己在一個新時代裏可以大有作為，那時我確實感到自己的頭頂將會有一片『明朗的天』。但是很快我就變得憂心忡忡，因為新時代似乎並不歡迎我這樣的現代主義詩人，我的詩作沒有地方發表。後來去了《戲劇報》，轉向搞一些戲曲研究。」[35]這種轉移雖不同於朱光潛、沈從文的徹底退出，但退出文學的核心領域（精英文學）是一致的。自由主義評論群體在分化的同時也無聲邊緣化了。

三

自由主義評論群體的分化，尤其是他們在體制中權力與資源的喪失，使「新文學」合法性受到很大挑戰，延安文人可以長驅直入地按照「人民文學」的邏輯解釋、定義「新文學」，化「新」為「舊」。「新文學」無可避免地淪為「人民文學」建構合法性的「他者」（左翼文人亦主動參與其中）。這是「當代文學」版圖重繪中一幅收編與被收編的景象。不過，自由主義批評雖然無力為「新文學」合法性的延續提供有力支援，但他們對自由主義批評原則本身的

33 李長之，〈關於保衛魯迅先生〉，載《李長之書評》第一卷（河北教育出版社，二〇〇六年）。
34 〈教條主義和宗派主義阻礙著文學研究工作的開展〉，《文藝報》一九五七年第九期。
35 孫凱風、崔勇，〈唐湜先生訪談錄〉，《詩探索》一九九九年第四期。

堅持與守護，仍構成了「人民文學」中的異議。這種異議主要出自與政治無涉的部分評論家（如李健吾等），尤其是較多受到體制接納的青年評論家。一九四九年後，唐祈先後擔任《人民文學》和《詩刊》的編輯，唐湜也於一九五四年自溫州調入《戲劇報》擔任記者。體制中的位置為他們堅持自由主義批評原則提供了條件。

在自由主義批評中，李健吾倡揚的印象主義批評廣有影響。李健吾認為：「批評是明智和好奇的才智之士使用的一種小說，而所有的小說，往正確看，是一部自傳。好批評家是這樣一個人：敘述他的靈魂在傑作之間的奇遇。」[36]《咀華集》和《咀華二集》建立了他個人的印象風格：「（他）融進了傳統小說批評的某些手段，在借鑑印象主義批評方法的基礎上，李健吾首先採取以快速的閱讀節奏捕捉對小說的整體印象；繼而在整體直觀的審美體驗中將印象條理化，形成批評文本。」「他用直覺體悟代替判斷，然後用隱喻式的語言來描述這種印象，批評就涵容了批評應有的判斷，因此擁有了完整而圓融的藝術美。」[37]建國後，李健吾調整方向，側重於通俗戲曲創作與批評，印象主義方法自然也在其中得到反映。他以及受他影響的唐湜、唐祈，甚至還有意識地倡導這種評點式的、主觀性的、「以詩解詩」式的文學批評方法。一九五〇年，唐湜出版評論集《意度集》，收有一九四九年撰寫的〈生命樹上的果實〉和〈鄭敏：靜夜裏的祈禱〉等評論作品。據〈唐湜年譜〉記載，《意度集》「得到錢鍾書先生的肯定，在信中稱其『能繼劉西渭學長的《咀華》而起，而有「青出於藍」之慨』」[38]！這種批評方法的堅持與師承，餘音未絕，但到一九五七年則釀成了與延安評論家的直接衝突。

一九五七年，楊淑英主演的《譚記兒》在北京上演，引起轟動。李健吾撰文讚揚演員楊淑英，稱：「整個宇宙會倒在她的面前。」這種誇張式的印象派語言，讓延安評論家不能接受。張庚在《文藝報》一九五七年三期上刊文〈應

---

36 李健吾，《李健吾文學評論選》（寧夏人民出版社，一九八三年），頁二一五。
37 黃暉，〈李健吾小說批評審美風格論〉，《江海學刊》二〇〇七年第五期。
38 孫良好，〈唐湜年譜〉，《新文學史料》二〇〇六年第一期。

該加強戲劇評論〉，批評李健吾言過其實。張庚原係延安魯藝戲劇系主任，現任中央戲劇學院副院長。李健吾不便直接回應，於是唐湜在《光明日報》上刊文〈談楊淑英同志表演的深度〉，支持李健吾，認為楊淑英的表演「具有社會學、心理學與哲學上非常可貴的深度」。此文再次招致張庚等的批評。在《文藝報》一九五七年十四期上，唐湜再次回擊。唐湜首先辯白《光明日報》對他的文章的刪改：「我不能不對《光明日報》的編輯同志提出一點意見，我的文章開頭原來有一大段解釋這三種深度的意義，卻給他們全刪去了，後來我曾寫了一篇解釋的短文，他們也『按下不表』，不肯發表。」可見，當時「舊知識分子」掌握的《光明日報》亦有意將事情擴大。唐湜在此文中將《光明日報》刪去部分補回，辯稱：「我所說的三種深度與恩格斯所說的『典型環境中的典型性格』，並無不同。」這不免是詭詞，但更主要的是唐湜為李健吾叫屈，申述印象主義批評在「人民文學」體制中的合法性。他表示：「既然『白髮三千丈』可以是大詩人李白的名句，為什麼作為一個觀眾的李健吾不可以用類似的誇張來讚美一個演員的表演呢？」因此，唐湜批評批評者「少見多怪」，並明確提出「藝術批評的寫法問題」：

> 有些同志認為藝術批評應該客觀地做藝術分析，而且一定要具體、有分寸。這些，在原則上我都不反對。但我覺得「客觀」並不等於冷冰冰地擺出批評家的面孔。反之，欣賞藝術的美是主觀與客觀的結合與統一。沒有欣賞者主觀的熱情，客觀的美也是無法為他所認識與熱愛的。而且，既可以有批評家的藝術分析，也可以有欣賞者（觀眾）在欣賞之餘的讚歎。李健吾先生曾以劉西渭的筆名寫過兩本《咀華集》，全是印象式文學批評，他寫的談譚記兒的文章也是這一類的讚歎，我覺得不能拿現在的批評八股標準去要求他。……我在解放前也曾在一個時期嘗試過一些詩與文學的批評工作，也都是印象式的述說，我絕不想做什麼藝術分析家，我天生就沒有這份天份。我覺得談論藝術作品的人對藝術品有一定的熱情是完全必要的。

唐湜還援引陳夢家為例，暗示批評者「應該尊重」不同意見，批評「從宗派情緒出發挑剔批評文章」，「在這種宗派情緒下，名劇作家與淵博的學者如李健吾尚且不免接二連三地遭到攻擊，我這樣的後生小子，不學無術，寡聞少見識，當然更不在話下了」[39]。唐湜此說不免臆度。其實，張庚等人的反應，毋寧是馬克思主義批評對印象主義批評的敏感與排斥，與「宗派」並無太大關係。

李健吾、唐湜對印象主義方法的堅持，引起了李長之的呼應。「鳴放」期間，他先後發表〈欣聞百家爭鳴〉、〈牆〉、〈為專業的批評家呼籲〉、〈現實主義和中國現實主義的形成〉等文章。其中，他特別呼籲要尊重專業的批評者與批評規則：「所謂尊重，並不僅限於表面的禮貌，也不僅限於物質待遇和政治待遇，而更重要的乃是尊重那些學術勞動。這不是一句空話，並不是像一些評論家在批評時先來一個『某人對某一問題有著辛勤的勞動』的套話就成，問題還是在是否從心裏對那些勞動真正尊重。凡是冷僻的科學部門或學術問題，搞過的人總是有一些甘苦的，而沒有搞過的人往往體會不到那種甘苦，在這裏往往就發生尊重不夠的問題。……對於自己沒摸過的東西或知道不深的東西，尊重別人的甘苦，是商量也是請教，是不是更好些？學人有學人的特性或者可說脾氣，願意別人尊重自己的勞動就是最突出的一點。人之相知，貴在知心。這是他們的心！」[40]

李長之籲求「尊重」，與其說寄望文藝官員工作態度的改變，不如說是要求異質批評話語的合法性。緊隨著李長之，唐湜進一步提出新詩史上異質文學類型的合法性問題。唐湜表示：「新詩的歷史雖不過四十來年，卻也產生了不少流派，從胡適等的『半大腳』派數起，有劉大白等的歌謠派，文學研究會朱自清、葉紹鈞等的『寫實』派，冰心、宗白華等的『小詩』派，郭沫若等的創造社派，徐志摩、聞一多等的新月派，馮雪峰、汪靜之等的『湖畔詩人』派，李金髮、戴望舒等的象徵派，馮至、楊晦等的『沉鐘』派，後期創造社穆木天、馮乃超等的另一種象徵派，臧克家、艾青、田間、袁水拍等的革命詩派，乃至解放前我們這一小群人的『中國新詩派』，還有胡風集團的『七月』派，等

39 唐湜，〈談表演的深度問題：敬答張庚同志等〉，《文藝報》一九五七年第十四期。
40 李長之，〈尊重與批評〉，《文匯報》一九五七年五月一日。

等，多至不勝枚舉。其中除少數極端反動的流派外，大部分至少在詩的藝術的發展上是有過一些貢獻或影響的。對於它們，應給予正確的歷史的估價。」「（而）幾本新文學史，幾乎都寫成了文藝思潮史，甚至革命運動發展史，藝術談得極少，而且幾乎抹殺了五四以來許多新詩流派存在的意義與歷史地位，甚至否認了客觀存在的事實，對當時某些重要的作品一字不提。」[41]

唐湜大膽質疑了「人民文學」對「新文學」歷史的改寫。在此文中，唐湜還以臧克家詩〈在毛主席那裏作客〉為例批評教條主義，表示：「新詩不應該來個『規範化』，它是一種精緻的手工業品，不是機械製品，無論內容、樣式、風格，都不能給它定下『規範』。各種流派、風格的新詩只要達到一定的藝術水平，而其內容又並不違反中國人的基本道德，是都可以『放』，都可以『鳴』的。」[42]

這是前自由主義批評家的最後異議，他們委婉而大膽重申自由主義批評寬容和自由的原則。這也是文本審美性與文類完整性得到充分保證的條件。韋勒克說：「批評家之間的爭論才最容易發生，因為作品被用各不相同的理由進行評價。藝術作品愈是複雜，它所構成的價值的大廈就愈是千變萬化，因而對它的解釋也就愈是困難。忽略這一方面或那一方面的危險也就愈大。」[43]然而，這種堅守遭到主流批評有力反擊。「反右」後，戴不凡撰文批評唐湜說：

> 唐湜杜撰的批評尺規，……只問作品以及演員的表演有沒有反映社會生活內容以及生活矛盾，語言有沒有概括性（雖然，在我們看來這些也是很需要的。）卻不問作者（包括演員）從什麼樣的立場、觀點來反映這些生活內容。這顯然是不符合我們人民利益的一條批評尺規。[44]

41 唐湜，〈閒話新詩的「放」與「鳴」〉，《文匯報》一九五七年五月二十九日。
42 唐湜，〈閒話新詩的「放」與「鳴」〉，《文匯報》一九五七年五月二十九日。
43 〔美〕韋勒克，《批評的諸種概念》（四川文藝出版社，一九八八年），頁二六。
44 戴不凡，〈駁唐湜的批評尺規〉，《文藝報》一九五七年第三十八期。

戴不凡敏銳地指出了馬克思主義批評與自由主義批評之間的不可相容性。而對馬克思主義批評的制度權威，自由主義文人不能加以質疑。在「反右」風暴中，李健吾、李長之、唐湜、唐祈、袁可嘉等都受到不同程度衝擊，自由主義批評傳統就此斷絕。這是「人民文學」與「新文學」權力關係的必然結果。不同風格、流派的新文學批評的消失，導致了「當代文學」內部競爭格局的傾斜。在單位制度下，自由主義批評失去作者來源與批評陣地，迅速流散，「新文學」傳統的合法性亦無聲流失。此後，「新文學」只能以「人民」的概念自我表述，淪為殘存於「人民文學」體制縫隙中的寄生型話語。

第二節　通俗批評（一）：鴛蝴文學批評發微

一九四九年前，鴛蝴文學批評不算發達，但也自成體系，並形成了與「新文學」相對抗的批評策略。這為鴛蝴派在「新文學」壓力下的文類合法性與生產／消費自治，提供了適宜的話語空間。但新中國成立後，延安文人藉體制優勢，發動了對鴛蝴派的全面「圍剿」；而鴛蝴文人也喪失了與「人民文學」對抗的勇氣。這對鴛蝴文學的文類合法性及其生產與傳播，都造成了致命威脅。對此，學界缺乏必要研究。相應地，對由於黨內高層領袖、文藝官員及黨外「舊知識分子」認識差異而導致的內部張力，亦注意不多。

鴛蝴文學批評的興起源於它對長期「被新文學輕視、蔑視、忽視」[45]的境況的被動反應，「針對新文學的否定，鴛鴦蝴蝶派努力進行著自身的經典化與合法化敘述的建構」[46]。據胡安定研究，從一九二二年《紅》雜誌上連載《小說點將錄》，到一九二三年嚴芙孫編撰《全國小說名家專集》，到一九二七年范煙橋出版《中國小說史》，到一九四三年《萬象》雜誌發動「通俗文學運動」討論，鴛蝴文人一直都在致力塑造自我群體形象，建構自身與「新式標點小說」、「歐化派小說」相對立的中國傳統小說的繼承者形象[47]。但新中國成立後，鴛蝴文人完全被排斥在文藝權力之外，甚至連「文聯」都難以加入，連一個謀生「單位」都難以取得。鴛蝴文人因此人心惶惶，類似與「人民文學」相對抗的自我合法性的建構自然無從談起。所以，新中國的鴛蝴文學批評不是從鴛蝴文人的自我敘述開始，而是以黨的文藝主管部門對鴛蝴文學措詞嚴厲的批評拉開序幕。

不過，與對「新文學」有計畫「清理」不同，對鴛蝴文人聲勢凌厲的批評與黨的高層無關；這與鴛蝴文學自身敘事特質有關。鴛蝴文學擁有廣泛讀者，但其思想沒有逾出公眾普遍道德，以重複主流意識形態為特徵，屬於對當權政府缺乏「破壞性力量」的話語類型。國、共兩黨都不曾將鴛蝴文學列入「危險」名單。建國後，毛澤東經常敦促和直接參與對「持不同意見者」的「改造」，但對鴛蝴文人則未表示過意見。從政策層面看，新政府不防範鴛蝴文人，也無意招「降」納「叛」，以可觀祿位予以安撫。在文藝界「分肥」計畫中，鴛蝴文人遭到徹底遺忘。中共中央更未考

45 魏紹昌，《我看鴛鴦蝴蝶派》（香港中華書局，一九九〇年），頁四四。
46 胡安定，〈認同的策略：論鴛鴦蝴蝶派的自我確認〉，《西南大學學報》二〇〇九年第三期。
47 胡安定，〈認同的策略：論鴛鴦蝴蝶派的自我確認〉，《西南大學學報》二〇〇九年第三期。

慮過對鴛蝴文學的理論「圍剿」，這類行動出自黨內文藝官員的安排。建國初年主持中宣部文藝工作的胡喬木、周揚、丁玲等人皆「新文學」出身，對鴛蝴文學的排斥直接師承了「五四」一代，而且當時剛剛「進城」的解放區文學在閱讀上又經受著都市讀者的現實壓力，在這雙重因素作用下，即便沒有高層特殊安排，對鴛蝴文學的「圍剿」也勢所必然。

實則一九四八年邵荃麟就打了進攻鴛蝴派的「擦邊球」。他在批評沈從文時說：「那種色情的傾向」「墮落到比鴛鴦蝴蝶派還不如」[48]。一九四九年後，文藝機構、出版資源與「人民」意識形態的「正確性」悉數在握，延安文人對鴛蝴派的批評就以體制性方式公開化，在策略運用上則與當年「新文學」如出一轍。「新文學」對鴛鴦蝴蝶派的指認與批判，主要通過「新」、「為人生」、「為大眾」等「隱含權力等級關係」的概念，將鴛鴦蝴蝶派界定為不符合這些標準的「錯誤」與「低級」的文學[49]。而延安文人也努力在「人民文學」與鴛蝴文學之間建立更嚴格的等級「界限」。

一九四九年九月五日，受中宣部委託，《文藝報》召集「舊的連載、章回小說作者座談會」。這是中國共產黨「進城」後第一次正式邀集舊派文人。兩個月前，黨已經召開「第一次中華全國文學藝術工作者代表大會」。遺憾的是，除張恨水、宮白羽外，鴛蝴文人都未獲得參加資格（張恨水因病未實際參加）。在黨的眼中，鴛蝴文人似不能算「文藝工作者」，至少不算國家級「文藝工作者」。但鴛蝴文人畢竟廣受讀者歡迎，中宣部還是要對他們表示態度。因此，這次會議就不僅是要傾聽京、津兩地舊派作家的意見，而且還要對他們明確政策，以示慰勉。京、津兩地「舊文人」對會議極為重視。與會者包括劉雁聲、陶君起、陳逸飛、徐春羽、耿小的、么其琮、劉植蓮、金寄水、鄭證因、景孤血、宮竹心、左笑鴻、李薰風、連闊如等（張恨水臥病未能與會），可謂集「北派」鴛蝴文人一時之翹楚。政府這方面，則由柯仲平、丁玲、趙樹理、陳企霞出面。

48 邵荃麟，〈對於當前文藝運動的意見〉，《大眾文藝叢刊》一九四八年第一輯。

49 胡安定，〈認同的策略：論鴛鴦蝴蝶派的自我確認〉，《西南大學學報》二〇〇九年第三期。

會上，鴛蝴文人與延安文人各自表明了態度。洪子誠認為：在這次會議上「文學界對於這個問題的處理還有些猶疑搖擺」[50]。其實，與其說是「搖擺」，不如說黨和它委託的延安文人之間，事實上存在分歧。強調「改革」舊派文學，不全部否定，在「人民文學」與鴛蝴文學的等級「界限」中承認鴛蝴文學的部分「進步」因素，留下調和、改造的餘地，是中宣部定下的認識基調。但個別文藝官員卻明顯違反這種基調，徹底否定舊小說，態度明確，既不「猶疑」也不「搖擺」。從會後發表的紀錄看，趙樹理、柯仲平承認對鴛蝴文學「有很多好東西沒有批判地接受」，就頗體現黨的政策，但丁玲的總結發言，在稍事讚許之後卻突兀地轉入了系統批評，偏離了會議「團結」主題。丁玲認為：鴛蝴小說有一定之長，「作者社會經驗很豐富，所描寫的各種人物包括各種類型，人物之間的關係很錯綜複雜，有些，也好像在寫勞苦人民受壓迫的情形和牢騷」，「所寫的人情世故又與那些讀者的人情世故相吻合，寫作的技巧還細緻和熟練」，但鴛蝴寫作的無目的乃是「軟肋」——

> 在基本上，他沒有給人們灌輸一種正確的人生觀，有時基本還灌輸毒素。這些小說愛寫的是無意義的瑣事，趣味低級，好像也在暴露社會黑暗，但是這些黑暗並不使讀者憎恨，卻使人津津有味，津津有味地去談論汽車夫和姨太太的戀愛，津津有味地去談論那些放白鴿，那些賭經、嫖經。那些小說裏也寫洋車夫的悲哀，但也並不使讀者同情，一切都是酒後茶餘的無聊的談資。僅僅是這樣也還好，可是它還在教人如何去調情，去盯梢，去賭，去嫖。偵探小說就告訴人如何殺人滅跡，武俠小說就誘人說道。這種文學是奉命去迎合一些人的低級趣味而寫作，但同時又以這種閒聊的低級趣味去影響人，教育人，養成人們一種愛以閒談而消永晝的人生享受。[51]

50 洪子誠，〈中國當代文學史〉（北京大學出版社，一九九九年），頁一二五。
51 楊犁整理，〈爭取小市民層的讀者〉，《文藝報》一九四九年一卷一期。

丁玲以「人生觀」、「意義」等概念建立了「人民文學」與鴛蝴文學之間的權力等級關係。這是新文學批評策略的極端發展，也是當代批判的「成規」。洪子誠指出：「『批判』是當代文化、學術的一個強大傳統。它從某種價值立場出發，來確立這個世界的真理。它以基於自身世界觀的評價，取代對對象的事實，它的內在邏輯的瞭解；同時放大這種價值判斷所孕育的情緒」[52]，丁玲的界定，明顯缺乏對對象「內在邏輯的瞭解」。其實早期鴛蝴文學「雖曰遊戲文章，荒唐演述，然譎諫微諷，潛移默化於消閒之餘，亦未始無感化之功也」[53]，何況後期張恨水等的諷刺之作（如《八十一夢》等）？恰如研究者言：「北派的幾位名家在文藝思想和創作實踐上，都不同程度地自覺接受了五四新文化、新文學的影響，以通俗小說的創作實踐較為自覺地開始解決『傳統』與『現代』的關係問題，在不同程度上提供了一批顯示著『傳統』如何吸納『現代性』而又不失其為『傳統』的範本。」[54]遺憾的是，在延安文人壟斷權力、可以掌握鴛蝴文人職業命運的新格局下，鴛蝴文人放棄了一向行之有效的對抗策略。他們曾經激烈地挑戰「新文學」建立的「新舊二元觀」，進行「自辯」和「反批評」，如胡山源認為通俗文學與純文藝(「新文學」)並無分野，任何不同都「限制不了它們的公共性」；他甚至認為俗文學才是中國「真正的文學」，而所謂的「正統文學」(「新文學」)不過是「虛偽的」、「割據的」、「偏安的」文學[55]。鴛蝴文人也曾經有意識地「模糊界限」，「揭新文學家的老底」，以「調和論」對抗「衝突論」[56]，但在這次會議上，鴛蝴文人只能對黨深表感激，而無人起身抗辯。他

52 洪子誠，〈「限度」的意識——「我的閱讀史」之五〉，《海南師範大學學報》二〇〇八年第四期。

53 〈眉語宣言〉，《眉語》一九一四年第一號。

54 徐斯年，〈《民國北派通俗小說》序〉，載張元卿，《民國北派通俗小說》（山西古籍出版社，二〇〇一年）。

55 胡山源，〈通俗文學的教育性〉，《萬象》一九四二年第五號。

56 胡安定，〈認同的策略：論鴛鴦蝴蝶派的自我確認〉，《西南大學學報》二〇〇九年第三期。胡安定在這篇文章中指出：「模糊界限即是文化權力鬥爭的一種方法，在新文學、鴛鴦蝴蝶派原本一家的觀念下，鴛蝴文人往往樂於揭新文學家的老底，《珊瑚》雜誌刊載的〈新作家的陳跡〉，歷數劉半農、魯迅、施蟄存、舒舍予等曾發表文章的民初鴛蝴報刊，言下之意他們其實也

們原有的自卑加劇發展，面對丁玲強勢批評，他們檢討自己此前「粗製濫造」，「是為了掙稿費而寫」：

在寫的時候，很少想到這篇東西有沒有價值。它的內容多是虛構的言情傳奇或武俠偵探，前面已寫出來了，後面的情況還不知道怎麼樣。有些人寫小說之前首先把回目開列出來，在回目的文字上講究對偶駢驪，下很大功夫，使其工整，吸引愛好這樣趣味的讀者，就這樣對聯式的把回目一個一個先列出來了，內容卻還沒有下落，等到寫的時候再去亂編一番。……據說，有一個報紙曾登載了一篇《續鏡花緣》，不久後，有人舉發這是抄襲，報館老闆立刻找另外一個人繼續寫，這個作者寫了相當時期以後，因故不寫了，於是又換一個人接著寫。一篇長篇小說就是這樣連續換了好幾個作者瞎編胡湊寫出來的。[57]

他們對鴛蝴文學的敘事經驗同樣做了自我否定：「寫武俠小說時，先寫出一個本領很高大的人物，但又須有另一個比他本領更大的人來制服他，於是又造出一個更神怪的人物來。這樣疊寶塔式地堆上去，本領大到極點怎麼辦呢？只好搬出神仙鬼怪來壓服所有的人物。寫偵探小說就比寫武俠小說要難了，因為在武俠小說裏用的武器是刀槍劍矛，見面可以鬥很多回合，而在偵探小說裏用的武器是新式的手槍炸彈，每一相鬥，必見死亡，這樣就無法再寫了。還有的人寫小資產階級的內心痛苦，但反映出來的是在多角戀愛的漩渦裏打圈子，拔不出來。」因此，鴛蝴文人最後自我評價是：「我們過去寫的都是些低級趣味的東西，裏面是鬼話連篇」，「給青年人很多壞影響，給人民散播了毒

是從舊文學起家的，而且指責新文學作品與鴛蝴沒有本質區別：『才子穿了西裝，佳人剪了頭髮，放到小說裏，就不算蝴蝶、鴛鴦了。』調和論更是鴛鴦蝴蝶派的主要策略之一，在新文學指責他們是「舊文學」、「舊思想」時，他們表明自己無新舊之見，並不反對新文學，而且亦步亦趨地跟在新文學後面。」

57 楊犁整理，〈爭取小市民層的讀者〉，《文藝報》一九四九年一卷一期。

素」[58]。在自我批評的同時，鴛蝴文人更由於不能進入「單位」、無以謀生的恐慌，向黨提出了「學習和組織起來」的要求。然而，會議未給鴛蝴文人任何實質性承諾，而以丁玲發言為主要內容的會議紀錄刊發在《文藝報》顯著位置上，對鴛蝴文人造成很大壓力。

一九四九年十月，丁玲在一次座談會上更露骨地批評鴛蝴小說：「充滿市場，銷路很好，講的都是一些下流的三角、四角、甚至五角戀愛，還有什麼姨太太和汽車夫、老爺和丫頭、哥哥和妹妹等怪誕的戀愛故事，或者是武俠小說，其中也有一兩個主人翁偽裝成不滿現狀的樣子，想騙取讀者。他們的行為和思想，是非常腐化墮落的，麻醉了許多好青年。」[59]丁玲還批評青年們被「麻醉」了：「我們看舊小說，因為沒有批判能力，只好隨風倒，看到山西雁徐良、錦毛鼠白玉堂等人被描寫得生龍活虎就愛他們，但是就沒有考慮一下他們都是些什麼人、做的什麼事。就拿白玉堂來說吧，家庭成分是一個大地主，自己是一個小白臉，有點把式，為皇帝服務。御貓展昭等人，做的是大官手下的狗腿，依附一個『相爺』或『開封府尹』，保護皇帝。過去我們崇拜這些人，幻想靠這些人來治天下，今天是應該明白了的時候了。」丁玲認為，在「人民」的時代，這種「低級趣味」、「無意義」寫作已到了壽終正寢之時：「今天我們環境變了，我們應該建立我們正確的觀念，為文的觀念，對社會看法的觀念。」[60]

丁玲公開宣講的這些看法，雖符合「人民文學」重構文學記憶以規劃新的文學版圖的需要，但它們實已超出黨的「團結」、「改造」的政策範圍。然而，建國初文藝界的權力分配，確使丁玲的私人意見形成了事實上的對鴛蝴文學的排斥。當時中宣部部長陸定一較少過問具體文學事宜，文藝界實際負責人是副部長周揚。周揚對鴛蝴文學的意見較丁玲要略顯寬容，但在一九四九年周揚非常希望將黨內最具實力的作家丁玲招納到自己旗下，故他也無意干涉丁玲。

58　楊犁整理，〈爭取小市民層的讀者〉，《文藝報》一九四九年一卷一期。
59　丁玲，〈在前進的道路上〉，《丁玲文集》第六卷（湖南人民出版社，一九八四年）。
60　丁玲，〈在前進的道路上〉，《丁玲文集》第六卷（湖南人民出版社，一九八三年）。

黨內可能對丁玲形成制約的作家，是與她觀點很不一致的趙樹理。然而趙樹理不長於人脈，此時期還在丁玲挑起的「東西胡同之爭」[61]中被擠兌得甚為狼狽，自然無能力制衡丁玲。此外，非延安系統的「舊知識分子」也是一種可以制約丁玲的力量，譬如茅盾、葉聖陶、鄭振鐸等資深作家。在「新文學」成功確立主流位置以後，這批「五四」文人私意並不甚排斥鴛蝴文學。一九四六年，茅盾說：「三十年來，運用章回體而能善為揚棄，使章回體延續了新生命的，應當首推張恨水先生。」[62]一九四九年，鄭振鐸對劉雲若「極口推許，認為他的造詣之深，遠出張恨水之上」，並認為：「劉對當時的下層社會，各個方面，有深刻的切身體會。」[63]葉聖陶原即鴛蝴才子，瓜葛就更深了。遺憾的是，公開批評鴛蝴文人是他們一向堅持的文化戰略。在第一次文代會上，茅盾批評「第三種作品」時即兼帶批評了鴛蝴派：「帶著濃厚的封建愚民主義氣味的舊小說和有些無聊文人所寫的神怪劍俠的作品，在反動統治下散播其毒素於小市民階層乃至一部分勞動人民中。」[64]不難想像，至少在進城之初，他們並不反對黨內激進做法。這使鴛蝴批評呈現為「一邊倒」的被批評狀態。

61 建國初，北京文化圈流傳著「東總布胡同是高雅人士生產麵包，西總布胡同是生產窩窩頭的工廠」的說法，丁玲與趙樹理成為對立面，趙樹理主持的「大眾文藝研究會」與《說說唱唱》雜誌最終被丁玲排斥告終。見張霖，《新文學的通俗化與趙樹理》（中山大學博士論文，二〇〇五年），頁一三六—一四七。

62 茅盾，〈評《呂梁英雄傳》〉，《中華論壇》一九四六年二卷一期。

63 徐鑄成，〈張恨水與劉雲若〉，載《舊聞雜憶》（四川人民出版社，一九八一年）。

64 茅盾，〈在反動派壓迫下鬥爭和發展的革命文藝——十年來國統區革命文藝運動報告提綱〉，《中華全國文學藝術工作者代表大會紀念文集》（新華書店，一九五〇年）。

二

「人民文學」的君臨，迫使鴛蝴文人重新界定自己。與胡山源憤而與「新文學」爭取「真正的文學」的資格不同，新中國鴛蝴文人的自我重塑則是極力建構自己在「人民文學」中的合法形象。一九四九年十月，還珠樓主出版小說《女俠夜明珠》第四、五集時，隨書刊出了夫人孫經洵（少蘭）的附言：

余夫二十年來所作小說，因以無產無業、生活所迫，不得不以多方面技巧，迎合讀者興趣，以求銷路；但此二十年來所有作品，無不同情弱者，愛護勞苦人民，極力反對貪污土霸，提倡生產。今日新時代之來，早在意中，故他所描寫勞苦人民與開荒生產，往往慨乎言之。十五年前所作《蠻荒俠隱》以及解放前兩年的《大漠英雄》，早有表現，非自今始，但極端反對無政府、無秩序之主義而已。屢為余言，小說最易深入人心，以收潛移默化之功；此後言論自由，已無禁忌，當可盡自身所學所知、經驗技巧與新學得之知識，改舊從新，獻諸大量讀者，以求批評檢討，與日改善，而求前進。此節為前三集所限，顧慮全文，雖不能如他心願，暢所欲言，（而）每一人物之個性環境與階級描寫，均用心思，各有不同。請讀者留意指教為幸。[65]

與「改舊從新」之願望同樣值得探討的是孫經洵的作家夫人身分。是不是還珠樓主找不到一位評論家替自己來寫這樣一篇辯護、申述的文章，而只好由家人出面（文章可能是還珠樓主自撰而署上夫人名字）？這不能不說折射出鴛蝴文人自我言說的困難。這篇文章附在私營書局印製的小說中，而還珠樓主也未能在任何黨的公開報刊上發表類似文

[65] 周清霖，〈還珠樓主李壽民先生年表〉，《西南大學學報》二〇〇八年第六期。

章，也說明鴛蝴文人在新的文學體制中權力和資源流失殆盡的危險局面。然而，《文藝報》對鴛蝴文人的「改舊從新」缺乏興趣。僅在報導「舊的連載、章回小說作者座談會」的下一期，《文藝報》編輯就在回覆文學青年的信中，語調輕蔑地諷刺鴛蝴文人說：「曾經有一位過去舊社會寫寫章回小說的人，覺得自己很懂得寫作的『技巧』，也有舊社會的生活經驗，認為只要蒐集一點新的『材料』，便能寫出很好的作品來。但實際上怎樣呢？他所寫的仍舊脫不了小市民的那一套『趣味』。」[66]這位被奚落的作者是誰，不得而知，但主流批評不肯與人為善是顯然的。一九四九年底，《文藝報》刊發余雷文章，指責鴛蝴文學為「黃色文化」，「寫的都是舊社會中落後的小資產階級，墮落的市民生活，以及才子佳人式的幾角戀愛。」由於鴛蝴文學根本支撐在讀者，余雷就直接攻擊鴛蝴讀者。丁玲對小市民讀者有時尚稱「人民群眾」，余雷則毫不客氣，說：

> 黃色文化在上海是比較根深蒂固的，上至報章雜誌，下至攤頭上的下流書籍，都有人會買了看，其原因：一、上海是帝國主義開闢的畸形商場，有閒階級特別多。二、物質引誘強，意志薄弱者易於腐化。三、舊社會中小市民的個人主義很利害，以為人生是吃吃玩玩的。他們只知投機，追求暴利，追求無限止的享樂，因此，那軟性的、色情的書報等，成為唯一合乎他胃口的消遣品了……黃色文化所發生的影響是很大的。普通所稱「海派」人的特點是：愛虛榮，華而不實，蔑視勞動，十足的「拜金狂」者。在上海的馬路上，我們可以看到穿著花背心、小褲腳管、奇形怪狀、搔首弄姿的男女們，他們大都模仿著美國影片中的打扮，充分地表現出了一副油腔滑調、無所事事、遊手好閒的派頭。黃色文化對於他們正是起了各種作用；人們看了神怪小說，會去「求仙學道」，看了言情小說，想去「偷香竊玉」。[67]

---

66 編輯部，〈「沒有寫作的前途」嗎？〉，《文藝報》一九四九年一卷二期。

67 余雷，〈黃色文化的末路〉，《文藝報》一九四九年一卷七期。

余雷以「健康」／「墮落」、「革命」／「享樂」為關鍵字，將鴛蝴讀者界定為「黃色」、「無聊」之徒。此乃一種話語技術，用布迪厄的話說：「定義」是一種「衝突形式」，「每個人都想推行場中最有利於他的利益的局限性」，「這個定義是證明他適得其所的生存的最佳方式」[68]。將鴛蝴讀者「定義」為墮落之徒，從理論上褫奪了鴛蝴文學的大眾基礎。顯然，「海派」的閱讀與欣賞，不僅不能確立鴛蝴文學的合法性，反倒證明了它的「腐朽」，證明了它無法在「人民文學」中重獲「新生」。一九五〇年三月，劉雲若病逝，《新生晚報》刊文批評說：「他慣於寫娼妓生活」，但「更拿手的是描寫過去的流氓，尤其是專『吃』娼妓飯的流氓，寫得有聲有色，入木三分。至於嫖客、浪子，也寫得不錯」，但「許多地方不近人情，把『無巧不成書』過於誇張，巧得讓讀者不能相信是真的。其次，他的文章過於囉嗦冗長，有時敘述一個人的想頭，一寫就是一兩萬字。第三，枝節過多，東一岔，西一岔，岔得不知多遠，結果把主題竟寫得沒有了。第四，他的小說完篇的不多，永遠拉扯不斷，這是為了拉買賣，多得稿費，不知珍惜筆墨所致」，「至於談到意識，那是談不上的，頂多是說他能盡情暴露舊社會的罪惡，自然不能分析問題，更不能解決問題了。他只能以傳奇般的故事，使讀者看個熱鬧，在從前做個茶餘酒後的消遣而已」[69]。「圍剿」之風，甚至波及張恨水，他的小說也被說成「黃色小說」，不過此事引起了文化部干預。張友鸞回憶：「黃色小說，意味著作品誨淫誨盜、荒誕絕倫。張恨水生平沒有寫過這樣的作品。」「五十年代，文化部曾發出內部通報，說張恨水的小說屬於一般社會言情小說，不是淫穢、荒誕的作品，當然不是黃色小說。這是強有力的辯誣。」[70]

儘管在文化部、中宣部內有關鴛蝴文學的看法存在差異，但公開輿論對於鴛蝴文學始終有「斬盡殺絕」之慨。建國初年，雖然《文藝報》對鴛蝴文人的「改舊從新」抱以譏薄，但努力想在「人民文學」領地內謀得一份位置的鴛

---

68 〔法〕皮埃爾‧布迪厄，《藝術的法則》（中央編譯出版社，一九九八年），頁二七一。
69 省之，〈劉雲若的小說〉，《新生晚報》（天津）一九五〇年三月二十六日。
70 張友鸞，〈章回小說大家張恨水〉，《新文學史料》一九八二年第一期。

蝴文人還是屢有新的嘗試。兼之私營書局和報刊的存在，也為嘗試提供了條件。譬如，張愛玲在《亦報》上連載的《十八春》和《小艾》，張友鸞在《新民報》連載的「苦心孤詣」[71]的《神龕記》等。這些作品反響頗佳。《十八春》出版後，有女讀者找至張愛玲的寓所放聲痛哭。《神龕記》連載完畢後又由「新民報上海社」出版單行本，並被上海電影文學研究所改編為電影。然而，亦因此事引發了建國初期令人矚目的鴛蝴批評事件。一九五二年五月，《文藝報》刊出江華批評文章，從「人民文學」的本質化規範對《神龕記》有關人物、矛盾和環境的處理提出批評，譬如批評張友鸞「竟把事實上是一個不法商人的蔡老闆，頗有心計地打扮成了一個十分善良的人」，「他對兒子慈愛，對朋友慷慨，對店員態度開明，對新的社會，頗有瞭解」，這「掩蓋了商人們損人利己、唯利是圖、投機取巧的本質」[72]。不但蔡老闆缺乏「反面人物」本質，「積極分子」大管事也缺乏「正面人物」本質，他不知黨性為何物，不抵制蔡老闆造假帳，而是事發以後主動「替主受罪」，是「一個想盡辦法替主人承擔罪名的忠實的奴才」！而在故事矛盾上，「作者以主人翁蔡老闆和他的兒子蔡世明的關係，來表現新舊的矛盾。但這樣的矛盾十分軟弱無力，兩方面都缺乏本質的意義」[73]。在後一方面，江華批評了鴛蝴文學傳統的「復活」：

> 作者還用了近三分之一的篇幅，描寫商人們的糜爛生活：成夜地賭博，貪婪地吃喝，荒淫地胡鬧，和無聊的應酬……很明顯地，作者要迎合一部分落後讀者閱讀黃色小說的低級趣味，才羅列著一連串商人們無聊的所謂「內幕性」的生活場面，為的是企圖「引人入勝」罷了。在這樣的一個腐爛的商人生活圈子中，有很多寄生蟲一樣的人物。油頭粉面的大康小開，賭場的「主席」協昌老闆娘，他們是打情罵俏的一對。作者饒有興味地在

71 木呆，〈通俗文藝作家的呼聲〉，《文藝報》一九五七年第十期。
72 江華，〈一本為不法商人做辯護的小說〉，《文藝報》一九五二年第五期。
73 江華，〈一本為不法商人做辯護的小說〉，《文藝報》一九五二年第五期。

這方面賣弄了很多筆墨，其實從整個小說來說，完全是沒有必要的。……無論是作者所描寫的賭博、抽大煙、吃喝、胡鬧以及敘述特務商人「美國之音」的泰和于經理的極端反動言論時，無論是對事情或是對人物，我們應當感覺奇怪，我們不但看不出作者對這些「烏煙瘴氣」的寄生蟲生活有什麼義憤，有什麼嚴正的批評，恰恰相反，作者對於這些，卻總是平心靜氣，帶著輕薄的欣賞的態度，娓娓不絕地，比劃著來「吸引人」的。[74]

《人民文學》也刊文說：「在作者的心目中，資本家並不是貪婪成性的，他們雖『要賺錢』，但也要『良心』，當追逐利潤與『良心』發生牴觸時，亦可以放棄利潤，而服從『良心』。」「作者有意掩蓋資產階級的醜惡本質，把他們描寫成一群純潔無垢的『聖者』」，還「把大管事描寫成一個具有十足奴隸道德的人」。「這樣內容充滿資產階級反動思想的作品，特別在今天工商界正熱烈進行『五反』運動的當中，如果讓其流行散播，腐蝕勞動人民的鬥爭意志，替資產階級的無恥造謠，開闢著另一個合法的市場，是非常危險的」。批評者「建議有關方面，予以嚴格地審查，並立即禁止《神龕記》作品的發行」[75]。

這些批評大體上言之有據，與其說是粗暴批評，毋寧說暴露了「人民文學」與鴛蝴文學之間的不可通約。於是「在四面棍棒聲之下」，張友鸞只得給《文藝報》呈上檢討，反省自己：「用文藝勞動去危害了人民。」[76]這一事件，給脆弱的鴛蝴文人以很大打擊。他們本來即自感「在社會上受人輕視」「似乎低人一格」，《神龕記》事件更讓他們對掌握素所陌生的「人民文學」規範喪失信心。此後直至一九五五年，鴛蝴新作難覓蹤跡，鴛蝴文學批評亦漸落塵埃。不過，鴛蝴批評的「漸落塵埃」，並非因為鴛蝴小說銷聲匿跡，而是因為另外兩個因素：（一）鴛蝴文學政策

74　江華，〈一本為不法商人做辯護的小說〉，《文藝報》一九五二年第五期。
75　王淑明，〈《神龕記》宣傳了什麼〉，《人民文學》一九五二年第三、四期。
76　張友鸞，〈對《神龕記》的初步檢討〉，《文藝報》一九五二年第九期。

的實際執行者丁玲因厭倦官場鬥爭，於一九五二年十月正式辭去中宣部文藝處處長一職。（二）文藝官員系統中「舊知識分子」的反彈。實則在輿論「圍剿」的同時，全國各大城市自一九四九年始一直展開查禁、收換「黃色」、「荒誕」書刊的行動，致使武俠、言情等鴛蝴文學舊作幾乎遭到毀滅性打擊。對此，比較重視文學內部多樣性的文化部部長茅盾、出版總署署長胡愈之、副署長葉聖陶等人則未必以為妥當。一九五一年十二月和一九五二年七月，他們以出版總署名義，接連發出〈關於查禁書刊的規定〉和〈關於查禁書刊的批示〉，批評各地「以橫蠻態度對待文化事業的暴虐行為」，表示「絕不允許這種錯誤繼續存在和發展下去」，並要求「今後各地出版行政機關查禁書刊，必須於事前得到本署批准，絕對不允許先斬後奏」[77]。這種抵制發生了效果，鴛蝴文學在一九五二年後又逐步恢復流通。

鴛蝴批評「漸落塵埃」接近三年，但到一九五五年又步入前臺。這主要由於出版總署查禁政策的鬆弛，導致大量鴛蝴舊作回流。私藏舊版的公開與私營書局的翻印，使鴛蝴舊作在一九五四、一九五五年又重現「氾濫」局面。據稱：「直到今天，已經不能公開出版了的下流黃色小說，竟還擁有多少萬的讀者。不但在店員工人和家庭婦女中流傳得很廣泛，就是在工人、學生、機關幹部中都有得流傳，有不少青年偷偷地跑到租書鋪去租來那些污穢破爛的書本，夜晚偷偷地埋頭在裏面」[78]，甚至出現大量讀者遭受「毒害」的現象。鍾沛璋表示收到「兩百多封來信」，「每一封都在憤怒地、沉痛地控訴著黃色書刊的毒害」，譬如，「一個中學生看了《韓湘子出家》、《荒山逸劍俠》便約同學上山修仙；另一學生看了《俠盜亞森羅蘋》後半夜放火又去救火，想顯示自己的神通；一個青年工人看了《神偷》以後如法炮製鋃鐺入獄；一個高中生受黃色書刊毒素影響而悲觀厭世」[79]。這種情況令文藝主管部門不能容忍，於是鴛蝴文學批評再度凸顯。

---

77 〈出版總署關於查禁書刊問題的指示〉，《中華人民共和國出版史料》第四卷（中國書籍出版社，一九九八年）。

78 〈不要閱讀黃色小說〉（社論），《文藝學習》一九五五年第三期。

79 鍾沛璋，〈作家們不要再沉默〉，《文藝報》一九五五年第三期。

「歷史是歷史學家製造的」[80]，一九五五年捲土重來的批評已不便再將中學生、工人之類「社會主義青年」輕易命名為「墮落」之徒加以打發，於是改用通過讀者「製造歷史」的策略。《文藝學習》在一九五五年一期組織了「我們控訴黃色書刊的毒害」專題，刊出三篇「讀者來信」：河北保定讀者文樸〈一個有為青年沉淪墮落的經過〉、北京二十四中教師洪滔〈王京中了流氓與黃色書刊的毒箭〉、江西南昌范風、于良旭〈有關部門應當重視黃色書籍氾濫的嚴重情況〉。這些「來信」有意略去了鴛蝴小說的審美功能，其儆戒之意不言而喻。五月，《文藝學習》再度刊出社論，以「墮落」、「落伍」等歷史概念，重申「人民文學」與鴛蝴文學之間的界限，「它們的共同特點，都是把舊社會的毒瘤、瘡疤，……當做最高貴、最美好的東西來歌頌。例如妓院、舞場、賭窟、淫亂的交際場所等，常常是這類小說最津津樂道的地方，那裏面的人物永遠是些無所事事的寄生蟲、公子哥兒、舞星、交際花之流。天天打情罵俏、縱欲享樂、玩弄婦女、說說俏皮話。除去這個之外，那些人物從來沒有別的什麼人生目的」。社論還警告青年讀者：

> 難道你們願意自己受到他們的吸引嗎？願意做時代的落伍者嗎？難道你們願意自己沉墜在封建思想或資產階級思想的泥坑裏嗎？願意自己的感情跟已經被消滅的時代渣滓一樣嗎？願意放棄自己的燦爛前途去跟著那個僵屍墮落下去，把自己毀滅掉嗎？[81]

「毀滅」云云，危言聳聽，但為文化部與公安部的聯合查禁提供了輿論基礎。一九五六年，〈文化部黨組關於處理反動的、淫穢的、荒誕的書刊圖畫問題的請示報告〉稱：鴛蝴圖書「散播了大量的地主、資產階級的反動腐朽思想和墮落無恥的生活方式，對廣大人民群眾，尤其是青少年、少年、兒童的毒害很大。許多人讀了這些書籍以後，

80　〔英〕E・H・卡爾，陳垣譯，《歷史是什麼》（商務印書館，二〇〇八年），頁一一〇。

81　〈不要閱讀黃色小說〉（社論），《文藝學習》一九五五年第三期。

身體敗壞，精神頹喪，胡思亂想，神志昏迷，有的企圖上山學劍，有的整日出入下流娛樂場所，以致學習曠廢，生產消極。其中還有一些人甚至組織流氓集團，拜把子、稱兄弟、行兇毆鬥、稱霸街道、戲弄異性、姦淫幼女、盜竊公產，並且不以為恥，反以為榮」，「嚴重影響了社會公共秩序的鞏固，並妨礙社會主義建設和社會主義改造的順利進行」[82]。〈通知〉將還珠樓主、王小逸、無名氏、仇章、藍白黑、笑生、待燕樓主、田舍郎、桑旦華、馮玉奇、劉雲若等二十一人列入查禁「黑名單」。這次查禁成效巨大，鴛蝴文學作品基本被禁絕，並被蘇聯翻譯和中國新創的偵探、驚險小說所取代。到一九五六年，「言情、神怪、劍俠一類的小說」據稱「已經騰出位置來讓給驚險小說」[83]。與此同時，鴛蝴文學在延安文人的輿論引導下，徹底失去合法性，「文藝評論一提到通俗文藝，就是概念化、公式化、粗製濫造，使得一些作家不敢動筆」[84]。

三

不過，鴛蝴作品在市場上的大幅萎縮，也為單面向的鴛蝴文學批評帶來新格局。標誌性事件，是一九五六年《啼笑因緣》的再版及有關批評。一般情況下，鴛蝴文人較少闡述自身理論與方法，但《啼笑因緣》例外。《啼笑因緣》舊版刊有嚴獨鶴〈序〉。嚴獨鶴從「描寫的藝術」、「著作的方法」與「結局與背景」等方面評述該書，並認為它在描寫上，「能表現個性」，「深合情理」，「能於小動作中傳神」，善於暗寫和虛寫[85]。張恨水自己也在〈作完《啼

82 〈文化部黨組關於處理反動的、淫穢的、荒誕的書刊圖畫問題的請示報告〉，《中華人民共和國出版史料》第七卷（中國書籍出版社，二〇〇一年）。
83 蕭也牧，〈談談驚險小說〉，《文藝學習》一九五六年第七期。
84 木杲，〈通俗文藝作家的呼聲〉，《文藝報》一九五七年第十期。
85 嚴獨鶴，《啼笑因緣・序》，魏紹昌編《鴛鴦蝴蝶派研究資料》（上）（上海文藝出版社，一九八四年）。

笑因緣》後的說話〉中談到「渲染」、「穿插」和「剪裁」。通俗文藝出版社對鴛蝴文人在〈前序〉、〈後記〉中表述的理論與方法是排斥的，再版時未與張恨水商量，擅自刪除嚴序及張恨水文章，而代之以出版社自撰「內容提要」。這當然是「心照不宣的協議」，生計困難的張恨水未公開表示異議。不過，「提要」及《文藝學習》配發的書評對《啼笑因緣》不無肯定。「提要」稱：「這是一部具有反封建色彩的言情小說」，「（它）對於描寫舊社會青年男女的悲劇，暴露當時封建軍閥的醜惡腐朽，仍然有著現實的意義」。《文藝學習》的評論則細緻分析了《啼笑因緣》與「人民文學」的共性與差異：「這部小說並沒有能夠真實地反映出當時社會生活的本質，也沒有能夠動搖半封建、半殖民地統治的基礎，它的反封建思想是十分軟弱的」；譬如，樊家樹同情沈鳳喜的行為「不帶任何革命色彩，也不能解決任何社會問題（包括青年戀愛問題），因為要改變舊社會的不合理生活，是要依靠人民覺悟起來、組織起來，採取革命手段推翻舊制度，建立新的社會制度才能實現的」。故評論者認為：

> 這些小說或多或少地反映著當時的社會現實，但還不是現實主義作品……現實主義除了要求細節的真實（這是任何作品都有的）而外，還要正確地表現出典型環境中的典型性格，以便反映出生活發展的真實。張恨水的小說涉及舊中國的各種社會現象，但作者始終沒有達到這樣的思想深度。孤立地、靜止地看為些作品反映的某些社會現象是真實的，但這些作品所顯示的生活發展的道路卻是不真實的（或者根本沒有前途，或者幻想社會改良）。讀了張恨水的言情小說，不能給人增添改造生活的勇氣，相反會產生無可奈何的苟且偷生的消極情緒。[86]

86 李興華，〈評張恨水的《啼笑因緣》〉，《文藝學習》一九五六年第二期。

評論還明確強調：張恨水小說不是「黃色書刊」，「應該把它們同淫穢荒誕的反動書刊劃清界限」[87]。顯然，已成「主流」的「人民文學」向張恨水顯示了容納的姿態，雖只為《啼笑因緣》準備了一個次級文本的位置。《中國青年報》也於一九五六年六月六日刊發丁羽文章〈從《啼笑因緣》說起〉，表示了有分寸的肯定。「雙百方針」的提出，更使「沉默」有年的鴛蝴文人大膽發出聲音。一九五七年，在作協召開的通俗文藝作家座談會上，張友鸞激動地對延安文人的歷史敘述提出異議：「章回小說為人民所喜愛，但章回小說家卻不被重視，往往被看做舊文人。現代文學史上就沒有提到過章回小說。《啼笑因緣》印得那麼多，作者張恨水到底好不好？在文學史上隻字不提，這不是虛無主義？不是取消主義？」[88]通俗文藝出版社編輯陳允豪也在會議上表示不滿：「一九五四年北京市文聯選理事時，各個方面都選上了，就是這個方面沒有，張恨水先生就這樣被排斥在外邊。作家協會對章回小說作家也是採取關門政策，作家會員中有幾位是章回小說家呢？」[89]鴛蝴文人由此出現復甦跡象。還珠樓主在上海《新聞日報》連載《遊俠列傳》之一《劇孟》，還計畫撰寫《刺客列傳》。張友鸞（署名「草廠」）在《新民晚報》連載《杏花莊》、《魔合羅》、《賽霸王》、《救風塵》等說部。

不過，「百花時代」鴛蝴文學批評的調整為時短暫。「反右」以後，有關批評又呈現「剿殺」姿態。一九五八年三月，《讀書》雜誌刊文批評還珠樓主，稱其所描寫的俠客本領，是「滿紙荒唐言，一套騙人語」，對讀者十分有害，「各地青少年受這種騙人文字的毒害，不是個別的現象」[90]。六月，《文藝學習》雜誌又刊發〈不許還珠樓主繼續放毒〉一文。據載：「先生讀後默然，次日清晨突發腦溢血，送北京醫學院附屬醫院搶救脫險；然而由腦溢血造成

87 李興華，〈評張恨水的《啼笑因緣》〉，《文藝學習》一九五六年第二期。
88 木呆，〈通俗文藝作家的呼聲〉，《文藝報》一九五七年第十期。
89 木呆，〈通俗文藝作家的呼聲〉，《文藝報》一九五七年第十期。
90 涂樹平，〈評還珠樓主的武俠小說《劇孟》〉，《讀書》一九五八年第三期。

左半身偏癱，生活不能自理，由此輾轉病榻兩年半有餘，全靠夫人精心照料。」[91]此種不堪情形導致鴛蝴文人徹底自我放棄。一九五八年，周瘦鵑自承：「當年的《禮拜六》作者包括我在內，有一個莫大的弱點，就是對於舊社會各方面的黑暗，只知暴露，而不知鬥爭，只有叫喊，而沒有行動，譬如醫生，只會開脈案而不會開藥方一樣，所以在文藝領域中，就得不到較高評價了。」[92]宮白羽表示自己作為「一個著名的武俠小說作家」「成功了」，也「丟人了」[93]。一九六一年，魏紹昌為編寫《鴛鴦蝴蝶派研究資料》致信周瘦鵑。周瘦鵑表示自己不願被人稱為「鴛蝴派」或「禮拜六派」，並反覆強調魯迅先生對他的「刮目相看」和毛主席「老人家」對他的垂青[94]。這表明，「人民文學」的話語霸權，不僅抹除了鴛蝴文學的合法性，也抹去了鴛蝴文人的意志。

至此，鴛蝴派及其批評實已皆退出文藝界；不過，在一九六二年文藝調整期間亦有餘波。期間張恨水、周瘦鵑、鄭逸梅等鴛蝴老人受到領袖接見或重視，《啼笑因緣》、《秋海棠》等鴛蝴舊作也重新登上舞臺。評論界對這些作品給予熱情評價。劉乃崇認為：《啼笑因緣》「是當年轟動一時的名著，由於它現實主義地反映了當時人吃人的社會的種種現象，受到群眾的喜愛。取這部小說中的若干章節，演為戲劇，從今天看來，也仍然是有意義的，我們看到舊社會的普通群眾受著怎樣的迫害，這可以反映出社會主義是多麼地光明和優越。」[95]丁權認為：《秋海棠》「抓住了魑魅魍魎的舊社會的一角，唱出了舊時代的悲歌」，「劇本通過鮮明的藝術形象，深刻地揭露和控訴了舊社會的殘忍，軍閥、流氓殘暴醜惡的嘴臉，使人在藝術享受中，引起對舊社會的憎恨，從而更加激勵我們熱愛身邊的幸福生

91 周清霖，〈還珠樓主李壽民先生年表〉，《西南大學學報》二〇〇八年第六期。
92 周瘦鵑，〈花前新記〉，載魏紹昌編《鴛鴦蝴蝶派研究資料》（上）（上海文藝出版社，一九八四年）。
93 宮白羽，〈百家爭鳴百花齊放時代我個人的衷心話〉，《新港》一九五七年第六期。
94 魏紹昌，《我看鴛鴦蝴蝶派》（香港中華書局，一九九〇年），頁九八。
95 劉乃崇，〈充滿了生活氣息的曲劇《啼笑因緣》〉，《北京日報》一九六二年二月十五日。

活」[96]。天方則表示，這些「西裝、旗袍戲」「主要描寫半封建、半殖民地的舊中國十里洋場、畸形繁華的大都市生活，暴露和鞭笞軍閥、國民黨反動派和帝國主義者兇橫暴戾、荒淫無恥、禍國殃民的醜惡面貌，而對被壓迫被凌辱的廣大知識分子和小市民寄予深切同情」。「如果把這批劇目經過慎重地整理、加工，不僅能滿足人民群眾多種多樣的文化生活需要，而且能使老一輩的人撫今追昔、不忘舊痛；讓年輕一代看了，更體會到今日新生活之可貴。」[97]

這些評論，明顯承認鴛蝴文學在「人民文學」中的合法地位，但相對於一九五六年評論乃至當年丁玲的批評，它們在理論上並不能立足。這種變化，與其說是學術推進，不如說是特殊政治情境下文藝界對業已消失的鴛蝴派釋放的一種善意。實則一九五七年後作為鴛蝴代表文類的武俠、言情兩類作品已基本上絕滅。這時出現的寬容，並不能挽救鴛蝴文學。不過，這點餘波也很快消失。一九六三年，國內政治形勢驟變，毛澤東重提「階級鬥爭」，文藝界又迅速緊張，鴛蝴評論又返回當年丁玲的結論，認為鴛蝴戲曲充滿「那種頹廢、沒落、感傷、糜爛、瘋狂、混亂的資產階級思想感情」[98]，將鴛蝴派指認為「中國近代文學發展中的一股濁流」，「它宣揚的是陳腐的封建意識和沒落的資產階級思想，追求的是小市民的低級趣味，渲染的是紙醉金迷的糜爛生活，散布的是悲觀厭世、玩世不恭的情緒，描寫的是舊社會黃色新聞、桃色事件，根本是脫離現實生活的，反現實主義的」，「給群眾帶來了極其惡劣的影響」[99]。

「文學沒有先進和落後之區分，這都是人們建構出來的文學概念和後來命名的結果。文學史上，一些所謂『主流』、『支流』、『創新』、『守舊』的文學現象及其判斷，很大程度上都是歷史的結果來決定的。」[100]鴛蝴批評的沿變，形象再現了文學史權力與知識之間的複雜糾葛。在「人民文學」與鴛蝴文學的鬥爭中間，延安文人通過體

96 丁權，〈演員們在成長〉，《大眾日報》一九六二年三月十四日。
97 天方，〈當觀眾蜂擁而至時〉，《文匯報》一九六二年九月十一日。
98 慕容文靜，〈試談《秋海棠》等戲的思想傾向〉，《上海戲劇》一九六三年第七期。
99 羅蓀，〈論鴛鴦蝴蝶派對戲曲的思想影響〉，《光明日報》一九六三年十二月三日。
100 程光煒，《文學講稿：「八十年代」作為方法》（北京大學出版社，二〇〇九年），頁一七五。

制，也「通過歷史進行戰爭」[101]。結果，「人民文學」取代了鴛蝴文學自身的表述系統，重構了鴛蝴文學的「歷史記憶」，也抹除了其文類合法性。

第三節　通俗批評（二）：革命、傳奇與意識形態的調適

若說在批評領域內建構「人民文學」與「新文學」、鴛蝴文學間的「界限」尚算順利，那麼對革命通俗文藝的批評則面臨技術難題。作為一種意識形態功能闇弱的文體，「革命英雄傳奇」以愉悅為旨歸，受到大眾（群眾）熱切歡迎與基層官員傾力支持。但傳奇的文體身分，尤其是愉悅包含的危險與「越軌」，頗令延安理論家憂慮。故如何在頒予「革命英雄傳奇」書寫合法性的同時，勘定其邊界，確定「愉悅」在「人民文學」中的「應當」位置，構成了建國後革命通俗文藝批評的核心事件，也決定了英雄傳奇在文學生產、傳播與接受中的雙重品質。

一

「革命英雄傳奇」概念係評論家王燎熒提出。一九五八年，王燎熒撰文稱：「《林海雪原》可以說是這樣一種特殊類型的小說，我把它稱之為『革命英雄傳奇』」，它「比普通的英雄傳奇故事要有更多的現實性……它又比一般的反映革命鬥爭的小說更富於傳奇性」[102]。此後，這一概念被用來指稱革命文藝的通俗類型，它們採用舊的傳奇文

101 〔法〕蜜雪兒・福柯，《必須保衛社會》（上海人民出版社，一九九九年），頁一六三。

102 王燎熒，〈我的印象和感想〉，《文學研究》一九五八年第二期。

體講述現代革命故事。自一九四八至「文革」結束時的一系列文本皆可列入此名單，如《洋鐵桶的故事》（柯藍）、《新兒女英雄傳》（孔厥、袁靜）、《呂梁英雄傳》（馬烽、西戎）、《林海雪原》（曲波）、《平原槍聲》（李曉明）、《烈火金鋼》（劉流）、《鐵道游擊隊》（知俠）、《小城春秋》（高雲覽）、《野火春風鬥古城》（李英儒）、《敵後武工隊》（馮志），等等。這些英雄傳奇是「當代文學」主要通俗類型。當然，對於傳奇文本的界定存在爭議。有學者把《戰鬥的青春》、《紅岩》、《保衛延安》甚至《風雲初記》都列為革命傳奇，不甚妥當。這些文本或有淡淡傳奇性，但其寫作遵循「人民文學」邏輯；如《紅岩》寫作有多層意識形態機構介入、集體運作而成，它能成為「一部震撼人心的共產主義的教科書」[103]，恰是有效排斥傳奇因素的結果。其實，真正傳奇文本不可能獲得崇高評價。

恰如苗培時對《烈火金鋼》的評價：這「是一部具有中國氣派、民族風格的通俗小說」[104]。英雄傳奇的寫作經驗來自中國傳奇傳統。「傳奇」是中國敘事文學正宗，作為小說類型，起於唐代，盛於明清。流布最廣的文本，包括《忠義水滸傳》（施耐庵）、《說岳全傳》（金豐、錢采）、《隋唐演義》（褚人獲）、《楊家將演義》（熊大木）、《說唐》（佚名）等。作為美學類型，它以「奇美」為追求，講求情節離奇曲折、人物參差生動。英雄傳奇接受了這種古老經驗，但對其接受仲介，學界有不同意見。有論者認為：是經新文學而獲得。證據是「傳奇精神並沒有因五四新文學的興起而中斷」，如：張恨水言情小說之傳奇情節，無名氏、張愛玲小說之傳奇情調，故而「新英雄傳奇是五四新文學內部孕育的直接結果」[105]。這種看法較為離奇：一則新文學「傳奇」僅略有殘存，無力為飽滿流暢的革命傳奇（如《林海雪原》）提供充分技術資源。二則新文學在中國廣袤鄉村零星存在，無名氏、張愛玲等「洋場」作品，在根據地更少為人所知。沒有材料證明，馮志、曲波、劉流等人讀過此類「洋場」文本；相反，其自述材料，

103 羅遜、曉立，〈黎明時刻的一首悲壯史詩——評《紅岩》〉，《文學評論》一九六二年第三期。
104 苗培時，〈一部有民族風格的小說——《烈火金鋼》讀後〉，《讀書》一九五八年第二十期。
105 吳道毅，〈新英雄傳奇歷史生成論〉，《中南民族大學學報》二〇〇四年第一期。

明確表明了其經驗直接來自幼小熟讀的《三國演義》、《水滸傳》、《說唐》與《說岳》等章回說部。這些說部（戲曲表演），廣布中國鄉村城鎮的每一角落，浸潤、塑造著大眾知識、經驗和倫理，亦包括其文學想像力。劉麗華（劉流之女）回憶：「由於家境貧窮，父親只跟著教私塾的曾祖父念了三年書，達到了粗識文墨的程度，後來由親友資助在煙臺上了一年中學。父親自幼聰明好學，經常手不釋卷，特別喜歡看《三國》、《水滸》等古典文學作品，還有農村中流行的戲本、唱本、鼓詞、評書等民間文學作品。經常看『野臺戲』，聽『大棚書』，看了聽了以後還常常學習、模仿，並練習寫詩、作文，民間文藝的薰陶對他後來的文學創作產生了積極的影響。」[106]

英雄傳奇興起原因，一源於民族國家抵抗對文學的需要。一九三八年，毛澤東在〈中國共產黨在民族戰爭中的地位〉中指出：「洋八股必須廢止，空洞抽象的調頭必須少唱，教條主義必須休息，而代之以新鮮活潑的、為中國老百姓所喜聞樂見的中國作風和中國氣派。」這種提倡是抗戰宣傳的技術策略，同時也包含著危機中對重建國族同一性（「人民」主體）的構想。一九三九年，各抗日根據地展開「民族形式」討論；期間「舊形式」並未取得理論優勢，但在實踐中，通俗民間形式成為解放區文學主流。這並不簡單是共產黨有意倡導的結果。按照杜贊奇（Prasenjit Duara）的理論，這是非西方民族國家書寫的普遍經驗；他將這種在「大傳統」中被壓制的「民間」，稱為同一性建構中的「新鮮血液」：

> 在現代史中國族也可以退化、喪失其同一性或從其他地方吸收「新鮮血液」……可以通過發現被遺忘的傳統或受壓制的歷史去展現重獲新生的民族的同一性與自身能力。這樣做的結果是確定了民族性的概念，以表明該民族的同一性或類屬。[107]

---

106 劉麗華，〈關於我的父親劉流和他的《烈火金鋼》〉，《新文學史料》一九九二年第三期。

107 〔美〕杜贊奇，〈為什麼歷史是反理論的？〉，黃宗智編《中國研究的範式問題討論》（社會科學文獻出版社，二〇〇三年）。

當然，〈講話〉無疑加強了這種自民間（工農兵）重建國族同一性的文化意願。通俗化、民間化因此成為根據地文學的普遍努力。大鼓、舊劇、快板、小調，甚至山歌、小曲等，均被用以「舊瓶裝新酒」，渴望在國族認同生產中俘獲廣泛大眾。新的「兒女英雄」傳奇自然應運而生，如《洋鐵桶的故事》、《呂梁英雄傳》、《新兒女英雄傳》、《平原烈火》等作。

英雄傳奇興起的另一原因，是一批未經西方話語（啟蒙主義、馬克思主義）「薰陶」、重構過的「土著」作者的出現。其實，根據地最初「翻新」說部的小說家，多受過初等新文學訓練，也被教授了關於雅／俗的「區分的辯證法」。他們襲用章回說部，是臨時適應戰爭需要的技術策略，一旦戰爭結束，他們自然立即返回「真正」的文學事業。建國初年，馬烽、西戎、柯藍、孔厥等即重返精英寫作。英雄傳奇在建國初年只是曇花一現，真正使此形式演成全國性浪潮的，是《鐵道游擊隊》（一九五四）的出版。此後，《小城春秋》（一九五六）、《林海雪原》（一九五七）、《烈火金鋼》（一九五八）、《敵後武工隊》（一九五八）相繼轟動一時，遂蔚為新傳統。這批作者文化不高（甚至僅小學水平），未讀過什麼新文學，亦未獲得關於「經典」分辨的某種知識陳述，較少雅、俗規限。在他們心目中，所謂「文學」即等同於《三國》、《水滸》、《說唐》、《說岳》，「好」的文學即在於能栩栩如生、曲折動人。這類看法，是革命現代性衝擊下的「地方性知識」。「正規」文學教育的欠缺，使這類「知識」得以「倖存」，並在革命席捲內陸腹地的震盪中，獲得突入民族國家書寫的機會。同時，這批作者作為職業軍人的戰爭歷練，亦為寫作提供了情感與故事動力。曲波剿匪經歷、馮志作為武工隊隊長的作戰經驗、李英儒地下活動、李曉明游擊隊生涯，提供了精英分子難以體驗的生活與生命世界。

諸種因素，使英雄傳奇以封閉文化視域下的「革命故事」，在「當代文學」中獨成一類；其內文化雜糅，殊異同呈；較之精英文本，更能喚起大眾審美的愉悅；較之章回說部，更呈現活生生的革命經驗。它們獲得大眾瘋狂喜愛，解決了建國初「新文學作品並未很好地『占領』『舊小說』的讀者群」[108]的閱讀事實。這與大眾對解放區文學的不良印象，形成突兀對比。後者一度被認為「單調、粗糙」，「老是開會，自我批評，談話，反省」，「緊張」得「怕要『崩了箍』」[109]。

二

大眾歡迎的反面是評論家的抵制。《紅旗譜》是部準傳奇作品，據說，梁斌將小說初稿油印給友朋看時，「一位被他視為文學大家的權威，久久不與他交談。他通過熟人去瞭解，這位大家以不屑一顧的口氣說：『這回擦屁股有紙了！』讓梁斌傷心得大哭一場。」[110]「大家」的「不屑」，代表著精英文學秩序的排斥。這是革命傳奇普遍遭遇的問題：它的出奇制勝，被認為包含了美學危險。這種出奇制勝，得力於它的敘述同時並置了兩個世界、兩套話語：一是革命鬥爭世界，支撐它的話語是「人民文學」的馬克思主義歷史陳述；其中個人被要求作為「歷史規律」的體現者，英雄不斷「成長」，被要求代表著歷史正動力量的擴展；敵人（日寇、匪特、國民黨、地主等）不斷萎滅，被要求代表著對歷史反動力量的懲罰及其退場；革命鬥爭，最終以歷史規律不可抗拒的實現，論證革命合法性。另一世界是民間久存的江湖世界，支援它的話語是以忠義俠情為內容的倫理主義；它被傳奇作家引入文本，認為可以增加革命故事的閱讀效果；然而，危險即在這裏：江湖世界作為閱讀的修飾，是否會喧賓奪主、盜取革命世界？

108 洪子誠，《中國當代文學史》（北京大學出版社，一九九九年），頁一二七。
109 丁玲，〈跨到新的時代來——談知識分子的舊興趣與工農兵文藝〉，《文藝報》一九五〇年二卷十一期。
110 聞石，〈《紅旗譜》出版的前前後後〉，《北京出版史志》第十三輯（北京出版社，一九九九年）。

就作者意圖言，這種危險並不存在。他們忠於革命，也奉〈講話〉為圭臬。柯藍表示：《洋鐵桶的故事》是在〈講話〉公布後，學習民間文藝基礎上創作的[111]。馬烽、西戎稱：《呂梁英雄傳》「是我們學習了毛主席剛剛發表的〈在延安文藝座談會上的講話〉以後的創作實踐」[112]。同時，他們按照「人民文學」「成規」，皆在文中設置了黨代表，作為意識形態保障。李正（《鐵道游擊隊》）即是江湖世界的馴服者。他總是力圖將江湖習氣濃重的隊友，納入黨的「成長」話語。在鬥爭中，他發現他的隊員「由於他們頭腦裏還沒有樹立起明確的方向，生活還沒有走上軌道，所以他們身上也會沾染舊社會的習氣：好喝酒、賭錢、打架」，李正對這類「梁山好漢」式作風，深懷好感，也充滿信心將他們納入「黨的任務」，使他們「創造性轉化」為成長人物。少劍波也以黨的話語凝聚著驍勇善戰、匪氣濃厚的部屬。楊曉冬、郝大成等黨代表皆如此。但在延安評論家看來，危險仍然存在。最危險的是，傳奇作者並不瞭解這種危險的存在。研究者指出：「『主流文學』是依靠『典型形象』、『典型環境』、『英雄人物』和『主要英雄人物』來壟斷當代文學的制度及其生產的。而當代文學的核心價值體系，正是通過這一流程，來達到固化人們的文學觀念、閱讀和接受的目的。」[113]然而，傳奇作者並未意識到他們的英雄人物包含兩種話語，並可能互相齟齬。他們以為，英雄言語上的忠誠與敘述技術上的性格化追求並行不悖，相得益彰。而讀者閱讀表明：「形式的意識形態」是存在的，敘述技術未必是單純描寫技巧，它包含著話語顛覆的危險。

傳奇作家對敘述技術異常講求，新文學訓練的欠缺與章回說部的精熟，使其「講求」資源自然通向「民族文學形式」。知俠說：「寫《鐵道游擊隊》之前，（我）特別又仔細地看了一遍《水滸傳》，並研究了它的寫法……把《水滸傳》拆開，分析了它的結構、人物刻畫、情節的安排和語言文字。」[114]《清江悲歌》作者馬識途亦承認：「那些長

111 柯藍，《洋鐵桶的故事‧重版後記》（人民文學出版社，一九六三年）。
112 馬烽、西戎，《呂梁英雄傳‧再版後記》（人民文學出版社，一九七八年）。
113 程光煒，《文學講稿：「八十年代」作為方法》（北京大學出版社，二〇〇九年），頁三三五。
114 知俠，〈漫談拙作話當年〉，《山東文學》一九八〇年第九期。

年漂泊的民間說書人和中國的古典小說，特別是好些經過古代坊間說書人反覆錘鍊然後被作家整理成書的古典小說和傳奇故事」，是一生中「影響最大的」的作家和作品[115]。劉麗華回憶：

《烈火金鋼》的創作有一個突出的特點，就是它的「評書」形式，既可以作為文學作品讀，也可以作為評書演員演出的腳本，但它的初稿卻並非如此，而是新體小說。怎麼有了這種變化呢？……他認為「評書」作為傳統的民族形式，長期以來受到廣大群眾的歡迎，既可雅俗共賞，又可以使許多沒有文化的人通過演員的演講受到教育，應該得到繼承和發展。而當時許多和父親熟悉的評書演員以沒有新評書可說為苦。父親瞭解這種情況，所以就做了這樣根本性的改動。……他經常把評書演員請到家裏，一段一段地讀給他們聽，徵求他們的意見，不厭其煩地反覆修改。……他好像根本沒有考慮到成名成家，也沒有想到要在文學史上留什麼名。[116]

傳奇作家援引的「民族形式」，還包括章回體、全知敘述、「兒女英雄」模式、復仇模式、英雄個性的智勇特徵、英雄群體的結構特徵。關於最後一點，吳道毅指出：「新英雄傳奇作家在設置主要英雄人物群體的內在結構與功能關係時吸收了古代小說『五虎將』模式的經驗」，「顯現了草莽英雄之間能力分擔與性格互補關係」，《林海雪原》、《烈火金鋼》、《鐵道游擊隊》概莫能外。如《山呼海嘯》中「蘇志毅麾下的五『虎將』——凌少輝、老趙松、柳常驄、戚嘉堯、宋鐵錘之間也明顯存在能力上的互補關係。作為常勝連連長，凌少輝軍事上少年老成，善於布陣，善設奇謀，戰必勝，攻必克，無論是狂妄不可一世的犬養大佐，還是老奸巨滑的石原大佐，都成了他的手下敗將，堪稱軍事奇才。老趙松老當益壯，善於打硬仗，令人想起武藝高強的老黃忠；柳常驄有智有勇，善於偵察，抓俘

115 馬識途，〈我追求中國作風和中國氣派〉，載陸文壁編《馬識途專集》（四川文藝出版社，一九八〇年）。
116 劉麗華，〈關於我的父親劉流和他的《烈火金鋼》〉，《新文學史料》一九九二年第三期。

虜、弄情報手段一流；戚嘉堯身高力大，作戰勇不可擋」[117]。傅書華亦從血債血還、快意恩仇、仗劍（短槍）行俠等方面分析了革命英雄傳奇與民間武俠文化的關係[118]。

傳奇作家對「舊」技術的精熟運用，給「人民文學」挾來了意識形態威脅。在其中，「人民文學」被以弔詭方式表述，即革命權威通過江湖模式而獲得兌現。此乃楊義先生之謂「主弱臣強」模式，舊小說中主君通常才能平庸，而所馭豪傑卻多奇能異才，君提供給臣以價值和意義，而臣使價值與意義得以實現。英雄傳奇亦如此：黨代表提供給（草莽）英雄以神聖意義，英雄則使黨的意義得以實現。顯然，黨的信仰以極傳統方式實現。這種弔詭表述，在閱讀中不免開啟了江湖世界對革命的奇襲。作為一種「擁有本身話語類型的故事陳述」[119]，革命傳奇對「舊」技術的運用，帶來了儒家倫理主義的全面綻放，即忠孝節義倫理精神的復活。讀者閱讀由江湖革命故事時，最終是走向對黨的真理層層加深的體驗，還是走向對江湖魅力的認同？明顯存在曖昧。《鐵道游擊隊》中魯漢、林忠的關係明顯模仿魯智深、林沖，他們情同兄弟，義共死生，兄弟之「義」實已淹沒階級共性。

忠孝節義舊倫理的復活，使「人民文學」的革命故事，大踏步地倒回了民族集體記憶中的江湖世界。魏建樂觀地認為：這是「主流文化形態與民間文化形態就自然而然地結為一體了」[120]。但有人卻從中感到危險：「與其說是《林海雪原》的崇高革命精神征服了當代讀者，毋寧說征服讀者的還有它本身所包含的英雄『傳奇』。」[121]且傳奇文本關於正邪雙方鬥智鬥勇的華彩樂章，把複雜、殘酷的革命江湖化了，從而使黨的意識形態召喚徒具形式：

117 吳道毅，《在傳統和現代之間：新英雄傳奇論稿》（武漢大學博士論文，二〇〇二年），頁一三九至一四〇。

118 傅書華，〈革命英雄傳奇小說與武俠文化傳統〉，《文藝理論與批評》二〇〇五年第四期。

119 〔美〕海頓・懷特，〈作為文學虛構的歷史本文〉，載張京媛編《新歷史主義與文學批評》（北京大學出版社，一九九七年）。

120 魏建，〈二十世紀山東作家對齊魯文化傳統的繼承與再創造〉，《山東師範大學學報》二〇〇一年第一期。

121 程光煒，《文學想像與文學國家》（河南大學出版社，二〇〇六年），頁一四七。

這種將革命的鬥爭複雜艱苦的過程「約簡」為個體形象的神奇戰鬥經歷的紅色敘事，卻內在地隱藏著一種意識形態的「越軌」：俠客型的軍人英雄們富於樂觀、浪漫特徵的超常規的戰爭遊戲規則，是否與嚴整劃一、強調黨性高於一切的革命審美意識形態編碼保持著步調一致的敘事形態呢？俠客型的軍人英雄們帶有草莽習氣的行為特徵，是否可能導致了一種誤解，以為人民戰爭單靠幾個智勇雙全的紅色勇士就可以戰勝敵人呢？[122]

這肯定會毀壞革命文學的宏偉目的——「在既定的意識形態規限內講述既定的革命歷史題材，以達成既定的意識形態目的。」[123]這種意識形態危險，從文化互動視角觀察，是鄉村文化對革命的覆蓋與收編。鄉村故事與國家歷史，是中國現代國族建構中的紐結性問題，「一九四九年以來，國家的力量對農村更是長驅直入，直接達到自然村落層面」[124]，其實話語實踐並不盡然。國家在徵用鄉村的同時，鄉村也在國家力量薄弱處，強力推進了自己的利益與審美觀念。這是民間文化與國家文化關係的新表現。張鳴認為：中國農村自清末民初到共產黨在大陸取得政權，發生天翻地覆變化，主要表現為：「政治的格局從鄉紳主導的鄉村自治變為國家政權支撐的『幹部統制』」，「根本性地改變了鄉村的文化與政治地位，並使其法定地處於經濟上附庸和被犧牲的境地」[125]。但萎縮不等於消失。實則由於國家經濟力量有限，國家對鄉村的影響較薄弱。革命進入鄉村，其成體系的概念，往往被拆解、重組進鄉村世界。革命傳奇故事亦如此。革命文學排斥大眾，而大眾亦不甚歡迎革命文學，在此空隙裏，「老經驗」捲土重來，「新傳奇」得以崛起。這種傳奇把革命拆解、組裝進了鄉村想像秩序。表面上看是一個革命故事，實則是戴著革命面具的本土江湖故

122　余岱宗，《被規訓的激情》（上海三聯書店，二〇〇四年），頁五八。
123　黃子平，《「灰闌」中的敘述》（上海文藝出版社，二〇〇一年），頁二。
124　朱曉陽，《罪過與懲罰》（天津古籍出版社，二〇〇三年），頁三一。
125　張鳴，〈寫在前面的話〉，載《鄉村社會權力與文化結構的變遷》（廣西人民出版社，二〇〇一年）。

事。故革命傳奇是「一個談判和鬥爭的領域」[126]，同時疊合了「現代」和「地方」兩重文化信息。

對此，建國前夕，左翼批評界缺乏敏感。一九四七年，《新華日報》刊文稱《呂梁英雄傳》：「是一本從形式到內容整個屬人民的，是從人民中來又回到人民中去的作品。作者組織那樣龐大而又頭緒紛繁的材料的能力，熟悉群眾的生活及其語彙各方面的獨到之處，以及向大眾化通俗化、利用舊有的民間形式，而又能夠脫穎而出，不完全為其所限制所拘束的努力，是值得人感佩的。」[127]一九四九年，郭沫若讚揚《新兒女英雄傳》：「裏面進步的人物都是平凡的兒女，但也都是集體的英雄。是他們平凡的品質使我們感覺親熱，是他們的英雄氣概使我們感覺崇敬。」[128]

這類評價有扶掖目的，沒意識到其中潛伏的危險。但到五十年代，黨內知識分子的態度開始複雜起來。魏建以為：「它在很大程度上消解了當時主流文化與民間審美要求之間的錯位，成為上下都滿意的成功寫作。」[129]「上下都滿意」之說不太確切。建國後，黨內理論家的認定系統多承「五四」意見，對「民族形式」重視有限，對其風險則很警惕。革命傳奇在讀者中獲得巨大成功，理論家卻反應疏淡：「有些青年作家寫的英雄故事傳記，雖然在青年中反應很強烈，但是在文藝界的反應卻很冷淡，有人甚至認為這些作品的文藝價值不高。」[130]

這是普遍問題，但建國初尚未引起爭論，爭論出現在《林海雪原》、《烈火金鋼》激起巨大反響之後。侯金鏡批評《林海雪原》說：「作者不是從現實生活基礎上進行想像和加工，而是把主觀的幻想和並不健康的感情趣味硬加在作品裏。所以無論情調、氣氛、語言和描寫方法都與全書的格調相逕庭，在這一點上，作者離開了現實主義的方

126 羅鋼、劉象愚，《文化研究讀本・前言》（中國社會科學出版社，一九九九年）。
127 高捷等編《馬烽、西戎研究資料》（山西人民出版社，一九八五年），頁一二四。
128 郭沫若，〈《新兒女英雄傳》序〉，載袁靜、孔厥，《新英雄兒女傳》（人民文學出版社，二〇〇二年）。
129 魏建，〈二十世紀山東作家對齊魯文化傳統的繼承與再創造〉，《山東師範大學學報》二〇〇一年第一期。
130 鍾沛璋，〈作家們不要再沉默了〉，《文藝報》一九五五年第三期。

法。」[131]東北抗聯戰士馮仲雲也認為東北殲匪鬥爭不是只憑著少劍波的機智多謀和楊子榮的英勇果敢就能解決的[132]。章仲鍔說：「小說對於人民群眾的作用沒有給予充分的估價，比起對少劍波的頌揚來，實在太不相稱了。」[133]而對《烈火金鋼》有關民間智勇的渲染，評論家也指出：「（劉流）注意吸收舊評書在表現形式方面的某些長處和現場講說效果，這是好的。但是由於過分追求故事性、驚險的情節、新英雄的傳奇色彩以及草莽英雄的那種氣質，因此多少影響了作品的思想意義，不能使聽眾受到更深刻的教育。」「在作者的筆下，勇敢和性格爽朗似乎可以抵銷了他的個人英雄主義的錯誤。」「離開政治品質，過分多地稱頌他們的爽朗、莽撞和蠻幹，就形成了作品的思想缺陷，與舊時代的英雄人物之間不能有鮮明的分界了。」[134]這些批評是峻厲的，包含著黨對江湖世界的警惕。

三

但延安評論家策略地接受了革命英雄傳奇：一則作者身分、讀者歡迎與黨的基層官員的支持，使延安評論家對此一類型文體，可以懷疑卻不可否定。二則革命傳奇雖不能提升意識形態，卻也不會引起負面閱讀效果，如引起人們對黨與革命的懷疑，甚至批評。三則真正符合「人民文學」規範的文本（如丁玲、周立波小說），其實無法深入鄉村閱讀，傳播範圍有限。蕭公權認為：中國農村是「意識形態的真空」，大部分居民「既非積極忠於現存的統治秩序也不反對它」，而僅僅高興他們自己的日常生活[135]。這恐怕與黨的「全能主義」訴求大相逕庭。只有革命傳奇文本，才可

131 侯金鏡，〈一部引人入勝的長篇小說——讀《林海雪原》〉，《文藝報》一九五八年第三十期。
132 馮仲雲，〈評電影《林海雪原》和同名小說〉，《北京日報》一九六一年五月九日。
133 章仲鍔，〈辭藻堆不成「英雄」〉，《北京日報》一九六一年五月二十日。
134 依而，〈小說民族形式、評書和《烈火金鋼》〉，《人民文學》一九五八年第十二期。
135 Kung-chuan Hsiao, Rural China ; Imperial Control in the Nineteenth Century , pp.253-254, University of Washington Press, 1960。

能帶著稀薄黨義殺進農村。故策略地接受傳奇文本是可行且必要的。侯金鏡對《林海雪原》既批評又稱讚，將這種策略性說得很明白：

> 在描寫新英雄人物的作品當中，有一部分雖然思想性的深刻程度尚不足、人物的性格有些單薄、不成熟，但是因為它們具有民族風格的某些特點，故事性強並且有吸引力，語言通俗、群眾化，極少有知識分子或翻譯作品式的洋腔調，又能生動準確地描繪出人民鬥爭生活的風貌，……它們的普及性也很大，讀者面更廣，能夠深入到許多文學作品不能深入到的讀者層去。[136]

這一看法得到了馮牧、黃昭彥等人的呼應。在賦予英雄傳奇合法性的同時，延安評論家卻又力求將其意識形態顛覆性削減至最弱。為此採取了三種方法：（一）強調革命對本土的收編，努力以革命詞語掩飾其江湖性。這取得了效果，直到九十年代，仍有學者相信，「在新英雄傳奇中，以忠義、俠義為內核的民族集體無意識話語受到了新型主流意識形態話語的整合」[137]。其實，這種勉力為之的修辭安全係數不高。雙槍老太婆的神奇，華子良的裝瘋，蕭飛、楊子榮的智勇，怎麼看都是《說唐》、《說岳》「革命版」，少劍波與白茹的愛情，也「充其量只是『郎才女貌』的才子佳人小說的翻版」[138]。（二）在批評標準上不承認革命傳奇在「人民文學」外的本土獨立性，「批評家雖然注意到這些小說的『傳奇小說』的『類型』上的特徵，卻不願意確立尊重這種小說的『敘事成規』的批評尺度」[139]。因此，革

---

136 侯金鏡，〈一部引人入勝的長篇小說——讀《林海雪原》〉，載《二十世紀中國小說理論資料》第五卷（北京大學出版社，一九九七年）。

137 吳道毅，〈新英雄傳奇歷史生成論〉，《中南民族大學學報》二〇〇四年第一期。

138 李楊，《五十至七十年代中國文學經典再解讀》（山東教育出版社，二〇〇三年），頁一八。

139 洪子誠，《中國當代文學史》（北京大學出版社，一九九九年），頁一二七、一二九。

命傳奇只能附從於「人民文學」，而不能以「通俗」另立門戶。同時，革命傳奇讀者難以獲得獨立表述機會，其本土性、娛樂性閱讀效果被掩飾。（三）在體制上予以邊緣化。傳奇作者或在文藝機構外，或在其內邊緣位置，未能聚集成有資源、話語控制力的群體。這些方法，構成了延安評論家對所謂「人民」的沉默抵制。

經此調適，革命英雄傳奇合法而節制地存在著。「表面看來，中國大陸的通俗小說消失了。其實，它是以『寄生』的方式頑強地生存下來並獲得了特殊語境下的變化。」[140]「寄生」一詞堪稱準確，但「寄生」不等於無風險。及至「文革」樣板戲，風險問題就較少被提及了。這表明，在樣板戲中，它確實已被安全收編。黃子平感歎說：其時「意識形態對草莽傳奇的收編與招安已臻至境」，「令人悚然」[141]，以致莫言再寫草莽故事時，首先便要反出已被「編碼」的江湖。不過，樣板戲的改編從愉悅走向了教化。李孝悌甚至認為：樣板戲是「教化功能的高潮」與「娛樂功能的崩潰」，「二千年教化的傳統，被政治宣傳帶上了巔峰，同時打破了這個行之有年的傳統」[142]。此說不為妥當。「革命」與「江湖」在樣板戲中達到平衡，形成了相互約束與承認。「江湖」本土經驗被「革命」容納，「革命」也因接納「江湖」而獲得打入大眾世界的通道。這是「當代文學」現代性經驗的一種參照。在歷史大部分時刻，現代性刻寫了「地方知識」。然而在特殊情境下，反方向刻寫也會發生。只是，「人民文學」給予了我們過剩信心，使我們對此現象忽焉不察。

140　唐金海、周斌，《二〇世紀中國文學通史》（東方出版中心，二〇〇三年），頁三九四。
141　黃子平，《「灰闌」中的敘述》（上海文藝出版社，二〇〇一年），頁八〇。
142　〈「文藝理論與通俗文化：四十至六十年代」第三次研討會紀錄〉，《中國文哲研究通訊》（臺灣）一九九八年第一期。

第四節　社論、編者按、工農兵評論和寫作組

程光煒認為：「『十七年文學』沒有嚴格意義上的『文學』的批評，原因是，由於文藝管理嚴密，即有偶有幾篇文章『觸礁』，如錢谷融的〈文學是人學〉、邵荃麟的〈中間人物論〉、秦兆陽的〈現實主義廣闊的道路論〉等，都不構成一種文學史意義上的『批評』、『爭鳴』。」[143]這意味著，研究「人民文學」批評，也許更具價值的是對批評背後「判斷」標準的分析。在單位制度下，「判斷」標準首先來自權力，「『文壇』已經銷聲匿跡，『作協』和領導它的人們成為判斷是非的最後標準」[144]。而在「人民」的時代，擁有代表「人民」的意識形態身分，也可為「判斷」提供權威性。對權力與權威的爭奪，成為「人民文學」批評的重要訴求。無論是「人民文學」對「新文學」和鴛蝴派的壓制，還是其內部勢力鬥爭，都會尋求權力或權威援助。這使「人民文學」內部出現四種特殊評論主體：社論、編者按、工農兵評論和寫作組。這些戴著權力、權威「面具」出場的評論主體，為政治意識形態和私人勢力宰制批評提供了體制通道。

一

社論和編者按皆是報刊使用的虛擬評論主體。社論在四十年代即出現，如《大公報》、《觀察》等報刊皆以社論著稱。但此時社論雖代表報館立場，較時評家個人具更大影響，但其力量還是有限。社論影響力，取決於它所依託的

143　程光煒，《文學講稿：「八十年代」作為方法》（北京大學出版社，二〇〇九年），頁一七二。
144　程光煒，《文學講稿：「八十年代」作為方法》（北京大學出版社，二〇〇九年），頁一七三。

集體形象的權威性。在自由出版體制下，報刊紛出，多數報刊都代表各同人團體或私人公司，故社論權威性實為知識權威，而非政治權威。而即便該刊代表政府或政黨，其時政府和政黨的政治權威皆與一九四九年後的執政黨不可同日而語。在新中國，報刊經「改造」後，全部轉為國營，各級報刊都被認為代表著從中央到地方各級黨政機關，像《人民日報》更被認為是國家形象的代表。它們發表的社論，不代表某種獨立立場，而直接是政府「結論」，不容討論，必須執行，具有至高無上的政治權威性。而且，與國民政府對社會的弱控制相比，新中國的「全能主義」政治追求，使政治權力可滲透到每個單位（甚至個人），新中國報刊的社論在結合形勢、闡釋政策、引導輿論等方面，展示著無可爭議的意識形態權威性。

新中國成立後，「文學是評價這個國家社會生活的一個舉足輕重的尺度，它始終居於公眾輿論的中心」[145]。同時，由於馬克思列寧主義「認為只有一個客觀現實，所以提供與現實相反的錯誤的觀點只能起到反作用」[146]，所以「人民文學」批評都希望以「唯一」真理面目出場。在此批評「成規」下，文藝報刊也開始借用政治報刊社論形式，以「本刊」、「本報」名義，對有爭議文藝問題進行裁決、下結論，或者對新的文學方向做出政策性指引。《文藝報》、《人民文學》、《文藝學習》等刊物經常刊登社論。恰如洪子誠言：新中國「文學批評並不是一種個性化的或『科學化』的作品解讀，也不是一種鑑賞活動，而是體現政治意圖的，對文學活動和主張進行『裁決』的手段。」[147]文藝報刊社論，即是典型「裁決」手段。文藝論爭中社論的使用，對於「人民文學」權威性的確立，對於政治意識形態生產，作用重大。不過，「歷史學家是歷史的組成部分」，「歷史學家在隊伍中的位置就決定了他看待過去所採取的視角」[148]。出於對過去時代知識分子「受害者」身分的情感認同，研究者往往只注意到政治權力在社論中的突顯，

145 程光煒，《文學講稿：「八十年代」作為方法》（北京大學出版社，二〇〇九年），頁三四一。
146 〔美〕J・赫伯特・阿休特爾，《權力的媒介》（華夏出版社，一九八九年），頁一二五。
147 洪子誠，《中國當代文學史》（北京大學出版社，一九九九年），頁二五。
148 〔英〕E・H・卡爾，陳恒譯，《歷史是什麼？》（商務印書館，二〇〇八年），頁一二三。

而普遍忽略私人勢力出於派系利益對社論的使用。其實在文學論爭中，報刊對「社論」的使用並非都出自國家立場，不乏主編在打擊競爭對手時使用社論，居高臨下攻擊對方，使之不敢對駁、自辯，以達到私人目的。這使社論的使用實亦具備「多重面孔」。

編者按是另一種代表報刊權威觀點的新聞文體。一九四八年，負責中共中央宣傳工作的陸定一曾讚揚《晉綏日報》創造了「編者按語」。新中國成立後，編者按成為新聞批評重要方式。編者按多放在特定文章之前，交代文章要點和針對的問題，做出評價，對文章閱讀導向和輿論生產起重要作用。編者按將編者推到輿論前臺，突顯報刊編輯部立場。但由於報刊都是黨政機關所辦，故編者按突顯了不可質疑的政治權威。「人民文學」批評也大量沿用編者按。《文藝報》以對編者按的頻繁使用而成為「特色」。編者按多由主編或編輯撰寫，言簡意賅，常含「春秋筆法」。對於「好」的文章，編者按表示肯定；對於有「缺點」的文章，編者按則點明錯誤，指引閱讀。這就以政治權威為閱讀設置了闡釋邊界。因此，編者按在建國後文學批評中也充當了重要批評角色：

> 在當代文學史上，《文藝報》「編者按」一向是反映文藝新動向的極其敏感的風向標之一。一九四九至一九七六年間當代文學史的「變化」、「調整」和「轉折」，大都是以「編者按」為預兆和歸宿的。在這個意義上，「編者按」實際參與籌畫了中國當代文學草創期的格局和具體操作……「編者按」對文學創作的評價和規範，對文學史的自我想像和生成，有著十分重要的影響。[149]

編者按代表黨和政府的立場，它們的意見一旦表述出來，就不再是討論和爭辯對象，而是「唯一」正確的結論。因此，編者按的撰寫、徵用就成為複雜問題。作為黨和國家領袖，毛澤東不便隨時署名發表言論，編者按就成為他介

149 程光煒，〈文藝報「編者按」簡論〉，《當代作家評論》二〇〇四年第五期。

入文藝界重要手段。他多次親自撰寫或修改編者按，向文藝界透露中央文藝方向。關於「胡風反革命集團」材料的編者按，毛澤東就曾直接參與。周揚透露，毛主席對他講：「我們編的這個胡風集團的材料和寫的按語，應當送到蘇聯去領史達林文學獎。」[150]一九五八年初，《文藝報》重新發表丁玲〈三八節有感〉、王實味〈野百合花〉等延安時代的雜文，以便集中批判。編輯部撰寫編者按送審；毛澤東審定後，重新寫了按語，並給《文藝報》三位主編寫信說：「你們是政治家，政治性不足。你們是文藝家，文也不足，不足以喚起讀者的注目。」[151]可以說，建國後文藝界幾樁「大案」，都是由毛澤東親自通過「編者按」發動或定性的。

作為一種特殊批評，編者按的意識形態權威性，非個人批評可比。它對文藝批評的正常展開，往往構成潛在傷害。故胡風在《三十萬言書》中特別提出：「某一刊物發表的創作或理論批評文字，或負責審閱出版的作品，無論來自何方的不同意的批評，都得先和本刊物商談，由本刊物發表，不同意時展開討論，但不得加『編者按』，給群眾以先入之見。如本刊不願發表，任何刊物有權發表，但本刊物主編或其他作家有權利在發表批評的刊物上發表解釋或反批評，且不得加『編者按』。」[152]不過，這種建議既不會為中央採取，也不會受到刊物主編的歡迎。作為文學資源既得利益者，刊物主編對編者按十分歡迎。

但編者按到底又只是批評工具。它鋒利有力，可用以強化意識形態，也可用於表述「異見」，或在強化意識形態的名義下打擊「不服從者」。譬如，一九五四年九月，馮雪峰在《文藝報》轉載藍翎、李希凡批評俞平伯《紅樓夢研究》的論文。他對藍、李觀點不能認同又不便抵制，於是藉編者按委婉表示：「作者的意見顯然還有不夠周密和不夠全面的地方」，「希望引起大家討論」。此編者按引起毛澤東的強烈不滿，「毛澤東在《文藝報》不到三百字的按語

---

150 李輝、杜高，〈關於杜高檔案的問答〉，《書屋》二〇〇一年第四期。

151 張光年，〈向陽日記〉，《新文學史料》一九九八年第一期。

152 胡風，《胡風三十萬言書》（湖北人民出版社，二〇〇三年），頁三六七。

上做了五處批注」[153]，遂引發全國文聯對《文藝報》編輯部的「檢查」。打擊異己的編者按時亦可見。一九五一年五卷四期《文藝報》在張禹文章〈讀夏衍同志關於《武訓傳》問題的檢討以後〉之前配有長篇編者按，稱：「關於《武訓傳》的討論，則應著重從思想上來解決問題，不能單靠像這篇文章所要求的用簡單的追究行政責任的辦法來解決。正因為這樣，上海文藝界才需要更好地展開思想鬥爭，用批評與自我批評的武器，來克服錯誤的文藝思想，建立正確的文藝思想。」這些文字，「局外人」只能看到《文藝報》對上海「正確的文藝思想」的關心，但夏衍卻受到強烈刺激：

他當然也不會忘記，……由丁玲、馮雪峰等人控制著的《文藝報》曾給自己橫添了多少罪名。張禹那篇頗有引人入罪用意的妙文，就是刊發在《文藝報》上的。《文藝報》的編輯們還加了一條「編者按」：「但關於《武訓傳》的討論，則應著重從思想上來解決問題，不能單靠像這篇文章所要求的用簡單的追究行政責任的辦法來解決。」一個「單」字，多麼含蓄而有深意！[154]

把編者按單純理解為政治意識形態對知識分子的壓制，同樣只是揭開了它「多重面孔」中的一層。實則編者按作為一種虛擬的富有權威性的評論主體，對它的徵用本身就成為建國後文藝鬥爭的一部分。毛澤東、馮雪峰可以使用，周揚、姚文元同樣可以使用。儘管所有「編者按」皆以馬克思主義為旗幟，但其意圖，恐怕不是「人民文學」的自我確證所能解釋的。

153 黎之，《文壇風雲錄》（河南人民出版社，一九九八年），頁七。
154 陳堅、陳抗，《夏衍傳》（北京十月文藝出版社，一九九八年），頁五一六—五一七。

二

社論、編者按都是向上借用虛擬的政府權威，但在「人民」時代，政治權威也被體制性配置在「群眾」符號之上。同時，讀者還代表著道德權威：是否「為人民服務」，是黨的事業的合法性來源。且在文藝界內，由於中宣部和《文藝報》強力介入，下層「讀者」還獲得了強勢接受權力，可通過特殊接受制度有力反制評論、出版與寫作。故一種新的評論形式——工農兵評論——由此誕生。五十年代後期，《文藝報》因此大力鼓勵群眾、老幹部寫文學評論，認為他們比專業評論家更懂得生活，更能辨別反映生活的真偽，更能把握文藝批評的政治標準。到六十年代，工農兵以個人名義或以部隊、工廠、公社集體名義，評價文學，漸成潮流。一部作品一旦出版，要馬上召開「工農兵讀者座談會」，或經工農兵發表文章肯定，作品才算「通過」。

「文革」期間，工農兵更大規模「進占」專業評論領地。如《江蘇文藝》一九七五年刊出「工農兵評《水滸》」專欄，陸續發表「江浦縣向陽大隊貧下中農評論組」、「無錫電纜廠工人評論組」、「蘇州市工人文藝評論組常英」、「解放軍某部汪洪才」等個人或集體署名的評論。《江蘇文藝》還專門開闢「工農兵論壇」，刊登較長論文，開闢「公社牆頭文藝評論」，發表短小文章。五十年代，工農兵雖逐漸介入文學批評，但尚不具備專業權威。但到六十年代，隨著專業評論鑑定能力被削弱，工農兵評論逐漸被賦予專業權威。浩然在《豔陽天》座談會上對農民說：「你們說改，我就改；你們說行了，我就出版。作品的『驗收證』，要由工農兵來開。評論家的話也要聽，可是，要聽真正代表工農兵說話的評論家的話。」[155]工農兵評論大有取代專業評論之勢。

155 浩然，〈熱情的鼓勵，有力的鞭策〉，《文藝報》一九六五年第二期。

何以會發生這種取代？應有三層原因：（一）「反右」後知識分子受到衝擊，動輒得咎，多數評論家自動退出寫作。（二）挪用者以「群眾」與社論、編者按相互配合，可以形成上下互通、舉國一體「氣勢」，便於懾嚇異見者，剿平異端。（三）黨的高層如毛澤東對知識群體失望後，轉而有意識提倡下層階級介入文學批評：「『文化大革命』表明，毛澤東要比馬克思列寧主義的正統更多地獻身於革命民眾主義。當他感到中共本身正在成為脫離群眾的精英集團時，他便把黨置於群眾的批評之下。」[156]在「大民主」訴求下，中宣部從創作、批評到編輯都號召「工農兵占領陣地」，如在創作上培養工農兵作者，發展「三結合」集體創作，批評上將「讀者」提升到評論家位置。當然，在公開刊物上得到強調的只有第三層原因。一九六四年四月十八日，《解放軍報》社論稱：「要提倡革命的戰鬥的群眾性的文藝批評，打破少數所謂『文藝批評家』（即方向錯誤和軟弱無力的那些批評家）對文藝批評的壟斷。我們要把這些武器交給廣大工農兵群眾去掌握，使專門批評家和群眾批評家結合起來，……只有這樣，才能繳掉那些所謂『文藝評論家』的械。」[157]被張春橋控制的《收穫》於一九六四年第四期刊出十篇工人、農民評論，並刊出社論〈歡迎工農兵文藝評論〉，詳細解釋了工農兵評論的合理性：

> 無產階級的社會主義文藝，為無產階級政治服務，為社會主義經濟基礎服務。它反映的是工農兵的鬥爭生活，表現的是工農兵的思想感情，歌頌的是工農兵的英雄人物。對於這樣嶄新的文藝，什麼人最能鑑賞？誰最有發言權？當然，只能是廣大的工農兵群眾及其幹部。因為他們就是我們時代的主人公，對於時代的革命實際，他們最有調查研究；……我們要把文藝評論的武器交給工農兵，這是使革命的文藝創作和革命的文藝評論永不變

156 〔美〕詹姆斯・R・湯森、布蘭特利・沃馬克，《中國政治》（江蘇人民出版社，一九九四年），頁一一〇。

157 〈高舉毛澤東思想偉大紅旗，積極參加社會主義文化大革命〉，《解放軍報》一九六四年四月十八日。

色的根本保證之一……讓工農兵群眾來給作品開「驗收證」……能保證我們的文藝事業不斷地沿著工農兵所需要的方向得到提高。

社論還聲稱：「這是實現勞動人民知識化、知識分子勞動化這一場文化大革命的重要組成部分。」可見，工農兵係因其歷史主體位置，自然獲得文學批評權威性。專業評論與工農兵評論被設置為互補關係，甚至是服從關係。社論還說：「一切專業評論工作者只有先向群眾學習，然後才能代群眾發言；只有先當群眾的學生，才能成為群眾的先生。專業評論工作者首先應該聽取工農兵群眾的意見，並將自己的分析或判斷很好地同群眾的意見結合起來，才會使自己的評論更加正確、更有群眾基礎。」[158]《文藝報》甚至宣稱：「從事文藝批評評論工作的同志們，必須認真研究工農兵的評論，從中學習很多好東西。」「必須同群眾相結合，必須向群眾學習，從而端正自己的評論方向。」[159]

但工農兵評論真的能成為下層階級聲音與權利的見證？答案不言自明。這種評論也是被控制的。表面上是下層階級在表達自身見解，實完全出於編輯幕後操作。比如在「貧下中農喜讀《豔陽天》」座談會上，一農民竟對邵荃麟的觀點異常清楚，還動輒引用馬列原典，非常值得懷疑。雖然當時農村由於部分中學生返鄉，不乏一定寫作能力者，但他們對文藝問題解讀能力，似乎太出於常規。其內幕不難設想。不過，六十年代工農兵評論主要是「人民文學」對異端的規訓。因為在「文革」前緊張氣氛中，延安派勢力處於守勢，一般編輯多已被逼壓成「積極分子」，唯恐偏離意識形態。工農兵評論便只能是意識形態觀點的複製。及至「文革」期間，工農兵評論則淪為勢力鬥爭工具，被頻繁運用。

---

158 本刊編輯部，〈歡迎工農兵文藝評論〉，《收穫》一九六四年第四期。

159 〈工農兵評論好得很〉（專論），《文藝報》一九六五年第二期。

三

以勢壓人作為文學批評的事實規則，促成了社論、編者按、工農兵評論等虛擬評論主體的出現。「文革」期間，文學徹底淪為政治和私人鬥爭的附庸，各派勢力開始直接組織嫡系評論力量，一種新的評論主體（寫作組）粉墨登場。在「人民」旗幟下，寫作組走上前臺，成為鬥爭中的重要力量。一九六八年九月，張春橋、姚文元在上海正式組織「《紅旗》雜誌上海組稿小組」，拉開「文革」寫作組序幕。這些寫作組，並不限於文學批評範圍，而常以學術批評方式展開政治鬥爭。

「文革」期間寫作組數量較多，較知名者有：北京大學、清華大學大批判組（「梁效」）、上海市委寫作組（「羅思鼎」）、文化部寫作組（「初瀾」）、中央黨校寫作組（「唐曉文」）、北京市委寫作組（「洪廣思」）等。其他「辛文彤」、「江天」、「任犢」、「池恆」、「雲松」、「濤頭立」也都出自各部委。「羅思鼎」、「梁效」影響最大。

「羅思鼎」由「《紅旗》雜誌上海組稿小組」發展而來，前後有正式成員四十五人，利用「分層控制、多方插手」方法運作。寫作組分為兩層：一層是寫作組及下屬各單位，包括哲學組、經濟組、文藝《摘譯》編輯部、歷史組、黨史組、《自然辯證法》編輯部等十一個單位。另有一層周邊業務聯繫單位，包括《朝霞》編輯部、蘇修文學組、《教育實踐》編輯部、近代史組、戰後世界史長編組、黨史學習班、《科學社會主義》編寫組、歷史學習組等十個單位。該寫作組常用筆名還有「丁學雷」、「康立」、「方澤生」、「方岩」、「石一歌」、「伍丁」、「史鋒」等。「文革」期間，該寫作組共發表文章八百餘篇，同時它還負責為張春橋蒐集各類情報。

「梁效」一九七三年成立，使用筆名還有「柏青」、「施鈞」、「郭平」、「高路」、「景華」、「萬山紅」、「秦懷文」、「梁小章」等。該寫作組由江青、張春橋直接控制，「梁效設支部書記一人，由遲群、謝靜宜手下的

「八三四一」部隊的幹部擔任，副書記二人，北大清華各出一名。三十幾名成員中，兩校之外，還有少數人民大學的教師」。「梁效主要任務是寫作，由中青年同志擔任，為『四人幫』製造反動輿論。寫作意圖由遲、謝兩人下達，或由《紅旗》、《人民日報》等報刊的編輯口頭傳達，有時甚至寫成書面提綱交給各寫作小組。」[160]這些小組包括史學組、政治組、哲學組、馬列主義理論組、文學組、政論與國際問題組、哲學史組、文學史組。各組負責人多為知名學者，如周一良、魏建功、林庚、馮友蘭等。

寫作組任務是為政治勢力撰寫文章，製造輿論。寫作組籠絡大批資深學者，具有極強理論功底，兼以「群眾」威名和外界無法揣測的政治背景，它所製作的文章實乃「超級評論」。「寫作組的文章，通常以筆名出現，但又在黨報、黨刊最重要的位置發表，有的還由新華社發通稿。雖然除常用的筆名，還有許多一次性出現的筆名，讀者無從判斷他們是哪個寫作組，但他們的文章又分明口含天憲，各報轉載。」「在當時，寫作組的化名文章，是不容質疑的，必須貫徹執行。」[161]

不過，寫作組非激進派專有。有研究者以為：「寫作組是為當時主流意識形態服務的受『四人幫』控制的御用工具。」[162]其實不甚確切。其實，一九七五年鄧小平復出時，亦以「國務院政治研究室」公開名義過組織寫作組，當時胡喬木、吳冷西、胡繩、熊復、于光遠、鄧力群、李鑫等皆參與其中。「研究室」還籌辦《思想戰線》，撰寫〈論全黨全國各項工作的總綱〉等文章。不過，該寫作組隨著鄧小平再次倒臺很快結束。寫作組的出現恰標誌著文學批評不復存在，完全為政治／勢力鬥爭所宰制。深文周納、穿鑿成獄等習氣，使「人民文學」批評徒有其表。

160 周一良，《畢竟是書生》（北京十月文藝出版社，一九九八年），頁七一——七二。
161 丁東，〈「文革」寫作組興衰錄〉，《文史博覽》二〇〇五年第十九期。
162 王堯，〈「文革」主流文藝思想的構成與運作〉，《華僑大學學報》一九九九年第二期。

第九章　接受制度與閱讀秩序的再置

「當代文學」版圖重繪中的鬥爭，同樣發生在閱讀秩序的重新配置之中。對此，周揚甚至在國家「利益」的層面上予以強調：「人民要看電影、戲劇等，這就是需要。人民看了戲、電影、文學作品以後，要能夠教育他，提高他的社會主義覺悟，提高他的文化水平，這就是利益。所以文藝是黨和國家對廣大群眾進行社會主義教育、共產主義教育的強大武器之一。所以創造社會主義新文學、新藝術是建設社會主義新文化的極重要的部分。」[1]不過，由於讀者分散、無名與事實上難以控制，體制性權力效果有限，「人民文學」對讀者內部多樣性的重新規劃，對「新文學」與鴛蝴文學的排斥，不能不較多地依賴話語技術。

第一節　從「精英」到「小眾」：知識分子閱讀在五十年代的失敗

解放前，文學讀者多樣性呈雅俗二分格局。與數量眾多的通俗讀者相比，精英讀者以「新文學」為主要閱讀對象，人數較少，多為青年學生（知識分子）；但由於新文學家藉制度與輿論建立的知識譜系賦予他們「進步」內涵，

1 周揚，〈在中國共產黨第二次全國宣傳工作會議上的發言〉，《周揚文集》第二卷（人民文學出版社，一九八五年），頁二八三。

以及對傳統士大夫讀者精英位置的承續，這類讀者居於閱讀頂端，引領潮流，並構成了「新文學」合法性基礎。對此，「進城」後的延安文人難以接受。程光煒指出：「在五六十年代，當代文學逐漸形成了一個『自我本質化』的想像系統，而其目的是要建構『階級』本質；由於這一本質帶有排斥性因素，因此，其他『非本質』的文學現象就很難在文學史中立足並獲得發展的空間。」[2]無論出於對「非本質」的「新文學」的排斥，還是出於將延安文學「普遍化」的需要，規劃者們都必須重新敘述「新文學」讀者，重構閱讀秩序中的權力格局和話語秩序。這一過程，導致了知識分子閱讀在五十年代的失敗，抽去了「新文學」的現實基礎。

一

以傳統審美經驗論，「新文學」堪稱異類；其讀者主要是新式學生和受過西式教育的市民，趣味有別於士大夫讀者。舒蕪回憶他的中學國文教師說：「這位先生是四川大學畢業的，以四川大學有王闓運尊經書院的傳統自豪得不得了，對新文藝痛恨得要命。有一天上課，他突然點我們幾個的名，叫我們站起來，對全班同學說：『這就是我們班上的幾位新文學大家，請各位瞻仰一下。』我們幾個人毫無思想準備，覺得莫名其妙。這時他對我們說：『我這個老朽，不配教你們，請你們自便，你們要不走，我走。』」[3]「新文學」讀者趣味與都市通俗文學（鴛蝴）和民間通俗文學（章回、戲曲）讀者也大相逕庭。小市民讀者「覺得新文藝作品不夠味」，「句法不順眼，表現的方式也不順眼」，「讀起來費力。大眾讀新文藝作品，原是為的要調節身心的疲勞，太費力，他們就望望然去之了」[4]！農民對

2　程光煒，《文學講稿：「八十年代」作為方法》（北京大學出版社，二〇〇九年），頁三三九。
3　舒蕪，《舒蕪口述自傳》（中國社會科學出版社，二〇〇二年），頁五三。
4　茅盾，〈文藝大眾化問題〉，《救亡日報》一九三八年三月九日。

「新文學」更不問津，趙樹理甚至戲稱之為「交換文學」[5]，意即「新文學」沒有讀者，寫出來僅用於作者之間互相交換閱讀。這種誇張之詞，確反映它「讀者圈子很小」[6]的事實。那麼，知識分子閱讀有著怎樣與中國大眾殊異的讀者趣味呢？

在題材上，這類讀者比較喜歡知識分子生活，相反對不太熟悉的農村與工廠生活，或有短暫好奇，但很快即感乏味。解放區文學重點突顯的農村經濟貧乏現實，尤使之興味索然。一九五一年，許雲針對「知識分子幹部」的閱讀調查發現，他們抱怨「新華書店出版的書太多，盡是什麼工農兵」，而感歎「描寫革命知識分子的改造和轉變」的作品「太少了」[7]。丁玲也意識到這類讀者「不喜歡讀描寫工農兵的書」，「說這些書單調、粗糙、缺乏藝術性。說這些書既看不懂也不樂意看。又說這裏主題太狹窄、太重複，天天都是工農兵使人頭疼」。「（他們）要求寫小資產階級知識分子的苦悶，要求寫知識分子典型的英雄，寫出他們在解放戰爭中的可歌可泣的故事。要求寫知識分子創造的實例，或者寫以資產階級為故事的中心人物，或者寫城市的小市民生活的作品。並且要求這些書不要寫得千篇一律，老是開會、自我批評、談話、反省……這些人都說在原則上並不反對工農兵的文藝方向，但對於這些戰鬥的、政治氣氛濃的、與自己生活與興趣有距離的，而在市場上一天一天有了勢力的書，卻深深抱著反感！」[8]其實，不喜歡閱讀工農兵，非獨知識分子為然，即便工農兵讀者也多不喜愛。這與此類作品藝術粗糙有關，但更與人性中逃避不幸、高位模仿的本能有關[9]。

5 高捷編，《回憶趙樹理》（山西人民出版社，一九八五年），頁六九。

6 沙博理，《我的中國》（北京十月文藝出版社，一九九八年），頁五九。

7 許雲，〈從閱讀調查中看到的幾個文藝問題〉，《文藝報》一九五一年三卷五期。

8 丁玲，〈跨到新的時代來：知識分子的舊興趣與工農兵文藝〉，《文藝報》一九五〇年二卷十一期。

9 這在今天也很明顯。農村題材影視較為冷落。因為這些作品不可避免與貧窮、不幸相關聯，提供不了人的本能滿足，反而需要讀者支付同情心，有違於閱讀「慣例」。所以，不但城市觀眾興趣低，而且農村觀眾興趣也低。即使藝術上乘之作也多不能擺

在主題上，這類讀者傾向於欣賞有意義的、嚴肅的主題。其界定標準，則來自「新文學」的西方啟蒙知識體系。在其中，歷史被描述、闡釋為愚昧與文明、奴役與自由、專制與民主的衝突過程。而個人只有意識到自身被奴役的處境，並勇於挑戰愚昧與專制，人生才有價值。故讀者希望看到反抗愚昧、抨擊黑暗的作品，而對缺乏獨立批判意識、浮泛歌頌光明的作品不甚喜歡，對為「三綱五常」唱讚歌的作品，尤不能容忍。而對於人物，這類讀者要求「真實」，而非無意義的有趣。「真實」標準同樣來自啟蒙主義。啟蒙主義將歷史界定為「奴役」與「自由」衝突。而作為「歷史」中的個人，應該代表某種抽象歷史屬性。譬如，他（她）要麼賦有奴役者或被奴役者的現實處境，要麼賦有自由或愚昧的意識狀態。賦有這類屬性，他才是「真實的」，富於閱讀價值。在故事上，這類讀者希望故事由矛盾衝突推動，而非以誤會、偶然或插科打諢作為原動力。這種矛盾，係指具有歷史矛盾，如奴役與自由的衝突、文明與愚昧的鬥爭。矛盾的展開與結果，能予人生以啟迪：或批判、詛咒舊的文化與社會，或暗示新的希望。此外，在語言、情境方面，這類讀者受過較精緻審美訓練，講求純正趣味。謝冰瑩曾表示，她對冰心作品異常喜歡，而對丁玲作品「就不愛看」，都是「標語啦，口號。什麼勞苦大眾啊」，稱自己「還是喜歡看純藝術的」[10]。謝冰瑩的看法未見得正確，但確實表明，知識分子對文字有精細要求，偏重於「小資」情調和書齋趣味。

外來價值觀念、歐化故事趣味，註定了「新文學」只能限於青年學生等「小眾」範圍。但儘管人數不多，他們卻富於熱情。梅志回憶：一九四五年初《希望》出版時，「立即引起了讀者的注意和歡迎，僅重慶市第一天就賣出了幾百份，不幾天就賣完了，這是近年沒有過的。外埠發得很少，後來聽說在昆明竟出現了排隊買《希望》，甚至用比原價高十多倍的黑市價來買的現象」[11]。而且由於「五四」以後新文學家主流地位的取得與國家教育制度的支持，知識

脫此尷尬處境。相反，以俊男靚女、錦繡富貴為基本框架製作出來的言情劇，則擁有無數觀眾（包括貧窮農民）。它們為觀眾模仿較高社會階層的價值觀念與生活方式提供了契機，也為人性中對財富、權力與肉體的本能欲望提供了虛擬滿足。

10 孟華玲，〈謝冰瑩訪問記〉，《新文學史料》一九九五年第四期。

11 梅志，《胡風傳》（北京十月文藝出版社，一九九八年），頁五〇五—五〇六。

分子讀者不以人少為憂，相反卻鄙視大眾通俗趣味。同樣，「新文學」作家也不甚為讀者稀少而焦慮，如同古代文人，他們僅將詩歌視為性情酬唱，只求在「圈」內有知音賞知即可。一九四四年，朱光潛刊文諷刺黨派性左翼文學與商業性大眾文學迎合讀者乃「低級趣味」[12]，在他看來，讀者數量有限不但是自然的，而且符合其「文學」想像。這種對於「讀者」的期待，他在解放後的一番自剖中說得分明：

> 書寫出來給誰看？當然給讀書人看，所謂「讀書人」指的當然不是工農兵那些「老粗」，而是和我一樣的「士大夫」階級。現在毛主席卻不但把文藝為誰服務的問題作第一個主要的問題提出，而且毫不含糊地說，文藝是為工農兵和城市小資產階級。這些人正是我們「士大夫」階級過去所輕視的……這些想法並不是我一個人的想法而是相當普遍的想法……簡直是天經地義……毛主席的文藝思想是很不普遍的，顯得有些荒謬離奇。[13]

左翼文人對讀者稀少的不安及改變的努力，被自由主義文人視為「荒謬離奇」。自由主義文人所以能有如此「底氣」，與他們掌握的體制權力，尤其「五四」一代經過激烈論戰而取得的合法性配置權有關。其中關鍵，在於新文學作家援用啟蒙主義知識陳述，在愚昧／文明的知識秩序中，通過「新」／「舊」之辨，在貶低「舊文學」的同時，將「新文學」置放於價值與道德頂端，占據了「進步」與「文明」位置，並由之在藝術風格中也派生出類似等級。同時，新文學也借用傳統精英／大眾陳述，將自身界定為新的精英文學。這種「雙管齊下」的論述，賦予了青年學生等「小眾」以難以撼動的閱讀權威。

12 朱光潛，〈文學上的低級趣味〉，《時與潮文藝》一九四四年三卷五期。
13 朱光潛，〈讀《在延安文藝座談會上的講話》的一些體會〉，《文藝報》一九五七年第二期。

二

文學接受會不斷建立、修正和再建立「期待視野」。建國後，因資源配置、輿論調整與文學史教育的變化，「新文學」既面臨讀者流失的意外，也遇到延安文人的有意排斥。後一方面，既表現在《文藝報》等刊物有意識組織的讀者批評事件，也表現在延安文人對「新文學」讀者居高臨下的敘述、評價與重構。

讀者批評事件最突兀地表現在對卞之琳詩作〈天安門四重奏〉的「讀者來信」批評。一九五〇年，卞之琳在《新觀察》發表「改舊從新」之作〈天安門四重奏〉，通過天安門前物事變遷歌頌「新中國」偉大。但出乎詩人意外，《文藝報》很快發表「讀者來信」，批評該詩「晦澀難懂」。顯然，《文藝報》對待卞之琳與對田間大有差異：「一九五〇年時，有個同志寫了一篇文章評論田間的詩，寄給《文藝報》，《文藝報》不肯發表，轉給田間了。」[14]但《文藝報》接到批評卞之琳的「讀者來信」，不但沒轉給卞之琳，也沒壓著不發或「留待參考」，而是集中刊發並配以顯著專欄標題。這種做法，並非主編丁玲對卞之琳有何私人成見，而是由於「人民文學」不能接受知識分子式詩歌風格。不過，最令卞之琳意外的是他的「新的智慧詩」竟不為「讀眾」所喜愛了。若論「晦澀」，〈天安門四重奏〉較之〈斷章〉、〈距離的組織〉等已算是清晰的了，但遭到讀者批評並被「要求」檢討，卞之琳不能不錯愕莫名。在檢討中，卞之琳以很深感慨，談起新中國的「讀眾」：

> 我當初以為《新觀察》的讀眾大多數也就是舊《觀察》的讀眾，只是刊物從本質上變了，讀眾也從本質上改造了。我以為這些知識分子對這種寫法大致還看得慣，那麼只要詩中的思想性還夠，多多少少會起一點好作用。

14　記者，〈批評文藝報的錯誤和缺點〉，《文藝報》一九五四年第二十二期。

現在我知道我的估計錯了。《新觀察》的讀眾面擴大了，我應該——而沒有——擴大我對讀者負責的精神。這是第一點。其次，我以為一般讀者，在刊物上看到不大懂的作品，還會放過不看的。我的估計又錯了。現在讀者拿到一本刊物，就要篇篇認真地讀起來，讀得徹底，什麼疑難都不肯放過的，我應該——而沒有——加深我對讀者負責的精神。總之，我瞭解世界是變了，可是還沒有明確地、具體地體會到變的深度，深到什麼樣子。[15]

卞之琳或許會如艾略特般感到「藝術與文化的標準再三受到了貶抑」[16]，但他的「體會」在現象上是準確的：未必是他過去「讀眾」消失或變化了，而是「讀眾面擴大了」，大量非知識分子趣味的讀者進入了閱讀。然而他還未能「體會」「變的深度」：其實「讀眾面擴大了」亦非主要原因，一九四九年前異趣讀者同樣存在，但無力突破閱讀「疆界」，知識分子掌握的刊物會約束、限制他們。他們不可能對「新文學」形成威脅，詩人也感受不到他們存在。而現在，《文藝報》幾乎是「主動」別有用心地邀迎異趣讀者來「圍攻」卞之琳，而將喜愛卞之琳的「讀者來信」沉諸箱底。同樣，卞無力到黨的刊物中尋求機會還擊讀者的無知，籲求不同文學趣味間的共存權利。《文藝報》稍早對《金鎖》的批評，也透露出「新文學」疆界被「突破」的信號。《金鎖》是模仿《阿Q正傳》，在《說說唱唱》上發表以後，《文藝報》也集中刊發「讀者來信」，指責該小說「人物不真實，侮辱了勞動人民」[17]，「今天的農民早已不是阿Q時代的農民了」[18]。

王本朝指出，在十七年文學中，「真實的文學讀者被看做是接受教育者，公共閱讀不斷擠壓著私人閱讀，文學領導、管理者和文學批評者的評價與閱讀還代替了個人閱讀，他們對作家和作品的看法常常成為普通讀者的指導意見，

---

15 卞之琳，〈關於「天安門四重奏」的檢討〉，《文藝報》一九五一年三卷十二期。
16 〔英〕斯威伍德，《大眾文化的神話》（北京三聯書店，二〇〇三年），頁九。
17 趙樹理，〈《金鎖》發表前後〉，《文藝報》一九五〇年二卷五期。
18 常佳東等，〈讀者對於《金鎖》的看法〉，《文藝報》一九五〇年二卷八期。

他們說好就好，說是毒草就毒草，即使一般讀者在閱讀過程中有了自己的愛好和感受，也會被壓抑、被否定乃至被批判」[19]，這可能正是「新文學」讀者處境的寫照。在這些讀者批評事件中，知識分子讀者受到隱蔽排斥，被拒絕在「人民文學」刊物之外，而大量反對「新文學」的讀者卻可以進入公共表述，公開反對「新文學」。這明顯是延安文人在有意重構讀者之間的權力格局。同時，延安文人還嘗試重新命名、敘述「新文學」讀者。作為「人民文學」訴求下「廣泛地製造界限的文化活動」[20]的一部分，這包括兩個層次：（一）置換舊閱讀秩序中「新」／「舊」等級序列；（二）拆解舊閱讀秩序中精英／大眾之層級結構。丁玲一九五〇年八月發表的〈跨到新的時代來：知識分子的舊興趣與工農兵文藝〉一文，是篇重要文獻。

丁玲這篇文章，代表了「人民文學」對「新文學」讀者的雙重區分。丁玲發現：「解放區的知識青年」（即「新文學」讀者）「反感」工農兵文藝。那麼，如何對待這類讀者呢？首先，她重新界定了所謂「單調」、「粗糙」的工農兵作品。她承認，這些作品確有不足，但由於它們更切近群眾，是更「進步」的：「說這些書是主題狹窄，初初看到這樣的句子時，是使我吃驚的。中國的文藝，不正是拋棄了那個徘徊惆悵於個人情感的小圈子麼？不是已經跨過了戀愛與革命的矛盾為主題，和缺乏生活實際與鬥爭實際的，由想像出來的工人罷工或農民起義的作品的時代麼？難道文藝工作者以曾經親身去體驗過的群眾的火熱的鬥爭生活，而反映出來的各種鬥爭中的多種事件和各種人物，還會單調和枯燥麼？恰恰相反，這裏展開了廣闊的生活的原野，提示了階級鬥爭的本質，和它的激烈尖銳和複雜。……新的人物，新的生活，新的矛盾，新的勝利，也就是新的主題不斷地湧現於新的作品中，這正是使我們覺得不單調、不枯燥，這正是新的作品的特點，這正是高於過去作品的地方。」[21]

---

19 王本朝，〈人民需要與中國當代文學對讀者的想像〉，《西南大學學報》二〇〇七年第一期。

20 〔英〕安吉拉·麥克羅比，李慶本譯，《文化研究的用途》（北京大學出版社，二〇〇七年），頁二。

21 丁玲，〈跨到新的時代來〉，《文藝報》一九五〇年二卷十一期。

丁玲還指出：工農兵文藝形式「與過去的革命文藝、歐化的文藝形式，或庸俗的陳腐的鴛鴦蝴蝶派的形式都要顯得中國氣派、新鮮而豐富」。那麼，面對如此文學，知識分子何以甚感隔膜呢？丁玲認為：這是因為知識分子趣味已經「墮落」，它雖包含「五四」式追求，但亦沾染了小市民的無聊與統治階級趣味，基本上屬於「低級趣味」。「（他們）不瞭解人民的生活，對人民群眾的鬥爭又不感興趣，比較習慣於個人幽閉地欣賞『藝術』的心情，或者找點曲折故事以消磨時間的讀者，對於政治氣氛比較濃厚的書籍，是會嫌它不夠輕鬆、不夠細膩的，同時也的確不大理解和不容易與作品中的人物有著同感，不容易與作者的情緒調和。譬如杜烽所寫的《李國瑞》那樣的人物，在不懂得人民解放軍的本質，以及晉察冀人民的和語言的特點，就不會感到很大興趣。」[22]這些讀者被判定為「跟不上時代」，他們沉浸到庸俗的小市民趣味裏。丁玲諷刺說：

> 過去知識分子所愛的，也不一定專是描寫知識分子的，鴛鴦蝴蝶派也寫一個黃包車夫的苦悶，美國帝國主義的野獸片、蠻荒片在中國也獲得很多讀者。描寫嫖妓女，描寫拆白黨，哪裏只是妓女、嫖客和拆白黨看呢？知識分子有喜歡讀高爾基、魯迅，讀一切較進步作品的人，也有只喜歡讀《霍桑偵探案》，或者《金粉世家》的。有的革命了，有的卻墮落了。[23]

這套講述置換了舊閱讀秩序中的「新」／「舊」等級。「新」／「舊」之辯是一個合法性配給裝置。一九四九年前，「新文學」作家用它重新界定了鴛蝴派，將它從「新小說」驅趕到「舊小說」位置，將鴛蝴讀者從「新派」放逐為「舊派」。現在，延安文人將「新」的尺度再度升級，「新文學」就下滑成「舊文藝」，「新追求」亦推移為「舊

22 丁玲，〈跨到新的時代來〉，《文藝報》一九五〇年二卷十一期。
23 丁玲，〈跨到新的時代來〉，《文藝報》一九五〇年二卷十一期。

趣味」。因此，一度自命為「新」的「新文學」作家，被徹底敘述成「過去」（不久獲得「舊知識分子」或「老作家」稱號）。這種方法，布迪厄在分析文化鬥爭時特別提到：「新來者在他們藉以存在，也就是說取得合法差別，乃在一段或長或短的時間內取得絕對合法化的運動中，只能將他們與之較量的生產者，進而將他們的產品及與之關聯的人的趣味，不斷打發到過去。」[24]

丁玲還針對「新文學」讀者的另一套話語裝置——精英／大眾——展開拆解行為。過去，知識分子讀者數量雖少，但以精英名義居於閱讀頂端。丁玲重新解釋了精英趣味。丁玲以為：知識分子讀者認為工農兵文藝僅描寫工農兵是不準確的，其實「其中所描寫的人物也並不只是工人、農民、兵士，那裏也有開明士紳，與惡霸地主，有小商人、狗腿子」；但所以產生誤解，乃因這類描寫不符合「新文學」傳統；「不過這裏面大地主、官僚資產階級的老爺們，以及他們的兒女們都只穿著血淋淋的綢衣，外貌既不好看，心靈更為可鄙。這種不全舊傳統的寫法，總不會全如人意，這與看舊戲的觀眾，忽然看見正德皇帝不是一個五綹長鬚的美男子，而成了一個鼻子上畫白的吊膀子的小丑時，心裏總不愉快一樣，甚至倒恨起那位樸樸素素、端端正正、乾乾淨淨的開小飯館的李小二來」。那麼，知識分子舊的審美經驗實質何在呢？丁玲以為：

> 皇帝本來不一定比開飯館的人長得漂亮，皇帝的品德當然比一個窮老百姓差很多，皇帝的倚勢凌人、調笑婦女就是流氓行為，怎麼能把一個流氓寫得好看，要觀眾同情他呢？本來這就是統治階級的藝術來欺騙人民的。那趣味原來就是很低的。在舊社會裏，每當這戲演到他調戲李鳳姐時說道：「大爺就愛的這個調調兒。」臺下那些與他有著同樣惡劣趣味的觀眾就大笑起來，這實在是使人噁心的。如果給他一個白鼻子，還他流氓的本色，他再說時，在觀眾的笑聲就有另一種感覺，觀眾就會說：「看你這個流氓裝腔作勢！」所以，今天的文藝也是

24 〔法〕皮埃爾・布迪厄，《藝術的法則》（中央編譯出版社，一九九八年），頁一九四。

要給歷史、給現實一個本來面貌。儘管有極少數的人不習慣，或者反感，不要緊，那是少數。[25]

丁玲的重新敘述有兩個關鍵字：（1）「惡劣」；（2）「極少數的人」。可見，所謂「精英」趣味不過是少數統治者的「低級趣味」。丁玲對精英／大眾提出了新的道德命名：知識分子趣味，與其說是高雅文化修養，不如說是「惡劣趣味」，令人羞愧。精英／大眾被置換為醜惡／健康。

由是，兩個層次的重構「工作」，使「新文學」閱讀中的「新／舊」、精英／大眾兩層結構被顛覆。知識讀者「讀法」的先進性、高尚性被否定，其合法性由此流失。對此新秩序，無論卞之琳等詩人認同與否，公開話語空間派給他的位置都是「認同」。這是遊戲規則。用布迪厄的話說：任何時候，都是資本最強者界定公共遊戲規則，並把「最優惠的等級體系化原則加到他們自己的產品上去」，以徵收「利潤」[26]。

作為延安文人的代言人，丁玲的界定無疑提升了「人民文學」在閱讀秩序中的道義優勢，褫奪了知識分子讀者的閱讀正當性與接受權力。丁玲宣稱：「我們不要留戀過去」，「喜歡看巴金的書的讀者，是可以稍稍跳躍一下的，不要管二少爺、三少爺，以及他們的表妹從家中走出來以後怎麼樣，就假定這些人已經完全找到了正確的道路，已經參加了革命，到了部隊，到了農村，到了工廠，當了幹部吧。看看這些人在實際生活中如何受鍛鍊吧」，「跨到現在的時代來吧」[27]。於是，「跨到現在的時代」以後，「新文學」讀者就此淪為舊的不道德讀者。丁玲的話語技術，建立了一種敘述模式，並通過出版壟斷與單位壓制，營造了現實話語空間。一九五一年，許雲閱讀調查也顯示，儘管知識分子不喜愛「人民文藝」，但「新文學」作品（《家》等例外）實都備受冷落。讀者認為：這些作品「同現在的生

---

25 丁玲，〈跨到新的時代來〉，《文藝報》一九五〇年二卷十一期。
26 〔法〕皮埃爾·布迪厄，《文化資本與社會煉金術》（上海人民出版社，一九九七年），頁一四七。
27 丁玲，〈跨到新的時代來〉，《文藝報》一九五〇年二卷十一期。

活、工作矛盾太大，距離太遠，而且看了會引起自己的舊情感，沒好處」，「不愛看」[28]。同年，在《我們夫婦之間》批判中，蕭也牧「放棄」知識分子讀者的無奈聲明，表明後者已被推入「沉默」位置，成為閱讀權力中的缺席者。

三

「新文學」讀者合法性既然已經流失，其閱讀權力必受削弱。但按照黨的公開表述，知識分子也屬於「人民」，也擁有意識形態權力。這就不免自相矛盾。為此，《文藝報》還做了補充性的區辨，將知識分子讀者排斥在「群眾」之外。一九五一年底，《光明日報・文學評論》雙週刊被迫停刊。這是一份以知識分子為預設讀者的文藝副刊，曾因尖銳批評延安文人而屢與《文藝報》衝突。無奈停刊，主編王淑明被迫檢討。王的檢討，道出了知識分子讀者的邊緣化：

> 我們也常說：「刊物要有群眾性。」有人曾以此自豪，覺得這是《文學評論》的特點。其實所謂「刊物要有群眾性」，就這句話本身看來，涵義亦不明確。我們所說的「群眾」，究竟指的是什麼樣的「群眾」呢？工農兵呢？還是小市民？或者是這二者之外呢？如果不分皂白，把小市民的嗜好和趣味，作為迎合與遷就的對象，那就糟了。我們對來自群眾中的意見，沒有很好地加以研究和分析，區別其中何者為正確的，何者為不正確的。我們之中，有人只要聽到了譽揚就躊躇滿志，以為刊物真的做到有「群眾性」了。[29]

28　許雲，〈從閱讀調查中看到的幾個文藝問題〉，《文藝報》一九五一年三卷五期。
29　王淑明，〈從《文學評論》的編輯工作檢討我的文藝批評思想〉，《文藝報》一九五二年第一期。

王淑明用無聊「小市民」去指代知識分子。這樣的「群眾」意見，有聽取的價值嗎？一個月前，黃夷說得更明白：「我們有不同的群眾，有工農兵群眾，也有小資產階級群眾」，我們不能「把一部分人的掌聲當成群眾的正確意見」[30]。知識分子（「小資產階級群眾」）既落後又「惡劣」，不可能與「工農兵群眾」等量齊觀。這不啻宣布了知識分子讀者的非法。他們名為「群眾」，卻無「群眾」之意識形態威力，甚至還淪為取笑對象。一九五一年底，于晴（唐因）諷刺說：「前些時候，在一部分人中間，有過這樣一些『呼聲』：『工農兵文藝枯燥乏味』呀，『你們這是炸醬麵，炸醬麵雖然好，天天炸醬麵，受不了』呀，等等。話說得不同，聲調卻是一個。那就是，自從要貫徹為工農兵的文藝方針，他就很『受不了』，他的舊日的『王國』要遭到『侵害』，他實在冤屈得很，苦悶得很。」[31]既被譏誚，接受權力亦無從談起，「工農兵讀者」於是壟斷一切。對此，部分作家不免憤懣，誓不屈服於「工農兵群眾」的粗劣趣味，而寄望藏諸名山。對此，杜黎均批評說：「在北京文藝界整風學習中，曾經發現這樣的思想情況——「有的說：『世界上某些名作家的作品，是在作家死後才被人民所歡迎的，當時卻寂然無聞！』有的說：『我這部作品不被工農兵熱愛，是由於工農兵水平低，將來時代會證明這是一部好作品。』」杜黎均指責：「這是一種腐朽的、脫離人民、脫離實際的資產階級文藝思想，是經不起一駁的」，「任何文藝作品失去了現在，也就沒有了將來」[32]。

在輿論與出版控制等多重操作下，知識分子閱讀在一九五二至一九五三年被徹底邊緣化、非法化了。這類讀者即使偶能發聲，也因其「落後」、「惡劣」道德形象，而不能給作家提供支援。而晦澀多義作品往往受到批評。一九五四年，讀者再度批評卞之琳「給讀者的感覺是模糊和朦朧，他們首先得挖空心思，猜度一些難懂的詩句的意思，必須等勉強才懂了，勉強讀通了以後，這才談得到去體會作者所要表達的主題思想，感受其中的教育意義，這是

30 黃夷，〈不要被掌聲沖昏了頭腦〉，《文藝報》一九五一年五卷五期。
31 于晴，〈變與不變〉，《文藝報》一九五一年五卷五期。
32 杜黎均，〈失去了現在，也就沒有了將來〉，《文藝報》一九五二年第十五期。

多麼不合理啊」[33]。甚至出自延安文人之手也不能被接受了。同年何其芳也被批評「晦澀」：「從結構上來看，從韻律上來看，〈回答〉是相當嚴謹，也是比較富有音樂美的。然而，因為這首詩在情緒上不夠健康，和時代精神不夠協調，因為晦澀，使人難以捉摸，這樣，結構的嚴謹之美和語言的韻調之美的優點，也就只能退居次要地位了。」[34]而到五十年代中期，除《家》等少數作品，普通讀者對知識分子氣濃的「新文學」作品已「很少有人問津」[35]。一九五七年，前文學研究會重要作家鄭振鐸宣布舊的「小圈子」業已垮掉。他說：我們要「滌除乾淨從舊社會夾帶來的許許多多的灰塵和渣滓」——

> 過去的詩人或其他作者，有的是「學成文武藝，貨與帝王家」（以文藝作為敲門磚的）；有的是顧影自憐、傷春悲秋，儘量地誇大了個人的情緒和身邊瑣事；當然也有很多富有正義感，為人民的事業而鬥爭的。但在舊社會裏，文藝的圈子總是有限度的、很窄狹的，讀者和觀眾總不外乎城市裏的一部分小圈子；最廣大的勞動人民很少接觸到大作家們的作品。今天則完全不同了，小圈子已經徹底打垮了。文藝工作者們有了最廣大的服務的園地，他們的讀者和觀眾，不是過去的幾百人、幾千人，而是幾萬、幾十萬，乃至幾百萬、幾千萬人了！[36]

---

33 文外生，〈讀詩人卞之琳的五首近作〉，《人民文學》一九五四年第六期。

34 盛荃生，〈要以不朽的詩篇來謳歌我們的時代——讀何其芳詩《回答》〉，《人民文學》一九五五年四月。類似批評此後還時時出現，如：「詩人說工人的話，我們很高興，很感謝，但要真正是工人語言，而且是詩的語言。『透明的夜』，為什麼夜還透明呢？還有『深沉、強烈的愛』等等，我以為是知識分子味。」見毛文仲，〈夜讀《群眾創作特輯》〉，《人民文學》一九五八年第九期。

35 常靜文，〈工人對文藝的渴望〉，《文藝報》一九五七年第十期。

36 鄭振鐸、臧克家等，〈為文學藝術大躍進掃清道路〉，《文藝報》一九五八年第六期。

在鄭振鐸以黨的口吻發出的革命歡呼聲中，是否可以品出幾絲苦澀？對「少數人」（小圈子）權益的漠視，是不是「當代文學」的災難呢？

各種理論辨別與「敘述」，終使知識分子讀者淪為意識形態資源匱乏的「群眾」，喪失現實接受權力。而通過對文學「歷史」與「未來」的再生產，延安文人又將「新文學」區隔為已結束的「過去」，可堪重視卻又已喪失現實意義，而將自身敘述成通向未來的承擔者。這種「敘事」，再兼以對出版、發表的事實控制，「人民文學」在「讀者」競爭中，完成了對「新文學」的祛魅化、邊緣化。一九五三年後，從原則上講，黨已經將知識分子讀者剝除到刊物和作家的預設對象之外。知識分子讀者，由是失去了調節文學生產與傳播的能力；他們既不能通過市場來施加影響，也不能自由地表述公共意見。知識分子閱讀不再「在場」，被體制性地設置成缺席者，「新文學」的退場也因此指日可待。

第二節　黨對鴛蝴讀者的辨識與區分

都市通俗文學（鴛鴦蝴蝶派）讀者的力量最為強大，這一讀者群體具有特殊「洋場」趣味和閱讀視野，也造就了鴛蝴文學在出版市場上的強勢競爭力。抗戰期間，曾在「新」、「舊」論戰中親與其事的茅盾感歎說：「事實是，二十年來舊形式只是被新文學作家所否定，還沒有被新文學所否定，更沒有被大眾所否定。這是我們新文學作者的『恥辱』，應該是有勇氣承認的。」[37]新中國成立後，政治色彩較濃、以下層階級為故事主角的「人民文學」，更缺乏「否定」鴛蝴文學的能力。不過，延安文人借助組織、出版與評論中的體制力量，有效重編了鴛蝴文學，也對鴛蝴讀者予以重新辨識與區分，最終抹除了鴛蝴「讀者」的介入力量。

[37] 茅盾，〈大眾化與利用舊形式〉，《茅盾全集》第二十一卷（人民文學出版社，一九八七年），頁四〇九。

鴛蝴派興起於上海，然後輻射至其他城市。作為「十里洋場」文學消費的供給者，鴛蝴文學作者來源、文類區分、讀者類型都具有現代都市背景。這些作者多數受的是封建社會的文學教養，作品卻又滋生在現代帝國主義侵蝕下的「十里洋場」，故鴛鴦蝴蝶派可謂是半封建、半殖民地社會的典型產物。鴛蝴作品以小說為主，兼有小品、隨筆等類型，題材則廣涉社會、黑幕、娼門、言情、武俠、神怪、偵探、滑稽、歷史、宮闈等。鴛蝴讀者階層屬性、文化分布亦甚廣泛。三十年代，他們被認為「一般為封建餘孽以及部分的小市民層」[38]，其實他們不限於「小市民」，亦談不上封建餘孽。如眾周知，魯迅母親即鴛蝴讀者，魯迅還親自從上海購買程瞻廬、張恨水小說寄給母親。這些讀者除「城市中具有初步閱讀能力的市民階層」[39]外，還包括大中學生、政府要員等。其中，中小學生尤多。徐遲讀小學時即「讀了《七俠五義》、《江湖奇俠傳》、《血滴子》這種武俠小說」，「周瘦鵑、程小青、范煙橋以及包天笑、張恨水等鴛鴦蝴蝶派言情小說」[40]。而所謂「市民」實頗多是畢了業的大中學生。對此，魏紹昌說：「讀者群不但多是知識分子，絕大多數還可能屬於收入頗為穩定的城市中產階級。這群人或受過新式學校教育，或受過西學薰陶，在城市中從事著腦力、文化事業、行政業務或者商業貿易等活動。」[41]丁玲亦曾譏薄說：知識分子「也有只喜歡讀《霍桑探案集》，或者《金粉世家》的」[42]。以此而論，鴛蝴讀者與「新文學」讀者其實頗有重合，皆是「社會市民和青年

38 阿英，〈上海事變與鴛蝴蝶派文藝〉，《阿英全集》第一卷（安徽教育出版社，二〇〇三年）。
39 洪子誠，《中國當代文學史》（北京大學出版社，一九九九年），頁一二五。
40 徐遲，《我的文學生涯》（百花文藝出版社，二〇〇六年），頁四六。
41 劉揚體，《流變中的流派：「鴛鴦蝴蝶派」新論》（中國文聯出版公司，一九九七年），頁一〇五。
42 丁玲，〈跨到新的時代來——知識分子舊興趣與工農兵文藝〉，《文藝報》一九五〇年二卷十一期。

學生兩大讀者群」[43]，完全不似「五四」作家截然對立的誇張描述。且鴛蝴讀者覆蓋面遠勝於「新文學」。

建國後，鴛蝴讀者階層、文化分布並無大變。一九五〇年，康濯小面積調查顯示：鴛蝴作品雖屢受批評，但仍極受歡迎，「這類書攤主要是出租一些封建、迷信、荒誕、神怪、淫蕩、頹廢的武俠小說和言情小說」；「看武俠的比看言情的多，武俠小說又以還珠樓主、鄭證因、王度廬、宮白羽、朱貞木的最流行；言情的以劉雲若、馮玉奇、張恨水的最流行」。如其中一個書攤自一九四九年十一月十六日至一九五〇年二月二十日：

武俠小說第一，共租出去一千八百五十九本，其中鄭證因六百六十九本，還珠樓主的六百四十四本，王度廬的二百零八本，宮白羽的一百七十六本，朱貞木的一百六十二本；言情小說共租出去四百三十二本，其中劉雲若的三百零三本，馮玉奇的六十九本，張恨水的六十本。[44]

鴛蝴文學讀者規模相當驚人。建國前，雖然鴛蝴文學不被「新文學」作家承認，但憑藉著閱讀市場，仍維繫了生產、傳播與接受的完整運轉。范伯群指出：「通俗文學的生存權，在中國一直沒有得到很好的解決，這主要是主流文學對它不予承認，它主要是靠廣大市民讀者層的喜愛而得以存在。」[45]讀者「喜愛」所以如此強大、持久，林庚白有恰切解釋：「五四運動以來，中國之文化，一新壁壘，自是而語體的散文、小說，日益不脛而走；然浸淫十餘年，舊派章回之小說，猶屹然不為少拔，此其癥結所在，實與整個的社會，相為聯繫。……矯引社會之制度、習慣暨一切事物，類皆新舊並存，更廣而言之，中國之社會組織及其經濟之關係，因襲於封建社會之遺者，什猶居其六七，故所謂

43 王本朝，《中國現代文學制度研究》（西南師範大學出版社，二〇〇二年），頁一三八。
44 康濯，〈談說北京租書攤〉，《文藝報》一九五〇年二卷四期。
45 范伯群，〈通俗文學的現代化〉，范伯群、孔慶東編《通俗文學十五講》（北京大學出版社，二〇〇三年）。

『封建社會性』，其流毒人心，根深蒂固，猶未可忽視。能識字讀小說者流，蓋什之七八，具有『封建社會性』者，致力之程，既有等差，其興趣直相懸殊；重以鬻書報為業者，不願效忠於革新，唯求營利之有利，章回體小說，至今風靡，有自來矣。」[46]

建國後，制度鼎革，「社會組織及其經濟之關係」劇變，鴛蝴文學流失部分讀者。但大量讀者的私心喜愛仍是不變之事實：「（目前）許多讀者，包括許多商店職員、家庭婦女、老闆等，對目前新的人民文藝還沒有認識，許多封建的墮落的作品，還是他們主要的讀物。他們把文藝看做只不過是點綴生活的小擺設、消遣享樂的玩意兒，跟抽煙、喝酒一樣。」[47]其實，新中國鴛蝴讀者也不限於「商店職員、家庭婦女、老闆」之類。陳壽恆發現：出租攤讀者們，「借的大都是馮玉奇的香豔小說、還珠樓主的劍俠小說、鄭證因的技擊小說、福爾摩斯、霍桑探案」。陳壽恆以為：「無疑地，看這種書，等於在吃毒藥。只是他們不知道這是毒藥罷了。」[48]遺憾的是，鴛蝴讀者不太閱讀黨的文藝刊物，仍「吃毒藥」不止。研究者認為：「經過文學期刊及其他傳播媒介和文化官員的不斷重複和強化，〈講話〉成為『十七年』文學的指導性規範和讀者群體閱讀接受的『前理解』。在文學方向性問題上，讀者的看法基本是在複述〈講話〉的內容或文化官員、批評家對〈講話〉的闡釋。」[49]如果這種現象屬實的話，那麼只能說鴛蝴讀者遭到了排斥和遺忘。

46　林庚白，《孑樓隨筆》，魏紹昌編《鴛鴦蝴蝶派研究資料》（上）（上海文藝出版社，一九八四年）。
47　沈巨中，〈文學批評應面向讀者群眾〉，《人民文學》一九五一年三卷四期。
48　陳壽恆，〈辨味的工作〉，《人民文學》一九五一年三卷六期。
49　王秀濤，〈讀者背後與來信之後——對《人民文學》（一九四九—一九六六）「讀者來信」的考察〉，《揚子江評論》二〇〇九年第三期。

二

建國後，延安文人對鴛蝴讀者極為排斥。原因在於，鴛蝴讀者的洋場趣味，既不合於民族國家書寫要求，也有悖於「人民文學」版圖規劃。那麼，這種洋場趣味具有怎樣的殊異於知識分子或革命者的閱讀特徵呢？

在思想上，鴛蝴讀者要求文學符合普遍道德見識；但最要緊處，則還在於閱讀「趣味」。鴛蝴作家皆深諳此理，競以「趣味」相號召。張恨水說：「讀者諸君於其工作完畢，茶餘酒後或甚感無聊，或偶然興至，略取一讀，藉消磨其片刻之時光。而吾書所言，或又不致陷讀者於不義，是亦足矣。」[50]劉鐵冷稱：「值此物競劇烈之世，世人必多愁苦。苟讀吾書而額上皺紋為之一舒，則吾之造福亦已不淺。」[51]魏紹昌因此指出：他們特別「注重和渲染自己小說的傳奇性和趣味性，因為一味迎合讀者的娛樂口味，這是他們緊緊咬住不放的命根子」[52]。但倘若撇開道德貶抑，鴛蝴讀者的洋場趣味，其實值得探究。這種趣味，最大特點在於從閱讀中獲取某種虛擬的想像性滿足。張恨水認為：鴛蝴文學可「使無限懷抱痛苦之人，得一瀉無可宣洩之情緒」，「忘片時之煩悶與寂寞」，得「幻想之痛快」[53]。對這種「趣味的生產」的敘事技術，於可訓先生做過精闢論述：

這種逐步類型化的現代通俗文學，已經不僅僅限於作品本身的題材和主題的類型化，如武俠、言情等，而是同時還涉及讀者的欲望和本能，如性和暴力等。這種類型的通俗文學或通俗文學類型，往往能夠通過一些精心配

50 張恨水，《金粉世家‧序》，魏紹昌編《鴛鴦蝴蝶派研究資料》（上）（上海文藝出版社，一九八四年）。
51 劉鐵冷，《鐵冷碎墨‧序》，《二十世紀中國小說理論資料》第一卷，陳平原、夏小虹編（北京大學出版社，一九八九年）。
52 魏紹昌，《鴛鴦蝴蝶派研究資料‧敘例》（上）卷（上海文藝出版社，一九八四年）。
53 張恨水，〈趣味為事業之母〉，《新民報》一九四四年四月二四日。

製的情節要素和一套標準化（模式化）的敘述程序，有效地刺激讀者的官能感受，把讀者壓抑在潛意識深處的各種本能和欲望召喚出來，使之在閱讀所造成的一種虛擬的情景中，獲得一種想像性的滿足。[54]

「想像性的滿足」作為總的閱讀期待，決定了鴛蝴讀者在世相描繪、敘事技術、人物刻畫及語言等方面特殊的「期待視野」。鴛蝴讀者集中於都市，處於政、軍、商各界雜糅的生活場景，周邊充斥市井新聞與政治「黑幕」。故多數讀者對「軍政顯要宦海沉浮的官場祕聞，鉅賈豪紳巧奪豪取的發跡史和花天酒地的私生活，姨太太、闊少爺的情場角逐、醋海風波、穢行醜聞，交際花、紅藝人、名流、明星、名妓的身世際遇、桃色糾紛、逸聞趣事」，乃至「都市中下層市民群眾的身邊瑣事、家庭糾葛、生計艱辛」，「感到濃厚興趣、樂於猜測傳播」[55]。J・阿休特爾認為：大眾需要通過這類文字「能瞥一眼達官貴人的家私，調劑一下新興都市中心艱難枯燥的生活」[56]。這種閱讀嗜好造就了社會小說的興盛。類似地，對纏綿悱惻的愛情的想像，造就了言情小說的繁榮。對性的嗜好，造就了王小逸式色情作品的生產。

這種「想像性的滿足」，在武俠文本上體現得最充分。武俠小說熔「江湖、奇俠、武功」於一體[57]，全然超出現實世界，但讀者對此充滿激情。所以如此，沈雁冰認為源於它對現實世界的替代：「一方面，這是封建的小市民要求『出路』的反映，而另一方面，這又是封建勢力對於動搖中的小市民給的一碗迷魂湯。」[58]張恨水也承認：「為什麼下層階級被武俠小說所抓住了呢？」因為「他們無冤可申，無憤可平，就託諸這幻想的武俠人物，來解除腦中的

54　於可訓，〈近十年流行的文學時尚〉，《當代文學：建構與闡釋》（武漢大學出版社，二〇〇五年）。
55　劉揚體，《流變中的流派：「鴛鴦蝴蝶派」新論》（中國文聯出版公司，一九九七年），頁四六。
56　〔美〕J・赫伯特・阿休特爾，《權力的媒介》（華夏出版社，一九八九年），頁五三。
57　林崗，《邊緣解讀》（香港天地圖書有限公司，一九九八年），頁二七五。
58　沈雁冰，〈封建的小市民文藝〉，《東方雜誌》一九三三年三十卷三號。

苦惱」[59]。「替代」說不無道理，但恐怕人類好奇天性更使之然。王蒙回憶，他少年時「喜歡鄭證因的技擊小說《魔爪王》、宮白羽的《十二金錢鏢》」，「試圖鍛鍊某種武功。先是迷上了『金鐘罩、鐵布衫』，說是有這種功力刀砍不入、劍劈不進」係「『金』功鍛鍊無成，但我學會了對著月亮使蹲檔騎馬式，我想汲取書上所說的『日月之精華』」，還「熱衷過練氣功，垂簾閉目，意守丹田，屏神靜息，抱元持一，我期待著泥丸宮（自頂）的洞開，期待著靈魂出竅，神遊太虛」[60]。這種閱讀經驗顯係好奇衝動。讀者對還珠樓主《蜀山劍俠傳》的癡迷，更因想像力馳騁的奇妙與愉悅：《蜀山》「以超拔的幻想、閎偉的氣魄、武俠的精神，藝術地構築了一個自成體系的方外世界」[61]，其間「海可以煮之沸，地可以掀之翻，山可役之走，人可化為獸，天可隱滅無跡，陸可沉落無形」，「天外還有天，地底還有地，水下還有湖沼，石心還有精舍」[62]。此奇幻玄祕，非一般虛擬環境可提供。

為達到對虛擬情境的提供，鴛蝴讀者對故事講述方法亦有所期待。無論武俠、言情，他們皆希望「故事曲折」、「離奇刺激」[63]，富於「奇美」。其傳奇性，「表現在設置對比分明、反差極大的善惡兩極的情節，以及善惡對立中必然性的巨大轉化和由此而來的正劇化的樂觀色彩。變化、轉化是傳奇中的基本的情節和敘事美學特徵」，其中充滿巧合、機遇、偶然性、突然性與陡轉[64]。言情小說的纏綿悱惻，武俠小說的懸念與峰迴路轉，偵破、推理小說的布疑陣、拴扣子、抖包袱等技術，皆是讀者追求「奇美」的結果。作者也在這方面施展「出奇制勝的本領」：白羽《十二

59 張恨水，〈武俠小說在下層社會〉，《新華日報》一九四五年七月十一日。
60 王蒙，《半生多事》（花城出版社，二〇〇六年），頁四九。
61 劉揚體，《流變中的流派：「鴛鴦蝴蝶派」新論》（中國文聯出版公司，一九九七年），頁二五〇。
62 徐國楨，〈還珠樓主及其作品的研究〉，《宇宙》一九四八年第三號。
63 康濯，〈談說北京租書攤〉，《文藝報》一九五〇年二卷四期。
64 逄增玉，〈志怪、傳奇傳統與中國現代文學〉，《齊魯學刊》二〇〇二年第五期。

金錢鏢》，「開頭便是尋找劫鏢人，寫了十多本，仇人還未公表出來，可是讀者卻急壞了」[65]。

此外，鴛蝴文學讀者集中於都市，生活資訊與處世經驗都較複雜，對故事複雜性的要求亦有所提高。層次單純的不能感到滿足，鴛蝴作者就對舊式大團圓結局常略增缺憾。對於人物描寫，鴛蝴讀者也有類型化期待，即希望人物類型與性格、行為、心理有某種匹配性，一看其身分，便可大致知其行為與性格：「老爺、太太、公子、小姐、丫鬟，讀者不必記得他們姓甚名誰，只須瞭解他們的身分，便能想像出他們的言行舉止……言情類小說中，有了新聞出版界的『書生』、受過新式教育的知識女性、『清倌人』等人物類型……描寫都市的社會小說中，有了『交際花』、『紈絝子弟』、『滑頭』、『鄉曲』等現代類型化人物。這種人物的類型化也帶來了道德判斷的類型化。在好人與壞人中，讀者無須太多的思考便能明顯地分出善惡，讓讀者在閱讀中能痛快淋漓地宣洩愛憎之情。」[66]這種匹配性，可使讀者輕鬆地進入熟悉倫理情境，快速越過價值判斷，全身心投入「奇美」體驗。對於語言，鴛蝴讀者希望作品流暢易懂，要會「運用下等人容易懂的話」[67]。同時，也要「語彙負擔小，語言多，餘度大，句式簡單，所指關係單純、確定」，「符合一般讀者的審美水平和審美趣味」[68]。其次，追求情趣化。較之戲曲說部講究說唱「諧趣」，鴛蝴讀者則習慣語言的洋場色彩。

鴛蝴讀者的洋場趣味與鴛蝴文本形成互動。一方面，作者按照這種趣味生產。一九四五年，張恨水表示：「新派小說，雖一切前進，而文法上的組織，非習慣讀中國書、說中國的普通民眾能接受。正如頌雅之詩，高則高矣，美則美矣，而匹夫匹婦對之莫名其妙。我們莫有理由遺棄這一幫人，也無法把西洋文法組織的文字，硬灌入這幫人的

65 姜德明，〈津門書話〉，《讀書》一九八一年第九期。
66 陳瑜，〈論鴛鴦蝴蝶派與大眾接受〉，《保定師範專科學校學報》二〇〇四年第一期。
67 瞿秋白，〈小白龍〉，魏紹昌編《鴛鴦蝴蝶派研究資料》（上）（上海文藝出版社，一九八四年）。
68 項立剛，〈通俗文學作品讀者的心理動因探析〉，《齊齊哈爾師範學院學報》一九九四年第一期。

腦袋。竊不自量，我願為這班人工作。」[69]另一方面，這類文本亦以「語言表達的重複性、慣用語，形象塑造的人物單純、好壞分明，結構上的『懸念—反引—突變』結構模式，思想內容的懲惡揚善、除妖滅害、崇尚武勇、彰表氣節等命題，使一般的讀者可以輕易地走進自己熟悉世界裏，完成欣賞活動」[70]。由此互動形成的鴛蝴文學具有強大市場力量。按布迪厄在《藝術的法則》中的分析，鴛蝴文學屬於文學場中「大規模生產次場」（subfield of large scale production），能滿足大多數外行的趣味消費，相對於有限生產次場處於更受重視的正統與高位，更接近於權力集團或市民社會。

因此，鴛蝴讀者較之作者，實更有力地承擔了來自「新文學」在出版、輿論方面的打壓。他們成功遏制新文學的「犯界」行為。一九二一年，商務印書館將老牌鴛蝴雜誌《小說月報》移交「新文學」，結果引發讀者「地震」。鴛蝴讀者紛紛譏諷新版為「廢紙」[71]，稱「愈看愈弄不明白」，「紙倒是上好的洋紙，可惜印的字，太臭了些」[72]。商務印書館始料不及，只得創辦《小說世界》作為補救。三十年代，《申報》將「自由談」副刊（周瘦鵑編）移交黎烈文編輯時，同樣受到讀者非議，《申報》又只得為周瘦鵑闢出「春秋」副刊，繼續發表舊派文學。一九四九年後，鴛蝴讀者拒絕革命文學，認為：「解放小說好是好，可都是教育人的；我們看小說是為了消愁解悶，看不進教育人的作品。」[73]故他們對「工農兵作品」相當冷淡。據報導，上海民航排演《王貴與李香香》，「演到一半，觀眾走散了，只好停演」[74]。上海各大影院還視革命電影為票房「毒藥」：「過去一部美國影片公映前他們（指影院老闆）往往不

69 張恨水，〈總答謝〉，魏紹昌編《鴛鴦蝴蝶派研究資料》（上）（上海文藝出版社，一九八四年）。
70 項立剛，〈通俗文學作品讀者的心理動因探析〉，《齊齊哈爾師範學院學報》一九九四年第一期。
71 沈雁冰，〈一九二一年九月二十一日致周作人〉，《茅盾全集》第三十六卷（人民文學出版社，一九九七年）。
72 〈小說迷的一封信〉，魏紹昌編《鴛鴦蝴蝶派研究資料》（上）（上海文藝出版社，一九八四年）。
73 康濯，〈談說北京租書攤〉，《文藝報》一九五〇年二卷四期。
74 孟千、徐嘯、景賢、蘇如，〈開展工人業餘文化活動的幾個問題〉，《文藝報》一九五三年第十期。

惜工本，大做宣傳，並且印出很好的說明書。但對蘇聯影片一無熱情，分到蘇聯影片時好像分到了毒藥，敷衍了事，草草映完，以便映出上海或美國的色情影片。」[75]

三

「所有『順應』潮流的文學現象，最終都會通過壓抑其他文學現象而成為壟斷文學的力量」[76]，鴛蝴讀者無論多強大，也不能改變這一文類被「新文學」和「人民文學」壓抑的文學史方向。延安文人對鴛蝴讀者毫無寬容，但收編鴛蝴讀者並非易事。鴛蝴文人生計無著，只能仰求「組織幫助」，鴛蝴讀者則不然。他們不以文學為生，散布於不同職業，流動、分散而隨機。新政權理論上有「全能主義」追求，但這並不等於政府能在每件事情上都投入巨大管理成本，而大眾閱讀顯然不可能列入監控對象。這使組織制度對鴛蝴讀者的收編基本失效，因此成功收編需要複雜話語技術。與將「新文學」讀者命名為「小眾讀者」類似，延安文人承「五四」遺風，將鴛蝴讀者命名為「小市民」，但貶抑更甚。康濯稱：「今日租書攤的主要對象，是市井沒組織以及沒職業的小市民層，他們缺乏正常的學習生活，他們或由於生活、家庭等個人問題，有苦悶，精神上需要刺激，或由於閒得沒事，需要消遣，因此租些有刺激的能解悶的小說看。」[77]甚至私營報刊《大公報》也把「傷感哀豔的故事」與小市民讀者的集散地上海稱為「黃色的都市」[78]。

貶為「小市民」不能完全消除其合法性。畢竟，按照黨對「群眾」的界定，家庭婦女、職員等也是「群眾」。且據洪長泰研究，西化的中國知識分子在西方找不著「中國」，也不願意到舊中國裏去找，為建構新的國家意識，他們

75 之冉，〈天津的影劇批評座談會〉，《文藝報》一九四九年一卷二期。
76 程光煒，《文學講稿：「八十年代」作為方法》（北京大學出版社，二〇〇九年），頁一七六。
77 康濯，〈談說北京租書攤〉，《文藝報》一九五〇年二卷四期。
78 上海《大公報》，〈上海文藝界應糾正思想混亂現象〉，《文藝報》一九五二年第三期。

就到「群眾」中去[79]。故「群眾」具有意識形態資源，因此在「小市民」與「群眾」之間還須適當區分。丁玲表示：「有人看、有人擁護不一定就好（要看是什麼人）。」「過去我們寫東西，常常研究讀者的興趣，這也是有群眾觀點的，不過這些群眾不是工農兵。」[80]即是說，在「群眾」之內尚有工農兵與「小市民」之別，只有工農兵「群眾」，才能享有歷史光榮與權力，「小市民」則不配擁有這種身分和權力——他們落後，缺乏歷史價值。而且在延安文人對「群眾」讀者的陳述中，「小市民」事實上已被抹殺。哈華對「群眾」讀者的描述是：「工人擁護共產黨，農民翻身，解放軍偉大，學生洋溢著活力，投入革命。」[81]這裏，身分上的「小市民」被匿去，趣味上的「小市民」也被「擦掉」。難道黨領導下的工人、學生和解放軍，就不是鴛蝴讀者的重要部分？其實，工人、學生最可能迷戀劍俠奇功與纏綿愛情。據一九五五年《文藝學習》刊登的大量揭露黃色小說「毒害」青年的「讀者來信」看，「中毒」最深的讀者基本上都是青年工人和中學生。但這一重大事實被哈華迴避了。他用身分政治修辭掩飾了工農兵「群眾」對性與暴力的「想像性的滿足」的需要。相應地，在公開輿論裏，言情、武俠等鴛蝴小說成為讀者遺棄對象。

於是，在延安文人公開描述出來的讀者世界裏，充滿革命理想的工人、學生與工農兵幹部大量湧現。比照之下，原有鴛蝴讀者則成為新社會裏的不潔分子。對「不潔分子」，要麼清除，要麼改造。部分延安文人傾向於拋棄「小市民」讀者。一九四九年，在天津影劇批評工作座談會上，即有黨員幹部「認為不必照顧他們，我們的觀眾不是老財們，是工人、學生和其他勞動人民，老財們愛不愛好，沒有關係」[82]。一九五〇年，丁玲毫不隱諱地表達了拋棄態度：

---

79 Hung Chang-tai, Going to the People; Chinese Intellectuals and Folk Literature 1918-1937, Cambridge[mass]; The Council on East Asian Studies, Harvard University, 1985, pp.10-17.

80 楊犁整理，〈爭取小市民層的讀者〉，《文藝報》一九四九年一卷一期。

81 哈華，〈關於「解放副刊」〉，《文藝報》一九五〇年二卷十二期。

82 之冉，〈天津的影劇批評座談會〉，《文藝報》一九四九年一卷二期。

不將就那些只適於混時間的消極思想，不迎合那些舊有的低級趣味。不要僅僅從少數的暫時營業生意眼出發，他們不喜歡新東西，絕不是新東西不好，只是新東西太少，只是有錢買票的觀眾，他們的趣味大部分還未得到改變（他們也一定要不能不有所改變的）。工人平常很難到戲院、遊藝場去看戲的。有些舊玩藝蕭條了，那是說明它的市場縮小了，也不必去可惜它。我們只能幫助它去適應新的環境與新的要求，也不必按照原樣地扶植它。[83]

康濯緩和一些，他主張改造。較之丁玲把推論建立在想像基礎上，康濯親自調查鴛蝴閱讀現狀，發現工人和大中學生「租武俠、言情小說看的，還並沒有絕跡，還有一定的數目」。所謂「小市民」其實頗多是工人、學生和黨的幹部，所以「拋棄」做法未免粗率，有效引導與改造才是上策，「今後各機關團體學校工廠除加強教育工作外，應注意多組織業餘的文藝活動，搞好圖書館，多置新文藝書籍，多多宣傳介紹新文藝作品，組織讀者會、漫談會等等。這樣，革命組織裏的成員，一定會慢慢絕跡於武俠和言情小說的」[84]。白融也提出「需要加強社教工作，比如辦民校，多設民教館、圖書館，多組織講演會、展覽會等等」[85]。

對「小市民」讀者的辨別和貶斥，對鴛蝴作品的「圍剿」、新的輿論的形成，以及社會主義教育的普及，都影響到鴛蝴讀者。建國初年，鴛蝴讀者出現較大流失。少年王蒙一度迷戀武俠，但他漸漸地意識到「這些光陸怪離與烏七八糟都是一去不復返了。這過去的一切只能是決絕地、無情地與之告別，與之永別了」[86]。康濯調查表明：儘管建

83 丁玲，〈談談普及工作〉，《文藝報》一九五〇年二卷六期。
84 康濯，〈北京的租書攤〉，《文藝報》一九五〇年二卷四期。
85 康濯，〈談說北京租書攤〉，《文藝報》一九五〇年二卷四期。
86 王蒙，《半生多事》（花城出版社，二〇〇六年），頁五一。

國後工人、學生仍是武俠、言情讀者的重要組成部分，但數量還是減少了；「工人，特別是產業工人，大大減少，學生和公教人員也大大減少」；推其原因，「恐怕是由於這些人參加了有組織的集體學習，覺悟提高，同時能接近一些有益的文教活動和新文藝書籍」[87]。不過，流失並未整體上瓦解鴛蝴讀者群體。尤其一九五二年前後，由於出版總署介入，鴛蝴派贏得「復活」空間，鴛蝴讀者也得以大量復甦。到五十年代中期，鴛蝴閱讀再度成為延安文人「嚴重」關切對象。

據報導，一九五五年「黃色書刊對工人群眾特別是青年工人的毒害，是十分嚴重的」，「因為看黃色書刊而墮落的青年工人很多」，想當「俠客」，想找「如意郎君」，「亂搞男女關係，以致違反國法」的工人是「普遍的」[88]。老舍在與工人們座談時也說：「讀壞書同吃毒藥一樣，它會要你的命！舊社會給咱們留下許多許多壞書，我們應當留神，別上它們的當。別以為小說戲劇都是閒書，什麼都可以看著玩。那不對！我們是社會主義的建設者，我們要堅決地拒絕壞書，像拒絕吸食毒品那樣。」[89]同年，中宣部和文化部痛下「殺手」，全面清理了一九四九年前舊版鴛蝴圖書，將還珠樓主、馮玉奇、劉雲若、朱貞木、王小逸等列入查禁「黑名單」，幾將鴛蝴作品一網打盡。同時，文化部還撥專款整頓、改造租賃業，圍堵鴛蝴文學的地下出版渠道。這些措施大幅削弱鴛蝴讀者，使之徹底轉入「地下」。五十年代後期，鴛蝴讀者逐漸消失：一則舊版武俠、言情小說，破損嚴重，逐漸退出流通，而少數鴛蝴新小品、散文，缺乏鴛蝴風格，跟不上閱讀新需求；二則新類型都市通俗文學（如手抄本公案故事、言情小說等）與革命英雄傳奇風靡一時，也分流絕大部分讀者。及至「文革」，還珠樓主、平江不肖生、劉雲若這些曾名動一時的名字，在讀者中徹底成為「前朝舊事」，知者寥寥。

87 康濯，〈談說北京租書攤〉，《文藝報》一九五〇年二卷四期。
88 真言，〈根絕黃色書刊對青年工人的毒害〉，《文藝報》一九五五年第十四期。
89 老舍，〈關於閱讀文學作品〉，《工人日報》一九五五年九月二十四日。

第三節　所謂「工農兵」：大眾閱讀的勝利

在「人民文學」重新規劃文學版圖過程中，另一類通俗讀者長期受到忽略，即與都市通俗讀者（鴛蝴）相對的民間通俗讀者（章回、戲曲）。新中國成立後，延安文人對異質話語重新編碼，鴛蝴文學與「新文學」逐漸被削奪殆盡，唯有章回、戲曲一脈「推陳出新」，繁花添錦，仍擁有層次最豐、地域最廣的讀者（觀眾），且還開闢出「革命英雄傳奇」新類型，風靡全國。這類通俗讀者始終數以億計，對延安文人構成了挑戰：怎樣在「人民文學」內部「安置」這些讀者？由於這類讀者介入「大眾」與「群眾」之間游移不定的身分，他們被捲入了複雜的權力關係：他們獲得「群眾」階級賦名，實又被安置在表述受限的「大眾」位置。

一

一九四九年前，新舊文學並存，「各有其不同的活動範圍，領有各自不同的讀者和觀眾。但是因為舊經濟、舊政治尚占優勢，所以舊形式在人民中間的強固地位並沒有被新形式所取而代之。不但在新文藝足跡尚極少見的農村，就是新文藝過去的根據地，過去文化中心的大都市，舊形式也並不示弱。沒有一本新文藝創作的銷路，在小市民層中能和章回小說相匹敵。全國各大城市竟沒有一處話劇場，舊戲院則數不勝數」[90]。民間通俗讀者主要來源，是鄉村城鎮中教育程度不高或未受教育的民眾。民國教育存在嚴重分層：「新型的西式教育僅限於城市中國家的精英分子這一級

[90] 周揚，〈對舊形式利用在文學上的一個看法〉，《中國文化》一九四〇年創刊號。

水平上，而鄉村地區依然保留傳統的價值觀念和教育，其程度遠遠超過西式教育。」[91]不同教育類型塑造不同審美訴求：部分城市精英成為「新文學」欣賞者，而農民和大多數城鎮居民對之不能接受，「新派小說，雖一切前進，而文法上的組織，非習慣讀中國書、說中國話的普通民眾所能接受。正如雅頌之詩，高則高矣，美則美矣，而匹夫匹婦對之莫名其妙」[92]。「普通民眾所能接受」的，還是看戲、聽書。甚至陝甘寧邊區文化界救亡協會也承認：

> 一部《三國志》，或者《水滸》，或者《儒林外史》，或者《紅樓夢》，銷售在全國民間的，不知有多少千萬的本子。但我們最好的新文學作品，在全國所銷售的也不過幾萬本；各地方的某種「小書」，可以無孔不入地深入民間，為「略識之無」的人所傳誦，而內容可為廣大毫不識字的人所傳說。但我們新文壇上，直到今日也還沒有任何一本通俗小冊子可以和那樣的勢力相比擬其萬一。各地的舊戲劇、舊歌曲，成為各地民間所熟悉、所最高興和嗜好的東西，而我們文化運動中的新戲劇、新歌曲，卻還很少能那樣地打進最廣大的落後的人民的心坎。[93]

新中國成立後，這一現象變化無幾。書場、劇班繁盛是生動證據，這從一九五七年《文藝報》兩則報導可窺一斑：一是第五期報導湖南湘劇團「開禁」《封神榜》之盛況——「本來只準備演七天，但一上去就下不來，結果連演了八個月。」[94]一是第六期報導北京曲藝團上演《楊乃武與小白菜》盛況——「演了一百餘場，上座率始終是百分之

---

91 〔美〕費正清、羅得里克·麥克法夸爾編，《劍橋中華人民共和國史（一九四九至一九六五）》（上海人民出版社，一九九〇年），頁二〇一。

92 張恨水，〈總答謝〉，《新民報》一九四四年五月二日。

93 陝甘寧邊區文化界救亡協會，〈我們關於目前文化運動的意見〉，《解放》一九三八年第三十九期。

94 葉群，〈放才能帶來繁榮〉，《文藝報》一九五七年第五期。

百，觀眾將近十萬。」[95]群眾對戲曲癡迷至極，甚至出現為一睹《狸貓換太子》而「花四小時排隊買票」[96]的動人景觀。此情此景，無論「新文學」作家還是延安文人都望塵莫及。而章回演義小說也廣泛傳播，歷久不衰。一九五七年，有人撰文指出：「廣大的人民，卻是很歡迎章回小說，喜歡通俗文藝的，它的銷量遠超過新文藝書籍。」[97]一九六二年，中國作協閱讀調查顯示：「在農村受到很大歡迎的還有優秀的古典小說，如《水滸》、《三國》、《列國》、《西遊記》、《聊齋》等等。在書店中，常年連續不斷地供應，銷售量也很大。另外，《楊家將》、《呼家將》等書，也有很多讀者和聽眾。值得注意的是像《施公案》、《大八義》、《小八義》這類內容封建反動的舊小說，也有一定市場，這些書大部分是過去留下來的在小範圍內流傳，有時市場上也參雜著賣一兩本，還有一些老藝人在說這些書。」[98]尤其是革命「新說部」（英雄傳奇）亦迅速培育、擴大了原有讀者群體。《新兒女英雄傳》在《人民日報》連載時，讀者「都緊張、焦急地等待著第二天的報紙」，「到處都有人在問：『怎麼《人民日報》還不來？』」[99]《烈火金鋼》廣播時，大街小巷，凡是有收音機或大喇叭處，群眾都尖著耳朵聽「蕭飛買藥」。傳統戲曲、章回說部、「革命英雄傳奇」的興盛，在出版上亦有反映。五十年代，編寫舊戲劇本被認為是生財捷徑。有人揭露：「一個劇本，只改十幾個字，就算是自己的作品，拿去上演，可發了大財嘍！」「演到無人看的時候，再出版劇本，還可有筆版稅。」[100]而「革命英雄傳奇」的發行量，動輒上百萬冊。

95 張保莘，〈群眾歡迎《楊乃武與小白菜》說明了什麼〉，《文藝報》一九五七年第六期。
96 葉群，〈放才能帶來繁榮〉，《文藝報》一九五七年第五期。
97 木呆，〈通俗文藝作者的呼聲〉，《文藝報》一九五七年第十期。
98 中國作協創研室，〈記一次「關於小說」在農村的調查〉，《文藝報》一九六三年第二期。
99 則因，〈新兒女英雄傳給我的啟示〉，《二十世紀中國小說理論資料》第五卷（北京大學出版社，一九九七年）。
100 文徒，〈「文字商」的靈魂〉，《文藝報》一九五五年第四期。

這些民間通俗讀者就是所謂「工農兵」，不過，若以為他們僅限於未受過什麼教育的「工農兵」，那又是絕大誤解。其實，這類通俗讀者幾乎含括中國社會所有文化層次和職業類型，如受過新式教育的政治精英，黨的高級領導如毛澤東、周恩來、朱德等都是戲曲迷戀者。甚至在文化部看來，只有傳統戲曲才是值得向國際友人推薦觀賞的「經典」藝術。「新文學」作家和延安文人也普遍是戲曲品賞者。一九四九年九至十月，徐鑄成應邀參加第一屆全國政協會議。期間，徐流連戲院，先後觀賞《蝴蝶杯》、《紅拂傳》、《野豬林》、《捉放曹》、《鎖麟囊》、《定軍山》、《宇宙鋒》、《奇雙會》、《四平山》、《普球山》、《打麵缸》、《會稽會》等舊戲。在他的閱讀回憶中，竟未提及任何一部「新文學」作品。相反，對喜歡的戲，他屢有評價，譬如評價譚富英《定軍山》、梅蘭芳《宇宙鋒》稱：「梅的做工、扮相，依然當年，嗓音稍差，幸王幼卿胡琴托得好。聞晚會由齊燕銘提調，齊是京戲行家，故點的兩齣，都是譚、梅的傑作。」[101]郭小川日記顯示，一九五八年一至四月，郭共閱讀（觀看）作品二十四部。其中，戲曲竟高達十八部，包括《畫梅花》、《晏子說楚》、《玉驤橋》、《梵王宮》、《秋江》、《百花贈箭》、《雙拜月》、《攔馬》（評語：「真豐富，演員演得真好。」）、《穆桂英》（評語：「真好極了，劇本很巧妙。」）、《紅梅閣》（評語：「一個鬼戲，看了令人不快。」）、《拉郎配》（評語：「這戲令人歡喜。」）、《水漫金山》、《琴房送燈》、《打神告廟》、《柴市口》、《渡口》。對後五部戲，郭小川的評語是：「以《水漫金山》為最好，這是個獨特的戲。余果冰武功不錯。胡漱方演的《打神告廟》也很精彩。」此外六部，分別是《李賀詩集》、《紅色的種子》（蘇聯電影）、《在和平的日子裏》、《紅旗譜》、《靈泉洞》、《野火春風鬥古城》[102]，後兩部實是「革命版」新說部。可見，民間通俗作品占到六分之五以上。類似閱讀經驗，在俞平伯、老舍、田漢、曹禺、汪曾祺等戲曲票友中更是普遍。民間通俗文藝的覆蓋力度由此可見。

101 徐鑄成，《徐鑄成回憶錄》（北京三聯書店，一九九八年），頁二〇七。
102 郭小川，《郭小川全集》第九卷，頁二五四—三〇六。

二

埃倫・迪薩納亞克說：「所有個人都用他們自己的語言和教養中固有的那些未被覺察而又不言而喻的先入之見來看世界。」[103]伽達默爾也認為：藝術作品不是一種科學認知的對象，它存在於意義的顯現和理解之中。在理解活動中，讀者並非被動地接受作品，而總是帶著由整體歷史傳統內化而成的「前見」參與其中。那麼，民間通俗讀者帶有怎樣的「先入之見」或「前見」呢？

在題材上，他們普遍欣賞上等階級的恩怨情仇，而對下等階級故事（滑稽戲除外）就較少歡迎。毛澤東少時發現：「（我）讀中國舊小說與故事。有一天我忽然想到，這些小說有一件事情很特別，就是裏面沒有種田的農民。所有的人物都是武將、文官、書生，從來沒有一個農民做主人公。」[104]毛澤東成為革命領袖後，將此現象鄙為「帝王將相、才子佳人」，並矢志為下等階級爭取表達機會。其實，毛澤東憤懣不平的現象，乃中外文學接受中共同的「高位模仿」心理所致。畢竟，對尊榮富貴的「想像性滿足」、對貧困卑賤的嫌惡，是人性中的正常經驗。甚至，愈是窮人愈是厭倦觀看下等階級單調無趣、易引發悲哀憂愁聯想的生活。這類不幸故事能吸引的，主要是少數正義感強烈的理想主義知識分子。在情感上，這類讀者喜愛忠孝節義故事，以及由之生發的倫理情感。他們習慣形式不變的道德鬥爭（正／邪衝突），習慣儒家視野下的倫理身分與身分倫理：為君者的明或昏、為臣者的忠或奸、為子者的孝或忤、為婦者的貞或亂，等等。他們還希望進一步從「正」必勝「邪」的結局中，獲得道德和諧和關於現實秩序的想像。不過，「革命英雄傳奇」讀者略有變動。他們習慣於從革命故事中獲取道德經驗，譬如，對革命忠誠與否、對同志義與

103 〔美〕埃倫・迪薩納亞克，《審美的人——藝術來自何處及原因何在》（商務印書館，二〇〇四年），頁一一五。

104 〔美〕愛德格・斯諾，《西行漫記》（北京三聯書店，一九七九年），頁一〇九。

不義，也從中獲取革命勝利的必然信念。這類期待皆屬倫理主義。倘若故事缺乏習定的倫理模式，他們便很難理解其內涵。「新文學」在鄉村地區難以傳播，關鍵在於它拋棄了儒家倫理主義，轉而啟用西方啟蒙主義的歷史敘述，以新／舊之辨取代善／惡之爭，導致了大眾閱讀障礙。

但這類倫理訴求尚不構成民間通俗讀者最重要的「期待視野」，「在思想與情感上，它所要求的效果不很大，還沒有多少征服的野心，反之，它卻往往是故意迎合遷就讀者」[105]。也就是說，倫理訴求不過是使讀者更易理解故事，理解故事的目的在於越過故事軀殼追求娛樂。而達成娛樂的技術手段，才是通俗文藝「藝術」之所在。故無論讀者、作者都希望作品有特定「趣味」。這種娛樂技術體現在故事結構上，是指讀者（觀眾）要求有頭有尾、扎扎實實，且以大團圓為結局。在一九四九年「舊的章回、連載小說作者座談會」上，趙樹理認為：舊小說特點是「有話則長，無話則短」，「和西洋小說『有話則有，無話則無』不同，譬如《四郎探母》坐完了宮要過關，在戲臺上一定要走一下這個形式，這就是『無話則短』的成規，要在新戲中，這一段過關一定略去了。這種舊小說的傳統在《水滸傳》、《紅樓夢》裏面到處都顯現著，他是入情入理的，符合中國人民口味的」[106]。柯仲平也承認：「在農村演戲，演到捉住漢奸、特務，舞臺上的群眾一聲喊打喊殺，立刻就閉幕了。而老百姓看到這裏卻不肯走，他們認為還沒有完，『漢奸、特務到底殺掉沒有呢？』他們有這個疑問，覺得這個戲沒有尾巴，看起來似乎不入情理。」[107]通俗讀者的這一特點，還可從德克・博迪日記得到證實。一九四九年八月，北平上演新編《鵲橋相會》，但劇團出於反封建考慮刪除了天帝下旨賜婚的戲段，觀眾情緒激憤地大叫：「戲沒完！戲沒完！」工作人員解釋說是這是出於反封建需要，可觀眾還是拒絕退場[108]。村夫對這種閱讀趣好的闡述最為清楚：

105 老舍，〈談通俗文藝〉，《自由中國》一九三八年一卷二號。
106 楊犁整理，〈爭取小市民層的讀者〉，《文藝報》一九四九年一卷一期。
107 楊犁整理，〈爭取小市民層的讀者〉，《文藝報》一九四九年一卷一期。
108 〔美〕德克・博迪，洪菁耘、陸天華譯，《北京日記——革命的一年》（東方出版中心，二〇〇一年），頁二一〇—二一一。

一般群眾都不願看（聽）毫無來歷的東西，即無姓名時地的東西。有許多對「話劇」的厭惡，是因為他不說明，不先來個角色自我介紹，所以他們說是看不懂。他們是不習慣從整個演出過程中得到暗示，去瞭解這角色的姓名和身世的。他們已從舊劇中養成習慣，每個角色出來之前先聽他介紹，譬如：「老漢家住杭州，姓王名祿山，家中只有一女兒……」把姓名、身家交代清楚了。……群眾是喜愛「有頭有尾」、「有始有終」的，簡單說一句就是要「大團圓」，開始有來歷，結果要完滿。他們大都是善良的百姓，他們時常吃人的苦頭，所以他們希望「惡有惡報，善有善報」，一定要報給他們看，不報或報得不徹底，他們就會感到遺憾，不爽快。[109]

民間通俗讀者期待故事頭尾完整，而不習慣曖昧不清的轉彎抹角。對此，老舍表示：通俗文藝「即使文字不完全通俗，可是照直敘述，不大拐彎，到非拐彎不可的時候，必先交代清楚，指出這可要用倒插筆，或什麼什麼筆了。這樣，文字即使難懂之處，但跳過幾個字去，並無礙於故事的發展」。「新文藝好拐彎，一來是圖經濟，二來是講手法，電影中諸般技巧，都拿來應用，還挽上一些『……』與『××』什麼的。結果，讀者莫名其妙，抓頭不是尾，乃歎難懂。雖作者儘量地用『媽的』或更蠢的字，以示接近下層生活，而此等『媽的』乃繞彎而來：前面一大套莫名其妙，此處忽來一『媽的』，俗則俗矣，可是彆扭奇怪，乃失其俗。《鑄情》、《雙城記》等在此院賣滿，《火燒紅蓮寺》亦在彼院賣滿，彼院觀眾若讀小說，必讀《七俠五義》，而拒絕你我的短篇，或甚至於長篇。」[110]

故事緊湊扎實，亦是讀者（觀眾）趣味之所在，「（新文藝）因受了西洋文藝的影響，每每愛耍情調，把一件小事能說得很長。新小說裏描寫一位愛人吃蘋果，也許比張飛夜戰馬超那場惡鬥還要長出許多許多。這種情調往往是抒情的、傷感的，似有若無，靈空精巧，而一般人呢，他們卻喜愛好的故事——有頭有尾，結結實實，《今古奇觀》裏

109　村夫，〈關於舊劇改造〉，《文藝報》一九四九年一卷六期。
110　老舍，〈談通俗文藝〉，《自由中國》一九三八年一卷二號。

的故事差不多都是滿膛滿餡的，而《濟公傳》已不知道有多少『續』。續而再續，老是那些套數，可是只要『濟公』不閒著就好。」[111]依而也認為：讀者要求「描寫人物、敘述故事的時候，人物的關係要重疊錯綜，故事發展跌宕交叉，不喜歡簡單化、平淡。但是，總希望一波未平、一波又起，眉目分明，脈絡清楚」[112]。故「一般觀眾的欣賞興趣」在於「故事有頭有尾，情節曲折離奇」[113]，倒並不關心作品是否忠實再現客觀生活。

讀者對講敘（表演）本身能否提供趣味也特別關注，「文藝畢竟是文藝。《水滸傳》的李逵、魯智深等都多麼粗莽熱烈，可也都多麼有趣。通俗文藝，無論是歌曲、小說、戲劇，都懂得這個訣竅。連諸葛亮的精明都有時候近乎於原始的狡猾，而張飛時時露出兒氣。設法使作品有趣，才能使讀者入迷」[114]。而讀者的趣味感，集中在「場面大、熱鬧」兩點上[115]。戲曲表演要達到這種要求，並不容易。解放戰爭初期，沙立在河北工作，熟悉恩縣、武城、清河等縣村鎮劇團，他發現：

> （觀眾有）濃厚的技術觀點，忽略演出的內容。如說某一角色不錯，唱得做得都好；某一劇團不錯，有個好「武把子」；某一個戲不錯，哭得比真哭還「痛」……觀眾中流行著一句：「不好不看，不賤不看，不酸不看」的「名言」……「酸」的解釋就是「色情淫蕩」。他們喜歡這類戲的程度是令人吃驚的，每演出這類節日時觀眾擁擠異常，更奇怪的是婦女觀眾多到占全體觀眾的五分之二到二分之一。如果不是這類戲，婦女觀眾即

111 老舍，〈談通俗文藝〉，《自由中國》一九三八年一卷二號。
112 依而，〈小說的民族形式、評書和《烈火金鋼》〉，《人民文學》一九五八年第十二期。
113 葉群，〈放才能帶來繁榮〉，《文藝報》一九五七年第五期。
114 老舍，〈談通俗文藝〉，《自由中國》一九三八年一卷二號。
115 白融，〈奪取舊小人書陣地〉，《文藝報》一九五〇年二卷四期。

減到十分之一二。[116]

革命新戲的表演趣味，不能滿足觀眾要求。「演出《九件衣》時，有些觀眾看見掛幕布說：『又是新戲。』竟掉頭而去。」[117]這類革命新戲被諷刺為：「不是鋤就是鐮，不是筐就是籃，不解渴。」或被認為：「盡是宣傳，看了開頭就知末尾。」[118]

三

新中國成立後，新式教育被迅速推進到鄉村腹地，文化格局被重新構造。民間通俗讀者即便數量巨大，但由於舊文化被貼上「封建」、「迷信」標籤，遭到擠壓，民族國家書寫借助「全能主義」政治力量，長驅直入，對這一類型讀者形成強勢挑戰。本來，這類讀者在「新文學」時代即被褫奪在民族國家書寫中的話語權，至多被給予改寫機會。但建國後民間通俗讀者新增了革命身分（「工農兵」），他們中間也包含大量國家領袖和政府官員。這使延安文人對民間通俗讀者的改寫實踐，增添了技術難度，變成了不乏風險的話語實踐。

一九四九年前，左翼文人即有改寫說部戲曲讀者（觀眾）的意願。重建國族「同一性」的企圖，使他們不願意承認讀者分層的合理性。三十年代，宋陽（瞿秋白）寫道：「中國的勞動民眾還過著中世紀的文化生活。說書、演義、小唱、西洋鏡、連環圖畫、草臺班的戲劇……到處都是，中國的紳士資產階級用這些大眾文藝做工具，來對勞動民眾

116 沙立，〈談「花旦」與「丑」的改造〉，《文藝報》一九四九年一卷五期。
117 沙立，〈談「花旦」與「丑」的改造〉，《文藝報》一九四九年一卷五期。
118 辛原，〈關於農村劇團的一些問題〉，《文藝報》一九五二年第二期。

實行他們的奴隸教育。這些反動的大眾文藝不論是書面的、口頭的，都有幾百年的根底，不知不覺地深入到群眾裏去，和群眾的日常生活聯繫著。」[119]在此，精英法則將民眾閱讀「區分」為「中世紀的文化生活」，意欲削除其合法性。四十年代，周揚承認：「對舊形式的偏愛，在舊社會沒有完全改造以前，是不會輕易改變的。甚至到了新的社會，人民意識中舊的趣味與欣賞習慣，由於一種惰性，還可以延續很長一個時候。」[120]這種「承認」，以「消除」信心為前提。一九四九年，「新的社會」來到，改造時機成熟。《文藝報》經常刊出對戲曲說部的批評，甚至對新編革命劇目也不客氣，如村夫批評新編紹興戲《東方紅》：

> 以無謂的插曲拖長時間，我們認為是可以省掉的，如朱成忠的女兒往監牢探獄，哭哭啼啼，鬧了很長的時間，朱成忠死後請鄰家來辦喪事，哭哭啼啼又弄老半天，群眾看得厭煩了，「為啥只格（只管之意）要這樣弄去呢？」「這樣做不長呀！」……長是拉得夠長了，從十九點直到二十三點左右，到閉幕時，留在臺下的觀眾已很少。拖時間，本是舊劇的大缺點，我們不應再學他們，我們的觀眾主要是工農其他勞動人民，大家日裏都要積極工作，我們表演的目的，除了教育的作用之外，是娛樂他們，是使他恢復一天的疲勞，如果叫大家夜裏看上五六個鐘頭的戲，次日還能很好的工作嗎？[121]

這種對傳統戲曲難以忍受的傾向，在黨的文藝官員不為少見（如夏衍），他們對之頗有「勘亂」之心。但建國初，對戲曲說部始終未出現類似針對鴛蝴文學的那種「圍剿」及雷厲風行的查禁。文化部查禁過少數色情劇目，但整

119 宋陽，〈大眾文藝的問題〉，《文學月報》一九三二年創刊號。
120 周揚，〈對舊形式利用在文學上的一個看法〉，《中國文化》一九四〇年創刊號。
121 村夫，〈關於舊劇改造〉，《文藝報》一九四九年一卷六期。

體而言，戲曲說部多以「推陳出新」的方式參與了「人民文學」。何以如此？原因有三：一、民間通俗讀者主要為下層農民、工人，他們不但具有「群眾」革命身分與經歷，而且毛澤東對他們懷有特殊感情。延安文人不宜如同對待城市讀者那樣動輒將之摔出「群眾」之外。再則，農村地區廣袤，國家資金薄弱，主管部門力有不逮。三、黨的領袖和地方幹部基本上都是戲曲說部讀者（觀眾），「剿滅」絕無可能。故而，延安文人對這類讀者棄「新」迎「舊」無可奈何。

一九五二年，羅門報導：「不好的片子，你就是說得天花亂墜，觀眾還是不大要看；而有些真正為觀眾喜愛的片子，雖然沒有大力宣傳，售票窗前的行列還是排得長長的，《偉大的起點》和《天仙配》就是兩個很好的例子。據說《偉大的起點》在上海公映時，做了很多的宣傳工作，但結果上座率並不好；而《天仙配》幾乎沒有做什麼宣傳，但是人們奔相走告，上座率盛況空前，成都、青島等城市的觀眾甚至責備影院為什麼不賣站票。」[122]

在農村，戲曲說部更居於絕對統治地位。研究者指出：「『十七年』時期意識形態對文學體制的嚴格控制，使得文學讀者可利用的理論資源被控制在特定的範圍內，讀者的解讀方式不可避免地單一化」，「『十七年』文學的讀者無法形成自己對文學的獨立看法、發表不同的意見，他們只能重複既定的文學政策」[123]。如果這些讀者也屬於「文學讀者」的話，那麼這段結論就不甚準確。他們不僅有「獨立看法」，且「冥頑不化」，始終如一迷戀章回戲曲和革命傳奇。

延安文人的改造難度無疑很大。為此，與對革命通俗文人的處理一樣，他們對這類讀者採取了應對策略：承認他們為「群眾」，但在可掌握的話語與資源內，卻又不予之以「群眾」位置，而置之於「大眾」位置。這樣，這類讀者就獲得奇特處境：在公開報刊上，他們很難直接表述自己的欣賞趣味；作為文學消費者，他們的生產反饋功能卻受到

122 羅門，〈信任與不信任〉，《文藝報》一九五六年第十一期。

123 王秀濤，〈讀者背後與來信之後——對《人民文學（一九四九至一九六六）》「讀者來信」的考察〉，《揚子江評論》二〇〇九年第三期。

約束；身為高於小市民和知識分子讀者的「群眾」，他們卻無機會指點文壇，只能作為普及、受教育對象而存在。他們處於曖昧的匿名狀態。而且，五十年代後期起，文化部開始壓縮國營劇團，整頓乃至取締農村「草臺子」劇班。靜悄悄地體制清理，無疑削弱了民間通俗文學讀者。不過，「文革」爆發後，延安文人集團瓦解，這類讀者的閱讀趣味，通過革命樣板戲，化「俗」為「雅」，在「人民文學」的名義下獲得全面釋放。

第四節　重構革命的閱讀秩序

「人民文學」建構是社會主義「文化領導權」的體制保證，故周揚對閱讀秩序異常關注：「讀者和聽眾喜歡什麼，他們在看、在聽些什麼東西，看過、聽過之後，到底在精神上起些什麼反應，這是我們黨不能不注意的問題。」[124]不過，文藝領導層的關注並不始於一九五八年，而是自一九四九年起一直貫穿到「文革」。新中國成立之初，延安文人在有意識地鑑別、排斥「新文學」讀者和鴛蝴讀者的同時，還更著力形塑「人民文學」的讀者趣味與權力。不過，由於作為「人民文學」基礎的解放區文學缺乏足夠魅力，「人民文學」讀者不但規模小，而且還面臨鴛蝴讀者和「新文學」讀者的挑戰。故一九四九年後（尤其建國初年），延安文人一方面有力地回應著異質性話語的挑戰，一方面通過新的教育體制、文學體制成功確立了「人民文學」的閱讀趣味與閱讀「領導權」。

124 周揚，〈建立中國自己的馬克思主義的文藝理論與批評〉，《文藝報》一九五八年第十七期。

解放區的文學讀者相當有限。當時農民受教育程度極低，難以接觸並領會解放區文學。在城市中，僅有少數「左傾」讀者喜愛解放區文學，但多數城市讀者對不熟悉的且貧窮、不衛生的農村生活，缺乏持久興趣，對從啟蒙視角下「脫軌」而出的下層階級的價值與生活，也不習慣。故解放區文學讀者主要集中在解放軍讀者及少數「左傾」青年，人數較少，難以獨立支撐一個文學場，更遑論「文化領導權」。故「人民文學」建構須有體制介入。對此，研究者指出：「解放前後，讀者的文化心態、期待視野便經歷了一個轉換過程。……重建文學規範，一個重要的方面便是要加強文藝批評，直接干預文學創作、閱讀，使讀者原先的各種經驗、趣味、素養，在時代文化氛圍的潛移默化中得到『改造』、『更新』。」[125]

不過，體制介入首先面對的是鴛蝴讀者和「新文學」讀者的挑戰。前者作為「墮落趣味」的代名詞，對延安文人無甚影響，但「新文學」讀者有關真實、人性、獨立思考等閱讀訴求，不可避免地會對延安文人發生影響。「進城」前後，不少作家明顯感到「新文學」傳統的壓力，這釀成了一九五一年「蕭也牧批判」。對此，曠新年表示：「解放區文學和『人民文學』的擴張並不是一帆風順、水到渠成的；相反，解放區作家實際上也受到『人的文學』這個新文學傳統和文學市場的改造，『人民文學』與『人的文學』構成了當代文學中不斷的衝突。二十世紀五十年代初，蕭也牧的創作及其批評就反映了『人民文學』與『人的文學』的衝突。」[126]

125 陳偉軍，〈從傳播學視角看十七年小說的大眾接受〉，《南京社會科學》二〇〇七年第十期。

126 曠新年，〈人民文學：未完成的歷史建構〉，《文藝理論與批評》二〇〇五年第六期。

這是恰切判斷。事情起於蕭也牧等在「人的文學」壓力下的創作轉向。蕭也牧事後檢討說：「進城」後「（我）聽到一種議論，據說城市裏的讀者不喜歡老解放區的小說。原因是讀起來很枯燥，沒趣味，沒『人情味』……又說：『生活隨處都有，最好的小說要寫日常生活，要從側面寫，這才顯得深刻。』又說：『為了爭取城市裏的讀者，必先迎合他們的胃口，才能提高他們的水平。』」[127]「城市裏的讀者」實即知識分子讀者。蕭也牧以為這「是有道理的」，對解放區文學發生疑問，「我也想到，如果當真把自己的小說寫成和舊的小說一模一樣，那麼，這樣的小說，已經有了不少，不必再寫了」[128]。這也是當時部分延安文人看法。在他們看來，解放區程度粗淺的讀者口味，不能代表真正「文學」，戰爭年代為他們寫作是權宜之策，而今戰爭結束，這種權宜也該結束了，調整方向、轉向真正有素養的讀者（知識分子）亦自然而然之事。畫家任遷喬聽到的說法更有代表性：

> 大批新的知識分子進入解放區，他們對我的作品也有兩種不同的評價，有些同志肯定我的方向是正確的……另外一部人認為：我的作品雖然受群眾歡迎，但不能作為藝術品看待。他們說：「當群眾餓著肚子的時候，粗糠也是好東西。革命眼看要勝利了，大城市眼看就要解放，要做一個名副其實的畫家，非畫油畫不可。」[129]

「文化翻身」實即「復活」「新文化」傳統。即使有些作家仍談「群眾」，但毋寧是假設某種高級「群眾」。他們存在於知識分子中。因此，為「爭取城市讀者」，蕭也牧不久寫出《我們夫婦之間》、《海河邊上》，在城市青年中掀起「熱潮」。《我們夫婦之間》被拍成電影，《海河邊上》被一些青年團組織定為必讀書，話劇、連環畫冊

127 蕭也牧，〈我一定要切實地改正錯誤〉，《文藝報》一九五一年五卷一期。
128 蕭也牧，〈我一定要切實地改正錯誤〉，《文藝報》一九五一年五卷一期。
129 任遷喬，〈我走了彎路〉，《文藝報》一九五一年五卷五期。

等改編本也迅速出現。與蕭也牧相呼應，《界限》（盧耀武）、《關連長》（朱定）、《夫婦進行曲》（長江影片公司）、《好同志》（吳燕）等作品也陸續發表。對此小小「改良」潮流，周揚在一九五三年第二次全國文代會上說：「在解放戰爭結束，我們即將從農村轉入城市之前，在某些文藝工作者中間就已經發生了『解放區的文藝到了城市能吃得開嗎？』這樣的懷疑，這實際上就是表現了對為工農兵服務的文藝方向的動搖。」「說解放區的文藝作品是『農民文藝』，說這些作品沒有『人情味』」，這樣的論調「實際上是瞧不起為工農兵的文藝。」[130]

這種朝向「新文學」讀者的「爭取」，暗含著對「人民文學」的莫大威脅，所以很快在延安文人內部激起反應。陳涌最先撰文批評蕭也牧作品「脫離生活」，「依據小資產階級的觀點、趣味來觀察生活」[131]。馮雪峰化名讀者「李定中」表示：「反感作者的那種輕浮的、不誠實的、玩弄人物的態度。例如《我們夫婦之間》，作者對於女主人公——女工人幹部張同志——的態度，是怎樣的一種態度！從頭到尾都在玩弄她！寫到她的高貴品質，也是抱著一種玩弄的態度；寫到她的缺點，更不惜加以歪曲，以滿足他玩弄和『高等華人』式的欣賞的趣味」，「它會提高讀者的感情和趣味麼？普通的讀者，如果不留心，就會不知不覺地受了壞影響」[132]。丁玲公開信批評得最系統。據丁玲說，《我們夫婦之間》發表時，她曾通過私人渠道向蕭也牧表示該小說「很虛偽」，希望他「糾正這種傾向」，但蕭也牧並未「重視」[133]。

而另有材料表明，丁玲公開信部分吸收了毛澤東見解[134]。不久，丁玲公開信〈作為一種傾向來看〉在《文藝報》上刊出。丁玲從中看到「人民文學」與「新文學」的衝突。丁玲說：蕭也牧已被人利用為反對解放區文學的「旗

130 周揚，〈為創造更多的優秀的文學藝術作品而奮鬥〉，《文藝報》一九五三年第十九號。
131 陳涌，〈蕭也牧創作的一些傾向〉，《人民日報》一九五一年六月十日。
132 李定中，〈反對玩弄人民的態度，反對新的低級趣味〉，《文藝報》一九五一年四卷五期。
133 丁玲，〈作為一種傾向來看：給蕭也牧同志的一封信〉，《文藝報》一九五一年四卷八期。
134 一九五一年丁玲在頤和園寫作該信，毛澤東正好散步路過，說《我們夫婦之間》等作品：「是進了城遇到的新問題，一些號稱

幟」，「這兩年來，他們正想復活，正在嚷叫，你的作品給了它們以空隙，他們就藉你的作品大發議論，大做文章」，「（這）應當看成是一種文藝傾向的問題了」，《我們夫婦之間》「儼然地在那裏指點人們應當如何改造思想，如何走上工農分子與知識分子結合的典型道路。它表面上好像是在說李克不好，需要反省，他的妻子——老幹部，是堅定的，好的」，「但結果作者還是肯定了李克」，而「張同志們從始自終，是被幕後的導演（作者）和大丑角李克奚落夠了的。有些地方，好像是在說她好，說她堅定，說她倔強，但這種地方，實際又是在說她缺少文化、狹窄、無知、粗魯。譬如，一寫到她『好』的時候，作者也好，李克也好，總在旁邊插科打諢地嚷到：『嘿，看呀，她居然會這樣說了，她進步了呀，她呱呱叫呀。』」[135]

丁玲的觀察是敏銳的，《夫婦之間》是一個農民文化在異文化中被「觀看」的故事，它符合城市讀者對農村、農民的模式化認識。連環畫編者李卉承認：電影《夫婦之間》放映時，電影院裏「滿場哄笑」[136]。對此，賈霽批評說：「在小資產階級、小市民的庸俗認識裏，農民是無文化、無教養的『鄉下佬』、『土包子』，他們對待農民，認為可以隨便開開玩笑，譏笑一番，欺負一下，醜化她一下。小說《我們夫婦之間》也正是這樣做的。」[137]北大學生樂黛雲在《鍛鍊》中也發現了「歪曲」，《鍛鍊》本意是寫知識分子在減租減息中受到「鍛鍊」，結果，農民積極分子「除了哭，除了頹然，除了沉默以外，就只會抓住別人的手毫無主見地求救！」他們的平庸無能，與知識分子馬軍的「明

學得了馬克思主義的共產黨員，他們學得了社會發展史——歷史唯物論，但是一遇到具體的歷史事件、具體的歷史人物（如像武訓）、具體有反歷史的思想，（如像電影《武訓傳》及其他關於武訓的著作），就喪失了批判的能力，有些人則竟至向這種反動思想投降。資產階級的反動思想侵入了戰鬥的共產黨，這難道不是事實嗎？」周良沛認為：毛澤東談話「幾乎構成了丁玲批評《我們夫婦之間》的基調」。見周良沛，《丁玲傳》（北京十月文藝出版社，一九九三年），頁四八二。

135 丁玲，〈作為一種傾向來看：給蕭也牧同志的一封信〉，《文藝報》一九五一年四卷八期。

136 李卉，〈《我們夫婦之間》連環畫改編者的檢討〉，《文藝報》一九五一年五卷一期。

137 賈霽，〈關於影片《我們夫婦之間》的一個問題〉，《文藝報》一九五一年四卷八期。

快與冷靜相比，顯得是那麼可憐」！這是「小資產階級知識分子在『鍛鍊』勞動人民」[138]！

康濯則「上綱上線」，挑明蕭也牧對〈講話〉的悖離：「也牧同志曾有一次對我的創作提了些意見。他說我創作的缺點是有些狹隘和枯燥，某些作品不能引人入勝。接著，他又說：『今天我們進入了城市，讀者對象廣泛了，局面大了，作品也應該有所改變，作品應該加一些『感情』，加一些『新』的東西、『生動』的東西，語言也應該『提高』些，可以適當用一些知識分子的話來寫作……』（也牧同志）實際是向我提出了一個創作上極端重要的問題，即我們進入城市以後，如何繼續執行毛主席文藝方針的根本問題。」[139]康濯認為：加入「感情」、「提高」都無問題，「但問題在於：也牧同志向我提出來的所謂『感情』，實際是指小資產階級感情；所謂『提高』，實際上是要迎合城市小資產階級分子和舊市民層的趣味」，於是，

> 我直率地告訴了也牧同志我的這些看法，並且說過：進城以來，資產階級、小資產階級的文藝思想正在用各種方式向我們進攻，他們說我們的作品「沒有文藝性」、「沒有技巧」，太「枯燥」了，太「幼稚」……我們有缺點，我們要好好努力，要虛心地老實地學習新的東西，做出更大的成績；但是，必須沿著我們從毛主席文藝座談會講話以來所走的路，必須在我們已有成績的基礎上繼續前進！我們絕不能絲毫抹殺我們在老解放區農村的努力。但資產階級、小資產階級就企圖要抹殺和否定我們，企圖拿他們的一套來代替我們；這是我們文藝戰線上當前應注意的主要問題，我們必須警惕。[140]

138 樂黛雲，〈對小說《鍛鍊》的幾點意見〉，《文藝報》一九五一年四卷七期。
139 康濯，〈我對蕭也牧創作思想的看法〉，《文藝報》一九五一年五卷一期。
140 康濯，〈我對蕭也牧創作思想的看法〉，《文藝報》一九五一年五卷一期。

康濯點明了延安文人緊張反應的實質：在「新文學」作家、評論者、出版者都出於制度壓力、不敢挑戰延安的同時，知識分子讀者卻以其「權威」性，贏得了延安文人的主動「回歸」。

中宣部介入此事，全國文藝刊物都出現了有關蕭也牧的批評文章。而《文藝報》還召集文藝界人士觀看電影《夫婦之間》，舉行座談會。嚴文井、袁水拍、王震之、葛琴、吳祖光、瞿白音、于學偉、賈霽、趙明、伊明、羽山、湯曉丹、杜談、陳涌、柳青、韋君宜、劉賓雁等參加座談會。「左右輿論最有效的方式是對事實進行適當的選擇和排列」[141]，在座談會上，電影「缺點」被集中發現出來。眾人一致認為：這部小說（尤其電影）源於舊知識分子「趣味」。韋君宜表示：影片對工農幹部的諷刺「反映了某些舊知識分子、落後的小市民對革命幹部的看法」，充滿「惡意的嘲笑」。葛琴稱：「看電影時簡直不能忍耐，完全是在玩弄人物。」吳祖光認為：蕭的錯誤自己也可能犯，因為「受了美國電影影響很深的人，習慣於從無足輕重的身邊瑣事去尋找趣味」[142]。最後，《文藝報》對蕭也牧提出「變」的要求：「首先就要改變自己昔日的那個『王國』；要脫胎換骨，要使自己和工農兵同脈搏，共呼吸，愛他們之所愛，恨他們之所恨。」「只有這樣做，才能真正地為工農兵，才算真正有了『新的方向』，絲毫的虛情假意都不行的。」[143]

二

蕭也牧批判不是私人意氣之爭，它毋寧是尚未確立「文化領導權」的「人民文學」對自身合法性的敏感與自衛。由於「改良」小潮流因「爭取」「新文學」讀者而起，延安文人的另一理論回應便集中於「讀者」之上。通過單位讓

141 〔英〕E·H·卡爾，陳恒譯，《歷史是什麼？》（商務印書館，二〇〇八年），頁九二—九三。
142 記者，〈記影片《我們夫婦之間》座談會〉，《文藝報》一九五一年四卷八期。
143 于晴，〈變與不變〉，《文藝報》一九五一年五卷五期。

蕭也牧交出「檢討」倒是小事，但剔除「城市讀者」的權威、樹立「人民的讀者」的新權威，則更是當務之急。早在一九四九年，丁玲已將「新文學」讀者閱讀趣味界定為缺乏「知識」、「不正確」。針對他們認為解放區作品「政治性太強，藝術性不夠」的論調，丁玲表示：「這些書是為廣大人民而寫的，它不是為少數小資產階級知識分子的趣味欣賞而寫。假如它為小資產階級服務，也是引他向勞動人民靠攏，而不是將就其落後興趣。所以說，你不喜歡就不一定是不好，因為你的個人標準就不正確。其次是因為讀者對工農兵的生活和知識太差，連穀子和糜子、麥子和韭菜都不能分別，對他們的感情，尤其是階級感情沒有和不瞭解，那麼你怎麼能判定它的政治性和藝術性呢？比如一本書描寫翻身後的農民的喜悅，他們對於得到一個罐子也表示無限的喜歡，你就一定不易體會，你心裏想，那有什麼了不起呢？」[144]

故批判發生後，丁玲更注意通過《文藝報》完成對知識分子讀者的敘述。讀者是蕭也牧「轉向」的主要依據。丁玲告誡蕭也牧在讀者選擇上的錯誤：「也牧同志，你是有人民的讀者，你過去的一些短篇散文，就有過一些讀者」，「你不應該放棄這些讀者，而要教育那些比較要求趣味的讀者」，「你不應該就被蒙蔽呀」[145]。為此，《文藝報》一九五一年四卷十期專門編發一組「讀者來信」，來清除知識分子「讀者」。其編者按稱：「在我們陸續收到的許多讀者來信中，一致地肯定了批評這種不良的創作傾向的必要，許多讀者，還聯繫自己的思想，指出蕭也牧作品獲得了一部分讀者歡迎的原因，有的則指出了蕭也牧作品在群眾中所起的不良影響。」

《文藝報》如何建構蕭也牧在讀者中的「印象」，取決於中宣部當下方向、利益和期待，刊出的「讀者來信」無一例外是「迷途知返」的檢討。山東大學學生畢東昌檢討說：「我們小資產階級出身的學生，在剛解放時，看不慣有些工農幹部進城後的一些『農村作風』（如穿衣服不時髦），從思想上不起好感。雖然知道工農幹部是很樸素、和藹，能吃苦耐勞；但是從小資產階級看他們，所以處處覺得他們『土』」，「所以我們對《我們夫婦之間》特別

144　丁玲，〈在前進的道路上——關於讀文學書的問題〉，載《丁玲文集》第六卷（湖南人民出版社，一九八四年）。
145　丁玲，〈作為一種傾向來看：給蕭也牧同志的一封信〉，《文藝報》一九五一年四卷八期。

喜歡」[146]。三野文工團張惟表示：「（這次）批評，我與其他曾盲目讚好蕭的作品的同志都大吃一驚，猛醒過來。我們都認為蕭也牧過去雖在解放區生活了十年以上，但他不是重視自己思想感情的改造，只是去獵取題材，又賣弄技巧。」[147]蕭人也表示：「我讀蕭也牧《我們夫婦之間》時對其中人物也加以肯定，認為還可以代表工農與知識分子，這些人從我思想深處來檢查，是因為我們在初進城市時，有個別工農幹部，對城市一些事物不瞭解，我們當時傳為笑柄。這是一種什麼思想呢？這完全是小資產階級、小市民的看不起工農的思想。」[148]

只有遺忘一些讀者，才能證明另一些讀者的合法性。這些知識分子讀者的自我檢討，宣布這類閱讀將被排斥到文學之外。《文藝報》還進一步否定了這類閱讀的支持功能。黃夷指出：「我們有些作者當他們的作品受到批評，感到再也找不到辯護理由的時候，往往會抬出『群眾』這塊擋箭牌來。他們說：『你們批評我的作品不好，可是，群眾歡迎得很！』」[149]黃夷認為：這是被「沖昏頭腦」的表現，其實對「群眾」也需要「分辨」——

誰要以為在任何場合受到一部分人的「歡迎」的作品，就必須是好作品，那也未必太武斷了一點。誰都知道，我們這社會有各種不同的階級、不同的政治認識和趣味的人，他們按照自己的標準為適合自己脾胃的作品鼓掌。《關連長》裏關連長那副傻頭傻腦的可笑樣子，落後的小市民是很感興趣的，因而他們就大鼓其掌。《武訓傳》上演以後，我們不是也聽到了熱烈的掌聲嗎？……那麼，群眾的意見是否就不可以相信了呢？自然完全不是。但是，應該分辨清楚，我們有不同的群眾，有工農兵群眾，也有小資產階級群眾，所以，我們在聽到掌聲的時候，也要去看看，到底是什麼人在鼓掌，又為什麼而鼓掌。如果毫不分辨，就自滿自足，把一部分人的

146 畢東昌，〈我們為什麼為什麼偏愛蕭也牧的作品〉，《文藝報》一九五一年四卷十期。
147 張惟，〈對蕭也牧創作的批評使我猛醒〉，《文藝報》一九五一年四卷十期。
148 蕭人，〈文藝批評使我的思想、認識提高了一步〉，《文藝報》一九五一年四卷十期。
149 黃夷，〈不要被掌聲沖昏了頭腦〉，《文藝報》一九五一年五卷五期。

掌聲當成群眾的正確意見，那就錯了。[150]

「群眾」被細分為工農兵與小資階級。顯然，「小資產階級群眾」缺乏道義支持資格。於是，知識分子讀者權力被「小資」不潔命名取消。儘管這類讀者很多，但他們被隔離在接受權力之外。而「追隨」這類讀者的作家，也不得不與之劃清界限。蕭也牧表示：「我應當對於那些到現在還對我的作品表示『擁護』的人們誠懇地說明：假使你們是出於對我的作品的真誠地、善意地同情，那麼……你們對我的『擁護』和『同情』是錯誤的，值得你們同情和擁護的是真正為勞動人民服務的作品。假使對我的『讚揚』和『擁護』是別有用心的，那麼，我想你們一定要失望的。我已經清楚地知道了真理是在哪一面。」[151]作家對讀者支持的拒絕，與其說表明了作家「改造」姿態，不如說表現了作家對閱讀市場的判斷：在新時代，讀者（不僅僅是知識分子讀者）事實上已喪失了對文學的影響力，儘管表面上其「權力」在制度性地擴大。此後，延安文人自動避開知識分子文學「藩地」。

三

「人民文學」暫時規避了某些延安文人向「新文學」投降的危險，但如何擴大、培植「人民文學」讀者群體才是根本。然而「人民」缺乏閱讀能力和興趣是歷史問題。新中國成立前，農民受教育水平驚人低下。抗戰期間，西戎在《晉西大眾報》社任編輯，他回憶說：「我們辦的這張報紙，主要讀者對象是農民。當時雖然政府在大力推行掃盲工

150　黃夷，〈不要被掌聲沖昏了頭腦〉，《文藝報》一九五一年五卷五期。
151　蕭也牧，〈我一定要切實地改正錯誤〉，《文藝報》一九五一年五卷一期。

作，但農民中識字的人，仍然很少，報紙出來後，只好請村裏僅有的『先生』組織讀報。」[152]一九四九年後情況得到根本改觀，民眾教育在全國得到普及，全國在校大中小學生人數，較民國時期取得了驚人的發展（參見表9-1）。

從表可見，從一九四六年到一九六五年，中國小學生數量增加近五倍，中學生增加九倍多，高等學校學生增加四倍多。同時，中國共產黨在農村、工廠、軍隊還推行大規模掃盲運動。這使能夠閱讀的民眾數量急劇增加。且新中國教育系統統一教授現代科學文化知識。這為「人民文學」讀者群的形成提供了知識基礎。此外，主管部門還通過政治宣傳，強調文學重要性。「由於他們把文藝作品當做宣傳的東西，在這個目的上閱讀受到鼓勵，讀書風氣也就較為普遍些。讀者不僅有知識分子和青年學生，而且有工人、農民和士兵。」[153]這也促進了新的讀者群的出現。針對文藝作品較難推廣的農村，出版社還長期推出簡易、便宜的優秀文學作品「農村版」和農村讀物叢書等。五十年代中期，「人民文學」已擁有規模巨大的讀者群。一九五六年，沈從文在家信

152 西戎，〈懷念作家趙樹理〉，載《回憶趙樹理》（山西人民出版社，一九八五年）。

153 林蔓叔、海楓、程海，《中國當代文學史稿》（巴黎第七大學東亞出版中心，一九七八年），頁二七。

表9-1　二十世紀中國學生數量增長趨勢

年份	小學（百萬人）	普通中學（百萬人）	高等學校（千人）
1912	2.8	0.06	—
1919	—	—	16
1928	8.8	0.189	35
1946（舊中國的高峰）	23.7	1.5	155
1949	24	1.04	177
1965	110	14	695
1972	127	36.5	約200
1978	146.27	65.48	850

資料來源：〔美〕吉伯特・羅茲曼主編，國家社會科學基金「比較現代化」課題組譯，《中國的現代化》（江蘇人民出版社，一九九八年）。

中稱趙樹理小說「農村幹部不要看，學生更不希望看」[154]，可謂非常不瞭解實情。其實《李有才板話》、《小二黑結婚》在農村家喻戶曉：「無論大人、小孩都知道，一提《小二黑結婚》、《三里灣》，大家便都能說出裏面那些人物來。」[155]時為中學生的林希的回憶比較貼近事實：

> 政治書籍對我並沒有多少吸引力，倒是解放區文學作品帶給我新鮮感，一口氣，我讀了趙樹理、丁玲、周立波的長篇小說，這些小說將我帶進了一個新鮮的生活領域，這些小說的每一個細節都使我神往，我像走進了天方夜譚的神奇世界，我讀到的一切都充滿著誘惑。[156]

讀者規模也從作品發行數量上得到直觀反映：「比較通俗的作品，一般的可以銷十萬冊以上」，「一般的文學作品，銷二三萬本也很平常，好些的，都在五萬本以上」，「比抗戰以前好得多」[157]。暢銷小說印數令人觀止，一九五六年第五期《文藝報》提供了一組發行數字：《高玉寶》，七十二萬冊；《保衛延安》，八十三萬冊；《鋼鐵是怎樣煉成的》，一百萬冊；《把一切獻給黨》，四百零八萬冊；《三千里江山》，四十萬冊；《女共產黨員》，四十七萬冊；《毛澤東的故事和傳說》，一百一十二萬冊；《可愛的中國》，一百七十八萬冊；《劉胡蘭》，七十六萬冊；《拖拉機站長和總農藝師》，一百二十四萬冊。一九五八年出版的《紅岩》，至「文革」結束時發行量高達四百餘萬冊。

---

154 沈從文，〈一九五六年致張兆和信〉，載《從文家書》（遠東出版社，一九九六年），頁二五四。

155 中國作協創研室，〈記一次「關於小說在農村」的調查〉，《文藝報》一九六三年第二期。

156 林希，《百年記憶》（中國社會出版社，二〇〇五年），頁六八。

157 丁玲，〈跨到新的時代來——談知識分子的舊興趣與工農兵文藝〉，《文藝報》一九五〇年二卷十一期。

「人民文學」讀者主要是大中學校學生。老鬼回憶：《青春之歌》出版後，「北京大學、北京二十九中、北京六中、北京石油學院、北京無線電工業學校、河北北京師院等學校紛紛給母親來信，邀請母親與同學們見面」，北大生物系三年級三班的學生，甚至因為書數量不夠而全班「排隊」閱讀。工人、市民和幹部，也在其列。《青春之歌》電影上映後，「北京市各家電影院全部爆滿，很多電影院二十四小時上演，晝夜不停」[158]。在農村讀者也頗廣泛，一九六二年《文藝報》調查顯示：《紅岩》廣播時，農民「熱騰騰地擠滿了一屋子」，李準、馬烽被認為「有影響、有威信」[159]。侯金鏡將此歸因為「農村知識分子」的出現，「這地區經過掃盲（老區已做了二十多年），小學、中學教育逐漸普及，農村知識分子幾倍、十幾倍地增加」，「解放前一個偏僻貧困的小村莊，只有一兩個人能寫信、唸鼓兒詞的情況完全改變了，現在二十五歲以下的青年大部分都是高小文化程度。這批青年中至少有一半將閱讀文學作品當做他們日常生活不可缺少的部分」，「那些愛好文學的青年農民中，凡是銷行在一二十萬冊以上的小說，他幾乎沒有不熟悉的」[160]。

四

研究者指出：「在『十七年』中，經過連續不斷的意識形態符碼灌輸，讀者文化圈也漸漸趨同，大眾的閱讀期待和審美心理相應發生變異，他們的內心生活被重新塑造，其個人化、個性化色彩不斷消褪，讀者的想像空間與文學規

158 老鬼，《母親楊沫》（長江文藝出版社，二〇〇五年），頁一一四。

159 中國作協創研室，〈記一次「關於小說在農村」的調查〉，《文藝報》一九六三年第二期。

160 侯金鏡，〈幾點感觸和幾點提議：從一個調查引起的〉，《文藝報》一九六三年第二期。在這一批「農村青年知識分子」中間，愛好文學、勤於習作後來成為著名作家的，也不乏其人。《白鹿原》作者陳忠實即是西安郊區毛西公社一九六二年畢業回鄉的高中生，因崇拜趙樹理而開始練筆寫作。

範設定的話語空間慢慢重合。」[161]「人民文學」讀者的確存在這一取向。首先，讀者閱讀對象發生變化：冰心、巴金不再被崇尚，《青年近衛軍》、《鋼鐵是怎樣煉成的》、《卓婭和舒拉的故事》、《牛虻》、《拖拉機站站長和總農藝師的故事》等譯作成為流行讀物。而戰火考驗、新中國蓬勃生氣，改變了新一代讀者感受與期待。他們期待文學「提供完美的東西」，「展現我們熱切希望的理想」[162]。這表現在多方面。

讀者期望從革命故事中受到感染，認清善惡，辨別是非，從而淨化人生，尋求真理。這在學生讀者中最普遍。同時，部分文化層次低的讀者甚至希望在工作方法上受到教育。譬如，基層幹部討論土改政策時引用《被開墾的處女地》，討論封建土地制對工業發展的障礙時引用《白毛女》。據閻綱回憶：《創業史》在農村影響很大，「不少有文化的農村幹部把當它成了工作手冊，尤其是在陝西。他們在《創業史》裏學習黨的農村政策，學習公道、積極、實幹苦幹的精神，學習怎樣耐心地、細緻地、實事求是地對農民進行教育的方法」[163]。當然，這一「趣好」往往偏離作家原旨。譬如有讀者認為《葡萄熟了的時候》意義在於，「工農業品的剪刀差，以及農業生產力大大提高了以後的銷路問題，也正是在新中國發展生產中的一個不可忽視的問題，這個問題處理得恰當與否，直接影響著人民的生活，作者選擇了這樣一個重點做主題，完全是正確和必要的」[164]。

讀者希望描寫正面人物以為榜樣。英雄人物可將讀者導向人格昇華的道德領域，使其走向「淨化型認同」[165]。許雲調查發現：「青年團員小組在批評與自我批評中，有的人引用了《真正的人》裏那個斷了腿的飛機駕駛員，並展開了關於個人英雄主義與革命英雄主義的討論。在一位同志情緒消沉悲觀失望時，同志們就避免正面去批評而介紹《鋼

161 陳偉軍，〈從傳播學視角看「十七年」小說的大眾接受〉，《南京社會科學》二〇〇七年第十期。
162 〔美〕詹森、普里傑特爾，《雜誌產業》（中國人民大學出版社，二〇〇六年），頁一五〇。
163 閻綱，〈四訪柳青〉，《當代》一九七九年第二期。
164 項頊，〈需要更多像這樣的好作品〉，《人民文學》一九五二年二月號。
165 Hans Robert Juass, Aesthetic Experience and Literary Hermeneutics, Minneapolis ; University of Minnesota Press , p.177.

鐵是怎樣煉成的》給他看，使他堅強愉快起來。」[166]正面人物產生的倫理效應非一般宣傳可及。羅廣斌、楊益言稱：「《紅岩》出版以後，我們曾陸續收到了許多青年讀者的來信。他們都以激動的心情，像對自己熟悉的朋友似的，傾述了要向革命烈士學習的志向與決心。」[167]而《青春之歌》發表後，

> 群眾來信絡繹不絕。來信最多的是詢問林道靜、盧嘉川等書中人物是否還活著。有一個戰士來信表示，一口氣讀了兩遍，迫切想知道林道靜現在什麼地方工作，叫什麼名字，她的身體怎麼樣，並說部隊裏很多同志讀完後，都關心她，懷念她，認為她是一個受人愛戴和敬仰的同志。武漢軍區空軍司令部某部甚至開會來公函，請求作家楊沫提供林道靜的具體地址，以便直接與她聯繫，更好地向她學習。有幾個南京的女學生來信說，她們曾幾次到雨花臺尋找盧嘉川的墳墓，非常遺憾沒有找到。[168]

當然，對怎樣人物可成為「正面人物」，讀者存在分歧。與學生對林道靜、盧嘉川的迷戀不同，上海軋鋼廠工人胡萬春則諷刺電影《光輝燦爛》把工程師描寫得「十分偉大」，「看起來」「也不是給工人看的」[169]。不過由於正面人物／反面人物逐漸模式化，某些讀者也逐漸褊狹，不能容忍正面人物有缺點。《文藝報》編輯部反映：「我們曾接到一位同志的來稿，在這篇稿子裏對影片《上饒集中營》做了完全不正確的批評，他對於監獄鬥爭的複雜與艱苦不夠瞭解，而只是憑自己一些簡單的想法來進行批評，因此認為集中營裏的同志被蔣匪特務強迫跑步，是屈服的表示，被迫聽蔣匪軍官的謬論，而沒有加以拒絕，也是不夠堅強等等。」有的讀者難以相信生活陰暗面：「《改選》中所批評

---

166 許雲，〈從閱讀調查中看到的幾個文藝問題〉，《文藝報》一九五一年三卷五期。

167 羅廣斌、楊益言，〈創作的過程學習的過程——略談《紅岩》的寫作〉，《中國青年報》一九六三年五月十三日。

168 老鬼，《母親楊沫》（長江文藝出版社，二〇〇五年），頁九二至九三。

169 胡萬春，〈向文藝工作者提一些意見〉，《文藝報》一九五二年第六期。

的對象是使人迷惑的，作者描寫的官僚主義者不是一個、二個或幾個，而幾乎是全體，給人一種那個印象：似乎所有那個工廠裏的各級領導，都是一些自私自利、推卸責任以至嫁禍於人的人。」「很難理解作者在這裏提倡了什麼？反對的又是什麼？」[170]這類教條式要求，也威脅了「人民文學」的發展。此外，在敘事技術上讀者也頗有要求。「人民文學」讀者對過於複雜的心理刻畫、對過於捕捉不定的生命體驗，都不甚習慣。他們歡迎情節曲折緊張、人物扎實有力的作品，「長篇大論到工廠去是吃不大開的。普通的工人不但沒有那麼長的時間，也沒有啃大本的習慣」，「不玩花招。……類似小資產階級的那一套，先來一番風花雪月，再轉入正題的寫法，在工人群眾中是吃不開的。工人會覺得『像鐵鏈砸在棉花上』，軟不塔塔的沒勁」[171]。

「工農兵」進城，改變了「當代文學」讀者構成，也為文學版圖重繪提供了現實力量。在「人民文學」讀者對「新文學」讀者與鴛鴦蝴蝶派讀者構成排斥的同時，「人民文學」讀者自身可靠性其實也頗可疑，「人民必然按這種方式去看事物，除此之外，沒有別的方式，只能去看給出來的形態，只能去喜歡提供給他們的思想」[172]。這種可疑，牽涉到意識形態鬥爭與文學勢力之間的利益衝突。

170 吳允強，〈難以理解的問題〉，《人民文學》一九五七年九月。
171 摸海，〈幾點建議〉，《人民文學》一九五〇年第八期。
172 〔美〕李普曼，林珊譯，《輿論學》（華夏出版社一九八七年），頁五四。

參考文獻（以作者姓氏筆劃為序）

一畫

〔美〕L・德弗勒、E・鄧尼斯，顏建軍等譯，《大眾傳播通論》（華夏出版社，一九八九年）。

二畫

人民日報社，《人民日報》一九四八至一九七六年。
人民文學出版社，《新文學史料》一九七八至二〇〇九年。
丁玲，〈跨到新的時代來——談知識分子的舊興趣與工農兵文藝〉，《文藝報》一九五〇年二卷十一期。
丁玲，〈作為一種傾向來看：給蕭也牧同志的一封信〉，《文藝報》一九五一年四卷八期。
〔美〕J・赫伯特・阿休特爾，《權力的媒介》（華夏出版社，一九八九年）。
〔義〕G・薩托利，《政黨與政黨體制》（商務印書館，二〇〇六年）。

三畫

上海文匯報社，《文匯報》一九四九至一九五一年、一九五五至一九六六年。
大眾文藝創作研究會，《說說唱唱》一九四九至一九五五年。
馬嘶，《百年冷暖：二十世紀中國知識分子生活狀況》（北京圖書館出版社，二〇〇三年）。

馬以鑫，《中國現代文學接受史》（華東師範大學出版社，一九九八年）。
〔美〕馬克・賽爾登，《革命中的中國：延安道路》（社會科學文獻出版社，二〇〇二年）。
孔凡義，〈中國的革命與現代化〉，「學術中國」（www.xschina.org）二〇〇五年八月。
〔英〕Flemming Christiansen、Shirin M.Rai，《中國政治與社會》（臺北韋伯國際文化出版有限公司，二〇〇五年）。

四畫

中共上海市委，《解放日報》一九四九至一九六六年。
中國作家協會，《文藝報》一九四九至一九六六年。
中國作家協會，《人民文學》一九四九至一九六六年、一九七六年。
中國作家協會，《文藝學習》一九五四至一九五七年。
中國作家協會，《新觀察》一九五〇至一九五八年。
中國作家協會，《詩刊》一九五七至一九六〇年。
中南文聯，《長江文藝》一九五〇至一九五八年。
中國作家協會，《收穫》一九五七至一九六〇年。
中央檔案館編，《中共中央檔選集》（中共中央黨校出版社，一九八七年）。
中共中央文獻研究室編，《關於建國以來黨的若干歷史問題的決議注釋本》（人民出版社，一九八五年）。
天津作家協會，《新港》一九五七至一九五八年。
文振庭編，《文藝大眾化問題討論資料》（上海文藝出版社，一九八七年）。
王知伊編，《開明書店紀事》（山西人民出版社，一九九一年）。
王德芬，《我和蕭軍風雨五十年》（中國工人出版社，二〇〇四年）。
王蒙、袁鷹編，《憶周揚》（內蒙古人民出版社，一九九八年）。
王本朝，《中國現代文學制度研究》（西南師範大學出版社，二〇〇二年）。
王本朝，《中國當代文學體制研究》（武漢大學博士論文，二〇〇六年）。

王本朝，《中國當代文學制度研究》（新星出版社，二〇〇七年）。
王智毅編，《周瘦鵑研究資料》，天津人民出版社，一九九三年）。
王曉明，〈一份雜誌和一個「社團」——論五四文學傳統〉，《今天》一九九一年第三、四期合刊。
中國出版工作者協會，《我與開明》（中國青年出版社，一九八五年）。
毛澤東，《建國以來毛澤東文稿》（中央文獻出版社，一九九二年）。
毛澤東，《毛澤東新聞工作文選》（新華出版社，一九八三年）。
毛澤東，《毛澤東文集》一至八卷（人民出版社，一九九九年）。
牛運清編，《長篇小說研究專集》（上、中、下）（山東大學出版社，一九九〇年）。
韋君宜，《思痛錄‧露沙的路》（文化藝術出版社，二〇〇三年）。
〔美〕韋爾伯‧斯拉姆等，《報刊的四種理論》（新華出版社，一九八九年）。
〔美〕巴林頓‧摩爾，《民主與專制的社會起源》（華夏出版社，一九八七年）。

五畫

北京大學、北京師範大學編，《文學運動史料選》一至五冊（上海教育出版社，一九七九年）。
石楠，《張恨水傳》（江蘇文藝出版社，二〇〇〇年）。
〔美〕石約翰，《中國革命的歷史透視》（東方出版中心，一九九八年）。
馮亦代，《悔餘日錄》（河南人民出版社，二〇〇〇年）。
司馬長風，《中國新文學史》下卷（香港昭明出版社，一九七八年）。
〔法〕皮埃爾‧布迪厄，《文化資本與社會煉金術》（上海人民出版社，一九九七年）。
〔法〕皮埃爾‧布迪厄，《藝術的法則》（中央編譯出版社，一九九八年）。

六畫

光明日報社，《光明日報》一九四九至一九五八年。

華東文聯，《文藝月報》一九五三至一九五九年。

江蘇作家協會，《江蘇文藝》一九七五至一九七六年。

老鬼，《母親楊沫》（長江文藝出版社，二〇〇五年）。

老舍，〈談通俗文藝〉，《自由中國》一九三八年一卷二號。

老田，〈毛澤東時代高積累政策決定的知識精英職業利益空間〉，http://laotianlaotian.yeah.net。

許玄編著，《綿長清溪水：許傑紀傳》（山西人民出版社，二〇〇〇年）。

李濟生編著，《巴金與文化生活出版社》（上海文藝出版社，二〇〇三年）。

李光軍，《蕭乾傳》（江蘇文藝出版社，一九九八年）。

李銳，《大躍進親歷記》（上海遠東出版社，一九九六年）。

李偉，《曹聚仁傳》（南京大學出版社，一九九三年）。

〔美〕李普曼，《輿論學》（華夏出版社，一九八九年）。

李揚，《抗爭宿命之路》（時代文藝出版社，一九九三年）。

李揚，《五十至七十年代中國文學經典再解讀》（山東教育出版社，二〇〇三年）。

李輝，《搖盪的秋千——是是非非說周揚》（海天出版社，一九九八年）。

邢小群、孫珺編，《回應韋君宜》（大眾文藝出版社，二〇〇一年）。

朱鴻召，《延安文人》（廣東人民出版社，二〇〇一年）。

劉揚體，《流變中的流派：「鴛鴦蝴蝶派」新論》（中國文聯出版公司，一九九七年）。

〔美〕劉禾，《語際書寫：現代思想史寫作批判綱要》（上海三聯書店，一九九九年）。

劉建軍，《單位中國》（天津人民出版社，二〇〇〇年）。

許雲，〈從閱讀調查中看到的幾個文藝問題〉，《文藝報》一九五一年三卷五期。

〔日〕竹內實，《解剖中國的思想》（臺北前衛出版社，一九九六年）。

〔美〕吉伯特·羅茲曼編《中國的現代化》（江蘇人民出版社，一九九八年）。

〔法〕蜜雪兒·福柯，《必須保衛社會》（上海人民出版社，一九九九年）。

七畫

張學正等編，《一九四九至一九九九文學爭鳴檔案：中國當代文學作品爭鳴實錄》（南開大學出版社，二〇〇二年）。
張京媛編，《後殖民理論與文化批評》（北京大學出版社，一九九九年）。
張光年，《向陽日記：詩人幹校蒙難紀實》（上海遠東出版社，二〇〇四年）。
張林嵐，《趙超構傳》（文匯出版社，一九九九年）。
張仁善，《一九四九中國社會》（社會科學文獻出版社，二〇〇五年）。
張霖，《新文學的通俗化與趙樹理》（廣州中山大學博士論文，二〇〇五年）。
張鳴，《鄉村社會權力與文化結構的變遷》（廣西人民出版社，二〇〇一年）。
張仲禮，《中國紳士》（上海社會科學出版社，一九九一年）。
宋應離、袁喜生、劉小敏編，《中國當代出版史料：一九四九至一九九九》一至八卷（大象出版社，一九九九年）。
陳平原等編，《二十世紀中國小說理論資料》一至五卷（北京大學出版社，一九九七年）。
陳平原，《當代中國人文觀察》（人民文學出版社，二〇〇四年）。
陳敬之，《三十年代文壇與左翼作家聯盟》（臺北成文出版社有限公司，一九八〇年）。
陳堅、陳抗，《夏衍傳》（北京十月文藝出版社，一九九八年）。
朱子彥、陳生民，《朋黨政治研究》（華東師範大學出版社，一九九二年）。
陸文璧編，《馬識途專集》（四川文藝出版社，一九八〇年）。
吳開晉編，《李英儒研究專輯》（解放軍文藝出版社，一九八四年）。
陳福康，《鄭振鐸年譜》（書目文獻出版社，一九八八年）。
陳虹，《自有歲寒心：陳白塵傳記》（山西人民出版社，二〇〇〇年）。
沙博理，《我的中國》（北京十月文藝出版社，一九九八年）。
陳早春、萬家驥，《馮雪峰評傳》（重慶出版社，一九九三年）。
宋建元，《丁玲評傳》（陝西人民出版社，一九八九年）。

宋如珊，《從傷痕文學到尋根文學》（臺北秀威資訊公司，二〇〇二年）。
陳明遠，《知識分子與人民幣時代》（文匯出版社，二〇〇六年）。
楊鼎川，《一九六七：狂亂的文學年代》（山東教育出版社，一九九八年）。
楊犁整理，〈爭取小市民層的讀者〉，《文藝報》，一九四九年一卷一期。
汪東林，《梁漱溟問答錄》（湖北人民出版社，二〇〇四年）。
孟繁華、程光煒，《中國當代文學發展史》（人民文學出版社，二〇〇四年）。
余岱宗，《被規訓的激情》（上海三聯書店，二〇〇四年）。
吳道毅，《在傳統和現代之間：新英雄傳奇論稿》（武漢大學博士論文，二〇〇二年）。
〔美〕杜維明，《道・學・政：論儒家知識分子》（上海人民出版社，二〇〇〇年）。
〔日〕佐藤慎一，《近代中國的知識分子與文明》（江蘇人民出版社，二〇〇六年）。
余英時，《士與中國文化》（上海人民出版社，一九八七年）。
〔美〕鄒讜，《二十世紀中國政治》（香港牛津大學出版社，一九九四年）。

八畫

於可訓、陳美蘭、吳濟時編，《文學風雨四十年》（武漢大學出版社，一九八九年）。
於可訓，《中國當代文學概論》（修訂本）（武漢大學出版社，二〇〇五年）。
於可訓，《當代文學：闡釋與建構》（湖北人民出版社，二〇〇五年）。
林崗，《邊緣解讀》（香港天地圖書有限公司，一九九八年）。
林尚立，〈集權與分權：黨、國家與社會權力關係及其變化〉，收入《革命後社會的政治與現代化》（上海辭書出版社，二〇〇二年）。
林賢治編，《左右說丁玲》（中國工人出版社，二〇〇一年）。
林蔓叔、海楓、程海，《中國當代文學史稿》（香港巴黎第七大學東亞出版中心，一九七八年）。
周良沛，《丁玲傳》（北京十月文藝出版社，一九九三年）。

周一良，《畢竟是書生》（北京十月文藝出版社，一九九八年）。
周錦，《中國新文學史》（臺北長歌出版社，一九七六年）。
周芬娜，《丁玲與中共文學》（臺北成文出版社，一九八〇年）。
〔美〕周蕾，《婦女與中國現代性》（臺北麥田出版有限公司，一九九五年）。
〔美〕傑羅姆·B·格里德爾，《知識分子與現代中國》（南開大學出版社，二〇〇二年）。
趙家璧，《文壇故舊錄》（北京三聯書店，一九九一年）。
〔美〕金介甫，《鳳凰之子：沈從文傳》（中國友誼出版公司，二〇〇〇年）。
金耀基，《中國現代化與知識分子》（臺北時報文化出版企業有限公司，一九八八年）。
羅鋼、劉象愚編，《後殖民主義文化理論》（中國社會科學出版社，一九九九年）。
羅鋼、劉象愚編，《文化研究讀本》（中國社會科學出版社，二〇〇〇年）。

九畫

洪子誠編，《中國當代文學史料選》（上、下）（北京大學出版社，一九九九年）。
洪子誠，《問題與方法：中國當代文學史研究講稿》（北京三聯書店，二〇〇二年）。
洪子誠，《中國當代文學史》（北京大學出版社，一九九九年）。
鍾桂松，《天涯歸客：陳學昭傳》（河南人民出版社，二〇〇〇年）。
費孝通，《中國紳士》（中國社會科學出版社，二〇〇六年）。
〔美〕費正清等編，《劍橋中華人民共和國史》（上海人民出版社，一九九〇年）。
〔美〕胡素珊，《中國的內戰：一九四五至一九四九年的政治鬥爭》（中國青年出版社，一九九七年）。

十畫

浙江文聯，《東海》一九五六至一九五七年。
袁亮編，《中華人民共和國出版史料》一至八卷（中國書籍出版社，一九九五至二〇〇二年）。

高捷等編，《馬烽、西戎研究資料》（山西人民出版社，一九八五年）。
高華，《身分和差異：一九四九至一九六五年中國社會的政治分層》（香港亞太研究所，二〇〇四年）。
唐金海、張曉雲編，《巴金年譜》（四川文藝出版社，一九八九年）。
徐慶全，《知情者眼中的周揚》（經濟日報出版社，二〇〇三年）。
徐開壘，《巴金傳》（上海文藝出版社，一九九六年）。
徐鑄成，《徐鑄成回憶錄》（北京三聯書店，一九九八年）。
塗光群，《五十年文壇親歷記：一九四九至一九九九》（上、下）（遼寧教育出版社，二〇〇五年）。
錢理群，《一九四八：天地玄黃》（山東教育出版社，一九九八年）。
錢理群、溫儒敏、吳福輝，《中國現代文學三十年》（北京大學出版社，一九九八年）。
〔美〕莫里斯·梅斯納，《毛澤東的中國及其發展》（社會科學文獻出版社，一九九二年）。

十一畫

蕭乾，《未帶地圖的旅人》（中國文聯出版公司，一九九一年）。
黃修己編，《二十世紀中國文學史》下卷（中山大學出版社，二〇〇四年）。
黃秋耘，《風雨年華》（花城出版社，一九九九年）。
〔美〕黃仁宇，《黃河青山》（北京三聯書店，二〇〇一年）。
黃子平，《「灰闌」中的敘述》（上海文藝出版社，二〇〇一年）。
〔美〕夏志清，《中國現代小說史》（臺北傳記文學出版社，一九七九年）。
夏衍，《懶尋舊夢錄》（北京三聯書店，二〇〇五年）。

十二畫

舒蕪口述，許福蘆撰，《舒蕪口述自傳》（中國社會科學出版社，二〇〇二）年。
董健，《田漢傳》（北京十月文藝出版社，一九九六年）。

傅光明採寫，《老舍之死採訪實錄》（中國廣播電視大學出版社，一九九九年）。
傅雷，傅敏編，《傅雷家書》（北京三聯書店，一九九八年）。
傅國湧，《一九四九：知識分子的私人紀錄》（長江文藝出版社，二〇〇五年）。
傅樂成編，《傅孟真先生年譜》（臺北傳記文學出版社，一九七九年）。
梅志，《胡風傳》（北京十月文藝出版社，一九九八年）。
程光煒編，《文人集團與中國現當代文學》（人民文學出版社，二〇〇五年）。
程光煒編，《都市文化與中國現當代文學》（人民文學出版社，二〇〇五年）。
程光煒編，《大眾媒介與中國現當代文學》（人民文學出版社，二〇〇五年）。
程光煒，《文學想像與民族國家——中國當代文學研究》（河南大學出版社，二〇〇五年）。
儲安平，《中國的政局》，《觀察》一九四七年二卷二期。
程映虹，〈塑造「新人」：蘇聯、中國和古巴共產黨革命的比較研究〉，《當代中國研究》二〇〇五年第三期。
〔美〕斐魯恂，《中國人的政治文化》（臺北風雲論壇出版社，一九九二年）。
〔加〕斯蒂文・托托西，《文學研究的合法化》（北京大學出版社，一九九七年）。

十三畫

〔美〕詹姆斯・R・湯森、布蘭特利・沃馬克，《中國政治》（江蘇人民出版社，二〇〇三年）。
〔法〕雷蒙・阿隆，《知識分子的鴉片》（譯林出版社，二〇〇五年）。

十四畫

翟學偉，《人情、面子與權力的再生產》（北京大學出版社，二〇〇五）。

十五畫

黎之，《文壇風雲錄》（河南人民出版社，一九九八年）。

十六畫

薄一波，《若干重大決策與事件的回顧》（中共中央黨校出版社，一九九一年）。
冀汸，《血色流年》（復旦大學出版社，二〇〇四年）。

十七畫

魏紹昌編，《鴛鴦蝴蝶派研究資料》（上海文藝出版社，一九六二年）。
戴知賢，《山雨欲來風滿樓》（河南人民出版社，一九九〇年）。

北大版後記

添添補補，刪刪減減，書稿終於到了結束之時，心中雖有諸多不滿，但也只能這樣交出去了。這部書稿，是我在武漢大學文學院博士後流動站時的一段工作紀錄。導師於可訓先生最早交付給我的任務是「中國當代文學接受史」，但由於接受必然牽涉出版、傳播與文學再生產，我遂經他同意改成一項含組織、出版、評論、接受等於一體的文學制度研究。這當然與在此前後出版的《問題與方法》和《中國當代文學制度研究》也有關係。洪子誠先生和王本朝先生的這兩部著作我都細細拜讀過。這項研究其實也以兩著為基礎，所以要特別致謝。

這項研究，我主要定位在史料的發現與考訂。E・H・卡爾有句話我很喜歡：「事實就像浩翰的，有時也是深不可測的海洋中游泳的魚；歷史學家釣到什麼樣的事實，部分取決於運氣，但主要還是取決於歷史學家喜歡在海岸的什麼位置釣魚，取決於他喜歡用什麼樣的釣魚用具釣魚——當然，這兩個因素是由歷史學家想捕捉什麼樣的魚來決定的。」我於是問自己：你想「捕捉什麼樣的魚」？換句話說，你想發掘怎樣的史料，是那些能證明意識形態「一體化」或文學「共名」的材料嗎？若是這樣，這類意圖是否會影響你對史料、語境的敏感與取捨？最終我覺得，還是少點「大文學史觀」為宜。我並不反對「一體化」等結論，但疑心甚重，且對歷史溝壑和細節充滿好奇，也許文學現場告訴給我的東西，會大有不同吧。故而所謂「研究」，在我主要變成了找材料。

傅斯年形容找材料是「上窮碧落下黃泉」，誠非虛言。這幾年我看過的舊報舊刊、作家傳記、日記、回憶錄、批判材料、交代材料、私人書信、檔案材料、年譜之類，確實非常之多。有一年多時間，一直泡在中山大學圖書館四樓保存庫（收藏有十七年舊刊）。遺憾的是，中大館藏舊刊受到嚴重破壞，「大窗」頻頻可見。一些「反動分子」的文章，都在目錄上被墨筆塗去，內文又被糊上白紙。好多次，我都試圖小心揭開糊在上面的那層白紙，但都半途而廢，不得不感歎半世紀前工作人員的「認真」。也因此，幾乎從武漢大學圖書館全套複印了當年的《文藝報》（武大舊刊未開任何「天窗」，但時可見讀者在「反動」文章邊上留下的感慨或憤怒的「批注」），閉門讀了三個多月。這堆複印資料，如今躺在辦公室裏，上面留下我大量閱讀印記，「如魚飲水，冷暖自知」之意在焉。當然，期間也不時有意外之喜。二〇〇八年春我到北京檔案館查材料，來回倒車，花了四小時才到。到後卻發現館藏目錄大量被塗去，多數文件不能翻拍，不能複印，只能手抄。但那天還是獲得一則珍貴史料，是北京文聯儲傳亨一九五〇年的一份工作彙報，專門談到張恨水給《說說唱唱》的投稿情況。以前只知道張恨水解放初未發表作品，孰知他也投稿，並投了多次。《張恨水傳》、《二十世紀中國通俗文學史》等著作皆無記載。這則材料後來用在了本書第五章第二節，雖只採用一百餘字，但還是深感喜悅，覺得那四個小時的折騰甚有價值。

陳寅恪曾說整理史料之目的，僅是「隨人觀玩」，「史之能事已畢」。能從角角落落找來一些原始、現場的材料，供同行討論或批評、交流，在我而言，於願已足。當然，幾年下來，日記、書信、交代材料之類，讓我對很多文學史「基本事實」與「定論」失去了信任感。甚至在本科「中國當代文學史」課堂上感到了講述的困難，因為多數文學事實都充滿細節糾葛，未必符合當今「新意識形態」引導下的敘述。如果講，是否會導致學生「方向」混亂？如果不講，自己是否在成為「意識形態的製造者」？這多少讓我感到一點點的糾結與寂寞。

這項研究，得到過廣東省規劃項目的支援（編號07HJ-02，二〇〇九年結項獲「優秀」鑑定）。其中部分章節，已在《文學評論》、《文藝爭鳴》、《中山大學學報》、《海南師範大學學報》、《廣東社會科學》、《粵海風》、《南京社會科學》、《長江學術》、《揚子江評論》及人大複印資料《中國現代、當代文學研究》等雜誌上刊發和轉載過。對這些刊物無私的支持與慰勉，我深懷感激。書稿自動筆之初，到今日實已費時五年之久，中間經歷了數番較大幅度的修改。修改過程不斷改變著我關於學術生活的價值認知，也使自己經受著「學術制度」的現實形塑。但不管怎麼說，特殊的經驗也是人生中不可逆的一部分，值得深切記憶。

書稿的具體撰寫，始終得到了學界師友的熱情關懷：於可訓師對「概念操演」的不滿以及對文學現場與原始材料的反覆強調，對此書的指導是方向性的，而他近年愈益慈愛、寬和的笑容，令人格外感到絲絲內心的溫暖；程光煒先生對文學史方法論的探索，董之林老師對於「十七年文學」的深切的歷史感，張未民先生對社會主義文學經驗的理性分析，陳劍暉、昌切、樊星、陳國恩、陳少華、李鳳亮、哈迎飛等教授有關課題申請、答辯和結項的具體幫助，本書責任編輯艾英對於書稿修改提出的中肯的建設性意見，都使人深感親切和信任；中山大學中文系諸位師友、同事給予我的鼓勵與交流，在此亦皆一一銘記在心。最後需要感激的是我的博士導師程文超先生。他雖已辭世五年，但他關於知識分子責任的思考，亦言猶在耳，使人時時自我拷問。

張均

二〇〇八年九月二十五日一稿

二〇一〇年九月十一日二稿

二〇一一年一月七日三稿

秀威版後記

承蒙中國人民大學楊聯芬教授舉薦，復得臺灣中國文化大學宋如珊教授賞認，本書第二版得以由秀威資訊出版公司在臺灣印行。兩位教授皆文字之交，尤其宋教授於我更是素昧平生，而能如此無私、熱忱地支持青年後學，令我深為感動，在此謹致謝意。此書二〇一一年由北京大學出版社初版，出版之時限於諸種因由，約有兩萬餘字內容未能如願刊出。現據存底，逐段逐句予以恢復。同時，亦添加了十餘條新近發現的史料，並對全書文字重做校讀，修訂了幾處錯訛。這是第二版與初版之差異，在此須向讀者諸君略加說明。

張均
二〇一二年八月二日
小識於中山大學
時窗外濃蔭滿目

現當代華文文學研究叢書11　AG0162

中國當代文學制度研究
（一九四九～一九七六）

作　　者 / 張　均
責任編輯 / 林泰宏
圖文排版 / 王思敏
封面設計 / 秦禎翊

發 行 人 / 宋政坤
法律顧問 / 毛國樑　律師
出版發行 / 秀威資訊科技股份有限公司
114台北市內湖區瑞光路76巷65號1樓
電話：+886-2-2796-3638　傳真：+886-2-2796-1377
http://www.showwe.com.tw
劃撥帳號 / 19563868　戶名：秀威資訊科技股份有限公司
讀者服務信箱：service@showwe.com.tw
展售門市 / 國家書店（松江門市）
104台北市中山區松江路209號1樓
電話：+886-2-2518-0207　傳真：+886-2-2518-0778
網路訂購 / 秀威網路書店：http://www.bodbooks.com.tw
國家網路書店：http://www.govbooks.com.tw

2013年11月　BOD　版
定價：620元

國家圖書館出版品預行編目

中國當代文學制度研究 (一九四九-一九七六) / 張均著. --
一版. -- 臺北市 : 秀威資訊科技, 2013.11
面 ; 公分. -- (現當代華文文學研究叢書 ; AG0162)
BOD版
ISBN 978-986-326-207-7(平裝)

1. 中國當代文學 2. 中國文學史 3. 文學評論

820.908 102022528

讀者回函卡

感謝您購買本書，為提升服務品質，請填妥以下資料，將讀者回函卡直接寄回或傳真本公司，收到您的寶貴意見後，我們會收藏記錄及檢討，謝謝！

如您需要了解本公司最新出版書目、購書優惠或企劃活動，歡迎您上網查詢或下載相關資料：http:// www.showwe.com.tw

您購買的書名：________________________________

出生日期：________年________月________日

學歷：□高中（含）以下　□大專　□研究所（含）以上

職業：□製造業　□金融業　□資訊業　□軍警　□傳播業　□自由業

□服務業　□公務員　□教職　□學生　□家管　□其它_____

購書地點：□網路書店　□實體書店　□書展　□郵購　□贈閱　□其他

您從何得知本書的消息？

□網路書店　□實體書店　□網路搜尋　□電子報　□書訊　□雜誌

□傳播媒體　□親友推薦　□網站推薦　□部落格　□其他__________

您對本書的評價：（請填代號　1.非常滿意　2.滿意　3.尚可　4.再改進）

封面設計____　版面編排____　內容____　文／譯筆____　價格____

讀完書後您覺得：

□很有收穫　□有收穫　□收穫不多　□沒收穫

對我們的建議：________________________________

____

____

____

請貼
郵票

11466
台北市內湖區瑞光路 76 巷 65 號 1 樓
秀威資訊科技股份有限公司 收
BOD 數位出版事業部

(請沿線對折寄回，謝謝！)

姓　　名：________________　年齡：________　性別：□女　□男

郵遞區號：□□□□□

地　　址：____

聯絡電話：(日)________________　(夜)________________

E-mail：____